W0310932

SCIENCE FICTION

Herausgegeben
von Wolfgang Jeschke

Vom BATTLETECH™-Zyklus erschienen in der Reihe
HEYNE SCIENCE FICTION & FANTASY:

Die Gray Death-Trilogie:

William H. Keith jr.: Entscheidung am Thunder Rift · 06/4628
William H. Keith jr.: Der Söldnerstern · 06/4629
William H. Keith jr.: Der Preis des Ruhms · 06/4630
Ardath Mayhar: Das Schwert und der Dolch · 06/4686

Die Warrior-Trilogie:

Michael A. Stackpole: En Garde · 06/4687
Michael A. Stackpole: Riposte · 06/4688
Michael A. Stackpole: Coupé · 06/4689
Robert N. Charrette: Wölfe an der Grenze · 06/4794
Robert N. Charrette: Ein Erbe für den Drachen · 06/4829

Das Blut der Kerensky – Trilogie:

Michael A. Stackpole: Tödliches Erbe · 06/4870
Michael A. Stackpole: Blutiges Vermächtnis · 06/4871
Michael A. Stackpole: Dunkles Schicksal · 06/4872

Die Legende vom Jadephönix – Trilogie:

Robert Thurstone: Clankrieger · 06/4931
Robert Thurstone: Blutrecht · 06/4932
Robert Thurstone: Falkenwacht · 06/4933

Robert N. Charrette: Wolfsrudel · 06/5058
Michael A. Stackpole: Natürliche Auslese · 06/5078
Chris Kubasik: Das Antlitz des Krieges · 06/5097
James d. Long: Stahlgladiatoren · 06/5116
J. Andrew Keith: Die Stunde der Helden · 06/5128
Michael A. Stackpole: Kalkuliertes Risiko · 06/5148 (in Vorb.)
Peter Rice: Fernes Land · 06/5168 (in Vorb.)
Michael A. Stackpole: Die Kriegerkaste · 06/5195 (in Vorb.)
Victor Milan: Auge um Auge · 06/5272 (in Vorb.)
James D. Long: Black Thorn Blues · 06/5290 (in Vorb.)

J. Andrew Keith

Die Stunde der Helden

Ein BATTLETECH™-Roman

Zwanzigster Roman
im BATTLETECH™-Zyklus

Deutsche Erstausgabe

WILHELM HEYNE VERLAG
MÜNCHEN

HEYNE SCIENCE FICTION & FANTASY
Band 06/5128

Titel der Originalausgabe
BLOOD OF HEROES
Übersetzung aus dem Amerikanischen
von Reinhold H. Mai
Umschlagbild: FASA Corporation
Innenillustrationen: Rick Harris

4. Auflage

Redaktion: Rainer-Michael Rahn

Printed in Germany 1997
Umschlaggestaltung: Atelier Ingrid Schütz, München
Technische Betreuung: Manfred Spinola
Satz: Schaber Satz- und Datentechnik, Wels
Druck und Bindung: Elsnerdruck, Berlin

ISBN 3-453-07748-2

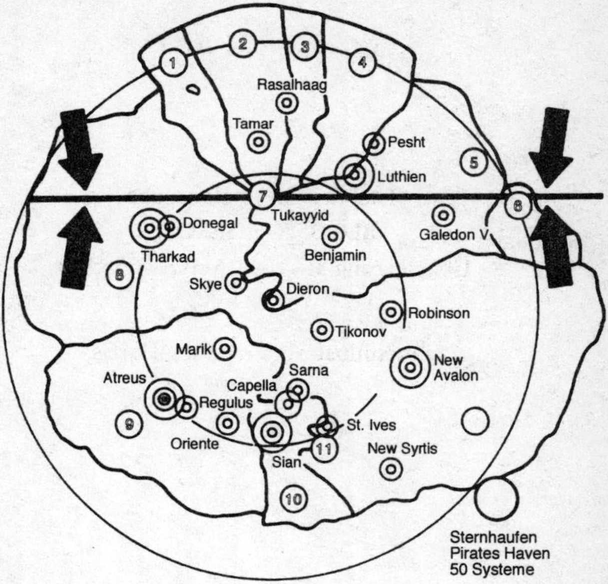

Karte der Nachfolgerstaaten

Clan-Waffenstillstandslinie

1. Jadefalken/Stahlvipern, 2. Wölfe, 3. Geisterbären,

4. Nebelparder/Novakatzen, 5. Draconis-Kombinat,

6. Außenweltallianz, 7. Freie Republik Rasalhaag,

8. Vereinigtes Commonwealth, 9. Liga Freier Welten,

10. Konföderation Capella, 11. St. Ives-Pakt

Karte erstellt durch COMSTAR,
nach Informationen des COMSTAR-EXPLORERDIENSTES
und des STERNENBUNDARCHIVS, Terra.

3054 COMSTAR-KARTENDIENST

PROLOG

Wir schreiben das Jahr 3056. Sechs Jahre nach der Clan-Invasion wird Prinz Victor Steiner-Davion vom Vereinigten Commonwealth mit einer blutigen Revolution konfrontiert. Ungeachtet der Clan-Einheiten, die weite Teile des mächtigen Nachfolgerstaates angreifen, erheben sich wütende Bürger des vom Krieg zerrissenen Sternenreiches gegen ihren Fürsten. Ohne ein einiges Reich hat Prinz Victor keine Chance, den übermenschlichen ClanKriegern und ihren überlegenen Kampfmaschinen Einhalt zu gebieten. Ebensowenig kann er hoffen, sein Reich gegen die Fürsten der übrigen Großen Häuser der Inneren Sphäre zu verteidigen, Rivalen um die Macht, die dieses gewaltige Sternenreich seit Anbeginn fürchten und beneiden. Victor Davion muß um das Überleben seiner Nation kämpfen, gegen uralte Feindschaften ebenso wie gegen die tödlichen Clans.

Versagt er, wird das Vereinigte Commonwealth zerbrechen – und ein neues Dunkles Zeitalter könnte sich über die Innere Sphäre legen.

1

Brander, Glengarry
Mark Skye, Vereinigtes Commonwealth

31. März 3056

»Ich bin getroffen! Ich bin getroffen! Alle Anzeigen auf meiner Konsole leuchten rot!«

Alexander Durant Carlyle fluchte leise, als er die hektische Stimme seines Lanzenkameraden hörte, und schaltete auf taktische Funkverbindung. »Geist Drei von Geisterführer.« Er versuchte knapp und neutral zu klingen. Gleichzeitig rief er eine Sensorkarte auf den Hauptschirm. »Schadensmeldung.«

Harrison Gates schien sich etwas beruhigt zu haben, aber in seiner Stimme war noch immer ein ängstlicher Unterton, der Alex ganz und gar nicht behagte. »F-Fehlfunktion im linken Hüftaktivator. Ich glaube, es ist die Primäre Feedbackkupplung. Der Feuerleitcomputer ist ausgefallen und die Wärmeskala im roten Bereich. Blake höchstpersönlich könnte diesen Kasten nicht in Bewegung setzen!«

»Was ist mit den Sprungdüsen, Drei?« fragte Alex in scharfem Ton. Wenn er Gates nur besser kennen würde. Ließ der Mann nur Dampf ab, oder steckte er wirklich in Schwierigkeiten? Gates war weder festes Mitglied von Alex' vierköpfiger Lanze, noch besaß er die Kampferfahrung der anderen. »Kannst du wegspringen?«

»Nicht mit der Hüfte, Skipper«, erwiderte Gates. »Der Aufprall würde unter Garantie das Bein kosten.«

Alex fluchte noch einmal. Auf der Karte sah er vier feindliche BattleMechs gegen Gates' fünfundfünfzig Tonnen schweren *Dunkelfalke* vorrücken, während vier andere in einer Flankenbewegung versuchten, Alex' unterlegener Truppe den Fluchtweg abzuschneiden. »Hör zu, Drei. Leite die Schaltkreise um und setz deinen Schrotthaufen in Bewegung! Wenn es sein muß, steig aus und schieb, aber komm in die Gänge! Wir müssen hier weg, bevor die Hundesöhne den Paß blockieren!« Er schluckte und versuchte sich zusammenzunehmen. Wenn er jetzt die Beherrschung verlor, konnte das dem Rest der Lanze nur schaden.

»Das – das geht nicht! Zieht euch ohne mich zurück, Skipper!«

»Kommt nicht in Frage, zum Teufel«, knurrte Alex. Das war genau die Art Situation, vor der jeder MechKrieger Angst hatte. Der bis zu dreißig Meter hohe, zwischen zwanzig und über einhundert Tonnen schwere BattleMech war die leistungsstärkste Kampfmaschine, die der Mensch in seiner Geschichte gebaut hatte. Auch wenn sie nur Maschinen waren, wirkten die meisten Mechs erstaunlich menschlich. Sie besaßen zwei Arme, zwei Beine und ein kompliziertes neurologisches Feedbacksystem, das dem Piloten die Führung des monströsen Fahrzeuges gestattete, beinahe so, als wäre der metallene Koloß sein eigener Körper.

BattleMechs waren allen anderen gepanzerten Gefechtsfahrzeugen weit überlegen, aber ihre hochentwickelte Technologie brachte auch ganz eigene Probleme mit sich. Ein beschädigter Hüftaktivator wie bei Gates' *Dunkelfalke* entsprach einem Beinbruch. Der Mech konnte nicht mehr gehen. Er konnte nicht einmal mehr seine enormen Pitban LFT-50-Sprungdüsen einsetzen, um sich durch einen gewaltigen Sprung in Sicherheit zu bringen. Die furchtbare Kampfmaschine war praktisch gelähmt, bis Gates einen Weg fand, die durch den Feindangriff ausgefallene Elektronik zu reparieren oder zu umgehen.

Das brauchte Zeit. Und Zeit war das einzige, was sie im Augenblick nicht hatten.

Gleichzeitig war es undenkbar, Gates dem Feind

auszuliefern. Das oberste Gesetz der Gray Death Legion war schon immer gewesen: »Die Legion läßt keinen der Ihren im Stich.«

Alex sah sich die Karte noch einmal an. Seine Lanze war durch den Branderpaß acht Kilometer nördlich gekommen. Wenn sie es dorthin zurück schafften, waren sie einigermaßen sicher, solange ihr Munitionsvorrat hielt. Ihr Hauptproblem bestand darin, vor den gegnerischen Truppen den Paßeingang zu erreichen.

Die Streitmacht der Angreifer bestand in der Hauptsache aus leichten Maschinen, während Alex' Lanze eine Mischung aus mittelschweren und schweren Mechs darstellte. Diese waren stärker als die meisten ihrer Gegner, aber auch langsamer. Und mindestens einer der gegnerischen Mechs war überschwer – ein fünfundachtzig Tonnen schwerer KMT-3M *Kampftitan.* Dieser Koloß war jedem der Gray-Death-Mechs überlegen und konnte die Schwäche der übrigen Angreifer leicht ausgleichen, wenn es ihnen gelang, Alex' Lanze abzuschneiden und zu einem offenen Schlagabtausch zu zwingen.

Gates war am weitesten vom schützenden Paß entfernt und praktisch bewegungsunfähig, bis er die Hüftaktivatorschaltungen umleiten konnte. Alex' siebzig Tonnen schwerer *Schütze* war dem beschädigten Mech am nächsten, während die beiden anderen Maschinen der Lanze, Clays *Greif* und DeVries' *Centurion* die geringste Entfernung zurücklegen mußten, um den Paß zu erreichen. Nach rein geometrischen Gesichtspunkten war die Entscheidung leicht.

Alex kaute auf der Unterlippe. Aber auf die Geometrie kam es hier nicht an. Nach Standardgefechtsdoktrin waren Caitlin DeVries und ihr *Centurion* die beste Wahl für die Verteidigung des beschädigten *Dunkelfalk*e auf kurze Entfernung. Der *Schütze* mit seinen Langstreckenraketenlafetten war bei Distanzgefechten im Vorteil. Unter idealen Bedingungen hätte

Alex Sperrfeuer gelegt, während DeVries Nahdekkung lieferte, bis Gates den *Dunkelfalke* wieder in Bewegung setzen konnte.

Aber das hätte DeVries derselben Gefahr ausgesetzt, in der sich Gates bereits befand. Das sicherste für sie alle war, ihren Rückzug in Richtung Paß fortzusetzen.

Außerdem gefiel Alex der Gedanke nicht, eine Kameradin ins Gefecht zu schicken, während er sich abseits hielt. Eines Tages würde er den Platz seines Vaters an der Spitze der Gray Death Legion übernehmen, und kein Kommandeur konnte hoffen, die Loyalität seiner Untergebenen zu behalten, wenn er nicht bereit war, die Risiken mit ihnen zu teilen. Grayson Death Carlyle hatte diese Wahrheit auf zahllosen Kampfschauplätzen der Inneren Sphäre bewiesen, und Alex Carlyle war entschlossen, ein Anführer – und ein Sohn – zu werden, der dieses Erbe fortführte.

»Geisterführer an alle Geister«, erklärte er mit fester Stimme über die taktische Funkverbindung. Seine Entscheidung stand fest. »Zwo und Vier, Rückzug wie befohlen fortsetzen. Drei, halte durch, bis ich da bin. Wir werden dich schon irgendwie aus diesem Schlamassel rausholen.«

»Äh ... Chef, meinst du nicht, ich sollte ...« Caitlin DeVries klang gleichzeitig verärgert und trotzig.

»Negativ, Vier«, bellte er zurück. »Du hast deine Befehle. Jetzt befolge sie!«

Alex wendete den *Schütze* in Richtung der Lichtung, in der Gates festsaß, aber schon nach drei Schritten warnte die Ortung vor einer Bedrohung. Mit geübten Bewegungen identifizierte er den Angreifer: einen zwanzig Tonnen schweren *Kommando,* der am äußeren Rand der effektiven Gefechtsreichweite umherstrich. Alex bewegte den Steuerknüppel, bis das Fadenkreuz auf dem Ziel lag und aufblinkte. Dann feuerte er beide LSR-Lafetten gleichzeitig ab.

Der *Schütze* stolperte nach hinten, als vierzig Raketen gen Himmel donnerten. Nur die Verbindung von Alex' Gleichgewichtssinn mit dem Bordcomputer über den Neurohelm hielt den Stahlkoloß aufrecht. Noch bevor die erste Rakete aufschlug, hatte sich die Maschine bereits wieder in Bewegung gesetzt.

Die Sensoren meldeten den Treffer, und die Schadensanalyse lief als Schriftband an der Oberkante der Sichtprojektion entlang. Auf einen *Kommando,* der sich zu seinem Schutz mehr auf Geschwindigkeit als auf massive Panzerung verließ, konnte ein derartiges Bombardement verheerend wirken. Nach Schätzung des Computers hatte der Zielmech mindestens zwölf Volltreffer am oberen Torso einstecken müssen, genug, um die Panzerung zu zerfetzen und die interne Struktur zu beschädigen. Selbst wenn der Angriff die Maschine nicht ausgeschaltet haben sollte, war sie mit Sicherheit schwer angeschlagen.

Alex grinste böse. Ein Problem weniger, um das er sich Sorgen machen mußte.

Der *Schütze* stampfte weiter durch das unwegsame Gelände. Während Alex geübt die beiden Pedale bearbeitete, hielt er Hauptschirm und Sensorkarte gleichzeitig im Blick. Er konnte einen leichten Anflug von Stolz nicht unterdrücken. Er war der geborene Mechpilot. Manchmal hatte es den Anschein, als wäre seine Fähigkeit, selbst aus einem so schwerfälligen BattleMech wie dem *Schütze* das Beste herauszuholen, ein natürlicher Instinkt. Unter Alex' Klassenkameraden im Trainingskader der Legion hieß es, Carlyle manövriere den Siebzigtonner so elegant, wie die meisten anderen MechKrieger einen ScoutMech bewegen.

Der *Dunkelfalke* war wieder in einen Kampf verwickelt. Er wehrte drei leichte Mechs ab, die Alex' Computer zögernd als zwanzig Tonnen schwere *Wespen* identifizierte. Der riesige *Kampftitan* hatte den

Kampfplatz noch nicht erreicht, aber bis Alex eintraf, würde auch er nahe genug heran sein, um Gates zuzusetzen. In einem direkten Schlagabtausch sollten die beiden Gray-Death-Mechs theoretisch in der Lage sein, den *Kampftitan* abzuwehren, aber darauf würde Alex seinen Hintern nicht verwetten. Zum einen konnten sie es sich nicht leisten, die Störattacken der leichten Mechs zu ignorieren, zum anderen war Gates noch immer eine unbekannte Größe. Seinen beschädigten Mech reparieren zu müssen, während er gleichzeitig die Deckung nicht vernachlässigen durfte, konnte sich als zu starke Belastung für den jungen Piloten erweisen.

Alex war ganz auf sich allein gestellt.

Er senkte das Fadenkreuz auf weite Entfernung über eine der *Wespen* und eröffnete mit der linken Raketenlafette das Feuer. Bevor er den Auslöser drückte, vergewisserte er sich, daß sein Ziel weit genug von Gates entfernt war. Fast unmittelbar danach feuerte er die Raketen der rechten Lafette auf denselben Gegner ab.

Seine Salve zeigte wenig Erfolg. Die Schadensanalyse registrierte zwei Einschläge am linken Arm der *Wespe.* Die übrigen Raketen hatten ihr Ziel verfehlt. Leise fluchend richtete Alex das Fadenkreuz neu aus. Aber noch während das rote Fadenkreuz über dem Bild der feindlichen Maschine aufleuchtete, löste die *Wespe* ihre Sprungdüsen aus und sprang hinter einen nahen Hügelkamm in Deckung. Das Fadenkreuz wurde wieder weiß, noch bevor Alex Zeit zum Abdrücken gehabt hatte.

Er senkte das Fadenkreuz über eine andere *Wespe.* Wieder bestätigte ein rotes Aufleuchten die Zielerfassung, aber Alex wartete, bis das Ziel sich von dem *Dunkelfalke* entfernte. Dann drückte er den Feuerknopf.

Die Raketen saßen voll im Ziel. Mindestens zehn

von ihnen schlugen ein, und die Schadensanalyse meldete eine ganze Serie von Treffern rund um den kaum geschützten Kopf des feindlichen Kampfkolosses. Ein Kopftreffer zog zumindest Fehlfunktionen in Sensoren, Kontrollen und anderen wichtigen Systemen nach sich. Selbst wenn der Pilot irgendwie überlebte, würde er schwer durchgerüttelt werden.

Der dritte leichte Mech folgte dem ersten und zog sich hinter den Hügelkamm zurück. Alex ließ seinen Mech mit voller Geschwindigkeit losrennen, ein gefährliches Manöver unter Gefechtsbedingungen. Leicht konnte er das Gleichgewicht verlieren oder stolpern, aber auf eine zweite so günstige Gelegenheit durfte er nicht hoffen. Noch gruppierte der Gegner sich außer Sicht neu, und er hoffte, Gates zu erreichen und in Position gehen zu können, bevor der Kampf wieder in die heiße Phase trat.

»Geist Drei von Geisterführer. Wie ist die Lage?«

Es gab eine lange Pause bevor Gates antwortete. »Leite auf Tertiärschaltkreise um«, meldete er. »Die Sekundärschaltungen sind auch ausgefallen.«

»GRZ?«

»Laut Computer... vier Minuten.«

Alex nickte. Das lag durchaus in seinem Erwartungsbereich für die geschätzte Reparaturzeit, aber er hatte auf weniger gehofft. »Na gut, Drei«, erklärte er langsam. »Wenn die Tertiärkreise auch versagen, gib Deckungsfeuer und dann steig aus.«

»Verstanden«, erwiderte Gates grimmig. Alex konnte keinen anderen Befehl geben, wenn der Schaden für eine Behelfsreparatur zu schwer war, aber das Zögern des jungen Piloten war nur zu verständlich. Wenn Gates den *Dunkelfalke* aufgeben mußte, konnte Alex ihn zwar retten, aber keinem MechKrieger gefiel der Gedanke, seine Maschine dem Feind zu überlassen. In den vom Krieg verwüsteten Sternenreichen der Inneren Sphären waren BattleMechs Mangelware, und einmal in die Reihen der Entrechteten abgerutscht, mußte ein Pilot damit rechnen, keine zweite Chance zu bekommen. Selbst eine wohlhabende Söldnereinheit wie die Gray Death Legion besaß nur eine begrenzte Zahl von Ersatzmaschinen, und die würde sie kaum einem Piloten anvertrauen, der bereits einmal einen Mech verloren hatte.

Aber wenn Gates den Mech aufgeben mußte, würde Alex dafür sorgen, daß der Mann eine Chance zum Aussteigen hatte, und er würde ebenso verbissen für dessen Rettung kämpfen wie er es für den Rückzug des Mechs getan hätte. Trotz der alten Spruchweisheit, derzufolge Menschenleben billig waren, BattleMechs jedoch nicht, stand in der Gray Death Legion der Mensch im Vordergrund. Das hatte Grayson Carlyle von Beginn an gepredigt. Mit oder ohne *Dunkelfalke,* Alex würde alles in seiner Macht stehende tun, um Gates vom Schlachtfeld zu bringen ... oder mit ihm untergehen.

Als er sich dem beschädigten Mech näherte, bremste Alex ab. Gates hatte die Maschine hinter einem Felshaufen in Deckung manövriert. Es war eine taktisch ausgezeichnete Position, die ihn vor der besten feindlichen Aufmarschlinie abschirmte und ihm ein ausgezeichnetes Schußfeld über eine freie Ebene sicherte. Alex' Meinung über den unerfahrenen Mechpiloten stieg. Anscheinend hatte Gates den Mech in die Felsen bewegt, nachdem der Hüftaktivator ausgefallen war, und das konnte ihm nicht leichtgefallen sein.

Eine Bewegung am entfernten Ende der freien Ebene erregte Alex' Aufmerksamkeit. Das Bild, das auf den Hauptschirm sprang, als er die Optik darauf ausrichtete, entlockte ihm einen Fluch.

Es war der feindliche *Kampftitan.* Seine gedrungene Silhouette und die hohe Cockpitkuppel waren unverkennbar. Der wuchtige überschwere Mech war mit einer Mischung aus Lasern, Kurzstreckenraketen und Maschinengewehren bestückt, aber die tödlichste Waffe der Maschine war die Donal-Partikelprojektorkanone in der linken Hand. Wegen der Reichweite und furchtbaren Vernichtungskraft der PPK fürchteten MechKrieger sie mehr als alle übrigen Waffen im Arsenal des Mechs. Wie die Raketen des *Schütze* war auch die PPK eine Langstreckenwaffe, die im Nahkampf wenig ausrichtete.

Zu Alex' Pech besaß der *Kampftitan* jedoch auch genügend mittelschwere Laser, die speziell für Gefechte auf kürzere Distanz ausgelegt waren. Wenn es zu einem Nahkampf kam, war die größere Maschine beiden Gray-Death-Mechs überlegen, und ihre schwere Panzerung vergrößerte diesen Vorteil nur noch.

Der *Kampftitan* verschwand langsam hinter demselben Hügelkamm, den die leichteren Mechs als Deckung ausgenutzt hatten. Das Gelände würde ihn rund eine Minute verdecken, aber danach würde er in ihrer unmittelbaren Nähe wieder auftauchen. Sie mußten eine Verteidigung vorbereiten, bevor es soweit war.

Alex kaute auf seiner Unterlippe und versuchte sich alles ins Gedächtnis zurückzurufen, was er über den *Kampftitan* gelernt hatte. Er erinnerte sich an Kommandanthauptmann Davis McCall, den Waffenmeister des Gray Death, und seine ständige Ermahnung an die Kadetten: Es gibt immer ein Gegenmittel. Alex brauchte dieses Gegenmittel nur zu finden. Bevor es zu spät war.

Dann hatte er es. Seine Finger flogen bereits über die Tastatur des Feuerleitcomputers, als er den Takfunkkanal zu Gates öffnete.

»Drei, wir brauchen deine Kanone.« Der *Dunkelfalke* besaß eine Armstrong J11-Autokanone, eine Schnellfeuerwaffe, die höchste Treffsicherheit und Durchschlagskraft in sich vereinte. Es gab schwerere Autokanonen in der Inneren Sphäre, aber kaum bessere. Und bei dieser Taktik kam es nicht auf Brachialgewalt sondern auf Genauigkeit an. »Brich die Reparatur ab und mach dich bereit, auf mein Zeichen den dicken Brocken anzugreifen.« Er machte eine Pause und gab die letzte Sequenz in den Feuerleitcomputer ein. Es war ein enormes Wagnis. Ein vorprogrammiertes Bombardement konnte im Chaos des Gefechts durch die kleinste unvorhergesehene Entwicklung völlig danebengehen, aber solange das Verhalten des Ziels den Parametern entsprach, die er eingegeben hatte, würde der Angriff weitaus zielgenauer erfolgen. Und es würde einfacher sein, die Aktionen der beiden Verteidiger zu koordinieren, wenn die Feuerdaten im voraus berechnet waren. »Ich überspiele die Zieldaten.«

Die Reaktion des jüngeren Piloten war nervös. »Äh... Skipper, ich weiß nicht...«

»Verdammt, Gates«, preßte Alex durch zusammengebissene Zähne, »Wir haben jetzt keine Zeit für Diskussionen!«

»Aber ich soll hier mit allem losschlagen, was ich habe, Skipper! Und meine Temperatur ist noch immer ziemlich hoch.«

Die Abwärme war wohl das schwerste Problem, das sich aus den gewaltigen Energiemengen ergab, die ein BattleMech barg. Die bloße Bewegung der Maschine genügte, um ungeheure Hitzemengen zu erzeugen. Das Abfeuern von Waffensystemen, insbesondere von Hochleistungsenergiewaffen wie den beiden Lasern des *Dunkelfalke,* verschärfte das Problem noch. BattleMechs waren mit Wärmetauschern ausgerüstet, um die entstehende Hitze abzuleiten, aber noch kein Mech hatte die Fabrikanlagen mit genug Wärmetauschern verlassen, um dieses Problem völlig zu lösen. Es gab zu viele andere Bauteile, die nicht minder wichtig waren – Panzerung, Waffen,

Elektronik – und bei der Konstruktion mußte man ständig zwischen Vor- und Nachteilen abwägen.

Die Schwierigkeit lag darin, daß eine zu hohe Temperatur erheblichen Schaden an der Elektronik eines BattleMechs anrichten konnte. Sie konnte sogar das Lebenserhaltungssystem überlasten und den Piloten rösten. Deshalb war ein Regelschaltkreis, der die gesamte Maschine abschaltete, wenn der Hitzestau zu groß wurde, ein integraler Bestandteil der Kühlanlage. Und falls der *Dunkelfalke* sich automatisch abschaltete, wurde er zu einer Zielscheibe. Gates würde keine Zeit haben, ihn wieder in Betrieb zu nehmen. Dann würde er in jedem Fall aussteigen müssen.

Diesmal zögerte Alex nicht. »Schlimme Zeiten erfordern drastische Maßnahmen, Drei. Zielerfassung aktivieren und bereitmachen. Wir werden uns den Bastard schnappen, wenn er über den Kamm kommt.«

»Ja, Sir.« Gates klang nicht allzu überzeugt. Alex konnte ihn verstehen. Sein Partner flirtete nicht nur mit einer Gefechtsfeld-Stillegung, in seinen Gedanken nagte noch eine andere Furcht. Ein überhitzter Mech konnte zur Todesfalle werden, wenn die Rettungsautomatik versagte. Kein geistig gesunder MechKrieger verspürte ein Verlangen danach, auf dem Rotstrich zu tanzen.

»Ich muß wohl verrückt sein«, murmelte Alex bei sich und konzentrierte sich ganz auf den Hauptschirm. Wenn seine Vermutung stimmte, würde der Pilot des *Kampftitan* keine Zeit und Mühe auf eine komplizierte indirekte Vorgehensweise verschwenden. Er würde sich auf Größe und Feuerkraft verlassen, um die beiden Gray-Death-Maschinen zu erledigen. Und das bedeutete, er mußte jeden Moment drüben am Hügelkamm auftauchen...

»Ziel! Ziel!« Gates schrie die Warnung im selben

Augenblick, in dem das runde Kanzeldach des *Kampftitan* auf Alex' Bildschirm auftauchte. Er kämpfte gegen den Drang an, seine Vorgabe zu brechen und einen schnellen Schuß auf den Kopf des Gegners abzufeuern. Ein Kopftreffer konnte selbst den schwersten Mech in kürzester Zeit erledigen, aber wenn er sein Ziel verfehlte, hatte er keine Chance mehr, seinen ursprünglichen Plan durchzuführen. Und das hätte eine weitere von McCalls Regeln gebrochen: Tausche niemals einen sicheren Treffer gegen einen möglichen Abschuß. Alex hielt die Hand über dem Steuerknüppel.

Der *Kampftitan* schien in Zeitlupe den Hang hinaufzuklettern. »Ganz ruhig«, ermahnte Alex. Das galt auch ihm selbst, nicht nur Gates. »Noch nicht… Jetzt! Feuer! Feuer!« Er stieß den Feuerknopf herab noch während er den Befehl schrie.

Nach kurzem Zögern bearbeitete der Computer die Zielinstruktionen und richtete die Geschütze auf die feindliche Maschine. Die Feuerleitsysteme eines Mechs konnten individuelle Zielpunkte mit großer Genauigkeit anwählen, aber dies führte zu einer erheblichen Senkung der Schußfrequenz. In einem normalen Gefecht war das absolut unannehmbar, aber unter den jetzigen Umständen konnte es sich Alex leisten. Er hatte den Computer angewiesen, das gesamte Arsenal des *Schütze* auf den Torso des *Kampftitan* abzufeuern, wo dessen Laser und Kurzstreckenraketen konzentriert waren. Selbst angesichts der dicken Panzerung zum Schutz dieser Waffensysteme mußte ein derartiges Bombardement Schaden anrichten. Außerdem würde eine Treffersalve die Temperatur des Gegners in die Höhe treiben, wenn auch nicht so schnell wie die des *Schütze*.

Gates feuerte gleichzeitig, und seine Laser und Autokanone erhöhten die Gewalt des Angriffs noch. Alles in allem würde der Angriff des *Dunkelfalke* wahrscheinlich mehr Wirkung zeigen als der des *Schütze,* weil die Bewaffnung des leichteren Mechs besser auf die Entfernung zu ihrem Ziel abgestimmt war. Die Schadensanalyse bestätigte Alex' Schätzungen bereits. Nur ein paar seiner LSR hatten das Ziel getroffen. Die Entfernung war einfach zu gering gewesen.

Aber die geringe Entfernung reduzierte auch die Effektivität der gegnerischen PPK, und das war lebenswichtig. Alex vergewisserte sich noch einmal, daß die Schadensanalyse seinen Erwartungen entsprach und gestattete sich ein zufriedenes Lächeln. Die Laser hatten an zwei Stellen die Panzerung durchschlagen und mit hoher Wahrscheinlichkeit das Raketenlager des *Kampftitan* beschädigt. Noch ein, zwei Treffer, und die dort auf den Einsatz wartenden Sprengköpfe würden hochgehen und den gesamten linken Torso des Mechs aufreißen.

Alex' schwerer Beschuß mußte den *Kampftitan*-Piloten ziemlich gebeutelt haben. Alle drei Laserschüsse, mit denen er das Feuer erwiderte, verfehlten ihr Ziel. Trotzdem, der andere Krieger würde sicher jedes Quentchen Können – und Glück – gegen die beiden Gray-Death-MechKrieger aufbieten. Von jetzt an stand ein offener Schlagabtausch ins Haus, nicht mehr und nicht weniger.

Er feuerte noch einmal die beiden Armlaser des *Schütze.* Diesmal setzte er statt auf Genauigkeit lieber auf Schnelligkeit. Gates gab noch eine Autokanonensalve ab. Die Granaten schossen aus dem Rohr, so schnell die Ladeautomatik sie einspeisen konnte. »Feuer einstellen, Drei«, befahl Alex knapp und zielte mit den Lasern. »Setz die Reparaturarbeit fort.« Je eher Gates seinen Mech wieder in Bewegung setzten konnte, desto schneller konnten sie diesen Kampf abbrechen und einen Fluchtversuch unternehmen.

Der *Kampftitan* kam weiter auf sie zu. Der Metallkoloß schien das Feuer des Grauen Todes kaum zu bemerken. Unerbittlich rückte er vor. Die Laser in seinem Torso blitzten wieder auf, und einer der Schüsse traf den linken Arm des *Schütze.* Fluchend erwiderte Alex das Feuer. Seine Flüche wurden noch lauter, als der Schuß danebenging. Der feindliche Mech hatte sie fast erreicht. Er war jetzt so dicht heran, daß man die einzelnen Trefferspuren auf der Torsopanzerung zählen konnte.

Und noch immer kam der riesige Mech näher. In einer plötzlichen Erleuchtung erkannte Alex, daß der Pilot nicht vorhatte, sich auf einen längeren Schußwechsel einzulassen. Angesichts der Schäden in der Umgebung des Munitionslagers war es nur eine Frage der Zeit, bis der *Kampftitan* einen gefährlichen Treffer erlitt, und sein Pilot war zu klug, dieses Risiko einzugehen. Er plante, den Kampf zu einem Schlagabtausch im wörtlichen Sinne zu machen, auf kürzeste Entfernung, in der selbst Laserleitsysteme praktisch wertlos waren und nur noch Masse und Wucht zählten.

Alex richtete die Laser neu aus. Die wuchtige PPK behinderte den linken Arm des *Kampftitan.* Dadurch hatte der *Schütze* mit seinen zwei vollmodellierten Fäusten im Nahkampf einen leichten Vorteil. Eine Chance hatte er noch, diesen Vorteil auszubauen, bevor sein Gegner heran war.

Er feuerte die beiden Laser seiner Maschine fast gleichzeitig und konnte kaum einen Triumphschrei unterdrücken. Beide Schüsse hatten ihr Ziel voll getroffen und waren knapp unter dem rechten Ellbogengelenk eingeschlagen. Selbst wenn sie nicht den ganzen Unterarm zerschmettert hatten, hatten sie die Panzerung bestimmt weit genug durchschlagen, um die Kontrollschaltkreise und Myomerfaserbündel zu beschädigen, die als anorganische Muskeln des BattleMechs dienten. Plötzlich war der gegnerische Pilot zu nahe, um seine Waffen effektiv einzusetzen, und das mit einem beschädigten und einem praktisch nutzlosen Arm.

Alex bewegte den *Schütze* vor und hob die schweren Arme des Mechs. Selbst die stärkste Panzerung konnte der Gewalt nicht standhalten, die ein Mech mit der Wucht von siebzig Tonnen hinter jeder seiner Titanenfäuste einsetzte. Er riß den Arm zum ersten Hieb zurück, dann erstarrte er vor Schreck über die Reaktion seines Gegenübers. In der Erregung des Augenblicks hatte er vergessen, daß die PPK des *Kampftitan* keine eingebaute Waffe wie die Armlaser seines *Schütze* war, sondern eher eine überdimensionale Faustfeuerwaffe, die er bei Bedarf abwerfen konnte. Und genau das hatte der feindliche Pilot gerade getan. Noch während der *Schütze* zum Angriff vorrückte, hatte der *Kampftitan* die PPK fallen lassen und hob jetzt die riesige zum Schlag geballte linke Faust. Alex' Gegner hatte seinen Angriff perfekt getimt. Die riesige Faust zielte genau auf den Kopf des *Schütze,* und die Wucht hinter dem Schlag reichte aus, die Panzerung zu verwüsten und das gesamte Cockpit zu zertrümmern.

Als der Schlag sein Ziel traf, wußte Alex, daß er versagt hatte. Im selben Augenblick hörte er das Krachen des Takfunks. »Okay, okay, die Übung ist vorrrbei. Abschalten, Lads. 's hat kein Sinn, noch weiterrzumachen!«

Die riesige Faust auf Alex' Sichtschirm verblaßte, und die Sensoren lieferten wieder reale Bilder an Stelle der Projektionen des Übungsprogramms. Alex Carlyle sackte in seinem Pilotensitz zusammen. Der Schweiß lief ihm am Körper hinunter, und das kam nicht allein von der Hitze im Innern des Cockpits. Die Übung war zu Ende, und seine Kadetten hatten den Kampf verloren.

»Brring deine Baerns zurrück ins HQ und melde

dich im Besprrrechungsrraum.« Der schwere Akzent von Kommandanthauptmann Davis McCall war unverwechselbar.

Dann drang Caitlin DeVries' Stimme über den privaten Funkkanal der Lanze. »Himmel hilf«, hörte Alex sie murmeln.

2

Brander, Glengarry
Mark Skye, Vereinigtes Commonwealth

31. März 3056

»Ich weiß nicht, was ich mit dirr machen soll, Alex. Seit gut zwanzig Jahrn gabs in dieserr Einheit keinen MechKriegerr mehr, derr'n Mech so gut führrn konnte, aber 'tist nicht genug! Bei weit'm nich, Laddie, und das kennst du ganz genau.«

Alex Carlyle rutschte in seinem Stuhl hin und her und wünschte sich irgendwo anders zu sein. Das Büro war klein und spartanisch eingerichtet, mit einem einzelnen Fenster, durch das die niedrigen Gebäude des Brander-Wildnis-Trainingszentrums zu sehen waren. Hier führte die Gray Death Legion ihre Manöver durch, und hier wurden die MechKriegerkadetten der Einheit ausgebildet. Ein gängiger Witz unter den Kadetten besagte, daß der einzelne für Kadetten reservierte Stuhl in diesem Büro bewußt so unbequem wie möglich gehalten war, und heute nahm Carlyle das für bare Münze. Er hatte nicht einmal Zeit gehabt, sich nach dem morgendlichen Manöverfiasko zu duschen oder umzuziehen. Also saß er Davis MacCall schmutzig, verschwitzt und in Unterwäsche gegenüber, statt in der regulären Kadettenuniform. Am liebsten hätte er sich ins nächste Mauseloch verkrochen – nach ein, zwei Stunden unter einer Sonardusche.

Er zwang sich, dem Waffenmeister der Gray Death Legion zuzuhören. Kommandanthauptmann Davis McCall war einer der ersten Mechpiloten der Einheit gewesen, noch zu den Zeiten, als Alex' Vater und dessen Leute sich als neugegründete Söldnerkompanie beweisen mußten. McCall hatte an den meisten großen Schlachten jener frühen Tage teilgenommen, auf

RICK HARRIS

Verthandi und Sirus, auf Helm und Baldur, Gram und all den übrigen Welten der Inneren Sphäre, auf denen die Söldner unter dem Totenkopfbanner in den schier endlosen Nachfolgekriegen Blut vergossen hatten. Der Veteran von Caledonia hatte sich dabei nicht wenige Narben eingehandelt. Sein rotes Haupthaar und der Bart waren inzwischen grau meliert, das rechte Auge ein bionisches Implantat und sein linker Arm war wie der des Mechs, den er führte, eine künstliche Apparatur aus Plaststahl und Myomerfasern. Aber trotzdem war er noch immer ein integraler Bestandteil des inneren Zirkels von Freunden und Stellvertretern um Grayson Death Carlyle. Heutzutage kletterte der stämmige McCall nur noch selten in eine Pilotenkanzel, aber als Waffenmeister konnte er seine taktischen Fähigkeiten und die jahrelange Erfahrung im Feld gut bei der Ausbildung junger Rekruten einsetzen, die sich auf eine Karriere bei der Legion vorbereiteten.

»Dein alterr Vaeterr wirrd garrnae errfreut über dien Leistungszeugnis dieses Quarrtal sein, Laddie«, fuhr McCall fort und schüttelte langsam den Kopf. »Wenn err von seinem wee Ausflug nach Tharrkad zurrückkimmt, wirrd er aye verrärrget darrüber sein, wie weit du zurrückgefallen bist.«

Die regelmäßigen Leistungszeugnisse jedes Kadetten im Trainingsprogramm des Grauen Todes ließen dem Schlendrian keine Chance. Ein schlechtes LZ konnte den Hoffnungen eines Kadetten auf eine Festanstellung ein Ende bereiten, noch bevor sie richtig erblüht waren.

Alex hatte die Möglichkeit eines schlechten Zeugnisses nie ernsthaft in Erwägung gezogen. In der Theorie erzielte er höhere Zensuren als irgendein anderer Kadett, und auch seinen BattleMech beherrschte er besser als alle anderen. Außerdem war er Grayson Carlyles einziger Sohn und Erbe.

Er setzte zu einer Erwiderung an, aber dann besann er sich eines besseren. Wenn er jetzt etwas sagte, mußte das so klingen, als erwarte er eine Sonderbehandlung, als berufe er sich auf den Namen seines Vaters. Und er wäre lieber gestorben, als das zu tun.

McCall blieb stehen und beugte sich über den Schreibtisch. Zur Unterstreichung seiner Worte stieß er einen Finger in Richtung des jungen Mannes. »Aye, Lad«, erklärte er mit scheinbar telepathischen Fähigkeiten. »Es gibt keine Freikarrte fürr dich, nurr weil du der Sohn von Oberrrst Carlyle bist. Im Gegenteil, Laddie, fürr dich gelten höherre Maßstäbe als fürr die andrren in deiner Klasse.«

»Höhere Maßstäbe!« Endlich konnte Alex sein stoisches Schweigen nicht länger durchhalten. Er erwartete keine besonderen Gefallen, wohl aber eine faire Behandlung. Er fing sich gerade noch und setzte zögernd hinzu: »Äh, Sir.«

McCalls Lächeln war reichlich dünn. »Aye, Lad. Höherr.« Sein Stimme wurde sanfter, und auch der breite schottische Akzent verlor viel von seiner Härte. »Ich hab errkannt, daß du ein geborrner Mechpilot bist, seit ich dich zum errstenmal in ein Cockpit hab kletterrn sehen. Als einfacher MechKriegerr, Lad, wärrst du einer derr besten, jemand, den ich in meinerr Lanze würrde haben wollen. Aberr als einzigerr Baern des Oberrsten wirrd dirr eines Tages der Grraue Tod gehörren, Alex. Das ist keine gerringe Verrantwortung, und du mußt darrauf vorrbereitet sein. Nicht nur als einfacher Pilot, sonderrn als Kommandeurr. Das ist eine Kunst, die du noch nicht gelerrnt hast. Du mußt lerrnen, ein Führrer zu werrden, der die Arrbeit deines Vaterrs übernehmen kann. Und das hast du bis jetzt noch nae erreicht.«

Alex fand seine Stimme wieder. »Das kann niemand, Sir«, meinte er zögernd. »Mein Vater … ist einzigartig. Er hat diese Einheit mit nichts als purem

Können und ein paar glücklichen Zufällen aufgebaut. Wenn Sie erwarten, daß ich auch nur halb so gut werde, machen Sie sich was vor.«

»Aye, der Oberrst warr schon immer ein bro Laddie.« McCall grinste. »Aber dinna stell dein Licht unter'n Scheffel, Alex. Du hast das Potential, so gud wie Grayson Carlyle zu werden, wenn nae in mancher Weise sogar besserr. Aberr das wirrd nicht von selbst kommen. Err warr auch mal so grün wie du, aberr err hat gelerrnt. Zuerrst von den Leuten seines Vaterrs, und dann allein. Und er hat nie aufgehaert zu lerrnen, Laddie. Und das wirst du auch nicht tun.«

Alex senkte den Blick. »Vielleicht sollten Sie jemand anders auf diese Aufgabe vorbereiten«, murmelte er trübsinnig. »Davis Clay zum Beispiel.« Er versuchte nicht, seine Gefühle zu verbergen. Sein Tonfall war ebenso düster wie seine Worte. Der Rückweg vom Übungsfeld hatte über eine Stunde gedauert, und der Weg durch den Paß zurück zum Zentrum hatte Carlyle reichlich Zeit geboten, über seinen Fehlern zu brüten. Als sie die vier Mechs und ihre Eskorte von Ausbildern dem Techstab übergeben hatten, war seine Stimmung auf dem Nullpunkt angelangt. Schritt für Schritt hatte er versucht, die bestmögliche Entscheidung zu treffen, aber mit jeder einzelnen hatte er ihre Lage nur noch weiter verschlimmert.

Das Peinlichste daran war, daß er nicht zum ersten Mal versagt hatte. Es schien fast, als würde jedes Manöver, bei dem es darum ging, seine Fähigkeit zu schnellen Entscheidungen im Feld zu testen, auf dieselbe Weise enden: mit einem Fehlschlag und einer Predigt von McCall über die Verantwortung eines Kommandeurs. Der Rest der Rekruten hatte die Nachbesprechung längst hinter sich und war wieder auf dem Weg zu den Quartieren, aber Alex saß wie üblich noch in diesem kleinen, leeren Büro allein seinem Mentor gegenüber und fühlte sich wie ein Trottel.

McCall schüttelte den Kopf. »Der Grraue Tod wirrd keinem andrren als einem Carlyle folgen, Laddie. Das kennst du. Das Können deines Vaterrs hat uns zusammengebrracht, und es wirrd immerr ein Carlyle sein, derr uns führrt.«

Trotz seiner privaten Zweifel wußte Alex, daß McCall recht hatte. In den Nachfolgerstaaten des einundreißigsten Jahrhunderts waren die Bindungen der persönlichen Loyalität und feudalen Gefolgschaft stärker als alle anderen. Krieger schworen einem Anführer auf Grund von Blutsverwandtschaft oder erwiesenem Können die Treue, nicht wegen Nationalismen oder Ideologien. Und das galt für eine Söldnereinheit wie den Grauen Tod ebenso wie für die Großen Häuser der Inneren Sphäre. Die Männer und Frauen, die sich Grayson Death Carlyle angeschlossen hatten, würden seinem Namen und seinen Erben treu bleiben. Aber ohne den harten Kern gekonnter Menschenführung würde die Einheit trotzdem dahinschmelzen.

»Selbst wenn du nie perrsönlich ins Feld ziehst, wirrst du derr Chef sein«, fuhr McCall fort. »Auf jeden Fall derr Besitzer, wenn auch nae der Kommandeurr. Aber's wäre eine Verrschwendung, wenn du nurr ein anonymer Eigentümer wärrst, der sich auf Leute wie meinen Enkel verrlassen muß, um die Einheit in die Schlacht zu führen. Du hast zu viel zu bieten, Laddie, um woanderrs als an derr Spitze deinerr Truppen zu enden.«

Alex zuckte die Achseln. »Wenn Sie es sagen, Herr Kommandanthauptmann.« Seine Stimme war lustlos. »Aber wie soll ich das je schaffen. Heute war ich sicher, das Richtige zu tun, aber ich war ganz offensichtlich von Anfang an auf dem falschen Gleis.«

»Aye, das warrst du vielleicht.« McCall ließ sich in den Sessel fallen und bewegte geistesabwesend die Finger seiner bionischen Hand. »Kennst du, wo du den Fehler gemacht hast?«

Alex schürzte die Lippen. »Na, es war schon reichlich blöde zu vergessen, daß der *Kampftitan* seine PPK abwerfen kann. Vielleicht hätte ich eine Chance gehabt, wenn es mir gelungen wäre, den Arm auszuschalten.«

»Das hättest du ganz sicher nae geschafft«, widersprach McCall. »Da warr keine Zeit, und dein erster Arrmtrreferr warr schon rreines Glück. Die Computer gaben ihm eine Chance von unterr drreißig Prrozent.« Sowohl die regulären BattleMechs wie auch die Ausbildermaschinen besaßen Bordcomputer, um die Schäden vorherzusagen und zu berechnen sowie die falschen Sensordaten zu liefern. Sie schalteten auch die verschiedenen Bordsysteme entsprechend der projizierten Treffer des Scheingefechts ab. Manöver mit scharfer Munition kosteten zuviel an Menschen, Material und Arbeit. »Und dieserr letzte Kampf war auch nae das eigentliche Prroblem. Mech-tae-Mech standen die Chancen fast gleich. Wenn du nae vorr Schrreck errstarrt wärrst, hättest du den Kampf gewinnen können, aberr die Schlacht hättest du aye trotzdem verrlorren.«

»Aber die andern hatten den Paß erreicht«, protestierte Alex. »Und wenn ich den *Kampftitan* geschlagen hätte, wären Gates und ich sicher gewesen!«

McCall schüttelte den Kopf. »Als du dich mit dem Rriesen eingelassen hasst, Lad, warren die Mechs, die euch umgangen haben und die du auf dem Weg zu Gates kaum angesehen hast, gerrade dabei, die anderen zu überrrennen. Deswegen hab ich Schluß gemacht. Die Situation warr hoffnungslos geworrden, weil du verdaemmt tae sturr warrst, die Rettungsmission an einen andern zu delegierren.«

Alex ließ die Schultern sacken. »Ich konnte ihnen keine Aktion befehlen, die ich nicht selbst bereit war auszuführen. Ich hielt mich für den einzigen, der den *Kampftitan* aufhalten konnte, und es schien mir nicht richtig, mehr als einen Mech zu opfern, wenn die Rettungsaktion schiefging.«

McCalls Augen funkelten. »Und es ist dirr nae derr Gedanke gekommen, Lad, daß wirr dirr nach dem Stunt, den du letzte Woche tayseits abgezogen hast, aus gutem Grrund einen ArrtillerieMech gegeben haben?« McCall wirkte rechtschaffen wütend, und unter dem Versuch, sein Haltung deutlich zu machen, trat sein Akzent in den Hintergrund. »Niemand hat Zweifel an deinerr Tapferkeit, Lad. Oder an deiner Sorrge um deine Leute. Aber es ist wichtiger, daß du lernst, deine Mittel effektiv einzusetzen, als billige Popularität zu ernten, indem du mitten ins dichteste Kampfgetümmel watest. Ein Kommandeur kann sich nae leisten, im Kanonendampf den Überrblick über die Schlacht zu verlieren. DeVrries oder Clay hätten Gates Nahdeckung geben können, während du aus der Entfernung Deckungsfeuer lieferst und der vierrte Mech den Paß sichert. Dein *Schütze* hätte in zwei Richtungen gleichzeitig decken können, und das hätte nicht nur gegen den *Kampftitan,* sondern auch am Paß die Entscheidung gebracht. Aber du mußtest aye auf die etablierrte Gefechtsdoktrrin pfeifen and dein ayn Weg gaen, aye?«

Alex atmete tief durch. »Sie haben immer gesagt, die Gefechtsdoktrin hätte das Potential zur Zwangsjacke eines zweitrangigen Kommandeurs, Herr Kommandanthauptmann. Mein Vater hat sich nie Sorgen darum gemacht, ob er den Vorschriften Genüge tat, also dachte ich nicht …«

»Aye, das 'st der Punkt! Du hast nae g'dacht! Eine phantasielos abgespulte Doktrrin is gefährrlich, aye, aberr es gibt immerr einen guten Grund, warrum sie überrhaupt eine Doktrin geworrden ist, und wehe dem, derr sie ignorrierrt! Kombinationstaktik ist der Schlüssel zum Schlachterfolg, weil sie alle verrfügbaren Einheiten bestmöglich einsetzt. Einen *Schütze* im Nahkampf zu verrschenken is nae gut durrchdacht, oderrr?«

Alex wich McCalls Blick aus. »Wohl nicht.«

»Na, dieser Kampf heute hat wenigstens eins erreicht, wenn dir das klar wurrde. Bei der nächsten Übung errwarte ich eine bess'rre Leistung, Alex. Laß mich nae hängen. Und laß auch deinen alten Vaterr nae hängen. Verstehen wirr uns?«

»Ja, Sir.«

»Guht. Dann war es das für nu.« McCall warf einen Blick auf die altmodische Wanduhr zwischen der Tür und dem gravierten Familienwappen der McCalls auf einem im Schottenmuster bemalten Brett, das der einzige Wandschmuck des kleinen Zimmers war. »Du hast grrad noch Zeit tae duschen und dich umzuziehn, bevor die MSB kommt. Verrpaß sie nicht, Laddie.«

»Bestimmt nicht, Sir.« Alex verglich die Zeitanzeige seines Armbandcomps mit der Wanduhr, bevor er die Kühlweste von der Stuhllehne nahm, salutierte und McCalls Büro verließ. Nach dem Debakel bei der Übung wollte er auf keinen Fall zu spät zur Magnetschwebebahn in die Hauptstadt kommen. Sein Vater war unterwegs, und Alex sollte ihn morgen bei einer wichtigen Zeremonie vertreten. Wenn er die versäumte...

Als er die Kadettenkaserne erreichte, brütete Alex noch immer vor sich hin. Er war es gewohnt, ganz oben zu stehen, in jedem Kurs und bei jeder Übung als Bester seiner Kadettenklasse abzuschneiden, aber in den letzten Wochen war der Tenor der Ausbildung von normalen Operationen auf diese schwierigeren Führungsprüfungen verlagert worden, und er wurde immer unsicherer. In letzter Zeit schien ihm nichts mehr zu gelingen. Heute war es schon schlimm genug gewesen, aber in der vorigen Woche, als er versucht hatte, gegen heftige Gegenwehr den Tay zu überqueren, hatte er ein wahres Desaster erlebt. Diese Fehlschläge kosteten ihn zunehmend Selbstvertrauen, und das hatte noch mehr Fehler zur Folge. Was ich mache, mache ich verkehrt, dachte er wütend. Ich bin einfach nicht dafür geeignet, egal was McCall meint.

Er bemerkte die beiden Kadetten kaum, die ihn begrüßten, als er den Gang entlang zu seiner Kammer ging, und wahrscheinlich hätte er auch auf seinen Kammergenossen nicht reagiert, hätte sein Freund nicht die Tür aufgemacht und sich direkt vor ihm aufgebaut. »Aye, Laddie, du siehst aus wie nach einerr rright heftigen Abrreibung!« Davis Carlyle Clay, frisch gewaschen und in der grauen Ausgehuniform der Kadetten, ahmte McCalls Akzent perfekt nach. Er betrachtete Alex mit einem schiefen Grinsen, das seinen frischen Charme noch unterstrich, und ließ den gespielten schottischen Akzent fallen, als Alex wortlos vorbeidrängte. »Ich wollte gerade im Krankenrevier nachfragen, ob jemand mit schweren Sitzschwierigkeiten eingeliefert worden ist.«

Alex' einzige Antwort war ein Grunzen, während er das Hemd über den Kopf streifte und ein Handtuch aus dem Schrank nahm. Er war nicht in der Stimmung für Davis Clays rauhen Humor.

Aber Clay ließ nicht locker. Er folgte Alex in den Waschraum, den sie mit ihren Nachbarn Farquhar und Galleno teilten. »He, komm schon, Mann, sag was! Auld Mac hält dich 'ne volle Stunde länger da, und du grunzt mich nur mal eben an? Laß Dampf ab, um Blakes Willen!« Clay lachte. »Wenn ich eine Begegnung mit der Schottischen Inquisition hinter mir hätte, würde ich keine Gelegenheit auslassen, mein Leid zu teilen. Was hat er gesagt? Natürlich nur, was du verstanden hast, die zehn Prozent in annäherndem Deutsch.« Er grinste.

»Dave, ich will nicht darüber reden, okay?« wehrte Alex müde ab. »Ich bin spät dran, und ich bin überhaupt nicht in der Stimmung für diesen… Blödsinn.«

Clay fuhr zurück, als hätte er eine Ohrfeige erhalten. Dann zuckte er die Schultern. »Schon gut, Alex. Wenn du meinst. Sorry.« Seine Stimme war tonlos, neutral, aber in seinen Augen stand Schmerz.

Als Alex die Tür der Duschkabine schloß und den Sonarstrahl einschaltete, war er noch mißmutiger als vorher. Er kannte Davis Clay, so lange er denken konnte, und sie waren fast von Anfang an die besten Freunde gewesen. Der andere war sechs Jahre älter als er, und seine lockere, respektlose Art stand in krassem Gegensatz zu Alex' nachdenklichem Wesen, aber sie hielten zusammen wie Pech und Schwefel.

Bis jetzt. In letzter Zeit waren die Witze seines Freundes etwas zu spitz für Alex' Geschmack, zu treffsicher. Er hielt seit Wochen Distanz zu Clay, und der war offensichtlich bedrückt über die Wand, die zwischen ihnen entstanden war.

Alex hatte diese Wand nicht gewollt. Er wußte nur nicht, wie er verhindern sollte, daß sie mit jedem Tag höher und dicker wurde. Noch etwas, was er nicht fertigbrachte. Noch etwas, was ihm Sorgen bereitete.

Als Alex mit Duschen fertig war und seine Ausgehuniform angezogen hatte, war Clay bereits fort. Die gesamte Kadetteneinheit, vierzehn angehende MechKrieger, die auf eine der begehrten Lücken in der Aufstellung der fünf Legionskompanien warteten, würde an der Zeremonie in der Hauptstadt teilnehmen. Clay war wahrscheinlich schon mit den anderen zum Magnetschwebebahnhof unterwegs. Als er auf die Uhr schaute, stellte Alex fest, daß er sich ziemlich beeilen mußte, um auch noch rechtzeitig hinzukommen. Er schnappte sich seine vor der Übung schon fertig gepackte Tasche und warf sie über die Schulter. Vielleicht hatte er später Gelegenheit, das Problem Davis Clay zu lösen – falls ihm bis dahin klar wurde, wie.

Aber er war doch nicht der letzte im Gebäude. Kadettin Caitlin DeVries lehnte an der Flurwand gegenüber seiner Kammertür und wartete mit ungewohnt ärgerlicher Miene. »Wird auch langsam Zeit, daß du in die Gänge kommst«, stellte sie fest, nahm ihre Tasche und lief neben ihm her. »Ich war schon sicher, daß wir beide die MSB verpassen.«

»Du hättest mit den andern gehen sollen«, erwiderte er knapp.

»Einer muß doch dafür sorgen, daß unser Ehrenredner den Bahnhof findet«, meinte sie. Ihr Tonfall war fröhlich, aber ihre Miene noch immer ernst. »Dave ist schon vor einer Weile los. Er sah aus, als hätte er seinen besten Freund verloren.« Sie packte ihn am Arm und stoppte ihn. »Hat er das wirklich?«

Alex schaute weg. »Wahrscheinlich glaubt er das«, sagte er leise. Er schob sich vorbei. Seine langen Schritte trugen ihn ins Freie und mit beachtlicher Geschwindigkeit über den Asphalt. Caitlin kam kaum noch mit.

»Willst du darüber reden?«

»Hör mal, Caitlin. Du weißt doch, wie er ist. Ich hatte es eilig, und er hörte einfach nicht auf zu frozzeln. Ich war etwas rüde. Warum erschießt du mich nicht?«

»Kann noch kommen. Das ist doch bestimmt nicht alles. Du warst wütend darüber, wie Auld Mac dir die Hölle heiß gemacht hat, und Dave mußte es ausbaden. Hab ich recht?« Sie gab ihm keine Gelegenheit zu antworten. »Um Blakes willen, Alex, ausgerechnet du solltest wissen, daß man Dave nicht ernst nehmen darf. Du hast es mir selbst gesagt, als ich hierhergekommen bin. Oder gelten für den Sohn vom Oberst andere Maßstäbe?«

»Sag so was nicht!« bellte er. Augenblicklich war er wieder in der Defensive, wie immer, wenn ihn jemand beschuldigte, die Stellung seines Vaters auszunutzen. Als Grayson Carlyles Sohn war es ihm bestimmt, eines Tages das Regiment zu leiten – sofern er nicht völlig versagte, was immer wahrscheinlicher schien –, aber der Gedanke, andere könnten glauben, daß er sich deswegen für etwas Besseres hielt, brachte ihn immer wieder in Rage. Er wußte, daß es Caitlin nur darum ging, etwas deutlich zu machen, aber die Reaktion war unwillkürlich.

Aber was Davis Clay betraf, hatte sie recht. Er war der älteste Kadett des Grauen Todes und seit fast zehn Jahren in der Ausbildung. Seit der letzten Reorganisation, bei der die Legion ein gemischtes Regiment aus Infanterie, leichten Panzertruppen und BattleMechs geworden war, hatte sich die Rekrutierung verbessert. Der Ruf, der Grayson Carlyles Einheit vorausging, machte sie zu einer der gefragtesten Söldnertruppen der Inneren Sphäre, aber damit verbunden waren auch die härtesten Aufnahmebedingungen. Wie erfahren oder begabt ein MechKrieger auch sein mochte, um in die Gray Death Legion aufgenommen zu werden, mußte er zunächst das Ausbildungsprogramm absolvieren. Und nur diejenigen, die sich dort geistig, körperlich, emotional – sogar moralisch – bewährten, schafften den Sprung in den aktiven Dienst. Grayson Death Carlyle verlangte viel von seinen Leuten, und ganz besonders von seinen MechKriegern.

Freie Plätze in der Legion wurden nach den Ergebnissen einer Ausscheidungsprüfung mit Kadetten besetzt. Clay war dabei trotz ausgezeichneter Trainingszeugnisse schon dreimal leer ausgegangen. Mancher andere hätte in seiner Situation den Mut verloren und sich auf die Suche nach einer weniger wählerischen

Söldnereinheit gemacht, aber Clay war ein Sonderfall. Sein Vater, Delmar Clay, war einer von Grayson Carlyles ersten MechKriegern gewesen, beinahe von Beginn an ein Mitglied des Inneren Zirkels. Der alte Clay hatte viel von seinem Sohn erwartet, aber das Lob für die Leistungen seines Sprößlings hatte nie an seine Forderungen herangereicht. Als Delmar Clay in den verzweifelten Rückzugsgefechten der Legion auf Sudeten gefallen war, hatte er seinem Sohn ein schweres Erbe hinterlassen. Davis Clay war entschlossen, die Erwartungen seines Vaters zu erfüllen, wie auch immer. Aber das wiederholte Scheitern an den Aufnahmevoraussetzungen der Legion hatte Spuren bei ihm hinterlassen. Sein sardonischer Humor verbarg die Furcht, nicht gut genug zu sein.

Auf gewisse Weise ähnelte Clays Dilemma seinem eigenen, überlegte Alex. Sie versuchten beide, einem Vorbild nachzueifern, das möglicherweise jenseits ihrer Möglichkeiten lag.

»Dave wollte dich nur wissen lassen, daß er für dich da ist, Alex«, stellte Caitlin etwas sanfter fest. »Dazu hat man Freunde. Er hat mehr verdient als Ablehnung.«

»Ja, ich weiß. Ich hab mir nichts dabei gedacht... Das Debakel heute morgen ging mir wohl immer noch zu sehr durch den Kopf.«

»Nächstes Mal hörst du vielleicht ausnahmsweise auf deine Offiziere, ja?« Zum erstenmal grinste sie. »Ein paar von uns wissen ab und zu tatsächlich, was sie sagen.«

Alex rang sich zu einem verkrampften Lächeln durch. »Na los, red es dir von der Seele. Ich war ein böser Junge. Ich gebe es sogar zu. Können wir jetzt ein etwas angenehmeres Thema finden?«

»Gibt es in diesem Loch ein angenehmes Thema?« Ihre Armbewegung umschloß das gesamte Trainingsgelände. »Wenn du mich fragst, hat Auld Mac die

Simulationscomputer umprogrammiert. Hast du mitbekommen, wie treffsicher diese *Kommandos* waren? Das war nie und nimmer ein fairer Kampf!«

Während sie im Laufschritt zum Bahnhof hasteten, verlagerte sich ihr Gespräch auf technische Einzelheiten. Als sie die MSB erreichten, drang gerade die letzte Aufforderung zum Einsteigen aus den Bahnsteiglautsprechern. Ihre Armbandcomps meldeten über die eingebauten Transponder ihre Ankunft, als sie den Zug betraten, so daß McCall auf seinem Computer die Anwesenheit der gesamten Einheit feststellen konnte.

Als die beiden zwei freie Sitze gegenüber von ein paar älteren Techs fanden, fuhr die Magnetschwebebahn bereits ab. Alex lehnte sich zurück, klappte einen der Vidschirme hoch, die zur Unterhaltung der Fahrgäste angeboten wurden, und verband den Armbandcomp über eine Kabelleitung mit der Externen Inputbuchse des Schirms. Augenblicke später erschien der Text seiner Rede vor ihm. Er plante, ihn während der einstündigen Fahrtzeit zu studieren, aber ein Teil seiner Gedanken drehte sich noch immer um die verpatzte Übung, Davis Clay und die möglichen Auswirkungen auf seine Zukunft.

3

Zwischen Brander und Dunkeld, Glengarry
Mark Skye, Vereinigtes Commonwealth

1. April 3056

Davis Carlyle Clay saß allein in einem MSB-Wagen und starrte aus dem Fenster auf die Mittelgebirgslandschaft des Braemoray-Distrikts von Glengarry. Er dachte an zu Hause. Er war auf Helm geboren worden, dem ersten Stammsitz des Grauen Todes. Der Planet war der Legion von Haus Marik zugesprochen worden, im Gegenzug für die Dienste der Einheit in der Liga Freier Welten, aber die Söldner waren durch den Verrat ihrer Arbeitgeber von Helm vertrieben worden, als Davis noch in den Windeln gelegen hatte. Soweit er zurückdenken konnte, war Sudeten seine Heimat gewesen, ein Planet in Haus Steiners Lyranischem Commonwealth – bis zu jenem Tag, als die Clans gekommen waren.

Ironie des Schicksals, dachte er bitter, daß die Jahrhunderte der Kriegsführung zwischen den Großen Häusern der Inneren Sphäre nur durch einen Krieg anderer Art ihr Ende gefunden hatten, einen Krieg gegen einen gemeinsamen Feind von außerhalb der Grenzen des von Menschen besiedelten Weltraums. Und eine noch größere Ironie war, daß diese Bedrohung von außen durch dieselben Umstände entstanden war, die auch die jahrhundertelangen Nachfolgekriege ausgelöst hatten. In ihrer Jahrtausende währenden Ausbreitung ins Weltall war die Menschheit noch keiner zweiten intelligenten Spezies begegnet, aber die Menschen fanden immer eine Entschuldigung, gegeneinander Krieg zu führen. Jahrhundertelang hatte der Sternenbund das besiedelte Weltall geeint und beherrscht, bis sein goldenes Zeitalter in Bürgerkrieg und Chaos unterging. In einem Massenexodus unter der Führung des berühmtesten Generals der Menschengeschichte hatte der größte Teil des Bundesheeres die Innere Sphäre aufgegeben und war in den unerforschten Weiten der Peripherie verschwunden.

Zurückgeblieben waren die fünf Großen Häuser und ihre Fürsten, von denen sich jeder als legitimer Erbe des Sternenbundthrones sah. Fast dreihundert Jahre hatten die Streitkräfte der Großen Häuser einander ohne größere Gewinne oder Verluste bekämpft. Der Krieg hatte die Innere Sphäre verwüstet, einen unvermeidbaren technologischen Niedergang und kulturelle Stagnation ausgelöst. Trotzdem hatten die Fürsten den Kampf weitergeführt, Steiner, Kurita, Davion, Liao und Marik. Alle fünf waren sie entschlossen, sich zum Alleinherrscher des gesamten menschlich besiedelten Weltraums aufzuschwingen. Allianzen zerbrachen und wurden neu geknüpft, Fürsten starben und wurden ersetzt, einfache Bürger ließen zu Millionen ihr Leben, aber die Nachfolgekriege fanden kein Ende.

Dann war es zu einem politischen Ereignis gekommen, das diesen Status Quo grundlegend erschütterte. Im Jahre 3028 hatten sich zwei der Großen Häuser zu einer mehr als zeitweiligen Allianz vereinigt. Die Hochzeit von Hanse Davion, Prinz der Vereinigten Sonnen, mit Melissa Steiner, designierter Archon des Lyranischen Commonwealth, hatte beide Reiche mit einem Schlag zu einer einzigen, übermächtigen politischen Einheit verbunden, dem Vereinigten Commonwealth. Das riesige VC-Heer hatte gewaltige Siege über ihre Hauptrivalen erreicht, und für eine Weile schien die Pattsituation beendet. Aber selbst das Vereinigte Commonwealth stieß irgendwann an seine Grenzen, und eine unsichere Friedenszeit hatte in der Inneren Sphäre begonnen.

An diesem Punkt waren die Clans auf der Bühne erschienen, Nachkommen jener Männer und Frauen, die General Aleksandr Kerensky nach dem Sturz des Sternenbundes beim Exodus gefolgt waren. Die Clans hatten weitab vom Rest der Menschheit eine neue Gesellschaft entwickelt. Ihre Technologie war weiterentwickelt worden, während die der Nachfolgerstaaten verfiel. Training und Motivation ihrer fanatisierten Soldaten übertrafen die schlimmsten Alpträume der Menschen in der Inneren Sphäre. Innerhalb von nur drei Jahren hatten die Clans ein Drittel der Nachfolgerstaaten überrannt und die Hausfürsten zu einer widerwilligen Allianz gegen diesen neuen Feind gezwungen. Irgendwie war es der Inneren Sphäre gelungen, diesen Angriff zu überleben, aber nur unter gewaltigen Verlusten.

Nach dem Verrat der Gray Death Legion auf Helm hatten sich die Söldner Haus Steiner verpflichtet. Wie Helm war ihnen auch Sudeten im Gegenzug für ihre Dienste als Heimatbasis zugefallen, als Stützpunkt und Operationsbasis zwischen ihren Missionen. Clay betrachtete diese Welt noch immer als seine Heimat. Dort war er aufgewachsen, dort war er zum MechKrieger-Ausbildungskader der Legion gestoßen. Dort hatte er mit seinem Vater gelebt.

Es waren schöne Zeiten gewesen, nachdem der Schatten, den der frühe Tod seiner Mutter geworfen hatte, verblaßt war. Er erinnerte sich daran, wie stolz sein Vater gewesen war, als Davis ihm von seinem Entschluß erzählte, in die Legion einzutreten und die Familientradition fortzusetzen. Und er erinnerte sich an die Spannung in den Wochen vor seiner ersten Ausscheidungsprüfung für einen Posten unter dem Befehl seines Vaters.

Aber zu dieser Prüfung war es nie gekommen. Nur Tage vorher hatten die Clans Sudeten angegriffen, und bei den verzweifelten Gefechten gegen die Invasoren war für die Beförderung von Kadetten keine Zeit gewesen. Zusammen mit dem Rest seiner Klasse war Davis Clay abkommandiert worden, bei der Evakuierung der Nonkombattanten zu helfen, während Oberst Carlyle und seine Truppen den Feind aufzuhalten versuchten. Delmar Clay hatte in seinem alten, zerbeulten *Steppenwolf* den Tod gefunden, während er seine Truppen zu noch einem Gegenangriff auf einen scheinbar unaufhaltsamen Feind anspornte.

Die Gray Death Legion, anerkannterweise eine der besten Söldnereinheiten der gesamten Inneren Sphäre, hatte die Gefechte nur mit viel Glück überlebt. Fast die Hälfte ihrer Kämpfer und Maschinen waren auf Sudeten und dem nahe gelegenen Planeten Pandora verlorengegangen, wo die Clans den Grauen Tod ein zweites Mal erwischt hatten.

Und so war die Legion wieder einmal heimatlos geworden, gezwungen, Sudeten aufzugeben, als die Regierung des Vereinigten Commonwealth entschied, keine Entsatztruppen für die zerschlagene Söldnereinheit zu riskieren. Statt dessen hatte Prinz Davion der Legion eine neue Welt zugesprochen, diese Welt, Glengarry, und hier hatte der Graue Tod einen Neuanfang versucht.

Die Legion hatte ihre Verluste ausgeglichen und in sechs kleineren Feldzügen gegen verschiedene weniger bedeutende Gegner entlang der weiten Grenzen des Vereinigten Commonwealth ihre angeschlagene Reputation wieder gefestigt. Aber Davis Carlyle Clay konnte nicht vergessen, was gewesen war. Seine Leistungen hatten darunter gelitten, und er war immer wieder knapp gescheitert, wenn sich die Gelegenheit geboten hatte, in die aktiven Ränge der Legion aufzusteigen.

Sein Vater war seit drei Jahren tot, und noch immer

hatte Davis Clay nicht das erreicht, was ihm am meisten bedeutet hätte.

Er betrachtete die vorbeihuschenden Berge von Braemoray und kaute auf den Lippen. Damit mußte endlich Schluß sein. Bei der nächsten sich bietenden Chance würde sein Vater stolz auf ihn sein können.

4

Tharkad City, Tharkad
Mark Donegal, Vereinigtes Commonwealth

1. April 3056

»Man sollte meinen, eine Gelegenheit, bei Hofe zu erscheinen, würde jedem zur Ehre gereichen. Aber du wirst wohl die Ausnahme darstellen ... mal wieder.«

Grayson Death Carlyle zupfte am engen Kragen seiner grauen Ausgehuniform und verzog das Gesicht. »Es war ein Fehler hierherzukommen«, antwortete er seiner Frau verärgert. »Nicht nur wegen der Situation daheim. Teufel, Lori, wir haben fünfundzwanzig Jahre keine Heldentagsfeier versäumt. Wir sollten auf Glengarry sein.«

»Ich weiß, Gray«, räumte Lori Kalmar-Carlyle ein. »Aber dem Archon-Prinz sagt man nicht ab.«

Carlyle nickte düster. Hier auf Tharkad war es später Abend, aber ein Blick auf seinen Armbandcomp zeigte ihm, daß auf Glengarry noch tiefe Nacht herrschte. In wenigen Stunden würde es an der Zeit sein, die Zeremonien zum Heldentag zu eröffnen, dem wichtigsten Festtag der Gray Death Legion. Er bot der Einheit eine Gelegenheit, sich der Legionäre zu erinnern, die im Laufe der Jahre für den Grauen Tod ihr Leben gegeben hatten, und er haßte es, dieses Angedenken an gefallene Kameraden versäumen zu müssen. Es waren nur noch verflucht wenige alte Legionäre übrig. Nicht mehr lange, und alle aus der Ursprungsmannschaft würden Vergangenheit sein.

Aber statt bei seinen Leuten auf Glengarry zu sein, war Carlyle nach Tharkad geflogen, wo er sich wie ein hinterwäldlerischer Tourist beim ersten Ausflug in die große Stadt vorkam. Es kostete ihn den gesamten eisernen Willen, mit dem er aus einer Handvoll unangepaßter Raufbolde eine der gefeiertesten Söldnertruppen der Inneren Sphäre gemacht hatte, nicht mit offenem Mund die imposanten Bauwerke oder den Prunk der im Thronsaal des Königlichen Hofes aufgereihten Höflinge zu bestaunen.

»Auf ganz Sigurdshaven leben weniger Leute als hier versammelt sind«, stellte Lori leise fest, und ihre Worte gaben seine Gedanken mit der gespenstischen Treffsicherheit wider, die sie zu einer unbezahlbaren Stellvertreterin machte. Ihre Hand glitt in die seine.

Carlyle warf seiner Frau noch einen Blick zu. Seine schlanke, blonde Gattin war selbst nach so vielen Jahren immer noch etwas verletzlich. Sie erwähnte Sigurd, ihre Heimatwelt in der kaum besiedelten Peripherie, nur selten. Sich an die Menschenmassen und das Gedränge auf Tharkad zu gewöhnen, mußte Lori noch schwerer fallen als ihm selbst, wenn es sie an ihre verlorene Heimat erinnerte.

Bevor Carlyle antworten konnte, dröhnte ein Fanfarenstoß aus den Lautsprechern. »Seine Hoheit, Victor Ian Steiner-Davion, Archon-Prinz des Vereinigten Commonwealth, Oberster Marshall der Vereinigten Commonwealth-Streitkräfte, Herzog von Tharkad, Herzog von New Avalon, Herzog von Donegal, Landgraf von Bremen, Minister für die Mark Crucis, Erster Lord des Sternenbundes.«

Die Trompeten gellten erneut, und das enorme Doppelportal am anderen Ende des Thronsaales schwang langsam auf, um den mächtigsten Mann der Inneren Sphäre einzulassen. Prinz Victor war ein kleingewachsener junger Mann von sechsundzwanzig Jahren mit kantigem Kinn, blondem Haar und stechenden blauen Augen. Er trug die Ausgehuniform der Zehnten Lyranischen Garde: eine rot und goldfarben verzierte dunkelblaue Jacke mit hohem Kragen, himmelblaue Hosen mit roter Litze und eine Schärpe in der gleichen Farbe. Trotz der prächtigen Uniform wirkte der Prinz auf Grayson weder beeindruckend noch elegant, als er eine Spur zu schnell den Mittelgang entlangkam. Er wirkte genau so, wie Grayson Carlyle ihn sich vorgestellt hatte, ein ungeduldiger Mann, der keine Zeit für Ritual und Zeremonie hatte.

Während der Prinz des Vereinigten Commonwealth durch den Gang marschierte, nickte er von Zeit zu Zeit Adligen, Offizieren und Ministern zu, die sich tief vor ihm verbeugten. Er schenkte Carlyle keine besondere Aufmerksamkeit, aber das überraschte diesen nicht. Victor Davion hatte keinen Grund, ihn besonders zu beachten. Der Name Carlyle war zwar in der ganzen Inneren Sphäre bekannt, aber Grayson war noch nie auf Tharkad gewesen und auch dem Archon-Prinz nie zuvor begegnet.

Ein anderer Offizier im tristen Grau der Legion erregte mehr Aufmerksamkeit, zumindest aufgrund ihres Namens. Tracy Maxwell Kent war die Tochter eines der reichsten Adligen des Vereinigten Commonwealth, Lord Rodney Howard Kent, der erst vor kurzem in den Beraterkreis des Prinzen berufen worden war. Lord Rodney gehörte zu zwanzig prominenten Adligen der Vereinigten Sonnen, die den Archon-Prinz bei seiner Reise durch den lyranischen Teil seines Reiches begleiteten. Nach Jahren der Entfremdung hatte Tracy endlich Frieden mit ihrer Familie geschlossen, und Carlyle freute sich, Vater und Tochter nach so vielen verbitterten Jahren wieder zusammen zu sehen. Anscheinend war die Position eines Hauptmanns in der berühmten Gray Death Legion selbst für einen Kent respektabel genug. Nachdem der alte Streit beigelegt war, wurde Tracy wieder zur Erbin der Familientitel und Besitztümer, und sie würde mit nahezu absoluter Gewißheit nach Hause zurückkehren, um ihre damit verbundenen Verpflichtungen zu erfüllen, sobald sie die Legion ehrenhaft verlassen konnte.

Noch eine aus der alten Garde fort, dachte Carlyle und verspürte plötzlich Sehnsucht nach den Anfangstagen, als der Graue Tod eine von Schulden geplagte Söldnerkompanie gewesen waren, die sich ihre Sporen erst noch verdienen mußte. Er erinnerte sich wieder an die Heldentagsfeier, die er versäumte. Die Zeit hatte zu viele Veränderungen mit sich gebracht. Die meisten aus den Anfangszeiten waren fort, gefallen, pensioniert oder abgewandert. Er kannte die wenigsten seiner Offiziere so, wie er jene ersten Kameraden gekannt hatte, und heutzutage schien er mehr Zeit hinter dem Schreibtisch oder – wie heute – unterwegs zu verbringen, als in seinem Mechcockpit im Kampfgetümmel.

Der Prinz stieg die fünf Schritte zur Empore am Ende des Thronsaals hinauf, dann stockte er. Unter den drei Reichsbannern standen zwei Throne, einer auf der linken Seite unter dem Sonnenschwert der Vereinigten Sonnen, der andere rechts unter der gepanzerten linken Faust des Lyranischen Commonwealth. Über beiden hing das Banner mit der Sonnenfaust des Vereinigten Commonwealth. Nach einem kurzen Zögern verneigte Victor sich steif nach rechts und setzte sich links unter das Banner der Vereinigten Sonnen. Ein Raunen ging durch die Menge, und der Tenor der Aussagen, die Carlyle aufschnappte, war keineswegs durchgehend beifällig.

Seit über zwei Jahrzehnten hatten diese Throne Victors Eltern, Prinz Hanse Davion und Archon Melissa Steiner-Davion, gehört. Die beiden waren die Architekten der Allianz gewesen, die das Machtgleichgewicht in der Inneren Sphäre geändert und die Pattsituation im Kampf um die Wiederherstellung des Sternenbundes gebrochen hatte. Obwohl das Paar ein vereintes Reich regiert hatte, hatten Prinz Hanse und Archon Melissa ihren jeweiligen Thron behalten, ein notwendiger Schritt, um beide Seiten der Allianz zufriedenzustellen. Nachdem Hanse Davion vor vier Jahren an Herzschlag gestorben war, hatte Victor die Krone seines Vaters geerbt, aber seine Mutter weiterhin als Mitregentin des Reiches geehrt.

Jetzt war auch Melissa Steiner-Davion tot, Opfer eines Bombenanschlags. Seit jenem tragischen Tag vor fast einem Jahr sah sich Victor einer wachsenden politischen Krise gegenüber, einer drohenden Zerreißprobe der zerbrechlichen Allianz, und er mußte jede Gelegenheit nutzen, seine Talfahrt in der öffentlichen Meinung zum Stillstand zu bringen. Der Gedanke eines unumkehrbaren Machtwechsels in die Hände der Davions war für viele Lyraner noch immer undenkbar, ganz besonders für manche Adlige Haus Steiners, die von Beginn an Gegner der Heirat gewesen waren. Victors Verbeugung vor dem Thron mochte als Respektsbezeugung gemeint gewesen sein, aber indem er sich unter das Banner der Vereinigten Sonnen setzte, hatte er deutlich zu verstehen gegeben, welchem Reich er in seiner Regierung das größere Gewicht beimaß.

Hier auf der alten Zentralwelt der Steiners hätte Victor sich auf den Steiner-Thron setzen müssen, dachte Carlyle. In so schweren Zeiten konnte diese Geste der Herabsetzung den jungen Prinzen weit mehr kosten, als er sich leisten konnte.

Wäre Victors Schwester Katrina hier gewesen, hätte sie vielleicht einen Weg gefunden, die Situation zu retten. Sie war größer als Victor und von einer königlichen Schönheit, die eine Mischung aus der Kraft ihrer Großmutter und dem Liebreiz ihrer Mutter war. Ihre Gnaden, die Herzogin von Sarna, Katrina Steiner-Davion, war bei der Bevölkerung des Lyranischen Commonwealth äußerst beliebt und ohne Zweifel das populärste von Hanse und Melissas drei Kindern. Vielleicht lag es daran, wie sehr sie der vom Volk vergötterten Melissa ähnelte, oder vielleicht an der Tatsache, daß sie sich von allen dreien am meisten um das Schicksal des Lyranischen Commonwealth kümmerte.

Aber Katrina war nicht hier, um ihren Platz neben ihrem Bruder einzunehmen. Wo sie ohne Zweifel Charme und Eleganz gezeigt hätte, gestikulierte Prinz Victor plötzlich ungeduldig. Zwei riesige Tore in der Rückwand der Empore öffneten sich langsam, und zwei BattleMechs traten in den Saal. Die Tradition, den lyranischen Thron von zwei Kampfkolossen bewachen zu lassen, reichte über fünfhundert Jahre zurück, aber heute keuchte die Menge beim Anblick der Maschinen auf. Traditionell waren die beiden Mechs einfarbig schwarz lackierte *Greifen*. Heute baute sich zur Linken des Throns ein *Marodeur* im Schwarz und Gold der Ersten Kathil-Ulanen auf, einer Einheit von fanatischer Loyalität dem Vereinigten Commonwealth gegenüber. Zu seiner Rechten stand ein *Kreuzritter* mit dem roten Torso, den schwarzen Beinen und den schwarzen Verzierungen der Söldnereinheit Kell Hounds.

Noch ein schwerer Fehler, dachte Carlyle. Hier auf Tharkad, wo die pro-lyranischen Sympathien besonders stark waren, die Allianz zwischen den beiden Reichen zu unterstreichen, und dann auch noch durch einen Bruch jahrhundertealter lyranischer Traditionen, war so ziemlich das Dümmste, was Victor tun konnte.

Der Großmarschall des Palastes brachte das Raunen der Menge mit einer weiteren Lautsprecherdurchsage zum Verstummen. »Im Namen des Unvollendeten Buches mögen nun alle nähertreten, die vor dem Thron des Archon-Prinzen etwas vorzubringen haben. Möge die Göttliche Macht seiner Hoheit die Weisheit verleihen, das Reich zu schützen und zu bewahren!« Die Unruhe wurde stärker. Das Unvollendete Buch war zentrales Symbol der inoffiziellen Staatsreligion der alten Vereinigten Sonnen und spielte in der lyranischen Gesellschaft keinerlei Rolle. Carlyle griff sich unwillkürlich an den Kopf. Ahnte Victor überhaupt, wie brutal er mit diesen unverbrämten Versuchen, einem stolzen Volk wie den Lyranern eine fremde Kultur aufzuzwingen, auf den Gefühlen der Hälfte seiner Untertanen herumtrampelte?

Carlyles Gedanken schweiften ab, als die ersten Bittsteller oder zu Ehrenden vor den Thron geleitet wurden. Er fragte sich, ob irgendeiner dieser sorglosen Stutzer einen blassen Schimmer von dem hatte, was sich außerhalb der engen Grenzen ihres Lebens in Pomp und Priviligien abspielte. Das Attentat auf Archon Melissa war nur der jüngste Schlag in einer Serie gewesen, die das Vereinigte Commonwealth an den Rand des Zerfalls gebracht hatten, aber keiner dieser herausgeputzten Hofschranzen schien irgendeinen Unterschied zu den Tagen Prinz Hanses zu bemerken.

Natürlich war der Verfall schleichend gewesen. Er hatte viele Jahre gedauert. Begonnen hatte es mit Hanse Davions fehlgeschlagenem Versuch, die Innere Sphäre zu einen. Das Haupthindernis dabei war Haus Kuritas Draconis-Kombinat gewesen, der traditionelle Rivale des Vereinigten Commonwealth. Trotz der vereinten Anstrengungen der Häuser Steiner und Davion hatte sich der Erfolg nicht einstellen wollen. Schlußendlich war es dem Kombinat nicht nur gelungen zu überleben, es hatte einen ausreichend starken Gegenangriff auf die Beine gestellt, um einen Waffenstillstand und die Rückkehr zum klassischen Patt der Inneren Sphäre zu erzwingen. Darauf war der Schock der Claninvasion gefolgt, die besonders die Grenzwelten des alten Lyranischen Commonwealth schwer getroffen hatte. Carlyle schauderte noch immer, wenn er an Sudeten dachte, wo so viele Legionäre gegen die Clans gefallen waren. Obwohl der Krieg nur drei Jahre gedauert hatte, waren seine Folgen schwer und tragisch, und sie hatten der wachsenden Unzufriedenheit der Lyraner mit der geschwächten Wirtschaft des Vereinigten Commonwealth und seiner überbeanspruchten und überforderten Bürokratie zusätzliche Nahrung geliefert.

Jetzt war Archon Melissa tot. Das konnte die lyranischen Separatisten nur ermutigen. Alle Indizien des Mordfalls deuteten auf einen der bekanntesten dieser Separatisten hin: Ryan Steiner, den Herzog von Porrima, einen Vetter Prinz Victors. Der Mann war von tückischer Schläue und besaß eine große Gefolgschaft unter den lyranischen Dissidenten. Außerdem war er der wichtigste politische Machtfaktor in der Isle of Skye. Das machte Grayson Death Carlyle nervös. Noch gefährlich war die Tatsache, daß Richard Steiner, der militärische Kommandeur der Isle of Skye, seine Befehle eher von Ryan als von seinen VC-Vorgesetzten zu empfangen schien. Glengarry lag im Zentrum der Mark Skye und damit im Herzen eines wachsenden politischen Feuersturms. Prinz Victor hatte der Legion Glengarry sogar absichtlich zugeteilt. Das Ganze war Teil seines bereits vor dem tragischen Tod seiner Mutter begonnenen Plans, die wachsende Macht der Separatistenbewegung mit loyalen Kräften zu brechen.

Für Carlyle kam das alles zu halbherzig und auch zu spät. Selbst wenn sich herausstellen sollte, daß Ryan Steiner nicht hinter der Ermordung Melissa Steiners steckte, konnte eine verschärfte VC-Truppenpräsenz in der Mark Skye der Sache der Separatisten nur Vorschub leisten. Früher oder später würden sie zuschlagen, und ein Aufstand in der Isle of Skye würde eine Kettenreaktion von Unruhen im gesamten Lyranischen Commonwealth auslösen, wenn nicht sogar den offenen Bürgerkrieg. Und das wäre das Ende des Vereinigten Commonwealth. Soviel stand für Carlyle fest.

Hätten die Befehle, die Grayson Carlyle nach Tharkad beordert hatten, ihm den geringsten Spielraum gelassen, hätte er die Reise auch ohne die Entschuldigung des anstehenden Heldentags verschoben. Solange die politische Situation derart unüberschaubar war, konnte er die Lage in der Mark nur mit Unbehagen betrachten. Da war zum Beispiel die plötzliche Krise an der Grenze zu Haus Marik, die kurz vor dem Attentat aufgeflammt war. Richard hatte zwei der besten Regimentskampfgruppen des VC aus der Mark Skye in Marsch gesetzt, um das Gebiet um Ford zu verteidigen, wahrscheinlich auf direkte Anweisung Ryans hin. Gleichzeitig war fast die Hälfte der Gray Death Legion aus der Region Skye nach Borghese in der Mark Tamar verlegt worden, um nach einem Angriff der Jadefalken die unerfahrene Söldnertruppe Black Thorns abzulösen. Einheiten von anderen, ruhigeren Sektoren sollten dort später ihren Platz einnehmen, aber bis jetzt war niemand aufgetaucht. Inzwischen wußte die Gerüchteküche auf Tharkad zu berichten, daß längst nicht alle Ersatztruppen so loyal waren wie die aus dem Herzen der Mark abgezogenen Einheiten. Dadurch waren inzwischen vertrauenswürdige Garnisonen in der Isle of Skye Mangelware geworden, eine Situation, die Grayson Carlyle ganz und gar nicht behagte.

Aber Victor hatte darauf bestanden, daß der berühmte Oberst Carlyle und eine kleine Abordnung seiner hohen Offiziere bei Hof erschienen. Zusätzlich zu den Strategiesitzungen, an denen die Legionäre teilnehmen würden, schien der Prinz auch entschlossen, sie zu den verschiedensten sozialen und zeremoniellen Veranstaltungen zu treiben, die Stärke und Einigkeit seiner Regierung demonstrieren sollten. Der Graue Tod hatte bereits am Tag nach seiner Ankunft auf Tharkad an einer Militärparade teilgenommen, bei der die vier BattleMechs in Carlyles BefehlsLanze durch das Stadtzentrum marschiert waren.

Und jetzt dieser Protz und Prunk...

»Oberst Grayson Death Carlyle«, intonierte der Großmarschall des Palastes. Er sprach Graysons zweiten Vornamen falsch aus, mit einem langen i als Vokal, aber der Söldner war von diesem Aufruf so überrascht, daß er es gar nicht bemerkte. Er zupfte die Uniformjacke gerade und trat vor. Dabei fühlte er die Blicke des gesamten Hofes auf sich.

Wie in Trance näherte er sich der Empore und verneigte sich respektvoll, jedoch ohne die unterwürfige Art einiger der erfahreneren Höflinge, die vor ihm gekommen waren. Immerhin war er ein Söldner, kein Aristokrat, also eher ein Angestellter und kein Untertan. Außerdem hatte er nie einen offiziellen Vertrag mit dem Vereinigten Commonwealth abgeschlossen, sondern nur mit Katrina Steiner. Das war noch vor ihrer Abdankung zugunsten ihrer Tochter Melissa gewesen, und seine momentane Beziehung zur VC-Regierung beruhte auf diesem Kontrakt.

»Ah, Oberst Carlyle«, sagte Prinz Victor mit feinem Lächeln. »Schön, Sie endlich kennenzulernen.«

»Das Vergnügen liegt ganz auf meiner Seite, Euer Hoheit«, erwiderte Carlyle förmlich.

»Sie haben dem Vereinigten Commonwealth über die Jahre hin gut gedient, Oberst«, fuhr Victor fort. »Wirklich eine beachtliche Laufbahn. Und selbst wenn dem nicht so wäre. Die Entdeckung des Kernspeichers durch die Gray Death Legion auf Helm allein genügt, Ihnen einen Platz in den Geschichtsbüchern zu sichern. Das Vereinigte Commonwealth ist für die Dienste von Kommandeuren Ihres Kalibers überaus dankbar.« Während der Prinz noch sprach, trat ein Lakai mit einem archaischen Breitschwert vor, das stark an das im Banner der Vereinigten Sonnen erinnerte. Nach einer kurzen Pause ergriff es der Prinz mit beiden Händen. »Die Zeremonie verlangt, wozu ich Sie nicht auffordern würde. Bitte, knien Sie nieder und legen Sie beide Hände auf den Griff dieses Schwertes.«

Carlyle zögerte kurz, dann ging er auf ein Knie nieder. Als seine Hände das Schwert unmittelbar unter denen Victors umfaßten, sprach der Prinz weiter. »Verkündet es auf allen Welten des Vereinigten Commonwealth, in den Konklaven der Clans und unter unseren Feinden, daß ich, Prinz Victor Steiner-Davion, hiermit die vielen Dienste des Grayson Death Carlyle den Häusern Steiner und Davion gegenüber anerkenne. Ich schlage dich zum Baron des Vereinigten Commonwealth und verleihe dir und deinen Erben auf Ewigkeit das Lehen und die Welt Glengarry in der Isle of Skye.«

Die beiden Männer starrten einander einen Moment schweigend an. Dann flüsterte der Prinz: »Sie haben es verdient, Carlyle. Wir wollen hoffen, daß Sie es auch halten können, um Ihret- und meinetwillen.«

Die Erklärung brachte neue Unruhe in den Saal. Ganz abgesehen davon, daß Victor in einem weiteren Beispiel politischer Ungeschicklichkeit den lyranischen Herrschertitel des Archons unterschlagen und das Lehen als Prinz des VC verliehen hatte, war es ziemlich selten, daß ein Baron eine ganze Welt als Lehen hielt. In den wenigen Fällen, wo dies geschah, handelte es sich in der Regel um einen Hinterwäldlerplanet wie Glengarry. Noch seltener aber war der Aufstieg eines Söldnerobersten in den Adelsstand eines der Nachfolgerstaaten. Bisher hatte die Gray Death Legion Glengarry nur als Teil ihres Kontrakts mit dem Lyranischen Commonwealth gehalten, wobei die Welt derzeitigen und früheren Mitgliedern der Einheit Geld, Arbeitskräfte, Vorräte und Land zur Verfügung stellte. Dies hatte jedoch nur für die Dauer des Dienstvertrages der Legion gegolten. Ab jetzt stellte sich die Situation ganz anders dar. Von nun an war Oberst Grayson Death Carlyle ein Söldnerführer, der seine Gray Death Legion in die Dienste eines anderen Auftraggebers stellen und trotzdem als Baron Carlyle das Lehen Glengarry behalten konnte.

Grayson Carlyle sah hoch in die eisblauen Augen des Prinzen. Er wußte, was jetzt kommen mußte. Einen Augenblick war er versucht, die Zeremonie abzubrechen. Seit dem Tag, als sein Vater bei einem Kampf auf Trellwan gestorben war, hatte Carlyle das Leben als freier Mann bestritten. Wenn er nun von Victor Davion den Titel eines Barons annahm, änderte sich das.

Offensichtlich war dies ein weiterer Schritt im Plan des Prinzen, seine Kontrolle über die unruhige Mark Skye zu festigen. Indem er den Grauen Tod enger an die beiden Throne band, machte er Ryan Steiner und den Skye-Separatisten das Leben schwerer. Außerdem wußte alle Welt von der traditionellen Feindschaft des Grauen Todes mit dem Draconis-Kombinat. Während die Klatschmäuler über die Romanze Prinz Victors mit Omi Kurita, der Tochter des brillanten Koordinators Theodore, tratschten, half diese Ehrung der anerkannt Kurita-feindlichen Gray Death Legion, die Vorstellung zu bekämpfen, er könne vor dem Erbfeind des Reiches zu Kreuze kriechen wollen.

Carlyle mißfiel seine Rolle als Bauer im politischen Schachspiel des Archon-Prinzen, aber wenn es eine Macht in der Inneren Sphäre gab, die für Zivilisation, Ordnung und ein Ende der Kriege stand, unter denen die Menschheit seit Jahrhunderten gelitten hatte, dann war es das Vereinigte Commonwealth. Sein ganzes Leben hatte sich Grayson Carlyle als Wachtposten gesehen, der die Barbaren vor den Toren aufhalten mußte. Wenn der Preis für den Schutz des Vereinigten Commonwealth gegen seine Feinde sein Treueschwur war, wie konnte er ihn verweigern?

Langsam und nachdenklich nickte er, und Victor Davion lächelte. »Baron von Glengarry, bitte sprich mir nach: Vor den hier anwesenden Zeugen schwöre ich, Grayson Death Carlyle, Baron von Glengarry, Euch, Victor Ian Steiner-Davion, Archon-Prinz des Vereinigten Commonwealth, für mein planetares Lehen von Glengarry an Leib und Leben Treue und Gefolgschaft.«

»Vor den hier anwesenden Zeugen schwöre ich, Grayson Death Carlyle, Baron...« Carlyle erkannte die Wiederbelebung eines archaischen Treueschwurs. Normalerweise schworen Adlige dem Reich und seiner gesetzlichen Regierung die Treue, aber der Prinz hatte sich entschieden, einen persönlichen Eid zu verlangen. Das war typisch für Victor Davion.

»Und«, fuhr der Prinz mit ernster Stimme fort, »ich schwöre, das Vereinigte Commonwealth zu stützen und zu schützen, in Friedens- wie in Kriegszeiten, mit der ganzen Kraft meines Landes, und die Feinde des Reiches als meine Feinde zu bekämpfen, solange ich lebe.«

Langsam wiederholte Carlyle die Formel, mit der er sich verpflichtete, seinen Lehnsherren bis zum Tode zu verteidigen, und fragte sich, ob er wohl das Richtige tat.

Dann war Prinz Victor wieder an der Reihe. »Ich, Victor Steiner-Davion, erkenne dich, Baron von Glengarry, als meinen Vassal in Herz und Hand und Geist, den ich stützen und schützen werde, solange ich dieses Amtsschwert führe.« Der Prinz reichte die uralte Waffe ihrem Hüter und kehrte auf seinen Thron zurück. »Erhebe dich, Baron von Glengarry, auf daß die Bürger des Vereinigten Commonwealth sehen können, wie selbstlose Pflichterfüllung und Hingabe an die Nation belohnt werden.«

Der Hof brach in Jubel aus. Die Antipathie gegen den Archon-Prinzen würde von dieser eigenartigen Kombination des personifizierten Treueschwurs mit vielen der traditionellen Titel und Formen, die man in der Aristokratie Tharkads erwartet hatte, sicher weiter geschürt werden, aber der Akt an sich konnte allgemeiner Billigung sicher sein. Die Gray Death Legion war seit Jahrzehnten ein standhafter Beschützer des Commonwealth, und Einheit wie Kommandeur waren hochangesehen.

Grayson fühlte eine neue Last der Verantwortung auf seinen Schultern, als er sich erhob und noch einmal verbeugte. Bis jetzt war er nur seinen Leuten, der Gray Death Legion, verpflichtet gewesen. Von nun an würde er ihr Wohl gegen seine Gefolgschaft Victor Davion gegenüber austarieren müssen. Der Archon-Prinz mußte gewußt haben, daß Carlyle ein Mann war, der einen gegebenen Schwur ernst nahm, wie hoch der Preis auch war, den er persönlich dafür zahlen mußte.

5

Dunkeld, Glengarry
Mark Skye, Vereinigtes Commonwealth

1. April 3056

Der Sonnenaufgang über Dunkeld war ein Anblick, dessen Alex Carlyle niemals müde werden würde. Glengarrys Zentralgestirn der Klasse K stieg wie ein orangeroter Feuerball aus dem Nebel über dem Firth of Dunkeld, um sein Licht über den Hafen und die altehrwürdige Hauptstadt des Planeten zu ergießen. Trotz der späten Ankunft der MSB aus dem Trainingslager in der vergangenen Nacht war Alex früh aufgestanden, um den Sonnenaufgang vom Balkon der Residenz, der befestigten Basis des Grauen Todes auf dem Castle Hill, beobachten zu können. Sudeten, die Welt, auf der Alex geboren und aufgewachsen war, umkreiste seine Sonne in einer Entfernung von fast drei Astronomischen Einheiten. Seine Sonnenaufgänge waren nicht annähernd so spektakulär.

Alex lehnte sich gegen die breite Steinbrüstung und nahm einen Schluck Schwarzwurztee, während sein Blick hinunter in die Straßen und auf die farbenprächtigen Dächer des Villenviertels fiel, das sich am Fuß des Hügels ausbreitete. Von hier oben verbargen die Entfernung und der Morgennebel die weniger ansehnlichen Details, und es war möglich, sich die Stadt vorzustellen, wie sie in ihrer Blütezeit ausgesehen haben mußte, bevor Krieg und Vernachlässigung ihre antike Schönheit beeinträchtigt hatten.

Dunkeld war beinahe so groß wie die Hauptstädte der wichtigsten Zentralwelten der Inneren Sphäre, Tharkad, Luthien oder New Avalon, aber der erste Eindruck täuschte. Seine Bevölkerungsentwicklung war wie die des gesamten Planeten seit Generationen rückläufig. Früher war Glengarry einmal eine blühende Kolonie gewesen, eine der ältesten Töchter Terras, aber in den Anfängen der Nachfolgekriege war diese Welt schwer getroffen worden. Dunkeld barg noch immer Zeugnisse der einstigen Größe, wie die herausragende Architektur des Kommunalzentrums im Herzen der Stadt oder diese alten Sternenbund-Befestigungen auf dem Castle Hill im Nordwesten der Stadt, aber dies war keine vitale Metropole. Viele Gebäude standen leer und verfielen, und die noch bewohnten Viertel waren häufig schäbig, verdreckt und heruntergekommen.

Alex fragte sich, ob diese Stadt, ob diese ganze Welt je wieder annähernd den alten Glanz erreichen würde. Sein Vater hatte sich immer über das Rückzugsgefecht der Menschheit gegen den Untergang der Zivilisation ausgelassen, aber es hatte die Bilder von Dunkeld damals und heute gebraucht, um Alex die Wahrheit deutlich zu machen. Grayson Carlyle und der Graue Tod hatten geschworen, gegen die Mächte anzutreten, die zum Untergang der Menschheit beitrugen, aber was konnten sie angesichts übermächtiger Gegner schon ausrichten?

Sudeten mit seinen zahllosen Industriezentren und aus allen Nähten platzenden Bevölkerungszahlen war eine blühende Welt, scheinbar immun gegen die Verwüstungen des Krieges. Wie die meisten Welten der Inneren Sphäre hatte sie in den drei Jahrhunderten der Nachfolgekriege einiges an Hochtechnologie verloren, aber die Ankunft der Gray Death Legion hatte zu einer kleinen technologischen Renaissance geführt. Sie hatte Kopien des Sternenbund-Computerkernspeichers mitgebracht, den sie in den letzten Tagen des Kampfes gegen Haus Marik auf Helm gerettet hatten. Der sogenannte Gray-Death-Kernspeicher barg viele verlorene Geheimnisse aus dem goldenen Zeitalter des Sternenbunds, und die waren beileibe nicht nur militärischer Natur. Die Verbreitung dieser Informationen hatte zu einem echten Wirtschaftswunder auf Sudeten und im Rest der Inneren Sphäre geführt.

Glengarry dagegen war ein härterer Brocken. Die ursprüngliche Kolonie hatte sich eine ganze Weile gut halten können, da sie dicht an den Raumstraßen nach Terra lag. Einheimische Exportprodukte für die terranischen Verbraucher hatten dem Planeten Wohlstand gebracht. Leider hatten es Glengarrys Bewohner aber nicht für notwendig erachtet, zu diversifizieren und eine autarke Industrie aufzubauen. Als der Sternenbund zusammenbrach und im Ersten Nachfolgekrieg der interstellare Handel fast zum Erliegen kam, war das der Todesstoß für Glengarrys Wirtschaft gewesen. Diese Welt war ebenso ein Opfer des Krieges geworden wie jene Grenzplaneten, die unter den Angriffen der Hausarmeen immer wieder auf blutige Weise den Besitzer wechselten, auch wenn es hier seit über einem Jahrhundert nicht zu nennenswerten Kämpfen gekommen war. Die rivalisierenden Fürsten der Inneren Sphäre hatten keinen Grund gefunden, eine Eroberung Glengarrys ins Auge zu fassen, und seine Lage machte den Planeten auch nicht zum Ziel konstanter Überfälle, wie sie auf näher an der Grenze gelegenen Welten häufig vorkamen. Es gab einfach keine strategischen oder wirtschaftlichen Ziele auf Glengarry.

Dementsprechend hatte das Lyranische Commonwealth auch keine Veranlassung gesehen, eine permanente Garnison hier zu unterhalten. Abgesehen von einer schlecht ausgebildeten planetaren Miliz und den Privatarmeen einer Handvoll ehrgeiziger adliger Großgrundbesitzer hatte es schon seit Jahren keine effektive Militärpräsenz mehr gegeben. An Stelle der großen Konflikte, die berühmtere Welten plagten, waren Privatfehden zwischen den Adligen und die Aktionen einheimischer Brandschatzer getreten, die von Armut und Verzweiflung zur Gewalt getrieben wurden. Aber diese selbstverschuldeten Schwierigkeiten hatten genügt, Glengarry daran zu hindern, sich aus dem Teufelskreis des Verfalls zu befreien, der mit dem Sturz des Sternenbunds begonnen hatte. Erst die Entscheidung, die Einheiten des Vereinigten Commonwealth in diesem Teil des Raums, der sogenannten Isle of Skye, der Verbindung zwischen den alten Vereinigten Sonnen und den Welten des Lyranischen Commonwealth, zu stärken, hatte die Gray Death Legion nach Glengarry und der Bevölkerung endlich neue Hoffnung gebracht.

Seit die Legion auf Glengarry eingetroffen war, sahen dessen Bewohner die Söldner als Allheilmittel für die Probleme ihrer Heimatwelt. Carlyles Truppen hatten die Banditen und aufmüpfigen Adligen schnell zur Räson gebracht, aber es bedurfte weit mehr, um Glengarrys verlorene Größe wiederherzustellen. Ein einzelnes Söldnerregiment mit Troß brachte nicht genug neue Konsumenten auf die Welt, um einen Wirtschaftsboom auszulösen, und die Informationen des Kernspeichers waren wertlos ohne die notwendigen Produktionsstätten für die darin verborgenen Wunder der Hochtechnologie. Die Bevölkerung Glengarrys war zu klein, zu verstreut und zu tief in einer Agrarwirtschaft der untersten Stufe verwurzelt. Obwohl Grayson Carlyle alles in seiner Macht stehende getan hatte, um zu helfen, hatte er den Niedergang dieser Welt nur verlangsamen können.

Es gab genug Raum zur Ausdehnung, wenn die Kolonisten ihre Welt nur hätten entwickeln können. Der größte Teil der Bevölkerung lebte auf dem kleinsten der drei Hauptkontinente Glengarrys, den die hauptsächlich von schottischen Vorfahren abstammenden ersten Siedler Scotia getauft hatten. Dalriada und Pictland, die beiden größeren Landmassen auf der nördlichen Halbkugel, hatten nie wesentliche Beachtung erfahren. Das lag zum einen an ihrem rauheren Klima, in der Hauptsache aber an den gewaltigen Bodenschätzen Scotias. Die Gebirgszüge, die den größten Teil des Kontinents beherrschten, waren reich an verschiedensten Erzen, und das Flachland war wie geschaffen für Ackerbau und Viehzucht. Ohne die Kriege wären die übrigen Landmassen sicher im Verlauf der Jahre nach und nach ebenfalls erschlossen worden, aber so war der größte Teil Glengarrys bis heute unberührte Wildnis.

Zu schade, wie wenig Chancen die Glengarrianer hatten, dachte Alex bitter. Unter anderen Umständen wäre diese Welt eines der Schmuckstücke der Inneren Sphäre. Statt dessen war es eine abgelegene, vergessene Hinterwelt und zu langsamem Siechtum verdammt.

»Sir? Möchten Sie Ihr Frühstück sofort, oder wollen Sie sich lieber erst ankleiden?«

Alex drehte sich zu dem Mann in der Zimmertür um. Er trug den Kilt der Dunkeld-Domestikenzunft. Das kräftig durchblutete Gesicht sowie die hellen Haare und Augen des stämmigen Dienstboten waren typisch für die Bewohner Glengarrys. Alex war die VIP-Behandlung noch nicht gewohnt, besonders nach so langer Zeit als Kadett. Im Brander-Trainingszentrum teilten die Kadetten sich die Kammern, und Dienstboten waren unbekannt, aber hier in Dunkeld, und erst recht in der Residenz, lagen die Dinge anders.

Auf Sudeten hätten an ein Haushaltscomputersystem angeschlossene Maschinen die Arbeit dieses Mannes erledigt, aber auf Glengarry waren Posten als Dienstboten und Haushaltshilfen eine der Hauptmöglichkeiten der Beschäftigung für Menschen, die ansonsten nur bitterste Armut zu erwarten hatten. Soweit es die Glengarrianer betraf, war selbst der unterste AsTech des Grauen Todes ein VIP mit Recht auf alle Bequemlichkeiten der Aristokratie. Während er im Brander-Zentrum ein Zimmer mit Clay geteilt hatte, und das Bad mit noch zwei Kadetten, hatte man für Alex' Familie hier in der Residenz eine ganze Zimmerflucht zum persönlichen Bedarf reserviert, einschließlich eines Stabes von Dienstboten, die sich um ihre Bedürfnisse kümmerten. Alex hatte eine eigene Vier-Zimmer-Suite mit altem, aber gepflegtem Mobiliar. Der Luxus und die Versuchungen, die er mit sich brachte, stellten einen krassen Kontrast zu den tristen Lebensbedingungen der einfachen Bevölkerung auf Glengarry dar, und Alex hatte häufig Schwierigkeiten, die Perspektive zu wahren.

»Danke, äh ...«

»MacDonald, Sir«, half ihm der Mann aus. Seine Stimme hatte einen Unterton, der trotz seiner Stellung alles andere als unterwürfig war. Glengarrys Bevölkerung, die in der Hauptsache von Schotten, Walisern und Iren der Britischen Inseln Terras abstammte, zeichnete sich durch einen deutlichen Hang zu Stolz und Unabhängigkeit aus. Diese Menschen erinnerten Alex regelmäßig an Davis McCall, auch wenn sie weit seltener dazu neigten, in jenen kaum verständlichen Dialekt zu verfallen, den McCall so liebte.

»Danke, MacDonald. Ich werde erst duschen und etwas anziehen. Und ich möchte bitte nur ein kleines Frühstück.«

Der Mann schnalzte unzufrieden mit der Zunge. »Och, ihr Carlyles seid alle gleich«, stellte er halb bei sich fest. »Da habt ihr die beste Küche auf der ganzen Welt zur Verfügung, und ihr wollt nur was Leichtes.« Er sah Alex in die Augen. »Ihr Frühstück steht in dreißig Minuten im Hauptspeisesaal, Sir.«

Alex reichte MacDonald die leere Teetasse und folgte ihm ins Gebäude. Die Residenz war das größte und prächtigste Bauwerk des Labyrinths von Gebäuden, das sich über den Castle Hill und bis in sein Inneres hinein erstreckte. Der Rest der Anlage bestand aus so ausgedehnten Befestigungen, daß die gesamte Gray Death Legion hier unterkam und darüber hinaus noch reichlich Platz war. Jetzt allerdings waren sie nur von einer Kompanie der Elite-Panzerinfanterie der Legion und einem größeren Kontingent der planetaren Miliz besetzt. Die meisten schweren Waffensysteme der Festung waren längst verschrottet. Dadurch eignete sich der Castle Hill inzwischen besser für Feierlichkeiten als für Militäraktionen. Aber die Residenz war noch immer Sitz der planetaren Regierung, wie schon seit den Anfängen der Kolonie. Als Kontrakt-Landeigner besaß der Graue Tod hier ebenso Quartiere und Büros wie die Beamten der planetaren Regierung.

Die Form der Regierung hatte sich seit dem Ersten Nachfolgekrieg nicht wesentlich verändert. Glengarry hatte die unterschiedlichsten Feudalherren erlebt, in erster Linie lyranische Adlige, aber auch einzelne Konzerne und hin und wieder eine Söldnereinheit wie die Legion, denen Haus Steiner die Welt jeweils aus kurzfristigen politischen oder wirtschaftlichen Erwägungen zugesprochen hatte. Unter all diesen Herrschern, die zum größten Teil nicht einmal hier gelebt hatten, war die örtliche Bevölkerung von einem Rat aus zwanzig führenden Honoratioren verwaltet worden, die alle fünf Jahre einen aus ihrer Mitte auf den überlieferten Posten des Generalgouverneurs wählten. Der Rat der Zwanzig war eine enggeknüpfte Oligarchie, die seit Generationen in der Hand eines winzigen Zirkels von Familien war. Die Regierung war geprägt von Korruption und privaten Fehden, und Grayson Carlyle konnte Reformen nur mit äußerster Vorsicht und Sorgfalt angehen. Kurz nach Ankunft des Grauen Todes waren mehrere altgediente Ratsmitglieder aus dem Amt gedrängt worden. Der momentane Generalgouverneur, Roger DeVries, war ein Neuzugang. In bezug auf die früheren Fälle von Machtmißbrauch hatte er eine weiße Weste und gelobt, die planetare Verwaltung neu zu organisieren und die Macht der Oligarchen zu brechen. Außerdem war er Caitlins Vater.

Während seiner morgendlichen Routine dachte Alex über die Chancen einer echten Reform nach. Roger DeVries schien ihm ein ehrlicher Mann mit den besten Absichten, aber es war auch eindeutig, daß er seine eigenen Ziele verfolgte. Er stammte nicht einmal von Glengarry. DeVries hatte als kleiner Freihändler auf den interstellaren Raumstraßen begonnen. Mit dem Profit seiner Händlerlaufbahn hatte er sich schließlich auf Glengarry niedergelassen und eine hiesige Schönheit geheiratet, die zwanzig Jahre jünger war als er. Der Mann hatte es schnell zu Einfluß und Bedeutung gebracht, aber seine Fremdweltlerabstammung hatte eine aktive Rolle im Rat der Zwanzig zunächst ausgeschlossen. Weil er DeVries für weniger verwickelt in die örtliche Politik und alte Feindschaften hielt, hatte Grayson Carlyle seine Aufnahme in den Rat gefördert und hinter den Kulissen daran gearbeitet, ihm den Posten des Generalgouverneurs zu sichern. Das Bündnis zwischen dem Händler und den Söldnern war jedoch keineswegs immer reibungsfrei. DeVries stellte das Wohl des Planeten über alles andere und nahm der Legion deren Ansprüche auf Rohstoffe und Arbeitskraft übel. Und auch wenn Grayson Carlyle für Glengarry nur das Beste wollte, kam für ihn der Graue Tod vor allem anderen. Diese Lage führte unvermeidlich zu Konflikten zwischen den beiden resoluten Männern. Die Spannung wurde noch erhöht durch politische Streitigkeiten zwischen den Adligen. Die sehnten sich zurück nach der guten alten Zeit, als ihr Feudalherr weit weg gewesen war und niemand sie daran gehindert hatte, ihre Konflikte auch gewaltsam auszutragen. Wahrscheinlich war das einzige, was ein völliges Chaos verhinderte, die Unfähigkeit der Adligen, sich zu entscheiden, wen sie mehr haßten: den Söldner-Titelhalter, der sie an der Wiederbewaffnung hinderte, oder den Fremdweltler-Generalgouverneur, der sich weigerte, nach ihrer Pfeife zu tanzen.

Alex drehte die Dusche ab. Es war eine echte Wasserdusche, ein Luxus, den er in Brander nur selten gehabt hatte. Dann zog er seine beste Uniform an. Als er schließlich an dem langen, leeren Tisch im Hauptspeisesaal saß und auf MacDonald mit dem Frühstück wartete, wanderten seine Gedanken wieder zu der Rede, die er an diesen Nachmittag würde halten müssen. Heute war einer der wichtigsten Feiertage für Mitglieder des Grauen Todes, und Alex mußte seine abwesenden Eltern bei den Feierlichkeiten vertreten. Ebenso wie das Manöver, das er gestern verpatzt hatte, war auch das ein Teil der Vorbereitungen für den Tag, an dem er den Befehl über die Legion übernehmen würde. Legionäre und Zivilisten würden seinen Worten lauschen und sich eine Meinung über den Nachfolger bilden, den Grayson Carlyle ausgewählt hatte. Was Alex heute sagte, konnte für die Zukunft der Legion und dieser Welt wegweisend werden…

Vor allen wollte er seinen Eltern Ehre machte. Er konnte nur hoffen, daß es ihm gelang.

6

Zenitsprungpunkt des Skye-Systems
Mark Skye, Vereinigtes Commonwealth

1. April 3056

»Es ist alles bereit, Herr General. Das letzte Landungsschiff hat angedockt, und Raumoberst Gluschko meldet den Anlauf der Sprungvorbereitungen«, meldete Hauptmann Johann Albrecht dem Kommandeur der Expeditionsstreitkräfte.

»Ausgezeichnet.« Generalkommandant Wilhelm Friedrich von Bülow sah seinen Adjutant lange an. An Bord des Landungsflaggschiffes *Asgard* stand ihm das gesamte hochmoderne Kommunikationsnetz der Flotte zur Verfügung, aber von Bülow war ein Offizier der alten Schule. Er zog es vor, Routineaufgaben seinem Stab zu überlassen und sich persönlich Bericht erstatten zu lassen. Es gab Stimmen, die ihn einen exzentrischen alten Narren schalten, aber er hatte selbst jahrelang eine Stabsfunktion ausgeübt und betrachtete seine Methode als bewährte Alternative zu dem Chaos, das allzu detailbesessene Oberkommandierende um sich verbreiteten. »Ausgezeichnet, Johann. Erinnern Sie mich, den Meisterlogistiker für seine schnelle Arbeit zu loben.«

»Jawohl, Sir«, erwiderte Hauptmann Albrecht und machte sich eine Notiz auf dem Armbandcomp.

Von Bülow hielt die kalten, ausdruckslosen Augen auf den Mann gerichtet. »Und was hält man auf Deck Vier von unserem Plan, Johann?« Auf Deck Vier der *Asgard* waren die Offiziere der unteren und mittleren Stufen in von Bülows Stab untergebracht, zusammen mit den Kommandeuren der Herzoglich Skyeschen Huskarls, einer Elite-Gardeinfanterieeinheit Herzog Richard Steiners.

Das Grinsen des Adjutanten hatte etwas Raubtierhaftes. »Die Bedingungen für den Angriff könnten nicht besser sein, Herr General. Die Hälfte der Garnison Glengarrys befindet sich anderswo, und die Führung des Grauen Todes besucht irgendeine Hofzeremonie auf Tharkad. Die Deckung des Gegners ist weit offen.«

»Sie haben einen bemerkenswerten Ruf, Johann«, gab von Bülow zu bedenken und spielte den Advocatus Diaboli.

»Söldner«, höhnte Johann. »Sie sind vielleicht gut genug für Überfälle oder offene Feldschlachten. Aber wie gut werden sie schon kämpfen, wenn nichts für sie zu holen ist? Sie haben nichts, um das sie sich scharen könnten – und niemanden, der sie führt. Was können sie da schon für eine Bedrohung darstellen?«

»Hüte dich vor übertriebener Siegessicherheit, Johann«, mahnte von Bülow leise. »Dies sind keine gewöhnlichen Söldner. Vergessen Sie das niemals. Sie haben auf Pandora die Clans zum Stehen gebracht. Eine beachtliche Leistung. Die Gray Death Legion ist ein Gegner, der Respekt verdient.«

»Jawohl, Herr General.« Der Ton des Jüngeren war gedämpft, aber in seinen Augen funkelte es noch immer.

Von Bülow wurde lockerer. »Aber Sie haben schon recht. Die Lage könnte gar nicht besser sein. Seine Gnaden hat gut geplant.« Er deutete zum Fenster aus transparentem Plaststahl hinter seinem Schreibtisch, durch das man sechs Sprungschiffe der *Invasor*-Klasse erkennen konnten, die bewegungslos am Zenitsprungpunkt des Systems im Raum hingen und auf den Befehl zum Hyperraumsprung von Skye nach Glengarry warteten. Die *Asgard* hatte an einem größeren Schiff angedockt, dem *StarLord*-Klasse-Sprungschiff *Götterdämmerung*. Zusammengenommen stellten diese Schiffe eine beachtliche Armada dar.

Seit dem Tode Archon Melissa Steiners hatte der Hochmut ihres ältesten Sohnes und Erben immer weiter zugenommen, und der Davion-Einfluß in der Isle of Skye wurde von Woche zu Woche unerträglicher. Prinz Victor hatte Herzog Ryan Steiner praktisch der Mittäterschaft bei der Ermordung seiner Mutter beschuldigt, aber das war keine Entschuldigung für das arrogante Auftreten seiner Truppen in den vergangenen Monaten. Und falls Victor Davions Lakaien glaubten, der Herzog werde unter ihrem Druck klein beigeben, hatten sie sich schwer getäuscht.

Die Unzufriedenheit mit der Davion-Herrschaft war praktisch simultan in der gesamten Isle of Skye in offenen Protest und sogar vereinzelte Aufstände umgeschlagen. Und obwohl Richard Steiner den Rang eines Feldmarschalls und Oberkommandierenden der Vereinigten Commonwealthstreitkräfte in der Mark Skye trug, hatte er beschlossen, Ryan Steiners Bewegung Freies Skye zu unterstützen, statt den Versuch zu unternehmen, die Aufstände niederzuschlagen. Von Bülow hatte als einer von Richard Steiners engsten Vertrauten von dem Bündnis mit Ryan abgeraten, aber jetzt schien es, daß Richard doch recht gehabt hatte. Als Feldmarschall der Mark Skye kontrollierte er die meisten militärischen Kräfte der Region, aber als neuer Herzog von Skye war seine politische Macht noch größer. Die frühere Herzogin Margaret Aten war durch ihre Herkunft und enge persönliche Beziehungen zu Katrina und Melissa Steiner gehandicapt gewesen, aber die arrangierte Hochzeit zwischen ihrer jungen Tochter Sarah und Katrinas Neffen Richard hatte sich als ein populärer Schachzug erwiesen. Noch populärer allerdings war ihre Entscheidung gewesen, zurückzutreten und eine neue Generation ans Ruder zu lassen.

Niemand außerhalb des engsten Beraterkreises des neuen Herzogs wußte, daß diese Abdankung alles andere als freiwillig erfolgt war. Selbst die junge Sarah hatte keine Ahnung von dem Coup, mit dem Ryan und Richard Steiner sich praktisch die absolute politische Gewalt über die Mark Skye gesichert hatten.

Neben der hilfreichen Tatsache seines Namens hatte Richard Steiner augenblicklich deutlich gemacht, daß er kein blinder Vorkämpfer des Vereinigten Commonwealth war. In einer Bruthöhle des Separatismus wie der Isle of Skye hatten die Ansichten des neuen Herzogs zu Fragen der regionalen Souveränität und lokaler Machtbefugnisse ihm zahlreiche Verbündete auf allen gesellschaftlichen Ebenen eingebracht. Und während Margaret Aten eine vehemente Gegnerin einer Sezession Skyes gewesen war, war ihre Tochter – zur Zeit der Hochzeit gerade halb so alt wie Richard – sanft, unterwürfig und von ihrem energischen Gatten leicht zu beherrschen.

Nachdem Ryan sich Richards Unterstützung sicher war, hatte er Richard zwei komplette Regimenter überzeugt davionistischer Truppen von ihrer strategisch wichtigen Basis auf Hesperus II verlegen lassen, um Richards Vetter Marschall Cesar Steiner bei Problemen an der Marik-Grenze zu unterstützen. Damit war ein Haupthindernis für die Rebellion aus dem Weg geräumt worden. Außerdem hatte Richard für die Rückkehr der Vierten und Siebzehnten Skye Rangers gesorgt, die bei früheren Versuchen, die Davion-Herrschaft des Skye-Raums zu sichern, aus ihrer Heimatregion abgezogen worden waren. Beide Einheiten zeigten noch immer die alten Sympathien. Zusammen mit den Zehnten Skye Rangers, der Haupteinheit unter von Bülows Befehl, formten sie einen soliden Kern, um den sich die Rebellen gruppieren konnten.

Die meisten Davion-Garnisonen im Territorium Skyes waren von minderer Qualität und fragwürdiger Loyalität. Ein paar wurden wie die Skye Rangers von der Bewegung für ein Freies Skye kontrolliert, und viele andere würde Herzog Richard leicht überzeugen können. Schließlich war er ihr regulärer Vorgesetzter, und an welche klare und legitime Autorität sollten sie sich in den ersten Wochen des Aufstands sonst wenden? So war es auch bei dem loyalen, aber unerfahrenen Elften Vereinigten-Commonwealth-Regiment gewesen, das die Garnison des Planeten Skye stellte. Auf Befehl des Herzogs war die Einheit in den Kasernen geblieben, als die Milizwaffenlager Skyes von dem Kader aus Reservisten und vielversprechenden Kadetten geöffnet worden waren, die den Rest der Einsatztruppe von Bülows, die Skye-Garde, formten. Sie waren unerfahren, aber eifrig.

Unter der Handvoll Pro-Davion-Einheiten, von denen echter Widerstand zu erwarten war, stellte nur die Gray Death Legion eine echte Bedrohung dar. Die Söldner waren bereits durch teilweise Verlegung geschwächt, und die Regimentsführung hielt sich zur Zeit weit entfernt auf. Wenn von Bülow ihren Stützpunkt auf Glengarry schnell genug überwältigen konnte, war die Legion von Beginn an ausgeschaltet, und der Rest der Mark Skye würde kein Problem darstellen. Ja, dachte von Bülow, seine Gnaden hatte gut geplant.

Der Angriff auf Glengarry würde die erste offene militärische Aktion des Feldzugs werden. Aber Herzog Richard hatte trotzdem darauf geachtet, eine direkte Konfrontation zu vermeiden. Statt dessen hatte er sein unanzweifelbares Recht als Herzog von Skye dazu benutzt, von Bülow zum rechtmäßigen Baron von Glengarry zu machen. Indem er so seine Autorität als Herzog und Feldmarschall dazu benutzte, den Grauen Tod von Glengarry zu vertreiben und von Bülow und seine Zehnten Skye Rangers an ihre Stelle zu setzen, konnte Richard die gesamte Isle of Skye an sich reißen und trotzdem auf solide Rechtsgrundlagen pochen, wenn der Archon-Prinz protestierte. Den Krieg würde Victor auslösen, falls er Ryan und Richard Steiner herausforderte. Angesichts der gespaltenen Loyalität des gesamten alten Lyranischen Commonwealth war ein Bürgerkrieg in diesem Fall für ihn unvermeidbar.

Der Anbruch einer unabhängigen Zukunft für die Menschen Skyes stand bevor. Und vielleicht noch mehr. Richard Steiner stand nicht so weit hinten auf der Thronfolgeliste des Lyranischen Commonwealth. Wenn Katrinas Erben erst einmal ausgeschieden waren, wer sollte ihn daran hindern, der nächste Archon des wiedererstanden Hauses Steiner zu werden?

»Befehl an Raumoberst Gluschko: Die Vorbereitungen zum Sprung sind fortzusetzen. Die Flotte soll in drei Stunden sprungbereit sein. Und informieren Sie Gluschko, daß ich vor dem Absprung meine Flagge auf die *Götterdämmerung* bringe. Verstanden?«

»Jawohl, Herr General.« Der Adjutant salutierte steif und ließ von Bülow allein mit dem Blick auf die Flotte und die Sterne.

Sterne, die schon bald von der Davion-Tyrannei befreit sein würden.

7

Nadirsprungpunkt des Glengarry-Systems
Mark Skye, Vereinigtes Commonwealth

1. April 3056

»*Gray Skull* von *Antilope:* Wir sind bereit. Schalten auf Ihr Zeichen auf Hauptantrieb um.«

Bevor er antwortete, überprüfte Kapitän Einar Rodland vom Sprungschiff *Gray Skull* sorgfältig die Instrumente. Das Risiko einer Katastrophe stieg gewaltig, wenn sich zwei riesige Schiffe so nahe kamen. Ohne die Einwirkungen von Schwerkraft und Atmosphäre herrschte allein das Gesetz der Massenträgheit, und schon der winzigste Fehler beim Einsatz eines Schubtriebwerks konnte zu einer tödlichen Kollision führen.

Wenn eines der Schiffe ein Sprungschiff war, stieg das Risiko noch zusätzlich. Diese ausschließlich für Reisen zwischen einzelnen Sonnensystemen konstruierten riesigen Schiffe besaßen keine konventionellen Triebwerke. Nur mit Schubdüsen zum Halten ihrer Position ausgerüstet, waren sie riesige treibende Zielscheiben für wildgewordene Landungsschiffe.

Erst als er sich genau davon überzeugt hatte, daß alles in Ordnung war, schaltete Rodland das Mikro ein. »*Antilope* von *Gray Skull:* In Ordnung. Sie können Ihre Triebwerke zünden.«

»Danke, *Gray Skull*«, erwiderte der Landungsschiffskapitän. »Treiben Sie wohl, Käpten.«

Neben Rodland schnaufte Ilse Martinez. Sie hatte eine freie Brückenposition übernommen, um den Abflug der *Antilope* zu beobachten – eine übliche Gefälligkeit von Sprungschiffkapitänen für Besucher im Offiziersrang. Sie war Kommandeurin des Landungsschiffes *Io,* das für den Sprung ins Skye-System an der

Gray Skull angedockt hatte. Am Ziel der Reise sollten an ihrem Schiff dringend erforderliche Reparaturarbeiten ausgeführt werden.

Sie warf Rodland einen fragenden Blick zu. Auf sein Nicken betätigte sie einen Schalter und antwortete dem Landungsschiff. »Landen Sie wohl, Käpten Drake, und passen Sie auf, daß Ihnen der Dreck nicht die Düsen verstopft.« Sie sah zu Rodland hoch und grinste. »Das war's dann. Ich bin zum Feind übergelaufen und habe meine eigenen Leute beschimpft.«

Vom Rest der Brückencrew ertönte beifälliges Gelächter. Die freundliche Rivalität zwischen Sprung- und Landungsschiffbesatzungen hatte Tradition, und der Austausch von wohlwollend formulierten Beleidigungen gehörte dazu.

Rodland wartete, bis sich das Lachen gelegt hatte, bevor er wieder das Wort ergriff. »Maschine. Wie ist unser Ladungsstatus?«

»98 Prozent, Skipper«, erwiderte Lieutenant Haugen. Sprungschiffe waren ohne Schlepper nicht zur Reise durch den Normalraum fähig, da der Großteil ihrer Masse vom Kearny-Fuchida-Triebwerk beansprucht wurde. Zwischen den Sprüngen benutzten sie riesige Solarsegel, um Sonnenenergie zu sammeln und zu speichern. Die *Gray Skull* war bereits vor Wochen voll aufgeladen worden und hatte seitdem nur die Bordsysteme benutzt. »Ausreichend für den Sprung.«

»Gut. Ich möchte das Segel nicht noch einmal ausfahren müssen.« Um das Sonnensegel zu entfalten oder wieder einzuholen, war jeweils ein langer, aufwendiger Vorgang vonnöten, auf den Rodland gerne verzichtete, wenn es sich vermeiden ließ. Aber wenn Schiffe an- oder abdockten, bestand er darauf, das Segel einzuholen. Das bedeutete ein Hindernis weniger.

»Wie sieht es aus, Käpten?« fragte er Martinez. »Ist die *Io* gesichert?«

Sie nickte, aber ihre Miene drückte Zurückhaltung aus. »Wir sind klar, aber ich hatte gehofft, wir könnten den Sprung noch ein paar Stunden aufschieben.«

Rodland rieb sich die Stirn. »Aus irgendeinem besonderem Grund?«

Martinez zuckte die Achseln. »In Dunkeld sind die Heldentagsfeiern noch im Gange. Wir zeichnen die Übertragung auf. Ich hätte es gerne bis zum Schluß, das ist alles.«

Ilse Martinez war schon lange bei der Gray Death Legion, und sie nahm ihre Beziehung zu Carlyle und seinen Leuten todernst. Rodland betrachtete sie eine Weile, dann nickte er. »Wir brauchen ohnehin fast eine Stunde, um den Sprung nach Skye zu berechnen. Wir warten, bis Sie alles haben, was Sie wollen.«

»Danke, Käpten. Ich weiß es zu schätzen.«

Kapitän Rodland drehte sich zu Oberleutnant Dag Ullestad, dem Ersten Offizier des Schiffes, um. »Bereiten Sie den Hyperraumsprung vor, Mister Ullestad. Ziel ist der Skye-Zenitsprungpunkt. Fangen Sie an zu rechnen.«

»Aye-aye, Sir«, erwiderte Ullestad zackig.

Rodland bemerkte, wie Martinez das Geschehen auf der Sprungschiffbrücke interessiert beobachtete. Sie flog zum erstenmal an Bord der *Gray Skull* mit und fand das militärische Auftreten der Besatzung wahrscheinlich äußerst ungewohnt. Sie hatte ihre Karriere als Pilot eines Handelslandungsschiffs begonnen, das zu Renfred Tors Sprungschiff *Ärgernis* gehörte. Zur Legion war sie mehr durch Zufall gekommen, als sich Tor und Carlyle vor vielen Jahren auf Trellwan angefreundet hatten. Dies führte dazu, daß diese überzeugte Anhängerin Grayson Carlyles weit weniger zum militärischen Lebensstil neigte als Rodland, der sich nicht weiter um die Identität seines

Arbeitgebers kümmerte, aber sein Schiff fest im Griff hielt.

Rodland hatte der Freien Republik Rasalhaag als Schiffskapitän gedient, bis die Clans diese kleine Nation nahezu auslöschten. Statt weitere Gefechte gegen die fanatischen Clans zu riskieren, hatten er und seine Crew sich für ein Leben als selbständige Unternehmer entschieden. Genaugenommen machten sie sich damit der Meuterei, Fahnenflucht und noch einiger anderer Verbrechen gegen die Republik schuldig, aber sie waren längst nicht die einzigen gewesen, die aus den Trümmern Rasalhaags flohen. Kurze Zeit später hatten sie einen einmaligen Auftrag angenommen, bei der Evakuierung des Grauen Todes von Sudeten zu helfen. Grayson Carlyle hatte ihnen im Anschluß an diese Aktion einen längerfristigen Vertrag angeboten, und zu Ehren ihres neuen Arbeitgebers hatte Rodland die alte Rasalhaager *Stolthet* in *Gray Skull* umgetauft. Aber das war nichts weiter als ein kalkulierter politischer Schachzug gewesen. Rodland betrachtete seine Zeit bei der Legion als zeitlich begrenztes Zwischenspiel auf dem Weg zu einer besseren Zukunft – vielleicht sogar einem neuen Auftrag bei einem Nachfolgerstaat. Einar Rodland wußte um den Mythos der Gray Death Legion, und er hatte nicht vor, sich davon einfangen zu lassen.

Er öffnete den Gurt und stieß sich mit geübter Leichtigkeit von seinem Platz ab. Sprungschiffbesatzungen verbrachten die meiste Zeit in Schwerelosigkeit und waren die Arbeit unter diesen Bedingungen gewohnt. Rodland packte die Rückenlehne des Navigators und schaute dem Mann über die Schulter, um seine Sprungberechnung zu kontrollieren. Natürlich hätte er diese Angaben auch an den Instrumenten an seinem Platz ablesen können, aber er zog es vor, seine Leute wissen zu lassen, daß er sich um ihre Arbeit kümmerte.

Plötzlich unterbrach der Sensorbeobachter die beruhigend gelassene Routinearbeit. »Kontakt! Kontakt! Position drei-fünf-zwo bei eins-null-eins!«

»Identifikation!« bellte Rodland. Er drehte sich um und stieß sich in Richtung seiner Befehlsstation von Rischels Stuhl ab.

»Strahlungssignatur ... Hyperraumfeldemissionen ... eindeutig ein ankommendes Sprungschiff«, meldete Ullestad knapp. »Entfernung siebenundsechzigtausend Kilometer ...«

»Neuer Kontakt!« unterbrach der Sensorbeobachter. »Position eins-eins-sechs bei zwo-fünnef-eins!« Pause. »Noch zwei ... drei ...«

»Herr im Himmel«, stieß jemand aus. »Das ist eine ganze verdammte Flotte!«

»Sie kommen rings um uns herum an!« stellte Martinez unnötigerweise fest. »Wir sitzen mittendrin!«

Rodland ignorierte sie. »Können Sie mir eine Transponder-ID liefern?« fragte er den Funkbeobachter.

»Negativ. Keine Transponderkennung.« Raumschiffe im normalen Verkehr sendeten ein konstantes Signal, das Name, Besitzer und Nationalität des Schiffes enthielt. Jedes Schiff, das dieses codierte Signal nicht ausstrahlte, mußte als möglicher Feind betrachtet werden.

»Teufel«, murmelte Rodland und schnallte sich an. »Fähnrich Rischel, machen Sie voran. Funker, Spruch an Dunkeld-Kontrollzentrum. Melden Sie: ›Ankunft zahlreicher Sprungschiffe ohne Transpondersignal‹, und geben Sie bis auf weiteres regelmäßige Lageberichte weiter. Mister Ullestad, geben Sie Gefechtsalarm.«

Das Plärren der Sirenen dröhnte durch die Brücke. Trotz des Lärms klang die Stimme des Ersten Offiziers fast unmenschlich ruhig durch die Rundrufanlage. »Alle Mann auf Posten. Alle Mann auf Posten.

Gefechtsstationen. Anschnallen für Kampfeinsatz. Gefechtsstationen. Dies ist keine Übung.«

An Bord des Freien-Skye-Sprungschiffs *Götterdämmerung* rieb sich Generalkommandant von Bülow über Stirn und Augen, um seine Sinne wieder einigermaßen unter Kontrolle zu bekommen. Schon seit Beginn seiner militärischen Laufbahn litt er bei Sprüngen durch den Hyperraum unter diesen Sprungschockauswirkungen. Für die meisten Menschen war es dabei mit einer leichten Desorientierung getan, aber bei von Bülow waren die Folgen erheblich schwerer. Es war eine peinliche Schwäche für einen kommandierenden General, aber er hatte bis jetzt noch kein Gegenmittel gefunden. Wäre seine Gegenwart auf der Brücke des Sprungflaggschiffs während des Sprungs ins Glengarry-System und unmittelbar danach nicht unbedingt notwendig gewesen, hätte er sich in sein Quartier an Bord der *Asgard* zurückgezogen, um keine Schwäche zu zeigen. Aber die ersten Sekunden nach dem Austritt aus dem Hyperraum konnten entscheidend sein, und von Bülow mußte vor Ort sein, um sie zu meistern.

Er zwinkerte noch und bemühte sich, seine Übelkeit zu unterdrücken, als sich der Kapitän des Sprungschiffs, Raumoberst Ivan Gluschko, zu ihm umdrehte. »Transition erfolgreich abgeschlossen, Herr General. Koordinaten bestätigt.«

»Alle Schiffe haben sich gemeldet«, ließ sich einen Augenblick später der KommTech hören.

Von Bülow nahm die Meldungen mit einem Nicken entgegen.

»Ihre Befehle, Herr General?« fragte Gluschko, auf dessen scharfen Zügen sich Besorgnis zeigte.

Endlich fand der Generalkommandant seine Stimme wieder. »Status ... Status der Schiffe in diesem Bereich?« krächzte er.

»Ein Sprungschiff in der von unseren Scouts vorhergesagten Position«, berichtete der OrtungsTech. »*Invasor*-Klasse. Transponder verifiziert erwartete Identifikation als *Gray Skull*. Konfiguration deutet auf ein angedocktes Landungsschiff hin. Ein weiteres Schiff im Flug. Analyse ergibt gepanzerten Kompanietransporter der *Gazelle*-Klasse. Flugvektor Richtung Glengarry, Entfernung siebzigtausend Kilometer und steigend.«

»Carlyle hat eine *Gazelle* in seinem Luft/Raumkontingent«, fügte Gluschko hilfreich hinzu. »Die *Antilope* unter Oberleutnant John Drake.«

Von Bülow nickte ungeduldig. »Ich weiß. Na schön, Raumoberst, befehlen Sie den Schiffen, die Landungsschiffe abzustoßen. Prioritätsspruch an die *Merkur*. Operation Blackout wie geplant starten.«

»Jawohl, Herr General«, erwiderte Gluschko, drehte sich um und überschüttete die Brückenbesatzung der *Götterdämmerung* mit einem Schwall von Befehlen. Operation Blackout verlangte die Neutralisierung aller feindlichen Ziele im Gebiet um den Sprungpunkt. Schon seit Wochen waren Spione im Glengarry-System tätig, und von Bülow war sicher gewesen, nicht mehr als ein Sprungschiff hier anzufinden.

Noch immer unter Sprungschock löste von Bülow vorsichtig die Sicherheitsgurte. Die Schwerelosigkeit auf der Sprungschiffbrücke war bei der Überwindung der Übelkeit nicht gerade hilfreich. »Raumoberst, ich bringe meine Flagge zurück auf die *Asgard*«, erklärte er. »Führen Sie meine Anweisungen aus. Sie behalten das Kommando über das Geschwader, bis ich übernehme.«

»Jawohl, Herr General.«

Als er sich zur nächsten Luke abstieß, versuchte von Bülow seine Übelkeit zu unterdrücken. Die nächsten Stunden würden entscheidend für die Invasionsflotte sein. Sie mußten ihre Landungsschiffe starten und sich zum Flug nach Glengarry formieren, ohne daß die Schiffe der Legion innerhalb des Systems fliehen und andere Pro-Davion-Welten alarmieren konnten. Jetzt war nicht der Zeitpunkt, Zweifel an seiner Gesundheit aufkommen zu lassen.

Die Symptome würden schon bald abklingen. Die Aussicht auf einen Kampf würde seine volle Aufmerksamkeit beanspruchen, und von Bülow würde ganz der alte sein.

8

Dunkeld, Glengarry
Mark Skye, Vereinigtes Commonwealth

1. April 3056

Kommandanthauptmann Davis McCall stand auf dem Castle Hill über der Stadt und zupfte am Stehkragen seiner Uniformjacke. Der war zu eng, und der Caledonier machte sich durch einen langen gälischen Fluch Luft. McCall hatte noch nie etwas für formelle Anlässe übrig gehabt. Er zog Taten jeder Zeremonie und die informelle MechKriegerkleidung aus Shorts und Kühlweste den Paraden und speziellen Anlässen vorbehaltenen Ausgehuniformen vor. Aber heute war Heldentag, und er war es den Männern und Frauen, deren Angedenken die Legion ehrte, schuldig, sich in Schale zu werfen.

Natürlich blieb McCall selbst am Heldentag zu sehr Rebell, um die komplette Ausgehuniform der Legion zu tragen. Mit seinem Kilt und Sporran wirkte er eher wie ein Einheimischer als ein Mitglied des Grauen Todes, aber in diesem Punkt gab es für ihn keine Zugeständnisse. McCall stammte vom Planeten Caledonia, hier in der Isle of Skye, und war eingetragenes Mitglied der dortigen Jakobiterpartei gewesen, bis er umständehalber zum Söldner geworden war. Er hatte Grayson Carlyle fast von Anbeginn seiner Laufbahn begleitet, und seine Leistungen im Lauf der Jahrzehnte entschuldigten noch weit mehr als McCalls gelegentliche Exzentrizitäten.

In den dreißig Jahren, seit er zu Grayson Death Carlyle gestoßen war, hatte sich viel verändert. Als McCall der Einheit auf Galatea, der Söldnerwelt, beigetreten war, war Carlyle gerade erst Anfang Zwanzig gewesen. Seine Handvoll BattleMechs und der in radikal neuen Mechabwehrtechniken ausgebildete Infanteriekader hatten kurz zuvor einen verzweifelten Kampf gegen Haus Kurita auf der abgelegen Welt Trellwan überlebt. McCall hatte seine Zweifel an den Zukunftsaussichten dieser Truppe gehabt, aber Carlyle war der einzige Kommandeur gewesen, der bereit war, ihn trotz seiner durchwachsenen Vergangenheit und seines Rufs als Unruhestifter unter Vertrag zu nehmen.

Die Kämpfe auf Verthandi und danach hatten beide Männer veranlaßt, ihr Mißtrauen gegeneinander zu überdenken. Grayson Carlyle hatte sich als taktisches Genie mit einem Flair für das Unerwartete herausgestellt, das in der Lage war, selbst hoffnungslose Situationen in triumphale Siege zu verwandeln. Und der dickköpfige, unabhängige und mit seiner Meinung alles andere als zurückhaltende Davis McCall hatte Carlyle in jeder Schlacht unerschütterlich zur Seite gestanden. Seine fraglose Loyalität gewährte McCall nur selten, aber Carlyle hatte sie sich ein dutzend Mal und mehr verdient.

Inzwischen war der Graue Tod keine einzelne, unvollständige Kompanie mehr. Heute war die Einheit ein komplettes gemischtes Regiment mit fünf BattleMechkompanien und beachtlichen Infanterie- und Luft/Raumkontingenten. Auf dem großen Paradeplatz hinter der Residenz hatten mehr Männer und Frauen Aufstellung genommen, als bei McCalls erster Mission nach Verthandi aufgebrochen waren, und das, obwohl sich die halbe Legion zur Abwehr eines gerüchteweise bevorstehenden Clanangriffs irgendwo an der Tamargrenze befand. Die vielen Offiziere in ihren strengen grauen Uniformen formten einen beeindruckenden Block, der zu beiden Seiten von den farbiger gekleideten Truppen der Planetaren Garde Glengarrys in ihren Kilts und hellen Uniformjacken eingerahmt wurde. Hinter ihnen

ragte eine Ehrengarde aus vier BattleMechs, die ScoutLanze der Gefährten des Grauen Todes, über dem Paradeplatz auf wie riesige Denkmäler der menschlichen Eitelkeit.

McCall warf einen letzten Blick über den Paradeplatz, bevor er seinen kritischen Blick auf die Tribüne richtete. Die meisten Sitzplätze wurden von hohen Offizieren der Legion, Stabsmitgliedern des Generalgouverneurs und ausgewählten Honoratioren Dunkelds eingenommen. Er stoppte, als sein Blick die stechenden dunklen Augen von Kommandanthauptmann Gomez Cristobal de Villar traf, eines weiteren Veteranen der Legion, der sich in eine führende Position hochgearbeitet hatte. Früher hatte de Villar die ScoutLanze der Legion geleitet und nebenbei als Sprengstoffexperte fungiert. Heute war er Kommandeur des Ersten Bataillons und leitender Einsatzoffizier in Grayson Carlyles Stab, was ihn in Abwesenheit des Obersten zu dessen Stellvertreter machte. Der düstere MechKrieger vom Planeten Bolan schenkte McCall ein dünnes Lächeln, in dem noch immer eine Spur der Verwegenheit zu entdecken war, die ihn legendär gemacht hatte.

Der Mann hatte sich seit den Tagen, in denen er mit scharfen Sprengkörpern jongliert hatte, nur um seine Mitlegionäre zu erschrecken, erheblich gemäßigt. Eine Heirat und drei Kinder hatten de Villar geholfen, seßhaft zu werden. Eines seiner Kinder diente in der momentanen Kadettenklasse, ein anderes fungierte in Oberst Carlyles persönlichem Stab als Adjutant. Das dritte war auf Sudeten gestorben.

De Villars Frau, Freya, saß zwischen ihm und ihrem Bruder, MeisterTech Alard King, einem weiteren altvertrauten Gesicht. King war es gewesen, der auf Helm den Kernspeicher der alten Sternenbund-Bibliothek kopiert hatte. Inzwischen älter und in Ehren ergraut, war King noch immer ein erstklassiger Tech, der häufig über die Verwaltungsarbeiten schimpfte, die ihm als oberstem Versorgungsoffizier der Legion zufielen. Er zog es noch immer vor, sich mit seinen Leuten die Hände schmutzig zu machen, statt hinter einem Schreibtisch zu sitzen. Was Freya anging, sie war erst nach Helm zur Legion gestoßen. Ihr Bruder hatte sie als Scout angeworben. Sie hatte noch immer den Rang eines Hauptmanns, widmete sich inzwischen jedoch hauptsächlich den Bedürfnissen ihres Gatten und erschien nur selten bei offiziellen Anlässen. Heute würde sie einige schmerzhafte Erinnerungen durchleben. Enrique de Villar, ihr jüngster Sohn, war von den Clans gefangengenommen worden und beim Verhör gestorben, ohne die Evakuierungspläne der Einheit verraten zu haben.

Neben Alard King stand eine weitere bekannte Gestalt, jemand, den McCall hier auf keinen Fall zu sehen erwartet hatte. Charles Bear, der aufgeschossene Indianer von Tau Ceti II, hatte die Legion kurz nach der Verlegung nach Glengarry verlassen. Anschließend hatte er sich zur Ruhe gesetzt und von Grayson Carlyle ein riesiges Landgut in den Glencoe Highlands im Süden Scotias akzeptiert. Dorthin hatte er sich als Einsiedler zurückgezogen und den Kontakt zu seinen alten Gefährten abgebrochen. Bear bemerkte McCalls Blick und nickte ihm kurz und mit bewegungsloser Miene zu. McCall fragte sich, was hinter diesen ausdruckslosen Augen vorging. Welche Erinnerungen löste diese Zeremonie im Herzen des Indianers aus?

McCall nahm seinen Platz in der Nähe des Podiums ein und gab das Zeichen für den Beginn der Zeremonie. Zum Fanfarenklang der Legionskapelle näherte sich der neueste MechKriegerkadett, Harrison Gates, dem Podium. Es war Tradition, daß der MechPilot mit der kürzesten Dienstzeit in der Legion die Heldentagsfeier eröffnete, indem er Oberst Carlyle, beziehungsweise in diesem Fall seinen Stellvertreter, kurz ankündigte.

»Legionäre!« Gates wirkte nervös, versuchte dies aber mit betontem Enthusiasmus zu überspielen. »Oberst Grayson Carlyle und seine Lady wurden mit einer Einladung nach Tharkad geehrt und können daher heute nicht zu uns sprechen. Aber der Sohn und Erbe des Obersten ist hier, um seinen Vater zu vertreten. Ich bin stolz, sagen zu können, daß Alexander Durant Carlyle und ich zusammen in der Kadettenkompanie Dienst tun, und obwohl ich erst seit einem Monat zu dieser Einheit gehöre, habe ich Alex Carlyle als guten MechKrieger, überzeugten Legionär und, so hoffe ich, neuen Freund schätzen gelernt. Bitte begrüßen Sie… Kadett Alexander Durant Carlyle.«

Der junge Carlyle trat zum Rednerpult, wo er Gates die Hand schüttelte und etwas zu ihm sagte, das McCall nicht hören konnte. Alex wirkte in seiner frischgebügelten Ausgehuniform von Kopf bis Fuß wie ein Soldat, und McCall nickte zufrieden. Trotz der Probleme des Jungen in Brander hielt er sich wie ein geborener Menschenführer. Wenn er erst einmal über seine momentanen Schwierigkeiten hinwegkam, würde er es noch weit bringen. Als er Alex den Speicherchip mit seiner Rede in das elektronische Lesegerät auf dem Pult schieben sah, fühlte sich McCall an den jungen Grayson Carlyle erinnert, der auf Galatea seine persönlichen Zweifel hinter einer Aura von Selbstbewußtsein und Können verborgen hatte. Jetzt begann Alex zu reden, mit ruhiger, gleichmäßiger Stimme, und die Autorität seines Tonfalls gab seinen Worten zusätzliches Gewicht.

»Nach dem alten terranischen Kalender ist heute der erste Tag des Aprils. An diesem Tag vor achtundzwanzig Standardjahren kämpfte die Gray Death Legion auf Helm in einer Serie von Gefechten, die mit einem Rückzug von jener Welt endeten, aber auf keinen Fall mit einer Niederlage. An diesem Tag barg der Graue Tod einen wichtigen Sternenbund-Kernspeicher, während er überlegene Kräfte zurückschlug, die Haus Marik in einem heimtückischen Versuch ausgeschickt hatte, die Legion zu vernichten. Anschließend zog sich die Einheit erfolgreich von der Oberfläche jener Welt zurück.«

Alex pausierte und ließ seinen Blick über die Versammlung schweifen, bevor er weitersprach. »Die Kämpfe auf Helm sahen die Gray Death Legion in ihrer besten Stunde. Obwohl verraten, weigerten wir uns zu kapitulieren. Bis an die Grenzen unserer Leistungsfähigkeit getrieben, haben wir doch das Wissen des Sternenbundes davor bewahrt, vernichtet oder von unseren Feinden mißbraucht zu werden. Und obwohl in der Minderzahl, haben wir weitergekämpft. All das bedeutet es, Teil der Gray Death Legion zu sein. Viele gute Männer und Frauen haben bei den Kämpfen auf Helm ihr Leben gelassen, und andere sind vor und nach jenem schicksalhaften Tag für den Grauen Tod gefallen. Mein Vater hat den Jahrestag unseres Kampfes auf Helm als Gedenktag für alle die Helden festgelegt, die in den Diensten der Legion gefallen sind. Ihre Namen und ihre Taten werden für immer in unseren Herzen weiterleben, gleichgültig ob sie Fußsoldaten oder MechKrieger waren. Und auch wenn es unmöglich wäre, alle ihre Geschichten hier und heute vorbeiziehen zu lassen, können wir sie alle als die Helden, als die sie sich erwiesen haben, erinnern und ehren.«

Während Alex weitersprach, ruhte McCalls Blick zwar auf dem jungen Carlyle, aber in Gedanken sah er andere Legionäre, die er mit Stolz seine Kameraden genannt hatte. Delmar Clay war bis zur letzten Schlacht auf Sudeten sein Lanzengefährte und bester Freund gewesen. Und Isoru Koga, der Ronin-Mech-

Krieger, der durch falsche Anschuldigungen eines Rivalen in seinem alten Regiment aus dem Draconis-Kombinat vertrieben worden war. Koga war bei einem Mechzweikampf mit seinem alten Feind gestorben. Er hatte die Maschine seines Gegners vernichtet, während sein Lebensblut bereits aus einer tödlichen Bauchwunde strömte.

Randolph Blake und Erin Sharpley waren im Krieg von 3039 auf obskuren Kurita-Grenzwelten geblieben, während sich Sharyl, die zur MechKriegerin aufgestiegene Tech von Dahar IV, nach Abschluß dieses Konflikts entschieden hatte, die Legion zu verlassen. Die einzigen noch aktiven MechKrieger aus der ursprünglichen Truppe waren Grayson und seine Frau Lori, Tracy Kent, de Villar und Kommandanthauptmann Hassan Ali Khaled, der mit dem Zweiten Bataillon weit entfernt auf Borghese stand.

Andere Namen und Gesichter traten vor sein inneres Auge: Der zähe alte Ramage, der in den Anfangstagen die Infanterie befehligt hatte, bevor er McCalls Vorgänger als Waffenmeister geworden war. Er war gestorben, wie er gelebt hatte, kämpfend – er hatte Grayson Carlyle in einem wilden Gefecht mit den Clans auf Pandora den Rücken gedeckt, als ihn sein Schicksal ereilte. Und Renfred Tor, der Handelsschiffkapitän, der mit seinem Sprungschiff einer von Carlyles ersten Gefährten geworden war. Er war als einziger im Bett gestorben und hatte eine Tochter hinterlassen, die das Familiengeschäft weiterführte. Als Kapitän der alten *Ärgernis* war Katrina Tor die dienstälteste Raumschiffskommandantin der Legion. Wie Khaled war auch sie mit der anderen Hälfte der Legion unterwegs.

Und es hatte so viele andere gegeben. Manchmal ließen die Heldentagsfeiern in McCall die Frage aufsteigen, warum er das alles noch mitmachte. Das Söldnerleben war hart, voller Gefahren und Unbequemlichkeiten, und erfüllt von der sicheren Gewißheit, daß der endlose Krieg jeden Kameraden umbringen würde, wenn nicht heute, dann morgen. Es hatte eine Zeit gegeben, da hatte McCall nur den Ruhm und die Ehre gesehen, aber inzwischen wußte er es besser. Er hatte seinen ersten BattleMech verloren, ein Auge, einen Arm und zahllose Freunde.

Er schloß einen Moment die Augen. Die Gesichter der Toten blieben bei ihm. Manchmal trug er sich mit dem Gedanken, alles aufzugeben, so wie Bear. Er war jetzt fünfundfünfzig Jahre alt. Das Leben eines MechKriegers eignete sich besser für Jüngere, mit den Reflexen und dem Enthusiasmus der Jugend. Es war fast zwei Jahre her, seit McCall einen BattleMech ins Gefecht geführt hatte, auch wenn er noch in den TrainigsMechs, die er gegen die Kadetten steuerte, Cockpitzeit sammelte. Er fragte sich häufig, ob er einer echten Schlacht noch gewachsen wäre.

Es war ein Leben, das ihm langsam aus den Händen glitt, aber es war das einzige Leben, das Davis McCall kannte.

»Der Heldentag ist ein Tag des Angedenkens. Es geht nicht darum, verlorene Freunde zu betrauern, sondern vielmehr, ihre Taten zu feiern und ihr Gedächtnis lebendig zu erhalten. Solange es nur ein Mitglied der Gray Death Legion gibt, das sich an seine Kameraden aus vergangenen Tagen erinnert, bleiben diese Legionäre Teil unserer großen Tradition.« Alex Carlyle trat vom Rednerpult zurück und machte Kadett Gates wieder Platz. Als er sich auf den freien Stuhl zwischen McCall und de Villar setzte, hörte er ein drängendes Fiepen von dessen Armbandcomp. De Villar runzelte die Stirn und preßte einen Knopf auf dem Gerät.

»Normalerweise ist es nicht Sitte, daß ein Zivilist am Heldentag zur Legion spricht«, erklärte Gates.

»Aber heute werden wir auf Anregung Oberst Carlyles eine Ausnahme machen, um dem Generalgouverneur von Glengarry die Möglichkeit zu geben, bei uns zu sein. Seine Exzellenz, Generalgouverneur DeVries...«

Alex' Aufmerksamkeit war auf de Villar gerichtet. Die Miene des Kommandanthauptmanns verdüsterte sich, als er über den winzigen Lautsprecher, der unmittelbar hinter seinem linken Ohr klebte, der Meldung zuhörte.

Dann stand de Villar abrupt auf und berührte McCall an der Schulter. Ohne zu zögern erhob sich auch der Caledonier und folgte seinem Vorgesetzten von der Bühne. Alex schaute ihnen mit einem Gefühl unangenehmer Vorahnung nach. Nur ein wirklich dringendes Problem konnte diese beiden veranlaßt haben, die Zeremonie zu unterbrechen.

Alex war nicht der einzige, der die beiden Kommandanthauptmänner gehen sah. Die Menge bewegte sich unruhig, und der Generalgouverneur blieb kurz stehen und kniff die Augen zusammen, bevor er ans Rednerpult trat. Dann schien er die Störung abzutun.

Roger DeVries war ein großer, eleganter Mann mit silbernem Haar und dünnem grauem Schnurrbart, der ihm ein aristokratisches Aussehen verlieh. Er verneigte sich leicht, als er über die versammelten Legionäre blickte. Als er zu reden begann, war seine Stimme gemessen und glatt, aber von großer Würde. »Soldaten der Gray Death Legion. Ich kann meine Freude darüber, hier und heute bei Ihnen zu sein, um ihre gefallenen Kameraden zu ehren und an die vergangenen Taten zu erinnern, die Ihre Einheit in der gesamten Inneren Sphäre berühmt gemacht haben, nicht in Worte fassen. Ihr Oberst hat mich mit der Erlaubnis, hier zu erscheinen, geehrt. Aber während wir uns an die Vergangenheit erinnern, wollen wir auch in die Zukunft schauen, darauf, was wir tun können, um für diese Welt, Glengarry, neue Hoffnung und neuen Wohlstand zu ermöglichen.«

Alex Carlyle hörte den Generalgouverneur kaum. Seine Gedanken waren weit entfernt vom Paradeplatz, bei McCall und de Villar und hundert Fragen darüber, welche Krise sie wohl fortgerufen hatte.

9

Dunkeld, Glengarry
Mark Skye, Vereinigtes Commonwealth

1. April 3056

Die Planetare Verteidigungszentrale lag tief unter dem Fels des Castle Hill in einem gehärteten Stahlbetonbunker, der als militärisches Nervenzentrum Glengarrys diente. Die einzige reguläre Zugangsmöglichkeit war ein Aufzug, der das subplanetare Labyrinth mit den Gebäuden und Kasernen auf der Oberfläche des Castle Hill verband. Es gab eine Reihe von Notausgängen, Tunneln, die durch den Fels zu entfernten, gut versteckten Türen führten, aber die waren nur für den größten Notfall gedacht.

Die verborgenen Kammern der Verteidigungszentrale waren darauf angelegt, ganze Armeen auf planetenweiten Feldzügen zu koordinieren, denn sie stammten aus der Zeit, in der Terras Kolonien noch in der Lage waren, Materialschlachten dieser Art zu organisieren. Heute, in der Zeit der BattleMechs und kleinen Eliteeinsatzeinheiten, war diese Vorgehensweise veraltet. Die gemeinsam vom Grauen Tod und der Planetaren Garde bewachten Gewölbe waren mit der Hochtechnologie der modernen Kriegsführung vollgestellt – Ortungsgeräten, riesigen Computern, Gefechtssimulatoren, Funkkonsolen und was es dergleichen noch gab.

Als sich die Lifttüren öffneten und Davis McCall Gomez de Villar in den Gefechtsleitstand folgte, präsentierten zwei Gardisten in Kilt und hellblauer Uniformjacke zackig das Gewehr. Da der größte Teil der Legion für die Teilnahme an den Heldentagsfeiern freigestellt worden war, fehlten die üblichen Infanteristen.

Die technischen Posten im GLS waren mit Freiwilligen aus der Besatzung des Legions-Landungsschiffes *Medea* besetzt. Der Kapitän des Schiffes, Oberleutnant David Longo, fungierte als Diensthabender Offizier. Die *Medea* saß momentan auf dem Raumhafen von Dunkeld fest. Sie und ihr Schwesterschiff, die *Io*, waren vor kurzem bei einem Überfall auf die Jadefalken schwer beschädigt worden. Beide Schiffe benötigten ausgedehnte Reparaturen in den Raumwerften von Skye, bevor sie wieder in Dienst gestellt werden konnten. Die *Medea* war ausgeschlachtet worden, um die *Io* soweit instandzusetzen, daß sie diese Reise machen konnte. Sie sollte wieder zusammengeflickt und nach Skye geschickt werden, sobald Ilse Martinez zurück war.

Dadurch war Oberleutnant Longo zur Zeit ein Kapitän ohne Schiff, und die Chance, der Legion an anderer Stelle dienen zu können, bis er nach Skye abfliegen konnte, schien ihn durchaus zu befriedigen. Er wirkte allerdings erleichtert, jemanden zu sehen, an den er die Verantwortung abgeben konnte.

»Bericht«, schnarrte de Villar, als er zusammen mit McCall in die Mittelsenke stieg, im Alltagsgebrauch auch als Schlangengrube bezeichnet, von der aus alle Aktivitäten des GLS koordiniert wurden. McCall bemerkte, daß auf einem Monitor, dessen Lautsprecher abgestellt war, die Übertragung der Feierlichkeiten lief. Aber im Augenblick wurde er von niemand beachtet.

»Keine weiteren Sprechfunkmeldungen, Herr Kommandanthauptmann«, antwortete Longo von seiner Position vor dem Hauptmonitor. »Wir haben die Routinemeldung vom Anflug der *Antilope* erhalten, dann kam die Warnung. Mehrere ankommende Sprungschiffe ohne Transponder, potentiell feindlich. Seitdem nichts mehr, aber wir haben eine offene KUT.«

Der Battaillonskommandeur ließ sich in einen

leeren Sessel sinken und stieß einen Finger in Richtung des Techs an der benachbarten Konsole. »Sie – KommTech. Wie groß ist Verzögerung zur *Gray Skull?*«

»Achtundzwanzig Minuten, Herr Kommandanthauptmann«, stammelte der Tech.

»So lange? Verdammt...« De Villars Miene wurde noch düsterer. »Na, da läßt sich wohl nichts dran ändern.«

Die Zeitverzögerung bei Funkverkehr über interplanetare Distanzen war für Bodentruppen immer wieder eine unangenehme Überraschung. Da es unmöglich war, ein Hyperraumfeld innerhalb einer größeren Schwerkraftsenke aufzubauen, mußten Sprungschiffe in großer Entfernung der Sonne bleiben. Außerdem hatten Magnetfelder die unangenehme Eigenschaft, Hyperraumsprünge zu stören, so daß die meisten Sprünge von speziellen Sprungpunkten in entsprechender Entfernung über den Polen des Zentralgestirns durchgeführt wurden. Die *Gray Skull* befand sich am Nadirsprungpunkt des Systems, etwas weniger als vier Astronomische Einheiten entfernt, und die mit Lichtgeschwindigkeit reisenden Funksignale brauchten fast eine halbe Stunde, um diese Strecke zu überbrücken. Bei einer Stunde Verzögerung zwischen dem Abschicken einer Frage und der Ankunft der Antwort war ein normales Gespräch unmöglich. Die einzige praktische Kommunikationsweise bestand im Senden ganzer Blöcke von Informationen oder Anweisungen. Anschließend drückte man die Daumen, daß sich die Situation in der Zwischenzeit nicht so grundlegend geändert hatte, daß die Sendung bei Eintreffen am Ziel nicht schon reine Makulatur war.

»Irgendwas in der KUT, womit wir was anfangen können?« De Villars Frage war an Longo gerichtet. Der ärgerliche Tonfall war ein eindeutiger Hinweis darauf, wie besorgt er war, dachte McCall. Als junger Lanzenführer war de Villar zwar unberechenbar gewesen, aber scheinbar immun gegen Zweifel und Furcht, und heutzutage ließ er sich nur in den seltensten Fällen irgendein Gefühl anmerken. Wenn er seine Maske so weit fallen ließ, mußte de Villar äußerst nervös sein.

»Nein, Sir«, erwiderte der OvD. »Aber dafür ist es auch noch sehr früh.« Die KUT-Leitung, die Kommunikations- und Telemetrieleitung von Bord des Sprungschiffs enthielt breitgefächerte Daten, einschließlich konstanter computererstellter Lageberichte, Ortungsaufzeichnungen und anderer Informationen, die etwas über die Ankömmlinge aussagen konnten. Aber es würde seine Zeit dauern, bis die *Gray Skull* etwas von Wert herausfand. Auch dort am Sprungpunkt würde die Zeitdifferenz aufgrund der Entfernung zu Verzögerungen führen, sofern die möglichen Angreifer nicht geradewegs vor Rodlands Nase materialisierten. Bis die Ortungsgeräte die Daten erfaßten, würden diese Sekunden oder sogar Minuten alt sein, und angesichts der Entfernungen im Weltraum konnte man erst mit brauchbaren Berichten rechnen, wenn das Schiff nah genug für eine optische Abtastung der fremden Flotte heran war.

Und von da an würde es noch fast eine halbe Stunde dauern, bis die Daten die Verteidigungszentrale auf Glengarry erreichten …

»Schön«, meinte de Villar mit verkniffenem Mund. Er deutete wieder auf den KommTech. »Schicken Sie die übliche Mitteilung, daß nähere Befehle folgen.« Zu McCall fügte er hinzu. »Ich hoffe, wir können ihm genug liefern, um alle Möglichkeiten abzudecken. Ich habe noch nie viel davon gehalten, in so einer verfahrenen Situation auf Distanz zu kommandieren.«

De Villar tippte erste Notizen für seine Nachricht an Rodland. Währenddessen suchte sich McCall einen

Stuhl an einer freien taktischen Planungsstation. Im Aufzug hatte de Villar ihm die Lage geschildert. Soweit das mit den wenigen Informationen, die sie bis jetzt hatten, möglich war. Außer einer einzelnen, knappen Meldung lag nichts vor, und die warf einige unbeantwortete Fragen auf. Der Caledonier hielt nicht viel davon, im Dunkeln herumzustochern, und nichts anderes taten sie derzeit. Und daran würde sich auch nichts ändern, bis sie wußten, wer da draußen aufgetaucht war und wozu.

So viele gleichzeitig in einem so abgelegenen Sonnensystem auftauchende Sprungschiffe konnten nur eine militärische Aufgabe haben, und das Schweigen ihrer Transponder deutete mit Nachdruck auf feindliche Absichten hin. Trotzdem waren die Indizien keineswegs eindeutig. Es konnte sich bei den Schiffen durchaus um eine legitime Flotte des Vereinigten Commonwealth unterwegs von oder zu einem anderen System der Mark Skye handeln, die Transponderstille wahrte, um feindlichen Spionen Informationen über VC-Truppenbewegungen vorzuenthalten.

Oder die Schiffe konnten ComStar gehören, der unabhängigen, auf Terra angesiedelten Organisation, die – halb Hochtechnologieunternehmen, halb quasireligiöser Orden – die Kommunikationsverbindungen zwischen den Systemen aufrechterhielt. Bis vor fünfundzwanzig Jahren hatte niemand außerhalb ComStars vermutet, der Orden könne irgendeine militärische Macht darstellen. Aber dann hatte sich herausgestellt, daß er seit Jahrhunderten ein geheimes Arsenal aus BattleMechs der Sternenbund-Ära besessen hatte. Diese Mechs und das ComStar-Militär waren es gewesen, die in der Schlacht um Tukayyid den Vormarsch der Clans gestoppt hatten.

Seither hatte ComStar mit internen Zwistigkeiten zu kämpfen, die dem Orden den größten Teil seiner Macht und seines Prestiges gekostet hatten, aber er konnte seine kampfstarken Mechtruppen noch immer nahezu überall in der Inneren Sphäre einsetzen. Außerdem gab er sich notorisch geheimnisvoll, wenn es um Absichten und Truppenbewegungen ging. Außerdem existierte eine ComStar-Splittergruppe, Blakes Wort, die im Marik-Raum Unterschlupf gefunden hatte und Gerüchten zufolge Übles gegen ihre ehemaligen Gefährten bei ComStar im Schilde führte. Die Bedrohung durch Blakes Wort hatte die Mark Skye bereits zwei Regimenter gekostet, die an die Grenze verlegt worden waren, um Marschall Caesar Steiners Armee zu verstärken. Vielleicht war eine ihrer Flotten auf dem Weg zum Angriff auf ComStar-Befestigungen im mageren Rest der Freien Republik Rasalhaag bis Glengarry durchgebrochen.

Und selbst wenn die neu angekommenen Schiffe von Feinden des Vereinigten Commonwealth bemannt waren, war es durchaus möglich, daß sie nur auf der Durchreise zu einem wichtigeren Ziel im Glengarry-System haltgemacht hatten. Bis de Villar mehr Daten vorlagen, konnte sich der Graue Tod über nichts sicher sein.

Und wenn sie endlich mehr wußten, konnte es schon zu spät sein.

10

Interplanetarer Raum, Glengarry-System
Mark Skye, Vereinigtes Commonwealth

1. April 3056

»Verdammt noch mal, wann passiert hier endlich was?« maulte Raumleutnant Sean ›Shadowcat‹ Ferguson. Seine Nerven waren durch den bevorstehenden Kampf angespannt, und das scheinbar endlose Warten im engen Cockpit seines Luft/Raumjägers war seiner Laune nicht gerade zuträglich.

Er sah auf die Uhr in der Kontrollkonsole. Das hatte er seit dem Anschnallen bestimmt schon hundertmal getan. Die FS-Armada war vor mehr als einer halben Stunde nach Glengarry gesprungen, und die Alarmsirenen, mit denen die Jägerstaffel in den Hangar gerufen worden war, hatte ihm nicht einmal Zeit gelassen, den Sprungschock zu verdauen. Aber die ganze Hast, die sechs *Luzifer*-Jäger zu bemannen, war nur das Vorspiel zu schier endloser Langeweile gewesen. Ihr Träger-Landungsschiff, die *Merkur,* hatte noch immer nicht von der *Götterdämmerung* abgekoppelt. Währenddessen saßen Ferguson und seine Kameraden im Jägerhangar des Schiffes wie auf glühenden Kohlen.

»Nimm's leicht, Junior«, ermahnte ihn Staffelführer Raumhauptmann William ›Hoch Sechs‹ Hobart. »Die Busfahrer wissen schon, was sie tun. Beruhig dich und versuch zu entspannen. Und paß bei deinem nächsten Kommentar auf, daß dein Funkgerät abgeschaltet ist.«

Unter dem ausladenden Flughelm glühten Fergusons Wangen. Hobart, der einzige Veteran der Staffel, hatte ein Talent dafür, ihm das Gefühl zu vermitteln, ein Idiot zu sein. Er wußte, daß er für Hobarts Begriffe ein Grünschnabel war, aber keiner der anderen

Piloten der Einheit zog so die Aufmerksamkeit auf sich, wie es Ferguson ständig zu tun schien. Und die Tatsache, daß er aufgrund seiner Trainingsnoten Hobarts Stellvertreter geworden war, half auch nicht.

Natürlich waren sie alle aufgeregt, selbst Hobart, auch wenn er jetzt den abgeklärten Veteranen raushängen ließ. Seit Tagen waren ihr einziges Gesprächsthema die Befehle gewesen, mit denen die Erste New Glasgow-Luft/Raumstaffel des Skye Guards-Regiments für die Glengarry-Mission aktiviert worden war. Die Staffel war erst vor kurzem gebildet worden, nachdem die Waffenlager auf Skye geöffnet und das darin eingelagerte Material den Trainingskadern der verschiedenen Rangerregimenter auf dem Planeten zugänglich gemacht worden war. Noch hatte die neue Luft/Raumeinheit keinen Kampfeinsatz gesehen, aber jetzt hatten sie die Chance, ihre Fähigkeiten unter echten Gefechtsbedingungen zu beweisen.

Die Staffel war als Hauptangriffseinheit für Operation Blackout eingeteilt, die erste Stufe der Invasion des Glengarry-Systems. Die genaue Aufgabe war noch immer Thema ihrer Spekulationen. Die Jäger waren voll bestückt, die taktischen Daten waren in die Bordcomputer eingegeben, aber die Piloten würden ihr Ziel erst kurz vor dem Angriff erfahren. Vor dem Sprung hatte MacGillvray, Fergusons Flügelmann, mit ihm gewettet, daß sie ein Sprungschiff blockieren mußten, um zu verhindern, daß feindliche Landungsschiffe dem Planeten Hilfe brachten. Nach dem Ablauf der letzten Trainingssimulationen auf Skye machte diese Vermutung Sinn.

Ferguson sah wieder auf die Uhr. Das schlimmste an der langen Wartezeit, bis sich die *Merkur* vom Sprungschiff löste, war die Gelegenheit, über die bevorstehende Schlacht nachzudenken. Er hoffte nur, daß er die Staffel nicht im Stich ließ, nicht unter dem Eindruck eines echten Kampfes den Mut verlor. Der

Gedanke, statt elektronischer Simulationsziele auf lebende, atmende Menschen als Gegner zu treffen, machte ihm ebensoviel Angst, wie er ihn erregte.

Aber seine Heimatwelt litt wie viele andere unter dem Joch von Haus Davion, und dieser Krieg war die einzige Möglichkeit für Skye, die Freiheit zu erlangen. Es war ein Krieg – wenn nötig bis aufs Messer. Und Sean Ferguson war entschlossen, seinen Teil beizutragen, gleichgültig was er dazu tun mußte.

In der Castle-Hill-Verteidigungszentrale auf Glengarry starrte Kommandanthauptmann Davis McCall auf die Übertragung auf dem Hauptmonitor, als hoffe er, dort eine bessere Lösung zu finden. »Ich kenn nae anderre Lösung«, meinte er langsam. »Ohne das Sprrungschiff sind wirr abgeschnitten. 'Tis nae andrrer Weg, mit derr Flotte ferrtig zu werrden.«

»Wenn es Feinde sind«, antwortete de Villar, mehr bei sich als zu McCall gerichtet. »Wenn wir ihr Ziel sind. Für meinen Geschmack sind das zu viele verdammte ›Wenns‹. Rodland muß Position halten, bis wir mehr wissen.«

»Aye«, stimmte McCall mit gerunzelter Stirn zu. »Und mit derr Zeitverrzögrung wird err entscheiden müss'n, ob err ut sprringen muß – und wann. Dass können wirr nae von hierr entscheiden.«

Der amtierende Kommandeur der Legion blickte ihn säuerlich an. »Ich wünschte, die Entscheidung läge bei Katrina Tor. Oder Ilse Martinez. Ich weiß nicht, ob ich die Verantwortung gerne in Rodlands Händen sehe.«

»Du könntest Marrtinez anweisen, den Befehl tae überrnehmen.«

De Villar schüttelte den Kopf. »Dafür ist die Lage zu ernst. Die meisten von Rodlands Offizieren dienen unter ihm, seit sie Rasalhaag verlassen haben. Ich will keine Konfrontation riskieren, die uns womöglich das

Schiff kostet. Wir brauchen die *Gray Skull*, wenn wir überhaupt Hilfe bekommen wollen.«

McCall nickte zögernd. Eine verteufelte Situation, dachte er, in der möglicherweise alle Hoffnungen der Legion an einem Sprungschiff und einem Kapitän von zweifelhaftem Ruf hingen. Ohne HPG-Station war Glengarry für den Kontakt mit anderen Systemen völlig auf Sprungschiffe angewiesen.

Vor der Ankunft der Clans waren alle von Menschen besiedelten Welten in ComStars überlichtschnelles interstellares Kommunikationsnetz eingebunden gewesen. Diese Stationen hatten über Generationen in der Hand ComStars gelegen, bis die Führerin des Ordens gegen Ende des Clankrieges versucht hatte, die politische Macht über die Innere Sphäre zu erlangen. Der Versuch war fehlgeschlagen, Prima Myndo Waterly abgesetzt worden, aber dabei war das gesamte Kommunikationsnetz heillos durcheinander geraten. Auf vielen Welten hatte der jeweilige Nachfolgerstaat die Hyperpulsgeneratorstationen übernommen, den ComStar-Techs aber gestattet, die Geräte weiter zu bedienen. Kleinere Stationen wurden weiter von ComStar direkt betrieben. Aber nicht auf Glengarry. Die HPG-Station bei Dunkeld war von einem fanatischen ComStar-Akoluthen sabotiert worden, der gefürchtet hatte, die Gray Death Legion mit ihrem Ruf als Vorkämpfer für die allgemeine Zugänglichkeit von technologischem Wissen könnte genug über ComStars Geheimnisse erfahren, um den Orden für alle Zeiten auszuschalten. Dadurch konnte der Planet nur durch Botschaften mit dem Rest des Vereinigten Commonwealth in Kontakt bleiben, die von Sprungschiffen transportiert wurden. Und die *Gray Skull* war das einzige befreundete Sprungschiff im System.

»Na gut«, stellte de Villar leise fest und machte sich noch eine Notiz. »Ohne HPG ist die *Gray Skull* unsere einzige Chance, irgend jemand von der Situation hier in Kenntnis zu setzen. Rodland kann die VC-Behörden unterrichten ... Vielleicht kann er auch zu Khaled und dem Zweiten Bataillon stoßen.«

»Aye, das ist unserre einzige Option.« McCall verzog das Gesicht. Der Gedanke, auf Rodland angewiesen zu sein, gefiel ihm ebensowenig wie de Villar. Es hatte eine Menge unbeantworteter Fragen über die Umstände gegeben, unter denen Rodland die Dienste Rasalhaags verlassen hatte. »So lange der Laddie am Rruderr seine Pflicht kennt ...«

»Tante Ilse wird ihn schon auf dem rechten Weg halten«, warf Oberleutnant Longo ein. In Wahrheit war er natürlich nicht mit Ilse Martinez verwandt, aber die meisten Raumfahrer der Legion betrachteten den Landungsschiffkapitän mit einer Mischung aus Familiengefühl und Ehrfurcht. Immerhin war sie der einzige Schiffskapitän, der seit den Anfangstagen der Einheit unter Grayson Carlyle gedient hatte. McCall wünschte sich, den Optimismus des jüngeren Mannes teilen zu können.

»Meine Frage ist: Wen soll er für uns alarmieren?« fragte de Villar grimmig. »Teufel, wir wissen nicht einmal, wer da draußen ist, woher sollen wir wissen, wen wir davon informieren sollen? Wem können wir trauen?«

»Wirr sollten's besserr bald kennen«, meinte McCall. »Wenn Rodland nae sprringt, 'til err mohn, wirrd er aye Zeit haben tae lernen, werr das da draußen ist.«

»Ja, aber das hilft uns hier nicht weiter. Wir müssen die Befehle jetzt formulieren.«

»Wiel ...« McCall starrte auf einen leeren Monitorschirm in der Wand hinter de Villar und versank in Gedanken. »Wiel, wenn es sich rrausstellt, daß es Feinde sind, wirrd es wiel nae Davion-Flotte sein. Derr junge Prince Victor hat nae Grrund, sich gegen uns tae wenden. Und selbst wenn err etwas gegen uns hätte, denk ich nae, daß err angrreifen würrde, ohne uns vorrher tae hören.«

»Denk an Helm«, meinte de Villar tonlos.

McCall erinnerte sich an seine Gefühle, bevor die Zeremonie begonnen hatte. War das erst eine Stunde her? Es war kaum zu glauben, daß auf dem Paradeplatz weit über ihnen die Heldentagsfeiern noch immer weitergingen. »Das werrd ich nie, Laddie«, sagte er. »Aberr was immer Victor Davion sein mag, er agierrt nae, ohne vorrher all' zu kennen, was es zu kennen gibt. Err wirrd sich nae vorrtäuschen lassen, wirr hätten etwas getan, was nae wahr is … und wirr haben nichts gegen ihm unterrnommen. Nein, ich denke, wirr können ihm verrtrrauen, aber ich würde nae anderrem verrtraun.«

»Besonders nicht Richard Steiner«, bemerkte Longo vorsichtig. »Soweit ich das sehe, hat ihn Ryan in der Tasche. Wenn jemand aus dieser Gegend hinter der Flotte da draußen steckt, möchte ich wetten, er ist es. Und Seine Gnaden von Skye hat verteufelt viel Einfluß in diesem Raumsektor. Wenn er unser Gegner ist, reicht sein Arm sehr weit.«

»Das aen, was wir tun können, ist Rodland befehlen, sich ins HPG-Netz einzuklinken. New Earth ist die nächste rrestaurrierte A-Station, wenn man Skye verrgißt – und ich finde, wirr sollten best annehmen, daß Skye feindlich ist, wenn wirr die Befehle abschicken, nurr um sicherrzugehn. Unserre beste Chance ist eine Botschaft an Oberrst Carlyle auf Tharrkad. Err kann entscheiden, wie err es an den Hof weiterrgibt.«

»Das wird riskant«, meinte Longo. »Ein KommTech mit der falschen Loyalität könnte alles sabotieren.«

De Villar zuckte die Achseln. »Das gilt für alle unsere Möglichkeiten. Deshalb muß Rodland von New Earth aus nach Borghese, um Khaleds Leute zu alarmieren. Auf diese Weise können wir uns wenigstens einer Hilfsquelle sicher sein.«

»Das wirrd Wochen dauerrn.«

»Monate dürfte es eher treffen. Aber wir haben kaum eine Wahl, oder?«

»Nae«, stimmte McCall zu. »Überrhaupt keine Wahl. Und darrum sollten wirr sehen, daß wirr die Botschaft abschicken, solange noch Zeit is. *Wenn* noch Zeit is.«

11

Nadirsprungpunkt des Glengarry-Systems
Mark Skye, Vereinigtes Commonwealth

1. April 3056

»Neuer Kontakt! Neuer Kontakt auf Position null-vier-zwo bei eins-drei-drei!«

Kapitän Rodland rief die Navigationsanzeige auf seinen Bildschirm. Wo wenige Minuten zuvor noch ein Punkt gewesen war, sah er nun eindeutig zwei. »Mister Ullestad ...«

»Neuer Kontakt ist eindeutig impulsgetrieben, Skipper«, erwiderte der Erste Offizier der *Gray Skull*, noch bevor Rodland seinen Satz beenden konnte. »Eindeutig ein Landungsschiff.«

»Klasse?«

»In Arbeit... Landungsschiff bestätigt. *Leopard*-Klasse... Kurs konstant, Entfernung sechzigtausend Kilometer und sinkend. Kommt in unsere Richtung.«

Fähnrich Rischel drehte sich zu Rodland um. »Es fliegt mit steiler Schubkurve, Kapitän. Schätzungsweise drei G. Damit ist es in etwa ... vierundzwanzig Minuten längsseits.«

»Vorausgesetzt, es plant, seinen Delta-V dem unseren anzupassen«, meinte Ullestad. »Wenn es nicht in der Mitte der Strecke umdreht und abbremst, ist es schneller hier.«

»Das hätte wenig Sinn«, warf Ilse Martinez ein. Sie hatte die Brücke für eine Weile verlassen, um nach der *Io* zu sehen, aber jetzt war sie wieder da und hatte den Stuhl des Taktikkordinators eingenommen.

Der Erste Offizier blickte fragend zu ihr hinüber. »Wenn man kämpfen will, schon. Es ist nicht nötig, den Kurs anzugleichen und längsseits zu gehen, um ein Ziel zu zerblasen.«

»Das kann doch nicht Ihr Ernst sein«, protestierte sie. »Ich meine… das sind keine Clanschiffe. Sie werden sich an die Regeln der Kriegführung halten.«

Rodland zuckte vielsagend die Achseln. »Regeln der Kriegsführung hin, Regeln der Kriegführung her, ich will keine Zielscheibe für eine Bande Hitzköpfe abgeben.«

Es war ein ungeschriebener, aber altehrwürdiger Grundsatz moderner Kriegführung, daß Sprungschiffe aller Art sakrosankt und vor Angriffen kriegführender Parteien sicher waren. Der allgemeine Verlust von Technologien der Sternenbund-Ära hatte die interstellaren Raumschiffe so wertvoll werden lassen, daß kaum ein Kombattant in der Inneren Sphäre bereit war, den Verlust der eigenen Flotte zu riskieren, indem er die Sprungschiffe eines Gegners attackierte. Aber in letzter Zeit hatte dieses ungeschriebene Gesetz an Wert verloren, weil neue Technologien die Werftindustrie der Nachfolgerstaaten wiederbelebt hatte. Die Clans, denen eine vergleichbare Tradition der Zurückhaltung fremd war, hatten bei ihren Angriffen auf die Innere Sphäre den Kampf gegen Sprungschiffe wieder eingeführt. Wer konnte sagen, wie lange die politischen Fanatiker der Inneren Sphäre noch zögern würden, es ihnen gleichzutun, insbesondere wenn es sich um Bürgerkriegsparteien oder die ›Wahren Gläubigen‹ von Blakes Wort handelte. In Bürger- oder Glaubenskriegen konnten die allgemein gültigen Regeln der Kriegführung schnell wertlos werden. Und selbst wenn die Eindringlinge nicht das Feuer eröffneten, bestand die Möglichkeit, daß sie die *Gray Skull* entern und erobern wollten.

Einar Rodland hatte ein deutliches Gefühl von déjà vu. Wieder einmal sah er sich auf der falschen Seite einer ungleichen militärischen Konfrontation. Er sah Martinez in die Augen. »Wir müssen davon ausgehen, daß der *Leopard* nicht hierher unterwegs ist, weil sein Kapitän bei uns ein Täßchen Zucker schnorren möchte. Mister Ullestad, wie weit sind Sie mit der Sprungberechnung?«

»Ist noch in Arbeit, Sir. Zehn Minuten, nicht mehr.«

»Gut. Beeilen Sie sich. Ich möchte hier blitzschnell abhüpfen können, bevor er nah genug heran ist, um uns eins überzubrennen.«

»Sie springen doch nicht ohne Erlaubnis ab?« herrschte Martinez ihn an. Sie kannte Rodlands Vorgeschichte und hatte kein Geheimnis aus ihrer Verachtung für einen Mann gemacht, der bereit war, seine Kameraden ihrem Schicksal zu überlassen. »Wir werden bald neue Instruktionen von Glengarry erhalten. Und vergessen Sie auch die *Antilope* nicht.« Kurz nach dem Auftauchen der mysteriösen Armada hatte sich Oberleutnant Drake entschlossen, zum Sprungschiff zurückzukehren, statt es auf ein Rennen ankommen zu lassen. Er war noch da draußen.

»Ich gehe nur auf Nummer Sicher«, antwortete Rodland abwesend, während er auf dem Monitor die Kursprojektion des gegnerischen Landungsschiffs betrachtete. »Ich möchte, daß alles fertig einprogrammiert ist, bevor diese Hundesöhne dicht genug herankommen, um uns Ärger zu machen. Wir werden die *Antilope* noch aufnehmen.«

Martinez stieß sich von Rischels Sessel ab und hing Sekunden später vor Rodland in der Luft. Der Blick ihrer dunklen Augen schien ihn durchbohren zu wollen. Ihre Stimme war leise, aber gelassen. »Lassen Sie ja Ihre Finger von dem Knopf, Rodland, bis wir wissen, was man unten auf Glengarry von uns erwartet. Ich bin schon zu lange in der Legion, um sie jetzt im Stich zu lassen.«

»Wir werden auf unsere Befehle warten«, erwiderte Rodland eisig, »oder so lange, bis wir keine Wahl mehr haben. Aber vergessen Sie eines nicht, Schwester: Das hier ist mein Schiff … und meine Crew. Sie kommen zuerst. Wenn Ihnen das nicht paßt, können Sie sich in Ihrem Rosteimer abkoppeln und die bösen Buben ganz alleine stellen. Haben Sie das verstanden?«

Sie nickte, ein knappes, bitteres Nicken. »Ich verstehe«, raunzte sie. Ohne ein weiteres Wort stieß sie sich wieder ab und schwebte in einer leichten, eleganten Flugbahn durch die offene Luke. Dann war sie fort, und Rodland wandte sich wieder dem Monitor zu. Das fremde Schiff kam weiter näher.

»*Gray Skull, Gray Skull* von *Antilope.*« Aus dem Lautsprecher drang die Stimme Drakes. »Wir haben Langstreckensichtkontakt mit dem soeben abgekoppelten Landungsschiff der Eindringlinge. Hören Sie mich? Over.«

»*Antilope* von *Gray Skull.* Wir hören Sie. Können Sie uns ein Videosignal überspielen?«

»Ja, *Gray Skull.* Augenblick.« Nach einer längeren Pause flackerte einer der Bildschirme auf Rodlands Konsole auf. Zunächst war das Bild recht unscharf, aber dann schaltete Drake die Vergrößerung ein. Plötzlich sprang ein Bild aus der Dunkelheit.

Ullestad hatte dasselbe Bild auf seinen Schirmen. »Moment mal, Skipper!« rief er. Er gab etwas in die Tastatur ein. »Neue Typeneinstufung... das ist ein *Leopard*-JT! Sehen Sie die Hangartore für die Jäger?«

»Jäger«, stieß Rodland mit verkniffenem Mund aus. Das Standardlandungsschiff der *Leopard*-Klasse führte eine BattleMechlanze oder ein kleines Kontingent Infanterie mit, aber die JT-Variante war speziell als Jägertender konfiguriert. »Das ist keine verdammte Entermannschaft.«

»Das stutzt unseren Zeitrahmen gewaltig zusammen«, stellte Rischel fest. Jäger mit einer Schubkapazität von sechs G konnten weit länger mit der momentanen Geschwindigkeit ihres Tenders heranfliegen und dann mit erhöhter Schubkraft abbremsen, um die *Gray Skull* eher zu erreichen. Wahrscheinlich würden sie starten, sobald das Landungsschiff in der Mitte der Strecke umdrehte und den Bremsvorgang einleitete.

Rodlands Finger verkrampften sich um die Armlehnen. »*Antilope,* wir zeichnen das Ziel als Jägertender. Sind Sie derselben Ansicht?«

»Das sind wir, *Gray Skull*«, meldete sich Drake scheinbar unbesorgt. »Sieht nicht gut aus, Käpten.« Plötzlich brach die Verbindung ab.

Nein, es sah wirklich nicht gut aus. Und mit beängstigender Geschwindigkeit schrumpften ihre Handlungsmöglichkeiten. Rodland wollte nicht die Flucht ergreifen, solange es sich verhindern ließ. Bei seinem Ruf hätte ein weiterer unerlaubter Rückzug das Ende seiner Laufbahn besiegelt. Aber die Alternative schien auch nicht gerade rosig.

»Sir ...« Der OrtungsTech klang verblüfft. »Sir, die *Antilope* ändert den Kurs. Sie ändert den Delta-V ...«

Auf dem Bildschirm änderten sich die Symbole geringfügig, als der Computer Kurs und Geschwindigkeit des Landungsschiff nach dem unerwarteten Schubimpuls berechnete. Rodland starrte auf den Schirm. Er sah mit jeder Sekunde klarer.

Und mit dieser Erkenntnis wuchs sein Erschrecken. Diese Kursänderung konnte nur eines bedeuten.

»Tod und Teufel«, hauchte Ullestad. »Drake ist keinem JT mit Jägerstaffel gewachsen.«

»Nein, aber er kann ihre Planung durcheinanderbringen. Beten wir, daß das Ergebnis den Preis wert ist.«

12

Interplanetarer Raum, Glengarry-System
Mark Skye, Vereinigtes Commonwealth

1. April 3056

»Entfernung zwölftausend Kilometer und sinkend.«

Oberleutnant John Drake betrachtete die Statusanzeige und nickte anerkennend. Sie waren bereit.

Die *Antilope* war ein Landungsschiff der *Gazelle*-Klasse, als Transporter für eine Kompanie Panzerfahrzeuge und deren Besatzung ausgelegt. Im Moment jedoch erfüllte sie eine alltäglichere Aufgabe und transportierte gemischtes Frachtgut, das die *Gray Skull* von Lyons mitgebracht hatte. Aber zumindest war sie bewaffnet. Drake hoffte, sein Schiff würde sich gut schlagen.

In seinem Hinterkopf protestierte eine Stimme, daß dies nicht zu den Aufgaben eines Landungsschiffskapitäns gehörte und er sich eigentlich mit vollem Schub zurückziehen müßte. Das war die anerkannte Rolle eines Landungsschiffes, besonders unbeladen. Leben waren billig, Maschinen nicht. Man mußte die Hardware für spätere Kämpfe retten.

Aber Drake verdankte der Gray Death Legion sein Leben und seine Stellung. Vor ihm hatte sein Vater die *Antilope* als Teil eines Kurita-Panzerregiments an der Rasalhaager Grenze kommandiert. Als die Clans kamen, war die *Antilope* im Gefecht beschädigt worden und hatte nur knapp entkommen können, indem sie an einem flüchtenden Handelsprungschiff andockte. Sie waren im Sudeten-System aus dem Hyperraum gekommen, auf dem Gebiet des Vereinigten Commonwealth, wo ein Kurita-Schiff Freiwild war. Es war schlimm genug für ein Schiff aus dem Gebiet des Erbfeinds Haus Steiner-Davions gewesen, sich ins VC-Territorium zu wagen, aber Sudeten gehörte der Gray Death Legion, und der Graue Tod befand sich seit dem heimtückischen Angriff auf Trell I, der Grayson Carlyles Vater das Leben gekostet hatte, in einer Fehde mit den Draconiern.

Die *Antilope* war über Sudeten abgestürzt, und Drakes Vater war dabei ums Leben gekommen, aber Grayson Carlyle hatte sich nicht feindselig gezeigt. Statt dessen hatte er Drake die Möglichkeit angeboten, sein Schiff zu reparieren – und zu behalten –, wenn er der Legion im Gegenzug bei den Evakuierungsmaßnahmen half. Die Clans hatten sie gerade geschlagen, und Sudeten mußte aufgegeben werden. Jeder andere hätte das Schiff wahrscheinlich beschlagnahmt, aber nicht Carlyle. Seit jenem Tag war Drake Teil der Legion.

Und heute hatte er endlich Gelegenheit, seine Schulden zu begleichen.

»Anruf von der *Gray Skull,* Sir«, meldete sich der HauptkommTech des Schiffes. »Käpten Rodland.«

»Legen Sie es auf meinen Schirm.« Innerlich fluchte er über die Unterbrechung. Er mußte sich konzentrieren. Seine Aktionen vor dem Sprungschiffkapitän rechtfertigen zu müssen, war eine Ablenkung, auf die er verzichten konnte.

»Drake, was, zum Teufel, soll das?« Rodlands Züge füllten den Bildschirm aus.

»*Gray Skull,* Sie brauchen Zeit«, stellte Drake vorsichtig fest. »Zeit, um auf die vom HQ angekündigten Befehle zu warten und sich auf den Sprung vorzubereiten. Ich kann sie Ihnen möglicherweise beschaffen. Ich brauche sie dazu nur etwas aufzuhalten. Wenn sie ihre Schubkurve verändern müssen, um uns zu stellen, wird das ihren Zeitplan gehörig durcheinanderwirbeln.«

»Ein Landungsschiff wird sich gegen eine ganze verdammte Flotte nicht lange halten können, Drake«, protestierte der Sprungschiffkommandant. »Zur Hölle, wenn sie ihre Jäger starten, sind Sie euch sogar ohne irgendwelche Hilfe überlegen. Blasen Sie es ab, Mann! Bevor es zu spät ist!«

Drake schüttelte den Kopf. »Nichts zu machen, *Gray Skull*. Lassen Sie mich tun, was ich tun muß.« Er machte eine Pause. »Sehen Sie sich Ihre taktische Anzeige mal genau an, Käpten. Was ich auch versuche, ich könnte auf keinen Fall andocken, bevor Ihnen diese Bastarde im Nacken sitzen. Also stecke ich auf jeden Fall in der Klemme. Besser, wenn ich dafür sorge, daß es nur uns erwischt.«

Am anderen Ende der Leitung folgte langes Schweigen. Drake sah Rodland vor sich, wie er auf dem Takschirm die verschiedenen Simulationen abrief, aber er kannte das Ergebnis schon. Er war schon immer in der Lage gewesen, auch ohne Computer eine taktische Analyse zu erstellen. Diese hatte er errechnet, sobald er die unverkennbare Silhouette des *Leopard*-JT auf dem Schirm gesehen hatte.

Als Rodlands Gesicht wieder auftauchte, war seine Miene düster. »Der Computer gibt Ihnen recht. Aber Sie können Ihr Leben und das Ihrer Besatzung nicht einfach wegwerfen.«

»Wir werden sehen. Vielleicht haben wir ja eine Überraschung für unsere Gegner.« Wer's glaubt, fügte Drake in Gedanken hinzu, aber er konnte sich jetzt keine offenen Zweifel leisten. »Ich werde versuchen, sie so lange wie möglich aufzuhalten. *Antilope* Ende.«

Er bedeutete dem KommTech, die Verbindung zu unterbrechen und konzentrierte sich wieder auf den taktischen Schirm. Im Grunde war es eine ganz einfache Aufgabe. Er mußte nur die Aufmerksamkeit des gegnerischen Kapitäns erregen …

Bei drei G Andruck war jede Bewegung eine Tortur. An Bord des Landungsschiffs *Merkur* der Bewegung für ein Freies Skye bewegte Raumkommandant Otto Jaeger die Finger mit betonter Sorgfalt über die Kontrollen. Es wäre zu leicht möglich gewesen, unbeabsichtigt einen Finger über das falsche Sensorfeld zu ziehen. Jeder Raumoffizier wußte, daß unter diesen Schwerkraftbedingungen Schnelligkeit zweitrangig war.

Er rief die Ortungsanzeige auf und studierte das Muster aus Linien und Symbolen, das den Raum um das Landungsschiff überdeckte.

»Haben Sie ihn, Sir?« fragte der OrtungsTech. Er klang beunruhigt.

Jaeger studierte die rote Vektorlinie, die das feindliche Schiff repräsentierte, das sich unter Eigenschub geradewegs auf die *Merkur* zubewegte. »Ich habe ihn. Sieht nach einer *Gazelle* aus. Der denkt doch wohl nicht ernsthaft daran, uns anzugreifen?«

»Sieht ganz danach aus, Kapitän«, erwiderte der Erste Offizier.

»Ein Selbstmörder«, erklärte Jaeger. Genaugenommen war die *Gazelle* größer und besser bewaffnet als sein Schiff, aber nur, wenn man das Jägerkontingent der *Merkur* nicht berücksichtigte. Niemand konnte bei vollem Verstand ein einfaches Transportlandungsschiff gegen einen Jägertender mit vollem Luft/Raumkontingent setzen. Es sei denn ...

»Infodienstdaten«, bellte Jaeger. »Was haben wir über die Schiffskapazität des Grauen Todes?«

»Es ist nur ein Schiff der *Gazelle*-Klasse aufgeführt, Kapitän Jaeger«, erwiderte der Erste Offizier. »Die *Antilope*. Bis vor zwei Monaten Standardkonfiguration. Keine Hinweise auf spätere Umbauten oder Modifikationen.«

Jaeger starrte nachdenklich auf den Schirm. »Ihr Kapitän ist entweder ungewöhnlich tapfer oder ungewöhnlich dumm«, stellte er fest. »Er kann uns bestenfalls eine Weile aufhalten.«

»Vielleicht reicht ihm das, Sir.«

»Na schön. Je schneller wir mit ihm fertig sind, desto eher können wir uns um das Sprungschiff kümmern. Startbefehl für die Jäger. Sie sollen ihn aus dem Weg räumen. Und zwar schnell.«

»Aye aye, Kapitän«, bestätigte der 1-O.

Jaeger hielt den Blick auf dem Ortungsschirm und lächelte kalt. Wenn sich ihre Gegner einbildeten, mit Verzögerungstaktiken gewinnen zu können, befanden sie sich schwer im Irrtum. Dieser Kampf würde nicht lange dauern.

»Und fünf! Vier ... drei ... zwo ...«

Im Cockpit seines *Luzifer* umklammerte Raumleutnant Sean Ferguson den Steuerknüppel mit beiden Händen. Noch vor wenigen Minuten hatte er sich über das Nichtstun beschwert. Jetzt umschlossen eisige Geisterhände seine Eingeweide. Das hier war keine Simulation, kein ruhiger Übungsflug. Das hier war ernst ...

»Start!«

Der Andruck rammte ihn nach hinten in den Kontursitz, als das Hangarkatapult den Luft/Raumjäger ins Nichts hinausschleuderte. Aus den Augenwinkeln sah Ferguson für einen Sekundenbruchteil den langgezogenen Rumpf der *Merkur* vorbeihuschen. Dann war der Jägertender hinter ihm außer Sicht.

Er zählte die vorgeschriebenen Sekunden ab, bevor er das Triebwerk einschaltete. Das Landungsschiff hatte auch während des Ausstoßens der Jäger weiter beschleunigt, so daß sich die Flugvektoren von Mutterschiff und Jäger ständig weiter voneinander entfernten. Sobald das Landungsschiff außerhalb des Gefahrenbereichs der Triebwerksdüsen war, konnte Ferguson auf Impulskraft schalten.

»Rote Staffel von Rot Eins.« Hobarts Stimme drang

krachend aus dem Helmlautsprecher. »Navputer auf KUT-Einspeisung von Roter Mutter setzen.«

Fergusons Finger huschten über die Instrumente neben seinem linken Bein. Unter den überspielten Daten veränderten sich die Cockpitanzeigen. Die *Merkur* verfügte über weit leistungsfähigere Sensoren als irgendein Jäger, und ihr Computer war größer und schneller. Mit störungsfreien Richtstrahl-Laserverbindungen, die von den Computern der Jagdstaffel und des Mutterschiffs gesteuert wurden, konnten die Maschinen der Roten Staffel diese überlegenen Möglichkeiten des Landungsschiffs ausnutzen. Natürlich würden sie sich auf ihre eigenen Instrumente verlassen müssen, wenn es hart auf hart ging und die Leitrichtstrahlen zusammenbrachen, aber vorerst kämpften die sechs Jäger der Roten Staffel in engkoordinierter Übereinstimmung.

»Rot Drei«, meldete er sich. »Verbindung steht. Zeichne einzelnes Feindobjekt, Entfernung zehntausend und sinkend.«

»Bestätigt, Shadowcat«, hörte er Hobart einen Augenblick später. »Alle aufschließen und Kurs auf Abfangvektor ändern. Standardrautenformation.«

»Rot Drei hat verstanden.« Ferguson bewegte den Knüppel sauber und präzise. Gleichzeitig wunderte er sich, wie normal ihm das alles erschien. Es war genau wie bei einer Übung.

Nur diesmal war das feindliche Zielobjekt real – und würde innerhalb von Minuten mit scharfen Raketen und Strahlgeschützen das Feuer eröffnen.

13

Interplanetarer Raum, Glengarry-System
Mark Skye, Vereinigtes Commonwealth

1. April 3056

»Jäger! Jäger! Jäger!« ertönte der Singsang des Geschützoffiziers. »Ziel schleust Jäger aus.«

»Identifikation?«

Drakes Erste Offizierin, Linda Fowler, reagierte sofort. »*Luzifers.* Fünfundsechzig Tonnen, Bewaffnung eine LSR und sieben Laser.«

Drake schürzte die Lippen. »Na ja, besser mittelschwere Jäger als schwere.«

»Wenn man Geschwindigkeit und Manövrierfähigkeit beiseite läßt«, konterte Fowler.

Drake ignorierte ihren Einwurf. Daß Landungsschiffe sich freiwillig in ein Raumgefecht einließen, war nicht vorgesehen, und sechs mittelschwere Jäger stellten selbst unter optimalen Bedingungen eine ernste Bedrohung dar. Bewaffnung und Panzerung der *Antilope* waren mehr als angemessen für die Konfrontation mit einem einzelnen Jäger, welcher Bauart auch immer, aber sie waren als Schutz und Unterstützung für die transportierten Truppen bei einer Landungsoperation gedacht, nicht für einen offenen Schußwechsel. Speziell für Abfangoperationen gebaute Luft/Raumjäger konnten Schleifen um ein Landungsschiff fliegen.

Außerdem brachte es nicht viel, gegen die *Luzifers* zu kämpfen. Sie mochten in der Lage sein, ein oder zwei abzuschießen, aber das konnte die Grundsituation nicht ändern. Währenddessen schloß der *Leopard*-JT mit gleichbleibender Geschwindigkeit zu Rodlands *Gray Skull* auf. Die einzige Möglichkeit, Rodland die Zeit zu verschaffen, die er brauchte, um auf die von der Legion auf Glengarry angekündigten Befehle zu warten, bestand darin, das Landungsschiff direkt in ein Gefecht zu verwickeln.

Drakes Blicke strichen über Sensorschirm und Statusanzeige. Er hatte keine Wahl. »Pilot, Schubkurve zufällig variieren. Geschützoffizier, PPKs aufladen und auf Feuerbefehl vorbereiten.«

»Unser Ziel, Skipper?« Takashi Akiyama blickte fragend über die Schulter. »Oder überlassen wir das dem Feuerleitcomputer?«

Drake schüttelte den Kopf. Diesmal würden sie die Bewaffnung nicht dem Computer übergeben. Dessen Bedrohungsalgorithmus war zwar in den meisten Fällen effektiv genug, aber er traf seine Entscheidungen ausschließlich nach kurzfristig taktischen Gesichtspunkten. Hier war eine längerfristige Sichtweise vonnöten.

»Manuelle Zielbestimmung«, befahl er. »Konzentrieren Sie alles auf den *Leopard*. Pilot, direkten Kurs auf das Schiff beibehalten. Etwaige Manöver mitmachen, aber Entfernung verringern.« Das würde nicht leicht werden, wenn beide Schiffe versuchten, die gegnerische Zielerfassung durch zufällige Schubvariationen zu verwirren, aber sie brauchten nicht nahe genug heranzukommen, um zu entern. Es genügte, wenn sie eine Bedrohung darstellten.

Ringsum wurden seine Befehle mit erschrockenem Keuchen aufgenommen. »Der JT ist nicht die Bedrohung«, hörte er jemand sagen.

»Unsere Arbeit besteht darin, diese Hurensöhne zu bremsen«, erklärte er unverblümt. »Das geht am besten, indem wir das Mutterschiff angreifen.«

»Aye aye, Skipper«, bestätigte Linda Fowler für alle.

Sie wußte ebensogut wie er, was diese Entscheidung bedeutete.

RICK HARRIS

»*Allmächtiger!* Das Landungsschiff versucht noch immer, uns abzufangen!«

An Bord der *Merkur* drehte Raumkommandant Jaeger sich in seinem Sessel herum und studierte die Kursanzeige des Feindschiffs. Dessen Vektordaten hatten sich bis auf zufällige Schubveränderungen, um die gegnerische Zielerfassung zu erschweren, nicht verändert. In einer Situation, in der sich sechs Jagdmaschinen mit hohem Schub auf sein Schiff zubewegten, kostete es einen Kapitän viel Mut, derart unbeeindruckt zu reagieren.

Ein tapferer Mann, dieser Kapitän. Schade, daß er sterben mußte...

»Flugkontrolle!« schnarrte er. »Rote Staffel soll aufschließen und angreifen.«

»Ziel feuert Raketen ab«, meldete der OrtungsTech. »Raketen im Anflug! Raketen im Anflug!«

»Abwehrfeuer!« bellte der Erste Offizier.

Der Geschützoffizier reagierte mit einem knappen »Aye aye« und beugte sich über seine Kontrollen. Tausende Hochgeschwindigkeitsgeschosse wurden in den Leerraum um die Merkur abgefeuert, um die auf den Jägertender eingepegelten Gefechtsköpfe der Feindraketen vorzeitig zur Detonation zu bringen.

»Zwo... drei... fünnef... Sprengköpfe neutralisiert«, meldete der OrtungsTech. »Acht... Zwölf sind durch.«

»Festhalten! Reparaturteams, Achtung!«

Jaeger konnte den Einschlag des LSR-Schwarms auf dem gepanzerten Rumpf seines Schiffes fühlen. Die *Merkur* schien unter dem Angriff zu erzittern, und Jaegers Finger gruben sich in die Lehnen der Andruckliege. »Schadensbericht!«

»Meldungen kommen gerade herein, Sir«, erwiderte der Erste Offizier. »Alle Decks sicher. Sie haben einen Teil der Panzerung abgesprengt, aber es gibt keine ernsten Schäden. Der Rumpf ist nirgendwo durchschlagen.«

»Hauptkommsystem ausgefallen. Schalte auf Sekundärsystem«, meldete sich Sekunden später der Funkoffizier.

»Leichter Schaden an Laserturm Nummer Drei«, fügte der Geschützoffizier hinzu. »Die Geschütze melden weiter Feuerbereitschaft, aber der Turmmechanismus zeigt gelb.«

»Reparaturteam ist unterwegs«, ergänzte der Erste Offizier.

»Gut.« Jaeger freute sich über die gute Arbeit seiner Mannschaft. Diese erste Salve war nicht mehr als ein Reaktionstest gewesen. Wenn der feindliche Kapitän auch nur halb so klug war, wie Jaeger glaubte, stand ihnen noch Schlimmeres bevor. Aber er war zuversichtlich, daß seine Crew mit allem fertig wurde, was ein Schiff der *Gazelle*-Klasse einsetzen konnte.

Und inzwischen mußten auch die Jäger in Schußweite sein. Das würde den Kampf entscheiden.

»Raketen im Anflug! Entfernung fünfhundert und sinkend!« rief der Geschützoffizier der *Antilope*.

»Festhalten!« befahl Drake. »Und weiter auf den *Leopard* feuern!«

Einen Augenblick später schüttelte sich das Gray-Death-Landungsschiff unter dem Einschlag der Raketen am Heck. Einen Augenblick wurden die Lichter auf der Brücke schwächer, dann leuchteten sie in alter Stärke. Auf Drakes Statusanzeige erschien eine ganze Serie roter Warnlichter.

»Sechs... nein, sieben Treffer, Skipper«, meldete Fowler. »Alle in der Hecksektion. Die Triebwerke überhitzen, und wir haben Druckverlust im oberen Maschinenraum, Backbordseite. Druckschotts sind geschlossen.«

»Viel mehr halten wir nicht aus«, stellte Drake fest.

Der Gedanke, was er der geliebten *Antilope* seines Vaters antat – und den neun Besatzungsmitgliedern, die sich ihm als Kapitän anvertraut hatten, bereitete ihm Übelkeit.

»PPK-Treffer am *Leopard!*« jubelte der Geschützoffizier. »Den hat der Hundesohn gespürt!«

»Wieviel Zeit haben wir Rodland verschafft?« fragte Drake. Seit der erste *Luzifer* das Feuer auf sein Landungsschiff eröffnet hatte, hatte er das Zeitgefühl verloren.

»Zwölf Minuten, Skipper«, antwortete die Erste Offizierin. »Eigentlich mehr. Wir haben ihr gesamtes Manöverprofil ruiniert. Wenn sie uns fertiggemacht haben, werden sie ihren Delta-V gehörig ausgleichen müssen.« Linda Fowlers Tonfall war besonnen. Sie schien den Tod bereits als einzig mögliches Ergebnis akzeptiert zu haben.

Und sie hatte natürlich recht. Das Landungsschiff war gut gepanzert und schwerbewaffnet, aber die feindlichen Jäger waren schnell und beweglich, und mit jedem Angriff vergrößerten sie den Schaden an der Rumpfpanzerung des Landungsschiffs, ohne selbst etwas einstecken zu müssen. Solange Drake sie ignorierte und sich ausschließlich auf das Mutterschiff konzentrierte, konnte sie ohne Bedenken angreifen. Es war nur eine Frage der Zeit, bis die *Luzifer* die *Antilope* zur Strecke brachten.

Drake schlug mit der Faust auf die Armlehne. »Wenn wir schon untergehen, dann mit fliegenden Fahnen«, sagte er mit rauher Stimme. »Oberleutnant, ich will jedes Pond Schub, das Sie aus den Triebwerken kitzeln können. Und wenn Sie nach hinten gehen und sie mit bloßen Händen zusammenhalten müssen!« Drake sah zum Piloten hinüber. »Pilot, Delta-V ändern. Kollisionskurs mit dem *Leopard*.«

»Aye aye, Sir«, bestätigte der Pilot grimmig. Keine Fragen, keine Einwände, nur simpler Gehorsam.

Drake war stolz auf seine Mannschaft. Sie hatte ein besseres Schicksal verdient.

Er zögerte lange, bevor er wieder etwas sagte. »Ich kann die Steuerung selbst übernehmen ... und ich bitte um einen Freiwilligen, der die Triebwerke überwacht. Der Rest von euch kann aussteigen und darauf hoffen, aufgenommen zu werden. Selbst wenn euch der Gegner schnappt – Kriegsgefangenschaft ist allemal besser als eine Ziffer im Verlustbericht zu werden. Und Söldner werden in der Regel besser behandelt als Haustruppen.«

Niemand regte einen Muskel. Schließlich brach Linda Fowler das Schweigen. »Wenn wir sterben müssen, dann alle gemeinsam«, erklärte sie; dann, nach einem Zögern: »... Kapitän.«

»Noch ein *Luzifer* an Sechs Uhr!« unterbrach der OrtungsTech. »Raketen im Anflug! Raketen im Anflug!«

Der Kapitän der *Antilope* umklammerte die Sessellehnen und wartete auf den Einschlag.

14

Interplanetarer Raum, Glengarry-System
Mark Skye, Vereinigtes Commonwealth

1. April 3056

»Ich hab ihn! Ich hab ihn!« Raumleutnant Sean Ferguson jauchzte und feuerte eine zweite Raketensalve ab. Das Landungsschiff der *Gazelle*-Klasse war kein Gegner für einen gutgeführten Jäger, besonders nicht für einen *Luzifer*.

»Bleib ruhig, Rot Drei«, ermahnte ihn Staffelführer Hobart. »Auf die Art lebst du länger. Verlier nicht über Kleinvieh den Kopf, wenn dir der dicke Brocken noch bevorsteht.«

Ferguson riß sich zusammen, als die erste Raketensalve gerade über die Hecksektion des Söldner-Landungsschiffs zuckte. Seine Sensoren lieferten einen ausgesprochen befriedigenden Schadensbericht: Kritischer Schaden an der Antriebssektion, ein wahrscheinlicher zweiter Rumpfdurchschlag nach dem ersten, den Rot Fünf erzielt hatte, sogar Schäden am Heckleitwerk. Die allerdings würden erst Wirkung zeigen, wenn das Schiff wieder in eine Atmosphäre eintauchte. Falls es lange genug überlebte.

»Fünf weitere Treffer durch Rot Drei«, gab er durch und versuchte erfolglos, ruhig und gelassen zu klingen. Er hatte Geschmack an seiner ersten Schlacht gefunden. Ferguson erlebte alles intensiver und fühlte sich lebendiger als je zuvor.

Seine letzte Salve hatte das feindliche Landungsschiff verfehlt. Es hatte seine Triebwerksleistung variiert, um die Feuerleitsysteme der *Luzifer* zu verwirren, aber diese plötzliche Beschleunigung wirkte mehr wie unkontrollierte Leistungsschwankungen des beschädigten Antriebssystems.

»Verdammt«, murmelte er.

»Mach dir nichts draus, Junior«, meinte Hobart beruhigend. »So geht das im Gefecht. Und jetzt fall zurück und laß dir zeigen, was ein Vet so alles bringt.«

Ferguson feuerte die Frontaldüsen und sah zu, wie sich das Gray-Death-Landungsschiff entfernte. Einen Augenblick später zuckte Hobarts *Luzifer* mit seiner unverwechselbaren rotgoldenen Lackierung über seine Kanzel und stieg in die hohe Verfolgerposition, der Hobart seinen Spitznamen verdankte. Eine Position im Heck des Ziels – bei sechs Uhr – war in jeder Schlacht von Wert, aber Hobarts bevorzugte ›Hoch Sechs‹-Angriffsposition ermöglichte ihm einen besonders guten Blick auf sein Opfer.

Im Gegensatz zu den Anfängern wählte Hobart für den Angriff keine Langstreckenraketen. Der schwerste Laser seines Jägers blitzte einmal auf... zweimal... dreimal, und die Strahlbahn zuckte über das zertrümmerte Heck des Landungsschiffes. Sekundärexplosionen zersprengten die verwüstete Rumpfpanzerung. Fergusons Schadensanalyse meldete mit einem Feuerwerk aus roten und gelben Lämpchen, daß die Sensoren einen enormen Schaden feststellten.

»Das war's!« stellte Hobart gelassen fest. »Der Reaktor ist hinüber. Sieht aus, als blieben ihnen nur noch die Batterien für die Lebenserhaltung. Das ist es dann aber auch.«

»Rote Staffel, Rote Staffel von *Merkur*«, kam die Stimme des Flugbeobachters über die Funkverbindung. »Danke für die Hilfe. Jetzt, wo er den Antrieb verloren hat, ist er keine Bedrohung mehr. Angriff abbrechen und Kurs auf Primärziel nehmen.«

»Verstanden, *Merkur*.« Hobarts Stimme bestätigte den Empfang. »Ihr habt den Mann gehört, Staffel. Gebt Andruck!«

Während Ferguson die neuen Instruktionen in den

Navputer gab, konnte er das Mutterschiff der Staffel manövrieren sehen. Das Feindschiff hatte versucht, seinen Kurs anzugleichen, wahrscheinlich für einen Kamikazeangriff. Ohne Reaktor und Triebwerke konnte das Gray-Death-Schiff nicht mehr manövrieren, während die *Merkur* ihren Flugvektor ändern und dem schwerfälligen Wrack ausweichen konnte. Das Feindschiff würde einfach auf seinem momentanen Kurs weitertreiben, bis es die Kampfzone verlassen hatte oder kapitulierte und in Schlepptau genommen wurde.

Die *Merkur* drehte sich langsam herum. Ihre beiden PPKs eröffneten das Feuer. Augenblicke später erfaßten Fergusons Sensoren einen Raketenschwarm, der auf das manövrierunfähige Feindschiff zuschoß. Soviel zu Flucht oder Kapitulation, dachte er. Offensichtlich war Kapitän Jaeger nicht bereit, irgendein Risiko einzugehen.

Sean Ferguson schluckte und erinnerte sich daran, daß Krieg herrschte. Ein Krieg bis aufs Messer um die Freiheit von Skye ...

»*Gray Skull, Gray Skull* von *Antilope*...«, drang die Stimme aus den Lautsprechern des Sprungschiffs. Statisches Rauschen überlagerte das schwache Signal für einen Moment. »Die letzte Salve... hat uns erledigt. Vier Tote ... keine Energie mehr ... Ich fürchte... versagt...«

Kapitän Rodland beugte sich vor und schlug auf den Sprechsensor. »Steigen Sie aus, Drake! Sie können nichts mehr tun!«

»Zu spät, Kapitän«, sagte Ullestad leise. »Der *Leopard* hat das Feuer eröffnet. Sie haben keine Zeit mehr zum Aussteigen...«

»Verdammt...« Rodland ballte die Fäuste. Drakes *Antilope* war von Beginn an unterlegen gewesen, und trotz der Treffer auf dem gegnerischen Schiff hatte sie keinen ernsten Schaden anrichten können. Drake hatte sein Leben und sein Schiff in einer sinnlosen Geste weggeworfen.

»*Gray Skull* …« Plötzlich wurde das Signal stärker. Anscheinend hatte Drake die letzten Batteriereserven ins Funksystem gespeist. »Fünfzehn zusätzliche Minuten … hoffe, das reicht …«

Dann nur noch Statik.

In der Stille war die Stimme des OrtungsTechs erschreckend laut. »Mehrfache Treffer. Die *Antilope* hat ihren letzten Sprung getan, Sir.«

Rodland sah Ullestad an. »Fertigmachen zum Sprung, Oberleutnant«, sagte er ruhig. »Es wird Zeit, daß wir von hier verschwinden.«

»Aber was ist mit den Befehlen von Glengarry?« protestierte sein Erster Offizier. »Wir sollen auf weitere Anweisungen warten. Das Signal ist bestimmt schon unterwegs.«

»Und während wir hier warten, kommen diese Bastarde immer näher!« herrschte Rodland ihn an. »Glauben Sie etwa, die werden uns in Ruhe lassen? Ich habe nicht vor, darauf zu warten! Befehlen Sie alle Mann auf Sprungstationen, Mister!«

Ullestad setzte zu einer Antwort an, aber der KommTech schnitt ihm das Wort ab. »Wir empfangen eine Nachricht vom HQ, Sir. Code-Priorität Eins.«

»Sir, ich zeichne weitere Ziele«, ließ sich unmittelbar darauf der OrtungsTech hören. »Zahlreiche Ziele unter Schub. Anscheinend stoßen unsere Freunde da draußen alles ab, was sie an Landungsschiffen haben.«

Rodland zögerte. Alle seine Instinkte drängten ihn, die Gefahrenzone so schnell wie möglich zu verlassen und die *Gray Skull* vor der Bedrohung zu retten. Ohne Drake und die *Antilope* wäre er schon lange fort gewesen.

Aber wenn er jetzt floh, waren Drake und seine

Leute umsonst gestorben. Das Landungsschiff hatte ihnen kostbare Zeit erkauft, damit die *Gray Skull* auf Anweisungen von Glengarry warten konnte.

»Streichen Sie den Sprungbefehl, Oberleutnant«, knurrte er schließlich. »Bereitschaft beibehalten. Funker, zeichnen Sie die Botschaft auf.« Er rieb sich die Stirn. Die neuen Befehle konnten Instruktionen für die *Io* enthalten. Er schaltete die Rundrufanlage ein. »Kapitän Martinez auf die Brücke. Ich wiederhole: Kapitän Martinez auf die Brücke.«

15

Dunkeld, Glengarry
Mark Skye, Vereinigtes Commonwealth

1. April 3056

»Augen ... rechts! Präsentiert das ... Gewehr!«

Alex Carlyle nahm Haltung an und hob die rechte Hand an die Mütze, als die Gray Death Legion an der Rednertribüne vorbeimarschierte. Die Musik dazu lieferte die Kapelle der planetaren Miliz, ein Getöse aus Trommeln und Dudelsack, das keine Melodie erkennen ließ. Für Dudelsackmusik hatte er noch nie viel übrig gehabt, besonders nicht, seitdem Davis McCall eine Aufzeichnung einer Dudelsackkapelle in die Funkleitung der Ausbildungskompanie eingespeist hatte, um festzustellen, wie die Kadetten mit der Ablenkung beim Führen ihrer Mechs fertig wurden.

Der Gedanke an McCall erinnerte Alex daran, daß der Waffenmeister und Kommandanthauptmann de Villar verschwunden war, und er fragte sich erneut, wohin und warum. Nur eine ernste Krise konnte diese Männer aus der Heldentagsfeier geholt haben. Es war fast eine Stunde vergangen. Was war los?

Wie als Antwort auf seine Fragen tauchte Waffenmeister Davis McCall neben ihm auf und salutierte, während die Truppen vorbeizogen. Als die letzten Reihen vorbei waren und die Offiziere auf der Tribüne sich entspannen konnten, zog McCall Alex nach hinten und sprach mit leiser, drängender Stimme zu ihm, die von den noch immer klagenden Dudelsäcken fast verschluckt wurde.

»Wirr haben ein Problem, Lad«, stellte McCall ohne Vorrede fest. Wie gewöhnlich in Krisensituationen war sein breiter schottischer Akzent erheblich schwächer als bei einer normalen Unterhaltung. »Eine unbekannte Flotte ist vorr etwa einer Stunde im System aufgetaucht. Es könnte garr nichts tae bedeuten haben… oder es könnte eine Invasion sein. Wirr werrden es frrühestens in einerr Stunde oder so wissen.«

»Eine Flotte…« Alex schluckte. Sein Vater war auf Tharkad, und die halbe Legion weit entfernt auf Borghese. Glengarry war verwundbar. »Was meinen Sie, was es ist? Ein Überfall?«

»Stell keine Vermutungen an, bevorr alle Daten vorrliegen«, ermahnte ihn der Caledonier. »Wir beobachten die Lage von der Zentrrale aus. Aber 'tis nae Grrund, alle nerrvös tae machen, solange wirr nae mehr kennen.«

»Ich verstehe, Sir«, nickte Alex. »Kann ich irgendwie helfen?«

McCall nickte grimmig. »Aye. Gib OD1 King Bescheid. Sobald die Zeremonie vorrbei ist, sollen alle Trruppen auf Allarrmposten. OD King überrnimmt den Befehl in Brranderr, damit ich hierr bleiben kann.«

»Großalarm, Sir?« fragte Alex. »Was ist mit den Kadetten?«

»Aye. Die Kadettenmechs sind zu warrten und voll zu bestücken. Wenn sich herrausstellt, daß es aen Angriff ist, brrauchen wirr jeden Mech, den wirr auftrreiben können.« McCall machte eine Pause. »Vollständige Instrruktionen werrden am Mitteilungsbrett ausgehängt, aberr du kannst OD King mitteilen, was los ist. Leise. Wirr wollen nae Panik, solange es ein Fehlallarrm sein könnte.«

»Ja, Sir«, bestätigte Alex. »Aber…«

»Rraus damit, Laddie«, drängte der Waffenmeister ungeduldig.

»Sorry, Sir. Ich habe mich nur… gefragt, warum Sie ihm nicht selbst Bescheid sagen.«

»Es hat schon Aufsehen genug gegeben, als de Villarr und ich aufgestanden sind. Ich will die Zeremonie nae zusätzlich störren, indem ich King ansprreche. Und wenn das hierr vorrbei ist, muß ich schon wiederr unten sein. Außerrdem ist das Überrbringen von Befehlen und Nachrrichten eine der Hauptaufgaben eines jungen Adjutanten, Alex, oderr?«

Es dauerte einen Moment, bis die Worte durchgedrungen waren. »Ihr Adjutant? Sie meinen …?«

»Aye. Es wird Zeit, daß du die andere Seite des Kommandierens kennenlerrnst.« McCall fixierte ihn düster. »Selbst wenn das umsonst ist, wirrd es eine gute Errfahrrung für dich sein. Wenn der Rrest der Kadetten nach Brrander zurrückfährrt, bleibst du hierr. Melde dich in der Verrteidigungszentrrale, nachdem du mit King gerredet hast.«

»Ja, Sir«, antwortete Alex. »Danke.«

Aber McCall war bereits wieder auf dem Rückweg. Alex ließ sich seine Worte durch den Kopf gehen. Einerseits bestätigte die Aussicht auf eine Invasionsflotte irgendwo draußen im All Alex' schlimmste Befürchtungen. Aber wenn es zur Schlacht kam, würde er zumindest nicht in einer Mechkanzel sitzen. Er war sich nicht sicher, ob er einer echten Schlacht schon gewachsen war – unter der Last seiner Trainingsfehlschläge. Als McCalls Adjutant war die Gefahr, daß er lebenswichtige Entscheidungen würde treffen müssen, weit geringer – und das war Alexander Durant Carlyle ganz recht so.

Ilse Martinez schob sich durch die Luke auf die Brücke der *Gray Skull*. Sie war neugierig, was los war. Von der Brücke der *Io* aus hatte sie den Funkverkehr der *Antilope* mitgehört und entsetzt Drakes letzte Worte empfangen. Das Opfer der *Antilope* traf sie wahrscheinlich härter als irgend jemand anderen an Bord des Gray-Death-Sprungschiffs. Auf ihren Rat hin hatte Grayson Carlyle dem jungen Drake nach der

Evakuierung von Sudeten einen Platz in der Legion angeboten. Sie hatte sein Talent erkannt, sein Talent und seinen Mut.

Jetzt hatte Drake bewiesen, wieviel von beidem er besessen hatte, und den höchstmöglichen Preis dafür bezahlt.

Noch ein Name für die Liste der Gefallenen, die an jedem Heldentag verlesen wird, dachte sie bitter. Martinez war jetzt dreißig Jahre bei Grayson Death Carlyle, seit den Anfangstagen der Einheit, auch wenn man es ihr nicht ansah. Sie wirkte jünger, als sie tatsächlich war. Raumschiffbesatzungen, die den größten Teil ihrer Zeit unter schwerelosen Bedingungen zubrachten, alterten langsamer als ihre bodenstämmigen Kameraden. Martinez konnte noch als Vierzigjährige durchgehen, aber sie war über sechzig, und heute fühlte sie jedes einzelne dieser Jahre und noch weitere dazu.

Rodland sah hoch, als Martinez an seine Seite schwebte. »Unsere Befehle kommen gerade herein«, stellte er ohne Vorreden fest. »Vielleicht können wir jetzt endlich von hier verschwinden.«

»Ich bin froh, daß Sie geblieben sind«, stellte sie kurz angebunden fest. Sie bemühte sich nicht, ihre Gefühle zu verbergen. Martinez mochte Rodland nicht. Ihr gefielen die Berichte darüber nicht, wie er seine Freunde und die Republik Rasalhaag im Stich gelassen hatte, als ihm der Kampf gegen die Clans zu brenzlig wurde.

Aber zumindest diesmal war er geblieben. Drake war nicht umsonst in den Tod gegangen.

Rodland winkte seinem KommTech. »Starten Sie die Aufzeichnung.«

Auf dem Monitor des Kommandostands wirbelten einen Augenblick bunte Farbmuster, dann erschien das Gesicht Kommandanthauptmann Cristobal de Villars. »*Gray Skull,* hier spricht das Hauptquartier«, begann er. »Wir haben Ihre Sendung empfangen.« Er machte eine Pause und schien auf Notizen außerhalb des Kamerafeldes zu schauen. »Zum Zeitpunkt Ihrer ersten Sendung haben Sie die Ankunft von sieben Sprungschiffen in unserem System gemeldet. Laut derzeitigen KUT-Daten hat sich daran bis zum Zeitpunkt dieser Sendung nichts geändert, aber ich habe keine Ahnung, wie die Situation aussehen wird, wenn Sie dies empfangen. Ohne zusätzliche Daten kann ich keine allzu spezifischen Befehle geben, aber ich werde versuchen, die wichtigsten Möglichkeiten abzudecken.«

»Hoch anständig von ihm«, grummelte Rodland.

»Ruhig«, schnappte Martinez. Rodland mochte den Befehl über dieses Schiff haben, aber dreißig Jahre bei der Gray Death Legion gaben ihr das Recht, ihre Meinung zu sagen. Nicht, daß sie damit je hinterm Berg gehalten hätte, auch in den ersten Jahren nicht.

»Was auch immer die Eindringlinge tun, wir brauchen mehr Informationen«, erklärte de Villar. »Falls Sie das nicht ohnehin schon getan haben, konzentrieren Sie Ihre Anstrengungen darauf, alle Einzelheiten über diese Schiffe in Erfahrung zu bringen. Besorgen Sie uns alles, was Ihnen einfällt, aber versuchen Sie vor allem eine Identifikation. Das gilt unabhängig davon, was sonst geschieht.« De Villar machte wieder eine Pause. »Wenn sie keine aggressiven Handlungen unternehmen, möchte ich, daß Sie bleiben, wo Sie sind, und die Situation so lange wie möglich beobachten. Vielleicht sind wir ja nur ein Zwischenstopp. Wenn Sie nur die Solarsegel ausrollen, um ihre Triebwerke aufzuladen, können wir ziemlich sicher sein, daß sie nichts von uns wollen. Aber ich möchte trotzdem, daß Sie ihre Aktivitäten beobachten, bis sie wieder abfliegen oder wir einen Beweis erhalten, daß es sich nicht um Feinde handelt. Sie könnten eventuell die *Antilope* näher ran schicken, aber vermeiden Sie jede Provokation.«

»Ja. Klar.« Rodland schüttelte langsam den Kopf. »Das dürfte inzwischen etwas schwierig werden, Herr Kommandanthauptmann.«

»Falls sie Landungsschiffe abkoppeln, besonders in größerer Zahl, ändert sich alles. Das bedeutet mit fast absoluter Gewißheit, daß es sich um Feinde handelt und wir das Ziel darstellen. In diesem Fall müssen Sie uns so viele Daten wie möglich beschaffen, Kapitän, aber lassen Sie auf keinen Fall zu, daß Ihr Schiff in Gefahr gerät.«

»Amen«, kommentierte Rodland, was ihm einen weiteren bösen Blick von Martinez einbrachte.

»Denken Sie daran«, fuhr de Villar fort. »Ihr Schiff ist unsere einzige Verbindung zum Rest der Inneren Sphäre. Wir haben keine funktionstüchtige HPG, daher können wir nicht um Hilfe rufen. Wir müssen davon ausgehen, daß uns der Gegner gut genug ausgekundschaftet hat, um das zu wissen. Und das bedeutet, Sie sind in Gefahr. Man wird versuchen, die *Gray Skull* zu entern, wenn nicht gar zu zerstören, um zu verhindern, daß dieser Angriff bekannt wird. Deshalb ist es, falls es sich um feindliche Schiffe handelt, lebenswichtig, daß sie aus dem System springen, bevor Sie angegriffen werden. Wenn Sie erst einmal in Sicherheit sind, lauten Ihre Befehle, die Klasse-A-Hyperpulsstation auf New Earth zu erreichen und von dort einen kompletten, codierten Bericht an Oberst Carlyle auf Tharkad zu senden. Wir wissen nicht, wer hinter diesem Angriff steckt – es sei denn, Sie haben inzwischen mehr herausgefunden. Aber der Oberst kennt sich in den politischen Verhältnissen gut genug aus, um entscheiden zu können, ob er die VerCom-Behörden einschalten will. Natürlich ist auch New Earth nicht ganz ohne Risiko, aber diese Gefahr müssen wir eingehen. Nach unseren letzten Erkenntnissen hat Davion die dortige HPG-Station übernommen und wieder voll in Dienst gestellt. Wahrscheinlich ist sie sicher.«

Rodland stoppte die Aufzeichnung. »Es gibt nähere funktionstüchtige HPG-Stationen als New Earth«, stellte er mit irritiertem Tonfall fest. »Wir könnten eine Menge Zeit sparen, indem wir die Botschaft von Skye abschicken.«

Martinez schüttelte den Kopf. »Wir machen es so, wie er gesagt hat. Vergessen Sie nicht, daß der Herzog von Skye nicht gerade eine Stütze des Vereinigten Commonwealth ist. Solange wir nicht wissen, gegen wen wir kämpfen, müssen wir jedes unnötige Risiko vermeiden. Teufel, Skye hat erst '34 rebelliert. Jetzt könnte es wieder soweit sein.«

»Hoffentlich nicht«, meinte der Sprungschiffkapitän und wurde merklich bleicher. »Die Computer sind für den Sprung nach Skye programmiert, und wir haben keine Zeit mehr, ein anderes Ziel zu berechnen.«

»Dann vergessen wir die Sicherheitsmargen und springen von dort aus weiter, ohne auf eine volle Ladung zu warten«, erklärte sie. »Ich werde mich erst besser fühlen, wenn wir diesen Raumsektor verlassen haben.«

»Wenn Sie auf New Earth fertig sind«, ging die Botschaft de Villars weiter, »fliegen Sie nach Borghese. Kommandanthauptmann Khaled ist noch immer dort stationiert. Berichten Sie ihm, was hier vorgeht, und holen Sie sich bei ihm weitere Befehle.«

Der Rest der Nachricht bestand aus näheren Erläuterungen der vorher gegebenen Befehle. Als sie beendet war, schaltete Rodland ab und drehte sich zu Martinez um.

»Sieht so aus, als hätten wir unseren Marschbefehl.«

Sie nickte unzufrieden. »Es gefällt mir nicht, sie hier so zurückzulassen. Sie brauchen mich nicht, um die

Nachricht zu überbringen. Vielleicht sollte ich die *Io* zurück nach Glengarry bringen und sehen, ob ich aushelfen kann.«

»Eine ganz schlechte Idee, Käpten«, meinte Rodland. »Und sinnlos.«

»Was soll das heißen?«

»Also zunächst einmal ist Ihr Schiff möglicherweise für Routineoperationen gut genug zusammengeflickt, aber Sie wissen ganz genau, daß dieser Schrotteimer keine Chance hat, auch nur die schwächste Blockade zu durchbrechen.«

Sie nickte widerwillig. Die *Io* brauchte seit dem Überfall auf Altair dringend eine Generalüberholung. Martinez hatte mit ein paar Behelfsreparaturen dafür gesorgt, daß ihr Schiff noch flugfähig war, aber gegen Luft/Raumjäger halfen die wenig. Und selbst wenn es dem Landungsschiff gelingen sollte, bis nach Glengarry durchzustoßen, würde sie dort unten reichlich hilflos sein. »Ja, Sie haben recht. Aber es gefällt mir nicht.«

»Schwester, mir gefällt nichts von dem, was ich heute zu sehen bekommen habe«, stellte Rodland mit mehr Gefühl fest, als er seit Beginn der Krise gezeigt hatte. Er drehte sich zu seinem Ersten Offizier um. »Mister Ullestad, lassen Sie unsere gesamten Funk- und Ortungsdaten zu einem Hochleistungssignal komprimieren, das wir kurz vor dem Sprung losschicken. Geht das?«

»Aye aye, Sir«, erwiderte der Oberleutnant zackig. »Fünf Minuten.«

»Gut. Dann sind wir in zehn Minuten hier weg. Noch etwas? Nein? Dann sehen Sie zu, daß Sie auf ihren Posten kommen und die Rostschüssel bereit ist.«

»*Merkur* von Rot Eins.« Staffelführer Hobart sprach ins Mikrofon. »Ziel ist in sechs Minuten in Schußweite. Irgendwelche besonderen Befehle?«

Raumleutnant Sean Ferguson lauschte dem Funkverkehr und gab etwas weniger Schub. Hobarts Frage klang besorgt, und alles, was dem erfahrenen Leiter seiner Staffel Sorgen machte, ließ Ferguson nervös werden.

»Rote Staffel von *Merkur*«, ertönte Sekunden später die Antwort. Ferguson erkannte die Stimme. Das half keineswegs, ihn zu beruhigen. Wenn sich Raumkommandant Jaeger, der Kapitän der *Merkur*, persönlich um die Operation der Jägerstaffel kümmerte, konnte das nur Ärger bedeuten. »Ihr Befehl lautet: Zerstörung des feindlichen Sprungschiffs.«

»Z-zerstörung, Sir?« Das Zittern in Hobarts Stimme war selbst für einen Anfänger wie Ferguson deutlich.

»So lautet der Befehl, Mann. Führen Sie ihn aus.« Jaegers Stimme war hart und tonlos.

»Sie … sie könnten sich ergeben, Sir«, wandte Hobart ein. »Wenn sie uns kommen sehen.«

»Sie werden keine Kapitulation anbieten, Rote Staffel«, befahl Jaeger. »Das Sprungschiff ist ungeachtet seiner Aktionen zu vernichten.«

»Aye aye, Sir«, bestätigte Hobart langsam. Die Leitung brach zusammen.

Ferguson schien es, als läge ein Eisengürtel um seine Brust. Die Ausbildung der Staffel hatte mehr Gewicht auf praktische Fragen des Jägerkampfes gelegt als auf irgendeine Militärphilosophie, aber Hobart hatte Wert darauf gelegt, seinen Untergebenen die Regeln der Kriegführung einzubläuen. Und eine der Grundregeln der Raumkriegsführung war das Verbot, Sprungschiffe anzugreifen. Die Technologie dieser interstellaren Raumschiffe war nahezu unersetzbar. Das ging so weit, daß viele abergläubische Piloten der Fähigkeit des Hyperraumantriebs, den Raum in sich zu krümmen, um ein Sprungschiff in Nullzeit von einem System in ein anderes zu schleudern, geradezu mystische Qualitäten zusprachen. Ferguson weigerte sich, alles zu glauben, was er gehört hatte, aber er wußte sicher, daß für Hobart der Gedanke, ein Sprungschiff anzugreifen, undenkbar gewesen wäre. Falls das Schiff kapitulieren sollte, war die Lage noch schlimmer. Paragraph Vier der Ares-Konvention – eine der schriftlich fixierten Regeln der Kriegführung – garantierte Söldnern, die sich bei einem Gefecht ergaben, ihre Unversehrtheit.

Aber Jaegers Befehle ließen keinen Platz für Zweifel. Und Ferguson mußte zugeben, daß es gute Gründe gab, hart und gnadenlos zuzuschlagen. Schlußendlich war die Bewegung für ein Freies Skye verglichen mit der Macht und Größe des Vereinigten Commonwealth nur eine winzige Widerstandsorganisation. Die einzige Möglichkeit, diese Unterlegenheit wettzumachen, bestand darin, den Gegner am Einsatz seiner überlegenen Mittel zu hindern.

Krieg bis aufs Messer. In einem Freiheitskampf konnte es nötig werden, die Regeln der zivilisierten Kriegführung über Bord zu werfen.

»Na schön, Staffel«, kam Hobarts Stimme rauh aber entschlossen über den Kanal. »Ihr habt die Befehle gehört. Alle Geschütze feuerbereit und voller Schub. Angriff erfolgt auf mein Zeichen.«

Ferguson drückte die Schubhebel nach vorne und fühlte den Druck der Beschleunigung auf seiner Brust. Ob gut oder schlecht, das spielte jetzt keine Rolle mehr. Der Angriff hatte begonnen.

»*Luzifers* kommen in Schußweite, Kapitän. In schätzungsweise dreißig Sekunden.«

»Verdammt«, murmelte Rodland. »Wir haben wohl etwas zu lange gewartet.«

»Geschützoffizierin!« bellte Ullestad. »Abwehrfeuer berechnen und ausführen. Mister Rischel, wenn Sie so freundlich wären, sich um Ihre Kontrollen zu kümmern...«

Rodland drehte sich zur Funkstation des Sprungschiffs um. »Ich will eine komplette Aufzeichnung der KUT-Daten für die Sendung nach Glengarry, Mister Gundersen. Nur für den Fall, daß sie da unten in der Echtzeitübertragung etwas übersehen haben.« Theoretisch war es selbst auf interplanetare Entfernungen unmöglich, eine Richtstrahl-Laserverbindung zu stören, aber der Kapitän der *Gray Skull* war nach all den Gefahren des langen Abwartens nicht bereit, noch irgendein Risiko einzugehen. »Komprimieren Sie die gesammelten Daten um den Faktor tausend und bringen Sie den Sender in Position.«

»Soll ich die Sensoraufzeichnung abschalten, Kapitän?« fragte der KommTech.

Bevor Rodland antworten konnte, unterbrach Maat Lund, der OrtungsTech des Schiffes. »Sir, ich könnte eine VID der Jäger bekommen.« Er zögerte, bevor er hinzusetzte: »Das könnte wichtig sein, Sir.«

Rodland nickte widerwillig. Eine Visuelle Identifikation der angreifenden *Luzifers* bot möglicherweise einen Blick auf Markierungen oder Insignien der Maschinen. Selbst wenn die Mannschaft der *Gray Skull* keine Zeit mehr hatte, die Daten der Langstreckenoptik auszuwerten, konnten sie sich als für Glengarry von enormem Wert erweisen. »Gut. Mister Gundersen, halten Sie die Aufzeichnung aufrecht und komprimieren Sie die Daten bei Ankunft. Halten Sie sich bereit, das Signal auf mein Zeichen abzuschicken. Verstanden?«

»Ja, Sir«, bestätigte Gundersen. »Ich werde den Sender mit dem Sprungcountdown koppeln. Es wird automatisch bei S minus fünf Sekunden rausgehen.«

»Gut ... gut.« Rodland nickte knapp. »Aber halten Sie sich trotzdem auch für eine manuelle Bedienung bereit, für alle Fälle.« Er fügte nicht hinzu, daß eine einzelne Rakete, die ihre Abwehr durchbrach, die Computer noch vor dem Sprung ausschalten konnte. Die Daten mußten rausgehen, selbst wenn der *Gray Skull* die Flucht nicht mehr gelingen sollte.

Der Gedanke bereitete Rodland Magendrücken. Er verfluchte seine Lage. Aber er konnte nicht fliehen. Nicht diesmal. Nicht nach dem, was Drake und seine Mannschaft getan hatten.

»Springen wir, Kapitän?« fragte Ullestad gleichmütig.

»Letzte Vorbereitungen einleiten«, erwiderte Rodland und versuchte, die scheinbare Ungerührtheit seines Ersten Offiziers nachzuahmen.

»Letzte Vorbereitungen«, wiederholte der Oberleutnant und schaltete die Rundrufanlage ein. »Sprungwarnung! Sprungwarnung! Noch fünf Minuten! Alle Mann auf Sprungstation! Bereitschaftsmeldung!«

Rodland öffnete eine Sprechverbindung. »*Io*, bestätigen Sie die Sprungwarnung.«

Ilse Martinez reagierte prompt. Sie war auf die Brücke ihres Schiffes zurückgekehrt. Anscheinend hatte sie sich entschieden, Rodland doch zu trauen. »Bestätige. *Io* ist sprungbereit. Vier Minuten, fünfzig Sekunden ... jetzt!«

»Navputer bestätigt Sprungkoordinaten«, meldete Fähnrich Rischel.

»K-F-Triebwerke in Bereitschaft, alle Systeme grün.« Das war Haugen. »Autosequenz läuft. Ladung bei sechsundneunzig Prozent.«

Es war die Standardlitanei einer Brückenbesatzung bei den Vorbereitungen zum Eintauchen in den Hyperraum, aber Rodland spürte die Nervosität in ihren Stimmen, die Anspannung über allem, was sie taten und sagten.

Dann wurde die Routine zerschlagen.

»Raketenbeschuß! Raketenbeschuß!« rief Lund. Auf Rodlands Schirm erschienen plötzlich Dutzende winziger Lichtpunkte wie Schwärme winziger Insekten um die sechs Jagdmaschinen. Feindliche Raketen.

Er blickte auf die Zeitanzeige. Noch vier Minuten...

»Der dicke Hurensohn hängt bloß einfach da! Heut ist Tontaubenschießen angesagt!«

Sean Ferguson konnte selbst durch die Statik und die Störungen im Funkverkehr die Erregung in Archie ›Wildfire‹ Strachans Stimme hören. Der Raumfähnrich hatte die vorderste Position in der Rautenformation der Roten Staffel, und jetzt hörte er sich an, als säße er wieder in einem der Simulatoren auf Skye.

Ferguson konnte keine derartige Begeisterung aufbringen. Er mußte ständig an den Befehl denken, die Regeln der Kriegführung zu brechen und das Sprungschiff zu vernichten. Keine Simulation hatte sie auf diese Situation vorbereiten können. Ein Angriff auf ein Sprungschiff war einfach undenkbar, selbst im Training. Daher konnte niemand sagen, was sie bei diesem Gefecht erwartete.

Er redete sich ein, daß dieser Angriff notwendig war, aber sein Geist rebellierte bei dem Gedanken. Seine Finger waren um den Steuerknüppel verkrampft. Hobart nannte diese Stellung verächtlich ›Grünschnabelart‹. Ferguson war sich kaum bewußt, was er tat.

»Halten Sie sich zurück, Vier.« Hobarts Stimme schnitt durch das Rauschen. »Konzentrieren Sie sich aufs Fliegen und Feuern, und sparen Sie sich das Reden auf, bis wir wieder eingeschleust werden.«

Das feindliche Sprungschiff war noch zu weit entfernt, um mit bloßem Auge sichtbar zu sein, aber Fergusons Instrumente zeigten, daß es noch immer fast bewegungslos im All hing. Die erste Raketensalve der Staffel schoß auf das Ziel zu, und er hielt unwillkürlich den Atem an.

Einen Augenblick leuchtete die Hälfte seiner Sensoren auf. Ein Energiestoß ...

»Skipper! Skipper! Ich bin getroffen!« schrie Strachan.

»PPK-Feuer vom Ziel«, stellte Hobart ruhig fest. »Ausschwärmen. Angriffsmuster Beta. Okay ... reden Sie mit mir, Wildfire. Wie groß ist der Schaden?«

»S-systeme funktionstüchtig ... l-leichte Schäden an der Tragflächenpanzerung backbord.« Strachan schien überrascht, noch am Leben zu sein.

»In Ordnung. Auf diese Entfernung sind wir noch ziemlich sicher. Aber seht euch vor.« Hobart zögerte. »Shadowcat, Chevalier, Salvenfeuer und auf Beta gehen! Ausführung.«

Ferguson preßte den Knopf, der eine zweite Salve seiner Holly LSR-Lafette auslöste, dann zog er den Steuerknüppel hart nach steuerbord und gab vollen Schub. Plan Beta verlangte von Ferguson und seinem Flügelmann, Ian ›Chevalier‹ Henderson, sich aus der Formation zu lösen. Von jetzt an würden jeweils zwei Skye-Jäger separate, aufeinanderfolgende Angriffe fliegen, um einen konstanten Angriffsdruck aufrechtzuhalten.

Ferguson atmete langsam aus. Vielleicht ging diese Mission ja doch gut. Er hatte Angst gehabt, die Geschütze des Gegners könnten die schwergepanzerten Jäger mit einem Treffer ausschalten, aber anscheinend besaß das Sprungschiff auch keine bessere Bewaffnung als andere Raumschiffe der Inneren Sphäre.

Dieses Wissen erleichterte ihn etwas, aber Ferguson umklammerte den Steuerknüppel noch immer fester als jemals im Training.

»Alle Geschütze auf den Raketenschwarm konzentrieren! Feuer!« Kapitän Einar Rodland umklammerte die Lehnen und konzentrierte sich mit jeder Faser seines Körpers auf den Ortungsschirm vor sich. Sprungschiffe waren nicht dafür gebaut, direkt in ein Gefecht einzugreifen, aber die meisten verfügten über eine Reihe von Laser- und PPK-Batterien um Asteroiden und mögliche Enterversuche abzuwehren. Er hatte schon von Kapitänen gehört, die ihre Bewaffnung zur Raketenabwehr eingesetzt hatten, indem sie ein Computerprogramm einsetzten, das eigentlich zur Vernichtung von Meteoritenschwärmen gedacht war, die drohten, das Sprungsegel des Schiffes zu beschädigen, aber dies war das erste Mal, daß er dazu gezwungen war, um die *Gray Skull* zu retten. Er betete, daß Fähnrich Wingate, die Geschützoffizierin des Schiffes, der Aufgabe gewachsen war. Sie war als einziges Crewmitglied auf der Brücke nicht Teil der ursprünglichen Besatzung gewesen, und in den letzten zwei Jahren hatte sie kaum Gelegenheit zum Training gehabt.

»Feuer«, antwortete Fähnrich Brooke Wingate gelassen. Jede verstreichende Sekunde schien Rodland eine Ewigkeit.

Er sah die Ergebnisse auf dem Schirm, noch bevor Lund Meldung machte. »Mehrere Treffer«, stellte der OrtungsTech fest. »Ich zähle neun ... zehn ... zwölf Raketen ausgeschaltet. Acht Zombies weiterhin im Anflug.«

»Weiterfeuern!« rief Rodland.

»Geschütze sind noch nicht wieder bereit, Sir«, erwiderte Wingate. Ihre Stimme war nicht mehr ganz so ruhig. »Wenn wir genügend Wärmetauscher für den Antrieb reservieren wollen, können wir nicht schneller ...«

»Festhalten!« Ullestads Warnung übertönte alle anderen Geräusche auf der Brücke. Einen Sekundenbruchteil später traf die erste Rakete das Sprungschiff. Rodland zuckte bei jeder Detonation, die sein Schiff erschütterte, zusammen.

»Schadensmeldung!«

»Drei Raketentreffer«, antwortete Ullestad. »Sektion Vierundzwanzig... Dockkragen Drei ist beschädigt. Rumpfdurchbruch im Dockbereich. Die *Io* scheint ebenfalls einen Treffer abbekommen zu haben.«

»Status?«

»Soweit ich erkennen kann, keine ernsten Schäden, Skipper«, meinte der Erste Offizier. »Wir hatten Glück. Sprungcountdown läuft weiter... noch fünfundvierzig Sekunden.«

Rodland preßte einen Knopf auf seiner Konsole. »*Io*... Statusbericht!« Wenn das Landungsschiff durch den Angriff ernsthaft beschädigt worden war, konnte das den Sprung erschweren, möglicherweise sogar die *Gray Skull* in Gefahr bringen.

»Wir sind noch ganz, Kapitän«, meldete sich Martinez. »Aber gebraucht haben wir das zusätzliche Loch in der Panzerung nicht.«

Der Rest der Brückenmannschaft lachte. Tante Ilse machte sich allmählich auch auf Rodlands Schiff Freunde, wie schon in der ganzen übrigen Legion.

»Dreißig Sekunden.«

»Ein zweiter Raketenschwarm kommt schnell näher«, stellte Lund fest. »Das wird eng...«

»Alle nicht benötigten Systeme ausschalten«, befahl der Erste Offizier. Im ganzen Schiff heulten die Warnsirenen auf. »Navputer gibt Koordinaten durch. Sprungfeld baut sich auf...«

»Sensoren abgeschaltet.«

»Funksignal komprimiert und bereit zur Sendung. Countdown läuft... Sendung beginnt... jetzt!«

»Springen! Springen!«

Die letzten Sekunden dehnten sich zu einer Ewigkeit...

»Energieschub vom Sprungschiff!« brüllte Sean Ferguson, als seine Instrumente den Aufbau des K-F-

Felds um das feindliche Schiff registrierten. »Bringen Sie sich in Sicherheit, Hoch Sechs!«

»Zu spät, mein Junge«, erwiderte Hobart. »Zu spät…«

Die Hyperraumblase um das Sprungschiff dehnte sich auf ihre maximale Größe aus. Ferguson hörte überraschte Rufe über die Funkverbindung, dann einen unmenschlichen Schrei, als die vier angreifenden Jäger von dem Feld erfaßt und zerfetzt wurden.

»Jesus«, murmelte sein Flügelmann. Er klang ebenso entsetzt wie Ferguson. Vier Mann und ihre hochmodernen Jäger, innerhalb eines Augenblicks restlos vernichtet.

Die Strafe für den Angriff auf ein Sprungschiff…

Und dann war das Hyperraumfeld verschwunden, und mit ihm das Schiff. Verschwunden, als hätte es nie existiert.

Ferguson schloß die Augen und kämpfte gegen die Tränen an. Er nahm den Rücksturzbefehl von der *Merkur* kaum wahr.

16

Dunkeld, Glengarry
Mark Skye, Vereinigtes Commonwealth

2. April 3056

Generalgouverneur Roger DeVries war nach dem Abendessen in sein Büro in der Residenz zurückgekehrt, wie er es gewohnt war, wenn er durch irgendeine zeremonielle Verpflichtung tagsüber an der Arbeit gehindert worden war. Die Heldentagsfeiern des Grauen Todes waren längst vorbei, und DeVries war froh, sie hinter sich zu haben. Er verdankte Carlyles Legion seine Stellung, aber das änderte nichts daran, daß er weder persönlich noch beruflich etwas für sie übrig hatte.

Er starrte trübsinnig auf den Computerschirm, auf dem die Berichte über die nächsten Aufgaben des Zwanzigerrates aufgelistet waren. Es hatte seine Nachteile, unter einem Kontrakt-Eigner wie Grayson Carlyle Gouverneur zu sein. In diesem Zeitalter kümmerten sich viele Adlige kaum um ihre Lehen, solange der dortige Gouverneur seinen Verpflichtungen betreffs Steuern und Soldaten nachkam. Glengarrys vorheriger Lehnshalter zum Beispiel hatte die Welt kein einziges Mal besucht, nicht einmal, wenn lokale Konflikte seine Herrschaft zu bedrohen schienen. Für Baron von Bülow war Glengarry offensichtlich nur ein weiteres Lehen gewesen, das keine nähere Beachtung verdiente.

DeVries wäre es weit lieber gewesen, hätte Prinz Victor Glengarry nach Baron von Bülow einer normalen Söldnereinheit zugesprochen. Natürlich waren MechKrieger nötig gewesen, um die rivalisierenden Thanes zur Ruhe zu zwingen, die ihre Lehen dem Baron verdankt und dazu benutzt hatten, ihre persönliche Macht auszubauen, ganz zu schweigen von den verzweifelten Banden von Wegelagerern, die das Land terrorisiert hatten. Aber jeder normale Söldnerführer wäre damit zufrieden gewesen, die Ordnung wiederherzustellen und Glengarry danach ausschließlich als Operationsbasis seiner Einheit zu gebrauchen. Söldnerlehen sollten Nahrung, industrielle Unterstützung, Arbeitskräfte und gelegentliche Urlaubsmöglichkeiten für müde Soldaten stellen. In einer derartigen Umgebung hätte die wahre Macht auf dem Planeten allein bei seinem Gouverneur gelegen.

Unglücklicherweise war Grayson Death Carlyle alles andere als ein normaler Söldner. Er hatte sich eingehender um die lokalen Belange gekümmert, als DeVries lieb war. Ständig propagierte er Verbesserungen, auf sämtlichen Gebieten von der Industrieproduktion bis zur Kanalisation der Privathaushalte. Ein begrüßenswertes Programm, aber es führte zu nahezu konstanter Einmischung des Lehenshalters – gedeckt von seiner Söldnerarmee – in die Regierungsbelange.

Carlyles Einmischung behinderte die Arbeit, der sich DeVries verschrieben hatte. Nach Jahren als Freihändler hatte er eine ziemlich genaue Vorstellung davon, was nötig war, um aus seiner Wahlheimat ein vollwertiges Mitglied der interstellaren Gemeinschaft zu machen. Während der Söldneroberst dazu neigte, Glengarry als eine Art Hobby zu betrachten und sich um die Verbesserungen zu kümmern, die ihm zu einem gegebenen Zeitpunkt gerade nützlich erschienen, ging es DeVries darum, das Potential des Planeten zu entwickeln und effizient zu nutzen. Er hatte gehofft, mit einer erfolgreichen Amtszeit als Gouverneur zu beweisen, daß seine Regierung nicht nur Glengarry, sondern dem Vereinigten Commonwealth als Ganzem nützte. Schließlich mußte Prinz Victor eines Tages auf Suche nach einem neuen Herren für das Lehen Glengarry gehen. Es lag in der Natur der

Dinge, daß Söldnereinheiten hin und wieder die Zelte abbrachen und weiterreisten. Eines Tages würde die Stationierung der Legion hier zu Ende gehen. Dann würde der Graue Tod fort sein, auf eine andere Welt des Vereinigten Commonwealth verlegt, die eine militärische Präsenz dringender benötigte als Glengarry, oder vielleicht auch in den Diensten eines anderen Arbeitgebers außerhalb des Commonwealth-Raums.

Warum sollte der nächste Lehnsherr von Glengarry nicht der erfolgreiche Verwalter sein, der die korrupte Regierung reformiert und diese Welt wieder zu einem wertvollen Mitglied der interstellaren Gemeinschaft gemacht hatte? Eines Tages würde es soweit sein …

Aber nicht, solange Carlyle sich hier herumtrieb. Wenn der Oberst von Tharkad zurückkehrte, würden sie diese Sache ein für allemal klären müssen, dachte DeVries und löschte den Schirm. So sehr der Gouverneur Carlyles Versuche, das Leben der einfachen Bevölkerung Glengarrys zu verbessern, auch schätzen mochte, jetzt war ein konzertiertes Programm notwendig, das diese Welt endlich ins einunddreißigste Jahrhundert brachte, selbst wenn dazu harte Maßnahmen notwendig wurden. Es wurde Zeit, mit der Verzettelung und Verschwendung von Mitteln aufzuhören und ein echtes Reformprogramm in Gang zu setzen.

Ein Klopfen an der Tür riß den Gouverneur aus seinen Gedanken. Er runzelte die Stirn. Sein Sekretär und die Gardisten, die ihm normalerweise schon im Vorraum unerwünschten Besuch vom Halse hielten, waren nicht mehr da. Aber wahrscheinlich war es nur einer der Diener, also kein Problem. DeVries betätigte den Knopf auf seinem Schreibtisch, der die Tür öffnete, und drehte sich in seinem Sessel um. Während er den Sessel drehte, ließ er eine Hand in die Schublade mit seiner Mydron-Autopistole gleiten. Als Amtsträger mußte man auf alles gefaßt sein, besonders angesichts der großen Anzahl verärgerter Thanes und Ratsmitglieder, die ihm immer noch Carlyles Unterstützung für seine Bewerbung um den Gouverneursposten übelnahmen.

Aber es war kein Feind.

»Tut mir leid, wenn ich störe, Papa«, erklärte seine Tochter und trat mit schüchternem Lächeln ins Zimmer. »Aber ich dachte mir, daß du dich hier verschanzt hast.«

DeVries betrachtete Caitlin mit fragendem Blick. »Was soll die Militärkluft, Kit?« Sie hatte die Ausgehuniform abgelegt, trug aber noch immer die graue Kadettenmontur. »Erzähl mir nicht, du hast vergessen, wie man Zivilkleider trägt?«

Sie kam kopfschüttelnd näher. »Wir haben Befehl erhalten, den Besuch abzubrechen und mit der MSB zurück nach Brander zu fahren. Ich reise in zehn Minuten wieder ab, deshalb wollte ich mich verabschieden.«

Er legte die Stirn in Falten. »Schon wieder zurück nach Brander? Aber du bist erst letzte Nacht angekommen. Ich dachte, du hättest ein paar Tage Ausgang bekommen...«

»Die sind widerrufen worden, Papa. Warum, weiß ich nicht, aber Befehl ist Befehl.« Sie zuckte die Achseln. »Schätze, wir Kadetten müssen zurück in die Salzminen.«

DeVries antwortete ihr nicht gleich. Erst das mysteriöse Verschwinden der Offiziere bei der Heldentagsfeier. Dann hatte er den ganzen Nachmittag vergeblich versucht, den Kommandostab des Grauen Todes zu erreichen. Er hatte nicht einmal den Interims-Kommandeur wegen seiner Bitte um ein paar Mechs zum Einsatz gegen die Räuberbande sprechen können, die Carrick terrorisierte, obwohl den Legionären gerade dieses Thema noch in der vergangenen Woche besonders am Herzen gelegen hatte. Und jetzt wurden die

Kadetten ohne Angabe von Gründen zurück nach Brander beordert...

Plötzlich bemerkte DeVries, daß er durch seine Tochter hindurchgestarrt hatte. Er räusperte sich. »Hör mal, Kit, warum bitte ich nicht einfach darum, daß du für eine Weile in die Residenz abgestellt wirst. Als Adjutantin oder für Verbindungsaufgaben oder sonst irgendwas. Deine Klasse kommt doch ein, zwei Wochen ohne dich aus, oder?«

Sie schien unsicher. »Ich weiß nicht, Papa. Es muß einen Grund für die neuen Befehle geben.«

»Wenn es wirklich dringend ist, kannst du in ein paar Stunden wieder in Brander sein. Aber erlaub mir in der Zwischenzeit, an ein paar Türen zu klopfen.« Er zwang sich, eine fröhliche Miene aufzusetzen. »Wozu bin ich Gouverneur, wenn ich meinen Einfluß nicht dazu benutzen kann, meine Tochter ein paar Tage hierzubehalten, hmmm?«

Caitlin nickte lächelnd. »Sie werden mich wohl nicht allzu sehr vermissen. Alex ist schon als Adjutant für Kommandanthauptmann McCall freigestellt worden.«

»Na, wenn das für den Sprößling des Oberst möglich ist, dann auch für meinen. Husch, husch, zurück in dein Zimmer. Ich werde sehen, was ich tun kann. Wenn es nicht funktioniert, werde ich dir rechtzeitig Bescheid geben, so daß du die MSB noch erreichst.«

Er gab sich unverzagt, bis Caitlin das Zimmer verlassen hatte, dann ließ er die fröhliche Maske fallen. Irgend etwas ging hier vor, und er wollte wissen, was. Inzwischen wollte er Caitlin sicher in der Residenz wissen. Er war von Anfang an gegen ihre Entscheidung gewesen, sich als Kadettin bei der Gray Death Legion zu verpflichten, aber sie war dickköpfig, und schließlich hatte er nachgegeben. Aber ganz hatte er noch nicht aufgegeben. Wenn es Schwierigkeiten gab, würde er Caitlin beschützen.

Mit düsterer Miene rief er das Gray-Death-Hauptquartier an, um die neuen Befehle zu arrangieren. Dann setzte er sich über eine andere Leitung mit dem Diensthabenden Offizier der Planetaren Garde in Verbindung und gab ihm die Anweisung, die momentane Situation auf Glengarry und außerhalb des Planeten zu überprüfen. Wenn er nicht in Kürze wußte, was los war, würde sich sein Stab in wenigen Stunden auf Stellensuche befinden.

Natürlich war er entschlossen, Caitlin zu beschützen, aber Gleiches galt für seine eigene Person und Stellung. Und Wissen war der beste Schutz, der ihm einfiel.

Das Verteidigungszentrum des Grauen Todes tief unter der Residenz in den Eingeweiden des Castle Hill war vollgepropft mit den hochentwickelten technischen Hilfsmitteln der modernen Kriegführung – Ortungsgeräten, Computeranlagen, Gefechtssimulatoren, Funkanlagen und dem ganzen Rest –, aber das Herz der Anlage war ein stiller, in echtem terranischen Eichenholz getäfelter Raum. Ein wuchtiger Tisch und gepolsterte Drehsessel dominierten das Besprechungszimmer. Computermonitore und Großbildschirme waren diskret hinter Vorhängen an beiden Stirnwänden versteckt. Es hätte sich um das Allerheiligste eines Industriekonzerns handeln können, aber die um den Tisch versammelte Gruppe bestand aus Uniformierten, die sich mit der Nachricht einer anrückenden Armada konfrontiert sahen.

Die *Gray Skull* hatte die Eindringlinge vor über zwölf Stunden bemerkt, und auf der Oberfläche war es inzwischen Nacht. Aber davon war im Besprechungszimmer nichts zu bemerken. Alle, die hier um den Tisch versammelt waren, hatten schon Stunden intensiver Arbeit hinter sich, und trotzdem hatten Planung und Diskussion nichts von ihrer Intensität eingebüßt. Ohne solide Informationen mußten sich die hohen Offiziere der Gray Death Legion auf die verschiedensten Möglichkeiten vorbereiten, während ihre Spezialisten im Gefechtsleitstand weiter Daten sammelten und Wahrscheinlichkeiten berechneten – alles in der Hoffnung, eine fatale Überraschung vermeiden zu können. Es war eine unmögliche Aufgabe.

Alex Carlyle fühlte sich überfordert. Während rings um den Tisch die Diskussion lief, beschränkte er sich darauf, stumm zuzuhören, wie McCall und de Villar die Besprechung leiteten. Der Rest der Kadetten war bereits zusammen mit den Soldaten und Techs des Brander-WTZ an Bord der MSB ins Trainingszentrum aufgebrochen, wo SeniorTech King in McCalls Abwesenheit den Befehl übernehmen würde. Die Abreise seiner Klassenkameraden ließ in Alex ein Gefühl der Einsamkeit aufsteigen. Aber er fand einen gewissen Trost in der Tatsache, daß auch Caitlin DeVries in Dunkeld geblieben war. McCall hatte hastig einen entsprechenden Antrag ihres Vaters genehmigt, kurz bevor die Magnetschwebebahn abfuhr.

»Wir haben alles aus dem Signal der *Gray Skull* herausgeholt, was herauszuholen war. Die Einheitsmarkierungen der Jäger habe ich noch nie gesehen, aber die Runpfinsignien sind dieselben, die '34 von den Skye-Separatisten benutzt wurden.« Hauptmann Ethan Radcliffe, der junge aggressive Kommandeur der Panzerkompanie, war in der Abwesenheit des eigentlichen Informationsoffiziers Kommandanthauptmann Khaled, als S-2 herangezogen worden. Er hatte eine lange Schicht am Computerterminal hinter sich, während der er versucht hatte, die Informationen auszuwerten, die Kapitän Rodland vor der Flucht des Sprungschiffs geliefert hatte. Jetzt wirkte er übermüdet, und seine Uniform war zerknittert. »Der Computer hat eine Wahrscheinlichkeit von 94 % errechnet. Es handelt sich höchstwahrscheinlich um

Einheiten des Freien Skye ... Rebellen. Von hier aus ist nicht festzustellen, wie gut sie sind.«

»Jedenfalls sind es verteufelt viele, soviel steht fest«, kommentierte Oberleutnant Longo. »Minimal siebzehn Landungsschiffe. Das ist kein bloßer Überfall. Die meinen es ernst.«

»Die ersten Schiffe wurden als Träger identifiziert«, stellte Hauptmann Julio Vargas, der ungewöhnlich bedrückte, dienstälteste Offizier des Luft/Raumjägerkontingents fest. Wie die meisten Luft/Raumjockeys hatte er den Ruf eines Draufgängers im Cockpit und Schürzenjägers am Boden, aber heute war er voll konzentriert. Er hatte Radcliffe dabei geholfen, die Bedrohung abzuschätzen und sich dabei vor allem auf die Luft/Raumkräfte des Gegners konzentriert. »Sie besitzen noch drei *Leopard*-Jägertender neben dem, der den Angriff auf die *Gray Skull* geleitet hat. Wenn sie voll bestückt sind, macht das weitere achtzehn Jäger. Dem sind wir nicht gewachsen. Auf keinen Fall.«

Luft/Raumjäger waren in vieler Hinsicht den BattleMechs ähnlich. Sie waren das Ergebnis einer hochtechnologischen Verbindung von Mensch und Maschine und in einer Gefechtssituation herkömmlichen Atmosphäre- oder Raumjägern weit überlegen. Der Graue Tod besaß zwei Jägerkompanien, aber eine davon war mit Khaleds Bataillon auf Borghese. Damit hatte Vargas auf sechs Maschinen Zugriff, mit denen er die dreifache Übermacht an Bord der feindlichen Jägertender aufhalten mußte – ganz abgesehen von weiteren Maschinen, die möglicherweise an Bord der übrigen anfliegenden Landungsschiffe in Reserve gehalten wurden. Die Handvoll konventioneller Militärmaschinen im Arsenal der Planetaren Garde Glengarrys stellte für Luft/Raumjäger selbst unter idealen Bedingungen keine Gefahr dar.

Wer in diesem Konflikt die Luft/Raumüberlegenheit besaß, die erste Bedingung für eine erfolgreiche Invasion, stand außer Frage.

»Was ist mit dem Rest der Flotte?« Diese Frage kam von Hauptmann Guillaume Henri Dumont, dem eleganten Kommandeur der Ersten BattleMechkompanie de Villars. »Wissen wir etwas darüber?«

Radcliffe zuckte die Schultern. »Soweit wir es abschätzen können, haben sie drei BattleMech-Bataillone – neun Landungsschiffe der *Union*-Klasse mit je zwölf Mechs. Außerdem eine Reihe kleinerer Schiffe, möglicherweise *Leopard*-Klasse. Das könnten Jägertender oder Transportschiffe für zusätzliche Mechlanzen sein. Bis wir sie in der Optik haben, läßt sich das nicht sagen. Hinzu kommen zwei Truppentransporter und ein Schiff, das wir für einen Frachter mit Vorräten und Munition zur Unterstützung der Operation halten.« Er machte eine Pause. »Dann haben wir noch ein Landungsschiff der *Festung*-Klasse identifiziert. Angesichts der Freies-Skye-Insignien handelt es sich wahrscheinlich um die *Asgard*.«

»Asgard«, wiederholte McCall und pfiff durch die Zähne. »Das gefällt mirr garr nae.«

Landungsschiffe der *Festung*-Klasse waren in der Inneren Sphäre inzwischen relativ selten. Es waren technologische Dinosaurier, die mangels Ersatzteilen immer häufiger außer Dienst genommen werden mußten. Aber in den Jahren vor der Union hatte Haus Steiner eine Reihe alter *Festungen* zu Kommandoschiffen für die stärksten und besten Einsatztruppen des Lyranischen Commonwealth umgebaut. Eine *Festung* war langsam und nur schwer zu reparieren, aber sie besaß auch Vorteile: eine schwere Panzerung und eine Bestückung, die auch schwere Artillerie für die Unterstützung von Bodentruppen umfaßte. Im All wie auf einer Planetenoberfläche machte eine *Festung* ihrer Klassenbezeichnung alle Ehre.

In der Isle of Skye war nur ein Schiff dieser Bauart

stationiert, die *Asgard*. Sie fungierte als HQ-Schiff für das Regiment der Herzoglich Skyeschen Huskarls. Damit war allen klar, daß sich Herzog Richard Steiner auf die Seite der Skye-Separatisten geschlagen hatte.

»Dann können wir wohl von den Zehnten Skye Rangers ausgehen«, meinte Dumont. Irgendwie gelang es ihm, unbesorgt, ja geradezu gelangweilt zu klingen. »Gute Truppe. Ist normalerweise auf Kyoto Shin an der Marik-Grenze stationiert.«

»Das halte ich auch für wahrscheinlich.« Der Sprecher war Hauptmann Eddie Ross. Er befehligte die de Villars Bataillon angeschlossene Elite-Panzerinfanteriekompanie. Ross stammte aus der Mark Skye und hatte eine Weile bei den Zehnten Skye Rangers gedient, bis ihm wegen Spielschulden der Boden seiner Heimatwelt zu heiß geworden war. Von allen hier im Zimmer hatte er wahrscheinlich den besten Einblick in die Politik der Region – immer vorausgesetzt, rief sich Alex in Erinnerung, daß er nicht selbst mit den Separatisten sympathisierte. »Ich habe mich schon gefragt, warum die Zehnten nicht an der Expedition nach Ford teilgenommen haben. Der größte Teil des Regiments stammt von Skye, und Herzog Richard hat sie in der Tasche.«

»Es brauchen nicht die Truppen des Herzogs zu sein«, meinte Oberleutnant Andrei Denniken. In Abwesenheit Grayson Carlyles und des Rests der BefehlsLanze kommandierte er die Gefährten des Grauen Todes, die persönliche Mechkompanie des Obersten. Denniken war ein unverbesserlicher Optimist, aber diesmal wirkte er von seinen eigenen Worten nicht überzeugt. »Es könnte eine andere Separatistenfraktion sein. Oder sogar Fremde, die das Zeichen des Freien Skye nur zur Tarnung benutzen.«

»Fremde Angreifer wären nicht unangefochten so weit gekommen«, stellte de Villar trocken fest. »Und ein Landungsschiff der *Festung*-Klasse läßt tatsächlich vermuten, daß es sich um die *Asgard* und die Huskarls handelt. Wir sollten davon ausgehen, daß wir es mit Herzog Richards Leuten zu tun haben. Wenn nicht, steht uns eine angenehme Überraschung bevor. Aber das bezweifle ich.«

»Die Frage lautet: Was wollen sie von uns?« Hauptmann Hannibal Simms von Hannibal's Cannibals, de Villars Zweiter Mechkompanie, lehnte sich über den Tisch. »Haben sie rebelliert? Wenn ja, wo, zum Teufel, stehen wir? Vielleicht wäre es das Beste, wenn wir uns aus dem ganzen Schlamassel raushalten, zumindest bis der Oberst zurück ist.«

»Wir haben einen Vertrag mit der Regierung des Vereinigten Commonwealth«, erwiderte Kommandanthauptmann John Owens, der äußerlich wenig bemerkenswerte Kommandeur des Dritten Bataillons der Legion. Er war ein Infanterist, kein MechKrieger, und seine Einheit war eine Mischung aus Panzern und Schlammhüpfern. Seine geringe Meinung von BattleMechs, den allgemein anerkannten Königen des Schlachtfelds, machte Owens zu einer Art Häretiker, aber aus eben diesem Grund hatte Grayson Carlyle ihn bei der letzten Erweiterung der Legion auf die derzeitige Mannschaftsstärke rekrutiert. Carlyle selbst hatte seine Laufbahn begonnen, indem er den Beweis dafür antrat, daß eine gut ausgebildete und motivierte Infanterie auch Mechs besiegen konnte. Diese Haltung blieb bis heute ein wichtiger Faktor in der Gefechtsphilosophie des Grauen Todes.

»Ja, aber was genau bedeutet das?« schoß Simms zurück. »Das VerCom? Oder Haus Steiner?«

»Und wer repräsentiert Haus Steiner gegenwärtig überhaupt?« fragte Ross. »Herzog Richard gehört vielleicht zur Hauptlinie, aber für die Bevölkerung der Mark Skye ist vor allem er das Haus. Und er hat die Meinung verfochten, daß Katrina und Melissa das alte Commonwealth verraten haben, als sie der Allianz mit Davion zustimmten, und deswegen als Führung Haus Steiners nicht mehr in Frage kämen. Vergeßt nicht, daß Katrina Archon Alessandro abgesetzt und den Thron als Tochter seiner älteren Schwester für sich beansprucht hat. Richard ist der Sohn der jüngeren Schwester, was seinen Anspruch ebenso rechtfertigt wie den Melissas oder Prinz Victors. Wenn wir diese Argumentation akzeptieren, hat Richard zweifellos Anspruch auf den Herrschertitel. Und es gibt bestimmt genug Leute, die ihm sogar den Vorrang geben würden.«

De Villar hob die Hand. »Genug ... genug. Wir können es uns nicht leisten, uns an Dynastiefragen festzubeißen.«

»Das ist ein echtes Chaos, das steht fest«, meinte McCall. »Ich werde ...«

Das Summen des Interkoms schnitt ihm das Wort ab. De Villar tippte auf einen Knopf im Tisch, und der Vorhang an einer der Stirnwände gab einen Bildschirm frei. Auf dem Schirm waren die nordischen Züge Oberleutnant Freida Bergstroms zu erkennen, einer Lanzenführerin der Gefährten. »Herr Kommandanthauptmann, wir fangen einen Rundruf von der eindringenden Flotte auf.«

»Stellen Sie ihn durch«, befahl de Villar.

Auf dem Monitor erschien ein Farbengewirr, das sich schnell zu dem Bild eines Mannes im Mitternachtsblau und Rot des Steiner-Militärs verdichte. Seine Rangabzeichen identifizierten ihn als Generalhauptmann.

»Den kenne ich«, sagte Ross. »Er war Hauptmilitärberater im Stab Herzog Richards ...«

»Menschen von Glengarry, ich bin Generalkommandant von Bülow von der Expeditionsflotte des Freien Skye und rechtmäßiger Baron von Glengarry«, begann der Mann auf dem Bildschirm umständlich. Alex fiel auf, daß er trotz seiner Rangabzeichen einen

Rang benutzte, den es in der Rangstruktur des Vereinigten Commonwealth nicht gab. Wahrscheinlich hatte Herzog Richard seine neue Armee umorganisiert, um sie von allen Davion-Elementen zu säubern. »Auf Befehl Seiner Gnaden, des Herzogs von Skye, wurde über die Mark Skye der Ausnahmezustand verhängt. Einheiten des Vereinigten Commonwealth haben sich auf Kimball II und anderen Welten gezielter Gewalttaten gegen die Bürger der Mark Skye schuldig gemacht. Als Reaktion auf diese Aktionen hat Seine Gnaden die Isle of Skye für frei und unabhängig vom illegal konstituierten Vereinigten Commonwealth erklärt.« Der General schwieg einen Augenblick. Kalte Augen starrten in die Kamera. »Entsprechend den Proklamationen Seiner Gnaden fordere ich alle Bürger der Mark Skye auf, mit den Militäreinheiten unter meinem Befehl zusammenzuarbeiten. Wir haben die Absicht, die Welten der Isle of Skye gegen Davion-Aggressionen zu befestigen. Diese Maßnahmen sind rein defensiver Natur und werden Frieden und Wohlstand der Welten unter der provisorischen Regierung Seiner Gnaden nicht beeinträchtigen. Nur die Lakaien des korrupten Regimes auf New Avalon, das die Traditionen und das Rechtsempfinden des Lyranischen Commonwealth und des glorrreichen Hauses Steiner pervertiert hat, haben von meinen Truppen etwas zu befürchten.«

Einer der um den Tisch versammelten Offiziere schnaubte verächtlich. Vargas, dachte Alex, oder vielleicht Owens. Von Bülow fuhr im selben schwerfälligen, langsamen Tonfall fort. »Den Soldaten des Söldnerregiments Gray Death Legion strecken wir die Hand der Freundschaft entgegen und unterbreiten ihnen Herzog Richards Angebot einer Weiterbeschäftigung unter der Aufsicht der provisorischen Regierung entsprechend der Vereinbarungen ihres Kontrakts mit der Familie Steiner, der noch aus den Zeiten vor der verbrecherischen Allianz des sogenannten Vereinigten Commonwealth stammt. Ihre weithin berühmte Legion hat eine lange Tradition der Zusammenarbeit mit Haus Steiner, und Seine Gnaden begrüßt die Gelegenheit, diese für beide Seiten profitable Beziehung ungeachtet der momentanen Krisensituation fortzusetzen.« Der General strich seine Uniformjacke glatt, bevor er weiterredete. »Meine Flotte wird innerhalb der nächsten zweiundsiebzig Stunden in eine Umlaufbahn eintreten. Bis dahin erwarte ich eine Kontaktaufnahme von seiten der Zivil- und Militärbehörden Glengarrys, um einen glatten Übergang unter die Verwaltung der provisorischen Regierung des Freien Skye zu gewährleisten. Wir hoffen, jeden Konflikt mit den Lakaien und Handlangern Davions zu vermeiden, werden aber jeden Widerstand rücksichtslos brechen. Unter solchen Auseinandersetzungen müßten vor allem die Bürger Glengarrys leiden. Kooperation ist der bei weitem bessere Weg. Es lebe Seine Gnaden und die Sache der Freiheit!«

Der Schirm wurde dunkel, und die Offiziere sahen sich einen langen Moment schweigend an.

»Tja«, sagte Oberleutnant Denniken schließlich. »Zumindest wissen wir, daß wir mit unseren Vermutungen recht hatten.«

»Das dürfte uns wenig nützen«, meinte de Villar. »Die Zehnten Skye Rangers sind verdammt harte Gegner. Sie sind in der Überzahl und werden bestimmt von anderen Truppen unterstützt. Außerdem kontrollieren sie den umliegenden Raum und können landen, wann und wo es ihnen beliebt.« Er schüttelte langsam den Kopf. »Was heißt das für uns? Wie können wir eine Verteidigung organisieren? Organisieren wir *überhaupt* eine Verteidigung? Ross hat mit seinen Einwänden, was die juristische Situation betrifft, gar nicht so unrecht.«

»Es ist eine politische Frrage«, stellte McCall leise fest und sah Alex Carlyle an. »Überrhaupt keine militärrische. Meinst du nae auch, Alex?«

Alex schluckte und nickte zögernd. »Ich schätze schon, Herr Kommandanthauptmann.«

»Wenn dein Vater hierr wärre ...«

»Mein Vater würde sagen, daß unser Kontrakt mit der Regierung des Vereinigten Commonwealth besteht«, erklärte Alex mit einer Sicherheit, die er in Wahrheit nicht besaß. »Prinz Victor ist Erbe der Häuser Davion und Steiner, aber wir können nicht sicher sein, ob Herzog Richard hiermit tatsächlich etwas zu tun hat. Von Bülow könnte ebensogut ein Renegat sein. So oder so, ob er nun in Richards Namen spricht oder nicht, seine Ansprache macht ihn zum Rebellen gegen Glengarrys rechtmäßige Regierung.«

»Das finde ich auch«, nickte McCall. »Und das bedeutet ...«

»Das bedeutet«, setzte de Villar McCalls angefangenen Satz fort, »wir stehen wieder vor unserem ursprünglichen Dilemma. Wenn wir kämpfen, müssen wir eine Verteidigung gegen diese Übermacht organisieren. Aber wie?«

Niemand antwortete. Sekunden später meldete sich der Interkom erneut. »Generalgouverneur DeVries möchte Sie sprechen, Herr Kommandanthauptmann«, meldete Bergstrom.

»Gut«, erwiderte de Vilar. »Stellen Sie durch.« Er sah sich im Konferenzzimmer um. »Wenn wir diesen Hurensöhnen ein paar Steine in den Weg legen wollen, brauchen wir jede Hilfe, die wir von den Einheimischen bekommen können. Wollen sehen, was der verehrte Generalgouverneur anzubieten hat.«

Roger DeVries traute seinen Ohren nicht. Die Offiziere des Grauen Todes behaupteten tatsächlich, Glengarry gegen die Armada des Freien Skye verteidigen zu können. Und als ob das nicht reichte, schienen sie entschlossen, die Zivilregierung mit in den Untergang zu reißen. Seine Leute hatten nicht lange gebraucht, um die Anwesenheit der Invasionsflotte am Sprungpunkt der Sonne Glengarrys festzustellen, aber General von Bülows Ansprache hatte ihn trotzdem überrascht. Das allerdings verblaßte vor dem, was ihm die Legionäre jetzt auftischten.

Seine Gedanken rasten, als ihm Kommandanthauptmann de Villar erklärte, inwieweit die Legion Unterstützung von der Planetaren Garde brauchte. Das Erscheinen der Freien Skyeschen Flotte hatte die gesamte Lage auf Glengarry verändert. Die Invasoren besaßen offensichtlich die Mittel, jede Verteidigung zu zerschlagen, die Carlyles Leute organisieren konnten, besonders in Abwesenheit ihres verehrten Anführers und vieler ihrer besten Truppen. Wenn die Söldner sich den Invasoren widersetzten, konnten sie damit nur eines erreichen: sie lieferten den Planet dem ganzen Schrecken des Krieges aus. Sieg oder Niederlage standen keine Sekunde in Frage – nur, wieviel Schaden die Rebellen des Freien Skye anrichteten, bevor sie gewannen.

Und angesichts der Schäden, die eine moderne Armee auf einer Welt anrichten konnte, würde Roger DeVries nicht viel übrigbleiben, was er wiederaufbauen konnte. Was hatte es für einen Sinn, sich um einen Lehnstitel zu bewerben, dessen Lehen in einem sinnlosen Kriegszug verwüstet worden war?

Aber die Offiziere der Legion sahen es offenbar anders. Ihr amtierender Kommandeur verhielt sich, als sei ein von vornherein zum Scheitern verurteilter Widerstand die einzige Option, die überhaupt zur Debatte stehen konnte.

»Wir werden nicht viel Zeit zur Vorbereitung haben«, erklärte de Villar. Der Interkom fing undeutliche Gespräche im Hintergrund auf. Wahrscheinlich diskutierten die anderen Offiziere untereinander. »Aber jeder Bewaffnete hilft. Wieviel Mann werden Sie in zwei Tagen mobilisieren können?«

»Also, hören Sie, Kommandanthauptmann, ich weiß nicht«, wehrte DeVries ab. »Meinen Sie wirklich, wir haben gegen diese Leute eine reelle Chance? Wären … wären Verhandlungen nicht viel sinnvoller?«

Der düstere Kommandanthauptmann runzelte die Stirn. »Wir haben wenig Spielraum für Verhandlungen, Herr Gouverneur. Kapitulieren oder kämpfen, nur das ist hier die Frage … und wir sind der Ansicht, daß unser Kontrakt uns verpflichtet zu kämpfen.«

»Ich … äh … verstehe.« DeVries zögerte. »Ich bin mir nicht sicher, was wir auf die Beine stellen können, Herr Kommandanthauptmann. Gestatten Sie mir, meinen Stab mit dieser Frage zu betrauen. Ich werde mich wieder mit Ihnen in Verbindung setzen, sobald wir wissen, was möglich ist. Sagen wir in drei Stunden? Es ist immerhin mitten in der Nacht, und ich muß meinen Stab erst einmal zusammenrufen, bevor wir irgend etwas tun können.«

»Aber nicht länger«, erklärte de Villar verärgert. »Jede Minute zählt, Herr Gouverneur.« Der Schirm wurde dunkel.

DeVries lehnte sich zurück. Plötzlich wirkte sein Büro winzig. Diese Söldner hatten ihn verdammt in die Enge getrieben, und dieses Gefühl behagte ihm ganz und gar nicht. Er sah keinerlei Sinn darin, sich den Invasoren zu widersetzen, aber wenn er nicht mit der Legion zusammenarbeitete, wurde er zum Verräter. Er hatte einen Eid auf Grayson Carlyle als Halter dieses Planeten geleistet. Wenn er diesen Schwur brach, würde niemand im Vereinigten Commonwealth einen Finger zu seiner Verteidigung rühren.

Es muß eine Möglichkeit geben, sagte er sich. Wenn

Freihändler und Politiker etwas gemeinsam hatten, dann die Gewißheit, daß es immer Alternativen gab. Man mußte nur wissen, wo man sie suchen mußte …

DeVries beugte sich wieder vor und preßte den Sprechknopf des Terminals. »Kennedy, ich möchte eine Funkverbindung mit dem Flaggschiff der Invasoren, und zwar sofort.« Er zögerte. »Und sorgen Sie für einen sicheren Kanal. Ich will keine Mithörer. Haben Sie verstanden?«

Ja, es mußte einen Weg geben. Und DeVries würde ihn finden, so oder so.

17

Interplanetarer Raum, Glengarry-System
Mark Skye, Vereinigtes Commonwealth

2. April 3056

»Was ist denn, Johann?« fragte Generalkommandant von Bülow ärgerlich und sah von dem Trideoplanungsschirm auf, der die vorläufigen Pläne für Operation Feuersturm zeigte. Es war eine der Möglichkeiten, die er sich für den Fall ansehen mußte, daß ein Angriff auf Glengarry nötig wurde. Es war eine ermüdende Arbeit, und in den letzten Tagen hatte er wenig Schlaf gefunden, aber von Bülow hatte noch nie viel davon gehalten, bei einer so wichtigen Angelegenheit wie einer großen Militäroperation Aufgaben zu delegieren.

»Die Funkzentrale hat soeben eine Nachricht für Sie erhalten, Herr General«, stellte der Adjutant fest, während die Tür hinter ihm zuglitt. »Vom Planeten.«

Von Bülow runzelte die Stirn. »Der Graue Tod will verhandeln? Irgendwie paßt das nicht ins Bild. Das ist überhaupt nicht sein Stil.«

»Nein, es sind nicht die Söldner, Herr General«, meinte Albrecht. »Es ist der planetare Generalgouverneur.«

»Ah...« Von Bülow gab etwas in die Tastatur vor sich ein und überflog die Daten, die ihm über den Anrufer vorlagen. »Ein Fremdweltler. Vergangenheit als Händler. Interessant. Mit der Möglichkeit, daß die Zivilregierung antwortet, hatte ich nicht gerechnet. Jeder kompetente Söldnerführer würde die Verwaltung streng kontrollieren.«

»Aber Carlyle vielleicht nicht«, kommentierte der Adjutant. »Er ist schwach.«

»Nein. Nur sentimental. Er glaubt tatsächlich, eine

militärische Feudalgesellschaft müßte irgendwie dem gemeinen Pöbel verantwortlich bleiben, ihm sogar dienen.« Der Generalkommandant winkte ab. »Ich bin schon vielen begegnet, die das von sich behaupten, Johann, von Victor Davion bis zu Richard Steiner. Aber ich fange an zu erkennen, daß es bei Carlyle mehr als nur Spiegelfechterei ist.«

»Glauben Sie wirklich, die Einheimischen wollen verhandeln, Herr General? Oder ist das nur ein Trick?«

»Das werden wir erst sicher wissen, wenn wir die Macht auf Glengarry übernommen haben. Aber wir müssen auf Unstimmigkeiten unter den Einheimischen achten. Alle Fraktionen, die sich lieber mit uns verbünden wollen statt zu kämpfen, müssen ermuntert werden. Wir werden ihnen alles versprechen, was nötig ist, um sie auf unsere Seite zu ziehen.«

»Seine Gnaden würde es nicht gerne sehen, wenn wir zu viele Konzessionen machen, Herr General«, wand Albrecht ein.

»Ebensowenig wie ich, Johann«, erwiderte von Bülow mit einem angedeuteten Lächeln. »Ebensowenig wie ich. Konzessionen verspricht man, um den Gegner zu schwächen. Wenn wir die Regierung ermutigen können, mit den Söldnern zu brechen, vielleicht sogar im Namen des Freien Skye offen gegen sie zu kämpfen, schwächen wir den Widerstand. Und wir haben eine bessere Entschuldigung für unsere Intervention. Wir befreien nur unsere tapferen Freunde auf Glengarry aus der Unterdrückung durch Victors Bande von Mietsoldaten. Das hört sich viel besser an. Was tatsächliche Konzessionen angeht… was sind Versprechungen an einen toten Anführer schon wert. Oder einen, der auf Skye in einem der Zuchthäuser Seiner Gnaden einsitzt. Stimmt's?«

»Jawohl, Herr General.« Der Adjutant erwiderte von Bülows Grinsen.

»Na, ich sollte mir die Nachricht dieses Gouverneurs mal ansehen, was? Mal sehen, was ihn veranlaßt hat, sich so schnell mit uns in Verbindung zu setzen. Legen Sie mir die Nachricht auf den Monitor, Johann, und dann gehen Sie schlafen. In den nächsten paar Stunden brauche ich Sie nicht.«

Generalkommandant von Bülow beugte sich wieder über die dreidimensionale Geländekarte. Wenn alles gutging, dachte er, könnte Glengarry doch noch ohne einen Schuß in die Hände seiner Gnaden fallen.

Roger DeVries lehnte sich zurück und starrte mit ärgerlicher Miene auf den Monitorschirm. Verhandlungen über derartige Entfernungen lagen ihm nicht. Er zog in jedem Fall ein direktes Gespräch vor, bei dem er die Körpersprache seines Gegenübers lesen und Schwächen sofort ausnutzen konnte. Hier war das nicht möglich. Die Zeitverzögerung durch die interplanetaren Distanzen machte einen Austausch vorformulierter Statements notwendig.

Auf dem Schirm war Generalkommandant von Bülow zu sehen. Er hatte den Kopf zur Seite gelegt und schien sich einen Teil von DeVries' letzter Botschaft mit abgeschaltetem Mikrofon noch einmal anzuhören. Dann ergriff er abrupt das Wort. »Ich verstehe Ihr ... Dilemma, Herr Gouverneur«, stellte er mit leisem Lächeln fest. »Es ist schwer, wenn verschiedene Loyalitäten im Widerspruch zueinander stehen. Sicher besteht die beste Politik für die Verwaltung Glengarrys darin, Feindseligkeiten zu vermeiden. Selbst unter dem Schutz der Ares-Konvention ist ein Krieg, simpel gesagt, brutal. Wir möchten Glengarry diese Last gerne ersparen. Schließlich liegt es keineswegs in unserem Interesse, eine Welt zu verwüsten, die ein wichtiger Teil unseres unabhängigen Reiches Skye werden könnte. Deshalb möchte ich Blutvergießen nach Möglichkeit vermeiden, und ich stelle hocherfreut fest, daß Sie meinen Standpunkt teilen. Das macht Ihre Söldner-Lehnsherren zum letzten Hindernis vor einer Einigung zu unser aller Vorteil.«

Der General hob die Hand. »Bitte mißverstehen Sie mich nicht, Herr Gouverneur. Ich bin der letzte, der leichtfertig einen Eidbruch predigen würde. Immerhin würde ich von Ihnen erwarten, der provisorischen Regierung loyal zu dienen, falls wir zu einer Einigung kommen. Aber ich kann wohl mit Gewißheit feststellen, daß sich diese ganze Frage um das Thema Loyalität dreht. Der Herzog von Skye betrachtet die Vergabe des Lehens Glengarry an diese Söldner als ungesetzlich, da sie von den Lakaien Haus Davions vorgenommen wurde. Jeder konnte sehen, wie Archon Melissa von ihrem sogenannten Gatten und später ihrem närrischen Sohn völlig beherrscht wurde. Seine Gnaden betrachtet die Allianz mit Davion und alle ihre Folgen als illegal, weil nicht mit der Verfassung des Lyranischen Commonwealth zu vereinbaren, und damit als nichtig.«

Bevor von Bülow weitersprach, machte er eine Pause. »Was bedeutet das nun für Sie? Ganz einfach. Erstens hat Herzog Richard an Stelle der diskreditierten Linie Katrinas – Melissa und Victor Davion – das Szepter Haus Steiners übernommen. Er hat die Allianz widerrufen, die lyranisches Territorium unter die Jurisdiktion der verbrecherischen VerCom-Regierung gestellt hat. Als legales Oberhaupt Haus Steiners und des Lyranischen Commonwealth kann er alle Besitztümer und Kontrakte, die diesem Haus oder seiner Regierung gehören, einziehen und vergeben. Zweitens bestand Oberst Carlyles Kontrakt von Beginn an mit Haus Steiner, und seine Leute sind der Autorität des gesetzmäßigen Oberhaupts dieses Hauses verantwortlich – wiederum Seiner Gnaden, Herzog Richard. Drittens wird die Vergabe Glengarrys an Carlyles Legion von Seinen Gnaden nicht als legal anerkannt und kann ohnehin von Seinen Gnaden jederzeit widerrufen werden. Was im übrigen bereits geschehen ist. Seine Gnaden von Carnwath hat mich zur Sicherung von Recht und Ordnung in dieser Region als legitimen Halter des Lehens Glengarry bestätigt. Daher brauchen Sie sich um die Implikationen des Lehensarrangements keine Gedanken zu machen. Es ist dreifach aufgehoben. Davionisten könnten versuchen, dagegen zu argumentieren, aber es gibt ausreichende Präzendenzfälle, die es Ihnen ermöglichen, die Autorität der Gray Death Legion anzufechten, wenn Sie das wollen.«

Der General blickte aufmunternd vom Schirm. »Mit anderen Worten, mein lieber Gouverneur DeVries: Wenn es Ihnen ernst ist mit Ihrem Wunsch, Ihrer Welt Kriegsgreuel zu ersparen – und wer, außer professionellen Soldaten, würde sich einen solchen Konflikt wünschen –, haben Sie bereits die legale Rechtfertigung, die Sie zum Schutz der Zivilbevölkerung Glengarrys benötigen. Ich wäre mehr als erfreut, Ihre Versicherung der Neutralität in diesem Disput zwischen Seinen Gnaden und den Usurpatoren, die seine Familie verraten haben, entgegenzunehmen. Mehr verlange ich gar nicht, nur Ihre Neutralität... und die Annahme ein paar geringfügiger Garantien für diese Neutralität. Wenn Sie mutig genug sind, den Schritt in die Neutralität zu tun, wird es die Gray Death Legion schwer haben, gegen Ihre Entscheidung vorzugehen. Ihre Existenz hängt von Ihrer Zivilregierung ab, und mit genügend Durchsetzungsvermögen Ihrerseits sollten wir dafür sorgen können, daß diese Militärs die Sache des Friedens auf Glengarry nicht sabotieren.«

DeVries hielt die Aufzeichnung an und ließ sich zurücksinken. Er betrachtete das erstarrte Gesicht des Generals auf dem Bildschirm mit einem trockenen Lächeln. Laut Computerdatenbank des Gouverneurs hatte General von Bülow die letzten Jahre im persönlichen Stab Herzog Richard Steiners verbracht. Offensichtlich hatte er in dieser Zeit die Sprache der Diplomaten gelernt. Ebenso offensichtlich war für DeVries, daß Mienenspiel, Phrasen und sorgfältig ausformulierte legalistische Argumente dieses Mannes nur dazu dienten, seine wahren Absichten zu verschleiern. Die Rebellen von Skye mußten die Gray Death Legion, die so nahe am Herzen ihres jungen Reiches stationiert war, neutralisieren. Es lag im Interesse Richard Steiners, die Legion mit minimalem Einsatz von Zeit und Mitteln aus dem Geschehen zu entfernen, besonders, da in den Anfangsstadien der Rebellion auch Hesperus, ein zweites wichtiges Zentrum des Davion-Widerstands, die Aufmerksamkeit des Freien Skye beanspruchen würde.

DeVries stellte sich nun die Frage, ob es auch in seinem Interesse lag, mit den Rebellen zusammenzuarbeiten. Bevor die Antwort des Generals auf seine Anfrage eingetroffen war, hatte er lange Zeit über der strategischen Karte des Vereinigten Commonwealth verbracht, um die Situation besser einschätzen zu können. Alles, was er sah, neigte die Waagschale zugunsten des Freien Skye. Die Isle of Skye war der einzige Verbindungskorridor zwischen den früher unabhängigen Staaten Vereinigte Sonnen und Lyranisches Commonwealth. Wenn es ihr gelang, sich aus dem Vereinigten Commonwealth zu lösen, wurde Victor Davions Reich in zwei Teile gespalten. Sobald das geschah, würden mit Sicherheit auch andere ehemals lyranische Regionen revoltieren. Mit der weiterhin bestehenden Bedrohung durch die Clans an der lyranischen Grenze und den nicht nachlassenden Spannungen mit Haus Kurita, die Davion-Kräfte an den alten Grenzen der Vereinigten Sonnen banden, würde es Victor Davion schwer haben, einen Domino-Effekt von Aufständen zu vermeiden. Wahrscheinlich würde

Skye also trotz der militärischen Unterlegenheit der Rebellen seine Freiheit behaupten, gleichgültig, wie sehr sich die Gray Death Legion dagegen stemmte.

Wenn also Herzog Richard auf jeden Fall sein neuer Herrscher würde, was konnte ein Widerstand Glengarry – oder dessen Gouverneur – einbringen?

Trotzdem war dieser Weg keineswegs ungefährlich. DeVries dachte nicht daran, alles fraglos zu akzeptieren, was der Skye-General sagte, so attraktiv es auch klingen mochte. Und es war unmöglich, einen Zug zu machen, ohne sich vorher um die Legion zu kümmern. Das aber verlangte Fingerspitzengefühl.

Er drehte sich zu einem anderen Monitor um und rief die Rechtsabteilung an. Es war noch immer Nacht, aber alle seine Berater und hohen Beamten waren entsprechend seiner vorhergehenden Anweisungen auf ihren Posten. DeVries übermittelte dem Abteilungsleiter eine Kopie der Botschaft von Bülows, zusammen mit dem Befehl striktester Geheimhaltung, und schaltete nach kurzen Erklärungen wieder ab. Bevor er seine Entscheidung traf, wollte er von seinen eigenen Experten wissen, ob sich ein neutrales Verhalten der planetaren Regierung rechtlich vertreten ließ.

Sein nächster Anruf galt Kommandant Max Walthers, einem zähen Söldner und Fremdweltler, der als Kommandeur der Residenzgarde fungierte. »Walthers, verdoppeln Sie ab sofort alle Sicherheitseinheiten innerhalb der Castle-Hill-Anlagen. Alle!«

Das vernarbte Gesicht des Kommandanten zeigte Erstaunen. »Aber Herr Gouverneur, der Graue Tod ist bereits in Alarmbereitschaft. Wir haben ohnehin an allen Punkten gleichstarke Kontingente aus Legion und Garde.«

»Genau. Und ich möchte, daß die Garde die Oberhand behält.« DeVries machte eine Pause. »Für den Fall eines … Interessenkonflikts.«

Der Söldner verstand. »Wie Sie wünschen, Herr

Gouverneur. Soll ich die Männer darauf vorbereiten, daß … Schwierigkeiten zu erwarten sind?«

»Noch nicht«, wehrte DeVries ab. »Aber ich schlage vor, Sie legen eine Liste erfahrener Unteroffiziere an, die schnell mobilisiert werden können, um im Falle eines Falles die Schlüsselpositionen zu besetzen. Ich lasse Sie wissen, wie deren Anweisungen lauten werden, wenn es an der Zeit ist.«

Walthers nickte. »Ich werde mich darum kümmern, Herr Gouverneur. Falls ein Legionär Fragen stellt, werde ich ihm mitteilen, daß Sie die Gardewachen verdoppelt haben, um den Legionären die Arbeit zu erleichtern. Das dürfte ihren Offizieren gefallen.«

Der Gouverneur schenkte ihm ein kaltes Lächeln. »Sehr gut, Walthers. Genau, was wir brauchen. Im Augenblick zumindest. Ich werde später noch weitere Befehle für Sie haben.« DeVries unterbrach die Verbindung. Walthers war seine persönliche Wahl für den Kommandeursposten der Residenzgarnison gewesen, und es tat gut zu sehen, daß sich diese Entscheidung auszahlte. Der Mann war keinen lokalen Interessen verpflichtet, weder anderen Mitgliedern der Zwanzig noch den Thanes oder auch nur Carlyles Leuten. Seine Loyalität galt einzig und allein seinem Gehaltsscheck – und dem, dessen Unterschrift darauf stand.

DeVries wandte sich wieder dem ersten Monitor zu und ließ die Botschaft weiterlaufen. Die Figuren waren aufgestellt. Nun mußte DeVries sie nur noch sorgfältig bewegen, und er konnte die anderen Spieler ausmanövrieren, ohne seine Position zu schwächen. Er würde Glengarry und dessen Bevölkerung intakt durch diese Krise bringen. Und danach? Für einen Mann, der bereit war, die sich bietenden Möglichkeiten zu ergreifen, war nichts unmöglich.

18

Dunkeld, Glengarry
Mark Skye, Vereinigtes Commonwealth

2. April 3056

Alex Carlyle marschierte zielstrebig in das Besprechungszimmer des Verteidigungszentrale. »Hier sind die Informationen, um die Sie gebeten haben, Sir«, sagte er und legte eine Datendiskette vor Kommandanthauptmann de Villar auf den Tisch. »Hauptmann Vargas bittet um Verzeihung, aber er ist noch nicht dazu gekommen, eine komplette Zusammenfassung zu erstellen. Er hofft, daß Sie hier alles finden, was Sie benötigen.«

De Villar sah die Diskette mißmutig an. »Noch mehr Berichte«, meinte er. Er klang ebenso müde, wie er aussah. Die Besprechung war aufgelöst, die einzelnen Offiziere gingen jetzt ihren jeweiligen Aufgaben nach. Vargas und Radcliffe sammelten wieder Daten und erstellten Bedrohungsprofile, wobei Ross ihnen mit seinem Wissen über das Potential des Gegners aushalf, während Kommandanthauptmann Owens eingeteilt war, sich um die logistischen Probleme einer Mobilmachung der geschwächten Legion für den aktiven Einsatz zu kümmern. Diejenigen unter den anderen, die nicht aktiv in der Schlangengrube die Lage überwachen mußten, gingen die verschiedenen in den HQ-Computern abgespeicherten Operationspläne durch und versuchten sie an die gegebenen Umstände anzupassen, um den Invasoren in der kurzen, noch zur Verfügung stehenden Zeit etwas entgegenzusetzen.

De Villar und McCall waren im Besprechungszimmer geblieben, um sich anfallenden Problemen zu widmen, sobald diese auftraten. Kadett Carlyle überbrachte als McCalls Adjutant Nachrichten und versuchte sich ganz allgemein nützlich zu machen.

Das war eine Seite des Kommandierens, über die sich Alex nie echt Gedanken gemacht hatte. In einer Übung gab es nur eine einzige kurze Besprechung, und dann ging es ins Mechcockpit, um auf das Startsignal zu warten. Die theoretischen Klassen deckten Bereiche wie Strategie, Operationskunde, Logistik und so weiter ab, aber im Vordergrund stand immer der Kampf an Bord eines BattleMechs. Jetzt erkannte Alex allmählich, daß komplexe militärische Probleme viel Vorarbeit benötigten, lange bevor die gegnerischen Truppen auf dem Schlachtfeld in Position gingen.

»Hatte derr Hauptmann irrgendwelche speziellen Anmerrkungen zu diesem Zeug, Alex?« fragte McCall und deutete auf die Diskette.

»Die Doppleranzeige ist konstant, Sir«, bemerkte Alex. »Zumindest habe ich gehört, wie Hauptmann Vargas das zu Hauptmann Radcliffe sagte. Sonst hat er nichts gesagt. Aber ich habe mitbekommen, daß die gesamte Flotte mit konstanten drei G Beschleunigung unterwegs ist.«

»Sie haben's eilig«, stellte de Villar fest. »So einen Doppel-H-Verbrauch leistet man sich nur, wenn es verdammt auf Geschwindigkeit ankommt. Besonders, wenn weder ein eigenes Brennstofflager noch ein Gasriese zur Hand sind. Wenn sie ihre Reserven zu stark beanspruchen, werden sie es verflucht schwer haben, sich neu zu gruppieren, falls ihnen kein schneller Sieg gelingt.«

McCall zuckte die Schultern. »Wenn ich derr Oberrst da oben wärr, würrde ich planen, auf irrgendeinem der andrren Kontinente rruntertaekommen 'n Seewasserr zu tanken. Oderr eines der Landungsschiffe könnte zum Tanker umgebaut sein.«

De Villar nickte düster. »Was es auch ist, sie machen

Fahrt. Das reduziert unsere Reaktionszeit erheblich. Drei Tage ist nicht viel Zeit für die Vorbereitungen, besonders wenn dieser verdammte DeVries nicht in die Gänge kommt.« Er schoß einen Blick in Carlyles Richtung. »Denk daran, Kadett, daß alles, was du in diesem Raum hörst, vertraulich ist. Davon darf niemand etwas erfahren. Es wird generell nicht als geschickte Diplomatie angesehen, auf den Generalgouverneur zu fluchen, wenn eine Chance besteht, daß er es erfährt.«

»Ja, Sir«, nickte Alex pflichtbewußt.

»Aber er hat in der letzten Stunde vier Anrufe abgewimmelt. Und wir können uns nicht leisten, das aufzuschieben. Wenn wir eine Chance haben wollen, diese Bastarde zurückzuschlagen, bevor sie die Umlaufbahn erreichen, müssen wir endlich mit der Mobilmachung der Planetaren Garde anfangen.« De Villar rieb sich die Augen. »Na gut, ich werde mir jetzt diesen Bericht von Vargas ansehen, aber danach wird Seine Exzellenz mir Rede und Antwort stehen, und wenn ich mich dazu persönlich auf seinem Schreibtisch aufbauen und ihn niederschreien muß.«

Der Kommandanthauptmann schob die Diskette ein und konzentrierte sich auf den Computerschirm. Alex suchte sich einen Sessel abseits seiner beiden Vorgesetzten und wartete auf den nächsten Auftrag. Er hatte schon eine lange Nacht hinter sich. Und sie war noch längst nicht vorbei.

Generalgouverneur Roger DeVries räkelte sich zufrieden in seinem Sessel. Seine Rechtsexperten hatten in General von Bülows Argumentation keinen Fehler finden können. Das lieferte ihm eine klare Richtlinie für den Umgang mit der Gray Death Legion. Walthers hatte gemeldet, daß die Garde voll auf den Einsatz vorbereitet war und nicht nur bei den normalen Wachtposten in doppelter Stärke vertreten war, sondern auch in Schlüsselpositionen des Teils von Castle Hill, der die Quartiere der Familien und Dienstboten der hohen Legionsoffiziere beherbergte. Damit würde es einfach sein, den Großteil der Söldnereinheit auszuschalten. Natürlich würde es einigen wenigen gelingen, durch das Netz zu schlüpfen, besonders in der Außenstelle der Legion in Brander. Aber dort stellten sie keine unmittelbare Gefahr da, und wenn die Regimentsspitze erst einmal in seiner Hand war, würden auch sie bald gebändigt sein.

DeVries hatte gute Gründe, zufrieden zu sein. Abgesehen von einem gewissen Restrisiko würde Glengarry so gut wie sicher sein, sobald sein Plan aufging. Vor allem wollte er jeden Ärger vermeiden. Sowohl mit den Truppen von Bülows als auch mit der Gray Death Legion. Glengarry durfte kein Gefechtsfeld werden.

Der Interkom summte nachdrücklich.

»Was ist denn, Campbell?« fragte er.

»Kommandanthauptmann de Villar möchte Sie sprechen, Herr Generalgouverneur«, meldete sein Sekretär. Der Mann klang unsicher. DeVries hatte strikte Anweisung gegeben, daß er nicht gestört werden wollte. Wenn Campbell sich jetzt trotzdem meldete, mußte schon ein dringender Notfall anliegen.

DeVries strich sich nachdenklich über den dünnen Schnurrbart. Was wollte der Interims-Kommandeur der Legion hier? Wollte er noch immer über eine koordinierte Verteidigung reden, oder war etwas durchgesickert? Abgesehen von Walthers waren die Beamten in der Rechtsabteilung und zwei Komm-Techs die einzigen, die irgendeine Ahnung hatten, was vor sich ging. Konnte jemand von der Garde sich ausgerechnet haben, was geschah, und es weitererzählt haben?

»Soll reinkommen«, sagte er schließlich.

Als der Kommandanthauptmann eintrat, erhob sich

DeVries von seinem Platz, lächelte und streckte seinem Besucher die Hand entgegen. Es war Zeit für gute alte Stimmungsmache. »Herr Kommandanthauptmann! Wie schön, Sie zu sehen. Ich bin überrascht, daß Sie Ihren Bunker verlassen haben – angesichts der herrschenden Lage.«

»Die herrschende Lage ist der Grund für meinen Besuch«, stellte de Villar trocken fest.

»Natürlich ... Ihre Bitte um Unterstützung durch die Planetare Garde.« DeVries deutete auf einen Stuhl. »Ich habe immer noch nicht alle Berichte beisammen, Herr Kommandanthauptmann. Sie wissen ja, wie schwer es ist, seinen Stab in Gang zu setzen. Aber nehmen Sie Platz. Ich werde sehen, was ich Ihnen an vorläufigen Ergebnissen zukommen lassen kann. Vielleicht können Sie damit ja schon etwas anfangen.«

De Villar setzte sich, und der Generalgouverneur kehrte zu seinem Schreibtisch zurück. Hinter seiner freundlichen Kaufmannsmiene machte er sich Sorgen. Er hatte geplant gehabt, sich alle Optionen offenzuhalten, bis er eine bessere Vorstellung von der Gesamtsituation hatte. So wartete er zum Beispiel immer noch auf eine Zusammenfassung der Nachrichtendienstdaten, die seit Stunden von der Legion zu seinen Militärs strömten. Die Söldner hatten die besseren Mittel und Informationen, und er wollte keinen noch unbekannten Faktor übersehen, der die Gleichung möglicherweise noch veränderte, bevor er sich zu einer endgültigen Vorgehensweise entschloß. Aber eine Mobilmachung der Art, wie die Söldner sie verlangten, ließ sich unmöglich vor den ohne Zweifel reichlich vorhandenen Spionen von Bülows auf Glengarry geheimhalten. Wenn jemand sah, wie DeVries seine Truppen in Gefechtsbereitschaft brachte, konnte das alles in Frage stellen, was er in den vergangenen Stunden ausgehandelt hatte.

Jetzt saß er in der Klemme. Er ließ die Hand unter die Tischplatte gleiten und preßte den dort angebrachten Alarmknopf. Jetzt wußte Walthers, daß sich im Büro des Gouverneurs eine mögliche Gefahrensituation anbahnte. Aber die Wache würde erst nach einem zweiten Alarm eingreifen.

Die andere Hand streckte DeVries nach der Computertastatur aus, aber dann zögerte er und sah dem Kommandanthauptmann direkt in die Augen. So fanatisch diese Legionäre auch sein mochten, vielleicht war es trotzdem möglich, sie von der richtigen Vorgehensweise zu überzeugen. De Villar zumindest war ihm immer als nüchterner, nachdenklicher Offizier erschienen. »Herr Kommandanthauptmann«, begann der Gouverneur langsam. »Ich verstehe Ihre Sorge um Ihre Einheit, um Ihre Leute. So beliebt es auch ist, das Gegenteil zu behaupten, auch Politiker und Verwalter wie ich teilen diese Sorge um die Menschen unter unserer Obhut.«

»Ich habe nie viel mit Politikern zu tun gehabt«, erwiderte de Villar. »Das war immer die Sache des Obersten. Worauf wollen Sie hinaus, Herr Gouverneur?«

»Ich, ähem ... ich frage mich, ob Sie alle Aspekte dieses ... dieses Dilemmas erwogen haben. Die rechtliche Fragen? Wenn sich Herzog Richard zum rechtmäßigen Oberhaupt Haus Steiners ausgerufen hat und das durchsetzen kann, ließe sich argumentieren, daß Ihr Kontrakt mit ihm und nicht mit Victor Davion besteht. Damit wären Sie Rebellen gegen die rechtmäßige Regierung, nicht wahr?«

De Villar zuckte die Achseln. »Meiner Erfahrung nach sind es die Sieger, die darüber entscheiden, was rechtmäßig ist und was nicht, Herr Gouverneur. Die Chancen Richard Steiners sind verdammt gering. Prinz Victor kontrolliert ein Drittel der Inneren Sphäre und mehr Mechregimenter, als Skye Planeten hat. Steiner müßte schon einige spektakuläre Siege erringen, um überhaupt eine Chance zu haben.«

»Die Chancen des Herzogs mögen gering sein, Herr Kommandanthauptmann. Aber hier und jetzt scheinen mir die Ihrer Legion noch kleiner. Die Flotte da draußen wird den Grauen Tod früher oder später zerquetschen, gleichgültig, wie viele Planetare Gardisten Ihnen helfen.«

»Mag sein«, gab de Villar zu. »Im Krieg ist nichts sicher, aber ich gebe zu, daß die Wetten für seine Seite besser stehen.« Er verzog den Mund.

»Warum widersetzen Sie sich dann? Warum wollen Sie sich und Ihre Mechs opfern, wenn selbst Sie vermuten, daß Ihr Unterfangen zum Scheitern verurteilt ist.« DeVries stockte, dann sprach er weiter. »Denken Sie noch einmal nach, bevor Sie Glengarry zum Schauplatz einer offenen Feldschlacht machen, Herr Kommandanthauptmann. Unschuldige Menschen werden darunter zu leiden haben, wenn von Bülows Truppen eine Invasion durchführen müssen. Aber er hat uns ein Geschäft vorgeschlagen. Wenn wir annehmen, ersparen wir der Bevölkerung die Tragödie einer gewaltsamen Invasion.«

»Für mich hat sich das Angebot des Generals ziemlich wertlos angehört«, stellte de Villar fest. »Widerstand ist zwecklos, also legt eure Waffen nieder und akzeptiert Richard Steiner als neuen Herrscher. Das ist kein Geschäft. Das ist eine Aufforderung zur Kapitulation.«

»Nein… keine Kapitulation. Eine einfache Neutralitätserklärung, Herr Kommandanthauptmann. Im Gegenzug akzeptieren wir eine symbolische Besatzung. Übergabe der Luft/Raumkräfte und Verpflichtung, nicht gegen das Freie Skye zu kämpfen. Zeitweilige Stillegung Ihrer Mechs, nur bis die unmittelbare Krise vorbei ist. Ein absolut vernünftiger Preis, um den Frieden zu erhalten.«

De Villar stand blitzartig halb aus seinem Sessel auf und beugte sich drohend über den Schreibtisch. »In der Sendung, die ich gehört habe, hat von Bülow keine derartigen Details aufgezählt, Herr Gouverneur«, erklärte er mit gespannter Stimme. »Was ist hier oben abgelaufen?«

Mit einer Selbstsicherheit, die ganz und gar vorgetäuscht war, strich sich DeVries über den Schurrbart und lehnte sich zurück. Innerlich war er äußerst angespannt. »Ich bin nur ein armer Freihändler, der versucht, seinen Schreibtischjob zu behalten, Herr Kommandanthauptmann«, improvisierte er. »Aber ich bin sicher, wenn wir es nur versuchen, können wir dem General diese Bedingungen abluchsen.«

Der Legionsoffizier beugte sich noch weiter vor. »Lassen Sie uns mit dem Schattenboxen Schluß machen, Herr Gouverneur. Sie haben Kontakt mit dem Feind aufgenommen. Eine derartig detaillierte Vorstellung möglicher Bedingungen läßt sich nicht anders erklären. Was haben Sie meinen Legionären angetan?«

DeVries stand auf und begegnete dem stählernen Blick des Söldners. »Hören Sie, Herr Kommandanthauptmann, ich gebe zu, daß ich nach einer Möglichkeit gesucht habe, eine Verwüstung Glengarrys zu vermeiden. Ich kenne mich aus, auch wenn ich kein Berufssoldat bin. Ihre Truppen sind geschwächt, und die Planetare Garde ist nicht mehr als eine Miliz. Von Bülow hat da draußen ein riesiges Einsatzheer. Selbst wenn Sie die beste militärische Leistung seit Tukayyid liefern, wird es eine Menge Trümmer geben. Das können Sie nicht wollen.«

»Das will niemand«, feuerte der Legionär zurück. »Aber wir haben unsere Pflicht.«

»Ihre Pflicht? Möglicherweise besteht Ihre wahre Pflicht der Familie Steiner gegenüber. Und wenn sich

Herzog Richard als legitimer Repräsentant der Steiners herausstellt, wo liegt dann Ihre Pflicht?«

»General von Bülow interpretiert die Dinge natürlich mit Freuden so«, stellte de Villar mit rauher Stimme fest. »Aber das ist nicht mehr als pure Sophisterei, um Ihnen die Möglichkeit zu geben, sich ruhigen Gewissens Ihrer Verpflichtungen zu entledigen. Ich nehme ihm das nicht ab, DeVries.« Seine Hand glitt zum Holster an seiner Hüfte. »Ich erkläre Sie für eidbrüchig der Gray Death Legion gegenüber und setze die Autorität der Zivilregierung bis auf weiteres außer Kraft. Ich schlage Ihnen dringend vor ...«

DeVries stütze sich wie im Schock schwer auf seinen Schreibtisch. Sein Finger suchte den Alarmknopf und drückte ihn zum zweitenmal. Inzwischen mußten sich seine Leibwachen im Vorzimmer versammelt haben. Der zweite Alarm war ihr Zeichen einzugreifen.

Als de Villar seine Mydron-Autopistole zog, glitt plötzlich die Tür auf. Fünf Gardisten stürzten mit gezogenen Waffen ins Zimmer. Walthers folgte ihnen, unbewaffnet, aber mit einer Aura extremer Selbstsicherheit.

»Ich fürchte, ich kann nicht zulassen, daß Sie Glengarry zerstören, Herr Kommandanthauptmann«, erklärte DeVries mit ehrlichem Bedauern. »Eine Neutralitätserklärung ist die einzige Lösung. Ich bin sicher, General von Bülow wird sich auf zivile Bedingungen einlassen. So ist es wirklich das Beste.« Er winkte den Wachen. »Der Kommandanthauptmann steht unter Arrest. Bitte behandeln Sie ihn mit Respekt, aber halten Sie ihn bis auf weiteres fest. Walthers, es ist soweit. Die Sicherheitsvorkehrungen rund um die Residenz werden verschärft. Von diesem Augenblick an haben Mitglieder der Gray Death Legion keinen Zutritt mehr zu den wichtigen Bereichen des Verwaltungsflügels. Ihre Angehörigen werden in Sicherheitsverwahrung gehalten, und alle Offiziere der Legion, die der Garde begegnen, sind festzunehmen. Verstanden?«

»Ja, Sir«, nickte der Gardekommandant.

Als die Männer de Villar entwaffneten und aus dem Zimmer eskortierten, ließ sich der Generalgouverneur müde in seinen Sessel fallen. Es gab noch so viel zu tun …

19

Dunkeld, Glengarry
Mark Skye, Vereinigtes Commonwealth

2. April 3056

»Bürger Glengarrys! Wir bitten um Aufmerksamkeit für eine wichtige Übertragung aus dem Büro seiner Exzellenz des Generalgouverneurs!«

»Es ist DeVries«, rief Alex Carlyle über die Schulter den anderen in der Verteidigungszentrale zu. »Auf dem öffentlichen Nachrichtenkanal.«

In den letzten Stunden hatte die Hektik im Hauptquartier der Legion nachgelassen. Die hohen Offiziere hatten den größten Teil der Planung und Vorbereitungen an ihre Adjutanten und die Computer abgegeben, und neue Entscheidungen würden erst in Stunden anstehen. Ein paar der Offiziere hatten Zeit zu einem Nickerchen gefunden, und einige wenige waren sogar in ihre Quartiere weit über dem Tiefbunker zurückgekehrt, um nach ihren Familien zu sehen oder in angenehmerer Umgebung abzuwarten. Alex hatte ein paar Stunden geschlafen, bevor er Oberleutnant Bergstroms Platz in der Schlangengrube eingenommen hatte. Jetzt überwachte er die Kommunikationskanäle an Stelle seiner völlig erschöpften Vorgängerin.

Obwohl jetzt weniger zu tun war – aber vielleicht auch gerade deshalb –, hatte die Anspannung im Innern der Zentrale seit de Villars Aufbruch von Minute zu Minute zugenommen. Obwohl sich die Planetare Garde zumindest um den Castle Hill deutlich massierte, hatten sie nichts mehr von ihm gehört. Aber weder der Gouverneur noch dessen Stab reagierten auf Anrufe, nicht einmal von der Legion, und de Villar schien sich in Luft aufgelöst zu haben.

McCall trat hinter Alex' Platz, um den Monitor

RICK HARRIS

zu beobachten, als das kantige Gesicht des Ansagers dem rundlichen des Generalgouverneurs Platz machte.

»Bürger Glengarrys«, begann DeVries seine Ansprache. »Ohne Zweifel sind sich viele von Ihnen der Kriegsflotte bewußt, die in unserem System erschienen ist und in drei Tagen über unserer schönen Welt in eine Umlaufbahn gehen wird. Diese Flotte militärischer Landungsschiffe hat sich als Kontingent der provisorischen Regierung des Freien Skye identifiziert, einer Separatistenbewegung, die unter der Führung Seiner Gnaden, Herzog Richard Steiners von Skye, das Banner der Rebellion gegen das Vereinigte Commonwealth führt. Der Kommandeur der Einsatzflotte, General von Bülow, hat seine Absichten klar gemacht. Die Flotte ist hier, weil Glengarry das Lehen und Hauptquartier der Gray Death Legion ist und diese sich nicht der Sache des Freien Skye verpflichtet hat. Die provisorische Regierung des Freien Skye vermutet, daß die Legion, eine Söldnereinheit mit vertraglichen Verpflichtungen dem Vereinigten Commonwealth gegenüber, eine Gefahr für die Rebellion darstellen könnte. Der General hat Befehl, alle Gefahren zu neutralisieren, die von Glengarry und der Legion ausgehen könnten. Er wird tun, was immer notwendig ist, um diese Order auszuführen.«

DeVries sah direkt in die Kamera. Auf seinem Gesicht stand ehrliche Sorge. »Bürger ... Freunde ... Niemand möchte unsere herrliche Welt in ein Schlachtfeld verwandelt sehen. Die Nachfolgekriege und die Clan-Invasion haben uns ungeschoren gelassen, aber niemand, der die Berichte aus anderen Systemen gesehen hat, kann bezweifeln, daß die moderne Kriegführung schrecklich und brutal ist. Selbst eine erfolgreiche Verteidigung Glengarrys wäre eine Katastrophe für unsere Bevölkerung, unsere Wirtschaft und unsere Umwelt. Und die Chancen für eine erfolgreiche Verteidigung stehen alles andere als gut. Ein großes Kontingent der Gray Death Legion befindet sich auf einer militärischen Mission anderenorts. Und auch Oberst Carlyle, der respektierte Kommandeur der Einheit, ist fort. Vielleicht wäre die Legion in voller Gefechtsstärke und unter der Leitung ihres legendären Obersten ein ebenbürtiger Gegner für den Angreifer, aber gegen die überwältigende Übermacht der Kräfte des Freien Skye ist die zu unserer Verteidigung hier verbliebene Garnison überfordert. Selbst ihr amtierender Kommandeur hat Zweifel geäußert, diesen Gegner von Glengarry fernhalten zu können.«

Jetzt lächelte DeVries. »Glücklicherweise werden wir nicht mit der angedrohten Invasion konfrontiert werden. Ich habe die Lage mit dem momentanen Kommandeur der Legion, Kommandanthauptmann de Villar, und mit General von Bülow erörtert. Zwar besteht der derzeitige Kontrakt der Legion vordergründig mit dem Vereinigten Commonwealth, aber auf Grund potentieller gegensätzlicher Verpflichtungen Haus Steiner gegenüber könnte er als ungültig angesehen werden. Wir finden, daß diese Situation einen Zustand der Rechtsunsicherheit bezüglich der Rolle der Legion hervorgerufen hat. Die Legion wird sich daher zurückhalten und die Lage erst sehr sorgfältig prüfen, bevor sie etwas unternimmt.«

»Bluidy Sassenach Bastard!« fluchte McCall. »Das ist eine Lüge! Gomez de Villar würde so etwas nae zustimmen!«

»Einen Augenblick, Sir!« stieß Alex aus. »Sehen Sie…«

»…zu bestätigen«, sagte DeVries gerade. »Meine Damen und Herren: der amtierende Kommandeur der Gray Death Legion, Kommandanthauptmann Cristobal Gomez de Villar.«

An die Stelle des Gouverneurs trat nun de Villar. Der Kommandanthauptmann hatte die zerknitterte

Uniform, in der er seit der Heldentagsfeiern am Tag zuvor gesteckt hatte, durch eine frische, saubere Ausgehuniform ersetzt und alle Orden und Ehrenzeichen angelegt. Er wirkte angespannt und gestreßt, sah aber geradewegs in die Kamera und sprach mit leiser, ruhiger Stimme. »Als von Oberst Carlyle eingesetzter Interims-Kommandeur des Grauen Todes bestätige ich hiermit meine vollständige Zustimmung zu den zwischen Gouverneur DeVries und General von Bülow ausgehandelten Bedingungen. Deren genauer Wortlaut wird demnächst bekanntgegeben. Im Moment...« Er stockte, und sein Blick suchte offensichtlich nach jemand oder etwas außer Sicht der Kamera. Dann schluckte er schwer und sprach weiter. »Im Moment befehle ich der Gray Death Legion, den Alarmzustand aufzuheben. Das gesamte Personal der Legion ist angehalten, Gouverneur DeVries und seinen Stab bei der Durchführung der Vereinbarung mit den Kräften des Freien Skye zu unterstützen...«

Alex Carlyle sackte auf seinem Stuhl zusammen. Er traute seinen Ohren nicht. Hinter ihm flüsterte McCall »Ich glaub es nae!" Das konnte Alex voll unterschreiben.

»Tut mir leid, Miss. Die KommZentrale ist auf Befehl des Generalgouverneurs geschlossen.«

Caitlin DeVries stierte den Gardisten, der in seinem Kilt die Tür zum Hauptkommunikationskomplex auf Castle Hill blockierte, wütend an. Nachdem sie auf dem Monitor in ihrer Suite die Erklärung ihres Vaters gesehen hatte, war sie losgerannt, um nach ihm zu suchen. Sie fragte sich, warum er nicht nach ihr geschickt hatte, wenn er die ganze Nacht an dieser Krise gearbeitet hatte. Immerhin war sie jetzt angeblich seine Adjutantin. Wenn er und Kommandanthauptmann de Villar mit den Separatisten verhandelt hatten, hätte sie irgendwie daran beteiligt sein müssen, selbst wenn dies sich darauf beschränkte, Notizen zu machen oder Tee aufzubrühen. Waren das nicht die Aufgaben einer Adjutantin?

Der Inhalt der Erklärung machte ihr auch zu schaffen. Die Legion, die sie kannte, hätte einem solchen Handel nicht zugestimmt. Sie fragte sich, was Alex Carlyle von diesen Verhandlungen hielt. Sein Vater war berühmt dafür, zu seinen Prinzipien zu stehen, selbst wenn es die Legion in Gefahr brachte ...

Sie verdrängte den Gedanken und konzentrierte sich auf das unmittelbare Problem. »Wissen Sie, wer ich bin, Corporal?«

»Die Tochter des Generalgouverneurs, Miss«, erwiderte der Gardist mit unbehaglicher Miene. »Aber das ...«

»Außerdem bin ich auch noch MechKriegerkadettin, und soweit ich es weiß, ist auch der unterste MechKriegerrang höher als jeder der Planetaren Garde.«

»Ähem, ja, Miss, aber meine Befehle ...«

Sie klopfte auf die Armbinde, um die sie ihre Uniform erweitert hatte. Die Binde zeigte die Sichel des Planeten vor dem rotgrünen Schottenmuster der Streitkräfte Glengarrys. »Und ich bin die Adjutantin Seiner Exzellenz. Wenn Sie wollen, können Sie die Befehle in den Computeraufzeichnungen überprüfen.« Sie machte eine Pause. »Wollen Sie jetzt behaupten, die Befehle des Generalgouverneurs sollen mich daran hindern, mit ihm in Verbindung zu treten? Das würde meinen Vater sicher sehr interessieren, wenn ich ihm davon berichte. Meinen Sie nicht auch?«

»J-ja, Miss ... ich meine, nein, Miss ...« Der Gardist trat beiseite und betätigte den Öffnungsknopf der Tür. Seine Tonfall wechselte von Herablassung zu militärischer Respektbezeugung, als er Haltung annahm und salutierte. »Bitte um Verzeihung, daß ich Sie aufgehalten habe, Ma'am.«

Caitlin schenkte ihm ein frostiges Lächeln und trat

durch die Tür. Sie wand sich nach rechts und stieg eine kurze Treppe zur Kontrollkabine über den Videostudios der Residenz hoch. Dort konnte sie warten, bis ihr Vater seine Rede beendet hatte, ohne die Sendung zu stören.

Die Kabine bestand aus einem einzelnen schmalen Zimmer, von dem aus man durch ein Transplastfenster in die Studios hinabblicken konnte. An einer einzelnen Instrumentenbank kontrollierten vier Techniker alle Studiofunktionen, von den automatischen Kameras über den Ton bis zu computergesteuerten Spezialeffekten. Niemand sah hoch, als Caitlin eintrat, und sie tat ihr Bestes, um nicht zu stören. Statt dessen reckte sie den Hals und beobachtete das Treiben unter sich...

Kommandanthauptmann de Villar hatte noch das Wort. Er erklärte, wie eng die Offiziere des Grauen Todes mit dem Generalgouverneur zusammenarbeiten mußten, um die letzten Einzelheiten der Neutralitätsvereinbarung umzusetzen. Er las seinen Text in sehr sorgfältiger, fast gestelzter Form ab. Das Ganze unterschied sich erheblich von dem lebendigen Redefluß, den Caitlin bei den wenigen Vorlesungen erlebt hatte, die er vor den Kadetten in Brander gehalten hatte. Von Zeit zu Zeit wanderten seine Blicke vom Teleprompter und der automatischen Kamera an einen Punkt, den Caitlin von ihrer jetzigen Position aus nicht sehen konnte. Der Ausdruck in seinen Augen störte sie. Irgend etwas stimmte nicht...

Sie lehnte sich weiter vor und sah endlich auch die anderen Personen im Studio. Zunächst ihren Vater, der vorgebeugt in einem Stuhl außerhalb des Kamerabereichs saß und dem Major mit einer Aufmerksamkeit zuhörte, die selten für ihn war.

Und dann sah sie die drei Gardisten, die um Freya King de Villar standen.

Die Frau des Kommandanthauptmanns trug ein zerrissenes Nachthemd und Pantoffeln. Ihr Haar war zerwühlt, und sie war geknebelt. Einer der Männer preßte eine Nadlerpistole an ihren Hals, während ein anderer ihr mit festem, schmerzhaften Griff die Arme auf dem Rücken festhielt. Der dritte Mann stand etwas weiter hinten und hielt ein Autogewehr im Arm, das in Richtung des Kommandanthauptmanns zeigte.

Caitlins erschrecktes Keuchen war nicht zu überhören.

»Miss DeVries! Was machen Sie hier?« Der Regisseur sprang erschreckt auf. »Hier ist der Zutritt verboten ...«

»Mein ... mein Vater wollte, daß ... daß ich ihn wissen lasse, wenn eine Botschaft eintrifft ...« Ihre gestammelte Entschuldigung klang nicht einmal für sie selbst glaubhaft. Sie trat einen Schritt zurück. »Ähm, vom Thane of Carrick. Ich ... ähem, ich dachte, er wäre fertig, aber er ist wohl noch mit der Sendung beschäftigt. Ich werde es ihm sagen, wenn er ... wenn er frei ist.«

»Er ist gerade nicht auf Sendung«, meinte der Regisseur mit zweifelnder Miene. »Hier, ich verbinde Sie über die Sprechanlage.« Er drehte sich für den Augenblick beiseite, den er brauchte, um den winzigen Ohrhörer anzuwählen, den ihr Vater trug, um Anweisungen aus der Kabine zu erhalten. Sie war augenblicklich aus der Tür und auf der Treppe. Sie stieß den Corporal am Eingang beiseite und marschierte schnell den Gang hinab.

Sie mußte ihre ganze Selbstbeherrschung zusammennehmen, um nicht loszurennen, als sie außer Sicht war.

Der winzige Empfänger in seinem linken Ohr krachte. Roger DeVries richtete sich unwillkürlich in seinem

Stuhl auf und hob die Hand an das winzige Plastikgebilde. Einen Augenblick später hörte er blechern und verzerrt die zögernde Stimme des Regisseurs.

»Exzellenz, Ihre Tochter war gerade hier oben und hat nach Ihnen gesucht. Äh... sie sagte etwas über eine Botschaft vom Thane of Carrick, auf die Sie warten würden. Aber sie wollte nicht mit Ihnen reden... Sie ist plötzlich verschwunden...« Der Regisseur klang nervös, aber es war nicht klar, ob das an dem möglichen Bruch der Sicherheitsbestimmungen lag oder an der Vorstellung, die Aktionen der Tochter des Generalgouverneurs in Zweifel zu ziehen.

DeVries sprang auf. Der Kommandanthauptmann hatte noch mindestens für eine Minute Text. Das gab dem Gouverneur Zeit, sich um diese Angelegenheit zu kümmern, ohne die Sendung zu unterbrechen.

Er erwartete heute morgen weder von Carrick noch von einem der anderen Regionalfürsten einen Anruf, und diese Lüge konnte in Verbindung mit dem plötzlichen Verschwinden seiner Tochter nur eines bedeuten...

Nachdem er die schwere, isolierte Studiotür hinter sich geschlossen hatte, zog DeVries seinen Kommunikator aus der Brusttasche und gab eine Codesequenz ein. »Walthers«, sagte er knapp. »DeVries hier. Geben Sie Ihren Leuten Anweisung, nach meiner Tochter zu suchen und sie bis auf weiteres festzuhalten. Sie sollen keine Ausflüchte oder Hinhaltetaktiken akzeptieren. Ich muß sie dringend sprechen. Geben Sie das an alle Posten durch.«

Er haßte den Gedanken, daß die Loyalität seiner Tochter jemand anderem als ihrem Vater gelten könnte, aber jetzt mußte er davon ausgehen. Sie hatte seit Jahren keinen anderen Gedanken gehabt als ihre Chance, MechKriegerin zu werden, und Carlyles Leute wurden vom Beginn der Kadettenausbildung an einer intensiven Indoktrination unterzogen. DeVries konnte sich jetzt keine Risiken leisten. Er konnte niemand erlauben, seinen Plan – und die Zukunft ganz Glengarrys – zu ruinieren, nicht einmal seiner Tochter.

Deshalb mußte er verhindern, daß sie eine Dummheit anstellte, etwa, indem sie ihren Vorgesetzten in der Legion davon erzählte, was sie im Studio gesehen hatte. In ein paar Minuten würde es nichts mehr ausmachen, aber bis DeVries sicher war, daß die Führungskader der Legion verhaftet und außer Gefecht gesetzt waren, durfte Caitlin nicht frei herumlaufen.

DeVries wartete nicht auf die Bestätigung seines Sicherheitschefs. Er steckte den Kommunikator wieder ein und ging zurück ins Studio. Den Gedanken an Caitlin verdrängte er.

Jetzt mußte er sich ganz auf die vorliegende Aufgabe konzentrieren. Später würde er seine Tochter auf die richtige Seite bringen, und dann würden sie gemeinsam die Zukunft schmieden, die Glengarry verdient hatte.

In der Schlangengrube hing Alex Carlyle mit einem Gefühl verwirrter Verlorenheit auf seinem Stuhl. Wie konnte Kommandanthauptmann de Villar nach allem, was er über ihre Pflicht zum Widerstand gesagt hatte, seine Meinung so plötzlich ändern? Und vor allem, ohne sich mit McCall und dem Rest seines Stabes zu besprechen?

Jetzt war wieder DeVries zu sehen. Mit Gestik und Tonfall vermittelte er Ruhe und Gelassenheit. »Lassen Sie mich schließen, indem ich Sie noch einmal alle bitte, ruhig zu bleiben und die weitere Entwicklung abzuwarten. Ich versichere Ihnen, Glengarry ist nicht in Gefahr, und mit etwas Vernunft auf allen Seiten bin ich sicher, daß wir diese Schwierigkeiten mit minimalen Folgen überstehen können. Vielen Dank, und Gott segne Sie.«

McCall murrte vor sich hin und griff über Alex' Schulter nach dem Ausschaltknopf. »Ich weiß nae, was in ihn gefahren ist«, knurrte der Caledonier.

Bevor er weiterreden konnte, summte die Sprechanlage. Alex drückte den entsprechenden Knopf und starrte in die nichtssagenden Züge Feldwebel Yus, eines der diensttuenden Unteroffiziere der Legion.

»Sir, hier ist Posten Vier. Ich habe hier ein Dutzend Offiziere und Techniker, die angeblich von Gouverneur DeVries den Befehl haben, in der VZ die Wache zu übernehmen.«

Kommandanthauptmann McCall lehnte sich in den Kamerabereich. »Das ist nae üblich, Feldwebel.«

Ein anderes Gesicht erschien auf dem Schirm. »Herr Kommandanthauptmann, ich bin Hauptmann Holmes von der Planetaren Garde. Der Generalgouverneur und Ihr Kommandanthauptmann de Villar bitten Sie und Ihren Stab, zu einer Konferenz in die Residenz zu kommen. Wir sollen alles im Auge behalten, solange Sie an der Oberfläche sind.« Er grinste. »Sie wissen schon, im Geiste der Zusammenarbeit und so weiter.«

McCall schien zu zweifeln, aber dann nickte er. »Aye, wird Zeit, daß wirr diesen Schlamassel klärren. Lassen Sie sie rrein, Feldwebel.« Er nickte einem der Techs zu, den Aufzug freizugeben. Der war blockiert worden, als der Alarmzustand ausgerufen worden war, und konnte nur noch von hier unten bedient werden.

Holmes und seine Techs trafen wenige Sekunden später ein und lösten McCall formell und mit der Aufforderung ab, den Stab an die Oberfläche zu bringen. Alex schloß sich McCall und den übrigen Offizieren bei der Fahrt zur Residenz an. Aus den kurzen Gesprächen wurde deutlich, daß den Gray-Death-

Offizieren diese Situation ebensowenig behagte wie ihm. Er hoffte, daß de Villar sie oben erwartete. Vielleicht konnte er erklären, was hier vor sich ging.

Aber der Kommandanthauptmann war nirgends zu sehen, als sich die Kabinentüren öffneten. Statt dessen starrten Alex und die anderen in die Gewehrmündungen eines ganzen Trupps Planetarer Gardisten. Anstatt der üblichen Uniformjacken und Kilts steckten sie in voller Kampfpanzerung. Hinter ihnen waren weitere Truppen zu sehen, die Feldwebel Yu und die übrigen Legionsposten bewaffnet vor sich hertrieben.

»Auf Befehl des Generalgouverneurs stehen Sie alle unter Arrest«, erklärte der Anführer der Gardisten. »Händigen Sie uns Handfeuerwaffen und Armbandcomps aus. Wenn Sie kooperieren, wird Ihnen nichts geschehen. Wenn Sie sich widersetzen, werden Sie es bereuen. Wir haben bereits zweiunddreißig Ihrer Angehörigen in Gewahrsam. Sie würden den Preis für ein Fehlverhalten Ihrerseits zahlen müssen. Habe ich mich klar genug ausgedrückt?«

Niemand antwortete. Dann trat McCall langsam vor und hob die Arme. Die anderen taten es ihm gleich. Ihnen blieb nichts anderes übrig.

20

Dunkeld, Glengarry
Mark Skye, Vereinigtes Commonwealth

2. April 3056

Caitlin DeVries ballte in schierer Frustration die Fäuste. Sie suchte nach irgend jemand oder *irgend etwas,* woran sie ihre Enttäuschung auslassen konnte, bevor sie davon verzehrt wurde.

Wie *konnte* ihr Vater nur auf die Idee kommen, die Legion zu verraten? Der bloße Gedanke bereitete ihr Übelkeit.

Sie hatte immer gewußt, daß seine Haltung der Gray Death Legion gegenüber bestenfalls zwiespältig war. Grayson Carlyle und seine Söldner hatten Roger DeVries zum Generalgouverneur gemacht. Er hatte den Posten seit zwei Jahren inne. In dieser Zeit hatte er eng mit der Legion zusammengearbeitet und anscheinend eingesehen, daß sie Glengarry viel Gutes bringen konnte.

Aber gleichzeitig hatte er sich einige Bemerkungen erlaubt, die seine grundlegende Abneigung gegen die Söldner entlarvten. Kurz nach ihrer Ankunft hatten sie viel getan, um die Ordnung auf dem Planeten wiederherzustellen, aber inzwischen war das Verhältnis eher einseitig geworden. Glengarry lieferte ihnen alles, was sie brauchten, erhielt aber sehr wenig zurück. Zumindest behauptete das ihr Vater. Und er hatte der Entscheidung seiner Tochter, sich beim Grauen Tod zu verpflichten, nur sehr zögernd seinen Segen gegeben.

Sie hatte nie ein anderes Ziel in ihrem Leben gehabt, und schließlich hatte er eingesehen, daß er nur entweder großzügig nachgeben oder zusehen mußte, wie sie sich über seinen Willen hinwegsetzte. Angesichts dieser Alternative hatte er schließlich nachgegeben.

Jetzt wünschte sich Caitlin plötzlich, nie auch nur vom Grauen Tod *gehört* zu haben. Oder vielleicht war es auch ihr Vater, den sie verstoßen wollte. Im Augenblick war sie völlig verwirrt.

Caitlin schlug mit der Faust auf den Wandschalter, der die Tür hinter ihr verriegelte. Sie war zurück in ihre Suite im Gouverneurstrakt der Residenz gelaufen. Sie wußte nicht, wo sie sich sonst verstecken konnte. Jetzt erinnerte sie jedes kostbare Möbelstück und jeder Wandteppich an ihr Dilemma.

»Wir stehen für Ordnung«, sagte sie. Es war das inoffizielle Motto des Grauen Todes, angeblich vor Jahren von Grayson Carlyle persönlich formuliert. Im Ausbildungsprogramm wurde besonderer Wert darauf gelegt, daß die Legion im Gegensatz zu so vielen Söldnereinheiten der Inneren Sphäre weniger für Geld kämpfte, als für die Ideale ihres Anführers, die Ideale einer Zivilisation, die von den Barbaren vor ihren Toren in ihrer Existenz bedroht wurde. Zwei lange Jahre hatte sie das gehört und immer daran geglaubt. Die Legion ... das waren die Guten, die neuen Ritter, die auf ihren metallenen Streitrössern gegen die Barbaren in die Schlacht zogen, die alles Erreichte zerstören wollten.

Was war dann Roger DeVries, wenn er versuchte, einen Separatfrieden auszuhandeln?

Sie schluckte und kämpfte um ihre Beherrschung. Ein Nervenzusammenbruch war keine Lösung.

Caitlin hob den Arm und gab eine Codekombination in die winzige Tastatur ihres Armbandcomps ein. Die abgenutzten Militärmodelle des Grauen Todes enthielten Funkgeräte, wie sie die Zivilisten innerhalb der Residenz als separate Geräte mitführten. Kommandanthauptmann McCall mußte vom Verrat ihres Vaters erfahren.

Sie erhielt keine Antwort. Sie fluchte und versuchte einen anderen Code, den Alex Carlyles. Nichts.

Die beste Methode für einen Coup bestand darin, die Führung der Legion auszuschalten, solange sie noch unter dem Eindruck von de Villars scheinbarem Meinungswandel standen. Waren sie schon außer Gefecht, gefangen … oder schlimmer? Sie konnte keine andere Erklärung dafür finden, daß sie nicht durchkam.

Damit waren die Legionäre hier in der Hauptstadt führungslos. Aber vielleicht konnte sie noch ein paar der außerhalb stationierten Einheiten warnen. Zum Beispiel in Brander …

Dazu brauchte sie mehr als einen Armbandcomp. Vielleicht konnte sie die Residenz noch verlassen und von einem Terminal irgendwo in der Stadt anrufen …

Sie hatte das Wohnzimmer schon halb durchquert, als eine Bewegung an der Schlafzimmertür sie herumwirbeln ließ. Mit dem Instinkt einer trainierten MechKriegerin ging sie in Angriffshaltung.

Ihr Gegenüber war noch überraschter als Caitlin. Er sprang zurück, dann grinste er schüchtern. »Och, Lassie, mach das nicht! Ich dachte schon, ich müßte Angst haben.«

Caitlin entspannte sich. »Sorry, MacDonald. Ich wußte nicht, daß jemand hier war.«

Der Diener grinste, um Entschuldigung heischend. »Ich helf Maggie nur beim Aufräumen, Lass. Bei den vielen Leuten, die zur Zeremonie in der Stadt sind, müssen ein paar von uns Doppelschichten schieben.«

Trotz ihrer Verwirrung erwiderte sie sein Lächeln. Ian MacDonald und seine Frau Maggie gehörten zu den vertrauenswürdigsten Dienern in der Residenz. Sie waren schon seit Jahren hier, hatten vier Regierungen überstanden und Caitlin in den turbulenten Wochen unmittelbar nach Amtsantritt ihres Vaters schnell das Gefühl vermittelt, zu Hause zu sein.

MacDonald, der fünf Jahre als Infanterist in der Privatarmee des Thane of Buchan gedient hatte, bevor die Legion den Streitigkeiten zwischen den Adligen ein Ende gemacht hatte, war der einzige in der Residenz gewesen, der Caitlin zugeredet hatte, ihren Traum vom MechKriegerleben zu verwirklichen. Sie hatte ihn erst ein paar Monate vor ihrem Umzug nach Brander kennengelernt, aber manchmal hatte MacDonald ihr nähergestanden als der Mann im Büro des Generalgouverneurs. Wenigstens hatte der Diener ihr immer zugehört, immer Zeit für sie gefunden.

Aber jetzt wußte sie nicht, was sie ihm sagen sollte. Sie war nicht einmal sicher, wieviel MacDonald über die Separatisten vom Freien Skye wußte, oder ob Legionäre mit Zivilisten darüber reden durften. Und was konnte sie ihm über ihren Vater erzählen?

Ein lautes Klopfen erschütterte die Tür, bevor sie die rechten Worte gefunden hatte. »Miss DeVries!« Die Stimme kannte sie. Sie gehörte einem der Gardesergeanten im Sicherheitsstab der Residenz. »Ihr Vater möchte Sie sehen! Bitte kommen Sie sofort heraus.«

Sie suchte den Raum fast instinktiv nach einem Fluchtweg ab, obwohl sie wußte, daß es keinen gab. Sie konnte ihrem Vater jetzt nicht unter die Augen treten ...

MacDonald erkannte ihre Angst augenblicklich. »Was ist los, Lassie?« fragte er leise. »Stimmt etwas nicht zwischen dir und deinem Vater?«

Caitlin nickte. Es war eine knappe, fast explosive Geste. Das Klopfen wiederholte sich, noch lauter als zuvor. »Die Überwachungskameras haben Sie beim Betreten Ihrer Suite beobachtet, Miss DeVries. Bitte kommen Sie jetzt heraus. Die Anweisungen Ihres Vaters waren sehr deutlich.«

Ihre Gedanken rasten wie wild. Vater oder nicht, was er tat, war Verrat am Grauen Tod, und sie hatte der Legion ihr Leben gewidmet. Wenn sie diesen Soldaten gestattete, sie zu ihrem Vater zu eskortieren, würde der dafür sorgen, daß sie keine Gelegenheit hatte, Kommandanthauptmann McCall oder die anderen zu warnen. Nicht, bis es ihm paßte. Sie mußte die Warnung vorher abschicken …

Aber wie? Sie konnte sie nicht persönlich erreichen, und ein Kadett konnte einen Kommandanthauptmann nicht einfach über die Sprechanlage anrufen und erwarten, durchgestellt zu werden. Nicht ohne erst eine ganze Kette von Hindernissen überwinden zu müssen. Hindernisse, für die sie keine Zeit hatte. Ihr gingen rapide die Alternativen aus.

Sie biß sich auf die Lippe. Ihre einzige Hoffnung war MacDonald.

Caitlin packte seinen Arm. »Ian … Ian, du mußt mir einen Gefallen tun. Ich glaube, die Legion ist in Gefahr, und mein Vater will nicht, daß ich sie warne. Geh zurück ins Schlafzimmer und warte, bis ich weg bin. Wenn Sie mich weggebracht haben, mußt du runter in die Stadt gehen. Ruf Brander an, SeniorTech King … nein, lieber Davis Clay. Kadett Davis Clay. Sag ihm, es ist wichtig. Sag ihm …« Sie zögerte. Wie konnte sie Clay wissen lassen, daß die Botschaft wirklich von ihr stammte? »Sag ihm, du hast es direkt aus dem Mund des *Centurion.* Kommandanthauptmann de Villar arbeitet nicht freiwillig mit meinem Vater zusammen. Seine Frau wird als Geisel benutzt, um ihn zur Kapitulation vor den Separatisten zu zwingen. Und die übrigen Legionsoffiziere sind entweder gefangengenommen worden oder haben zumindest keine Kontaktmöglichkeit mehr zur Außenwelt. Hast du das?«

MacDonald starrte sie einen Augenblick an, dann wiederholte er die Botschaft mit grimmiger Miene. »Ich glaube es nicht«, fügte er hinzu. »Dein Vater … Hör mal … wird dir auch nichts geschehen, Lassie?«

»Ich bin sicher. Er ist immer noch mein Vater … ich bin sicher.«

Das Pochen an der Tür wurde noch lauter, als MacDonald das Wohnzimmer verließ. Vor der Tür hörte Caitlin weitere Stimmen. Neuankömmlinge, wahrscheinlich mit einem Generalschlüssel für das elektronische Schloß.

Die Tür glitt auf und ließ fünf Soldaten im Kilt und der hellblauen Uniformjacke der Sicherheitsabteilung der Garde ein. Sie wirkten wütend und hielten die Waffen im Anschlag.

»Verdammt noch mal, warum haben Sie keine Antwort gegeben?« Der Sergeant versuchte nicht einmal mehr, höflich zu sein. »Ihr Vater will Sie auf der Stelle in seinem Büro sehen!«

»Und wenn ich nicht will?« fragte sie eisig.

Er zuckte die Schultern. »Ich habe Befehl, Sie vorzuführen, Miss. Bitte leisten Sie keinen Widerstand.« Er winkte mit der Pistole, und zwei der Soldaten setzten sich in Bewegung, um sie zu ergreifen.

Caitlin DeVries wich zurück und hob abwehrend die Hände. Gleichzeitig nickte sie widerwillig. »Schon gut. Ich komme mit.« Sie ging ohne einen Blick an dem Gardisten vorbei auf den Flur.

Jetzt hing alles an MacDonald … und Davis Clay.

Davis Carlyle Clay sah hoch, als die Glocke am KommTerminal auf dem Tisch des diensthabenden Offiziers einen Anruf ankündigte. Nach der langen MSB-Fahrt zurück nach Brander, gefolgt von einer Schicht als Kadetten-OvD im Brander-Dienstbüro war er geschafft. King und die anderen Stabsmitglieder waren damit beschäftigt, McCalls Befehle zur Umrüstung der Kadettenmechs für den aktiven Dienst umzusetzen. Zumindest das konnten sie jetzt vergessen, nachdem Kommandanthauptmann de Villar Entwarnung gegeben hatte. Clay hatte den Mechhangar angerufen, sobald er von der Sendung erfahren hatte, und King war schon wieder auf dem Rückweg. Vielleicht konnte Clay jetzt doch noch etwas an den Kissen horchen…

Er nahm das Gespräch an. Das Bild auf dem Schirm stammte offensichtlich aus einer öffentlichen Komm-Zelle in einer der größeren Städte Glengarrys. Er konnte Gebäude im Hintergrund sehen, und unter der Stimme des Anrufers lag Verkehrslärm.

»Mein Name ist MacDonald«, stellte sich der Mann auf dem Schirm vor. Akzent und Kleidung wiesen ihn als Einheimischen aus, wahrscheinlich ein Arbeiter. Er wirkte entfernt vertraut, aber Clay konnte sich nicht erinnern, wo er ihn schon einmal gesehen hatte.

Der Mann war außer Atem, aber die Worte sprudelten nur so aus ihm heraus. »Ich rufe für Kadettin Caitlin DeVries an, aus Dunkeld. Sind Sie Kadett Clay? Ihre KommTechs haben gesagt, sie stellen mich durch…«

»Langsam«, bremste Clay den Mann. »Ja, ich bin Clay. Was ist los? Ist sich Caitlin zu fein, um noch mit uns ordinären Kadetten zu reden, seit sie einen Adjutantenposten hat? Ich hätte nie gedacht, daß sie einen Sekretär braucht, um ihren Kameraden etwas mitzuteilen.«

»*Bitte,* Kadett. Es ist dringend. Sie hat gesagt, ich soll Ihnen mitteilen, daß ich das direkt aus dem Mund des *Centurion* habe. Die Nachricht lautet: Kommandanthauptmann de Villar arbeitet nicht freiwillig mit ihrem Vater zusammen. Seine Frau wird als Geisel benutzt…«

Clay hörte mit wachsendem Entsetzen zu. Er konnte es kaum glauben, aber wer außer Caitlin oder jemand anders aus Brander konnte wissen, welchen Mechtyp sie führte? »Es ist keine Zeit zu verlieren«, schloß der Mann mit drängender Stimme ab. »Die junge Miss DeVries wurde… wurde festgenommen. Von den Leuten ihres Vaters. Planetare Garde…«

Clay sah hoch. Gerade trat King ins Zimmer. »Sir, ich glaube, das sollten Sie hören. MacDonald, bitte wiederholen Sie die Botschaft für OD1 King…«

Einen Augenblick versuchte er sich einzureden, daß dies alles nur ein Irrtum war, vielleicht ein Kadettenstreich. Aber kein Kadett im Grauen Tod hätte einen derartigen Streich gewagt, nicht einmal Clay selbst. Tief im Innern wußte er, daß die Nachricht stimmte, so bitter es auch war.

Und er wußte, was das für die Gray Death Legion bedeutete…

21

Dunkeld, Glengarry
Mark Skye, Vereinigtes Commonwealth

4. April 3056

Alex Carlyle wälzte sich unruhig auf der schmalen Pritsche. Er versuchte sich zu entspannen, aber es hatte keinen Zweck. Nach zwei Tagen erzwungenen Nichtstuns war er nervös und aufgebracht. Er konnte einfach nicht schlafen. Bald würde der Morgen grauen, der zweite Morgen, seit Gouverneur DeVries die Führungsspitze des Grauen Todes in den Militärkerker von Castle Hill hatte werfen lassen. In der ganzen langen Nacht Glengarrys hatte Alex kaum mehr als ein, zwei Stunden unruhig geschlafen.

Schließlich gab er den aussichtslosen Kampf auf und schwang die Füße auf den kalten Steinboden. Die Zelle war gerade groß genug für die Pritsche, ein Waschbecken und eine zum Bett, aber nicht zur Tür hin sichtgeschützte Toilette. Die meisten der während des Coups gefangenen Offiziere waren in diese alten Zellen gesperrt worden, die normalerweise nur für kurze Aufenthalte im Militärstrafvollzug benutzt wurden. McCall oder de Villar hatte seitdem niemand mehr gesehen, und die verheirateten Offiziere wurden irgendwo anders festgehalten. Alex fragte sich zum wiederholten Mal, wo Caitlin DeVries war. Hatte sie die Legion ebenfalls verraten, wie ihr Vater? Noch vor wenigen Tagen wäre ihm dieser Gedanke nicht gekommen, aber jetzt schien nichts mehr unmöglich.

Alex stand auf und ging zu dem schmalen, gesicherten Transplastfenster, das auf den Paradeplatz des Castle Hill blickte. Es war schwer vorstellbar, daß dort eine Heldentagsfeier stattgefunden hatte, erst recht, wenn er daran dachte, daß dies erst drei Tage zurücklag. So viel hatte sich seither verändert...

Und so viel mehr würde sich in den nächsten Tagen noch verändern. Die Armada des Freien Skye würde morgen, spätestens übermorgen, die Umlaufbahn erreichen. Damit war dann alles gelaufen. Danach zu schließen, was er von den Gesprächen der Wärter mitbekommen hatte, waren die meisten Unteroffiziere und Mannschaften der Legion noch frei, aber ganz besonders nach Kommandanthauptmann de Villars Ansprache war ein eigenmächtiges Handeln von deren Seite nicht zu erwarten. Die meisten glaubten wahrscheinlich, der Kommandostab würde schwer arbeiten. Der Gedanke, ihre Offiziere könnten in Arrest sitzen, dürfte ihnen kaum kommen.

Also würden die Freien Skye-Truppen praktisch ungehindert einmarschieren, und die Planetare Garde stand bereit, um eine friedliche Machtübernahme durch von Bülows Armada zu sichern. Alex starrte hinaus in die Dunkelheit und fragte sich, wie sein Vater die Nachricht aufnehmen würde, daß der Graue Tod gezwungen worden war, ohne auch nur einen symbolischen Widerstand die Waffen zu strecken. Ein harter Sturz aus den glorreichen Höhen, die sie am Heldentag gefeiert hatten.

Ein plötzliches Aufblitzen am südwestlichen Horizont weckte seine Aufmerksamkeit. Einen Augenblick hielt er es für ein Gewitter, das von Braemoray aus über die Athollebene zog. Dann sah er einen zweiten, helleren Lichtblitz. Diesmal war er erheblich näher, und Alex konnte selbst durch das Transplast den Explosionsdonner hören.

Explosionen...

Gomez Cristobal de Villar hörte das ferne, aber unverwechselbare Krachen einer Explosion vor dem Fenster und sprang mit einer einzigen, flüssigen

Bewegung auf. Er unterdrückte den instinktiven Wunsch, ein Fenster aufzureißen und in die Dunkelheit zu starren. Die Fenster der Suite im dritten Stock der Residenz, in der er mit seiner Frau Freya festgehalten wurde, waren ein paar Zentimeter geöffnet, gerade weit genug, um frische Luft hereinzulassen, aber jeder Versuch, sie weiter zu öffnen, würde ein halbes Dutzend Alarme auslösen und dafür sorgen, daß alle Gardisten auf diesem Stockwerk ins Zimmer stürmten.

Freya setzte sich im Bett auf. »Was ist los?« fragte sie hellwach. Sie waren beide Veteranen und hatten zu viele Nächte im Einsatz verbracht, um nicht von Kampfeslärm augenblicklich aus dem Schlaf gerissen zu werden.

»Schweres Geschützfeuer«, stellte er fest und neigte leicht den Kopf, um zu lauschen. Jetzt konnte er noch etwas hören, leise, gedämpft, aber für das trainierte Ohr deutlich zu erkennen. Ein rhythmisches Stampfen… »Und Mechs.«

»Die Freien Skye-Truppen?« Freya verzog das Gesicht. Sie kletterte aus dem Bett und ging an den Schrank, um einen Uniformoverall herauszuholen. Einen zweiten warf sie de Villar zu. »Sie dürften die Umlaufbahn noch nicht erreicht haben.«

»Stimmt«, meinte de Villar und stieg in den Overall. Irgendwo gellte eine Alarmsirene, und er glaubte, das Trampeln von Stiefeln auf dem Gang zu hören, als die Truppen in der Residenz reagierten. »Es sei denn, sie haben schnelle Transporter vorausgeschickt. In den Berichten stand allerdings nichts davon, bevor… bevor dieser Bastard DeVries…« Er verstummte. Frustration und Schuldgefühle kämpften in seinem Innern, und er fand keine Worte, um seine Gefühle auszudrücken.

Er hatte sich als großartiger Anführer erwiesen. In seiner gesamten Laufbahn bei der Legion hatte de Villar sich nichts sehnlicher gewünscht als die Chance, zeigen zu können, was er als Kommandeur leisten konnte. Trotz seines wilden Rufs in den alten Zeiten hatte er sich immer als potentiellen Menschenführer gesehen. Lori Kalmar hatte sich als fähige Stellvertreterin für Oberst Carlyle erwiesen, aber ihr fehlte der Antrieb, eine fähige selbständige Anführerin zu werden. McCall war zu verbissen unabhängig, und Hassan Khaled war eine Spur zu blutrünstig. Und so hatte de Villar hart gearbeitet und auf eine Chance gehofft, an die Spitze zu kommen. In den Nachwirren der Clankriege hatte er seine lebenslange Ambition endlich verwirklichen können.

Und jetzt... jetzt hatte er alles verloren.

»Nimm's nicht so schwer, Cris«, tröstete Freya ihn. Sie wußte, was er durchmachte, aber sie hatte ihn nicht verurteilt. Das hatte er schon selbst besorgt...

Er sah noch immer, wie der Gardist den Nadler an ihre Kehle gehalten und ihn gezwungen hatte, an der Sendung des Gouverneurs mitzuarbeiten. De Villar haßte, was er getan hatte, aber er wußte auch, daß er wieder so handeln würde. Die Legion war seit vielen Jahren seine Familie, aber Freya... Freya war seine Frau. Die Mutter seiner Kinder. Sie war mehr als Familie, sie war ein Teil seiner selbst. Er würde niemals willentlich zulassen, daß ihr etwas zustieß.

»Könnten das Mechs der Legion sein?« fragte sie plötzlich. »Sie haben doch nicht alle festgesetzt, oder?«

Er zuckte die Schultern. »Vielleicht. Mit dem ganzen verdammten Stab unter Arrest weiß ich nicht, wer da noch irgendeine Art von effektivem Widerstand organisiert haben sollte. DeVries hat behauptet, alle Kompanieführer gefangen zu haben, und McCall...« De Villar ließ sich aufs Bett fallen. Seine Frustration verwandelte sich in ein Gefühl hilfloser Wut. »Zum Teufel, ich weiß es nicht. Ich halte diese Ungewißheit nicht aus! Wenn ich bloß hier raus und etwas tun könnte!«

Freya berührte leicht seine Schulter, ein einfaches, beruhigendes Streicheln. »Laß gut sein, Cris«, meinte sie leise. »Laß gut sein …«

Davis Clay grinste und zog den linken Steuerknüppel seines Greif zurück. Durch die Feedbackkupplung seines Neurohelms konnte er die leichte Gewichtsverlagerung fühlen, als der Mech mit einem kaum hörbaren Singen der Servoaktivatoren die linke Faust nach hinten zog.

Clay rammte den Knüppel nach vorne. Der Mech folgte der Bewegung und schlug die Faust in die Mauer der äußeren Befestigungslinie des Castle-Hill-Komplexes. Die Mauer war mehr aus ästhetischen Gesichtspunkten als zur Verteidigung angelegt worden und stellte kein Hindernis für einen BattleMech dar. Sie zerbarst unter der Gewalt des Schlages, und eine ganze Wandsektion brach in sich zusammen.

Er verbreiterte die Bresche mit der riesigen Metallhand seiner Maschine, dann trat er die noch aufragenden Trümmerstücke um. Nach nicht einmal einer Minute war die Lücke breit genug für die problemlose Passage einzelner Mechs oder einer Zweierreihe von Fahrzeugen. Der Greif marschierte schwerfällig ins Innere der Absperrung.

»Geist Zwo ist drinnen.«

»Verstanden«, erwiderte die Stimme des Offiziersdiensttuenden 1. Klasse Allard King. »Weiteres Vorgehen wie besprochen.«

Als der *Greif* die steile Böschung im Norden des Castle Hill hinauf kletterte, fühlte sich Clay beinahe erleichtert, endlich im Einsatz zu sein. Seit Ian MacDonald Caitlins Botschaft zugestellt hatte, waren Kadetten und Techs in Brander vollauf beschäftigt gewesen. Trotzdem hatten sie in der kurzen Zeitspanne nur fünf der Kadettenmechs an Bord einer bunten Mischung aus MSB-Frachtwaggons laden können. Während der gesamten Fahrt von Brander in offenes Gelände wenige Kilometer flußaufwärts von Dunkeld waren die Techs über die Kampfkolosse geschwärmt, um sie vorzubereiten und zu bestücken. King hatte den Platz am Earnufer ausgesucht, an dem sie ausgeladen worden waren. Und trotz aller Vorbereitungen war der von Kadett Gates gesteuerte *Dunkelfalke* ausgefallen, noch bevor sie wirklich unterwegs waren.

Das war typisch für die gesamte Operation. Das Brander-Kontingent war gezwungen, praktisch in jeder Hinsicht zu improvisieren, von der Logistik über die Planung bis hin zu den eingesetzten Truppen. Die meisten Soldaten in den beiden Schwebetransportern, die ihre Mechs begleiteten, waren alles andere als kampferprobte Veteranen - ein paar Wachtposten, verstärkt von Hilfspersonal, ausgerüstet mit dem, was sie in den Waffenkammern in Brander hatten auftreiben können. Selbst ihr Kommandeur, OD King, fühlte sich eher im Mechwartungshangar zu Hause als auf dem Schlachtfeld. Und die Mechpiloten waren natürlich allesamt Kadetten.

Aber es ging nun mal nicht anders. Sie hatten den Versuch diskutiert, sich mit ein paar anderen Legionsaußenposten in Verbindung zu setzen, aber das Risiko, dadurch zuviel Zeit und das lebensnotwendige Überraschungsmoment zu verlieren, war zu groß gewesen. Sie mußten mit dem angreifen, was sie hatten.

Vier Mechs sollten ausreichen, die Planetare Garde in alle Winde zu zerstreuen, selbst wenn diese durch die Verteidigungsanlagen von Castle Hill unterstützt wurde. Aber Clay war sich nicht sicher, wie die Mechs tatsächlich abschneiden würden. Vier Pilotenkadetten, unterstützt von Amateurinfanteristen, mit einem Operationsplan, an dem niemand mit echter taktischer Erfahrung beteiligt gewesen war - es war besser, nicht darüber nachzudenken.

Clays Ortung entdeckte anfliegende Raketen von der Südseite der Anlage. Kadett Galleno war in seinem fünfundfünfzig Tonnen schweren *Derwisch* in der Nähe des Earn postiert und benutzte die Artilleriewaffen seiner Maschine für ein Bombardement. Wenn alles gutging, würden sich die Verteidiger in den entscheidenden Minuten, in denen die übrigen drei Mechs und ihre improvisierten Hilfstruppen in den Nordteil der Basis einbrachen, auf die Südseite des Castle Hill konzentrieren. Das konnte den Angreifern die nötige Zeit verschaffen, um die Residenz und den Militärtrakt in der Nähe der Hügelkuppe zu erreichen. Jetzt war es nicht mehr weit ...

Im Halbdunkel des Morgengrauens bemerkte Clay eine Gruppe von Soldaten, die auf den *Greif* zurannten. Sie trugen eine Mischung aus Gefechtsanzügen und der üblichen Gardeuniform aus Jacke und Kilt. Die meisten waren mit Automatikgewehren bewaffnet. Die konnte er beruhigt ignorieren.

Aber einer von ihnen schleppte einen KSR-Werfer, und der zumindest stellte eine Gefahr dar.

Clay zögerte. Niemand in Brander hatte sich darauf gefreut, gegen die Gardisten kämpfen zu müssen. Schließlich waren dies keine echten Feinde wie Kurita-Truppen oder die Skye-Rebellen. Das hier waren nur einfache Milizionäre, die Befehle der rechtmäßigen planetaren Regierung befolgten, auch wenn die verbrecherisch waren. Davis Clay wollte keinen von ihnen umbringen, aber sie versperrten ihm den Weg.

Während er noch um eine Entscheidung rang, hatte der Gardist seinen KSR-Werfer fertig. Bevor Clay reagieren konnte, schoß eine Rakete aus dem Werferrohr.

Als der Sprengkopf voll in die Brustpartie des *Greif* einschlug, stolperte der Kampfkoloß nach hinten, aber Clay fing ihn ab und hielt ihn aufrecht. Der Gardist schien vom Ergebnis des Angriffs überrascht. Bis auf ein paar Kratzer in der Torsopanzerung war der *Greif* unbeschädigt. Einer der Soldaten warf sein Gewehr weg und ergriff die Flucht, aber der KSR-Schütze lud hastig seine Waffe für einen zweiten Versuch nach. Es war eine Schande, daß ein so tapferer Mann sinnlos sterben sollte.

Clay bewegte den Mech nicht. Seine Gedanken rasten. Der *Greif* war für den Nahkampf nicht ausgerüstet. Sein Arsenal beschränkte sich auf eine Partikelprojektorkanone und Langstreckenraketen. Er besaß keine Infanterieabwehrwaffen, und Clay wollte nicht mit den riesigen Händen und Füßen der Maschine zwischen die Soldaten waten. Möglicherweise würde das eines Tages irgendwo notwendig werden, aber er konnte sich nicht dazu durchringen, diese Glengarrianer hier und jetzt wie Insekten zu zertreten.

Vielleicht bist du deshalb immer noch ein Kadett, höhnte eine winzige Stimme in seinem Hinterkopf. Aber Clay ignorierte sie. Es gab nun einmal Dinge, die er nicht zu tun bereit war.

Dann fand er eine Lösung. Er handelte, als gerade eine zweite Rakete auf einem Schweif aus Feuer und Rauch aus der Mündung des Raketenwerfers stieg. Clays Finger tanzten über die Kontrollen und rissen den *Greif* mit einem kurzen Schub der Sprungdüsen in die Luft. Der Andruck preßte ihn in die Pilotenliege, und der gewaltige Metallriese hüpfte über die Stellung des KSR-Schützen hinweg.

Einen Augenblick sah Clay die nach oben gerichteten Gesichter, dann schossen die Planetaren Gardisten auseinander. Der Anblick der gigantischen gepanzerten Maschine über ihren Köpfen hätte selbst kampfgestählte Veteranen entnervt, von der durch die Sprungdüsen ausgelösten Druck- und Hitzewelle, die über die Männer dort unten hinwegfegen mußte, ganz zu schweigen.

Der *Greif* kam sauber nieder, und Clays Neuralverbindung kontrollierte die Balance des BattleMechs nahezu instinktiv. Sein Sichtschirm zeigte keine Spur der Verteidiger, abgesehen von einem kurzen Blick auf einen einzelnen Gardisten, der geradewegs auf Senior-Tech Kings Infanteriezug zufloh, dessen Schwebetransporter soeben mit voller Fahrt durch die Mauerbresche kam.

Clay richtete seine Aufmerksamkeit wieder nach vorne. Mit Lichtverstärkern konnte er im Morgengrauen so klar sehen wie am hellen Tag. Der *Greif* stand direkt vor dem Zaun, der den Militärbereich des Castle Hill markierte. Dahinter lag die Residenz. Über den Paradeplatz hasteten Gestalten, aber der Widerstand hier schien auch nicht besser organisiert als das, was ihm bereits begegnet war.

Vielleicht, aber wirklich nur vielleicht, konnte Kings Plan doch funktionieren…

22

Dunkeld, Glengarry
Mark Skye, Vereinigtes Commonwealth

4. April 3056

»Es ist mir egal, wie sie aussehen, zur Hölle!« schrie Hauptmann Max Walthers in den Kommunikator. »Sie werden dafür sorgen, daß Ihre Leute kämpfen, selbst wenn Sie jeden, der die Flucht ergreift, persönlich abknallen müssen! Haben Sie das kapiert, Lieutenant? Oder muß ich Ihnen das Verfahren erst demonstrieren – am eigenen Leib?«

Walthers schaltete ab, ohne auf die Antwort des Gardeoffiziers zu warten. Zur Hölle damit, dachte er verbittert. Seine Hochherrlichkeit scheint die Sache gehörig verbockt zu haben.

Walthers durchquerte das Zimmer und trat an ein Fenster, von dem aus er den Militärbereich der Anlage überblicken konnte. Er wußte nicht, welcher Bürohengst dieses Büro der Residenz ursprünglich benutzt hatte, aber momentan kam es einem Befehlsstand am nächsten. Sein gesamter Stab bestand aus zwei nervösen Lieutenants und Corporal O'Leary, einem narbengesichtigen Söldner, der ihn seit seiner Kurita-Zeit begleitete, aber selbst ein Dutzend Kerenskys mit einem Gefechtscomputer hätten zu diesem Zeitpunkt nicht viel geholfen. Mechs gegen Milizionäre. Das war keine Schlacht, das war ein Schlachten.

Es konnten nicht die Freien Skye-Truppen sein. Sie würden die Umlaufbahn erst in sechsunddreißig Stunden erreichen. Außerdem hätte das planetare Ortungsnetz jeden vorzeitigen Ankömmling entdeckt und gemeldet, bevor er aufsetzen konnte. Das mußten Truppen des Grauen Todes sein, wahrscheinlich aus einem der Außenposten. Irgendwie hatten sie das Täuschungsmanöver des Gouverneurs durchschaut und trotz der Gefangennahme ihrer Führungsspitze eine Gegenaktion organisiert.

DeVries hatte behauptet, die Legion ausgeschaltet zu haben und Walthers' Vorschlag, mit Hilfe der Geiseln eine vollständige Entwaffnung der Einheit zu erzwingen, abgelehnt. Jetzt ernteten sie die bitteren Früchte dieser Entscheidung.

Außer dem Versuch, etwas Zeit zu erkaufen, konnte die Garde nicht viel tun. Noch konnten ein paar Leute fliehen und der Legion möglicherweise entkommen, bis die Freie Skye-Flotte eintraf. Eine andere Chance sah Walthers nicht. General von Bülow würde vermutlich nicht viel Wert auf DeVries legen, wenn dieser ihm den Planeten nicht übergeben konnte, aber ein erfahrener Söldneroffizier mit persönlicher Erfahrung in Bezug auf die Gray Death Legion hatte eine Chance auf wärmeren Empfang.

Deshalb ging es jetzt vor allem darum, die Angreifer lange genug aufzuhalten, um seine Flucht zu organisieren. Auf dem Dachlandefeld wartete ein kleines Transportflugzeug zur persönlichen Verfügung des Gouverneurs, aber es würde Zeit brauchen, den Piloten aufzutreiben und die Maschine zum Start vorzubereiten. Zeit, die sie einfach nicht hatten.

Walthers sah das Mündungsfeuer von Faustwaffen im Innern der Anlage und stieß ein frustriertes Grunzen aus. Er würde noch mehr Figuren opfern müssen, damit seine Rochade gelang.

Er gab einen Rufcode in den Kommunikator ein. »Hier spricht Hauptmann Walthers in der Residenz. Wie schnell können Sie ein paar Jets in der Luft haben?«

Die Antwort kam sofort. »Sie starten schon, Hauptmann«, meldete der Wachoffizier des Flug- und Raumhafens. »Wer, zum Teufel, ist das überhaupt?«

»Ich habe nicht die geringste Ahnung«, log Walthers. »Darüber werden wir uns später Sorgen machen. Jetzt sollen die Piloten erstmal herkommen und *eingreifen!* Verstanden?«

»Jawohl, Sir.«

Er unterbrach die Verbindung. Er hatte keine Zeit für leeres Gewäsch. Konventionelle Jäger würden gegen die Mechs nicht viel mehr ausrichten können als die Planetare Garde, aber sie würden den Angriff wenigstens etwas bremsen, bevor sie abgeschossen wurden.

Jetzt hieß es, diesen Zeitgewinn ausnutzen.

»O'Leary«, sagte er, und drehte sich zu dem Corporal um. »Ich habe Arbeit für Sie ...«

»Geist Zwo in Position«, meldete Clay und betrachtete die taktische Anzeige. Die beiden anderen BattleMechs schlossen gerade zu ihm auf, und die beiden Schwebetransporter hatten das schwierige Gelände zwischen der Außenmauer und der Serpentinenstraße hinauf zur Residenz auch hinter sich gebracht.

»Sturm Eins bereit«, erwiderte Kadett Cristiano de Villar. Cristiano, unter seinen Mitkadetten wegen seiner gespenstischen Treffsicherheit im Mechzweikampf besser bekannt als ›Kopfschuß‹ de Villar, war der dritte Sohn des Battaillonsführers, und sein 60-t-*Kampfschütze* war der schwerste Mech ihrer zusammengewürfelten Einheit. Der junge de Villar war amtierender Lanzenführer der KampfLanze ihrer Kadettenkompanie, und unter anderen Umständen hätte er vielleicht die Führung der Aktion übernommen. Aber Clay war älter und besaß auch sein Kadettenpatent länger als de Villar. Das war der ausschlaggebende Faktor für die Entscheidung SeniorTech Kings gewesen, Clay den Befehl über die Mechs zu geben. Er hoffte, daß der *Kampfschütze*-Pilot diese Entscheidung akzeptierte und seinen Befehlen folgte. De Villar war im Kampf ruhig und rational, aber er neigte dazu, die anderen Kadetten runterzumachen, und er sträubte sich gegen Vorgesetzte, die ihm nicht behagten.

»Sturm Vier«, meldete sich einen Moment später Kadett Farquhar. »Auf Posten. Wann geht's los?« James Edward Farquhar führte einen *Feuerfalke* in de Villars Kadettenlanze. Wie sein Lanzenführer war auch er leicht erregbar und kampfbesessen.

Außerdem war er der Sohn des Thane of Moray, ein Einheimischer, und Clay war nicht damit einverstanden gewesen, ihn an diesem Kampf teilnehmen zu lassen. Aber King hatte seine Einwände abgelehnt und darauf hingewiesen, daß Moray einer der ehrgeizigsten Großgrundbesitzer im Rat und einer der schärfsten Gegner des Gouverneurs war.

»Bastler an alle Einheiten«, drang OD Kings Stimme aus dem Lautsprecher. Er klang gestreßt. »Phase Drei einleiten.«

Clay streckte die riesige Linke des *Greif* aus und packte den Zaun. Er riß den nächsten Pfosten aus dem Boden. Das Stahlnetz riß wie Papier, und vor ihm entstand eine weite, zerfranste Öffnung in der Absperrung. Er warf das Bruchstück auf den Paradeplatz, wo es beim Aufprall einige Gardisten in Deckung scheuchte, und stapfte durch das Loch im Zaun. Die Seitenkameras zeigten ihm die beiden anderen Mechs, die gleichzeitig mit ihm in das Sperrgebiet eindrangen. Aus Farquhars *Feuerfalke* schlug MG-Feuer, und Laserstrahlen blitzten auf, als der *Kampfschütze* das Feuer auf eine Autokanonenstellung an der Nordostecke der Basis eröffnete.

»Ziele! Ziele im Anflug!« Das war Kadett Galleno in seinem *Derwisch* an der Stadtseite des Castle Hill. »Drei, nein, fünf fliegende Ziele auf Koordinaten Delta-Sechs, kommen näher ...«

Clay sah noch einmal auf die Karte und bemerkte die Icons ebenfalls. Sie näherten sich mit großer Ge-

schwindigkeit aus der Richtung des Flug- und Raumhafens. Sie mußten den Kampfschauplatz in wenigen Sekunden erreichen.

Einen Moment fühlte Clay Angst. Luft/Raumjäger waren der schlimmste Alptraum eines MechKriegers, die einzige Waffe außer einem anderen Mech, die einen Kampfkoloß knacken konnte. Es war ein Schwarm Clan-Omnijäger gewesen, der seinem Vater in der letzten Schlacht auf Sudeten den Gnadenstoß versetzt hatte.

Clay schluckte und zwang sich zur Ruhe. Die einzigen Luft/Raumjäger auf Glengarry waren Eigentum des Grauen Todes, und selbst wenn die Gardisten sie beschlagnahmt haben sollten, konnte ein nicht an ihnen ausgebildeter Pilot sie unmöglich fliegen. Das mußten konventionelle Abfangjäger der Planetaren Gardestaffel sein. Sie waren weit gefährlicher als alles, was sich den Angreifern bisher in den Weg gestellt hatte, aber für BattleMechs waren sie trotz allem nur eine vergleichsweise geringe Bedrohung.

»Sturm Eins von Geist Zwo.« Er gab sich selbstsicher. »Halt uns die Jäger vom Hals, Kopfschuß.«

»Hab sie«, bestätigte Kadett de Villar. Die Geschützkombination des *Kampfschütze* aus Lasern und Autokanonen machte ihn zusammen mit seinem leistungsfähigen Feuerleitsystem zu einer bevorzugten Luftabwehrplattform, und die KampfLanze hatte viel Trainingszeit mit der Vorbereitung auf eine Situation wie diese zugebracht. De Villars Mech zog sich ein paar Schritte zurück, während Clay und Farquhar ihren Weg fortsetzten.

Einen Augenblick später donnerten die Jets über sie hinweg und lösten ihre enge Rautenformation für den ersten Angriff auf. Aus dem linken Arm von de Villars Mech schlugen Laser und Kanonenfeuer. Der vorderste Düsenjäger konnte gerade noch eine Rakete abschießen, bevor er in Flammen aufging. Das Geschoß schlug in ein Gebäude einen halben Kilometer abseits der Kämpfe ein, aber ein anderer Jäger gab eine ganze KSR-Salve in Farquhars Richtung ab. Sie schlugen rings um den *Feuerfalke* ein, und der junge Pilot meldete zwei Treffer an der Rückseite des Mechtorsos. Das war gefährlich. Die Rückenpanzerung dieses Mechs war relativ dünn, und noch ein paar Treffer dieser Art konnten die internen Systeme der Maschine verwüsten.

Farquhar wirkte allerdings nicht sonderlich besorgt. »Ich habe den Kerker erreicht«, meldete er aufgeregt. Das war das Hauptziel dieser Angriffsphase, denn dort vermuteten sie die gefangengehaltenen Anführer der Legion. Ihr Kontaktmann in der Residenz, der alte Ian MacDonald, hatte sich nach seinem ersten Anruf nur noch einmal mit ihnen in Verbindung gesetzt. Er hatte nicht viel in Erfahrung bringen können, aber seine Frau hatte belauscht, wie sich ein paar Gardisten über die Gefangenen im Zellenblock unterhalten hatten.

»Okay«, meinte Clay über den Takfunk. »Ich geb dir Deckung. Aber paß auf die Jäger auf.«

Er sah nervös auf die taktische Anzeige. De Villar feuerte noch, aber seit seinem Anfangstreffer hatte er keinen größeren Schaden mehr anrichten können. Zumindest drehten die Piloten vom Kampfgeschehen ab. Sie schienen nicht bereit zu sein, sich dem tödlichen Feuerhagel auszusetzen, der ihnen vom *Kampfschütze* entgegenschlug.

Das Stakkato des schweren Maschinengewehrs war laut genug, um selbst durch das versiegelte Zellenfenster an Alex Carlyles Ohren zu dringen. Er reckte den Hals, aber abgesehen von entferntem Feuerschein irgendwo in der Nähe der Außenmauer konnte er kein Anzeichen eines Gefechtes erkennen. Das Raketenbombardement von Süden her muß eine Ablenkung gewesen sein, dachte er, während der wirkliche Angriff von Norden kommt. Das Gefecht hatte bereits alle Wachen aus dem Kerkerkomplex abgezogen. Die Offiziere der Legion waren unter sich und unbewacht. Aber sie waren noch immer eingesperrt und konnten das Geschehen draußen nur anhand von Geräuschen und Vermutungen rekonstruieren.

»Mein Gott«, rief jemand auf der anderen Seite des Ganges. Alex glaubte, die Stimme Hauptmann Guillaume Dumonts zu erkennen. Dumont befehligte eine der beiden Mechkompanien Kommandanthauptmann de Villars. »Da draußen ist eine regelrechte Schlacht im Gange!«

»Wer sind die Angreifer?« fragte Vargas aus einer anderen Zelle.

»Ich kann zwei Mechs erkennen«, rief Dumont. »Einen *Feuerfalke* und einen *Greif*. Der *Grei*f trägt das Gefährtenzeichen!«

»Aber bei den Gefährten führt niemand einen *Greif!*«, protestierte ein anderer.

Alex lief an die Zellentür. »Das vielleicht nicht«, rief er fröhlich, »aber Davis Clay führt einen *Greif*, und er ist berechtigt, das Abzeichen zu führen.« Das Emblem der Gefährten des Grauen Todes, der auf einem senkrechten Breitschwert aufgespießte Totenschädel der Legion, wurde von den Mitgliedern der BefehlsKompanie der Einheit und deren Erben geführt. Mit der Ausnahme von ein paar altgedienten Haudegen wie Charles Bear und Kommandanthauptmann McCall waren Davis Clay, Cristiano de Villar und Alex Carlyle selbst die einzigen MechKrieger außerhalb der regulären Gefährten, die das Recht hatten, diese Insignien zu führen.

Alex jubelte. Irgendwie hatten die Kadetten in Brander die Wahrheit erfahren und schlugen jetzt zurück. Vielleicht gab es doch noch eine Hoffnung für die Legion.

»Achtung da drinnen!« hallte eine Lautsprecherstimme durch das Gebäude. Selbst durch die verzerrende Wirkung des Verstärkers erkannte Alex Farquhars knabenhafte Stimme. »Treten Sie von der Nordwand zurück!«

Er sah Hauptmann Dumont und mehrere andere, deren Zellen von seiner Tür aus zu erkennen waren, soweit wie möglich von der Außenmauer zurückweichen. Einen Augenblick später zuckte ein greller Lichtschein durch Dumonts Fenster, und innerhalb von Sekunden war die Duraplastwand darunter weißglühend. Das Material strömte verflüssigt zu Boden. Der Gestank war beißend, aber für Alex war es der süße Duft der Freiheit.

»Von der Öffnung zurückbleiben!« warnte Farquhar. Die Hand seines Mechs griff durch das Loch in der Wand, packte das heiße Duraplast und riß eine ganze Wandsektion ab. Einige der gefangenen Offiziere brachen in lauten Jubel aus.

Sekunden später schwärmten Bewaffnete in Gray-Death-Gefechtsmontur von einem Schwebetransporter aus und kletterten durch die geborstene Wand. Sie schlossen die Zellentüren auf und befreiten die übrigen Eingekerkerten. Weitere Soldaten trieben die befreiten Geiseln in den Laderaum des Transporters, während ringsumher der Kampf weitertobte. Farquhar hielt in seinem *Feuerfalke* Wache und gab gelegentlich eine MG-Salve ab, um die Planetare Garde abzuschrecken.

SeniorTech Alard King saß im Heck des Schwebers. In Gefechtsmontur und mit einer Laserpistole im Holster wirkte er kostümiert. Er sah sich alle Neuzugänge an, und mit jedem, der an Bord stieg, verdüsterte sich seine Miene. »Wo ist Kommandanthauptmann de Villar? Oder der Waffenmeister?« wollte er von Alex wissen.

»Seit dem ersten Tag habe ich keinen der beiden

mehr gesehen«, stellte Julio Vargas fest, während er einen Pistolengurt umschnallte, den ihm ein AsTech in Kampfmontur nach hinten gereicht hatte. »Kommandanthauptmann Owens auch nicht.«

»Die verheirateten Offiziere und Kommandanthauptmann McCall wurden unmittelbar nach der Festnahme abgesondert, Sir«, teilte Alex King mit. »Ich nehme an, daß die Familien unter Bewachung in der Residenz bleiben durften.«

»Verdammt«, fluchte King leise. »Davon hat unser Mann uns nichts gesagt.«

»Wir müssen den Rest der Legion mobilisieren«, stellte Dumont fest. »Das Erste Bataillon ausrücken lassen, jetzt, wo die Garde sich von den Mechhangars zurückzieht.«

»Unser Hauptaugenmerk sollte die Sicherheit der übrigen Geiseln sein, Herr Hauptmann«, protestierte Alex. »Ohne Kommandanthauptmann de Villar oder die anderen bringt dieser ganze Ausbruch nichts!«

Der elegante Hauptmann warf ihm einen abfälligen Blick zu. Sohn des Obersten oder nicht, Alex Carlyle war nur ein Kadett, und Dumonts Ansicht über seine Einmischung in Kommandoentscheidungen war nur zu deutlich. Aber Alard King nickte. »Ich stimme dem jungen Herrn Carlyle zu. Die anderen Geiseln haben Vorrang.«

Der SeniorTech wirkte besorgt. Immerhin gehörte auch seine Schwester zu den Geiseln.

Dumont machte ein unzufriedenes Gesicht. »Ich finde immer noch ...«

»Tun Sie, was Sie für richtig halten, Herr Hauptmann«, erklärte King mit einem Achselzucken. »Nehmen Sie sich ein paar Männer und machen Sie sich auf den Weg zur Legionskaserne. Der Rest unserer Leute wurde wahrscheinlich dort eingesperrt, als der Kampf begonnen hat. Aber ich bringe meine Jungs zur Residenz, und die Mechs nehmen wir mit!«

Hauptmann Dumont nickte abrupt. »Das genügt«, meinte er. »Radcliffe, Simms, Bewegung!«

Alex sah ihnen hinterher, dann drehte er sich zu King um. »Was kann ich tun, um zu helfen, Senior-Tech?« fragte er leise.

Kings Blick war gehetzt. »Beten Sie, Herr Carlyle. Beten Sie für sie alle ...«

23

Dunkeld, Glengarry
Mark Skye, Vereinigtes Commonwealth

4. April 3056

»Geist Zwo von Geisterführer. Statusbericht.«

Als er Alex Carlyles Stimme über den Funkkanal hörte, mußte Davis Clay unter der Sichtscheibe seines Neurohelms erleichtert grinsen. Gott sei Dank, Alex war nichts geschehen. »Geisterführer von Geist Zwo«, antwortete er. »Willkommen daheim. Ich hoffe, der Urlaub war erholsam!« Während er sprach, rief er über die Tastatur des Bordcomputers einen kompletten Lagebericht ab. »Alle Systeme nominal. Noch keine Munition verbraucht. Das heißt, ich kann das Deckungsfeuer übernehmen, wenn Galleno leer ist. Ähm ... er steht ...«

»Drei Kilometer südlich«, schnitt ihm Alex das Wort ab. Wie üblich schien er die gesamte taktische Lage im Griff zu haben, obwohl er erst vor ein oder zwei Minuten aus seiner Zelle befreit worden sein konnte. »Der *Derwisch* sorgt für Verwirrung. Ich helfe OD King mit der Koordination und habe den Taktikrechner vor mir stehen.«

»Klasse, Skipper«, erwiderte Clay. »Wir starten sofort mit Phase Vier.«

»Negativ, negativ. Wir haben eine Änderung in der Planung, Zwo. Alle Einheiten versammeln sich sofort an der Residenz. Ich wiederhole, an der Residenz versammeln. Einige unserer Leute wurden dorthin verlegt.«

»Christus auf Krücken«, murmelte Clay. »Äh ... verstanden, Geisterführer. Darf ich vorschlagen, daß Kopfschuß seine Position beibehält? Wir brauchen ihn zur Abwehr dieser verdammten Jets. Sie drehen zu weiteren Angriffsflügen ein.«

»Ja, ich sehe sie«, bestätigte Alex. »In Ordnung. Aber ihr beiden setzt euch in Bewegung. Wir müssen die Residenz erreichen, solange wir noch die Oberhand haben.« Die Befürchtung, die King und den ganzen Einsatztrupp von Beginn an geplagt hatte, ließ er unausgesprochen. DeVries konnte auf den Gedanken kommen, die Geiseln als Verhandlungsobjekt zu benutzen. Nach Caitlins Botschaft zu schließen hatte der Gouverneur bereits ein paar von ihnen bedroht, um Kommandanthauptmann de Villar zur Zusammenarbeit zu zwingen. Wenn DeVries sich in die Enge gedrängt fühlte ...

»Verstanden, Geisterführer.« Clays Hochstimmung war augenblicklich verflogen. »Wir sind am Ball! Stürmer, Stürmer von Geist Zwo. Neue Befehle! Ich wiederhole, neue Befehle ...«

Im Innern der Residenz stand Corporal O'Leary vor dem Generalgouverneur. »Wir müssen es *jetzt* tun, Gouverneur! Wir haben nicht mehr soviel Zeit, verflucht!«

DeVries sah den alten Söldner mit einem flauen Gefühl in der Magengrube an. Corporal O'Leary war seit Jahren bei Walthers, und er hatte nie ein Geheimnis daraus gemacht, daß seine Loyalität vor allem dem Hauptmann galt und erst in zweiter Linie seinem Auftraggeber. Jetzt machte der abrupte, beinahe drohende Tonfall des Mannes überdeutlich, daß die Söldner nicht planten, Walthers' Evakuierungsplan von ihm durchkreuzen zu lassen.

Was die Legion geschafft hatte, war unglaublich. DeVries hatte geglaubt, alle Einheiten unter Kontrolle zu haben, aber irgendwie hatten sie trotzdem eine Operation zustande gebracht. Und das ohne einen einzigen ihrer hohen Offiziere. Der einzige Offizier über dem Rang eines Oberleutnants, den sie nicht in den ersten Stunden des Coups arrestiert hatten, war

King, ihr SeniorTech, und der hätte nicht in der Lage sein dürfen, einen Angriff auf die Beine zu stellen.

Aber trotzdem fand der Angriff hier und jetzt statt, und um Roger DeVries brach eine Welt zusammen. Die Legion würde kämpfen, was er auch tat, und das bedeutete einen Angriff der Freien Skye-Armada. Glengarry würde Kriegsschauplatz werden …

Und wer auch immer den Sieg davontrug, nachdem der Plan des Generalgouverneurs, den Frieden zu erhalten, fehlgeschlagen war – er wurde automatisch zur unerwünschten Person. Der Graue Tod würde ihm nie wieder vertrauen, und General von Bülow würde kaum gewillt sein, die Verhandlungen noch einmal aufzunehmen, wenn die Legion erst zurückgeschlagen hatte.

»Herr Gouverneur«, drängte O'Leary, und der Titel klang wie ein Fluch.

»Schon gut, schon gut. Ich gebe die Befehle«, gab DeVries nach. Vielleicht funktionierte der Plan ja, den Walthers ausbrütete. Wenn sie entkommen und zu von Bülows Landetruppen aufschließen konnten, ließ sich vielleicht noch etwas retten. »Die Maschine ist in fünfzehn Minuten startbereit.«

»Sagen wir in zehn. Wir haben nicht mehr viel Zeit, bis die Bastarde hier anklopfen.«

»Aber …« DeVries sah O'Learys Miene und schluckte seinen Protest hinunter. »In zehn Minuten. Ich werde dem Hauptmann Bescheid geben. Aber während ich hier alles organisiere, müssen Sie etwas für mich erledigen.«

Der Corporal war mißtrauisch. »Was?« Er machte sich nicht einmal mehr die Mühe, seinen Titel zu benutzen.

»Meine Tochter. Sie hat Stubenarrest im Südflügel, bis sie … sich in das Unabwendbare fügt. Wenn wir uns zurückziehen, kommt sie mit. Ich möchte, daß Sie sie holen und zum Landefeld bringen.«

O'Leary setzte zu einer Antwort an, dann wurde er plötzlich nachdenklich. »Ihre Tochter, ja? Na schön, Exzellenz. Ich werde sie holen. Aber Sie sollten besser dafür sorgen, daß Ihre Maschine startklar ist.«

Der Blick des Söldners ließ keinen Zweifel daran, daß Caitlin dafür bezahlen würde, wenn irgend etwas schief ging. DeVries schluckte und nickte. Walthers und seine Söldner hatten bereits bei der Handhabung de Villars bewiesen, was man mit Geiseln alles erreichen konnte. Sie würden keinen Augenblick zögern, Caitlin zu benutzen, um ihr Ziel zu erreichen...

Als O'Leary aus dem Büro lief, gab Roger DeVries bereits die Rufnummer seines Piloten ein. Er konnte sich jetzt keinen Fehler mehr erlauben. Nicht, wenn Caitlins Leben auf dem Spiel stand – und sein eigenes dazu.

Die Tür glitt plötzlich auf, und Caitlin DeVries wirbelte herum. Aus ihren Räumen am Südhang des Castle Hill hatte sie von den Vorgängen, die den Alarm ausgelöst hatten, nur das Feuerwerk am Fuß des Berges mitbekommen.

Sie erkannte den kleinwüchsigen, gedrungenen Unteroffizier, der in der offenen Tür stand, als einen der Leibwächter ihres Vaters. Hinter ihm waren zwei weitere Planetare Gardisten zu sehen, zwei von den Soldaten, die vom ersten Tag des Coups an ihre Räume bewacht hatten. Beide waren offensichtlich nervös.

Caitlin zog den Morgenmantel über ihrem Schlafanzug zusammen. Die Art, wie der Mann ihre von der dünnen Kyoto-Shin-Seide nur notdürftig verhüllten Kurven betrachtete, gefiel ihr ganz und gar nicht. Sie war nicht sonderlich prüde – niemand, der gezwungen war, in der schwülheißen Enge eines Mechcockpits tagein, tagaus nur in knappen Shorts und Kühlweste zu arbeiten, konnte sich ein übertriebenes Schamgefühl leisten –, aber der Ausdruck in seinen Augen ließ sie frösteln. »Was, in Blakes Namen, machen Sie hier, Corporal?« fragte sie im besten ›Gouverneurstochtertonfall‹, während sie sich zu voller Größe reckte und ihn mit eisigem Blick fixierte. »Haben Sie noch nie etwas davon gehört, daß man sich anmeldet, bevor man in ein fremdes Zimmer stürmt?«

Der Unteroffizier verzog keine Miene. »Unwichtig«, bellt er. »Sie kommen mit.«

Sie wich vor ihm zurück. »Wohin? Was ist los?«

»Ihr Vater will Sie sehen. Bewegung jetzt!«

Caitlin trat noch einen Schritt zurück. »Erlauben Sie mir wenigstens, mich vorher anzuziehen ...«

»*Jetzt,* habe ich gesagt!« Der Corporal zog eine gefährlich aussehende Vibroklinge. »Ich habe zugesagt, daß ich Sie hole, aber ich habe nicht versprochen, daß ich Sie an einem Stück abliefere! Setzen Sie sich in Trab!«

Jetzt zögerte Caitlin nicht länger. Die Augen des Mannes bestätigten ihr, daß er es ernst meinte, und sie dachte nicht daran, ihm eine Chance zu geben, das zu beweisen.

Jedenfalls nicht, bis *sie* den Zeitpunkt für gekommen hielt.

Draußen im Korridor gab der Unteroffizier den beiden Soldaten einen knappen Befehl. »Helikopter-Landefeld«, bellte er. »Marsch!« Sie gingen voraus, während der Corporal, die Klinge einsatzbereit, hinter Caitlin herging. Das Stampfen ihrer Stiefel bildete einen scharfen Kontrast zum Klatschen ihrer offenen Pantoffeln auf dem imitierten Steinfußboden des Korridors.

Die beiden Wachen bogen um die Ecke zu einem der Aufzüge, und Caitlin gestattete sich ein Lächeln. Die Treppe hätte sich für ihren Plan nicht geeignet.

Die Lifttüren glitten auf, und der erste Posten trat schnell in die Kabine. Der zweite trat beiseite, um

Caitlin und den Corporal durchzulassen, als sie stolperte und gegen ihn stürzte. »Au!« rief sie. »Diese verdammten Latschen!«

Der Soldat streckte die Hände aus, um sie aufzufangen. In diesem Augenblick benutzte sie ihren Schwung, um an ihm vorbeizukommen. Ihre im Mechkampf ausgebildeten Reflexe traten in Aktion, und mit einer blitzschnellen Bewegung packte sie den Arm des Mannes und riß ihn herum, so daß er zwischen sie und die Vibroklinge des Corporals kam. Er schrie auf und zuckte zurück.

Sie stieß die Linke geradewegs in seinen Bauch, und noch bevor er unter dem Schlag nach vorne kippen konnte, traf sie ihn mit einem Handkantenschlag am Nasenbein. Er schnappte nach Luft, aber aus seinem Mund drang kein Laut, als er nach hinten taumelte, geradewegs in die Vibroklinge. Das Messer drang mit einem Singen in seinen Rücken, und Caitlin sprang vor.

Der Corporal versuchte die Waffe zu befreien, aber Caitlin hatte ihn bereits erreicht. Ein Handkantenschlag aufs Handegelenk, und er ließ die Waffe fallen. Soldat und Vibroklinge stürzten zu Boden. Caitlin riß das Knie hoch und traf den Unteroffizier in die Weichteile. Er klappte zusammen. Für ein paar Sekunden war er außer Gefecht.

Caitlin wirbelte wieder herum. Der Gardist in der Aufzugskabine sprang in den Gang, das Gewehr in beiden Händen. In diesem Sekundenbruchteil erschien Oberleutnant Bergstrom vor ihrem geistigen Auge. Sie unterrichtete die Kadetten regelmäßig in QuicKill und anderen Kampfsportdisziplinen. Sie hörte Bergstroms Stimme: »Die erste Regel beim Kampf gegen einen bewaffneten Gegner lautet: die Chancen ausgleichen. Ihr müßt ins Innere seines Schußfelds kommen, dann sind die Gewichte wieder gleich verteilt.«

Noch bevor der Soldat das Gewehr auf sie richten konnte, sprang sie ihn mit lautem Kampfschrei an. Der Mann zuckte zusammen, als ihn Caitlins Handkante am Hals traf, dann sackte er zu Boden.

Sie riß die Vibroklinge aus dem Rücken seines Kameraden und drehte sich zu dem am Boden liegenden Unteroffizier um, der sich langsam und mit schmerzverzerrtem Gesicht aufzurichten versuchte. »So, Corporal«, sagte sie mit leiser, drohender Stimme, während sie ihm die Vibroklinge über den Bauch zog. »Und jetzt schlage ich vor, Sie erzählen mir, was hier vorgeht …«

»Jetzt wird's ernst!« brüllte der Fahrer des Schwebetransporters. »Festhalten da hinten!«

Alex Carlyle packte einen Riemen, der an der Vorderwand der Transporterkabine hing, und vergewisserte sich hastig, daß der tragbare Computer gesichert war. Der Schweber kippte zur Seite, als er anhielt, und die bunte Truppe aus Tech-Soldaten und bewaffneten Ex-Gefangenen am Heck der Kabine kletterte schon ins Freie, noch bevor die Hubpropeller zum Stillstand gekommen waren. Julio Vargas, der Luft/Raumpilot, hielt eine Sternennacht-Pistole in der Hand und bellte seine Befehle.

»Bewegung! Bewegung! Bewegung!« trieb er die Leute an, während er mit der Pistolenhand wedelte und die Männer mit der anderen in Richtung Tür schob. Mit seinem struppigen schwarzen Schnauzbart und den über der Brust gekreuzten Munitionsgürteln für das MG der Gruppe wirkte er wie ein typischer Bandito aus einem Trideo-Kostümdrama.

»Luftangriff! Luftangriff!« schrie jemand.

Auf Alex' Monitor kamen die drei Icons der verbliebenen Gardejäger im Tiefflug herangejagt. Er konnte das Hämmern des MG-Feuers hören, als der vorderste Jet die Legionäre beschoß.

»Sturm Eins! Sturm Eins!« rief er ins Funkmikro. »Kopfschuß, schaff uns diese Geier vom Hals!«

»Roger, Geisterführer«, antwortete der MechKriegerkadett ungerührt. Wie sein Vater zeigte auch Cristiano de Villar kaum je eine Gefühlsregung. »Ich habe sie.«

»Legionseinsatztruppe, Legionseinsatztruppe«, kam krachend eine vertraute Stimme über die Funkverbindung. »Legionseinsatztruppe, hier ist Kadettin DeVries. Bitte antworten.«

Caitlin...

Alex verharrte mit der Hand, die automatisch vorgezuckt war, knapp über dem Sprechknopf. Seit dem Coup hatte er nichts mehr von ihr gesehen oder gehört, aber die Tatsache, daß sie kurz vor dem Ausbruch der ganzen Krise dem Stab des Gouverneurs zugeteilt worden war, sprach nicht für sie.

Und immerhin war der Gouverneur ihr Vater. Alex konnte sich nicht vorstellen, gegen die Wünsche seiner Eltern zu handeln. Wie sollten sie ihr noch vertrauen können? Das mußte eine Falle sein.

Neben ihm drehte sich SeniorTech King um und drückte die Sprechtaste. »King hier«, meldete er sich und schnitt Alex' Protest mit einer Handbewegung ab. »Sprechen Sie, Kadettin.«

»Ich habe wichtige Informationen, OD«, keuchte sie. »Sie wollen sich absetzen – mein Vater und Hauptmann Walthers. Mit einem Schwenkflügler vom Landefeld auf dem Dach. Ich glaube, Walthers will einen Teil der Legionsoffiziere als Geiseln mitnehmen.«

»Wo sind die Geiseln jetzt?« fragte King.

»Dritter... dritter Stock. Südflügel. Ich bin dahin unterwegs, aber wenn Sie noch jemand herschicken könnten...«

»Verstanden. Gute Arbeit, DeVries.«

Als King die Verbindung unterbrach, konnte Alex

seinen wütenden Widerspruch nicht länger unterdrücken. »Das ist eine Falle, SeniorTech! Das kann nur...«

King schüttelte den Kopf. »Von Kadettin DeVries haben wir überhaupt erst erfahren, was hier vorgeht. Sie hat uns über einen der Dienstboten der Residenz eine Nachricht zukommen lassen. Ihr Vater wollte sie wahrscheinlich nicht mit den übrigen Legionären in den Kerker werfen, aber sie war trotzdem gefangen. Wir haben verdammtes Glück, daß sie sich befreien konnte.« Der Offiziersdiensttuende verstummte. Seine Finger flogen über die Computertastatur. »In Ordnung. Kadett, nehmen Sie die Hälfte der Truppen mit und suchen Sie im dritten Stock nach den Geiseln, bevor sie wieder verlegt werden. Hauptmann Vargas und der Rest wird das übrige Gebäude durchsuchen. Ich hole den zweiten Transporter zur Unterstützung her. Verstanden?«

»Ja, Sir«, bestätigte Alex. Er zog die Laserpistole, die ihm einer der Techs auf der kurzen Fahrt zur Residenz ausgehändigt hatte, und überprüfte die Ladeanzeige. Dann hastete er zum Ausstieg und rief dem AsTech mit Befehl über einen der Sturmtrupps seine Befehle zu.

Einer der Düsenjäger schoß im Tiefflug vorüber. Beide Maschinengewehre knatterten. Auf der anderen Seite der breiten Rundauffahrt vor dem Hauptgebäude der Residenz stürzte eine rennende Gestalt in der Gefechtsmontur der Legion zu Boden und warf im Fallen das Gewehr fort. Geschockt erkannte Alex Kadett Wemyss, den Kommandeur der ScoutLanze in der Kadettenkompanie.

Von der anderen Seite des Militärbereichs feuerte eine Autokanone auf das Flugzeug. Kadett de Villars Kampfschütze hielt das Flakfeuer auf dem Jet, bis er außer Sicht war, dann nahm er den nächsten anfliegenden Jäger ins Visier. Ein Laser zuckte auf, und

Alex' Augen folgten dem Lichtstrahl ins Ziel. Im fahlen Licht der über dem Firth of Dunkeld aufgehenden Sonne sah er Rauch von einem beschädigten Triebwerk aus der linken Tragfläche der Maschine steigen. Das Flugzeug schien in der Luft stehenzubleiben, bevor er in einem beinahe eleganten Bogen zu Boden stürzte, geradewegs auf den *Kampfschütze* zu ...

AK-Granaten trafen das Wrack und sprengten Trümmerbrocken ab, aber der zertrümmerte Rumpf setzte seinen Sturzflug fort. Inzwischen hatte er noch zusätzlich Feuer gefangen.

Die Maschine schlug wie eine gigantische Rakete in den BattleMech ein, und in einer donnernden Feuerkugel brach der Kampfkoloß auseinander. Sekundärexplosionen von der eingelagerten Autokanonenmunition sprengten die Trümmer auseinander, verteilten lodernde Bruchstücke über hunderte Quadratmeter und setzten ein in der Nähe befindliches Gebäude in Brand.

Alex starrte schockiert und entsetzt auf die Szenerie des Schreckens. Es war alles so schnell gegangen.

Cristiano de Villar war tot. Er hatte nicht einmal Zeit zum Aussteigen gehabt.

Vargas packte Alex an der Schulter und schüttelte ihn durch. »Reiß dich zusammen, Junge!« schrie er ihn an. »Du hast eine Aufgabe zu erledigen! Setz dich in Bewegung!«

Alex riß sich von dem glühenden Wrack los, das de Villars *Kampfschütze* gewesen war, und zwang sich weiterzumachen. Aber als er seine Männer die Stufen zum Eingang der Residenz hinaufführte, fühlte er sich wie ein Roboter, losgelöst von dem, was er tat.

Keine Simulation hatte ihn auf die Realität des Krieges vorbereiten können.

24

Dunkeld, Glengarry
Mark Skye, Vereinigtes Commonwealth

4. April 3056

»Ich habe gesagt, *Bewegung*, du miese Schlampe!«

Kommandanthauptmann Gomez de Villar versuchte sich aus dem Griff des Gardisten zu befreien, der ihm die Arme auf den Rücken gedreht hatte, aber es hatte keinen Zweck. Der Schlag ins Gesicht seiner Frau war wie ein Dolch, der ihm ins Herz getrieben wurde.

Der Schlag warf Freya de Villar nach hinten über das Bett, aber sie rollte ab und kam auf der anderen Seite wieder auf die Beine. Sie starrte Max Walthers wutentbrannt an und sank in die klassische QuicKill-Angriffshaltung.

Aber der Hauptmann lachte nur. Hinter ihm entsicherte einer seiner Männer eine MP und richtete sie auf die wütende Frau. »Na los«, herrschte Walthers sie an. »Liefern Sie uns einen Vorwand.«

Langsam richtete Freya sich auf. Ein Ausdruck von Resignation trat in ihr Gesicht. Der Blick, den sie de Villar zuwarf, war leer und hoffnungslos.

»Okay«, sagte Walthers und warf einen Blick auf seinen Armbandcomp. »Wir haben schon Verspätung. Bewegung!«

Der Posten gab de Villar frei und stieß ihn auf Freya zu. In diesem Augenblick donnerte irgendwo draußen eine mächtige Explosion. Sie war nah genug, um den ganzen Raum zu erschüttern, und der Soldat mit der Maschinenpistole schwankte und sah sich mit wildem Blick um.

Freya trat mit gestrecktem Bein zu und schleuderte die Waffe aus seiner Hand. De Villar fing sich an der

Bettkante ab und trieb die Faust tief in die Magengrube des Gardisten, der ihn gestoßen hatte, gefolgt von einem Uppercut, der dem Mann die Nase brach. Als er sich umdrehte und nach einem neuen Gegner suchte, sah er Walthers die Pistole ziehen und auf Freya richten, die sich gerade umdrehte.

»Nein!« schrie de Villar und sprang.

Die Waffe bellte einmal, zweimal, dreimal, und er fühlte jede einzelne Kugel, als ihn sein Sprung zwischen Walthers und Freya trug. Die Wucht der Schüsse riß ihn seitwärts. Er kugelte über das Bett und auf der anderen Seite wieder hinab.

Er wollte aufstehen, dachte nur an Freya und die Pistole, und daß er sie beschützen mußte...

Aber seine Glieder verweigerten ihm den Dienst, und rings um ihn herum wurde alles schwarz.

Alles, außer seinen Erinnerungen. Die Legion... Grayson Carlyle... Freya...

Freya...

Caitlin DeVries hörte die Schüsse, als sie um die Ecke beim Aufzug kam. Sie rannte. In ihrem Kopf überschlugen sich die Gedanken und Emotionen. Wenn sie nicht am Büro ihres Vaters haltgemacht hätte, um die Legion zu warnen...

Aber sie hatte die Legionäre draußen warnen müssen, zumindest hatte sie das in dem Moment geglaubt. Jetzt, angesichts der Möglichkeit, daß die Garde die Geiseln umbrachte, wußte sie nicht mehr, was sie glauben sollte.

Sie erreichte die Tür des Zimmers, aus dem die Schüsse gekommen waren, und lud das Kampfgewehr durch, daß sie dem bewußtlosen Gardisten vor dem Lift abgenommen hatte. Sie atmete tief durch, preßte sich an die Wand neben der Tür, schlug auf den Öffnungsknopf des Wandschalters und schwang, das Gewehr im Anschlag, herum, als die Tür aufglitt.

Hauptmann Max Walthers wirbelte beim Geräusch der Tür herum. Caitlin genügte ein Blick, um die Pistole in seiner Hand und den leblosen Körper Kommandanthauptmann de Villars auf dem Boden zu erkennen. Freya de Villar kniete weinend neben ihrem Mann und hielt seinen Kopf im Schoß.

Walthers hob die Pistole, aber Caitlin war schneller. Sie zog den Abzug durch, und das Gewehr pumpte einen Feuerstoß aus drei Geschossen in die Brust des Söldners. Ein zweiter Uniformierter Gardist riß die Hände hoch, als sein Kommandeur mit erstauntem Gesicht zu Boden sackte.

Die unkontrolliert schluchzende Freya de Villar sah nicht einmal hoch.

Roger DeVries lehnte schwer auf dem Geländer des Landefelds und starrte auf die lodernden Trümmer des *Kampfschütze* auf der anderen Seite des Militärgeländes hinab.

Wie konnte ich es soweit kommen lassen? fragte er sich bitter. Genau das wollte ich uns ersparen.

»Herr Gouverneur! Herr Gouverneur!« Sein Pilot, ein dunkelhäutiger Fremdweltler von Al Dschafr namens Zenada, übertönte den von unten emporbrandenden Kampflärm. Er klopfte auf seinen Armbandcomp und deutete auf den wartenden Senkrechtstarter. »Wir sind über die Zeit! Wenn wir hier noch wegwollen, müssen wir starten!«

Doch weder Walthers noch O'Leary waren aufgetaucht. Oder Caitlin. Was würde O'Leary mit ihr anstellen, wenn sie in der Gewalt des Söldners war und DeVries ihn zurückließ?

Aber was, wenn der Söldner tot war oder einen anderen Fluchtweg benutzt hatte? Die Legionäre waren bereits im Innern der Residenz, und die Kämpfe im Rest der Anlage neigten sich dem Ende zu. Die PPK des *Greif* hatte einen dritten Jäger vom Himmel geholt, und der letzte Pilot hatte abgedreht. Wahrscheinlich war er auf dem Weg zurück zum Flug- und Raumhafen, wenn er nicht noch weiter flüchtete.

Ein Stück den Hang hinab sah DeVries einen weiteren BattleMech aus den Tiefen des riesigen Mechhangars auftauchen, in dem die Ausrüstung der Legion lagerte. Dann noch einer, und ein dritter. Ein Teil der Piloten mußte aus der Kaserne entkommen sein und die riesigen Kampfkolosse hochgefahren haben. Nicht, daß es jetzt noch einen Unterschied machte. Der Kampf war so gut wie zu Ende ...

Aber wie konnte er Caitlin in den Händen O'Learys zurücklassen?

Wie als Antwort auf seine Frage öffnete sich der Aufzug, und Corporal O'Leary stolperte mit zerschlagenem Gesicht und einer Schnittwunde am Bauch ins Freie. Der Söldner stolperte, blieb aber auf den Beinen, während er den Platz überquerte und sich an einer Sprosse der Leiter zur Passagierkabine festhielt. DeVries lief über das Dach zu ihm.

»Das dreckige Luder hat uns angefallen und ist entwischt«, stieß O'Leary aus und unterstrich seine Aussage, indem er ausspuckte. »Wenn Sie so versessen auf sie sind, Gouverneur, geh'n Sie sie selber holen. Ich mache, daß ich hier wegkomme.«

»Was ist mit Hauptmann Walthers?« fragte DeVries, um den Tumult der Gefühle zu überdecken, den die Worte des Söldners in ihm ausgelöst hatten. »Er ist noch nicht hier.«

»Dann kommt er auch nicht mehr«, stellte O'Leary nüchtern fest. »Es ist schon ein Haufen Graulinge im Gebäude. Ich konnte ihnen selbst gerade noch entwischen. Wenn Walthers die Geiseln noch nicht hier raufgeschafft hat, ist er entweder in Gefangenschaft oder tot.« Der Corporal zog sich die Leiter hinauf und durch die offene Luke.

DeVries zögerte noch einen Moment, dann nickte er

Zenada zu. »Fliegen wir«, sagte er knapp, packte die Leiter und folgte O'Leary.

Caitlin war entkommen.

Er wußte nicht, ob er froh sein sollte, daß sie dem Corporal entwischt war, oder wütend über die Wahl, die sie getroffen hatte – oder einfach nur traurig über ein Schicksal, das sie auseinandergetrieben hatte. Zumindest war sie O'Leary nicht ausgeliefert. Wie auch immer, es war vorbei.

Er dachte an von Bülows Armada und zitterte. Nein, es war noch nicht vorbei. Es fing gerade erst an.

»Auf dem Dach! Da entwischt jemand!«

Davis Clay hörte den Warnruf eines der Infanteristen und richtete die Sensoren seines *Greif* auf das Obergeschoß der Residenz. SeniorTech King hatte sie bereits gewarnt, daß einige Leute des Gouverneurs versuchen könnten, auf diesem Weg zu entkommen.

Ohne den für Flakfeuer prädestinierten *Kampfschütze* war selbst eine langsame Transportmaschine nicht so einfach abzuschießen. Sein PPK-Treffer an einem der Düsenjäger war reines Glück gewesen. BattleMechwaffen waren für den Einsatz gegen andere Mechs oder Panzer ausgelegt, langsame Ziele, die leicht zu erfassen und zu verfolgen waren. Um Flugzeuge mit einer annehmbaren Treffsicherheit unter Beschuß zu nehmen, brauchte man besondere Feuerleitsysteme, wie sie ein *Kampfschütze* besaß.

Aber der *Kampfschütze* existierte nicht mehr. Von jetzt an waren nur noch Clay und Farquhar da.

Er errechnete hastig die Feuerkoordinaten, um noch einen Schuß abzugeben, bevor der Senkrechtstarter abheben konnte, aber dann zögerte er. In seinem letzten Funkspruch hatte King gewarnt, daß der Feind möglicherweise Geiseln mitnehmen wollte. Was, wenn Kommandanthauptmann de Villar oder Kommandanthauptmann McCall an Bord des Flugzeugs waren? Clay konnte nicht einfach das Feuer eröffnen.

Er löschte das Feuerprogramm und bewegte seinen Mech einen Schritt zurück. Ohne zu wissen, was los war, konnte er nicht feuern, aber es gab noch eine andere Möglichkeit.

Er tippte einen neuen Kontrollcode ein und löste die Sprungdüsen des *Greif* aus. Die gepanzerte Kampfmaschine stieg in einer Bewegung, die halb Sprung, halb Flug war, vom Boden hoch. Er hoffte, daß der verstärkte Hubschrauberlandeplatz stabil genug war, das Gewicht eines Mechs zu tragen. Wenn nicht …

Der *Greif* setzte in dem Moment auf, als der Senkrechtstarter abhob. Das Dach unter den riesigen Metallfüßen der Maschine hielt, und Clay atmete erleichtert auf. Dann setzte er sich in Bewegung.

Eine Sekunde hing der Schwenkflügler in der Luft, während der Pilot die Triebwerke neu ausrichtete. Dann schoß er davon, wobei er sich steil auf einen Flügel legte, um den ausgestreckten Armen des BattleMechs auszuweichen.

In der Kanzel seines *Greif* konnte Clay nur machtlos zusehen, wie das Flugzeug nach Osten verschwand, der aufgehenden Sonne entgegen.

25

Dunkeld, Glengarry
Mark Skye, Vereinigtes Commonwealth

Hier im BattleMech-Wartungshangar der Castle-Hill-Anlage war es zu keinen größeren Kampfhandlungen gekommen. Kadett Davis Clay war gerade vom Paradeplatz in die Halle gekommen, und der Kontrast zwischen der Verwüstung draußen und den geordneten Reihen unter den Wartungsgerüsten stehender Mechs war erschreckend. Es schien fast, als sei das ganze Gefecht im Morgengrauen nur ein Alptraum gewesen.

Fast.

»Ah, Kadett Clay.« Ein AsTech 3. Klasse, den er kurz zuvor noch in Gefechtsmontur und mit geschwärztem Gesicht gesehen hatte, kam mit einem Compblock in der Hand und gehetzter Miene über den spiegelblanken Boden auf ihn zu. Er hatte offensichtlich Zeit gefunden, sich umzuziehen. Der Overall und die Ölflecken auf seinem Gesicht und der Kleidung paßten weit besser zu ihm als eine Gefechtsmontur. »Wir sind gerade mit der Diagnose ihres *Greif* fertig geworden. Er scheint gefechtsklar. Wenn Sie mir folgen möchten, zeige ich Ihnen, was wir gefunden haben.«

Clay gab keine Antwort, folgte dem Tech aber brav zu dem wartenden BattleMech. In seinem Wartungskokon war der *Greif* von Gerüsten umgeben, die es den WartungsTechs gestatteten, jeden Teil der riesigen Maschine zu erreichen. Eine Handvoll Techs in den roten Overalls der Munitionsabteilung arbeiteten noch an einer offenen Wartungsluke in der oberen Torsohälfte. Wahrscheinlich überprüften sie noch einmal die Raketensprengköpfe in der Munitionskammer.

»An der Stelle, wo die KSR aufschlug, haben Sie etwas Torsopanzerung verloren«, erklärte der AsTech3 und deutete auf den geschwärzten Krater an der linken Brustpartie. »Bis wir das auswechseln können, sollten Sie daran denken, daß Sie da einen Schwachpunkt haben, okay?«

Clay nickte. Seine Gedanken kehrten zu dem sinnlosen Widerstand des einzelnen Gardisten mit dem Raketenwerfer zurück. Alles, woran er denken konnte, war das Gefühl, gelähmt zu sein, das ihn gepackt und daran gehindert hatte, den Mann einfach zu töten ...

Genau wie er nicht auf den Senkrechtstarter hatte feuern können, bevor der entkam.

»Ich würde Ihnen auch raten, die Sprungdüsen eine Weile sparsamer einzusetzen«, fuhr der AsTech fort. Er zeigte auf das linke Fußgelenk des *Greif*. »Wir haben Streßschäden im Gelenk entdeckt. Wahrscheinlich sind Sie bei dem Sprung auf das Dach etwas zu schwer aufgekommen. Das ist Arbeit für eine komplette Wartungscrew, und der Mech wird dabei für etwa eine Woche außer Gefecht sein. Kommandanthauptmann McCall hat allerdings angeordnet, Mechs bis auf weiteres nur noch wegen schwerer Schäden aus dem Verkehr zu ziehen, also werden Sie damit leben müssen, bis er seine Meinung ändert.«

Clay nickte fahrig. Er nahm kaum wahr, was der Mann sagte. Wenn er gewußt hätte, daß sich keine Geiseln an Bord des Flugzeuges befanden, hätte er es ausschalten können, solange es noch auf dem Landefeld stand. Statt dessen hatte er wieder einmal gezögert, und Gouverneur DeVries war entkommen. Alles, was der Mann jetzt noch anrichtete, war Davis Clays Schuld. So einfach war das.

Kein Wunder, daß er immer wieder übergangen worden war, wenn es darum ging, eine Lücke im Regiment zu schließen. Wenn es um reale Entscheidungen über Leben und Tod ging, schien er immer die falsche Wahl zu treffen.

Er redete mit dem Teamchef, wie es von ihm erwartet wurde, aber im Innern wußte Clay, daß alles sinnlos war. Selbst wenn einige der Kadetten für den Kampf gegen die Invasoren von Skye ausgewählt wurden, seine Chancen, je wieder einen Mech zu führen, waren minimal, das war ihm klar.

Und irgendwo im Hinterkopf, in einer schändlichen Ecke seines Ichs, die sein Vater nie verstanden oder verziehen hätte, fühlte er darüber Erleichterung.

Es tat gut, wieder die Legionärsuniform zu tragen.

Caitlin DeVries kletterte aus dem Rücksitz des Hilfsschwebers, als dieser am Dunkeld-Magnetschwebebahnhof aufsetzte. Dann drehte sie sich zu Kadett D'Angelo um, der ihr den Seesack reichte. Sie war bereits auf dem Weg zum Bahnsteig, als SeniorTech King sie zurückrief.

Er saß auf dem Beifahrersitz des Hilfsschwebers und ging auf dem Compblock eine Liste durch. Er schien erleichtert, wieder einen Techoverall tragen und in seine normale Rolle als höchster Techoffizier der Legion schlüpfen zu können. »Fahren Sie als erstes Ihren *Centurion* hoch, Kadettin«, befahl er. »Und dann übergeben Sie ihn an Kadett Galleno.«

»Sir? Ich dachte, Galleno würde den *Schütze* reinbringen.«

King schüttelte den Kopf. »Galleno hat noch keine Erfahrung mit Mechs über fünfzig Tonnen. Sie haben schon ein paar Stunden Praxis auf dem *Schütze,* deshalb wäre es mir lieber, wenn Sie ihn rein bringen.«

Sie nickte. »Ja, SeniorTech.«

»Gut. Lassen Sie mich wissen, wenn es irgendwelche Probleme gibt. Wegtreten.«

Caitlin salutierte und lief über den offenen Bahnsteig auf den letzten Waggon der Magnetschwebebahn zu, der vor weniger als einer Stunde in Dunkeld eingetroffen war. Der Zug hatte das zweite Mechkontingent aus der Basis der Kadettenkompanie in Brander gebracht, fünf weitere Kampfmaschinen zur Verstärkung der geringen Legionskräfte um die Hauptstadt. Neben ihrem *Centurion* und Alex Carlyles *Schütze* umfaßte die Ladung D'Angelos *Steppenwolf*, Hideyoshi Naitos *Kreuzritter* und Kadett Wemyss' *Panther*. Nachdem Wemyss beim Angriff auf die Residenz gefallen war, brauchte die ScoutLanze der Kadettenkompanie einen neuen Anführer.

Caitlin blieb stehen. Was dachte sie da? Wenn die Legion es irgendwie schaffte, sich vorzubereiten und eine Verteidigung gegen von Bülows Invasionsflotte zu organisieren, würde Kommandanthauptmann McCall wichtigere Fragen zu entscheiden haben als die Rangordnung der Kadetten. Wahrscheinlich würden sie von jetzt an überhaupt keinen dieser Mechs mehr als den ihren betrachten können. Erfahrenere Piloten würden sie in die Schlacht führen und die Kadetten auf die Ersatzbank verbannen.

Wenn sie überhaupt kämpften. Dank ihres Vaters war das nicht allzu wahrscheinlich. Kommandanthauptmann McCall hatte Verteidigungsvorbereitungen eingeleitet, als die Kämpfe rund um die Residenz beendet waren, aber sie hatte selbst Veteranen der Legion sagen hören, daß Widerstand zwecklos war. Die Planetare Garde würde ihnen jetzt sicher nicht mehr helfen.

Wahrscheinlich würde McCall mit von Bülow in Verhandlungen treten müssen, und dessen Übergabebedingungen würden härter ausfallen als die, welche ihr Vater ausgehandelt hatte.

Caitlin erreichte den Waggon, auf dem ihr *Centurion* lag. Ein Techteam arbeitete bereits am Reaktor und den Stromleitungen. Einer der Männer winkte ihr locker zu und kam herüber. AsTech3 Stewart war ihr regulärer Teamchef. Er war zusammen mit dem *Centurion* hergekommen. Er half Caitlin auf den Wagen und begleitete sie wortlos zur Cockpitluke. Stewart war ein stiller Mensch, der nur den Mund aufmachte, wenn er auch etwas zu sagen hatte, aber er war einer der besten Techs in Brander. Gerüchten zufolge stand seine Beförderung zum Offiziersdiensttuenden bevor.

Stewart öffnete die Luke und hielt Caitlins Seesack, während sie ins Innere der Kanzel kletterte. Die Bauchlage des BattleMechs erschwerte die Bewegung im Cockpit, aber sie schaffte es schließlich doch, sich in die Pilotenliege zu zwängen und sich von Stewart ihre Sachen reichen zu lassen. Er schloß die Luke und verriegelte sie manuell von außen.

Caitlin blickte einen langen Moment durch das Kanzeldach nach draußen. Außer der Ladefläche des Waggons war nichts zu sehen, aber in ihrem Geiste sah sie de Villars Quartier, nachdem sie hereingestürmt und Walthers erschossen hatte. Noch ein Verbrechen, für das ihr Vater die Schuld trug. Walthers, O'Leary und der Rest der Söldner in seiner Leibwache waren Amok gelaufen, und auch wenn sie arge Zweifel daran hegte, ob ihr Vater zu dieser Zeit noch eine große Rolle im Geschehen gespielt hatte, waren es seine Leute gewesen. Und es war Roger DeVries' Entscheidung gewesen, die rechtmäßigen Lehnsherren Glengarrys zu verraten, und das war der Auslöser der ganzen traurigen Entwicklung gewesen.

McCall und King hatten ihre Aktionen nicht wortgewaltig genug loben können, aber Caitlin wußte, daß eine Menge anderer Legionäre sie jetzt mißtrauisch beobachteten. Selbst Alex Carlyle war zurückhaltend gewesen, als sie sich unmittelbar nach der Schießerei vor de Villars Quartier begegnet waren, und das war besonders schmerzhaft. Sie hatten seit dem Tag, an dem Caitlin in die Legion eingetreten war, zusammen in der BefehlsLanze der Kadettenkompanie gedient, und angeblich war die Bindung von Lanzenkameraden zueinander zu eng, um solche Zweifel zuzulassen.

Aus Loyalität zur Legion hatte sie ihrem Vater den Rücken gekehrt, und jetzt schien sie dadurch beide zu verlieren.

Caitlin DeVries verdrängte ihre Sorgen. Im Augenblick hatte sie noch eine Aufgabe, und sie würde bis zum Schluß ihre Pflicht tun. Das war alles, was ihr geblieben war.

Sie schnallte sich an und drückte die vier Sensorpflaster auf Brust und Oberschenkel. Dann hob sie die Arme hinter die Kopfstütze und ertastete den in seiner Nische wartenden Neurohelm. Sie zog ihn heraus, hob ihn über die Stütze und senkte ihn vorsichtig über Kopf und Schultern. Dann verband sie die Kabel der Sensorpflaster mit den Buchsen am unteren Rand des Helms. Sie drückte den Einschaltknopf und fühlte ein Kitzeln durch ihren Schädel laufen, als der Neurohelm den Betrieb aufnahm.

Nun wurde es Zeit, die Codesequenz zu nennen, die sie dem Computer ihres Mechs einprogrammiert hatte. Ihr Geburtstag ... der ihrer Mutter ... der ihres Vaters ... Ohne den korrekten Kenncode würden die Kontrollmechanismen des Bordcomputers die gesamten Kontrollen stillegen. Dann wäre ein halbes Dutzend Techniker mindestens eine Stunde damit beschäftigt, das Programm zu löschen und die Kontrollsequenzen von Grund auf neu zu installieren, wie sie es gerade bei dem *Schütze* machten, um Alex Carlyles ID-Kodierung zu neutralisieren. Nachdem sie sich identifiziert hatte, erwachten die Instrumente vor und über ihrer Liege zum Leben.

Als nächstes rief Caitlin eine komplette Systemdiagnose ab und meldete AsTech Stewart über Funk, daß sie den Mech hochfuhr. Sie drehte sich halb zur Seite, um die Anzeigen des Lebenserhaltungssystems abzulesen, und der unter dem Sitz verstaute Seesack fiel ihr wieder ein. Unter Gefechtsbedingungen hätte sie sich bis auf Shorts, Schuhe und die Kühlweste in ihrem Seesack ausgezogen. Aber hier und jetzt war keine Hitzeentwicklung zu erwarten, die das notwendig machte. Statt dessen korrigierte sie die Cockpitventilation und konzentrierte sich wieder auf den Diagnosebericht des Bordcomputers.

Draußen löste die Techcrew die Haltegurte, mit denen der Mech an den MSB-Waggon gefesselt war. Caitlin überprüfte noch einmal die Anzeigen, nickte zufrieden und griff nach den Kontrollen. Einen Mech aus der Bauchlage aufzurichten, war eines der schwierigsten Bewegungsmanöver überhaupt, aber im Vergleich zu dem Problem, um das ihre Gedanken im Moment vor allem kreisten, war es ein Kinderspiel.

Sie mußte das Vertrauen zurückgewinnen, das sie durch die Handlungsweise ihres Vaters verloren hatte.

Alex Carlyle fühlte sich bei der Diskussion im Besprechungsraum der Verteidigungszentrale wie ein Außenseiter. Nachdem die Kämpfe abgeschlossen waren, hatte sich der Kommandostab der Legion wieder hier versammelt, um die Situation erneut zu überdenken. Die ersten Freien Skye-Schiffe waren in weniger als vierundzwanzig Stunden zu erwarten. Die Lage war ernst.

Als dienstältester überlebender Offizier der Legion hatte McCall bereits eine Reihe von Verteidigungsmaßnahmen eingeleitet, aber Alex hatte das Gefühl, daß sie seit Stunden ergebnislos im Kreis redeten. Und er selbst hatte wenig genug beizutragen. Ein Adjutant konnte nicht viel ausrichten, und ein MechKriegerkadett noch viel weniger.

»Der Verrat des Gouverneurs hat die gesamte Lage

verändert«, stellte Hauptmann Simms düster fest. »Solange wir glaubten, dem Gegner eine vereinte Front entgegenstellen zu können, hatten wir eine Chance. Aber wenn sich die Planetare Garde und die ganze verdammte Zivilverwaltung gegen uns wenden, sehe ich keine Möglichkeit, etwas auszurichten.«

»Ganz meine Meinung«, erklärte Vargas. »Wie sollen wir eine Welt verteidigen, die nicht verteidigt werden will?«

»Aye, derr verrdammte Sassenach Bastarrd hat uns in eine böse Lage gebrracht!« bestätigte McCall. »Die Vorrstellung, daß err uns hinterrgaeht und mit dem Feind verrhandelt!«

»Nicht einmal der Oberst könnte mit den Möglichkeiten, die uns hier zur Verfügung stehen, eine effektive Verteidigung aufbauen«, sagte Kommandanthauptmann Owens leise. »Selbst *wenn* die Einheimischen mit uns kooperieren würden. Ich frage mich, was wir überhaupt noch zu erreichen hoffen.«

»Ich will nae einfach aufgeben«, antwortete ihm McCall mit düsterer Miene. »Was ist mit den Plänen, die wirr vorher uhtgearbeitet haen? Können wir nae davon umsetzen?«

Owens grunzte unbestimmt und betätigte einen Knopf an seinem Platz. An einer der Stirnwände öffneten sich die Vorhänge vor einem bis zur Decke reichenden Monitor, der eine Karte des Kontinents Scotia mit Bevölkerungszentren und Magnetschwebebahnlinien zeigte.

»Der Feind könnte natürlich überall niedergehen«, meinte Owens. »Aber eine praktikable Strategie verlangt einen ersten Angriff auf ein Gebiet, das in der Lage ist, längerfristige Operationen zu stützen. Das bedeutet ein Bevölkerungszentrum, wo Vorräte gesammelt und eingelagert werden können, mit mindestens rudimentären Raumhafenanlagen und guten logistischen Verbindungen zu anderen Zielen in der

Umgegend. Dies ist kein kurzer Überfall, bei dem man einfach irgendwo landet, zuschlägt und sich nach Hause absetzt. Gleichzeitig haben sie nicht genug Transportkapazität in den Landungsschiffen, um eine komplette Invasionsstreitmacht ausschließlich aus dem All zu versorgen.«

Er machte eine Pause und warf McCall einen herausfordernden Blick zu. MechKrieger standen in dem Ruf, die wichtige, aber wenig ruhmverheißende Logistik auf die leichte Schulter zu nehmen. Owens dagegen war für seine Betonung dieser Fragen bekannt. Das war ein Grund für seine Position im Führungsstab der Legion. »Der beste Zug wäre die Eroberung von Dunkeld selbst. Wahrscheinlich hatten sie das im Sinn, als sie sich mit DeVries zusammengetan haben. Ohne Unterstützung an der Oberfläche wäre das allerdings ein riskantes Unternehmen. Ein mutiger Kommandeur könnte es versuchen, und auf den Schockeffekt setzen...«

»Nicht von Bülow«, warf Ross ein. »Dem hat noch niemand militärisches Genie vorwerfen können. Er bevorzugt ein langsames, gleichmäßiges Vorrücken.«

Owens räusperte sich. »In diesem Fall wäre die logische Vorgehensweise die, einen Außenbereich anzugreifen und sich dann entlang der MSB-Linien zur Hauptstadt vorzuarbeiten.« Er veränderte über die Kontrollen an seinem Platz den sichtbaren Kartenausschnitt. »Sie werden kein Interesse an einem Feldzug durchs Gebirge haben, aber sie könnten einen Stützpunkt in einem bergigen Gebiet wählen, um von dort in die Buchan- oder Athollebene vorzustoßen. Ich würde sagen, Invertay und die übrigen Städte in Strathtay und Moray können wir als mögliche Landeplätze ausschließen. Dasselbe gilt für Pentland, Mar und Glencoe... Auch dort blockieren hohe Gebirgszüge den Vormarsch nach Dunkeld. Kelso und Eastport sind wegen der großen Entfernung unwahrscheinlich.« Eine Reihe von Städten verschwand von der Karte. »Damit bleiben ... fünf Alternativen. Arbroath ist am nächsten, und das zu durchquerende Gelände könnte kaum besser sein. Andererseits wird von Bülow selbst bei oberflächlicher Betrachtung auffallen, daß die MSB-Linie auf dieser Strecke für Frachttransporte nicht zu gebrauchen ist. Sie erinnern sich sicher noch, daß wir sie bei den Kämpfen gegen Thane Somerled gründlich verwüsten mußten, und der neue Thane hat sich noch nicht weiter um die Reparaturen gekümmert.«

»Er ist mehr darum besorgt, die übrige Infrastruktur Buchans wiederaufzubauen. Nach zwei Hungerjahren ...« Simms zuckte die Schultern.

»Um so mehr Grund, Arbroath nicht zu wählen«, bestätigte Owens. »Dieser Tage wäre es verdammt schwer, in Buchan Vorräte aufzutreiben, und sie werden alles an lokalen Nahrungs- und sonstigen Vorratsquellen benötigen, was sie kriegen können.«

»Aber wissen sie das auch, Kommandanthauptmann?« wagte Alex einzuwerfen. »Wie gut kann ihre Vorausaufklärung sein?«

»Ausgezeichnet. Darauf können Sie sich verlassen, Kadett.« Owens fixierte ihn mit eiskaltem Blick. »Wenn Ryan und Richard Steiner diesen Angriff geplant haben, können Sie darauf wetten, daß wir durch jede Menge Scouts ausspioniert worden sind. Da war zum Beispiel dieses Händlerschiff in der vergangenen Woche. Ich wette, es hatte eine Reihe aufmerksamer Passagiere an Bord ... Wahrscheinlich hat es hier noch ein paar neue an Bord genommen, die eine Menge nützlicher Daten anzubieten hatten.« Er wandte sich wieder seinen Notizen auf dem Terminal an seinem Platz zu. »Wenn ich jetzt weitermachen dürfte ... Gut. Ich bezweifle, daß Arbroath ihr Ziel sein wird, und für Scone gilt das gleiche. Es liegt zu weit von Dunkeld entfernt, um sich als Versorgungsbasis für einen größeren Feldzug zu eignen. Aber ich kann beide Städte nicht völlig ausschließen. Wahrscheinlicher sind allerdings die drei anderen. Halidon und Loch Sheol waren in den Anfangsjahren der Glengarry-Kolonie wichtige Bergwerkszentren. Beide besitzen ausgezeichnete Raumhafenanlagen, auch wenn sie in letzter Zeit kaum genutzt wurden. Eine gute Techcrew könnte sie innerhalb weniger Tage wieder in Betrieb nehmen.«

»Sie liegen beide in eher schwierigem Gelände«, stellte Hauptmann Dumont fest.

»Aber wenn sie schnell genug sind und die Pässe unter ihre Kontrolle bringen, können sie von den Geländebedingungen ebenso profitieren wie wir. Das einzige, was die Sache schwierig für sie machen könnte, wäre eine starke Verteidigungsgarnison.«

»Es scheint mirr, Laddie, daß dieserr von Bülow selbst dass Rrisiko nae wirrd eingehen wollen«, polterte McCall. »Es ist nae eine gute Idee, sich tae serr auf Fehler des Gegnerrs zu verlassen, aberr wir dürrfen nae vergessen, daß er einen Angrriff auf dae Gray Death Legion plant. Das könnte rreichen, ihn übervorrsichtig werrden zu lassen. Es wärr nae das errste Mal, daß wirr überrschätzt werrden.«

Aus dem Rund klang vereinzeltes Kichern auf. Selbst Owens gestattete sich ein angedeutetes Lächeln. »Wie wahr, Mac.«

»Das sind jetzt vier mögliche Landestellen, und keiner davon räumen wir eine größere Wahrscheinlichkeit ein«, stellte Dumont gelassen fest. »Sie wollen mir doch nicht erzählen, daß wir diese Hurensöhne durch die bloße Macht unserer Reputation in der Umlaufbahn halten können?«

Sein Vorstoß erntete erneutes Gelächter. Owens reagierte, indem er ein Stadtsymbol auf der Karte aufblinken ließ. »Der letzte mögliche Angriffspunkt, den ich mir denken könnte, ist Coltbridge«, fuhr er fort, als hätte es keine Unterbrechung gegeben. »Dort gibt es zwar keinen Raumhafen, aber der MS-Bahnhof ist ausgezeichnet, und das flache Gelände ermöglicht ein Aufsetzen auf freiem Gelände. Coltbridge liegt mit am nächsten an Dunkeld, und selbst wenn von Bülow den Raumhafen nicht rechtzeitig erobern kann, um seine Logistikprobleme zu lösen, könnten sie wahrscheinlich alle Hafenanlagen, die sie benötigen, relativ schnell um ihre Schiffe herum aufbauen.«

Alex rutschte unruhig auf seinem Platz umher. »Sir, ich bitte um Verzeihung, falls ich eine dumme Frage stelle«, begann er zögernd. »Aber läuft das nicht alles darauf hinaus, daß wir einfach nicht sagen können, wo sie zuschlagen werden? Sicher, Coltbridge hat seine Vorzüge, aber die haben auch Halidon und Loch Sheol. Oder von Bülow könnte sich trotz allem entscheiden, in Strathtay oder Moray runterzukommen, und einfach einen längeren Feldzug riskieren. Ich sehe keinen Weg vorauszusagen, wo sie landen werden.«

»Er hat recht«, stimmte Simms ihm zu. »Bei allem Respekt, Herr Kommandanthauptmann, aber all Ihre großartigen Berechnungen bringen überhaupt nichts. Wir haben nicht einmal mehr einen Tag, die halbe Bevölkerung ist gegen uns aufgewiegelt, und ein guter Teil der Legion ist bereit aufzugeben. Wenn wir nicht vorhersagen können, wo wir den Gegner erwarten müssen, können wir es ebensogut gleich vergessen.«

Owens zuckte die Schultern. »Vielleicht haben Sie recht. Wenn man mich fragt, ich würde für Coltbridge stimmen, aber es ist eine knappe Entscheidung.«

»Aber ...«, wollte Alex einwerfen.

Freya de Villar ergriff im selben Moment das Wort. Sie hatte darauf bestanden, an der Besprechung teilzunehmen, aber die ganze Zeit stumm und zurückgezogen dagesessen. Jetzt meldete sie sich zu Wort mit einer Stimme, kalt wie ein Gletscher. »Soll das heißen, alles, was geschehen ist, war umsonst?« Ihr Tonfall war gemessen, aber er spülte unterdrückte Gefühle hoch. »Das kann ich nicht akzeptieren. Vor wenigen Stunden erst sind mein Mann und mein Sohn gestorben, und ich werde keiner Entscheidung zustimmen, die ihren Tod für sinnlos erklärt.«

Lange Zeit antwortete ihr niemand. Dann räusperte sich McCall. »Sie hat rrecht«, sagte er langsam. »Das wiedersprräche allem, wofürr die Legion steht. Wirr können jetzt nae den Schwanz einziehen.«

Das löste ein Dutzend simultaner Antworten rund um den Tisch aus. Alles redete durcheinander, bis McCalls Stimme dem Chaos ein Ende machte. »Genug! Das brringt uns nae weiterr!« Als sich der Lärm etwas gelegt hatte, fuhr er fort. »Ich denke, wirr brauchen eine Pause. Fünf Minuten.«

Damit brach der Lärm von neuem los. Alex stand auf. Die Atmosphäre im Besprechungszimmer war plötzlich drückend geworden, und er war froh, jetzt wegzukommen, selbst wenn es nur für Minuten war.

McCall lieferte ihm die Entschuldigung, indem er ihn zu sich winkte. Der Caledonier hatte ein stilles Eckchen im Nebenraum gefunden und beobachtete den Kadetten mit kritischem Blick, als der ihm gegenüber Platz nahm. »Sir?« fragte Alex nach einer langen, peinlichen Stille.

»Da hinten wolltest du etwas sagen, Laddie«, stellte McCall fest.

Alex nickte. »Es war nur ... ein Gedanke, eine Idee. Wenn wir nicht vorhersagen können, wo sie landen, müssen wir sie überreden, da zu landen, wo wir sie haben wollen.«

»Indem wir ihnen vorspielen, der Gouverneur hätte gewonnen?« McCall beugte sich vor, und auf sein Gesicht trat ein Ausdruck der Konzentration, wie ihn Alex selten erlebt hatte.

»Ja, Sir. Kommandanthauptmann Owens hat es

selbst gesagt. Von Bülow will die Hauptstadt einnehmen, aber dort wird er kaum landen, wenn er nicht mit einheimischer Unterstützung rechnen kann. Wir können ihn aber leicht davon überzeugen, daß er sie noch immer besitzt. Wir haben zwar Gouverneur DeVries nicht, aber wir können bestimmt jemand finden, der vorgibt, mit dem Freien Skye zu sympathisieren. Vielleicht könnten wir behaupten, der Gouverneur wäre bei den Kämpfen ums Leben gekommen, aber die Gardisten hätten die Kadetten, die den Angriff organisiert haben, erledigt.« Er zögerte. »Vielleicht könnte Caitlin an seiner Stelle reden. Sie müßte in ihren nachrichtendienstlichen Unterlagen auftauchen.«

»Das könnte funktionerren, Laddie«, meinte McCall. »Es ist die Arrt Idee, mit derr dein alter Vater gekommen wärre.« Er runzelte die Stirn. »Aberr so gespalten, wie wirr zurr Zeit sind … Ich weiß nae.«

Alex antwortete nicht. Der Waffenmeister saß eine Weile schweigend da und starrte vor sich hin. Alex wurde zunehmend unsicherer.

Schließlich sprach McCall weiter. »Selbst wenn de Villar noch hierr wärre, weiß ich nae, wie err diese Bande na' allem, was passierrt ist, wiederr zusammenbrringen könnte. Ich kann denen, die gegen einen Kampf sind, nae einmal einen Vorrwurf machen. Und ich weiß, daß *ich* sie nae werrd umstimmen können. Keiner in unserrem Stab hat noch viel Glaubwürdigkeit, nachdem de Villar von Bülow scheinbarr nachgegeben hat, und wirr haben nae die Zeit, den Leuten das Gegenteil zu errklären. Und das wärre noch legionsinterrn. Kein Legionsoffizierr wirrd viel ausrichten, wenn es darum gaeng, die Menschen auf uns'rre Seite tae ziehen, und trotz dem haben wir keine Chance tae gewinnen.«

»Sie meinen also, wir müssen verhandeln, Sir?« Alex versuchte seine Enttäuschung zu verbergen. Er hatte gedacht, zumindest McCall würde kämpfen wollen.

Der Kommandanthauptmann schüttelte langsam den Kopf. »Es gibt aenen Mann, und nur aenen Mann auf Glengarry, derr überrhaupt eine Möglichkeit hat, es tae schaffen, Alex«, sagte er. »Und das bist du.«

»Ich? Aber Herr Kommandanthauptmann… ich bin bloß ein Kadett. Noch nicht einmal ein richtiger MechKrieger. Keiner von ihnen wird mir folgen!«

»Aber du bist ein Carlyle, Lad«, knurrte McCall. »Erinnerst du dich noch an unser Gespräch vor ein paar Tagen? In Abwesenheit deines aulden Vaters bist du derr Lehnsherr und Eignerr der Gray Death Legion. Und für viele Menschen da drraußen gilt das mehr als Errfahrrung. Du kannst als deines Vaterrs Sohn zur Legion sprrechen, und zum übrrigen Glengarry als Stellvertrreterr des rrechtmäßigen Lehnsherren. Das kann sonst keinerr vo' uns.«

Alex Carlyle schluckte. »Ich… ich weiß nicht, ob ich das kann, Sir. Ich…« Seine Stimme versagte.

»Wenn du es nae kannst, Lad, dann kann es niemand. Und die Legion, alles, wofürr Grayson Carlyle gekämpft hat, wirrd unterrgehen. Davon wirrd sie sich nae mehrr errholen.«

Alex blickte zur Seite. McCall hatte recht. Die gesamte Karriere seines Vaters basierte auf seinem Ruf der Unbesiegbarkeit selbst im Angesicht gewaltiger Übermacht oder scheinbar unüberwindlicher Hindernisse. Der Verlust Glengarrys und die Kapitulation des harten Kerns der Legion würde der ganzen Einheit den Todesstoß versetzen. Grayson Carlyle konnte versuchen, seine Truppen bei Kommandanthauptmann Khaled auf Borghese wieder aufzubauen, aber es würde nie wieder der Graue Tod sein.

Eine mutige Gegenwehr, selbst wenn sie letzten Endes vergebens war, konnte dem Ansehen des

Grauen Todes nichts anhaben. Aber eine Kapitulation mußte es zerschlagen.

Er blickte wieder in McCalls traurige Augen. »Ich werde Hilfe brauchen«, meinte er zögernd. »Ihre und noch viel mehr. Ich kann einfach nicht glauben, daß sie mir alle folgen werden, wie sie es bei meinem Vater tun würden.«

»Du wirst jede Menge Hilfe bekommen, Alex«, antwortete McCall, und seine Lippen formten ein Grinsen. »Und Sie werrden dirr folgen, wenn ich sie aenzeln mit dem Knüppel überreden muß!«

Alex konnte nicht anders, er mußte ebenfalls grinsen. »Selbst wenn nur Sie und ich gegen die ganze verdammte Armada stehen, Herr Kommandanthauptmann: Wir werden ihnen Saures geben!«

»Aye, das werrden wirr … Oberst Carlyle.«

26

Dunkeld, Glengarry
Mark Skye, Vereinigtes Commonwealth

7. April 3056

»Anflugprofil gleichbleibend. Zwölf Minuten...« Die Stimme kam aus dem Kontrollturm des Flug- und Raumhafens von Dunkeld, und die Nachricht ließ Interim-Oberst Alexander Durant Carlyle trotz des flauen Gefühls in seiner Magengrube lächeln.

Alex saß unweit des Kontrollturms im abgedunkelten Cockpit seines *Schütze* und stellte fest, daß General von Bülow, was immer man sonst von ihm halten mochte, ein pünktlicher Mann war. Er hatte die Ankunft seiner Schiffe für genau 1:00 Uhr terranischer Zeit – wenige Minuten nach 9:30 Uhr Ortszeit – angekündigt, und den Ortungsdaten zu Folge, die vom Turm kamen, schien er es tatsächlich darauf anzulegen, das erste Schiff auf die Sekunde genau aufsetzen zu lassen.

Das war eine wichtige weitere Erkenntnis über die Gegner der Legion. Von Bülow hatte den Ruf eines soliden, phantasielosen, methodischen und vorsichtigen Kommandeurs, und die Geschehnisse der letzten zwei Tage hatten diese Einschätzungen durchaus bestätigt.

Die Armada war jetzt seit mehr als einem planetaren Tag in der Umlaufbahn. Die Freien Skye-Truppen hatten sich nach ihrer Ankunft nicht sonderlich beeilt. Anscheinend hatte von Bülow gezögert, die aus der Residenz kommenden Berichte zu akzeptieren. Alex und McCall hatten eine Geschichte von einem fehlgeschlagenen Gegenputsch der Legion konstruiert, die mit dem Tod von Gouverneur DeVries und der Machtergreifung einer Militärjunta aus Angehörigen der Planetaren Garde in der Hauptstadt geendet hatte. Diese ›Junta‹ hatte ihr Einverständnis mit der zwischen DeVries und dem Oberkommando des Freien Skye ausgehandelten Vereinbarung erklärt und von Bülow vor vereinzelten Legionsrenegaten gewarnt, die im Hinterland ihr Unwesen trieben. Das Ganze war darauf ausgelegt, von Bülow zu einer Landung in der Hauptstadt zu bewegen, wo die Legion ihn empfangen würde. Aber eine Weile hatte es so ausgesehen, als sei der General zu vorsichtig, um in die Falle zu gehen.

Aus der Umlaufbahn hatten von Bülows Leute jedoch genügend Anzeichen für die Wahrheit der Berichte sehen können, die sie aus Dunkeld erhielten. Der Rest der Kadettenkompanie befand sich in der Nähe von Brander, wo sie ihre Mechs offen durch den Branderpaß und ins Braemoray-Hochland bewegte. Die Legionäre hofften, damit ein glaubwürdiges Bild einer kleinen Guerillatruppe zu bieten, die in den Bergen Zuflucht suchte. Eine Kompanie Legions-Infanterie hatte einen Scheinangriff auf das WTZ ausgeführt, ein paar Gebäude in Brand gesetzt und generell den Eindruck erweckt, daß die Planetare Garde versuchte, den Legions-Außenposten außer Gefecht zu setzen.

Ähnliche Aktionen liefen rund um Loch Sheol, eine der möglichen Landestellen der Armada, die Kommandanthauptmann Owens identifiziert hatte. Hauptmann Simms und seine Mechkompanie waren dorthin abkommandiert worden, um in dem Mittelgebirge rund um die Bergwerksstadt im Nordwesten Dunkelds Gefechtsaktionen vorzutäuschen. Halidon, eine Stadt im Südosten mit ähnlichen Bedingungen, wurde von Hauptmann Dumonts Einheit ›belagert‹.

Damit standen für die Falle am Raumhafen der Hauptstadt nur die Gefährten des Grauen Todes, die Mech-Befehlskompanie der Legion, zur Verfügung. Alex hatte gezögert, seine Kräfte im Vorfeld einer feindlichen Landung aufzusplittern. Sämtliche militärischen Lehrbücher bezeichneten ein derartiges Vorgehen als Todsünde, aber McCall hatte darauf bestanden, daß dieses Risiko notwendig war. Der Erfolg ihres Planes hing vom Überraschungsmoment ab, und sichtbare Aktivitäten des Grauen Todes um Loch Sheol und Halidon würden die Möglichkeit einer ungehinderten Landung in Dunkeld für von Bülow glaubhafter machen. Ihr Ziel war es, von Bülow einen gehörigen Nasenstüber zu geben, wie McCall mehrmals wiederholt hatte, als sie diese Operation planten. Sie konnten nicht erwarten, eine Entscheidungsschlacht zu gewinnen, auch nicht mit der ganzen Legion. Aber wenn sie von Bülow hart genug trafen, bestand die Chance, daß er zurückschreckte und der Legion eine Atempause gewährte, in der sie eine richtige Verteidigung organisieren konnten.

Alex konnte nur hoffen, daß der alte Waffenmeister recht hatte. Trotz aller Erklärungen, daß Grayson Carlyles Erbe jetzt die Legion führte, war McCall der tatsächliche Kommandeur. Die anderen hohen Offiziere hatten die Beförderung von Kadett Carlyle an die Spitze des Regiments mit unterschiedlichen Graden der Begeisterung aufgenommen. Owens und King hatten diesen Zug unterstützt, ebenso wie Hauptmann Vargas. Die Kompanieführer, insbesondere Dumont und Simms, waren zurückhaltender gewesen, aber zumindest arbeiteten sie nicht gegen ihn. In gewisser Weise war es eine Erleichterung, daß ihre Mechkompanien nicht in der Hauptstadt waren. Zumindest brauchte Alex nicht mehr das Gefühl zu haben, daß sie ihm ständig über die Schulter blickten und jede seiner Aktionen kritisierten.

Das hieß allerdings keineswegs, daß er sich diesem Kampf gerne mit den wenigen Truppen stellte, die noch in Dunkeld verblieben waren. Die Gefährten des Grauen Todes waren die Elite der Legion, aber ihnen fehlte eine komplette Lanze – die BefehlsLanze, die seinen Vater nach Tharkad begleitet hatte. Die einzige Möglichkeit, das wettzumachen, hatte für Alex darin bestanden, eine eigene BefehlsLanze zu improvisieren. Zuerst hatte er daran gedacht, dafür Veteranen aus anderen Kompanien abzuziehen, aber McCall hatte ihm davon abgeraten. Je weniger er in die bestehende Oranisationsstruktur eingriff, desto besser. Er durfte keine eingespielten Teams aufbrechen. Gerade jetzt konnte sich die Legion nicht die geringsten Unsicherheiten leisten.

Daher bestand die neue BefehlsLanze der Gefährten aus MechKriegern, auf die sich Alex persönlich verlassen konnte: Kommandanthauptmann McCall in seinem riesigen, kampfgewaltigen *Highlander,* den er seit fünf Jahren nicht mehr ins Gefecht geführt hatte, sowie Davis Clay und Caitlin DeVries, Alex Carlyles langjährige Lanzenkameraden aus der Kadettenkompanie. Zumindest nach Alex' eigener Einschätzung keine Truppe, die sonderliches Vertrauen einflößte. Das galt besonders für ihren Kommandeur, der seinen neuen Rang eines Interim-Obersten noch keine zwei Tage innehatte...

»Letzter Check, Leute.« McCalls Stimme klang angespannt. Die drei Lanzen der Gefährten und der einzelne Panzerzug, der zur Unterstützung der Operation eingeteilt war, waren auf vier Fährenhangars rund um den Raumhafen verteilt. Die verstärkten Stahlbetonbauten sollten die wartenden Legionäre vor einer Ortung durch die feindliche Flotte schützen. Als zusätzliche Vorsichtsmaßnahme waren die Fusionsreaktoren abgeschaltet, und die Mechs betrieben minimale Lebenserhaltungs- und Steuerfunktionen über die Batteriereserve. Selbst die Kommunikation erfolgte über Kabel, die ins AV/Datennetz von Dunkeld eingeklinkt waren.

Trotzdem gingen sie ein großes Risiko ein. Alex

hoffte, daß sie sich weder durch ihre Abwärme noch durch irgendwelche Streuimpulse verrieten, aber es gab mehr als genug andere Fehlerquellen. Offensichtlich folgten McCalls Gedanken ähnlichen Bahnen. Von einem so gewieften alten MechKriegerveteran hätte Alex Carlyle keine so große Besorgnis erwartet.

»Loki Eins bereit«, meldete Oberleutnant Freida Bergstrom. Carlyle fragte sich, wie sie das Warten im engen Cockpit ihrer winzigen *Valkyrie* aushielt. Es hieß allgemein, die blonde, blauäugige MechKriegerin von Wotan habe kein Blut in den Adern, sondern Eiswasser, aber Alex hatte noch die Bemerkung seines Vaters in den Ohren, daß sie es haßte, irgendwo festzusitzen. Als ScoutLanzenführerin der Gefährten hatte Bergstrom meist allen Raum, den sie brauchte. Sie konnte sich weit von den Gefechtslinien entfernen, um den Gegner auszukundschaften und in der Flanke oder im Rücken anzugreifen. Es mußte die Hölle für sie sein, in einem abgedunkelten Mech in einem Hangar zu sitzen und nur zu warten, statt losrennen und *selbst* handeln zu können.

Alex fragte sich, ob es nicht besser gewesen wäre, die ScoutLanze einer der anderen Kompanien zuzuteilen und statt dessen eine weitere Hilfseinheit in Dunkeld zu behalten. Damit hätte er natürlich McCalls Rat in den Wind geschlagen, aber würde in der bevorstehenden Schlacht Feuerkraft nicht wichtiger sein als die Geschwindigkeit und Beweglichkeit der leichten ScoutMechs?

»Hammer Eins«, meldete sich einen Augenblick später eine andere Stimme. Carlyle wußte, daß sie Oberleutnant Andrej Denniken gehörte, dem Kommandeur der KampfLanze, aber das wußte er nur auf Grund des Codenamens. Dennikens Aufgaben hatten ihn bis jetzt weitgehend außer Sicht gehalten, und Alex kannte ihn vor allem wegen seines Rufs. Er wurde als der ›verrückte russische Bastler‹ bezeichnet, und fingierte als Verbindungsmann der Gefährten zu OD Kings Techs, wenn er nicht gerade seine Lanze in die Schlacht führte. Der von der technischen Seite der modernen Kriegführung besessene Denniken war angeblich ein erstklassiger Tech und absolut brillanter Bordschütze, aber es gab Stimmen, denen zufolge er mit Maschinen besser zurechtkam als mit Menschen. Alex war sich nicht sicher, was er von diesem exzentrischen Offizier zu erwarten hatte.

Andererseits galt das für eine Menge Leute, nicht zuletzt für ihn selbst. Zumindest hatte sich Andrej Denniken seinen Platz bei den Gefährten *verdient*.

»Wir sind bereit, Herr Kommandanthauptmann«, fuhr Denniken fort. »Aber ich bin ganz und gar nicht begeistert über den Kaltstartbefehl.«

»So wirrds aberr gemacht, Laddie«, knurrte McCall. »Es geht nae anderrs.«

»Sturm Eins bereit«, meldete Hauptmann Radcliffe einen Moment später. Er befehligte den Panzerzug persönlich, obwohl der Rest seiner Kompanie Dunkeld verlassen hatte, um an den beiden Ablenkungsmanövern teilzunehmen. Ethan Radcliffe hatte aus seiner Ablehnung für den gesamten Hinterhalt kein Hehl gemacht. Gleichzeitig hatte er aber auch darauf bestanden, daß er seine Leute nicht für ein derartiges Selbstmordkommando abstellen würde, ohne sie persönlich anzuführen. »Und Lucci hat mir gerade angezeigt, daß ihre Leute ebenfalls in Stellung sind.« Oberleutnant Darlene Lucci kommandierte den Ersten Zug von Ross' Panzerinfanteriekompanie, sechs harte Kommandosoldaten, die in den Mechabwehrtechniken ausgebildet waren, die Grayson Carlyle und Feldwebel Ramadge vor mehr als drei Jahrzehnten auf Trellwan eingeführt hatten. Damals hatte alles angefangen.

»Alle Einheiten melden Bereitschaft, Oberrst«, erklärte McCall formell. Solange sie sich über Kabelleitung verständigten, teilten sie sich einen Kanal, und der Waffenmeister achtete streng darauf, Alex' neuen Rang zu benutzen. Hielt McCall damit eine höfliche Scharade aufrecht oder betrachtete er den Sohn seines alten Kommandeurs wirklich als Anführer? Alex konnte es nicht sagen.

Er sah auf die Zeitanzeige. Noch neun Minuten… »Alle Lanzen, Position und Bereitschaft halten«, befahl er. »GeisterLanze, Status.« Diesen Befehl hätte er schon eher geben müssen, während die anderen Einheiten sich meldeten, aber er hatte es vergessen. Ein schöner Kommandeur!

»Geist Drei bereit und in Wartestellung.« Das war Davis Clay. Er klang gleichzeitig angespannt und aufgeregt, und Alex fragte sich, ob sich sein Zimmergenosse auf die Gelegenheit freute, mit den Gefährten in ein echtes Gefecht zu ziehen. SeniorTech Kings Bericht über die Befreiungsaktion auf dem Castle Hill hatte nur Lob über Clays Leistungen enthalten, von der Organisation bis zur Ausführung. Alex war froh, daß sein Freund endlich die Anerkennung fand, die er verdient hatte. Clays *Greif* war der leichteste Mech in der BefehlsLanze. Hoffentlich stellte sich das für seinen Freund nicht als zu großer Nachteil heraus. Was Clay jetzt, wo er endlich die Chance bekam, auf die er gewartet hatte, am wenigsten brauchte, waren unerwartete Schwierigkeiten.

»Geist Vier in Bereitschaft«, meldete Caitlin DeVries. Der monotone Tonfall ihrer Stimme trieb Alex Falten in die Stirn. Seit dem Kampf um Castle Hill war sie in sich gekehrt und schwermütig, und er wußte nicht, warum. Lag es daran, daß sie gezwungen gewesen war, sich gegen ihren Vater zu stellen? Oder hatte sie von Alex' Zweifeln an ihr während der Kämpfe erfahren? Auf jeden Fall hatte Caitlin auch ohne diese emotionale Belastung genug Schwierigkeiten. Ihr *Cen-*

turion hatte einen Computerfehler, und McCall hatte ihr den fünfundsiebzig Tonnen schweren *Marodeur* zugewiesen, den normalerweise Hauptmann Dumont führte. Dumont hatte im Austausch einen anderen Mech desselben Typs erhalten, den *Marodeur,* der Kommandanthauptmann de Villar gehört hatte. Dieser Mech enthielt zusätzliche Computer und Kommunikationsapparaturen, um seine Funktion als Leitmech des Bataillons zu unterstützen. Dumont hatte das Kommando über de Villars Bataillon übernommen. Caitlin war an den schwereren Mechtypen ausgebildet, aber einen *Marodeur* hatte sie bisher nur im Simulator geführt.

»Verstanden, Geist Vier. Wie gefällt es dir, einmal das Schwergewicht der Lanze zu sein?« Alex hatte gehofft, sie mit seinem Kommentar aufzuheitern, aber Caitlin reagierte nicht einmal.

»Geist Zwo«, krachte McCalls Stimme aus den Helmlautsprechern. »Bereit und in Wartestellung, Oberrst.«

»Sieben Minuten, dreißig Sekunden«, meldete der Sprecher im Kontrollturm mit unbeteiligter Stimme. »Anflugprofil weiterhin gleichbleibend.«

»Alle Einheiten, alle Einheiten«, gab Alex durch. »Geht noch einmal die Kampfplanung durch. Wenn noch Fragen sind, ist das eure letzte Chance, bevor die bösen Buben zurückballern.«

In der Leitung herrschte Stille, und einen Augenblick lang hatte Alex Angst, mit der Verbindung sei etwas nicht in Ordnung. Dann wurde ihm klar, daß einfach niemand mehr Fragen hatte. Die Gefährten waren die Elite der Legion. Selbst wenn sie nicht mit dem Plan einverstanden waren, würden sie jetzt keine Einwände vorbringen …

»Möchten Sie noch etwas sagen, Kommandanthauptmann McCall?« fragte er in die Dunkelheit.

»Nae, Herr Oberrst. Außer, daß ich denke, Sie sollten sich darran erinnerrn, was bei Innesforrd passiert ist.«

Alex hatte das Gefühl, ein Kichern zu hören. Wahrscheinlich Davis Clay. Einen Augenblick konnte er die Andeutung nicht einordnen. Dann erinnerte er sich und fühlte, wie ihm die Schamröte ins Gesicht stieg.

Es war ein taktisches Problem gewesen, das die Kadettenklasse vor ein paar Monaten gestellt bekommen hatte, eine Flußüberquerung gegen eine vermutete, aber nicht bestätigte gegnerische Streitmacht. Als Kadettenkommandeur hatte Alex seine Truppen in Bewegung gesetzt: Die ScoutMechs, um eine mögliche Furt zu finden, die KampfLanze, um ihnen Deckung zu geben, und seine eigene Einheit in Reserve. Alles war lehrbuchmäßig abgelaufen, bis Kadett Mzizi, bei dieser Übung der Anführer der ScoutLanze – sich gemeldet hatte. Obwohl er eine günstige Stelle für die Überquerung gefunden hatte, hatte Alex eine Unsicherheit gespürt. Daraufhin war er den Plan detailliert durchgegangen, damit Mzizi genau wußte, was von ihm erwartet wurde.

Das Problem dabei war gewesen, daß Mzizi stehengeblieben war, während er Alex zuhörte, und McCalls simulierte Verteidiger hatten Gelegenheit gehabt, umzudrehen und die ScoutMechs in einem Überraschungsangriff in simulierte Einzelteile zu zerlegen.

Alex schluckte. Die Lektion von Innesford war beschämend ausgefallen. *Quatsch einen Plan nicht zu Tode. Führ ihn aus.*

Aber in den nächsten sieben Minuten konnte er weder reden noch handeln. Während er in der Dunkelheit saß und wartete, vertrieb er sich die Zeit mit der einzigen anderen Aktivität, die ihm einfiel.

Er betete.

27

Im Landeanflug auf Dunkeld, Glengarry
Mark Skye, Vereinigtes Commonwealth

7. April 3056

»Ruhig … ruhig habe ich gesagt, verdammt!« Raumhauptmann Alvin Lippard vom Freien Skye-Landungsschiff *Anastasia* umklammerte die Lehnen seiner Andruckliege. Die Unaufmerksamkeit seines Piloten trieb ihn zur Weißglut. »Die Augen der ganzen verdammten Flotte ruhen heute auf uns, Schmidt. Achten Sie um Himmels willen auf ihre Instrumente!«

»Aye aye, Sir«, entgegnete der unglückliche Pilot.

Lippard versuchte sich zu entspannen, aber er war einfach zu nervös. Die Vorhutposition der Besatzungstruppen stellte eine Ehre dar, zumindest hatte ihm das der Raumadmiral wiederholt versichert, aber Lippard konnte das Gefühl nicht loswerden, daß diese Ehre besser jemand anderem zugekommen wäre.

Die Einheimischen hatten sich angeblich ergeben, was eine einfache Landung ohne irgendwelche Gegenwehr bedeutete. Aber wenn alles so glatt ging, warum hatten sie dann so lange in der Umlaufbahn gewartet, bevor sie endlich einen Landetrupp auf den Weg schickten? Und warum nur so ein kleines Kontingent? Die *Anastasia* war ein Landungsschiff der *Union*-Klasse und beförderte eine Kompanie BattleMechs und zwei Jäger. Ihr Begleitschiff der *Leopard*-Klasse, die *Raven*, war weit kleiner. Sie beförderte nur eine MechLanze und zwei Luft/Raumjäger. Die zusätzliche Jägerstaffel, die ihren Anflug schützen sollte, würde in großer Höhe zurückbleiben. Dadurch konnten die Maschinen die Landung im Falle von Schwierigkeiten erst nach einigen Minuten unterstützen.

Sechzehn BattleMechs und vier Luft/Raumjäger waren nicht viel, nicht, wenn in der Umlaufbahn ein verstärktes Regiment zu Verfügung stand. Das sah verdächtig danach aus, als wolle General von Bülow Lippards Truppen als Bauernopfer einsetzen, um das Feuer möglicher Feinde auf sie zu ziehen, bevor er seine Hauptstreitmacht in Gefahr brachte.

Und selbst wenn das nicht der Fall war, Lippard war sich der Aufmerksamkeit, die seinem Schiff vom Flaggschiff der gesamten Operation geschenkt wurde, unangenehm bewußt. Ein Fehler, und seine Karriere war beendet. Das Militär des Freien Skye war eine Brutstätte von Verschwörungen und Gegenverschwörungen, falschen Loyalitäten und übereifrigen politischen Offizieren, die ständig auf der Suche nach Zeichen von Unzuverlässigkeit waren. Ein Kapitän, der eine wichtige Operation wie diese versaute, fand sich auf der Abschußliste wieder.

Lippard rutschte unruhig auf seinem Platz umher. Nach fast zwanzig Jahren Dienst im Luft/Raumkontingent der Zehnten Skye Rangers dachte er nicht daran, untätig zuzusehen, wie seine Karriere in die Sonne stürzte. Schlimm genug, daß die Rangers geschlossen gegen die Regierung des Vereinigten Commonwealth rebelliert hatten. Da er keine Möglichkeit gesehen hatte, sich der Regimentsführung zu widersetzen, hatte er die Entscheidung mit dem Rest des Offizierscorps unterstützt. Jetzt würde er nichts tun, was das Mißtrauen der Männer des Herzogs erregen und ihn zu einem zweifach Ausgestoßenen ohne die geringsten Zukunftsaussichten machte.

»Noch eine Sensorabtastung des Hafens«, bellte er ungeduldig.

»Aye, aye, Sir«, reagierte der OrtungsTech hastig. Inzwischen wußten alle auf der Brücke, daß ihr Kapitän schlechte Laune hatte, und sie bemühten sich, ihm keinen Anlaß zu einem Wutausbruch zu geben. »Noch immer keine Veränderung, Sir. Ein Landungsschiff der *Union*-Klasse auf dem Feld, wahrscheinlich die *Europa.* Eine weitere *Union,* wahrscheinlich die *Medea,* in einem Wartungskokon. Beide ohne Energie, und bei dem Schiff im Werftbereich sind an der Triebwerkssektion mehrere Rumpfplatten entfernt. Es gibt keine Anzeichen von Gefechtseinheiten, aber ich kann eine Menschengruppe sehen, teilweise bewaffnet, die sich vor dem Verwaltungsgebäude formiert hat.«

»Empfangskommittee«, murmelte der Erste Offizier. »Ein Haufen dieser verdammten Einheimischen, die uns anbetteln wollen, ihre sogenannte Regierung anzuerkennen.«

»Nun, die Befehle des Generals waren ziemlich genau«, antwortete Lippard abwesend, während er auf dem Monitor das Anflugsprofil studierte. »Wir werden es Oberst Streiger überlassen, sich mit ihnen auseinanderzusetzen. Solange diese Bastarde da unten keine Dummheiten machen, wird alles perfekt laufen.«

Raumhauptmann Alvin Lippard ertappte sich bei der Frage, ob er damit die Brückenmannschaft beruhigen wollte oder sich selbst.

»Eine Minute bis zum Aufsetzen.«

Alex Carlyle fuhr den Fusionsreaktor des Mechs hoch und schaltete nacheinander die während der langen Wartezeit desaktivierten Bordsysteme ein. Die Freien Skye-Truppen konnten nicht mehr zurück. Selbst wenn ihre Sensoren die plötzlichen Energie- und Wärmeemissionen auffingen, war es zu spät für einen Kurswechsel. Die Schiffe mußten aufsetzen, was sie auch orteten.

Jetzt ging es darum, den Gegner aus seiner Deckung zu locken.

Draußen trennte ein Techteam die Kommunikationsleitungen, damit sich die vier Mechs der Befehls-Lanze bewegen konnten. Dasselbe ereignete sich in den übrigen Verstecken. Wenn die beiden feindlichen Landungsschiffe aufsetzten, würde die Legion bereit zum Zuschlagen sein.

Alle Anzeigen leuchteten grün. Alex nickte zufrieden. Zumindest auf der technischen Seite war alles bereit. Ob auch die menschliche Seite der Gleichung der Konfrontation gewachsen sein würde, stand auf einem anderen Blatt. Das würden sie erst wissen, wenn die Schlacht begonnen hatte.

»Dreißig Sekunden«, meldete der Tower. »Sensoren melden vier Luft/Raumjäger bei Null-Eins-Zwo Grad, Entfernung achtzig-null Kilometer, Winkel dreißig. Sie scheinen zu kreisen.«

Alex biß sich auf die Unterlippe. Kommandanthauptmann McCall hatte ihn zwar darauf vorbereitet, daß der Gegner unter Luftdeckung operieren würde, aber das vereinfachte die Lage nicht gerade. Diese vier Jäger konnten Ärger machen.

Die Sekunden krochen dahin, jede einzelne eine Ewigkeit voller Zweifel. Welches Recht hatte Alex Carlyle, diese Männer und Frauen in ein von vornherein aussichtsloses Gefecht zu führen? Er konnte dem MechKrieger, der sein Vater in den Anfangstagen gewesen war, nicht das Wasser reichen. Außerdem, sollte nicht der Mann, der sie überhaupt erst zusammengebracht hatte, auch der einzige sein, der die Gray Death Legion anführte?

»Sie haben aufgesetzt«, meldete der Kontrollturm. Alex konnte sich die Hektik dort oben vorstellen, als das Techteam, das von Bülows Anflug überwacht hatte, die Posten verließ und sich so schnell es ging in die Sicherheit eines subplanetaren Bunkers zurückzog. Wenn der Gegner in wenigen Augenblicken den Hinterhalt bemerkte, würde der Kontrollturm mit Sicherheit zu einem Hauptziel werden. Die Gruppe,

RICK HARRIS. 93

die auf dem Asphalt ein Empfangskommittee vorgetäuscht hatte, würde ebenfalls auseinanderstieben.

»Also gut«, sagt Alex über den Befehlskanal. »Ausführung Phase Eins!«

Aus dem Cockpit seines *Kriegshammer* beobachtete Oberst Wilhelm Streiger, wie sich die Rampe des Mechhangars mit derselben eiskalten Teilnahmslosigkeit öffnete, die er während des gesamten Anflugs auf den Raumhafen von Dunkeld gefühlt hatte. Als sie auf Skye die Pläne für den Angriff auf Glengarry geschmiedet hatten, hatte Streiger sich darauf gefreut, sich mit der berühmten Gray Death Legion messen zu können. Die Zehnten Skye Rangers hatten nicht den Ruf von Carlyles Söldnern, aber sie waren eine stolze und respektierte Einheit. Ihre Tradition reichte mehr als tausend Jahre zurück, bis in die Tage vor Entdeckung der interstellaren Raumfahrt. Das Regiment konnte seine Geschichte bis zurück zur berühmten Black Watch des alten Großbritannien zurückverfolgen, und es war auf dieses Erbe mehr als stolz.

Hier stand der Stolz einer langen, ehrenvollen Geschichte gegen die Arroganz einer kurzen, aber brillanten Karriere. Es war erregend gewesen, sich den bevorstehenden Konflikt auszumalen.

Aber jetzt schien der Graue Tod unfähig, auch nur symbolische Gegenwehr zu leisten, zumindest was Dunkeld betraf. Wenn sie sich überhaupt zur Wehr setzten, was bestenfalls zweifelhaft war. Den letzten Einsatzbesprechungen zufolge, an denen Streiger vor dem Einsatzbefehl teilgenommen hatte, war nur mit unorganisierten Einzelaktionen zu rechnen. Und die Zehnten würden sich damit begnügen müssen, irgendwelchen Pöbel in die Flucht zu schlagen, der möglicherweise ihre Landung hier am Raumhafen behindern könnte. Was für eine Enttäuschung …

Die Rampe schlug mit einem durch die Außenmikros aufgefangen metallischen Knall auf, und Streiger setzte seinen Mech in Bewegung. Der siebzig Tonnen schwere KHM-6R *Kriegshammer* marschierte in einer langsamen, gemessenen Gangart, die Streiger als stolz und königlich ansah, die Schräge hinunter auf den Asphalt. Der Rest der Kompanie würde, auf alles vorbereitet, rund um das Landungsschiff aus anderen Luken marschieren.

Wobei ›alles‹ – den letzten Berichten zufolge – daraus bestehen würde, irgendwelchen nichtssagenden Reden einer Herde zitternder ›Honoratioren‹ zu lauschen, die sich hier versammelt hatten, um den Eroberern ihren Planeten auszuliefern.

Streiger blieb stehen und überprüfte verwirrt das Bild auf seinem Sichtschirm. Das sogenannte ›Empfangskommittee‹ hätte gleich rechts von ihm sein müssen, zwischen der *Anastasia* und der langsam zu Boden sinkenden *Raven*. Aber da war kein Zeichen von irgendwelchen Menschen. Seltsam …

»Vorhut Eins von *Anastasia*.« Lippards Stimme drang aus den Helmlautsprechern. »Irgend etwas geht da draußen vor. Die Einheimischen sind auseinandergelaufen, und wir orten einen Energieschub an Bord des Gray-Death-Landungsschiffes am anderen Ende des Hafenfeldes. Sieht aus wie ein Kaltstart der Fusionsreaktoren.«

»Was, zum Teufel, soll das?« fragte Streiger. »Die glauben doch wohl nicht ernsthaft, wir würden sie starten lassen, oder doch?«

»Fragen Sie nicht mich, Herr Oberst«, gab Lippard ärgerlich zurück. »Holen Sie bloß Ihre Leute weg, damit ich diese Kiste starten kann. Wir werden ihnen von oben den Weg abschneiden, und Sie rücken am Boden vor. Denken Sie an die Befehle. Wir wollen so viel Luft/Raumkapazität wie möglich erobern.«

»Ich kenne die Befehle«, schoß Streiger zurück. Lippard war die Sorte Pedant, die Streiger besonders verhaßt war. Hinter seinem Rücken nannte ihn alle Welt ›Mutterhenne‹. Streiger schaltete hastig auf den allgemeinen Kanal der Kompanie. »Alle Einheiten, Lanzen verteilen. Das Landungsschiff hebt ab.«

Während er seinen Stahlkoloß aus dem Gefahrenbereich der Schiffstriebwerke lenkte, befaßten sich Streigers Gedanken schon mit dem nächsten Zug. Zwei Landungsschiffe, die versuchten, in letzter Minute vom Raumhafen zu fliehen, und eine Gruppe einheimischer Würdenträger, die sich auflöste, noch bevor der erste Mech ausgeschleust war ... Hier ging etwas vor, und zwar mehr als diese beiden isolierten Ereignisse. Weit größer, als Lippards begrenzte Phantasie sich vorstellen konnte. Vielleicht war der Graue Tod doch nicht so zerschlagen, wie man ihnen vorgemacht hatte.

Streiger gestattete sich ein kaltes Grinsen. Vielleicht war dieser Job doch noch die Mühe wert.

»Sie nehmen den Köder an. Die *Union* scheint sich für den Start klarzumachen, und die Mechs am Boden setzen sich in Richtung der Schiffe in Bewegung«, berichtete Oberleutnant Lucci.

»Verstanden, Phantom Eins«, bestätigte Alex Carlyle. Luccis Infanteristen dienten der Legion als Augen, und ihr Bericht beruhigte ihn etwas. Bis jetzt reagierten die Invasoren genau wie erwartet.

Er schaltete auf Befehlsfrequenz. »Geisterführer an alle Einheiten. Phase Zwo ... jetzt!«

Draußen schoben sich langsam die riesigen Hangartore auseinander. Das Rumoren ihrer Motoren wurde allerdings von den donnernden Schritten der vier gepanzerten BattleMechs übertönt, die in die Schlacht marschierten.

Auf der Befehlsfrequenz hörte Oberst Streiger die panischen Stimmen seiner Männer. »Mehrfache Ziele!

Mehrfache Wärmequellen geortet! Aus drei ... nein, vier verschiedenen Richtungen!«

»Es ist eine Falle!«

»Frequenz freimachen!« schnarrte Wilhelm Streiger. »Standardaufstellung Taktisch Fünnef! Setzt eure Ärsche in Bewegung!«

Das aufgeregte Palaver verstummte. Auf der Taktikanzeige sah Streiger, wie die Mechs seiner Kompanie in Reaktion auf seine Befehle ausschwärmten. Wer diese kleine Überraschung auch geplant hatte, er hatte sie gekonnt ausgeführt. Während des ganzen Flugs aus dem Orbit hatten sie keine Spur der Gray-Death-Einheiten in der Hauptstadt entdeckt, und jetzt hatten vier Hangars versteckte Verteidiger ausgespien. Jeder der Punkte auf seinem Schirm repräsentierte einen Fusionsreaktor, entweder einen Mech oder einen Panzer. Sechzehn waren zu erkennen, und es war unmöglich zu sagen, ob noch andere außer Sicht in Reserve standen.

Sie waren in einem Dreiviertelkreis rund um Streigers Mechs verteilt. Der Oberst erkannte blitzartig, daß das *Union*-Landungsschiff auf der anderen Hafenseite den Kessel schloß. Ob am Boden oder in der Luft konnte das Schiff eine gewaltige Feuerkraft auf seine Truppen konzentrieren, während der Graue Tod jeden Ausbruchsversuch vereitelte.

Ein guter Plan, aber wie jeder gute Plan hatte auch dieser Löcher. Streiger lächelte. Er hatte gesehen, was die Legion anzubieten hatte. Jetzt war er an der Reihe.

Er schaltete auf die Frequenz des Landungsschiffes um. »*Anastasia* von Vorhut Eins. Greifen Sie das *Union*-Schiff an. Wir haben hier unten eine Kampfsituation.«

»Aber die Missionsbefehle ...« Lippard klang unsicher.

»Zum Teufel mit den Missionsbefehlen!« herrschte

Streiger ihn an. »Die Sicherheit meiner Leute geht vor!«

Plötzlich traf ein scheinbar aus dem Nichts kommender Partikelstrahl die Fassade des Verwaltungsgebäudes. Stahlbetonbrocken prasselten gegen die Panzerung des *Kriegshammer,* und die konzentrierte Hitzeenergie ließ die Gebäudefront zerschmolzen und zertrümmert zurück. Streiger brach die Verbindung ab, ohne sich um Lippards Einwände zu kümmern, und ließ seine Finger über die Kontrollen der Zielerfassung tanzen. Er suchte nach der PPK, die ihn um nicht mal zehn Meter verfehlt hatte.

Er schien seine Konfrontation mit dem Grauen Tod also doch noch zu bekommen. Hocherfreut fand Streiger sein Ziel und erwiderte das Feuer.

Es würde ein Tag werden, an den sich die Erinnerung lohnte …

28

Dunkeld, Glengarry
Mark Skye, Vereinigtes Commonwealth

7. April 3056

»Verflucht! Ich hab den Hurensohn verfehlt!« schnaubte Caitlin DeVries. Sie hatte freies Schußfeld auf den *Kriegshammer* gehabt, bei dem es sich ganz offensichtlich um die Maschine des gegnerischen Kommandeurs handelte, aber der PPK-Strahl war vorbeigegangen. Der *Marodeur* galt als einer der besten BattleMechs im gesamten Arsenal der Nachfolgerstaaten, aber nach der Leichtgängigkeit ihres *Centurion* hatte sie mit seiner Steuerung Schwierigkeiten.

Caitlin war dabei, das Ziel für einen zweiten Schuß mit der PPK im linken Arm anzuvisieren, als der *Kriegshammer* das Feuer erwiderte. Ein PPK-Strahl strich über das linke Bein des *Marodeur,* ein zweiter traf die Hangarwand hinter ihr. Als ihr Mech von der Wucht des Treffers zurückgeworfen wurde, bohrten sich zwei Laserstrahlen in seine Torsopanzerung, gefolgt von einer Kurzstreckenraketensalve.

Caitlin fluchte. Der *Kriegshammer*-Pilot setzte alles auf eine Karte, indem er sein ganzes Arsenal gleichzeitig abfeuerte. Ein derartiger Kampfstil kostete Mut, denn er riskierte einen Hitzestau, um die Verteidigung des Gegners zu überwältigen.

Sie überprüfte die Schadensanzeige. Laser- und Raketentreffer sowie Trümmerbrocken, die durch den Fehlschuß aus der Wand gesprengt worden waren, hatten die vordere und hintere Torsopanzerung des *Marodeur* mit kleinen, flachen Kratern bedeckt. Dasselbe galt für eine der PPK-Manschetten an den Unterarmen der Maschine, aber keiner dieser Schäden war sonderlich gefährlich. Der PPK-Treffer hatte die schlimmsten Auswirkungen gehabt. Er hatte am Bein ihres Mech knapp über dem Kniegelenk die Panzerung weggeschmolzen. Der Schuß war nicht durchgeschlagen, aber noch ein, zwei Treffer an dieser Stelle konnten sie das ganze Bein kosten. Damit wäre der *Marodeur* hilflos.

Sie bewegte sich unbeholfen zur Seite und riß verzweifelt an den Steuerknüppeln. Der *Kriegshammer* war etwas leichter als ihr *Marodeur,* aber praktisch ebenso stark bewaffnet. Und sein Pilot war kein Kadett. Er wußte, was er tat.

»Geist Vier hier«, meldete sie sich, und versuchte ruhig zu klingen. »Ich brauche Hilfe. Der *Kriegshammer* hat's auf mich abgesehen.«

Noch bevor sie ihre Feuerkontrollen neu eingestellt hatte, griff der *Kriegshammer* wieder an.

»Geist Drei von Geisterführer«, preßte Alex Carlyle durch die Zähne. »Hilf Caitlin! Der *Kriegshammer* ist zuviel für sie allein!«

»Verstanden, Geisterführer«, antwortete Davis Clay. »Ich kümmer mich drum!«

Alex mußte den Impuls unterdrücken, sich auf den Kampf zwischen dem *Marodeur* und den *Kriegshammer* zu konzentrieren. So sehr er Caitlin DeVries auch helfen wollte, das war nicht seine Aufgabe. Der Gefechtsplan verlangte von seinem *Schütze* Wichtigeres, als sich in einen Zweikampf mit dem Gegner einzulassen.

Er schaltete auf den Spezialkanal, der für Mechs und Panzer mit Sonderaufgaben reserviert war. »Hier Geisterführer. Operation Himmelsbesen beginnt ... jetzt!«

Noch während er sprach, fütterte Alex Befehle in seinen Feuerleitcomputer. Operation Himmelsbesen sollte die Skye-Landungsschiffe nach dem Start vom Raumhafenfeld davon abhalten, den Truppen am

Boden mehr als nur moralische Unterstützung zu liefern. McCall hatte sie vorgeschlagen, und der Plan war so einfach und elegant, wie es sich für einen wirklich guten Plan gehörte. Die meisten Kommandeure betrachteten Landungsschiffe als ihre wichtigsten Einheiten und zogen es vor, sie soweit möglich aus Kampfhandlungen herauszuhalten. Deswegen verlangte Himmelsbesen von den mit Langstreckenraketen ausgerüsteten Legionseinheiten, ihre gesamte Aufmerksamkeit auf die gegnerischen Schiffe zu konzentrieren, bis deren Kapitäne sich entschieden, das Schlachtfeld zu verlassen und sich eine gesündere Umgebung zu suchen.

Aber sie konnten sich nicht leisten, zuviel Zeit mit den beiden Landungsschiffen zu verschwenden. Nicht, solange am Boden eine verstärkte Mechkompanie aktiv war.

»Zielen«, gab er durch. »Nolan, Hansen, ihr bleibt am *Leopard,* bis McCall oder ich euch ein anderes Ziel geben.«

»Ziel erfaßt«, reagierte MechKriegerin Rachel Nolan. Ihr *Cataphract* und Paul Hansens *Derwisch* gehörten zu Dennikens KampfLanze. Beide waren für den Angriff auf das kleinere Landungsschiff gut geeignet. Die Wahrscheinlichkeit eines ernsten Schadens an einem der beiden Schiffe war gering, aber wiederholter Raketenbeschuß machte jeden Raumschiffkapitän nervös.

»Eröffne das Feuer«, fügte Hansen einen Augenblick später hinzu. Dann: »Raketen los!« Alex sah die Kondensstreifen von den Stellungen der KampfLanze rechts von sich in den Himmel steigen.

»Hauptmann Radcliffe, konzentrieren Sie sich auf die *Union.*« Radcliffes Panzerzug umfaßte drei *Harasser*-Raketenlafetten, von denen zwei mit KSR-Werfern und die dritte mit einem schwereren LSR-System bestückt waren. Die Schwebelafetten besaßen zwar nicht die Schlagkraft eines ArtillerieMechs, aber sie waren schnell und beweglich. Sie konnten dicht heranfahren, feuern und sich ebenso schnell wieder zurückziehen, bevor die Landungsschiff-Kanoniere reagieren konnten – zumindest in der Theorie. Zusammen mit dem Beschuß durch Carlyles *Schütze* garantierte es zumindest, daß die Besatzung der *Union* die Legion zur Kenntnis nahm.

Alex wartete auf das rote Aufblinken des Fadenkreuzes, dann drückte er kurz hintereinander die Feuerknöpfe beider Raketenlafetten. Der *Schütze* erbebte unter dem Rückstoß von vierzig aus ihren Abschußrohren aufsteigenden Raketen.

Das Landungsschiff hob langsam und erhaben vom Boden ab, aber als es sich einmal wie ein prähistorisches Monster, das aus äonenlangem Schlaf geweckt worden war, vom Asphalt gelöst hatte, wurde es immer schneller. In der unteren Hälfte der Rumpfkugel zuckte eine Serie von Explosionen auf, als ein Teil von Alex' Raketen ihr Ziel fand, aber er verzichtete darauf, die Schadenseinschätzung aufzurufen. Er wußte, daß der Schaden nicht ausreichte, die massive Panzerung zu durchschlagen. Noch nicht.

Während er auf die grünen Lämpchen wartete, die den Abschluß des Nachladens kennzeichneten, kam Alex ein anderer Gedanke. Er schaltete auf die Privatverbindung zu McCall um. »Kommandanthauptmann«, begann er, und fühlte sich gleichzeitig dumm und besorgt. »Achten Sie auf die Jäger, die der Tower gemeldet hat?«

»Sie sind noch nae auf meinem Schirm, Laddie«, antwortete McCall. »Aber ich achte auf sie. Wenn es hierr unten tae heiß fürr sie wirrd, kannst du darrauf wetten, daß die Bastarde sie rrunterrrufen, um ihrren Arrsch zu rretten.« Nach einer kurzen Pause sprach er weiter. »Kümmerr dich um die Prrobleme hierr unten, Alex. Ich behalt' den Himmel im Auge.«

Alex warf einen Blick nach links und betrachtete die hochaufragende Gestalt von McCalls *Highlander.* Das war eine alte Mechkonstruktion. Der *Highlander* war mit einem äußerst treffsicheren Gaussgeschütz und noch besseren Zielerfassungs- und Feuerleitsystemen bestückt als ein *Kampfschütze.* Selbst heutzutage waren Mechs dieses Typs in den Nachfolgerstaaten so selten wie Hühnerzähne. Sie waren mit dem Untergang der Sternenbundtechnologie verschwunden, aber die Konstruktionsdaten waren im Gray-Death-Kernspeicher verzeichnet gewesen, bei dessen Rettung McCall Carlyles Vater vor Jahrzehnten auf Helm geholfen hatte. Der Caledonier hatte der Versuchung eines Mechs mit dieser Typenbezeichnung nicht widerstehen können, und das meiste seiner Beteiligung an den Profiten der Legion steckte in dieser Maschine, die er zu Ehren eines berühmten Sieges der Schotten über die Engländer in der Frühzeit Terras *Bannockburn* getauft hatte. Er hatte den *Highlander* für die Heldentagsfeiern in einem Schottenmuster bemalt, und bis jetzt war keine Zeit gewesen, die Lackierung zu ändern. Jetzt stand der Mech wie ein riesenhafter schottischer Clansmann auf dem Asphalt, und seine Geschütze bewegten sich langsam hin und her, während McCall den Himmel nach den ersten Anzeichen feindlicher Luftunterstützung absuchte.

Alex zwang Augen und Gedanken zurück auf die Kontrollen. Er konnte sich jetzt keine Ablenkung leisten. Das Gefecht hatte begonnen.

Ein halbes Dutzend roter Warnlämpchen leuchtete auf Caitlins Kontrollen, und eine Warnsirene heulte in ihren Ohren. Von dem in ihre Augen tropfenden Schweiß halb blind, kniff sie die Augen zusammen und versuchte, eine PPK auf den *Kriegshammer* zu richten.

Ihre Faust krampfte sich um den Auslöser des linken Steuerknüppels, aber es geschah nichts. Dann sah sie das rote Licht über der Statusanzeige der linken PPK und stieß einen Fluch aus. Der *Kriegshammer* hatte ihren *Marodeur* noch zweimal kurz hintereinander mit vernichtender Gewalt angegriffen, und sie hatte nur einmal zurückfeuern können. Der Computer meldete zwei drohende Panzerungsdurchschläge, und das Kühlsystem drohte zusammenzubrechen. Und nun das.

Ihre einzige Hoffnung lag in der Hitze, die der gegnerische Mech bei seinen Angriffen entwickelt haben mußte. Kein Kühlsystem war in der Lage, die volle Abwärmeentwicklung so vieler gleichzeitig abgefeuerter Energiewaffen zu absorbieren. Wenn der Pilot nicht das Feuer einstellte und seinen Wärmetauschern Zeit ließ, die Innentemperatur zu senken, drohte ihm eine Stillegung. Wenn es ihr nur gelang, sich in die Deckung des nächsten Hangars zu retten …

Zu spät! Ein wuchtiger *Kreuzritter* kam dem *Kriegshammer* zu Hilfe. Bei dem Zustand ihres *Marodeur* würde der fünfundsechzig Tonnen schwere Separatisten-Mech ihr den Garaus machen.

Während sie weiter unbeholfen zurückwich und versuchte, die Schwäche der Beinaktivatoren auszugleichen, die durch Raketentreffer über dem rechten Kniegelenk beschädigt worden waren, schaltete Caitlin von der PPK auf die schwere Autokanone oberhalb der Pilotenkanzel um. Sie verzichtete auf die Computerzielerfassung und feuerte ein komplettes Magazin Granaten manuell ab.

Der feindliche *Kreuzritter* blieb stehen, als die Spur der Granaten seinen Weg kreuzte. Ein Projektil schlug in den Arm des Kolosses, ein anderes traf seinen Torso.

Im selben Augenblick als der feindliche Pilot einen der beiden wuchtigen Mecharme hob, um sie mit dessen LSR-Lafette anzuvisieren, erschien wie aus dem Nichts ein weiterer Kampfkoloß. Auf den Feuersäulen seiner beiden Sprungdüsen schwebte Davis Clays *Greif* über das Verwaltungsgebäude und kam dreißig Meter hinter dem *Kreuzritter* wieder auf den Asphalt. Caitlin zuckte zusammen, als der Mech bei der Landung wankte; sie wußte von der Schwäche des Fußgelenks. Clay war mit dem Sprungdüseneinsatz ein enormes Risiko eingegangen.

Aber sein plötzliches Auftauchen hatte den *Kreuzritter*-Pilot überrascht. Clay behielt die Kontrolle über den *Greif* und hob die PPK. Bevor der *Kreuzritter* schießen konnte, hatte Clay ihn anvisiert und eröffnete das Feuer.

Es war ein perfekter Treffer. Der Partikelstrahl erwischte den *Kreuzritter* exakt an der schwächsten Stelle der Panzerung, an der Rückseite des Cockpitbereichs. Unter der Wucht des Treffers spritzten Trümmerstücke hoch in die Luft, und der Kopf des Mechs wurde nach vorne geschleudert. Einen langen Augenblick geschah nichts, dann wankte die riesige Kampfmaschine und fiel um. Caitlin konnte fühlen, wie der Boden unter den Füßen ihres *Marodeur* erbebte.

Wilhelm Streiger starrte ungläubig auf den Monitor, als Leutnant Wellmans *Kreuzritter* zu Boden ging. Das war ein unglaublicher Schuß gewesen…

Der *Greif,* der diesen Schlag gelandet hatte, war in einem offenen Schußwechsel kein Gegner für einen *Kriegshammer.* Aber Streigers Temperaturanzeige bewegte sich noch immer im Rotbereich. Er konnte nicht feuern, bis der Wärmestau beseitigt war. Und bis dahin war er hier im Freien nur eine riesige Zielscheibe.

Ihm blieb keine andere Wahl, als den Kampf abzubrechen. Widerwillig drehte er nach links und duckte seine Maschine in die Deckung des Verwaltungsgebäudes. Dann begann er zu rennen, um Distanz zu seinen beiden Gegnern zu gewinnen. Er ärgerte sich über den erzwungenen Rückzug, aber er hatte nicht vor, lange wegzubleiben.

»Vorhut Eins hier«, meldete er sich über den Lanzenkanal. »Croydon, Coleman, zu mir. Koordinaten Grün Fünnef.«

Sobald seine Temperatur wieder vertretbare Werte erreicht hatte, würde er dafür sorgen, daß keiner dieser beiden Gray-Death-Mechs das Revanchematch überlebte.

29

Dunkeld, Glengarry
Mark Skye, Vereinigtes Commonwealth

7. April 3056

Das ganze Schiff schien zu erbeben, als eine weitere Raketensalve den Rumpf der *Anastasia* traf. Raumhauptmann Lippard zuckte zusammen und umklammerte die Armlehnen seines Sitzes. Er starrte hinüber zu seinem Ersten Offizier.

»Schadensbericht!« stieß er hervor.

»Noch keine ernsten Treffer, Sir«, antwortete sein Stellvertreter. »Alle Decks melden leichte Schäden, vor allem durch herumfliegende Gegenstände. Mechhangar Drei meldet Rotlicht von der Außenrampe, und wir haben kleine Lecks in drei Bereichen. Nichts Ernstes …«

»*Noch* nicht«, gab Lippard zurück.

»Weitere Raketen im Anflug!« rief der OrtungsTech.

»Geschützoffizierin!« bellte der Erste Offizier. »Können Sie das Feuer nicht endlich erwidern?«

»Die meisten möglichen Ziele befinden sich noch immer zu dicht an unseren eigenen Mechs, Sir«, meldete die Frau an den Feuerleitkontrollen. »Die einzigen, die wir ohne Risiko für unsere eigenen Leute beschießen könnten, wären diese Schweber, und die bewegen sich zu schnell, um sie richtig ins Visier zu bekommen.«

»Wir müssen Streiger sagen, daß er sich entweder da unten um diese Bastarde kümmern oder abrücken und uns Platz schaffen muß, Sir«, wandte sich der Erste Offizier an Lippard.

Der schüttelte den Kopf. »Ich bleibe hier nicht länger. Wir werden nicht das Schiff riskieren, nur um ein paar Mechs zu erledigen. Pilot, Steigflug auf zwanzigtausend, dann stoppen. Geben Sie entsprechende Anweisung an die *Raven* weiter. Und schleusen sie die Jäger aus. Die können sich mit den Mechs anlegen, ohne unsere Jungs zu gefährden.«

»Sir, Streiger zählt darauf, daß wir das feindliche Landungsschiff abfangen.«

»Darum können sich die Jäger auch kümmern«, gab Lippard wütend zurück. »Wenn der Bastard so hoch kommt, daß ihm die Flucht gelingen könnte, können wir ihn uns immer noch vornehmen. Aber ich bleibe nicht hier unten und lasse mich bombardieren. Dafür ist die *Anastasia* nicht entworfen.«

Einen langen Augenblick herrschte Schweigen. »Sitzen Sie nicht rum«, krächzte Lippard schließlich. »Führen Sie Ihre Befehle aus!«

»Ich bekomme eine Fehlermeldung von der Einspritzung, Skipper!« erklärte Fähnrich Outhwaite dem Rest der Brückenbesatzung des Landungsschiffs *Europa.* »Breche Startsequenz ab.«

Oberleutnant Evan Fowler stieß ein paar geflüsterte Obszönitäten aus, versuchte aber, seine Ungeduld vor dem Rest der Crew zu verbergen. Der Kaltstart eines Fusionsreaktors gehörte zu den schwierigsten Aufgaben eines Schiffsmeisters. Es war nicht Outhwaites Fehler, wenn die Systeme Schwierigkeiten machten. Es gab Faktoren, die nicht einmal der beste Reaktor-Tech kontrollieren konnte.

Aber das machte es nicht einfacher für ihn, die Verzögerung zu akzeptieren. Der Zeitplan der gesamten Operation um den Raumhafen hing am Start des einzigen raumtüchtigen Landungsschiffs der Legion, während die Invasoren noch durch die plötzlich umgeschlagene Situation verwirrt waren. Er hätte die *Europa* lieber lange vor dem Eintreffen der feindlichen Armada aus dem Hafen gebracht, war aber im Kriegsrat überstimmt worden. Das Ausschalten der

Luft/Raumeinheiten der Legion gehörte mit Sicherheit zu von Bülows Prioritäten, und das Landungsschiff wurde als Köder für den Hinterhalt benötigt – eine Rolle, für die es sich in einer vom Orbit aus deutlich einsehbaren Position befinden mußte.

Gleichzeitig war die *Europa* aber viel zu kostbar, um sie einfach aufzugeben. Das Landungsschiff hatte noch eine wichtige Rolle zu spielen – wenn es gelang, die *Europa* zu starten, bevor der Gegner ihr zuviel Aufmerksamkeit schenkte.

Fowler überprüfte den Taktikschirm. Die beiden feindlichen Landungsschiffe beschleunigten in Richtung Stratosphäre. Der ursprüngliche Schlachtplan des Grauen Todes hatte vorgesehen, die durch den erzwungenen Rückzug der Feindschiffe entstandene Lücke auszunutzen. Aber sie fielen schnell hinter den Zeitplan zurück. Das Schiff konnte nicht abheben, bevor der Reaktor volle Leistung lieferte ...

Fowler kannte den alten militärischen Leitsatz nur zu gut: Kein Schlachtplan überlebt die Feindberührung. Er hoffte nur, daß Alex Carlyle und sein Stab flexibel genug waren, auf den Kollaps ihrer Planung zu reagieren, bevor es zu spät war.

Die Alternative war eine Katastrophe.

»Geben Sie an das Oberkommando durch, daß wir am Boden festsitzen«, befahl Fowler in ruhigem Tonfall. »Und leiten Sie die Startsequenz neu ein.«

»Muß erst die Injektoren freimachen«, erwiderte der Ingenieur. »Zwei Minuten ...«

»Sie haben eine.«

Outhwaite nickte grimmig.

»Die *Europa* meldet, daß sie noch nicht starten kann«, teilte Alex Carlyle McCall über die private Funkleitung mit. »Der Kaltstart braucht länger als vorgesehen. Wenn wir sie nicht schnell hochbekommen ...«

»Aye«, bestätigte McCall. »Das wäre nae ein schönerr Anblick. Und wir hae noch mehrr Prrobleme, Laddie. Die Jägerreskorrte kommt schnell näherr, und die feindlichen Landungsschiffe öffnen auch die Hangarrschotten, um ihrre Maschinen zu starrten.«

»Wir können ihnen nicht erlauben, mit den Jägern einzugreifen«, stellte Alex grimmig fest. »Wir müssen sofort zu Phase Fünf übergehen.«

»Aye«, wiederholte der Caledonier. »Selbst wenn das heißt, daß wirr Fowlerr opferrn müssen ...«

Alex schluckte schwer. Was ihn anging, war das noch immer der schlimmste Aspekt einer Kommandostellung. Jede seiner Entscheidungen konnte Menschenleben kosten.

Aber es mußte sein. Fowlers *Europa* konnte noch immer durchkommen, selbst wenn sie den Rest des Schlachtplans vorzogen. Aber wenn die feindlichen Jäger Gelegenheit bekamen, die Verteidiger anzugreifen, waren Verluste von Menschen und Maschinen unausweichlich.

»Gut«, sagte er schließlich und versuchte, sich nicht anmerken zu lassen, daß es ihm die Kehle zuzog. »Sie liefern weiter Deckung, Kommandanthauptmann. Tun Sie gegen die Jäger, was in Ihrer Macht steht.« Ohne auf eine Antwort zu warten, schaltete er auf einen anderen Kanal. »An alle Einheiten, an alle Einheiten! Hier ist Geisterführer. Neue Befehle. Phase Fünnef starten, Ausführung wie geplant. Ich wiederhole, wir starten Phase Fünnef ... jetzt! *Europa,* starten Sie, sobald Sie dazu in der Lage sind, aber führen Sie *jetzt* Phase Fünf aus. Haben Sie verstanden?«

Oberleutnant Fowlers Stimme antwortete. »Verstanden, Geisterführer. Ich hoffe bei Gott, Sie wissen, was Sie tun.«

Ich auch, dachte Alex. Ich auch.

Hauptmann Julio Vargas überprüfte ein letztes Mal alle Cockpitanzeigen, bevor er die Funkleitung öffnete. »Hier Drachenführer. Bereit zum Ausschleusen.«

»Verstanden, Drachenführer«, antwortete ihm die Stimme des Flugbeobachters der *Europa.* Er klang nervös, und er hatte allen Grund dazu. »Übergebe Batteriestrom an Startkontrolle.«

»Drachenführer«, reagierte Vargas und legte die Schalterreihe um, die das Triebwerk seines Luft/Raumjägers startete. »Beginne Startsequenz. *Jetzt.*«

Er schaltete die Verbindung ab und murmelte ein kurzes Gebet. Normalerweise war Vargas kein religiöser Mensch, aber dies war auch kein gewöhnlicher Einsatz. Nicht, seit Carlyles Befehl, Phase Fünf vorzeitig zu starten.

Der ursprüngliche Schlachtplan hatte vorgesehen, die Jäger der Legion bis zu Phase Vier, in der die *Europa* startete, zurückzuhalten. Sie sollten das Landungsschiff unterstützen und feindliche Jäger und Landungsschiffe beschäftigen, während Fowler seinen Teil der Operation durchzog. Phase Fünf sollte erst anlaufen, wenn die Rolle des Landungsschiffes beendet war, und die Jäger wieder, je nach Bedarf, für Luftdeckung oder Bodenunterstützung zur Verfügung standen. Jetzt waren sie sofort in den Gefechtseinsatz beordert worden, noch bevor das Landungsschiff abgehoben hatte.

Aber es war nicht der geänderte Einsatzplan, der Vargas Sorgen machte. Es war der Start. Sein Flügelmann und er hatten ihre *Killer*-Luft/Raumjäger an Bord der *Europa* gebracht, bevor die Freie Skye-Armada den Orbit erreicht hatte. Laut ursprünglichem Plan wären sie erst nach dem Abheben ausgeschleust worden, um dem Schiff den voraussichtlich notwendigen Geleitschutz zu geben, während die übrigen vier Jäger im winzigen Arsenal der Legion wenige Minuten später aus einem versteckten Hangar im Castle Hill starteten.

Jetzt mußten sie noch am Boden das Schiff verlassen, und das war gefährlich. Der achtzig Tonnen schwere *Killer* war ein Offensivjäger mit starker Bewaffnung, aber nicht sonderlich wendig. Die beiden Piloten würden sich anstrengen müssen, eine Kollision mit den Gebäuden außerhalb des Raumhafengeländes zu vermeiden, wenn man sie aus der Hangaröffnung katapultierte.

Situationen dieser Art machten Vargas einfach Angst. Sicher, er spielte seinen Kameraden das klassische Bild eines furchtlosen Jagdfliegers vor, und in einer normalen Gefechtssituation konnte er auch alle Zweifel und Ängste beiseite wischen und sich ganz in den nur Sekundenbruchteile dauernden Aktionen verlieren. Aber jetzt zuckten die Sekunden der automatischen Startsequenz vor ihm auf der Anzeige vorüber, und er konnte nur im Cockpit sitzen und sich vorstellen, was alles schiefgehen mochte.

Vargas hatte keine Angst vor dem Tod. Ein Jagdpilot gewöhnte sich bald an den Gedanken, daß jeder Kampf der letzte für ihn sein konnte. Aber Julio Vargas hatte eine fürchterliche Angst vor Verletzung, vor einer schweren, verkrüppelnden Verletzung, die ihn zu einem Schatten seiner selbst machen würde. Natürlich konnte man mit den modernen Verfahren der Bionik und der plastischen Chirurgie nahezu jede Verletzung heilen, aber der Gedanke, den Rest seines Daseins mit Kunstgliedmaßen oder pseudoorganischer Ersatzhaut leben zu müssen, stieß ihn ab. Menschen wie Davis McCall mit bionischen Organen und Gliedmaßen machten ihn nervös. Die Vorstellung, selbst so zu enden …

Und ein Absturz beim Start war genau die Art Unglück, bei der Vargas Gefahr lief, als Krüppel zu überleben.

Licht umspülte den Jäger. Die Schleusentore des

Startkanals hatten sich geöffnet. Die Sekundenanzeige marschierte ungerührt weiter auf die Null zu ...

Der Andruck preßte Vargas in die Polster. Das Startkatapult schleuderte den *Killer* ins Freie, und der Bordcomputer zündete automatisch die Triebwerke. Vargas zog den Steuerknüppel zurück und gab vollen Schub. Die enormen Fliehkräfte nahmen ihn trotz Schutzkleidung in die Mangel, aber die Nase des Jägers kam hoch, höher, noch höher, bis der *Killer* in schnellem Steigflug über die Gebäude hinwegschoß.

Sein Ortungsschirm füllte sich mit schnell näherkommenden feindlichen Objekten, aber Vargas atmete auf. Das waren Gefahren, die ihn kaum einen zweiten Gedanken kosteten.

»Drachenführer, ist klar«, gab er durch. »Drache Zwo, bereit zum Start. Komm rauf und leiste mir Gesellschaft, Danny-Boy!«

»Startsequenz läuft«, antwortete sein Flügelmann, Fähnrich Daniel McMasters. Die Stimme des jungen Piloten zitterte etwas, aber trotzdem klang er fast ungeduldig, zu seinem Kameraden zu stoßen.

Vargas drehte nach links, als sein Computer den Start eines feindlichen Jägers aus dem Freien Skye-*Leopard* meldete. Er schob den Wahlschalter für die Bordgeschütze auf Autokanone und wartete, bis der Computer das Ziel erfaßt hatte. Das Fadenkreuz wanderte über die Sichtprojektion und senkte sich auf das rasant bewegte Bild des leichten *Sperber.* Als es rot aufblinkte, preßte Vargas den Finger auf den Auslöser, und die Autokanone bellte auf.

Die Treffer zogen eine Einschlagsspur über die Tragfläche des *Sperber,* als dessen Pilot mit einer Linksrolle nach oben auszuweichen versuchte. Vargas folgte ihm, ohne den Finger vom Feuerknopf zu nehmen. Plötzlich brach der Flügel auseinander, und der Skye-Jäger taumelte außer Kontrolle davon. Vargas sah den Piloten aussteigen. Sekunden, nachdem der

Sperber in eine Lagerhalle am Ufer des quer durch Dunkeld strömenden Earn gestürzt war, öffnete sich der Fallschirm des Piloten. Von der Absturzstelle im Herzen der Hauptstadt Glengarrys stiegen Feuer und Rauch gen Himmel.

»Einer für den *Drachentöter!*« jubelte Vargas über Funk. Den Namen hatte er seiner Maschine bereits Jahre zuvor gegeben, während des letzten Feldzugs der Legion gegen Haus Kurita. »Danny-Boy, wenn du auch was abhaben willst, mußt du dich beeilen!«

»Ich komme!« erwiderte McMasters. Seiner Ankündigung folgte ein Augenblick Stille.

Dann ertönte die Stimme des Flugbeobachters auf der Brücke der *Europa.* »Hochziehen, Drache Zwo! Sie sind zu tief! Hochziehen!«

Ein Aufschrei übertönte seine nächsten Worte, ein Aufschrei, dem völlige Stille folgte.

Vargas schauderte. Er wußte, was geschehen war, noch bevor der geschockte Flugbeobachter es aussprach. »Drache Zwo … ist in die Gebäude gerast.«

Er versuchte das Entsetzen zu verdrängen, das in ihm aufstieg. McMasters' Schicksal hätte leicht sein eigenes sein können …

Auf dem Schirm waren weitere Ziele. Er mußte kämpfen.

Alex Carlyle studierte die taktische Anzeige mit gerunzelter Stirn. Der mit McCall in den letzten Tagen sorgfältig ausgeklügelte Gefechtsplan hatte keine zehn Minuten gehalten. Jetzt schien die Legion kurz davor, alles zu verlieren.

Das Problem mit dem Reaktor der *Europa* war nur ein kleiner Teil ihrer Schwierigkeiten. Wie es aussah, war der Skye-Kommandeur nicht so überrascht worden, wie sie es gehofft hatten. Oder er hatte sich bemerkenswert schnell gefangen. Statt sich vor dem Angriff durch die mit dem Start der *Europa* entstehende

Lücke zurückzuziehen, hatten ihre Gegner die Geschütze des Landungsschiffs offensichtlich als die größere Gefahr gesehen und sich darauf konzentriert, den Gray-Death-Mechs standzuhalten. Und da fast die Hälfte der Legionstruppen durch Operation Himmelsbesen gebunden war, besaßen die Invasoren am Boden eine beträchtliche zahlenmäßige Überlegenheit.

Irgendwie hatten Caitlin und Davis Clay einen *Kreuzritter* der Freien Skye-Angreifer vernichtet und die übrigen Mechs der provisorisch als BefehlsLanze identifizierten Gruppe zum Rückzug gezwungen, aber das konnte kaum lange dauern. Dennikens *Cataphract* und der *Dunkelfalke* seines Lanzenkameraden Lowdowski hielten sich gerade eben gegen drei Skye-Maschinen, einen weiteren *Kreuzritter*, einen *Kampfschütze* und einen *JägerMech*. Laut Gefechtskarte hatte sich ein weiterer feindlicher BattleMech, ein *Schütze* wie Alex' Maschine, hundert Meter hinter die anderen zurückgezogen und stand jetzt im Schatten eines Hangars, wo er sich wohl darauf vorbereitete, den Rest der Freien Skye-Kompanie mit seinen Langstreckenwaffen zu unterstützen.

An der linken Flanke der halbkreisförmigen Gefechtslinie, in der Nähe des Haupttores, rückten vier weitere gegnerische Mechs schnell vor. Ihnen standen Freida Bergstroms ScoutMechs gegenüber, aber der deutliche Unterschied in der Gewichtsklasse bedeutete für die Legionskräfte einen schweren Nachteil. Einer von Radcliffes Panzern, ein *Pegasus*, versuchte Bergstrom bei ihrem Rückzug zu unterstützen, aber viel konnte er auch nicht ausrichten. Die ScoutLanze konnte den Gegner bremsen, mehr nicht. Und wenn der Kampf noch viel länger dauerte, würden Bergstroms Mechs gewaltige Schäden einstecken müssen.

Und als ob das alles noch nicht genug gewesen wäre, waren da noch die vier Freien Skye-Mechs aus dem *Leopard*, die bis jetzt noch nicht in die Kämpfe eingegriffen hatten. Sie waren weit abseits ausgestiegen, hatten sich in Richtung *Europa* bewegt, aber auf halbem Weg hatten sie umgedreht, offenbar als Reaktion auf einen Befehl des feindlichen Kommandeurs, und würden in Kürze zu ihren Kameraden aufschließen. Ihre Schlagkraft konnte entscheidend sein, wenn sie auf Alex' dünne Linie trafen. Und die feindlichen Jäger hatten sich auch noch nicht bemerkbar gemacht.

Alex fluchte. Er hatte mit dem Leben der besten Truppen seines Vaters gespielt und allem Anschein nach bereits verloren. Wenn sie den ursprünglichen Plan nicht irgendwie retten konnten, und zwar schnell, war alles vorbei. Dann wurden die übrigen Legionseinheiten einzeln aufgerieben, es sei denn, sie erkannten die Aussichtslosigkeit ihrer Lage und gaben auf.

»Geisterführer von *Europa*«, unterbrach Fowlers Stimme Alex' angestrengte Überlegungen, wie er den Zusammenbruch der Umklammerung verhindern konnte. »Unsere Triebwerke arbeiten. Wir starten jetzt.«

»Verstanden, *Europa*«, gab er zurück. Angesichts ihrer Schwierigkeiten war das nicht viel, aber Alex konnte kaum einen Freudenschrei unterdrücken. »Folgen Sie dem Plan. Jäger haben Sie keine mehr, tun Sie trotzdem Ihr Bestes.«

»Bestätigt, Geisterführer. Wir schaffen's schon.«

Das Icon des Landungsschiffs auf seinem Monitor wechselte die Farbe von Grün zu Blau, als das Schiff den Boden verließ, und mit steigender Höhe und Geschwindigkeit veränderten sich die winzigen Schriftzeichen neben ihm rapide. Die *Europa* flog in südöstlicher Richtung über die Stadt und den Earn hinweg und ließ das Schlachtfeld weit hinter sich. Schon nach Sekunden verschwand sie von Alex' Schirm.

Ob sie die feindlichen Verfolger genauso leicht hinter sich lassen konnte, war allerdings eine andere Frage ...

Inzwischen hatte Alex Carlyle eine Schlacht zu führen. Jetzt, wo die *Europa* fort war, hatten sie eine Chance, wenn auch nicht mehr, die Freien Skye-Truppen weit genug zurückzudrängen, um Phase Sechs einzuleiten – den Abschluß ihres Gefechtsplans.

Er schaltete auf den für die Himmelsbesen-Einheiten reservierten Kanal. »Hier Geisterführer«, meldete er sich und formulierte mit rasenden Gedanken seine nächsten Worte. »Die *Europa* ist weg. Ich glaube, wir können die Schurken noch immer davon überzeugen, daß Sie sich übernommen haben, wenn wir unser Feuer jeweils auf ein Ziel konzentrieren. Zwei, drei übermächtige Angriffe sollten reichen.«

»Aye, das ist eine bonnie Idee«, meinte McCall. »Die Arrt Aufmerrksamkeit werrden sie nae lange aushalten.«

Von der Unterstützung des Kommandanthauptmanns ermutigt, redete Alex weiter. »Alle LSR auf ein Ziel konzentrieren.« Seine Finger tanzten über die Tasten des Feuerleitsystems und riefen die Koordinaten der Mechgruppe auf, in der er den Kommandeur ihrer Gegner vermutete. »Ich überspiele die Daten. Ausführung auf mein Zeichen.«

Er schloß die Eingabe des Feuerprogramms ab. Sein Finger hing über dem Auslöser. Er zögerte.

Das war ein letzter Versuch, das wußte er. Welchen Erfolg er haben würde, wußte er nicht.

30

Dunkeld, Glengarry
Mark Skye, Vereinigtes Commonwealth

7. April 3056

Oberst Wilhelm Streiger sah sich die Wärmeskala seines *Kriegshammer* an und lächelte. Das Kühlsystem hatte endlich seine Arbeit abgeschlossen. Sein Mech war wieder kampfbereit. Diesmal würde er für die Entscheidung sorgen. Auf seiner Taktikanzeige sah er den Gegner nach rechts und links zurückweichen, und Kommandanthauptmann MacLeods frische Mechlanze rückte an, um ebenfalls in die Kämpfe einzugreifen. Wenn erst die Jäger eintrafen, konnten die Zehnten den Grauen Tod erledigen.

»Vorhut Eins von *Anastasia*«, meldete sich Lippard an Bord des Landungsschiffes. »Das Landungsschiff der Legion ist gestartet.«

Streiger sah hastig wieder auf den Monitor. Als das Schiff deutliche Probleme beim Kaltstart gezeigt hatte, war es für ihn als entscheidender Faktor nicht mehr in Frage gekommen. Ohne Fusionsreaktor konnte es keine Energiewaffen einsetzen, und ein Raketenangriff hätte den größten Teil seiner Energiereserven verbraucht. Er hatte das Schiff praktisch abgeschrieben.

Jetzt hatte es Energie, und das konnte Ärger bedeuten.

Aber das Landungsschiff bewegte sich bereits aus dem Monitorbereich. Es stieg schnell höher und flog in südöstlicher Richtung davon. Die Besatzung schien sich entschlossen zu haben, ein hoffnungsloses Gefecht aufzugeben, statt dazubleiben und ihren Kameraden am Boden beizustehen. Soviel zur vielgerühmten Kameradschaft beim Grauen Tod.

»*Anastasia,* können Sie es abfangen?« fragte Streiger. »Wir wollen das Schiff nicht verlieren.«

»Das wäre ziemlich riskant, es sei denn, wir schikken ein paar Jäger hinterher«, antwortete Lippard. »Es ist genauso schnell wie wir und fliegt auf das Bergland zu. Carlyles Piloten werden das Gelände weit besser kennen als wir, und ich habe keine Lust, mit einem Landungsschiff im Gebirge Fangen zu spielen.«

Streiger zögerte. Die Jäger der Landeeinheit konnten das Schiff einholen und wahrscheinlich auch zur Landung zwingen, aber er wollte sie hier vor Ort behalten, wo sie seine Mechs unterstützen konnten. Er konnte natürlich weitere Jäger von der Armada anfordern, aber er war sich nicht sicher, wie von Bülow darauf reagieren würde. Der General hatte die Landeeinheit dazu benutzt, eine mögliche Falle auszulösen, und höchstwahrscheinlich würde er jetzt nicht bereit sein, noch mehr Truppen hineinzuschicken.

Er stieß den Atem aus. »Nein, wir brauchen die Jäger hier, wo die Gefahr ist. Das Landungsschiff kann den Planeten nicht verlassen. Verfolgen Sie seinen Kurs, damit wir uns später darum kümmern können.«

Lippards erleichtertes Seufzen war nicht zu überhören. »Verstanden, Vorhut Eins. Wir behalten den Hundesohn ihm Auge. *Anastasia* Ende.«

Streiger richtete seine Aufmerksamkeit wieder auf die unmittelbare Situation. »Also dann, Kinder, zeigen wir ihnen, wozu die Black Watch in der Lage ist«, rief er über den Lanzenkanal.

Sein *Kriegshammer* bewegte sich mit wuchtigen Schritten zurück zum Schauplatz der Kampfhandlungen. Auf der Karte sah er, daß keiner der beiden Gray-Death-Mechs, mit denen der erste Schußwechsel erfolgt war, sich weit entfernt hatte. Jetzt wo Streiger

Croydons *Donnerkeil* und Colemans *Greif* bei sich hatte, würden sich die Legionäre nicht lange halten können.

»Raketen! Raketen!« rief Croydon. Ihre Stimme kam scharf und drängend über die Verbindung. »Zahlreiche Raketen im Anflug!«

Und dann stürzte über Wilhelm Streiger der Himmel ein.

»Das ist unser Zeichen«, rief Davis Clay, als die Raketen auf den feindlichen *Kriegshammer* zuschossen. Die schiere Kampfbegeisterung hatte alle seine Zweifel und Ängste zerschlagen. »Kommst du, Caitlin?«

»Wennn das alte Mädchen mich so weit trägt«, erwiderte Caitlin DeVries. »Führ uns, MacDuff...«

»Verflucht sei, wer als erster rufet...«

»Halt!« ergänzte Caitlin das letzte Wort.

Clay spielte mit dem Gedanken, seine Sprungdüsen einzusetzen, verwarf den Gedanken aber hastig wieder. Er konnte froh sein, daß sein letztes Manöver das geschwächte Fußgelenk nicht zerschmettert hatte. Ein zweiter Versuch hieße, das Schicksal herauszufordern. Als Caitlin um Hilfe gerufen hatte, war der Sprung in den Rücken des *Kreuzritter* seine einzige Möglichkeit gewesen, aber jetzt mußte er vorsichtiger sein. Statt zu springen, schloß er sich dem *Marodeur* an und bewegte sich an der Außenwand des Verwaltungsgebäudes entlang, auf dem Weg, den der feindliche *Kriegshammer* genommen hatte, als er den Kampf abgebrochen hatte. Alex' neuer Kampfplan hatte diesen Mech und seine beiden Begleiter zum Ziel des LSR-Bombardements gemacht, und Clay und Caitlin waren perfekt plaziert, um dessen Auswirkungen zu nutzen.

Sie kamen um die Ecke, als gerade eine Raketensalve einschlug. Eine Detonation nach der anderen zuckte zwischen den drei Freien Skye-Mechs auf. Der Kampfkoloß an der rechten Seite der Gruppe, ein *Donnerkeil,* verlor unter der Wucht der Explosionen ganze Panzerplatten. Clay stoppte seinen *Greif* und hob die PPK in der rechten Mechfaust. Mit einer Hand programmierte er hastig eine eigene Raketensalve in die Mitte der Feindgruppe, um den Zorn des Himmels, der von den unsichtbaren Mechs der Artilleriegruppe auf den Gegner herabgerufen worden war, noch zu verstärken.

Irgendwie gelang es dem *Donnerkeil*-Piloten, den ersten Schuß abzugeben, aber der Laserstrahl streifte kaum den rechten Arm des *Greif* nahe der Schulter. Der kurze Kontakt ließ die Panzerung schmelzen, aber bereits im nächsten Augenblick erwiderte Clay mit weit größerem Erfolg das Feuer. Die PPK traf den *Donnerkeil* voll am Torso, und der Mech wankte unter der Wucht der Partikelstrahlexplosion nach hinten.

Aber selbst mit den Schäden, die der gegnerische Mech bereits von den Raketen hatte einstecken müssen, war die Torsopanzerung zu schwer, um von dem Treffer durchschlagen zu werden. Clay fluchte. Und er fluchte noch mehr, als seine Raketen über das Ziel hinausschossen und fünfzig Meter hinter dem *Donnerkeil* in den Asphalt schlugen.

Jetzt kam der *Kriegshammer* vorwärts, langsam, schwerfällig, und seine Arm-PPKs hoben sich und zielten auf Clays *Greif*. Der trat einen Schritt zurück, dann erkannte Davis, daß die nächste Deckung zu weit entfernt war. Er würde seine Sprungdüsen einsetzen müssen ...

Zwei Bahnen purer, konzentrierter Energie schlugen in den *Kriegshammer* ein, als Clay gerade nach den Sprungdüsenkontrollen griff, und das Feuer seines Gegners blieb aus. Clay sah einen Augenblick reglos vor Schock nur zu, wie Caitlins *Marodeur* an ihm vor-

RICK HARRIS '93

beimarschierte und erneut beide PPKs abfeuerte. Die Wärmeentwicklung bei diesem Vorgehen mußte gigantisch sein, da ihre Kühlsysteme bereits in der vorigen Begegnung mit dem *Kriegshammer* beschädigt worden waren, aber sie schien davon völlig unbeeindruckt.

Der *Kriegshammer* wich zurück. Einer seiner PPK-Läufe blieb am Boden zurück. Caitlins Feuer hatte den schwächsten Punkt des Ellbogengelenks glatt durchgeschmolzen. Der Armstummel des Mechs zog Myomerfasern, Verdrahtung und einen Funkenregen hinter sich her.

Clay machte sich von dem Bann frei, der ihn gepackt hatte, und nahm den *Kriegshammer* ebenfalls ins Visier. Sein PPK-Feuer brannte einen tiefen Krater in die Torsopanzerung des größeren Mechs.

»Meine Skala ist tiefrot«, stellte Caitlin grimmig fest. »Aber wenn wir ihnen jetzt Luft lassen, wischen Sie den Boden mit uns auf.«

»Ja«, grunzte Clay und feuerte, diesmal auf den feindlichen *Greif,* der zur Unterstützung seines beschädigten Begleiters heranstürmte. Der Schuß ging daneben, aber in diesem Augenblick landete eine weitere Raketensalve zwischen den drei gegnerischen Maschinen. Der *Greif* hielt die Stellung und landete einen Torsotreffer bei Caitlins *Marodeur,* aber die beiden anderen hatten offensichtlich genug. Sie drehten um und ergriffen mit Höchstgeschwindigkeit die Flucht. Ihren Kameraden ließen sie als Rückendeckung zurück.

Als Clay und Caitlin gemeinsam vorrückten und den Eindruck erweckten, sie wollten den *Greif*-Piloten in einen Nahkampf verwickeln, löste der die Sprungdüsen aus und flog mit einem letzten Abschiedsschuß davon. Dann waren alle drei Feindmaschinen hinter einem Schutzwall verschwunden.

Clay verzichtete auf eine Verfolgung.

Am Haupttor des Raumhafens hob Oberleutnant Darlene Lucci die Hand, als die hohe, kantige Gestalt des fünfzig Tonnen schweren *Vollstrecker* näher kam, die Autokanone im Dauerfeuer auf Oberleutnant Bergstroms außerhalb des Grenzzauns zurückweichende *Valkyrie* gerichtet. Hinter ihr warteten die übrigen Mitglieder des Ersten Trupps, schweigend, reglos, zwischen den Trümmern des Postenhäuschens fast unsichtbar. Für diese Art Kampf war die Eliteinfanterie des Grauen Todes ausgebildet. Sie standen ganz in der Tradition, die Grayson Carlyle schon zu einer Legende hatte werden lasen, bevor seine Söldner einen einzigen BattleMech besaßen.

Der *Vollstrecker* stürmte vorwärts, als Bergstrom sich gerade in die Deckung einer Lagerhalle im Industriegebiet am Hafen zurückziehen wollte. Offensichtlich war der Pilot wild entschlossen, den letzten Mech der ScoutLanze einzuholen, bevor auch er wie die drei anderen im Straßengewirr der Stadt verschwinden konnte.

Wenn er die drei Fußsoldaten neben dem Tor überhaupt bemerkte, betrachtete der *Vollstrecker*-Pilot sie offensichtlich nicht als Bedrohung für den Metallberg, der ihn umgab. Ein typischer Mechbubi, stellte Lucci grinsend fest. Keine Achtung vor der Infanterie.

Bergstroms *Valkyrie* blieb plötzlich stehen und gab eine Raketensalve ab. Die Geschosse flogen gute zweihundert Meter über das Ziel hinaus, was für die Anführerin der ScoutLanze nicht ungewöhnlich war. Sie hatte diese gemeinsamen Einsätze mit den Panzerinfanteristen ausgiebig trainiert und schoß mit Absicht zu weit, um Luccis Truppen nicht zu gefährden.

Aber ihr Feuer erfüllte seinen Zweck. Der *Vollstrecker*-Pilot sah seine Chance und blieb stehen, um seine todbringende Autokanone auszurichten. Kaum hatte er angehalten, ließ Lucci ihre Hand fallen. »Jetzt!« rief sie ins Helmmikro, und ihre beiden Soldaten folgten ihr aus den Trümmern im Sprint über den offenen Asphalt auf den feindlichen Mech zu.

Einzelne Menschen wirkten im Schatten eines BattleMechs erbarmungswürdig klein und hilflos, selbst wenn sie Gefechtspanzer trugen, aber das konnte täuschen. Im Laufen löste Lucci den Sprungtornister aus. Von den Raketentriebwerken in die Höhe gerissen, flog sie am rechten Bein des *Vollstreckers* empor und hängte sich an dessen Unterschenkel. Mit schnellen, guttrainierten Bewegungen befestigte sie die Sprengladung am verwundbaren Kniegelenk des Mechs. Dann ließ sie los und flog mit Hilfe des Sprungtornisters davon. Die beiden anderen taten es ihr nach. Olsen pflanzte seine Ladung der ihren gegenüber ans rechte Bein, während Tjore sich um das linke Mechknie kümmerte.

Inzwischen hatte der feindliche Pilot die Gefahr erkannt, aber es war zu spät. Ein leichter Laser feuerte hinter der flüchtenden Infanterie her und verfehlte Lucci nur knapp. Dann detonierten die Sprengladungen.

Tjores Ladung explodierte zuerst und schien nicht allzuviel Schaden anzurichten. Dann gingen die beiden Ladungen am rechten Bein fast gleichzeitig hoch, und als Lucci sich hinter eine halb eingestürzte Wand duckte, konnte sie den *Vollstrecker* wanken sehen. Die Sprengladungen hinterließen kaum äußere Anzeichen einer Beschädigung, aber korrekt plaziert, konnten sie das Innenleben eines BattleMechgelenks verwüsten.

Der *Vollstrecker* machte einen vorsichtigen Schritt, schwankte und blieb stehen. Offensichtlich hatte der Pilot Probleme. Er würde jetzt versuchen, die Aktivatorschaltkreise neu zu regeln und eine provisorische Regelung zu finden, die es ihm erlaubte, den Mech wieder frei zu bewegen. Ohne ihre Beine waren

BattleMechs lediglich riesige, schwer bewaffnete Zielscheiben …

Der Pilot war so beschäftigt, daß er nicht sah, wie Bergstroms *Valkyrie* und Ryoos *Speerschleuder* über den Zaun sprangen und keine zwanzig Meter entfernt landeten. Die beiden leichten Mechs eröffneten das Feuer mit allem, was sie hatten, und bereits nach Sekunden wurde der *Vollstrecker* von einem Dutzend schwerer Treffer durchgeschüttelt. Lucci sah den Piloten aussteigen, kurz bevor die Autokanonenmunition explodierte. Ohne auf ihre Befehle zu warten, stürzten sich Tjore und Olsen auf ihn. Sie hatten ihn entwaffnet, noch bevor er sich aus dem Fallschirm befreien konnte.

»Danke für die Hilfe.« Bergstroms Stimme in Luccis Helmlautsprechern verriet keinerlei Emotion. »Laßt uns ein Stück nach rechts gehen, vielleicht können wir Lewis helfen. Einverstanden?«

Lucci winkte ihr grinsend zu. »Immer her mit ihnen«, sagte sie.

Vielleicht würden die Mechbubis eines Tages lernen, die Schlammhüpfer nicht ganz so leicht abzutun …

Julio Vargas zog den Steuerknüppel hart zurück und gab mehr Schub. Der Andruck preßte ihn in die Sitzpolster, als sein *Killer* fast senkrecht nach oben stieg. Seine Situationsanzeige zeigte zwei der fünf Feindjäger, dreißig Tonnen schwere *Sperber*, als Verfolger, während die drei anderen abdrehten, um sich den Bodengefechten zu widmen.

Vargas fluchte leise. Er hatte gehofft, sie würden ihn als größere Bedrohung ansehen und zumindest die schwereren *Luzifers* auf ihn ansetzen.

Aber Vargas war ein Spieler, und er machte das Beste aus dem Blatt, das ihm das Schicksal gegeben hatte.

Er rief auf dem Steuerungscomputer ein zufälliges Ausweichprogramm auf und widmete seine ganze Aufmerksamkeit den Geschützkontrollen. Der *Killer* besaß einen einzelnen Hecklaser, und Vargas überließ die Steuerung dem Autopiloten, während er das Fadenkreuz für einen sauberen Treffer auszurichten versuchte. Sein Jäger zuckte unter den Befehlen des Autopiloten hin und her, aber das Zielerfassungssystem glich das Ausweichmuster automatisch aus. Vargas brauchte sich nur um die möglichen Ausweichbewegungen seiner beiden Gegner Sorgen zu machen – bis deren Bordcomputer ein Muster in den vorprogrammierten Manövern des *Killer* entdeckten, das sich vorherberechnen ließ.

Hauptmann Julio Vargas hatte nicht vor, ihnen dazu Gelegenheit zu geben.

Einer der *Sperber* löste sich von seinem Flügelmann und kam näher. Vargas senkte das Fadenkreuz über das Bild des Jägers auf dem Heckschirm. Es blinkte rot auf, als das Feuerleitsystem das Ziel erfaßt hatte, und Vargas preßte den Auslöser durch.

Der Hecklaser blitzte und traf den *Sperber* mitten im Cockpit. Mit einer eleganten Bewegung schaltete Vargas den Autopiloten ab und zog den *Killer* in einen Looping. Seine Linke tanzte über die Geschützkontrollen und bereitete eine Salve aller vorwärtsgerichteten Geschütze vor.

Der *Sperber* tauchte groß und nah vor ihm auf. Sein Pilot reagierte auf den Treffer, der eine tiefe, unregelmäßige Bresche in die Cockpitpanzerung gebrannt hatte, indem er seitlich abtauchte. Das Ausweichmanöver nahm dem zweiten *Sperber* die Sicht auf das Geschehen und gab Vargas die perfekte Öffnung.

Seine Hand zog sich um den Auslöser zusammen, als das Fadenkreuz der Sichtprojektion rot aufblinkte, und fünf Laserstrahlen zuckten gleichzeitig ins Ziel.

Die schwere Autokanone im Bug seiner Maschine feuerte ebenfalls, und ein komplettes Magazin Explosivgranaten jagte in das um die feindliche Jagdmaschine ausbrechende Inferno.

Vargas drückte die Nase des *Killer* nach unten und tauchte steil unter dem *Sperber* hindurch, als dieser in einem Feuerball zerplatzte. Die meisten Piloten hätten erwartet, daß ein Feind über eine explodierende Maschine hinwegflog, und genau darauf zählte Vargas.

Er grinste, als zwei Laserstrahlen die Luft über dem kollabierenden Feuerball ionisierten. Der zweite *Sperber*-Pilot hatte versucht, sein Manöver vorherzuberechnen und blind gefeuert. Einzelne brennende Trümmerteile prasselten auf Rumpf und Triebwerke des *Killer,* aber ansonsten war er unbeschädigt … und direkt unter seinem verblüfften Gegner.

Der *Sperber* ging in eine verspätete Kehre, um ihn zu verfolgen, aber Vargas erhöhte den Schub weiter, kam aus dem Sinkflug und legte die Maschine scharf nach rechts. Sekunden später saß er dem *Sperber* am Heck.

Er brauchte drei Schüsse, bevor die Heckpanzerung durchschlagen war. Jetzt zerschmolzen die Laser Triebwerksschaltkreise und Leitwerk. Der Freie Skye-Pilot löste den Schleudersitz aus, als sein Jäger sich um ihn herum in seine Bestandteile auflöste.

»Langsam, Drachentöter!« drang krachend eine vertraute Stimme aus Vargas' Helmlautsprechern. Oberleutnant Joseph Diskin klang, als rase pures Adrenalin durch seine Adern. »Laß noch was für deine Kameraden übrig, Skipper!«

»Wird auch Zeit, daß ihr Schlafmützen auftaucht!« schoß Vargas zurück. Die übrigen vier Jäger waren endlich gekommen. Plötzlich schienen die Kräfteverhältnisse erheblich günstiger. »Laßt uns tauchen und ein paar böse Buben fangen!«

»Keine Einwände, Herr Hauptmann«, mischte sich Oberleutnant Gillian Lockhart ein. »Auf geht's!«

Vargas reihte sich in die lockere Rautenformation ein und nahm Kurs auf den Raumhafen. Lockhart hatte ihnen allen aus der Seele gesprochen. Jetzt ging die Party richtig los ... und die Invasoren waren ihre Ehrengäste.

31

Dunkeld, Glengarry
Mark Skye, Vereinigtes Commonwealth

7. April 3056

»Jäger im Anflug, Jäger im Anflug«, meldete Raumleutnant Sean Ferguson in einem an ein buddhistisches Mantra erinnernden Sprechgesang. »Position drei-vier-zwo Grad ... Entfernung fünnefzehn und sinkend ...«

»Ich sehe sie, Rot Eins«, antwortete Reggie ›Lancer‹ Peck mit kühler, ruhiger Stimme. Sie erinnerte Ferguson an Hobarts geduldigen Tonfall, aber das war kein Trost. Die Erinnerung an Hobart und die anderen war noch zu frisch. »Also gut, Jungs. Sieht so aus, als könnten wir doch noch nicht Bodenunterstützung spielen. Anflug abbrechen und auf Höhe gehen. Wir werden uns von oben auf die Jäger stürzen.«

»Verstanden«, antwortete Ferguson abwesend. Er war völlig in Gedanken und bemerkte kaum, daß Chevalier Henderson es ihm gleichtat. Raumleutnant Peck hatte seinen Flügelmann und die beiden *Sperber* der *Raven* unter den Treffern des einzelnen Gray-Death-Piloten abstürzen sehen, aber das schien ihn überhaupt nicht zu berühren. Seine Gedanken schienen ganz und gar auf ihre Aufgabe konzentriert, ohne einen Platz für Bedauern, Zweifel ... oder Angst. Ferguson wünschte sich, es ihm gleichtun zu können, aber in seinen Eingeweiden wüteten die Emotionen, und er mußte sich anstrengen, Pecks *Luzifer* in die Wolken zu folgen.

»Troika-Angriffsmuster«, gab Peck einen Augenblick später bekannt. »Ich übernehme die Spitze. Ihr beiden Neulinge gebt mir Deckung, oder ich werde persönlich aus diesem Cockpit klettern und euch in den Arsch treten, noch bevor wir unten sind. Ist das klar?«

»Troikamuster«, bestätigte Ferguson. »Chevalier, du nimmst die rechte Seite.«

»Verstanden«, antwortete Henderson. Er klang angespannt. Wahrscheinlich spielte auch er in Gedanken die letzten Augenblicke durch, bevor das Legionssprungschiff Hobart und die anderen das Leben gekostet hatte.

Die drei Jäger formierten sich zu einem lockeren Keil und begannen einen langen, sanften Sinkflug auf die feindlichen Maschinen zu. Ferguson überprüfte noch einmal die Geschützkontrollen und flüsterte ein Gebet, das er seit seinen Kindertagen nicht mehr aufgesagt hatte.

Krieg bis aufs Messer. Ein hübsches Bild, aber es vermittelte nichts von der Angst und der Brutalität des Kampfes.

»Augen auf!« rief Peck über Funk. »Da kommen sie!«

Die feindliche Staffel wurde von zwei *Korsaren* angeführt, langen, nadelförmigen Maschinen, die wie zwei direkt auf den Freien Skye-Keil gerichtete Dolche wirkten. Beide besaßen je zwei schwere Buglaser, die von mehreren leichteren Lasergeschützen unterstützt wurden. Sie waren weder so schwer noch so gut gepanzert wie die *Luzifers,* aber ihre Piloten zeigten keinerlei Furcht, als die Entfernung zwischen den beiden Formationen abnahm.

Beide *Korsaren* konzentrierten ihre gesamte Feuerkraft auf Pecks Jäger, und als sie vorbeizuckten, feuerte Ferguson den größten Teil seiner Waffen auf die rechte der beiden Maschinen ab. Seine Sensoren meldeten mehrere Treffer, aber nichts, was die Feindmaschine kampfunfähig machen konnte. Er unterdrückte den Impuls, aus der Formation auszubrechen und sein Opfer zu verfolgen. Die Troikaformation war für gegenseitige Unterstützung und konzentrierte Feuerkraft ideal. Wenn er den Keil jetzt verließ, würden Peck und Henderson in Schwierigkeiten kommen.

Aber bei Henderson hatte anscheinend der Enthusiasmus die Vernunft überwältigt. Der dritte *Luzifer* verließ die Keilformation und setzte dem *Korsar* nach, der gerade an ihm vorbeigeschossen war.

»Rot Zwo! Rot Zwo! Zurück in die Formation!« brüllte Peck.

»Chevalier!« Ferguson stimmte ein. »Noch nicht! Troikamuster!«

Henderson antwortete nicht. Er hatte bereits alle Hände voll mit zwei *Sperbern* des Grauen Todes zu tun, die seinen Ausbruch bemerkt und ausgeschert waren, um sich ganz seiner Maschine zu widmen.

»Er wird angegriffen, Leutnant«, meinte Ferguson. »Wir müssen ihm helfen ...«

»Zu spät!« gab Peck zurück. »Der *Killer* hat mich unter Beschuß. Unterstütz mich, Shadowcat. Die Treffer von den *Korsaren* haben mein Feuerleitsystem beschädigt!«

»Shadowcat! Shadowcat! Himmel, Sean, sie sind überall!« Das war Henderson. Seine Stimme klang gehetzt. »Ich kann sie nicht abschütteln!«

Ferguson zögerte. Pecks Gegner war der schwere *Killer,* der schon drei ihrer Jäger erledigt hatte. Ohne Feuerleitcomputer würde Peck blind feuern und sich ganz auf Instinkt und Training verlassen müssen, um überhaupt einen Treffer landen zu können. Und Peck war sein Vorgesetzter, der Ferguson den direkten Befehl gegeben hatte, ihn zu unterstützen.

Aber Henderson stand allein gegen zwei *Sperber* und den *Korsar,* den er verfolgt hatte, und der zweite *Korsar* war auch noch irgendwo. Henderson, sein Flügelmann ... sein Freund seit der Hochschule ...

Er riß den Steuerknüppel herum. »Halt durch, Chevalier!« rief er. »Ich komme!«

»Rot Eins, Rot Eins, beweg deinen Arsch hierher!« befahl Peck scharf. »Ich brauche Unterstützung ...«

Statik krachte in der Leitung, und Peck war fort. Fergusons Ortung zeigte den Feuerball, wo einen Moment zuvor noch Peck gewesen war. Der *Killer* und der zweite *Korsar* stiegen triumphierend durch den Trümmerregen hoch. Peck war tot ...

Und Ferguson hatte den Befehl.

»Chevalier!« rief er. »Chevalier! Aktion abbrechen, Chevalier! Rücksturz zur Basis!«

Sean Ferguson dachte nicht daran, hierzubleiben und dem Grauen Tod zu noch mehr Abschüssen zu verhelfen.

»An alle Einheiten, alle Einheiten«, stieß Streiger über die Befehlsfrequenz aus. »Um meine Position neu formieren. Ich wiederhole, alle Einheiten um meine Position neu formieren!«

Streiger fühlte sich gedemütigt. Er hatte die Entschlossenheit der Legionäre unterschätzt, ein Kardinalsfehler für einen militärischen Anführer. Sie hatten ihrem Ruf, unberechenbar – und unbesiegbar – zu sein, alle Ehre gemacht, und die Vorhut der Black Watch stand vor dem Kollaps.

Sie hatten mindestens vier Mechs verloren, Sakols *Schütze* nicht mitgezählt, mit dem keine Funkverbindung mehr bestand, denn MechKrieger Lawson hatte noch vor wenigen Minuten gesehen, wie er sich aus eigener Kraft bewegte. Drei weitere, darunter sein *Kriegshammer,* waren in erbärmlichem Zustand. Und jetzt hatten auch die Jäger abgedreht, und die Verteidiger beherrschten den Luftraum über dem Raumhafen von Dunkeld.

Andererseits standen die Verteidiger ihrerseits auch nicht sonderlich gut da. Sie hatten mit Sicherheit drei Mechs verloren, wahrscheinlich sogar einen vierten, sowie einen Schwebepanzer und den beim Start abgestürzten Jäger. Einige der übrigen Maschinen der Legion, zum Beispiel der *Marodeur*, mit dem Streiger von Beginn an im Schußwechsel gestanden hatte, mußten inzwischen auch beschädigt sein. Das waren geringere Verluste, aber der Graue Tod hatte das Gefecht mit weniger Einheiten begonnen, und er besaß keine komplette Regimentskampfgruppe im Orbit zur Verstärkung.

Und noch war die Schlacht nicht vorbei. Wenn die Rangers nur noch ein wenig länger durchhalten konnten, bestand noch immer die Chance, das Kampfglück zu wenden.

Streiger betrachtete die taktische Anzeige, während er den *Kriegshammer* hastig ins Zentrum des Landefelds bewegte, fort von der zerrissenen Gefechtslinie der Gray-Death-Front. Ohne ihr Landungsschiff – offenbar waren Grayson Carlyles Luft/Raumjockeys genauso unzuverlässig wie die Piloten, die Streiger im Stich gelassen hatten – war die Landeeinheit nicht mehr vollständig eingekesselt. Was Streiger jetzt brauchte, war eine sichere Deckung, um die Jäger und Langstreckenwaffen der Mechs abzuhalten, bis Lippard die *Anastasia* herunterbringen konnte, um ihnen richtigen Feuerschutz zu liefern.

Der Landungsschiffkapitän würde alles andere als begeistert sein, mit seinem Schiff wieder ins Gefecht eintauchen zu müssen, aber er würde es tun. Selbst ein altes Waschweib wie Lippard mußte einsehen, daß dies die einzige Möglichkeit war, aus diesem Debakel noch einen Sieg zu machen.

Streiger hielt die über den Schirm rollende Karte an und gestattete sich ein kleines, aber triumphierendes Lächeln. Das war die Antwort – das ausgefallene Landungsschiff, das noch immer auf dem Landefeld lag. Es war groß genug, um den Black-Watch-Mechs Schutz zu bieten, und so verrückt der Graue Tod auch sein mochte, die Söldner würden niemals absichtlich etwas so kostbares wie ein Landungsschiff beschädigen. Nicht ohne eingehende Diskussionen und langes Zaudern – genau die Verzögerung, die Streiger brauchte, um Lippard herunterzuholen. »An alle Einheiten, alle Einheiten«, gab er hastig durch. »Stellungen um das flugunfähige Landungsschiff auf Netzkoordinaten Weiß-Sechs einnehmen.«

Dann schaltete er auf den Landungsschiffkanal und ging im Geiste durch, was er Lippard sagen wollte.

»Sie tun es, Alex!« rief Clay über die Funkverbindung.

Alex Carlyle konnte ein Grinsen über die Begeisterung in Clays Stimme nicht unterdrücken. Endlich entwickelte sich das Gefecht wieder einigermaßen so, wie sie es von Anfang an gewollt hatten.

»Freu dich nicht zu früh«, warnte Alex. Er war schon einmal hereingefallen. Jetzt nahm er nichts mehr als gegeben hin.

»Laut meinen Sensorren sind sie alle in derr Zone, Laddie«, meldete McCall. Das Kampfgeschehen dieser letzten Minuten war so heftig gewesen, daß der alte Waffenmeister vergessen hatte, Alex über den offenen Kanal mit dessen Titel anzusprechen. »Ich denke nae, daß wirr noch lange warrten sollten…«

Alex überprüfte noch einmal seine Anzeigen, bevor er antwortete. »Du hast recht, Mac.« Irgend jemand hustete erstickt, wahrscheinlich Caitlin DeVries, und Alex wurde klar, daß er seinen mißmutigen Lehrmeister gerade mit dem Spitznamen angesprochen hatte, den nicht einmal Veteranen offen zu benutzen wagten.

Na gut, sollte McCall ihn an seinen Eingeweiden zum Trocknen aufhängen, wenn der Kampf vorbei war. Jetzt gab es Wichtigeres. »Hier Geisterführer. Operation Kanonenschlag ausführen. Ich wiederhole, Operation Kanonenschlag ausführen.«

Alex konnte sich gut vorstellen, was in Oberleutnant David Longo vorgehen mußte, als er diese Worte hörte. McCall hatte die ursprüngliche Idee gehabt, und Kings Techs hatten die Vorbereitungen getroffen, aber es war Longo zugefallen, diese letzte, entscheidende Phase des Schlachtplans auszuführen, weil sie für ihn eine immense persönliche Bedeutung hatte.

In dem subplanetaren Bunker, in dem sich die Besatzung des Kontrollturms versammelt hatte, wartete Longo, die Hand über einem improvisierten roten Knopf, und wartete auf den Befehl. Und jetzt würde sich seine Hand senken, und die Erinnerung an die vergangenen Jahre würde durch die Gedanken des Oberleutnants ziehen, an Jahre der Dienstzeit an Bord der *Medea,* und an das Pech, das gerade sein Schiff zum Zeitpunkt der Invasion im Werftbereich festliegen mußte...

Aber ein Mann sollte zumindest die Möglichkeit haben, seinen Hund selbst zu erschießen.

Plötzlich bebte der Boden, und ein gewaltiges Donnern grollte durch die Hafenanlage. Eine Explosion nach der anderen zerriß die wasserstoffgefüllten Brennstoffzellen des flugunfähigen Landungsschiffes. Flammen, Rauch und Trümmer wurden in alle Richtungen geschleudert. Und die Mechs der Freien Skye-Rebellen standen mitten drin, praktisch im Explosionsherd. Falls irgendeiner von ihnen die Todeszuckungen der *Medea* überlebte, würde er nicht mehr in der Lage sein, irgendwelchen Widerstand zu leisten.

Aber Alex bezweifelte, daß es Überlebende gab.

32

Dunkeld, Glengarry
Mark Skye, Vereinigtes Commonwealth

7. April 3056

»Da stand ich also, nur ich und mein kleiner *Panther* gegen die beiden. Ich kann dir sagen, Mann, das sah böse aus. Dieser *Dunkelfalke* klebte an mir wie der Gestank in einer Kurita-Kanalisation, bis einer von den Fußjungs raufgesprungen ist und ihm eine mächtige Ladung mitten ins Fußgelenk gesteckt hat...«

Alex Carlyle nippte an seinem Wein und hörte MechKrieger Ehland bei dessen Erzählung zu. Hier im riesigen Ballsaal der Residenz ließen die traditionellen Kriegsgeschichten den Kampf um den Raumhafen weit genug entfernt erscheinen, um ihm etwas Hehres, ja, sogar Ruhmreiches zu geben. Vielleicht war das der Unterschied zwischen Veteranen und Neulingen wie ihm. Das einzige, woran er sich erinnern konnte, waren Tod, Vernichtung und die Gewißheit der Niederlage, bis zu dem Augenblick, als die Explosion der *Medea* endlich den Sieg des Grauen Todes vollendet hatte.

Es war ein Sieg geworden, aber ein teurer Sieg. Drei BattleMechs waren verlorengegangen, einer aus Denikens KampfLanze und zwei von Freida Bergstroms leichten ScoutMechs. Alle drei Piloten hatten bis zuletzt in ihren Maschinen gekämpft und waren darin umgekommen. Einer der vier Schwebepanzer, Feldwebel Wilkies *Pegasus*, war ebenfalls ein Wrack. Wilkie und Ethan Radcliffe konnten von Glück sagen, daß es ihnen gelungen war, aus den brennenden Trümmern zu entkommen, bevor der gegnerische *Brandstifter* nahe genug herangekommen war, um ihnen den Garaus zu machen. Und zwei der kostbaren Jäger waren mitsamt ihren Piloten verloren: MacMasters mit seinem *Killer* und Fähnrich Quils *Sperber*. Letzterer war abgeschossen worden, als er die flüchtenden Feindmaschinen zu weit verfolgt hatte und in den Feuerbereich der Freien Skye-Landungsschiffe gekommen war. Fünf der gepanzerten Infanteristen, fast die Hälfte von Luccis Truppe, waren ebenfalls tot oder schwerverwundet. Die darüber hinausgehenden Verluste an Zivilisten und Sachschäden in Dunkeld waren nicht zu beziffern.

Ja, ein Sieg war es wohl gewesen, aber der Graue Tod hatte dafür ein Viertel seiner Truppen verloren. Jetzt wußte Alex, wie sich Pyrrhus, jener griechische General aus grauer Vorzeit, gefühlt haben mußte, als er sagte: »Noch so ein Sieg, und wir sind verloren.« Sein Name wird für alle Zeiten mit dem Begriff ›Pyrrhus-Sieg‹ verbunden bleiben. Und genau das war die Schlacht um Dunkeld gewesen, ein Erfolg, den sich die Gray Death Legion nicht leisten konnte.

Die Explosion der Brennstoffkammern an Bord der *Medea* hatte den größten Teil der Landetruppen mit einem Schlag vernichtet, und ein anhaltendes Bombardement durch LSR und die Jäger hatte den Rest erledigt. Der Graue Tod hatte eine Handvoll Gefangene in den – hastig reparierten – Zellen eingesperrt, die während Gouverneur DeVries' kurzem Coup den Offizierskader der Legion beherbergt hatten. Und die Niederlage seiner ersten Landeeinheit hatte General von Bülow offensichtlich veranlaßt, mit dem Einsatz weiterer Truppen zu zögern. Er hatte mehr Spielraum als der Graue Tod, mehr Männer und Maschinen, die er nach Belieben einsetzen konnte, aber von Bülows Herren auf Skye würden nicht gerade erfreut sein, wenn er noch mehr Soldaten unnötig verheizte.

Heute nacht zumindest war Glengarry nicht unmittelbar in Gefahr, aber McCall hatte trotzdem eine komplette Wachmannschaft eingeteilt, um den Himmel aus der subplanetaren Verteidigungszentrale zu beobachten, während die Techcrews bereits hart an der Reparatur der überlebenden Mechs und Panzer arbeiteten. Niemand wußte, wann der Gegner wieder zuschlagen würde.

Sie hatten am Nachmittag einen Gedenkgottesdienst für die Gefallenen abgehalten, aber die düstere Stimmung war schließlich in eine Feier umgeschlagen. Sie hatten nicht nur weit mehr Schaden angerichtet als einstecken müssen, aus dem Glencoe-Hochland war auch die Nachricht eingetroffen, daß die *Europa* sich erfolgreich abgesetzt und einen sicheren Unterschlupf gefunden hatte – das letzte, entscheidende Ziel von McCalls Schlachtplan. Von beiden Tatsachen aufgemuntert, hatten sich die nicht anderweitig benötigten Offiziere und Mannschaften in der Residenz versammelt, um sich zuzuprosten, Geschichten zu erzählen und den Sieg des Grauen Todes zu feiern. Und ihren neuen Oberst, den sie als den Verantwortlichen für ihren Erfolg priesen.

Wenn er an die Verluste dachte und daran, wie knapp sie einem kompletten Desaster entkommen waren, hätte Alex es vorgezogen, jede Verantwortung abzulehnen.

Ohne sich dessen bewußt zu werden, hatte er seinen Wein geleert, während er in Gedanken den geleisteten Blutzoll durchgegangen war. Er starrte verloren auf das leere Glas und war sich der Feier ringsum kaum noch bewußt. Schließlich zuckte er die Achseln und machte sich auf den Weg zur Bar.

Oberleutnant Denniken fing ihn auf halbem Wege ab. »Hier ist der Mann der Stunde!« rief er laut. Dann nahm er ein Glas vom Tablett eines vorbeigehenden Kellners, drückte es in Alex' Hand und stellte dessen leeres Glas auf dem Tablett ab. »Ich muß es zugeben, ich hielt die Idee, sie nur mit den Gefährten zu stellen, für ein Selbstmordunternehmen, aber ich hatte unrecht. Wer hätte gedacht, daß ein Kadett so eine Schlacht zustande bringen könnte?«

Fünf oder sechs Offiziere, die in der Nähe standen, unter ihnen Oberleutnant Lucci und Julio Vargas, stimmten lauthals zu. »Die Hurensöhne wußten gar nicht, auf was sie sich da einließen«, meinte MechKrieger Hansen, der *Derwisch*-Pilot aus Dennikens Lanze. »Und dann ging's wuuusch, peng, und sie waren tot. Einfach so …«

Alex wurde unter der unerwünschten Aufmerksamkeit rot und nahm einen Schluck aus dem Glas, das Denniken ihm aufgedrängt hatte. Es enthielt Earn Valley Whisky, ein viel stärkeres Getränk als der Wein, auf den er sich bis dahin beschränkt hatte. Er mußte sich zusammennehmen, um nicht laut aufzukeuchen, als die Flüssigkeit sich den Weg durch seine Kehle brannte.

»Dein Vater wird stolz auf deine Leistung heute morgen sein, Junge … äh … Herr Oberst«, meinte Rachel Nolans und schlug ihm auf den Rücken. Sie führte das *Katapult*, den dritten noch verbliebenen Mech der KampfLanze. Lowdowskis *Dunkelfalke*, der vierte Mech der Einheit, hatte das Gefecht nicht überstanden.

Endlich fand Alex seine Stimme wieder. Sie war heiser von den Stunden voller Befehle, der überwältigenden Aufmerksamkeit, in deren Mittelpunkt er sich hier sah, und den Nachwirkungen des Whiskys. »Es war McCalls Plan«, protestierte er. »Und er gibt uns auch wenig Anlaß zum Jubel. Von Bülow wird wiederkommen, und beim nächstenmal wird er nicht so zurückhaltend sein.«

Vargas zuckte die Achseln. »Kann sein. Vielleicht haben wir es morgen alle hinter uns. Aber heute haben wir Ihnen den Arsch versohlt, und Sie wissen genau, daß wir es nicht einmal versucht hätten, wenn Sie nicht aufgetreten wären, wie Sie es nun mal getan haben. McCall hat es möglicherweise geplant, aber Sie hatten den Mut, es durchzuziehen.«

»Aber ...« Alex fühlte eine Hand auf dem Arm und drehte sich um. McCall starrte ihn säuerlich an.

»Wenn derr Herr Oberrst einen Moment errübrrigen könnte ...« Der Tonfall des Kommandanthauptmanns ließ ihm wenig Wahl. Alex folgte dem caledonischen Hühnen in eine ruhige Ecke des Ballsaals.

»Was ist, Herr Kommandanthauptmann?« fragte er, und fühlte sich wieder wie ein Kadett vor einer Standpauke.

»Verdirrb Ihnen nae so schnell die Laune, Alex«, ermahnte ihn McCall leise. »Sie wissen alle so gut wie du und ich, womit wirr es zu tun haben. Aberr sie haben heute ein' kleine Schlacht gewonnen, und sie verrdienen die Chance, Dampf abzulassen, ohne darran errinnerrt tae werden, was morrgen sein könnte.«

»Ja, schon, aber ... Was für eine Art Sieg haben wir denn heute wirklich errungen? Von Bülow wird sich nicht für die Unannehmlichkeiten entschuldigen und wieder aus dem System springen. Und wir haben ein paar gute Leute da draußen verloren, die wir nicht rechtzeitig für den nächsten Kampf ersetzen können. Wir haben keinen Grund zum Feiern ...«

»Aye, den haben wir, Laddie. Den haben wir. Verrgiß nae, wir haben die *Europa* sicher in den Berrgen verrsteckt, und wirr haben mehrr als eine volle Kompanie Mechs mit einem Schlag errledigt. So hätte dein alter Vaterr gehandelt, wärre err hierr gewesen ... und es warr deine Idee, nae meine, die Landeeinheit in eine Falle zu locken. Das ist die Arrt laterrales Denken, die uns in Gang hält, egal, wie steinig derr Weg noch wirrd.«

»Meinen Sie wirklich, wir haben eine Chance?«

McCall zuckte die Schultern. »Auf lange Sicht bezweifle ich, daß wir alles aufhalten können, was sie gegen uns einsetzen. Wirr müssen die Skye-Rrebellen brremsen, sie zwingen, sich jeden Fußbrreit teuerr zu errkaufen. Es wirrd auch fürr uns teuerr werrden, Laddie, vielleicht teurrer, als du dirr vorrstellen kannst, aberr je mehrr Zeit und Enerrgie Herrzog Rricharrd gegen uns aufwendet, desto wenigerr Schaden kann err anderrswo anrrichten. Und wirr werrden nae auf Dauerr alleine bleiben. Derr Rrest der Legion wirrd kommen, und dann werrden diese Bastarde fürr ihrren Angrriff auf unser Zuhause zahlen. Das garrrantierre ich dir.«

»Aber bis dahin werden eine Menge dieser Männer und Frauen tot sein. Vielleicht sogar alle. Ich bin nicht sicher, ob ich mit dieser Schuld leben kann, Herr Kommandanthauptmann.« Alex blickte zur Seite. »Vielleicht hatte DeVries recht.«

»Wenn du nuh alles aufgibst, werrden diejenigen, die schon gefallen sind, umsonst gestorrben sein. Du willst nae Tote auf dem Gewissen haben, Laddie, aber wieviel schlimmerr ist es, den Weg nurr ein Stück zu gehen un' aufzugeben, sobald es grrim wirrd? Das wärre errst echte Verrschwendung. Denn wenn du tae früh aufgibst, wenn es nae einen Funken Widerrstand gibt, um den Herrzog und seine Cronies beschäftigt zu halten, dann könnte diese Rrebellion Errfolg haben, und dann könnte alles, wofürr wirr gearrbeitet haben, alles, worran Grrayson Carrlyle je geglaubt hat, wegen derr empfindlichen Gefühle eines Lads umsonst gewesen sein. Denk mal darrüberr nach, wenn du dich trraust, bevorr du wiederr davon rredest, daß DeVrries rrecht hatte.«

Alex sah dem Waffenmeister ins vernarbte Gesicht. Die Tiefe des Zorns, die er in McCalls Worten hörte, überraschte ihn. »Ich ... Es tut mir leid«, stammelte er. »Ich habe nicht richtig nachgedacht. Aber ich habe Ihnen schon einmal gesagt, ich bin nicht zum Menschenführer geboren. Sie sollten selbst den Befehl übernehmen, anstatt diese Farce fortzusetzen und so zu tun, als hätte ich den Befehl.«

»Das ist nae eine Farce, Laddie. Sie werrden mirr nae folgen, wie sie es bei einem Carrlyle tun. Du bist der aenzige Mann, derr die Legion in dieserr schwerren Zeit zusammenhalten kann, Alex. Ich weiß, daß du es kannst. Aber du mußt es auch wissen… und's ist eine Lektion, die du aye bald lerrnen mußt.«

»Ich werde es versuchen, Herr Kommandanthauptmann«, antwortete er leise.

McCalls plötzliches Grinsen überraschte Alex. »Drraußen im Feld warr ›Mac‹ gut genug, Laddie. Du hörrst dich ein bit wenigerr wie ein kleinerr Kadett an, wenn du es benutzt… solange du dich nae tae sehrr darran gewöhnst und es weiterr benutzt, wenn die Dinge sich wiederr norrmalisieren und du zurrück in meinerr Klasse in Brranderr bist. Derr Kadett, derr mich ›Mac‹ nennt, stirrbt einen grrausam blutigen Tod, daß du's weißst.«

Trotz seiner Zweifel erwiderte Alex das Grinsen des alten Offiziers. McCall besaß eine ununterdrückbare Qualität, ein unüberwindliches Selbstvertrauen, das es unmöglich machte, seine Worte anzuzweifeln. Solange Davis McCall noch an die Zukunft der Legion glaubte, würde Carlyle zumindest versuchen, dafür zu kämpfen.

Aber hier und jetzt fiel es ihm verflucht schwer, sich einen Tag vorzustellen, an dem sich die Lage auf Glengarry wieder normalisierte und er mit den übrigen Kadetten wieder in Brander sein würde, von keinen ernsthafteren Sorgen geplagt als McCalls nächster Manöverübung.

Der Waffenmeister wandte sich ab und ging hinüber zu Freya de Villar, um sie bei der Feier zu begrüßen. Alex kehrte nicht gleich zu der Party zurück. Er blieb eine Weile ruhig in der Ecke stehen, allein mit seinen Gedanken, nippte an seinem Whisky und lauschte den Gesprächsfetzen, die er ab und zu trotz des Hintergrundlärms aufschnappen konnte.

»Ich sage euch, die Sache stand gar nicht gut.« Das war Davis Clay. Er stand wenige Schritte entfernt in einer Gruppe, zu der unter anderem auch Caitlin DeVries und zwei der *Harasser*-Fahrer gehörten. »Ich meine, die Lady hier hatte ihre eigenen Schwierigkeiten, und der *Kriegshammer* war zwanzig Tonnen schwerer als meine Maschine. Und außerdem blinkte das Warnlicht für das Fußgelenk, das sowieso schon verdammt schwach war. Also habe ich mir gesagt: ›Davis, mein Junge, es wird Zeit, daß du dir was einfallen läßt ...‹«

Alex schüttelte langsam den Kopf. Der Kadett hörte sich genau wie die Veteranen an. Er erzählte seine Kriegserlebnisse und unterstrich sie mit ausladenden Gesten.

Vielleicht war auf lange Sicht der Graben zwischen Neuling und in Ehren ergrautem Oldtimer nicht so enorm wie der zwischen denen, die nur Befehlen folgten, und denen, die sie geben mußten.

»Sendung abgeschlossen, Sir«, meldete der Funkoffizier. »Ich bete nur, daß sie durchkommt.«

Kapitän Rodland gab ihm keine Antwort, aber in Gedanken stimmte er in das Gebet ein. Nach allem, was die *Gray Skull* und ihre Besatzung durchgemacht hatte, gab es noch immer keine Garantie, daß die Botschaft, die sie von Glengarry mitgebracht hatten, irgend etwas bewirken würde.

Die *Gray Skull* war im letzten Augenblick aus dem Glengarry-System nach Skye gesprungen, und wie durch ein Wunder hatten die von den Waffen der Freien Skye-Jäger angerichteten Schäden keine wichtigen Systeme lahmgelegt. Sie hatten das Schlimmste befürchtet, als sie aus dem Hyperraum aufgetaucht waren, aber zu ihrem Glück hatten sich keine feindlichen Schiffe nahe genug befunden, um ihnen Probleme zu machen. Die Langstreckenortung hatte jede Menge Betrieb im Systemraum offenbart. Offensichtlich bereitete sich das Freie Skye-Militär darauf vor, eine weitere Armada mit unbekanntem Ziel in Bewegung zu setzen.

Rodland hatte sich nicht länger aufgehalten, als nötig war, um die Navigationscomputer der *Gray Skull* neu zu programmieren. Sofort anschließend waren sie wieder gesprungen, auch wenn sie dadurch mit völlig entleerten Speicherzellen bei Mizar materialisiert waren. Es hatte fast eine Woche gedauert, bis der Aufladeprozeß abgeschlossen war, aber glücklicherweise hatten sie auch in diesem System keine Schwierigkeiten gehabt. Rodland war versucht gewesen, die Nachricht an Grayson Carlyle auf Tharkad über die Klasse-B-Installation auf Mizar abzuschicken, aber diese ComStar-Anlage gehörte nicht zu denen, die unter direkter Aufsicht der VC-Regierung standen. Blake allein wußte, auf welche Seite der Rebellion sich ComStar schlagen würde. Das Risiko war zu groß.

Also hatten sie statt dessen den Sprung zum Zenitsprungpunkt von New Earth gemacht und die Nachricht wie angewiesen von dort weitergegeben. New Earth war ein Glied in der Kette von Militärstützpunkten, die Victor Davion bei seinem Versuch, eine loyale Truppenpräsenz in der Region Skye aufzubauen, neu etabliert oder umbesetzt hatte. Diese Basis hatte er erst vor kurzem einem Bataillon von MechKriegern aus der berühmten Militärakademie New Avalon als Heimatbasis zugesprochen. Das Vereinigte Commonwealth kontrollierte auch die ComStar-Anlage auf New Earth. Sie war jetzt Teil des von der Regierung kontrollierten Kommunikationsnetzes, das die weitverstreuten Besitztümer des VC aneinander band. Die Sensoren der *Gray Skull* hatten bestätigt, daß das NAIW-Bataillon noch die Kontrolle hier besaß.

Diese Welt war ebenfalls ein wahrscheinliches Angriffsziel für eine Rebellen-Invasion, aber sie war auch die beste Hoffnung für den Grauen Tod, die Nachricht vom Angriff auf Glengarry an Oberst Carlyle und Prinz Victor zu übermitteln. Rodland konnte nur hoffen, daß die Botschaft – und die *Gray Skull* – bereits wieder fort waren, bevor die Separatisten ihre Aufmerksamkeit auf dieses System richteten.

»Vielleicht sollten wir noch etwas bleiben«, bemerkte Ilse Martinez von einer freien Station in Rodlands Nähe, während sie sich losschnallte. »Uns mit Kommandant Staab in Verbindung setzen und den MANA-Absolventen mitteilen, was hier los ist.«

Rodland schüttelte den Kopf. »Wir haben de Villars Anweisung ausgeführt. Die Botschaft ist unterwegs, und Oberst Carlyle kann entscheiden, an wen er sie weitergibt. Wenn wir anfangen, uns mit den hiesigen Kommandeuren abzugeben, werden wir nachher noch vom VC-Oberkommando zwangsverpflichtet. Wenn das passiert, kommen wir nie zu Khaled nach Borghese, und das ist das einzige As, das wir noch im Ärmel haben, wenn der Rest des Plans schiefläuft.«

Martinez sah ihn lange an. »Sie haben natürlich recht«, stellte sie mit zögerndem Nicken fest. »Schön zu sehen, daß Sie zuerst an die Legion denken.« Damit stieß sie sich ab und trieb durch die offene Luke zu der nach unten führenden Leiter.

Rodland starrte ihr hinterher. Der nächste Teil ihrer Mission würde die *Gray Skull* noch weiter von den Schlachtfeldern der Skye-Rebellion entfernen, und das war der wichtigste Punkt. Oder doch nicht? Wenn er sich an die Geschehnisse der Woche seit dem Heldentag erinnerte, konnte er nicht anders, als dafür zu sorgen, daß die auf Glengarry zurückgebliebenen Männer und Frauen die Hilfe bekamen, die sie benötigten.

Die Nachrichten mußten ihre Empfänger erreichen, und Kapitän Einar Rodland würde dafür sorgen, daß es geschah.

33

Im Orbit um Glengarry
Mark Skye, Vereinigtes Commonwealth

7. April 3056

Generalkommandant Wilhelm Friedrich von Bülow stellte sein Handterminal vorsichtig auf die Tischplatte und vergewisserte sich, daß die Velcroplatte am Boden des Geräts die Haltefläche richtig erfaßt hatte. Schwerelosigkeit führte zu ständigen Unannehmlichkeiten, und während die *Asgard* und die übrigen Landungsschiffe mit abgeschalteten Triebwerken um Glengarry kreisten, erinnerte ihn jede dieser kleinen Schwierigkeiten störend daran, daß er eigentlich längst am Boden hätte sein sollen.

Statt dessen hatte er noch nicht einmal einen Brückenkopf auf dem Planeten, alles dank des ausgeklügelten Hinterhalts des Grauen Todes und der schieren Unfähigkeit einiger seiner Offiziere.

Von Bülow seufzte und blickte über den Tisch zu seinem Adjutanten. »Also gut. Was steht als nächstes auf der Liste, Johann?«

Hauptmann Albrecht blickte auf seinen Armbandcomp. Selbst wenn er nur von einem Hüftgurt im Stuhl gehalten wurde, schaffte der jüngere Offizier es, sich mit rigider militärischer Steifheit zu bewegen. »Die Landungsschiffkapitäne ... Lippard und Neice.«

»Ah ja. Die beiden Gentlemen, die den Bodentruppen das Unterstützungsfeuer entzogen, weil sie vor ein paar Raketen Angst hatten.« Von Bülow massierte sein Nasenbein und wünschte sich, irgendwie ein paar Stunden Zeit zum Schlafen abzweigen zu können. Die Vorbereitungen für die erste Landung hatten Tage gedauert. Und jetzt konnte er sich auf noch mehr Zeit freuen, die er mit dem Versuch zubringen durfte, den Feldzug gegen Glengarry irgendwie zu retten. »Neice befehligt die *Raven*, richtig? Er ist der rangniedrigere Offizier?«

»Jawohl, Herr General«, antwortete Albrecht.

»Nun, er hätte mehr Initiative zeigen können, aber die Rückzugsentscheidung hat Lippard getroffen. Neice bekommt einen Verweis in die Personalakte, und der Politische Offizier soll seinen Hintergrund durchleuchten ... nur um sicherzugehen.« Herzog Richard Steiners Politische Offiziere waren jeder Militäreinheit in den wachsenden Streitkräften des Freien Skye zugeteilt, um Offiziere auszusieben, deren Loyalität in Frage stand. Von Bülow hatte keinen Grund zu der Annahme, daß der Kapitän der *Raven* aus verräterischer Absicht gehandelt hatte, aber der Herzog mochte das anders sehen. Es war besser, den Mann vom PO gründlich überprüfen zu lassen.

»Und Lippard, Herr General?«

»Der Politische Offizier soll sich um Verräter kümmern«, erklärte von Bülow hart. Er zog eine fleischige Hand in einer schnellen Hackbewegung durch die Luft. »Unfähigkeit fällt in mein Ressort. Im Moment kann der Erste Offizier der *Anastasia* den Befehl übernehmen. Sorgen Sie dafür, daß er weiß, wie und warum er das Kommando erhalten hat – und was von ihm erwartet wird, wenn er es behalten will. Dieser Lippard, hat er irgendwelche politischen Beziehungen, auf die wir Rücksicht nehmen müssen?«

»Nein, Herr General.«

»Dann brauchen Sie sich nicht weiter um Formalitäten zu kümmern. Lassen Sie ihn als abschreckendes Beispiel aus einer der Schleusen seines Schiffes stoßen.«

Albrecht zuckte mit keinem Muskel. »Jawohl, Herr General.«

Vielleicht würde es sich der nächste Landungsschiffkapitän zweimal überlegen, ob er sein kostbares

Schiff über das Wohl der Mission stellte, wenn es Zeit für die nächste Landeoperation wurde.

»Dann wären da noch die beiden Jagdpiloten, die ohne Befehl den Angriff abgebrochen haben, Herr General«, stellte Albrecht nach einem weiteren Blick auf den Armbandcomp fest.

»Namen?«

»Ferguson und Henderson, Herr General. Der Rest der Roten Staffel von der *Merkur.*«

»Hm.« Von Bülow verzog das Gesicht. Das war sein Fehler gewesen. Er hätte die beiden nicht zur Unterstützung der Landeaktion einteilen dürfen. Wahrscheinlich hätte er von Anfang an ein größeres Luft/Raumkontingent mitschicken und die beiden Überlebenden des Gefechts mit dem *Gray-Death*-Sprungschiff zurückhalten sollen, bis er sicher sein konnte, daß sie wieder kampfbereit waren. Aber alle Meldungen des Nachrichtendienstes hatten einen korrekten Eindruck gemacht, und ein Overkill war um nichts weniger beschämend für einen General als eine blutige Nase. Er war sicher gewesen, die Vorhut würde mit allem fertig werden, was in der Stadt an Widerstand zu erwarten war, aber er hatte sich geirrt. »Beides Neulinge, wenn ich mich recht erinnere.«

»Jawohl, Herr General. Frisch von den Kadern auf Skye. Das Gefecht nach dem Sprung war für beide die Feuertaufe. Der Veteran der Staffel kam in der Schockwelle des Sprungs ums Leben.«

»Der ältere Mann, Ferguson... müßte eigentlich Lippard bei dessen Raumspaziergang Gesellschaft leisten für seine Feigheit vor dem Feind.« Von Bülow schüttelte langsam den Kopf. »Aber es ist verdammt viel leichter, einen Landungsschiffkapitän zu ersetzen als ausgebildete Jagdpiloten zu finden. Degradierung und eine Rüge in der Personalakte. Und sorgen Sie dafür, daß sich sein Name bei jedem Strafdienst findet, den wir zu vergeben haben, bis er beweist, daß er zu etwas Besserem in der Lage ist.«

Albrecht notierte sich die Anweisungen. »Wie Sie befehlen, Herr General.«

Von Bülow hob sein Terminal von der Tischplatte und rief die Notizenliste auf, die er vor dem Gespräch eingegeben hatte. »So, Albrecht, wie ist die Lage, was die Suche nach dem feindlichen Landungsschiff betrifft, das den Kämpfen entkommen konnte?«

»Keine Fortschritte, Herr General«, antwortete der Adjutant nervös. »Die *Raven* hat das Schiff bis in die südliche Bergregion verfolgt. Kapitän Neice vermutete, daß es nach Halidon unterwegs war. Dort gibt es eine recht gute Hafenanlage... Sie erinnern sich an unsere Diskussion über die Möglichkeit, die Stadt als Basis zu benutzen, falls wir nicht direkt in Dunkeld landen können.«

Von Bülow winkte ungeduldig ab. »Ja... ja, ich kenne die planetographischen Gegebenheiten. Ihrer Wortwahl entnehme ich, daß sich Neice geirrt hat?«

»So ist es, Herr General. Lippard hat der *Raven* eine aktive Verfolgung untersagt, weil der Feind einen Vorteil gehabt hätte, wenn es zum Flug durch bestimmte Hochgebirgspässe gekommen wäre, und dieses Risiko sei für ein Landungsschiff zu groß.«

»Lippard schon wieder«, murmelte von Bülow. »Ich wünschte, ich könnte den Kerl zweimal hinrichten lassen.« Er sah zu seinem Adjutant auf. »Weiter, Johann.«

»Jawohl, Herr General.« Albrecht sah wieder auf den Armbandcomp. »Unglücklicherweise scheinen die Berge dieser Region von zahlreichen Erzadern durchzogen zu sein, die es sehr schwer machen, ein dort abgestelltes Landungsschiff zu orten. Sie müssen das Landungsschiff in einem engen Tal irgendwo weitab von besiedeltem Gebiet aufgesetzt und anschließend gegen visuelle Entdeckung getarnt haben.

Wir lassen das Gebiet von Aufklärungsjägern patrouillieren, in der Hoffnung, etwas zu entdecken, aber es ist unwahrscheinlich, daß wir das Schiff aufstöbern, bevor es sich freiwillig zu erkennen gibt, Herr General.«

»Hm«, schnaufte von Bülow. »Das könnte bedeuten, daß sie eine Rückkehr des geflohenen Sprungschiffs vereinbart haben. Mit dem richtigen Timing könnten sie ihre Anführer und ein paar Mechs evakuieren, die Orbitalblockade durchbrechen und sich mit dem Sprungschiff treffen, bevor wir sie abfangen können. Wir werden ein waches Auge auf Stratosphäre und planetennahe Umlaufbahn haben müssen, und außerdem auf Hinweise für die Ankunft eines Sprungschiffs achten müssen.« Er runzelte die Stirn. »Möglicherweise müssen mir bei Seinen Gnaden weitere Luft/Raumkräfte anfordern, um Wache zu schieben, bis wir das Schiff am Boden entdeckt haben.«

»Ich bezweifle, daß Seine Gnaden sonderlich gerne weitere Einheiten abstellen wird, Herr General«, wandte Albrecht ein.

»Stimmt. Allzuviel steht uns nicht zur Verfügung, und es sind noch genug andere Welten zu sichern.« Von Bülow klopfte nachdenklich auf das Gehäuse des Handterminals und wälzte die Problematik in seinen Gedanken. »Die Antwort besteht natürlich darin, in entsprechender Stärke auf der Oberfläche zu landen. Wenn wir das erst getan haben, werden wir alle versteckten Truppen aufspüren und neutralisieren können. Aber sie sind offensichtlich besser auf den Widerstand vorbereitet, als wir gedacht haben. Heute morgen haben sie uns überraschen können, indem sie uns zuerst mit den Verhandlungen des Gouverneurs und dann mit der Geschichte von dem niedergeschlagenen Coup hinters Licht geführt haben. Ich beginne zu glauben, daß die ganze Sache ein einziger großer Schwindel war, angefangen mit DeVries' erster Kontaktaufnahme. Die Geschichte von einem Kampf zwischen dem Gouverneur und Carlyles Leuten war nicht der übliche Köder für eine Falle, und ich bin darauf hereingefallen. Verschlagen ... diese Leute da unten sind zu verdammt verschlagen.«

Albrecht räusperte sich unsicher. »Verzeihung, Herr General, aber ich bin nicht sicher, ob die Fakten die Theorie bestätigen, daß DeVries Teil der Falle war. Kurz bevor ich herkam, habe ich eine Mitteilung von der Funkabteilung erhalten. Wir empfangen eine Station in Eastport, einer Stadt an der äußersten Ostküste von Scotia im Distrikt Teviotdale. Anscheinend sind Gouverneur DeVries und eine Anzahl ihm ergebener Regierungstruppen dort aufgetaucht und versuchen, das Gebiet unter ihre Kontrolle zu bringen.«

»Haben sie versucht, Kontakt mit uns aufzunehmen?«

Der Adjutant schüttelte den Kopf. »Bis jetzt nicht, Herr General. Sie sind erst vor kurzem auf Sendung gegangen.«

»Es könnte Zufall sein«, meinte von Bülow zögernd. »Oder sie könnten versuchen, uns ein zweites Mal hereinzulegen. Eastport ist zu isoliert, um eine solide Operationsbasis für uns darzustellen. Sie wären bestimmt begeistert, wenn wir dort landen würden und quer über den ganzen Kontinent marschieren müßten.« Er lachte humorlos. »Selbst wenn wir unsere Zeit nur damit verschwenden, die Situation auszukundschaften, würden wir den Bastarden damit mehr Zeit geben, als wir uns leisten können. Behalten Sie die Station im Auge, aber wir werden keine weiteren Anstrengungen an eine verlorene Sache verschwenden. DeVries hat seine Chance gehabt. Wenn wir auf Glengarry landen, wird das nicht im Geist von Kompromißbereitschaft und Kooperation geschehen, das kann ich garantieren.«

Albrecht nickte. »Ich dachte mir, daß Sie so reagieren, egal, ob DeVries ernsthaft kapitulieren will oder nicht.« Er machte sich eine Notiz. »Das war alles, was mich betrifft, Herr General. Haben Sie noch Instruktionen für mich?«

»Setzen Sie für 09:00 Uhr Terra-Zeit eine Besprechung des gesamten Stabes im Konferenzraum des Nachrichtendienstes an. Lassen Sie Kommandanthauptmann Heinkel wissen, daß wir die neuesten Pläne für Operation Dreizack besprechen werden.«

»Dreizack. Jawohl, Herr General.« Albrechts Ton war auffallend neutral.

»Sie sind mit meiner Wahl nicht einverstanden, Johann?«

»Ähm … selbstverständlich, Herr General … aber ich frage mich …«

»Reden Sie, Johann.«

»Dreizack verlangt eine Aufteilung unserer Truppen, Herr General. Ist das weise? Konzentration der Kräfte ist eine der grundlegendsten militärischen Maximen, und bei Gegnern vom Kaliber dieser Legionsoffiziere fürchte ich, daß wir eine Niederlage riskieren.« Albrecht wirkte unglücklich, als habe er schon mehr gesagt, als er eigentlich wollte.

»Unter den meisten Umständen wäre Ihr Einwand durchaus stichhaltig, Johann«, erwiderte von Bülow freundlich. »Aber unser Ziel mit Dreizack ist die Aufsplitterung der Verteidiger. Im Augenblick besteht unser größer Vorteil in der zahlenmäßigen Überlegenheit. Sie können nicht alle möglichen Landezonen in ausreichender Stärke verteidigen, um uns daran zu hindern, irgendwo einen Brückenkopf zu errichten, selbst wenn sie eine oder sogar zwei Schlachten gewinnen. Dreizack zwingt sie, die Masse ihrer Truppen in die Schlacht zu werfen und Verluste hinzunehmen, die sie sich nicht leisten können, wenn sie sich unserer Landung überhaupt entgegenstellen wollen. Und gleichgültig, wie gut sie sind, schließlich werden ihnen die Leute ausgehen, und wir werden ihre Verteidigung wie eine Eierschale zerschlagen.« Von Bülow stellte das Terminal wieder auf den Tisch. »Sehen Sie, Johann, wenn Sie viel Geld zur Verfügung haben, müssen Sie es auch benutzen, indem Sie es solange ausgeben, bis Sie haben, was Sie wollen. Weder Tricks noch schlaue Strategien sind gegen Verschleiß gefeit. Man braucht nur die Mittel und den Willen, diese Strategie durchzuhalten.«

»Ah, Carlyle. Kommen Sie herein... Baron«, sagte Prinz Victor Davion in seinem Büro auf Tharkad.

Grayson Death Carlyle trat zwischen den beiden Wachen durch die Tür in Prinz Victors Privatbüro. Wie der Mann selbst war auch das Büro spartanisch und bot wenig Hinweise auf den Rang seines Besitzers. Aber aus diesem Raum und seinem Gegenstück auf New Avalon wurden die Geschicke des größten Sternenimperiums der Menschheit gelenkt.

»Hoheit, ich muß mit Euch reden«, begann Carlyle und verbeugte sich fahrig, bevor er auf dem Stuhl Platz nahm, den ihm der Archon-Prinz mit einer Handbewegung anbot. »Die Sache ist dringend...«

»Sie sind wegen der Lage in Skye hier«, stellte Prinz Victor nüchtern fest. »Speziell wegen der Nachrichten, die Sie gestern von Glengarry erhalten haben.«

»Dann wissen Sie bereits davon, Sire?«

Victor nickte knapp. »Meine schwachsinnigen Cousins Ryan und Richard Steiner scheinen entschlossen, die Demagogen zu spielen. Ich nehme an, die Privatbotschaft, die Sie über das Hyperpulsnetz erreicht hat, betrifft diese Situation?«

»Ja, Sire...« Carlyle zögerte, dann sprach er weiter. »Meine Offiziere melden, daß eine Invasionsflotte das Feuer auf Legionsschiffe eröffnet hat. Eines meiner Sprungschiffe konnte im letzten Moment entkommen, um die Nachricht abzuschicken. Besitzen Sie neuere Erkenntnisse?«

»Ja. Es scheint, daß der frühere Baron von Glengarry, ein General von Bülow, glaube ich, etwas dagegen hatte, sein Lehen an Sie zu verlieren. Mit Ryans Segen und Richards heimlicher Unterstützung ist von Bülow aufgebrochen, Glengarry zurückzuerobern. Nach den vorliegenden Erkenntnissen verfügt er dazu über die Zehnten Skye Rangers und Hilfstruppen.«

»Die Legion ...«

»Sie ist deutlich in der Unterzahl, Carlyle. Aber bei Ihren Leuten ... Sagen Sie es mir. Wie stehen die Chancen, daß Sie noch Widerstand leisten?«

»De Villar und McCall haben das Kommando. Keiner von beiden wird einen Zentimeter nachgeben. Ich würde sagen, sie kämpfen noch – wenn es noch etwas gibt, womit sie kämpfen können.« Der Söldnerführer beugte sich vor und sah dem Prinz ins Auge. »Wie Sie wissen, befindet sich der Rest der Legion mit Kommandanthauptmann Khaled auf Borghese. Mit Eurer Erlaubnis werde ich meine BefehlsLanze dorthin einschiffen, das Bataillon mobilisieren und eine Entsatzoperation starten. In zwei, spätestens drei Wochen werden wir zurück auf Glengarry sein, und den Hundesöhnen zeigen, mit wem sie es zu tun haben.«

»Ich habe bereits Anweisung nach Borghese geschickt, Ihre Leute zu mobilisieren, Carlyle. Sie haben Priorität auf allen Sprungrourten und sollten das System in zwölf Tagen erreichen. Aber ich würde es vorziehen, wenn Sie hierbleiben.«

»Sire?«

»Die Zehnten Rangers waren die einzige Skye-Einheit, die gemeutert hat. Die anderen warten noch ab. Wenn ich reguläre Truppen des Vereinigten Commonwealth nach Glengarry schicke, wird das gesamte übrige Skye-Militär zu den Rebellen überlaufen. Und ungeachtet Ihres Rufes könnten Sie die Zehnten Skye Rangers nicht mit einem einzigen Bataillon besiegen. Deshalb habe ich in Ihrem Namen mehrere Regimenter der Northwind Highlanders angeheuert. Sie werden in drei Wochen zum Aufbruch bereit sein und das Glengarry-System in vier Wochen erreicht haben. Ich möchte, daß Sie *diese* Einheiten nach Glengarry führen, um die Rebellion niederzuschlagen.«

»Sire ... ich wäre doch sicher bei meinen eigenen Leuten nützlicher.«

»Das finde ich nicht, Carlyle. Wir wissen nicht einmal, ob es auf Glengarry noch Truppen geben wird, die entsetzt werden können. Ich kann mir weder erlauben, einen meiner besten Offiziere für eine vage Möglichkeit zu verschwenden, noch die Kontrolle des Vereinigten Commonwealth über Skye zu verspielen.«

»Dann ... schreibt Ihr sie ab?« Carlyle senkte den Blick. »Sire, mein Sohn ist auf Glengarry.«

»Ich weiß. Es tut mir leid. Aber wir lassen niemand im Stich. Ihr Kommandanthauptmann Khaled ist ein guter Mann. Wenn sich auf Glengarry noch jemand widersetzt, können seine Truppen – Ihre Truppen – einen enormen Unterschied ausmachen. Aber wenn der rechtmäßige Baron von Glengarry zurückkehrt, muß dies mit einer erdrückenden Übermacht geschehen. Ich muß sicher sein, daß diese Rebellion im Keim erstickt wird.«

Grayson Carlyle antwortete nicht sofort. Also das ist der Preis für den Titel, für die Zeremonie und den Jubel bei Hofe, dachte er verbittert. Wenn er Victors Befehl jetzt verweigerte, würde er den erst vor einer Woche geleisteten Treueschwur brechen. Und der Prinz war durchaus in der Lage, ihm jede Hilfe für die Verteidiger auf Glengarry zu verweigern.

»Na gut, Hoheit«, sagte er schließlich. »Ich werde es tun.«

Victor Davion lächelte. »Gut. Gut. Ihre Leute machen den Bastarden auf Glengarry die Hölle heiß, und Sie selbst treten dann mit den Highlanders die Gegenoffensive an. So werden wir Skye retten.«

Grayson Death Carlyle stand langsam auf und verneigte sich. Er hoffte, der Archon-Prinz des Vereinigten Commonwealth hatte recht.

Und er hoffte auch, Alex Carlyle würde irgendwo und irgendwie wissen, daß ihn die Gedanken und Gebete seines Vaters begleiteten.

34

Dunkeld, Glengarry
Mark Skye, Vereinigtes Commonwealth

11. April 3056

Die Statusanzeige auf der Kontrollkonsole des *Schütze* zeigte ein halbes Dutzend roter Warnlichter, und das Schrillen des Alarms übertönte die Stimmen von Alex Carlyles Leuten, die ihn anflehten, ihnen zu Hilfe zu kommen. Aber er konnte ihnen nicht helfen. Eine feindliche Angriffswelle nach der anderen war unterwegs, und es waren keine Legionäre mehr da, die er in den Kampf werfen konnte.

Alex Carlyle schreckte hoch und setzte sich ruckartig auf. Kalter Schweiß stand ihm auf der Stirn. Einen langen Moment konnte er den Alptraum nicht abschütteln. Seit der Schlacht um den Raumhafen wiederholte sich dieser Traum jede Nacht. Mit jedem Mal wurde er realer, lebendiger, und jedesmal, wenn er erwachte, erwartete er, sich inmitten der Schlacht wiederzufinden und Freunde und Kameraden seinen Namen schreien zu hören.

Er brauchte einige Sekunden, um zu erkennen, daß das Schrillen nicht nur ein Nachhallen aus dem Alptraum war. Nein, er befand sich in seinen Räumen, in der Residenz auf dem Castle Hill, und das Interkom neben seinem Bett trillerte nachdrücklich. Unsicher streckte er die Hand aus und nahm den Anruf an. »Carlyle«, krächzte er. Er schluckte und versuchte sich besser in den Griff zu bekommen, bevor er sich noch einmal meldete, diesmal klar und deutlich. »Carlyle. Was gibt es?«

»Herr Oberst, hier ist Longo in der Verteidigungszentrale. Wir verzeichnen bei vier der Landungsschiffe in der Umlaufbahn Vektorveränderungen. Sieht aus, als ginge es los, Sir.«

Die Meldung des ehemaligen Landungsschiffkapitäns ließ ihn augenblicklich wach werden. »Ich bin unterwegs, Oberleutnant«, erklärte Alex. »Geben Sie Kommandanthauptmann McCall Bescheid und lösen Sie allgemeinen Bereitschaftsalarm aus. Alpha-Gruppe bereitmachen zum Ausrücken.«

»Ja, Sir«, antwortete Longo. »Verteidigungszentrale Ende.«

Alex wälzte sich aus dem Bett und lief an den Schrank, wo er sich hastig anzog. Fast vier Tage waren seit dem Kampf um den Raumhafen vergangen, und sie hatten schon längst eine Feindaktion erwartet. Jetzt war die Warterei endlich vorbei, aber er war sich nicht sicher, ob er erleichtert sein oder Angst vor dem haben sollte, was ihnen bevorstand.

Während des Anziehens und auch noch während des Wegs zur Verteidigungszentrale weit unter dem Residenzgebäude, wog Alex in Gedanken ihre Erfolgsaussichten ab. Nachdem der Graue Tod der Freien Skye-Armada einmal die Zähne gezeigt hatte, bestand keine Hoffnung mehr, sie noch einmal in einen Hinterhalt zu locken. Damit war die Legion wieder an dem Punkt, an dem sie gewesen war, nachdem de Villar gestorben und Gouverneur DeVries aus der Hauptstadt geflohen war.

Es gab noch immer verschiedene gute Landezonen für die feindliche Invasionsstreitmacht und zu wenige Legionäre, um sie alle abzudecken. Das plötzliche Auftauchen von Gouverneur DeVries und zwei Bataillonen der Planetaren Garde in Eastport, Teviotdale, hatte die Situation noch weiter kompliziert, da immer noch die Möglichkeit bestand, daß von Bülow sich entschloß, dort zu landen, wo er einheimische Unterstützung hatte, und anschließend einen längeren Feldzug auf sich nahm. Aber Dunkeld, Coltbridge,

Loch Sheol und Halidon blieben die wahrscheinlichsten Angriffsziele. Nur, wo würde dieser Angriff tatsächlich stattfinden? Und wie konnte die zahlenmäßig unterlegene Legion alle denkbaren Ziele sichern?

Alard King hatte auf die zweite Frage die beste Antwort gefunden. Zwei Tage nach den Kämpfen in Dunkeld waren die weit verstreuten Außeneinheiten der Legion in die Hauptstadt zurückgekehrt und hatten dabei alle MSB-Züge mitgebracht, die sie unterwegs requirieren konnten. Jetzt war die gesamte Legionsstreitmacht Glengarrys – abgesehen von ein paar Infanterie- und Panzertruppen, die zur Bewachung der möglichen Landezonen zurückgeblieben waren – im Herzen der Stadt um den Hauptknoten des Magnetbahnnetzes versammelt. Eine Mechabteilung war bereits auf MSB-Plattformwagen verladen und bereit zum Abtransport an jeden beliebigen Punkt des Schienennetzes. Die übrigen blieben für Gefechte rund um Dunkeld bereit, konnten aber bei Bedarf ebenfalls schnell verladen und transportiert werden.

Es ging darum, schnell auf eine Landung reagieren zu können, wo immer sie stattfand. Innerhalb von Stunden konnten Mechs der Legion jede Stadt erreichen, die von Bülow als sein nächstes Ziel auswählte, und mit etwas Glück würde der Graue Tod in Aktion treten können, bevor der Feind seine Landezone gesichert hatte.

Alex konnte nur hoffen, daß alles funktionierte.

Als sich die Aufzugtüren vor ihm öffneten und den Weg in die Verteidigungszentrale freigaben, hatte er seine Mimik unter Kontrolle, und seine Körperhaltung war so entspannt und selbstsicher wie möglich. Longo holte ihn vom Aufzug ab.

»Wir haben gerade neue Daten hereinbekommen, Sir«, begann er ohne Umschweife. »Der Computer sagt eine Landung im Norden voraus, in den Regionen Strathtay oder Glensheol. Natürlich könnten sie das Flugprofil noch ändern …«

»Allerdings«, schnitt Alex ihm das Wort ab. Nach drei Tagen Kartenstudium und Strategiedebatten mit McCall und den anderen waren ihm die verschiedenen Möglichkeiten des Gegners, sein Ziel bis zum letztmöglichen Augenblick zu verschleiern, nur allzu vertraut.

Sie hatten noch immer keine klare Vorstellung davon, wo von Bülow wahrscheinlich zuschlagen würde. Allem Anschein nach ignorierte der General Gouverneur DeVries' Anstrengungen, einen Waffenstillstand zu arrangieren und neue Verhandlungen in Gang zu bringen. Das sprach eher gegen Eastport. Aber Freie Skye-Jäger hatten in den letzten beiden Tagen alle paar Stunden Loch Sheol, Coltbridge und Halidon überflogen, während sie um Dunkeld einen weiten Bogen gemacht hatten. Wollte von Bülow damit die Aufmerksamkeit von der Hauptstadt ablenken, bevor er einen neuerlichen Direktangriff versuchte? Alex hatte seine Zweifel, und McCall schien überzeugt davon, daß die Invasoren es nicht auf eine zweite Schlacht um Dunkeld abgesehen hatten, aber es blieb eine nagende Ungewißheit.

»Was ist mit den Eindringlingen der letzten Nacht?« fragte Alex, während er Longo zur Schlangengrube begleitete.

Der Landungsschiffkapitän zuckte die Schultern. »Seit der Besprechung um 23:00 Uhr keine Neuigkeiten, Sir. Wir hatten das Landungsschiff auf den Schirmen und konnten eine flache Flugbahn verfolgen, die es nacheinander über Loch Sheol, Coltbridge und Halidon führte. Das Schiff hatte eine zu starke Jägereskorte, so daß Hauptmann Vargas keinen Abfangversuch unternahm. Eine Landung hat nicht stattgefunden. Das Schiff kehrte nach dem Vorbeiflug zum Rest der Flotte zurück.«

Der Zwischenfall hatte einen generellen Alarmzustand ausgelöst, bis klar war, daß es sich nicht um einen Landeversuch handelte. Alex nahm an einer der Beobachterkonsolen Platz und sah Longo nachdenklich an. »Mac – Kommandanthauptmann McCall hielt es für möglich, daß das Schiff Wegbereiter an Bord hatte. Irgendwelche Hinweise in der Richtung?«

»Nein, Sir.« Longo schüttelte den Kopf. »Natürlich würden gute Wegbereiter sich nicht verraten, und ich gehe von guten Truppen aus.«

Alex nickte. Ein Landeunternehmen auf einer feindlichen Welt wurde in der Regel durch den Abwurf von Wegbereitern – Scouts und Elite-Fußtruppen – eingeleitet, die sich die Lage am Boden aus der Nähe ansahen, automatische Verteidigungsanlagen und Sensoren ausschalteten, feindliche Einheiten lokalisierten und generell die spätere Landung erleichterten. In Dunkeld hatte von Bülow keine Wegbereiter eingesetzt, weil er nicht mit Widerstand gerechnet hatte. Diesmal wäre es unverantwortlich von ihm gewesen, darauf zu verzichten, aber es war unmöglich festzustellen, wo sie gelandet waren. Mit Spezialfallschirmen und Sprunggürteln ausgerüstete Wegbereiter konnten praktisch überall unbemerkt abgesetzt worden sein.

Also hatte von Bülow bereits Leute am Boden, und diese vier Schiffe folgten ihnen nur. Der Trick bestand darin, rechtzeitig zu erkennen, wo sie landeten. Wenn der Graue Tod wartete, bis die Freien Skye-Truppen sich bereits eindeutig auf ein Ziel festgelegt hatten, würde er den Vorteil der durch die Magnetbahnlinien ermöglichten Beweglichkeit wieder verlieren.

Die Entscheidung liegt bei Ihnen, Oberst Carlyle, dachte Alex spöttisch. Und es gibt ein Desaster, wenn sie falsch ist.

Hinter ihm öffneten sich die Aufzugtüren. Er drehte sich um und sah McCall durch die Zentrale kommen. Mit wirrem Haar und schläfriger Miene wirkte er wie ein Bär, den man beim Winterschlaf gestört hatte. »Hat der Computerr schon eine LZ prrojektierrt?« Der Caledonier sah Alex fragend an.

»Bis jetzt sieht es nach Loch Sheol aus«, antwortete dieser.

McCall setzte sich neben Alex und studierte intensiv einen der Computerschirme. »Hast du schon eine Entscheidung getrroffen, Laddie?« fragte er leise.

Alex zuckte die Achseln. »Sie wissen ja, womit wir es zu tun haben. Ich frage mich, ob es nicht genausoviel Sinn machen würde, mit Pfeilen auf eine Dartscheibe zu werfen, um herauszubekommen, wo diese Hundesöhne runterkommen werden.«

»Mein Gefühl sagt mirr, daß die Prrojektionen stimmen«, erklärte McCall. »Loch Sheol ist fast perrfekt fürr eine Landung, und ich denke nae, daß unserr hochgeschätzterr Gegnerr jemand is', der im letzten Moment das Ziel wechselt. Err weiß, daß wirr uns in die Hauptstadt zurückgezogen haben, aber er wirrd nae errwarrten, daß wirr uns'rre Mechs mit derr Magnetbahn trransporrtierren. Also hat err nae einen Grrund, uns auf die Arrt hinterrs Licht zu führren. Er wirrd errwarrten, daß wir errst rreagierren, nachdem err am Boden ist.«

»Sie könnten recht haben«, stimmte Alex zögernd zu. »Und das könnte uns die Gelegenheit geben, diese Truppen schnell zu zerschlagen. Er setzt zunächst nur eine kleine Zahl Truppen ein, um die LZ zu sichern, so wie er es hier versucht hat. Wenn wir uns schnell genug nach Norden in Bewegung setzen, können wir sie mit heruntergelassenen Hosen erwischen.«

»Aye, vielleicht«, meinte der Caledonier. »Vielleicht... Aberr ich frrage mich, ob wirr nae etwas überrsehen. Nurr vierr Landungsschiffe in der errsten Angrriffswelle. Haben sich schon weiterre aus dem Orrbit gelöst, Oberrleutnant?«

»Nein, Herr Kommandanthauptmann«, antwortete Longo. »Aber sie haben eine ansehnliche Jägereskorte. Zwölf Maschinen.«

»Das gefällt mirr garr nae«, stellte McCall mit saurer Miene fest. »Wenn es ein echterr Großangriff wärr, würrden sie mehrr als vierr Schiffe schicken. Von Bülow würrde nae noch einmal eine blutige Nase rriskierren.«

»Trotzdem, vier Landungsschiffe mit dieser Art von Jägerdeckung ... das könnten genug Mechs für alles sein, was wir haben, während der Rest der Truppe in Reserve gehalten wird.« Alex runzelte die Stirn. »Oder eine massive Erkundung. Wir haben keine Garantie, daß die Schiffe vollbeladen sind. Wir wissen von zweien, die keine Mechs mehr an Bord haben, und wir wissen nicht, ob sie überhaupt alle vollbeladen angekommen sind.«

»Aye«, bestätigte McCall. »Könnte sein, das ist nurr eine Finte, damit wirr uns ablenken lassen, währrend die echte Landung sich irrgendwo anderrs abspielt.«

»Wir können also reagieren und die echte LZ ungeschützt lassen, oder abwarten und zu spät feststellen, daß es tatsächlich die echte LZ ist.« Alex schüttelte den Kopf. »Wie auch immer, wir sind geliefert.«

»Wirr dürrfen die Initiative nae verrlierren, Laddie. Wirr maun Trruppen schicken, um den Lads tae helfen, die wirr noch dorrt haben, und es müssen genug sein. Aberr ich denke, wirr sollten die zweite Welle zurückhalten, bis wirr genau wissen, womit wirr es zu tun haben.«

»Im Angesicht des Feindes unsere Kräfte zu teilen... das gefällt mir nicht, Mac.« Alex verzog das Gesicht. »Aber wir haben wohl keine Wahl.«

»Werr leitet die errste Welle?« fragte McCall Longo.

»Hauptmann Dumont, Sir. Mit der Bataillons-HQ-Lanze und einer Kompanie.«

Der Waffenmeister drehte sich wieder zu Alex um.

»Dumont ist ein guhterr Mann, Laddie, aberr du wirrst jemand als Kommandeurr brrauchen, derr besser weiß, was du willst. Wirr sollten die BefehlsLanze splitten. Schick mich und einen von den anderren, sagen wirr, den jungen Clay, mit der Rreaktionseinheit los, währrend du hierr bleibst und ein Auge auf die Dinge hältst, bis wirr wissen, wo wir den Rrest der Lads brrauchen.«

Alex schüttelte den Kopf. »Gute Idee, Mac, aber Sie ziehen es verkehrt herum auf. Sie sind derjenige, den wir für den Einsatz der Reserve brauchen. Ich werde Dumont begleiten.«

»Aberr …«

»Ich weiß, ich weiß.« Der junge Interim-Oberst hob die Hand und blockte McCalls Protest ab. »Ich muß delegieren lernen. Genau das versuche ich gerade zu tun. Sie sind der beste Mann für unsere Reserve, Mac. Sie haben die notwendige Erfahrung für diese Aufgabe, ich nicht. Aber ich *kann* den Befehl im Feld übernehmen. Dafür haben Sie mich ausgebildet.«

McCall antwortete nicht sofort. Alex hielt seinem Blick gelassen stand. Er konnte fast hören, was sein Gegenüber in der plötzlichen Stille dachte. McCall war tatsächlich besser geeignet, darüber zu entscheiden, wohin die Reserven bei Bedarf in Marsch gesetzt wurden, aber trotz seiner Erfahrung bei der Schlacht um den Raumhafen – vielleicht sogar gerade wegen dieser Erfahrung – blieb Alex eine unbekannte Größe, wenn es darum ging, ein unabhängiges Kommando zu führen, ohne McCall als Stütze. Die Tatsache, daß Henri Dumont zu denen gehörte, die über Alex' Aufstieg an die Spitzenposition des Grauen Todes am allerwenigsten begeistert waren, würde die möglichen Probleme nur noch vergrößern. Aber McCall konnte nicht offen gegen die Entscheidung protestieren, ohne öffentlich zu erklären, daß Alex der Aufgabe nicht gewachsen war. Und damit würde der Waffenmeister alles zerstören, was er mühsam aufgebaut hatte.

Schließlich nickte McCall kurz und hart. »Aye«, sagte er. »Aye, es muß genügen.«

Alex gestattete sich ein dünnes Lächeln. »Gut. Dann ist das erledigt.« Er wandte sich an Longo. »Lassen Sie meinen *Schütze* zu den anderen Mechs der ersten Welle laden. Und ... äh, den *Centurion* auch. Weisen Sie MechKriegerin DeVries an, stehenden Fußes am Sammelpunkt zu erscheinen.«

»Caitlin?« brummte McCall. »Bist du sicherr, daß derr junge Clay nicht besserr wärre?«

Er schüttelte den Kopf. »Nach Kings letztem Bericht kostet es noch einmal zwanzig Stunden Arbeit, bis das Fußgelenk von Davis' *Greif* repariert ist. Aber Caitlins *Centurion* ist wieder zu hundert Prozent funktionstüchtig, und da der *Marodeur* schrottreif ist, kommt eigentlich nur sie als Pilotin in Frage.«

»Aye, ich schätze, du hast rrecht.« McCall klang allerdings alles andere als überzeugt. Carlyle konnte seine Zurückhaltung verstehen. Die Tochter des Gouverneurs war bei den Kämpfen am Raumhafen mürrisch und in sich gekehrt gewesen, und das Erlebnis, einen BattleMech unter sich praktisch in Stücke geschossen zu bekommen, hatte weder ihrem Selbstwertgefühl noch ihren Fähigkeiten gutgetan. Aber Clays Mech würde den nächsten Kampf nicht überstehen, wenn er nicht repariert wurde. Das gab Caitlin noch eine Gelegenheit, sich zu beweisen. Alex Carlyle wußte nur zu gut, wie ein Fehlschlag das Selbstvertrauen eines MechKriegers zerstören konnte. Hinzu kam die Möglichkeit, daß ein Teil ihres Problems die Zweifel waren, die er während der Kämpfe gegen die Soldaten ihres Vaters an ihr geäußert hatte. Er konnte sie nicht von dieser Operation ausschließen, ohne noch mehr böses

Blut zu riskieren, noch mehr Unsicherheiten, Zweifel, die ihre Zukunft als gute MechKriegerin ruinieren konnten.

Plötzlich stand Alex auf, und alle Zweifel und Sorgen lagen hinter ihm. »Ich gebe zu, daß er nicht perfekt ist, Kommandanthauptmann, aber es ist ein Plan. Sie übernehmen das Kommando hier. Ich mache mich auf den Weg zum Sammelpunkt. Oberleutnant Longo, lassen Sie die Bereitschaft aufsitzen und sich auf den Transport nach Loch Sheol vorbereiten. Und jemand muß den Kommandeur der dortigen Posten über die Situation aufklären.«

Bevor jemand eine Chance hatte zu antworten, marschierte er zum Aufzug. Es war ein gutes Gefühl, nach der langen Wartezeit endlich wieder in Aktion zu treten.

Er hoffte nur, daß er das Richtige tat.

Hauptmann Giles Montclair stützte die Ellbogen auf die Sandsäcke des niedrigen Schutzwalls um seine Beobachtungsstellung außerhalb von Loch Sheol und hob das Feldfernglas an die Augen. Dem hellen Morgenlicht entsprechend war es auf Standardoptik eingestellt, und die winzigen roten Leuchtpunkte in der unteren linken Ecke des Sichtfelds zeigten, daß Aufnahme- und Übertragungsfunktion aktiv waren. Montclair verstärkte über die Sensorschaltung an der Oberseite des Fernglases die Vergrößerung und stellte die Schärfe nach. Er brachte das nächste der vier Landungsschiffe, die vor nicht einmal zehn Minuten auf dem Landefeld aufgesetzt hatten, in die Mitte des Sichtfelds. Das Raumhafengelände lag in einem Tal südwestlich der Bergwerksstadt Loch Sheol, drei Kilometer unterhalb seiner Position auf einem langen Gebirgsausläufer.

Es handelte sich um ein Schiff der *Zorn*-Klasse, geeignet für den Transport von Truppen und leichten

Fahrzeugen. Montclair wollte sich die exakte Kapazität der *Zorn* ins Gedächtnis rufen, aber er konnte sich nicht an die Werte erinnern. Der Graue Tod benutzte keine Landungsschiffe dieser Klasse. Wahrscheinlich rund hundert Mann und ein oder zwei Züge leichte Panzerfahrzeuge – das entsprach in etwa der Größe seiner Einheit. Der Vergleich hätte beruhigend sein können, wären da nicht noch die drei anderen Landungsschiffe gewesen, die hinter dem ersten Schiff aufragten: zwei Mechtransporter der *Union*-Klasse und ein kampfgezeichneter *Leopard*. Das bedeutete eine potentielle Streitmacht von mehr als zwei BattleMechkompanien – ganz zu schweigen von den am Himmel kreisenden Jägern.

Situation erkunden und zum Benmorpaß zurückziehen, hatten die Befehle aus Dunkeld gelautet. *Kampfhandlungen vermeiden, soweit sie nicht für den Fortbestand der Einheit unumgänglich sind.* Montclair grinste freudlos. Kampfhandlungen gegen zwei Kompanien BattleMechs würden den Fortbestand seiner kleinen Einheit kaum fördern.

Er suchte langsam das Hafengelände ab. Dabei bemerkte er eine Gruppe Freier Skye-Soldaten, die um eine der Minen herumstanden, die seine Männer zurückgelassen hatten, als die Rückzugsbefehle kamen. Es war eine der großen Mechminen, die darauf eingestellt waren, seismische Daten auszuwerten und zu detonieren, wenn sich etwas von der Größe eines mittelschweren Mechs in ihren effektiven Wirkungsbereich bewegte. Ein paar der Minen waren beim Aufsetzen der Landungsschiffe explodiert, aber die Rumpfschäden waren nicht weiter von Bedeutung. Für einen Kampfkoloß waren diese Minen allerdings eine echte Bedrohung. Sie waren fast so effektiv wie die patentierten Knieattacken der Gray-Death-Infanterie.

Im Augenblick sorgte die Angst vor den Minen

noch dafür, daß die größeren Landungsschiffe die Luken geschlossen hielten. Die *Zorn* dagegen schleuste ihre Truppen aus, und während Montclair noch zusah, senkten sich die breiten Rampen im Bauch des Landungsschiffs auf den Asphalt, und ein leichter *Galleon*-Panzer kam auf klirrenden Ketten ins Freie gerollt. In der Nähe hievte eine Gruppe Pioniere neben einer der Minen eine Apparatur in Position, die für Montclair nach einer Minensuch- und Bombenentschärfungsanlage aussah.

Die Invasoren würden eine Stunde oder mehr brauchen, um alle Sprengladungen zu entschärfen und das Hafengelände für schwerere Maschinen als eine *Hornisse* oder *Wespe* sicher zu machen … und in dieser Zeit würden die Verstärkungen, die Kommandanthauptmann McCall angekündigt hatte, Benmor erreichen und mit dem Abladen der MSB-Waggons beginnen.

Montclair senkte das Fernglas und schaltete ab. »So weit, so gut«, sagte er zu Oberleutnant Elphinstone, seinem dienstältesten Zugführer. »Bringen wir unsere Leute am Paß in Stellung. Das wird ein langer Morgen.«

35

Nahe dem Benmorpaß, Glengarry
Mark Skye, Vereinigtes Commonwealth

11. April 3056

Die MSB näherte sich dem Benmorpaß, und Alex Carlyle überprüfte zum hundertsten Mal die Chronometerfunktion seines Armbandcomputers. Trotz der Geschwindigkeit der Magnetschwebebahn schien die Fahrt nach Norden Ewigkeiten zu dauern. Während die Minuten dahinkrochen, wuchs Alex' Ungeduld – und seine Sorge darüber, was der Feind inzwischen tun mochte...

Aber es war nicht zu ändern. Die Fahrt von Dunkeld nach Loch Sheol dauerte knapp über zwei Stunden, egal, wie eilig er es hatte. Und anschließend würden sie noch mindestens eine Stunde brauchen, um die BattleMechs abzuladen und kampfbereit zu machen. Das mußte schnell genug sein.

Er überlegte, ob er sich mit McCall in Verbindung setzen sollte, ließ es dann aber sein. Im Verlauf der letzten Stunde hatte Alex schon dreimal die Zentrale angefunkt. Eine zu offensichtliche Besorgnis des Interim-Obersten würde die Kampfmoral der Legionäre schwächen, und das konnten sie sich jetzt nicht leisten. Wenn sich die Situation irgendwie änderte, würde McCall es ihn wissen lassen. Im Augenblick schien nichts weiter zu geschehen. Es gab keine Anzeichen weiterer Aktivitäten in der Umlaufbahn, und die Truppen bei Loch Sheol meldeten noch immer eine beinahe geruhsame Ausschiffung der Invasoren auf dem Raumhafen.

Alex koppelte seinen Armbandcomp mit dem Bildschirm in der Rücklehne des Sitzes vor ihm und rief die detaillierte Geländekarte der Region Glensheol ab.

Vielleicht konnte er sich von seinen Sorgen um die bevorstehende Schlacht ablenken, indem er das Gelände und die taktische Situation studierte. Wenn er die Aufgabe als eines der abstrakten Probleme anging, die McCall seinen Kadetten im Klassenzimmer des Brander-Wildnistrainingszentrums stellte, konnte er vielleicht sogar noch einen nützlichen Schachzug ausarbeiten.

Glensheol war eine Region öden Hochlands von annähernd dreieckiger Form zwischen den Grampian- und Braebuchangebirgen. Die dritte Seite des Gebietes, die von Nord nach Ost verlief, grenzte ans Meer. Steile Klippen und Felsbuchten verliehen der Küste ein abweisendes, unfruchtbares Erscheinungsbild, und selbst in den Hochzeiten kolonialer Ausdehnung auf Glengarry hatten sich hier nur wenige Siedler niedergelassen.

Das Herz der Region war Loch Sheol, ein großer, unregelmäßiger See zwischen den Ausläufern der beiden Gebirgszüge. Die ursprünglichen Kolonisten hatten ihn nach berühmten Geländemerkmalen des terranischen Schottland Loch Shiel getauft, und die Region Glenshiel, aber die Siedler hatten diese Namen geändert und mit Sheol, einem archaischen Namen für die Hölle, assoziiert. Die neuen Namen paßten besser.

Glensheol war eines der geologisch aktivsten Gebiete auf Glengarry. Immer wieder erschütterten Planetenbeben die ganze Region, und fünf aktive Vulkane sowie zahlreiche ältere, ausgebrannte Krater überzogen das Hochland. Die heißen Quellen, die Loch Sheol über den Fluß gleichen Namens speisten, hatten interstellaren Bekanntheitsgrad. Das Gebiet um den Loch stank nach Schwefel und war in der Regel von heißem, feuchtem Nebel bedeckt.

Trotz dieser unfreundlichen Bedingungen hatte das Gebiet Kolonisten angezogen. Die Grampians waren von Invertay bis zu den Monaghan Highlands von reichen Erzvorkommen durchzogen, und Glensheol war eines der besten Abbaugebiete. In der Kolonialzeit war eine Stadt von ansehnlicher Größe am Südrand des Loch entstanden, und selbst heute noch war sie Sitz eines Thanes und seiner Untertanen, die sich häufig benahmen, als gäben ihnen der Wohlstand und die Abgeschiedenheit ihrer Hochlandregion das Recht, sich praktisch vom Rest des Planeten für unabhängig zu erklären. Die Gefährten des Grauen Todes hatten drei kurze, aber heftige Feldzüge gebraucht, bis sie den Thane endgültig von dieser irrigen Vorstellung abgebracht hatten. Ein Bericht in Alex' Datei bemerkte, daß Mechaktivitäten rund um Loch Sheol, insbesondere in den tiefer gelegenen Gebieten nahe des Loch, die Kühlsysteme eines Mechs wegen der ungewöhnlich hohen Außentemperaturen stark belasten konnten.

Der Handel mit Schwermetallen hatte die frühen Kolonisten veranlaßt, nahe der Stadt Loch Sheol eine unabhängige Raumhafenanlage zu bauen, und um die Stadt in den Jahren, als die Kolonie noch wuchs, versorgen zu können, war die MSB-Linie durch hohe Gebirgspäße getrieben worden. Wie sich bei den ersten Strategiesitzungen in Dunkeld gezeigt hatte, war Loch Sheol entweder eine absolut sichere Operationsbasis für eine Armee, oder – falls die Pässe vom Gegner gehalten wurden – eine perfekte Falle.

Alex studierte eine Detailkarte des Gebiets südlich von Loch Sheol und versuchte, sich an von Bülow Stelles zu versetzen. Stadt und Hafen lagen in einem Tal direkt neben dem Seeufer. Die Stadt lag westlich des Sheol, der Hafen am Ostufer des Flusses. Weniger als zwanzig Kilometer südlich schlängelte sich unter dem hochaufragenden vulkanischen Gipfel des Ben Mor der nach Buchan hinabführende Paß durchs Gebirge. Eine Straße und die Magnetbahnlinie führten durch den Benmorpaß, überquerten den Fluß an der Benmorbrücke und verliefen von dort aus in gerader Linie nach Norden zur Stadt. Das Gelände zwischen Paß und Stadt bestand aus einer Anzahl von Hügelkämmen, ein widerliches Gelände für eine Schlacht. Der Sheol hatte sich ein Flußtal durch diesen Hinderniskurs gegraben, während die Straße über tieferen, ebeneren Boden verlief.

Das Gelände war wie geschaffen für eine Verteidigungsaktion, und in einer idealen Situation hätte Alex sich am Benmorpaß aufgestellt und die Invasoren sich den Weg bis zu seinen Linien unter ständigen Verlusten erkämpfen lassen. Aber in der gegenwärtigen Lage war eine Verteidigungsschlacht für den Grauen Tod nicht praktikabel. Ihr Erfolg hing von schnellem Handeln ab, bevor die zahlenmäßige Überlegenheit des Gegners zum Tragen kam. Und solange mehr als zwei Drittel der feindlichen Armada unbeteiligt in der Umlaufbahn warteten, konnte es sich Alex nicht leisten, zu sehr in ein Gefecht gegen eine einzelne feindliche Formation verstrickt zu werden.

Also mußte der Graue Tod angreifen, und es war an Alex Carlyle, eine praktikable Angriffsmethode für diese Geländebedingungen zu finden.

Er sah wieder auf die Uhr. Zahlen, Gelände, selbst die Zeit, alle schienen sich gegen den Grauen Tod verschworen zu haben …

Hauptmann Ann Ison-Price hustete und verfluchte in Gedanken die verdreckte Luft in der Loch-Sheol-Landezone. Selbst in den Shorts und der Kühlweste einer MechKriegerin war die Hitze noch drückend. Sie stellte sich lieber gar nicht erst vor, wie sich der uniformierte Pionier fühlen mußte, der ihr gegenüberstand.

»Solange sie in den Bereichen bleiben, die wir auf dem Asphalt markiert haben, sollten Ihre Mechs sicher genug sein«, stellte Leutnant Samuel Rusk fest und schaffte es irgendwie, gleichzeitig die von einem niederen Offizier erwartete Ergebenheit und die Arroganz eines Spezialisten zu zeigen, auf den der Kommandeur nicht verzichten kann. »Der Hafen selbst war vermint, aber nur leicht. Außerhalb des Landefelds haben wir keine Hinweise auf Minen entdeckt. Ich bezweifle, daß sie so viele übrig hatten.«

Ison-Price nickte. »Gut. Konzentrieren Sie sich als nächstes auf die Route über den Fluß und in die Stadt. Ich weiß, ich weiß, Sie glauben nicht, daß es dort noch Minen gibt. Aber ich will die Strecke trotzdem überprüft haben, und wenn irgendeine Mine auch nur die Lackierung eines meiner Mechs ankratzt, werde ich dessen Pilot gestatten, mit seinem Mech quer durch die Pionierunterkünfte Flamenco zu tanzen. Haben wir uns verstanden, Leutnant?«

»Jawohl, Frau Hauptmann. Ich werde es sofort anordnen.«

Ison-Price sah mit zufriedenem Gesicht hinter ihm her, dann drehte sie sich zu dem Mechhangaroffizier der *Katerina* um, der ganz in der Nähe wartete. »Mister de la Pena, beginnen Sie mit der Ausschiffung. Ich möchte die PatrouillenLanze zuerst bereit haben, also lassen Sie sich nicht von Leutnant Wills oder Feldwebel Geraci beschwatzen, deren Einheit vorzuziehen.« Sie wartete nicht auf Antwort, sondern drehte sich um und beugte sich über das tragbare Computerterminal, das der Infanteriekommandeur hier im Schatten des Union-Klasse-Landungsschiffs *Katerina* aufgebaut hatte.

Bevor sie den Schirm für ihre Bedürfnisse einstellen konnte, surrte jedoch die Kommeinheit des Terminals. Mit einem Seufzen drückte Ison-Price die Annahmetaste. »Ein Anruf von der *Asgard,* Frau Hauptmann«, meldete die Stimme des FunkTechs der *Katerina.*

Einen Augenblick später tauchten die schweren

Züge General von Bülows auf dem Schirm auf. »Sie fallen rapide hinter den Zeitplan zurück, Hauptmann«, polterte er. »Habe ich einen Fehler gemacht, als ich Ihnen diese Mission übertragen habe?«

»Herr General, die Pioniere haben die Minen entfernt, und das Ausladen der Mechs hat begonnen«, stellte Ison-Price hastig fest. »Ich werde in einer Viertelstunde ScoutMechs nach Süden entlang der Straße und Magnetschwebebahn losschicken, noch während der Rest der Kompanie sich ausschifft.«

»Hmph«, grunzte von Bülow. »Das wird wohl reichen müssen. Aber Sie sollten wissen, daß wir eine in Ihre Richtung kommende Einheit der Gray Death Legion ausgemacht haben. Hochgeschwindigkeits-Magnetschwebebahnen, die etwa eine Kompanie Mechs transportieren. Sehr kreativ diese Legionäre ... Niemand in meinem Stab ist auf die Idee gekommen, man könnte die Magnetbahnen noch für etwas anders als pure Logistik einsetzen. Sie haben also nur ein paar Stunden Zeit, sich auf eine mögliche Schlacht vorzubereiten.«

»Jawohl, Herr General«, antwortete Ison-Price. Der Raumoberst, der ihre Jägerdeckung befehligte, hatte ihr den Magnetzug schon vor einer halben Stunde gemeldet, aber sie hielt es nicht für ratsam, das von Bülow gegenüber zu erwähnen. Statt dessen wischte sie sich den Schweiß von der Stirn und sprach weiter. »Wenn der General die Jäger autorisieren könnte, die MSB-Linie südlich des Brenmorpasses anzugreifen, könnten wir den Hauptteil ihrer Einheit in einem Schlag auslöschen und gleichzeitig die ursprüngliche Zeitplanung wieder ins Lot bringen.«

Der General schüttelte den Kopf. »Nein. Sinn und Zweck von Operation Dreizack ist es, den Feind in so kurzer Zeit wie möglich zum Einsatz möglichst vieler seiner Truppen zu veranlassen. Auch wenn es unseren Zeitplan erzwungenermaßen etwas beschleunigt, kommt uns diese Findigkeit des Gegners doch entgegen. Außerdem möchte ich nicht, daß die Infrastruktur des Magnetbahnnetzes beschädigt wird. Unsere Kräfte werden bei den logistischen Problemen eines Marsches auf Dunkeld noch darauf angewiesen sein. Von der späteren Besatzungszeit ganz zu schweigen.«

»Jawohl, Herr General«, wiederholte Ison-Price, aber innerlich kochte sie. Seit der ersten Bodenberührung mischte sich von Bülow in jeden winzigen Aspekt des Landeunternehmens ein, und sie hatte es satt, nur ein Bauer auf seinem strategischen Schachbrett zu sein.

Aber das war nun einmal das Schicksal des modernen Kriegers. Sie würde seine Befehle befolgen und siegen oder sterben, wie es das Gesetz des Mech-Kriegers befahl.

36

Benmorpaß, Glengarry
Mark Skye, Vereinigtes Commonwealth

11. April 3056

»Überprüfung der Funkanlage.« Alexander Carlyle gab die entsprechende Codesequenz in die Tastatur der Funkkonsole seines *Schütze* ein. »Kanal eins ... Kanal zwo ... Kanal drei ... Kanal vier ...«

Er ging alle Kanäle durch und kehrte dann auf die Basisfrequenz zurück. Sein Crewchef, AsTech3 Newkirk, ging seinen Teil des Drills durch. »Kanal Eins, okay.« Der Computer des Schütze wechselte die Kanäle entsprechend den Signalen, die er von Newkirk empfing. »Kanal zwo, okay. Kanal drei ... Auf Kanal drei gibt es Aussetzer. Sie nehmen ihn besser raus. Kanal vier, okay ...«

Sie beendeten die Sequenz ohne weitere Probleme und gingen zum nächsten Abschnitt der Checkliste. Die Feuerleitsysteme des *Schütze* mußten eine Serie von Testaufgaben durchlaufen, um sicherzustellen, daß er kampfbereit war. Jeder dieser Schritte war notwendig, und der gesamte Vorgang ließ sich nur unwesentlich beschleunigen, ohne eine potentiell katastrophale Fahrlässigkeit heraufzubeschwören. Trotzdem ärgerte sich Alex über jede Minute, die sie dadurch verloren.

Die MSB hatte nahe dem höchsten Punkt des Benmorpasses angehalten, hoch an den Hängen östlich des Ben Mor, und seit einer halben Stunde luden sie, so schnell es menschenmöglich war, BattleMechs ab und checkten sie durch. Geschwindigkeit war von höchster Bedeutung. Auch wenn ihnen die Enge des Tals einen gewissen Schutz vor den feindlichen Jägern bot, die regelmäßig am Himmel vorbeizogen, waren

RICK HARRIS 093

Hauptmann Montclairs Infanteristen seit fast einer Stunde auf dem langsamen Rückzug vor einer anrückenden Lanze leichter ScoutMechs, die den Sheol vom Hafen aus überquert hatten und der Straße und Magnetschwebebahn von der Stadt aus südlich in Richtung Paß folgten. Alex' Truppe lief Gefahr, selbst einem Präventivschlag zum Opfer zu fallen, wie ihn die Geschwindigkeit der MSB der Legion hatte ermöglichen sollen.

»Äh, Geisterführer, Dingo Eins 'ier«, kam eine Stimme über Funk und unterbrach Alex' Gespräch mit Newkirk. Alex bat den Tech zu warten und schaltete auf Kanal sechs, um zu antworten.

»Ich höre, Dingo.«

»Meine Boys sin' alle fix und fertig, Mate«, erklärte Oberleutnant John ›Dingo Jack‹ Murphy. Sein Akzent, den er von seiner Heimatwelt Botany Bay weit in der Peripherie mitgebracht hatte, war ebenso voll und schillernd wie der McCalls, aber in der Regel leichter zu verstehen. Murphy befehligte die ScoutLanze von Dumonts Destructeurs, der Mechkompanie, die den Einsatz bei Loch Sheol übernehmen mußte. Er war unabhängig, aufmüpfig und oft ausgesprochen irritierend, aber dabei ein brillanter Scout und auf leichte Mechs spezialisierter Taktiker. Was eine Menge Sünden aufwog. »Dachte mir, Sie hätten nichts dagegen, wenn wir unsre Mechs mal Gassi führ'n und schaun, was uns so über'n Weg läuft.«

Alex grinste über den frechen Ton des Mannes und seine Ausdrucksweise. »Noch nicht, Oberleutnant«, erwiderte er und mußte sich zurückhalten, um nicht zu lachen. »Gehen Sie erst einmal nur zum Paßeingang und nehmen Sie dort Defensivpositionen ein. Sie werden der Sammelpunkt für Montclairs Jungs und Mädels, wenn sie noch weiter zurückweichen müssen.«

»Kann nich sagen, daß ich Ihrer Meinung bin, Mate,

aber ich schätze, Sie sin' der Boß«, stellte Murphy fest. »Aber ich wär lieber da draußen auffer Jagd, statt oben innen Felsen zu hocken und zu warten, bis wir eingefangen wer'n wie 'n Känguruh.«

»Sie werden alle Freiheit bekommen, die Sie brauchen, Murphy. Aber erst, wenn genug andere Mechs bereitstehen, um hier die Stellung zu halten. Geisterführer Ende.«

Er kehrte zur Checkliste zurück und ging schnell die restlichen Punkte durch. Der AsTech hatte seinen Mech gerade für gefechtsbereit erklärt, als ein weiterer Anruf Alex erneut ablenkte.

»Geist Eins von Chevalier Eins.« Die steife, formelle Stimme gehörte Hauptmann Guillaume Henri Dumont, dem eleganten, aristokratischen jungen Offizier, der de Villars Platz als Kommandeur des Ersten Bataillons übernommen hatte. »Erbitte Antwort.«

»Geisterführer«, meldete Alex sich kurz angebunden. Dumont hatte sehr deutlich gemacht, daß er ganz und gar nicht froh darüber war, von einem Kadetten Befehle entgegennehmen zu müssen, und die Antipathie war gegenseitig. Der Hauptmann war bei den übrigen Offizieren des Grauen Todes wegen seiner pedantischen Art, aristokratischen Affektiertheit und Betonung seines persönlichen Komforts selbst unter schwierigen Gefechtsbedingungen durchaus unbeliebt, aber gleichzeitig mußten alle zugeben, daß er ein erstklassiger MechKrieger mit einer Gabe für die Art taktischer Schachzüge war, der die Legion ihren Ruhm verdankte.

»Ich habe soeben die Meldung erhalten, daß Oberleutnant Murphys Lanze sich in Bewegung gesetzt hat. Als ich von Oberleutnant Rammadutta eine Erklärung verlangte, deutete er an, Oberleutnant Murphy habe behauptet, auf Ihren Befehl hin zu handeln.«

Alex runzelte die Stirn. »Das stimmt. Ich habe ihn

angewiesen, den Eingang des Passes zu halten, bis ihn der Rest der Kompanie ablöst.«

»Wenn ich *bitten* dürfte, Herr Oberst«, erklärte Dumont mit gepreßter Stimme und abgehackten Worten. »Ich würde es begrüßen, wenn Sie sich an die Befehlskette halten würden. Vielleicht hat Ihre Ausbildung diesen Punkt noch nicht berührt, aber ich versichere Ihnen, daß es von höchster Wichtigkeit ist, besonders bei einem Offizier wie Oberleutnant Murphy. Er ist nur zu geneigt, jede Unklarheit in der Befehlsstruktur auszunutzen, um seine Ruhmsucht zu befriedigen.«

»Ich... verstehe«, meinte Alex langsam. Er hätte wissen müssen, daß Dumont Wert auf die formelle Einhaltung der Befehlskette legen würde. Eigentlich hätte der Befehl an Murphys Lanze vorzurücken von Carlyle an Dumont ergehen müssen, und dann von Dumont über dessen Stellvertreter als Kommandeur der Destructeurs, Oberleutnant Joshi Rammadutta, an Murphy.

Er war sich der Befehlskette sehr wohl bewußt, aber der lockere Führungsstil der Legion sorgte in der Regel dafür, daß man darauf nicht allzuviel Gewicht legte... außer offenkundig bei Dumonts Truppe.

»Es tut mir leid, wenn ich den Eindruck erweckt haben sollte, Sie zu übergehen, Herr Hauptmann«, fuhr Alex fort, wobei er seine Worte sorgfältig wählte. »Aber ich wüßte es im Gegenzug zu schätzen, wenn Sie die bei dieser Operation bestehende Notwendigkeit für ein flexibles Vorgehen bedenken. Ich werde nicht bei jeder Entscheidung, die ich treffe, in der Lage sein, mich mit Ihnen abzustimmen.« Er trennte die Verbindung, bevor der Bataillonsführer antworten konnte. Dann schaltete er auf den für den Technischen Stab reservierten Kanal um und unterbrach ein Gespräch zwischen einem der Teamchefs und dem ranghöchsten Tech des Bataillons, OD2 Almonte.

»Statusbericht«, verlangte er, als der Tech sich meldete.

»Acht Mechs bereit, Herr Oberst«, berichtete Almonte. »Die vier ScoutMechs, zwei aus der KampfLanze und die beiden von Ihnen und Kadettin… äh, MechKriegerin DeVries. Der Rest der KampfLanze ist in fünf Minuten soweit.«

»Geschätzter Termin für die gesamte Einheit?«

»Zwanzig, vielleicht fünfundzwanzig Minuten. Weniger, wenn es keine Probleme gibt. Bis jetzt hatten wir Glück, deshalb würde ich mich nicht darauf verlassen. Irgendein Problem taucht immer auf.«

»Gut, bleiben Sie dran. Konzentrieren Sie sich darauf, schnell voranzukommen. Wenn es Schwierigkeiten gibt, machen Sie mit dem nächsten Mech weiter und heben Sie sich die Probleme für den Schluß auf.«

»Ist gut, Sir.« Nach dem Gespräch mit Dumont war es angenehm, mit jemand zu reden, der nicht klang, als koste es ihn Überwindung, mit Alex zu sprechen.

Er rief die taktische Karte auf. Die Sensoreinspeisung von Montclairs Infanterie zeigte die vier Feindmechs einen Kilometer vor der Benmorbrücke. Das war unangenehm nah. Es mußte etwas geschehen, bevor sie zu einer echten Bedrohung wurden.

Aber im Augenblick machte sich Alex mehr Sorgen über das, was er auf der Gefechtskarte nicht sah. Es waren keine Gray-Death-Infanteristen mehr in Position, um Sheolport zu beobachten, und die Hügelketten verdeckten, was immer der gegnerische Kommandeur dort trieb. Sie hatten zwei Landungsschiffe der *Union*-Klasse und einen *Leopard* identifiziert, genug für ein kleines Bataillon BattleMechs. Das war nicht ganz das Doppelte dessen, was Alex zur Verfügung hatte, auf jeden Fall genug, um die Chancen verflucht ungleich zu verteilen. Besonders, da Vargas und seine vier Jäger keine ernsthaften Gegner für die feindliche Luftunterstützung waren, auch wenn sie bereitstanden, um jederzeit starten und Alex zu Hilfe kommen zu können.

Sie konnten es sich nicht leisten, dem Gegner noch mehr Zeit zur Vorbereitung zu geben. Die Legion mußte schnell zuschlagen, aber erst mußten sie herausbekommen, womit sie es zu tun hatten.

Wie hatte Murphy es ausgedrückt? Es wurde Zeit, die Mechs Gassi zu führen, den Gegner auszukundschaften, anstatt hierzubleiben und ihren Feinden die Initiative zu überlassen ...

Er schaltete auf den allgemeinen Sprechkanal. »Geisterführer an alle Einheiten. Neue Befehle. Oberleutnant Murphy, bereiten Sie sich vor, auf mein Zeichen auszurücken. Oberleutnant Obote wird die KampfLanze am Paßeingang ablösen. GeisterLanze und DingoLanze rücken aus, um in Richtung Loch Sheol Erkundungen anzustellen. Dabei werden wir uns auch um die feindlichen Kundschafter kümmern. Hauptmann Dumont übernimmt hier den Befehl. Bringen Sie alle verfügbaren BattleMechs in Stellung und ergreifen Sie alle Verteidigungsmaßnahmen, die Sie für notwendig erachten, um die Einheit zu sichern, bis die Erkundung abgeschlossen ist. Hauptmann Montclairs Truppe zieht sich hierher zurück und unterstützt die Mechs. Noch Fragen?«

Es gab keine. Alex atmete auf. Wenn McCall hier gewesen wäre, hätte er wahrscheinlich Einwände gegen die Beteiligung der GeisterLanze an der Erkundung gehabt, aber Dumont war wahrscheinlich froh, seinen unerfahrenen Kommandeur eine Weile los zu sein. Er unterdrückte einen Schuldimpuls beim Gedanken an McCalls wahrscheinliche Reaktion. Alex brauchte Informationen aus erster Hand über den Gegner, bevor er seinen Zug planen konnte. Außerdem wußte er nicht, wie zuverlässig Dingo Jack Murphy war, wenn er zuviel Leine bekam.

Aber im Grunde wußte er, daß sein wahrer Grund

ein anderer war: Er wollte nicht die ScoutMechs in eine unbekannte Gefahr hinausschicken und dabei selbst in Sicherheit bleiben und warten, während seine Leute möglicherweise starben.

MechKrieger-Feldwebel Hermann Franke hielt seinen *Steppenwolf* an und überprüfte die Fernortung. Laut Luftaufklärung nahmen die ersten feindlichen BattleMechs des Grauen Todes auf dem Hochgelände des Benmorpasses fünfzehnhundert Meter weiter südlich Aufstellung, aber seine Sensorergebnisse ergaben nichts. Der hohe Metallgehalt der Berge störte die magnetischen Anomaliedetektoren, und die hohen Außentemperaturen in diesem vulkanischen Hochland trieben die Infrarotortung fast ins elektronische Äquivalent eines Nervenzusammenbruches. Und ohne MAD oder IR-Ortung war selbst ein so gewaltiger Stahlkoloß wie ein BattleMech verflucht schwer zu entdecken, wenn er nicht gesehen werden wollte.

»Was ist los, Spieß?« fragte MechKriegerin Ryser. Ihre *Cicada* stellte die linke Flanke der lockeren rautenförmigen Streifenformation, während der *Whitworth* die rechte Flanke deckte. Franke hatte bei dieser Patrouille selbst die Spitzenposition übernommen; MechKrieger Jaten und sein *Derwisch* fungierten als Rückendeckung und unterstützende Artillerie, wenn sie Probleme bekamen.

Bis jetzt hatten sie allerdings außer einzelnen Infanteriegrüppchen, die sich hastig in Richtung Paß zurückzogen, und einem schnellen *Saracen*-Schwebepanzer, der außer Reichweite geflohen war, bevor die Mechs ihn unter Beschuß nehmen konnten, nichts entdeckt. Von der gefürchteten Gray Death Legion hatte Franke mehr Widerstand erwartet, und die Tatsache, daß sie davon bisher noch nichts gemerkt hatten, machte ihn nervös.

»Nur eine Vorahnung, Ryser«, antwortete er. »Verteilung um 50 Prozent erhöhen. Ryser, ich möchte, daß Sie auf die Kuppe des Hügels bei zehn Uhr von Ihnen aus vorrücken… Hügel zwo-eins-fünnef laut Karte. Von da oben sollten Sie eine ganz gute Sicht über das Flußtal und die beiden Brücken haben. Wenn diese Söldner überhaupt einen Kampf planen, werden sie die Brücken sichern, damit ihre Truppen über die Schlucht kommen.« Er machte eine Pause. »Aber sehen Sie sich um Blakes Willen vor. Wenn sie schweres Geschütz – LSR oder PPK – am Eingang zum Benmorpaß haben, sind Sie da oben in Schußweite. Also bereiten Sie sich darauf vor zurückzuweichen, wenn man Sie beschießt.«

»Machen Sie sich keine Sorgen um mich, Spieß«, antwortete Ryser fröhlich.

Franke hätte sich gerne so nonchalant gefühlt, wie sie klang.

»Oberst Carlyle, ich kann die vier Mechs jetzt sehen. In ein paar Minuten sind sie bis auf Sichtweite an die Brücken herangekommen.«

Alex saß am Benmorpaß in der Kanzel seines *Schütze* und bestätigte Oberleutnant Elphinstones Signal. Ihr Zug befand sich westlich des Paßeingangs auf den Hängen, hoch genug, um einen guten Blick auf die Straße zu haben, die ganze Strecke von den Brücken bis zu den Ausläufern von Loch Sheol, auch wenn der Raumhafen durch dazwischenliegendes Hochgelände verdeckt war.

Er zögerte einen Augenblick. Die feindlichen Mechs waren näher, als er gedacht hatte. Das war riskant. Wenn sie sich entschlossen, die Straße über den Sheol zu zerstören, würde das einen Angriff der Legion unmöglich machen. Der Fluß wand sich durch eine fast vierzig Meter tiefe Felsschlucht, die nur von den Straßen- und Magnetbahnbrücken überquert wurde, und weder Infanterie noch Schwebepanzer oder nicht sprungfähige Mechs hatten eine Chance, sie ohne diese Brücken zu überqueren. Ein Gefecht hier konnte katastrophale Folgen haben.

Aber noch war es möglich, die Gleichung zu ändern, wenn er nur schnell genug handelte.

»Murphy«, befahl er eilig. »Ich möchte, daß Sie und Bodnar ihre Sprungdüsen einsetzen, um in den Fluß hinab zu springen. Halten Sie sich dicht am Nordufer, damit man Sie nicht sieht, und rücken Sie den Fluß entlang an einen Punkt hinter der gegnerischen Formation vor … sagen wir, fünfhundert Meter stromabwärts. Royale, Lovell, Sie beide kommen mit mir.« Er zögerte. »Du auch, Caitlin.«

Wie sein *Schütze* und Caitlins *Centurion* besaßen auch Royales *Kommando* und Lovells *Rabe* keine Sprungdüsen. Die beiden anderen konnten sich mit dem Fluß als Deckung unbemerkt am Gegner vorbeibewegen, aber die weniger beweglichen Mechs mußten in der Zwischenzeit als Köder fungieren.

Alex ließ seinen Mech losgaloppieren und donnerte über die Brücke, dicht gefolgt vom *Rabe* und Caitlins Mech. Royale in seinem kleinen *Kommando* war das Schlußlicht. Einmal auf der anderen Seite, schwenkte er scharf nach links. Auf den Heckschirmen sah er, wie Murphy und Bodnar in die Schlucht abtauchten.

Sie konnten nur hoffen, daß keiner der feindlichen Jäger nahe genug an sie herankam, um sie aus der Luft zu entdecken.

»Geisterführer an Drachentöter«, sagte Alex und wechselte den Kanal. »Vargas, ich brauche für ein, zwei Minuten eine Ablenkung, die ihre Jäger beschäftigt. Läßt sich das machen?«

»Aber sicher, Herr Oberst«, bestätigte der Staffelführer ohne zu zögern. »Wollen mal sehen, wie ernst es ihnen damit ist, uns aus der LZ zu halten.«

Den vier verbliebenen Jägern standen zwölf oder mehr Freie Skye-Maschinen gegenüber, ein Kräfteverhältnis, das Alex erschaudern ließ. Diesmal würde sich Vargas nicht auf die Überraschung und Verwirrung verlassen können, durch die er über Dunkeld so viele Abschüsse verbucht hatte.

»Feind in Sicht«, warnte MechKrieger Royale.

Alex warf einen Blick auf den Schirm und sah die *Cicada* auf einem Hügel wenige hundert Meter nördlich auf der anderen Seite der Straße in Sicht kommen. »Ich hab ihn. Lovell, meinen Sie nicht auch, daß es Zeit für ein kleines Konzert wird?«

Er konnte die Vorfreude in der Stimme des Mannes hören. »Ich hoffe, meine Musik gefällt ihnen«, meinte Lovell. »Und eins, und zwei ...«

Der *Rabe* war ein speziell für die elektronische Kriegsführung entworfener ScoutMech. Er war mit modernsten Sensoren, einer breiten Palette von Zielerfassungssystemen sowie verschiedensten Störsendern ausgerüstet. Zwar konnte keine ECM-Einrichtung computergesteuerte Redundanz- und Wechselsysteme lange ausschalten, aber die Fähigkeit des *Rabe,* die Ortung und Kontrollen eines Gegners für entscheidende Sekunden außer Gefecht zu setzen, stellte in einem Feuergefecht einen enormen Vorteil dar.

Alex programmierte die Geschützkontrollen. »Lassen wir sie wissen, daß sie hier nicht erwünscht sind«, sagte er und preßte den Finger auf den Feuerknopf des Steuerknüppels.

Seine linke LSR-Lafette feuerte einen Raketenschwarm auf den freistehenden Mech auf der Hügelkuppe ab. »Lovell, Royale, aufteilen und in Dekkung«, befahl er und feuerte unmittelbar nach der ersten Salve die Steuerbord-Lafette ab.

Als die Raketen rund um die *Cicada* einschlugen, lief Alex wieder los und rannte in die teilweise Deckung einer der dicken Stahlbetonsäulen, auf denen die Magnetbahntrasse ruhte. Er war durchaus gewillt, hier einen Schaden zu riskieren, wenn er damit die gegnerische Aufmerksamkeit von der Brücke abzog. Selbst wenn die Legion heute bei Loch Sheol besiegt wurde, konnten die Invasoren sich ihre Arbeit selbst erschweren, wenn sie bei ihrem Sieg die MSB-Linie verwüsteten und damit ihren Nachschub lähmten.

Explosionen schlossen die *Cicada* ein, aber der Pilot zog sich zurück, bevor die Sensoren des *Schütze* feststellen konnten, wieviel Schaden der Angriff verursacht hatte. Dieses spezielle Mechmodell war nicht sonderlich stark gepanzert, und mit etwas Glück konnten die Raketentreffer den Mech ganz oder doch beinahe schrottreif geschossen haben. Alex hoffte, daß dem so war. Dieser Kampf mußte kurz und heftig werden. Er mußte vorbei sein, bevor die übrigen Kräfte des Gegners aufschließen und sich einmischen konnten.

»Da kommen sie«, meldete Caitlin.

Durch eine Lücke in den Hügelketten zu beiden Seiten der Straße konnte Alex eine lockere Schlachtreihe aus drei Mechs ausmachen, die sich im Trab vorwärts bewegte. Ein *Steppenwolf* ... ein *Whitworth* ... und die *Cicada*. Sie wies ein unregelmäßiges Loch in der rechten Torsoseite auf und hatte offensichtlich auch interne Schäden, aber sie bewegte sich noch und war möglicherweise immer noch gefährlich.

Und alle drei Kampfkolosse rückten direkt auf die Brücke vor, ohne sich um die Gray-Death-Mechs zu kümmern.

37

Unterhalb des Benmorpasses, Glengarry
Mark Skye, Vereinigtes Commonwealth

11. April 3056

»Ich weiß nicht! Erst wurde die Ortung gestört, und dann lag ich unter Beschuß! Ich habe nicht gesehen, woher das Feuer kam!«

MechKrieger-Feldwebel Franke fluchte leise. Rysers Stimme war durch statisches Krachen verzerrt, aber selbst durch die Störsendungen des Grauen Todes war der schrille Unterton ihrer Panik zu erkennen. »Ruhig, Ryser«, redete er ihr zu. »Wir wissen, daß sie auf dem Kamm in Stellung gegangen sind. Wir brauchen die Hundesöhne nur ins Freie zu locken, dann kann Jaten seine Feuerorgel für sie spielen.«

Die drei Mechs hatten Jatens *Derwisch* in Position nahe der Benmorbrücke zurückgelassen und waren um den Hügel vorgerückt, auf dem Ryser vom Feindfeuer getroffen worden war. Franke fühlte, wie sich jeder Muskel in seinem Körper spannte. In Momenten wie diesem, wenn die Position des Gegners praktisch unbekannt war und man nicht ausrechnen konnte, wie stark das mit Sicherheit losbrechende Feindfeuer sein würde, verfluchten MechKrieger ihre Karrierewahl. Diese schwerbewaffneten und -gepanzerten Metallmonster mochten im offenen Kampf die Könige des Schlachtfelds sein, aber hier und jetzt schienen sie unerträglich träge, riesige und unbeholfene Zielscheiben, die geradezu darum bettelten, vom feindlichen Bombardement zertrümmert zu werden.

»Voll Stoff!« brüllte er. »Zur Brücke!« Das war die beste Methode, eine Reaktion zu erzwingen.

Wenn sie die Brücke überquert hatten, würden sie die Geländebedingungen der zerklüfteten Berghänge ausnützen können. Sprungdüsen und hohe Beweglichkeit würden ihnen helfen, die zahlenmäßige Überlegenheit des Gegners auszugleichen, bis sie deren Positionen erfaßt und das Feuer des *Derwisch* oder der Luftunterstützung herabrufen konnten.

Es war die beste Methode, eine Reaktion zu erzwingen, aber wenn sie nicht schnell genug waren, war es auch die beste Methode, Selbstmord zu begehen.

»Verdammt!« stieß Alex aus. »Lovell, Royale, Angriff! Wir müssen die Hurensöhne umlenken!« Seine ganze Strategie fiel in sich zusammen. »Caitlin, eine Flankenbewegung von links, für den Fall, daß ihr vierter Mech über die Hügel auf der anderen Seite der Bahnlinie kommt!«

Er trat aus der Deckung des Trassenpfeilers und zielte auf den *Whitworth.* Der gegnerische Mech war langsam, aber gut bewaffnet und sprungfähig, was ihn vor Ort wahrscheinlich zum gefährlichsten der drei Metallriesen machte.

Als Alex gleichzeitig die Feuerknöpfe auf beiden Seiten des Steuerknüppels drückte, röhrten beide LSR-Lafetten wie eine auf.

»Raketen im Anflug!« schrie Feldwebel Franke, als seine Sensoren die von rechts heranschießenden Geschosse auf den Schirm zeichneten. »Gottverdammmich, die Söldner sind schon über den Fluß!«

Er riß den *Steppenwolf* nach rechts, und der Mech verlor auf dem glatten Straßenbelag fast den Boden unter den Füßen. Ein *Rabe,* dessen langgezogenes Cockpit an den Schnabel seines Namenspatrons erinnerte, kam mit feuernden Armlasern aus der

Deckung gesprintet. Eine Strahlbahn traf Frankes Maschine am Unterschenkel, konnte die Panzerung jedoch nicht durchstoßen. Franke löste die Sprungdüsen für einen Hüpfer zur Seite aus und verschoß nach der Landung ein Autokanonenmagazin in den linken Stummelarm des *Rabe.*

»Ich bin getroffen! Himmel, Spieß, ich...«

MechKrieger Anuskiewicz hatte keine Gelegenheit, seinen letzten Funkspruch zu beenden. Eine Rakete nach der anderen war rechts in den Torso des *Whitworth* eingeschlagen, hatte die Panzerung in riesigen Stücken weggefetzt und das darunterliegende Skelett der internen Struktur freigelegt. Dann erschütterte eine neue Explosionswelle den Mech, als die Gewalt des Angriffs die LSR-Sprengköpfe in ihrem Magazin detonieren ließ. Der *Whitworth* wankte noch einen Augenblick, dann fiel er zu einem Haufen nutzlosen, verbogenen Metalls und halbzerschmolzenen Plastiks zusammen.

Alex Carlyle bekam von der Wirkung seines Feuers auf den *Whitworth* kaum etwas mit. Er hatte das Fadenkreuz bereits auf den *Steppenwolf* gezogen, der Lovells rechten Laser zerschossen hatte. Aber die Stimmen auf dem Funkkanal ließen keinen Zweifel an seinem Erfolg.

»Das ist einer für den Oberst!« jauchzte MechKrieger Royale. »Feste druff, Legionäre!«

Royales *Kommando* stürmte über das offene Gelände zwischen der Magnetbahnline und der Straße und versuchte zu der beschädigten *Cicada* aufzuschließen, bevor sich die feindlichen Piloten von dem plötzlichen Überfall erholen konnten. Aber in diesem Augenblick flog ein Schwarm Raketen von Norden her über die Hügel, und der Jubel des MechKriegers verwandelte sich plötzlich in einen unartikulierten Aufschrei. Eine weitere Raketensalve fiel auf den

Kommando herab, und mehrere der Raketen schlugen ins Cockpit ein.

MechKrieger Winston Royale konnte seinen Mech nicht mehr verlassen.

Alex schmeckte Galle. Er feuerte auf den *Steppenwolf,* aber der schnelle gegnerische Mech flog bereits auf flammenden Sprungdüsen hinter die Hügel zurück. Seine Raketen waren ihm nicht einmal nahegekommen. Er murmelte einen Fluch und gab ein neues Zielprogramm ein.

Eine Warnsirene schrillte. Alex blickte auf die Statusanzeige und sah die Flugbahnen herabstürzender Raketen auf dem taktischen Schirm. Er bewegte den *Schütze* ein paar Schritte vor, aber es war zu spät. Er konnte die Einschlagszone nicht mehr verlassen. Die beiden ersten Einschläge gingen knapp vorbei. Die Wucht ihrer Explosionen ließen den *Schütze* wanken. Alex kämpfte um die Kontrolle über seine Maschine. Die überlasteten Kreiselstabilisatoren heulten protestierend auf, und Carlyle konnte den Mech kaum auf den Beinen halten.

Dann traf eine Rakete den linken Arm der Maschine. Der Treffer riß nur einen flachen Krater in die Panzerung über dem Ellbogengelenk, aber seine Wucht schüttelte Alex durch. Er verlor den Überblick über die restlichen Einschläge, aber mindestens drei weitere Raketen trafen seinen Mech.

Ebenso abrupt, wie es begonnen hatte, war das Bombardement vorbei. Alex schüttelte den Kopf, um das Klingeln in den Ohren loszuwerden, dann wünschte er sich, es nicht getan zu haben. Durch einen Schleier von Schmerzen und Schwindelgefühl versuchte er mit zusammengekniffenen Augen die Schadensanzeige abzulesen. Es waren keine roten Lichter zu sehen, aber seine Funkanlage wies ein gelbes Warnlicht auf, das einen teilweisen Ausfall der Funkverbindung anzeigte, und er hatte an einem

Mecharm eine Menge Panzerung verloren. Noch ein paar Bombardements wie dieses, und er konnte Royale ins nächste Leben folgen.

Er war noch immer groggy. Deshalb brauchte er einen Augenblick, um die Silhouette außerhalb seines Cockpits als den Skye-*Steppenwolf* zu erkennen, der auf seinen Sprungdüsen schnell näher kam, um Alex' Schwäche auszunutzen...

»Alex! Alex! Geisterführer, melden!« Caitlin DeVries schrie fast ins Mikrophon. Auf den Heckschirmen hatte sie den Raketenangriff auf den *Schütze* mitbekommen, und obwohl der riesige BattleMech nicht allzu schwer beschädigt schien, bewegte er sich weder, noch feuerte er seine Waffen ab. Und Alex antwortete nicht...

Sie zögerte. Ihr *Centurion* hatte die Hügelkuppe beinahe erreicht. Laut den Berechnungen ihres Bordcomputers hatte sie von dort oben freies Schußfeld auf den Ausgangspunkt der Langstreckenraketen, die auf ihre Legionärskameraden niedergeregnet waren.

Aber Royales *Kommando* war vernichtet und der *Rabe* beschädigt. Und keiner der beiden leichten Mechs konnte Alex Carlyle gegen die *Cicada* und den *Steppenwolf* viel helfen, wenn diese zusammenarbeiteten.

Eine weitere Raketensalve flog über ihre Position hinweg. Wenn niemand etwas gegen die LSR-Batterie auf der anderen Seite der Hügelkette unternahm, hatte Alex sowieso keine Chance.

Entschlossen kletterte Caitlin DeVries weiter.

Alex Carlyle machte sich von dem Gefühl der Sinnlosigkeit frei, das ihn nach dem ersten Raketenangriff gepackt hatte. Weitere LSR waren im Anflug, aber diesmal waren sie schlechter gezielt. Sie schlugen fünfzig Meter neben seiner Maschine ein. Nach jeder

Detonation ging ein Schauer aus Staub und Steinen auf ihn nieder. Zuerst schwerfällig, dann mit wachsender Sicherheit, wich er über den unebenen Boden zurück und versuchte, das Fadenkreuz auf den schnellen *Steppenwolf* zu ziehen. Diesmal wählte er statt der Raketenlafetten die beiden Armlaser des *Schütze* und eröffnete das Feuer, als sein Gegner gerade nach einem Sprung landete. Er traf mit beiden Impulsstößen voll die Torsomitte der feindlichen Maschine.

Keiner der beiden Schüsse konnte die Panzerung durchschlagen, aber die Krater in der dicken Torsopanzerung des *Steppenwolf* gaben dessen Piloten Stoff zum Denken. Der *Schütze* war schwer und besser bewaffnet als der Skye-Mech, aber um diesen Vorteil ausnutzen zu können, mußte Alex seinen Gegner auf Distanz halten, so daß er seine LSR einsetzen konnte.

Aus dem Augenwinkel sah er Lovells beschädigten *Rabe* beim Schußwechsel mit der *Cicada*. Der Kampf schien sich zu seinen Gunsten zu entwickeln. Wenn sie es nur schafften, die versteckten Raketenlafetten hinter den Hügeln auszuschalten, solange der Graue Tod noch die Oberhand besaß ...

Caitlin DeVries erreichte die Hügelkuppe und schaute hinab ins Tal. Der feindliche Mech stand völlig frei. Es war ein *Derwisch*, der sich nicht bewegte, um keine unnötige Abwärme zu erzeugen, während er feuerte, so schnell seine Lafetten nachgeladen werden konnten.

Der *Derwisch* war nur wenig schwerer als ihr *Centurion*, aber er war besser bewaffnet und besaß Sprungdüsen, die ihn zu einem schwierigen Gegner machten. Aber diesmal zögerte sie nicht. Sie machte die Raketen scharf, richtete die Autokanone des *Centurion* aus und stürmte mit donnernden Geschützen den Hang hinab.

Der *Derwisch*-Pilot reagierte fast augenblicklich. Er sprang nach Osten davon und richtete seine Batterien auf den neuen Gegner aus. Eine Raketensalve flog auf den *Centurion* zu – und über ihn hinweg. In seiner Hast, von indirektem auf direkten Beschuß umzuschalten, hatte der Ferie Skye-Pilot nur schlecht gezielt. Caitlins Autokanone zog eine Kraterspur quer über den gepanzerten Torso seines Kolosses.

Und dann verwandelte sich die Szene abrupt. Von einem Augenblick auf den anderen fand sich der *Derwisch* von zwei weiteren BattleMechs mit den Insignien der Legion in die Zange genommen, die sich auf Feuersäulen links und rechts von ihm zu Boden senkten. Murphys *Steppenwolf* eröffnete aus kurzer Distanz das Feuer mit einer KSR-Salve, und einen Moment später brachte sich der *Jenner* mit vier Laserbahnen ein, die sämtlich geradewegs durchs Cockpit des gegnerischen Mechs stießen.

Als der *Derwisch* wegkippte, konnte Caitlin nur daran denken, daß sie die falsche Entscheidung getroffen hatte. Sie hatte Alex alleingelassen, obwohl Murphy ihre Hilfe nicht gebraucht hätte, um mit dem *Derwisch* fertigzuwerden.

Sie konnte nur beten, daß ihr Fehler Alex Carlyle nicht dazu verurteilt hatte, allein zu sterben.

Alex feuerte seine Raketen ab und fluchte, als der *Steppenwolf* wieder aus dem Weg sprang. Die Geschwindigkeit und Beweglichkeit seines Gegners glich seine Vorteile in Gewicht und Feuerkraft voll aus, mit dem Ergebnis, daß sie einander ziemlich ebenbürtig waren. Der gegnerische Pilot war gut, verdammt gut sogar, und allmählich kamen Alex Zweifel, ob er ihn je erwischen würde.

Wenigstens kamen keine Raketen mehr von der anderen Seite der Hügelkette. Und auch Lovell schien endlich den Schwachpunkt der *Cicada* gefunden zu haben und kurz vor dem endgültigen Sieg über den beschädigten Feindmech zu stehen.

Er wünschte, sein Duell ebenso beenden zu können.

Noch einmal tauschten Alex und sein Gegner LSR-Salven aus. Er verfehlte sein Ziel, mußte aber seinerseits weitere Schäden hinnehmen. Diese ganze Operation verwandelte sich in ein Debakel. Ein *Schütze* hätte in der Lage sein müssen, ein vergleichbares Leichtgewicht wie einen *Steppenwolf* zu erledigen, ohne auch nur heißzulaufen.

Alex versuchte gerade, endlich einen Treffer zu landen, als Murphy und Bodnar auf der Hügelkuppe auftauchten, auf der sie die *Cicada* entdeckt hatten. Er wollte losjubeln, aber gleichzeitig fühlte er sich wie ein dummer Junge, weil er seinen Gegner nicht selbst erledigen konnte und sich von der ScoutLanze aus der Patsche helfen lassen mußte.

Der *Steppenwolf*-Pilot sah seine Niederlage endlich ein, als auch Caitlins *Centurion* auf der Straße erschien. Er sprengte das Kanzeldach ab und stieg aus. Sein Mech blieb wie ein düsteres Kriegerdenkmal in der Mitte der verwüsteten Landschaft stehen. Bodnars *Jenner* setzte nahebei auf, um den Mann gefangenzunehmen, bevor er im Unterholz verschwinden und zu seinen Freunden am Loch Sheol fliehen konnte.

Loch Sheol …

Trotz dieses wüsten Gefechts und all der Opfer war Alex seinem Ziel – herauszufinden, was sie am Loch Sheol erwartete – keinen Schritt näher gekommen.

38

Loch Sheol, Glengarry
Mark Skye, Vereinigtes Commonwealth

11. April 3056

Hauptmann Ison-Price runzelte die Stirn, als sie die Ortungsschirme sah. Dieses Pestloch, das ihr bei Operation Dreizack als Einsatzort zugeteilt worden war, störte die meisten Sensoren, aber irgendein tiefsitzender Instinkt sagte ihr, daß der Feind ganz in der Nähe war.

Franke mit seiner Lanze, verdammt soll er sein! dachte sie bitter. Eine einzige Meldung, stark von Rauschen durchzogen, daß die Lanze nahe der Einmündung des Benmorpasses unter Beschuß geraten war. Danach Schweigen. Kompanie B operierte im dunkeln, und Ison-Price war darüber ganz und gar nicht glücklich.

Sie stieß einen resignierten Seufzer aus. Die Befehle des Generals hatten keinen Raum für Eigeninitiative oder Umdenken gelassen. Nach dem Verlust der Verbindung zur PatrouillenLanze war es ihre Pflicht, die Truppen aus Sheolport zu führen und den Grauen Tod so schnell wie möglich zu stellen.

»Ausrücken«, befahl sie in scharfem Ton und drehte ihren *Kreuzritter* um. Gefolgt vom Rest der KommandoLanze marschierte sie zur Brücke nach Loch Sheol, wo die vier Mechs der SturmLanze schon warteten. Als sie auf die Brücke traten, winkte ihnen der Fahrer des *Hetzer*-Sturmgeschützes, das diesen Abschnitt des Raumhafenbereichs bewachte, nonchalant zu. Sie beneidete die Infanteristen und Panzerfahrer der Landeeinheit. Ihre Arbeit war leicht – den Raumhafen abschirmen und auf weitere Befehle warten.

Aber leicht oder schwer, sie kannte ihre Pflicht, und Hauptmann Ison-Price würde sie bis zuletzt tun.

»Das sin' nur vier mehr, Oberst Carlyle«, meinte Dingo Jack Murphy über den Befehlskanal. »Ich kann-nich' glauben, daß wir 'ne ganze Kompanie oder noch mehr verpaßt haben sollen. Wenn wir auch bloß 'nen Deserteur übersehn haben, der sich zum Scheißen hinner 'n Baum verkrochen hat, wird's Zeit, daß ich Schluß mach un' widder Känguruhs fangen geh!«

Alex Carlyle nickte langsam, aber natürlich konnte Murphy das nicht sehen. Seine Funkanlage war wieder einigermaßen in Schuß, aber ohne größere Überholung konnte sie außer purem Sprechfunk nichts senden. »Ja, ich weiß, was Sie meinen«, sagte er und betrachtete stirnrunzelnd die Monitore.

Nach dem Gefecht gegen die feindlichen Scout-Mechs hatten Carlyle, Murphy, Caitlin und Mech-Krieger Bodnar ihre unterbrochene Erkundung fortgesetzt. Lovells *Rabe* war auf der Straße zurückgeblieben, um auf Dumont und den Rest der Legionstruppen zu warten. Der Bataillonsführer hatte angedeutet, daß Alex bei dem Kampf um die Brücke zahlreiche unnötige Risiken eingegangen war, und das hatte Alex' Laune um keinen Deut gebessert.

Das war jetzt über eine Stunde her. Seitdem hatte Murphy Alex und Caitlin einen flachen Hang am Flußbett gezeigt, den er bei der Flankenbewegung um die Feindlanze entdeckt hatte. Auf Dingo Jacks Vorschlag hin hatten sie sich entschlossen, ihren Vorstoß am Fluß entlang zu führen, statt die sehr viel offenere Straße zu benutzen. Der Fluß hatte den Vorteil, in nahezu gerader Linie durch das rauhe Gelände zwischen Stadt und Raumhafen zu schneiden. Dadurch war er für die vier BattleMechs bei der Suche nach dem Gegner fast so gut wie eine Schnellstraße.

Bisher hatten sie Glück gehabt. Vargas und seine

Piloten spielten mit den Freien Skye-Jägern Katz und Maus, und keiner der feindlichen Luft/Raumjockeys hatte das Flußtal überflogen, seit sich die Kundschaftergruppe darin befand. Inzwischen spielten die Bordsensoren wegen der Hitze und der magnetischen Störungen weiter fröhlich verrückt. Alex ärgerte sich maßlos über diesen Ausfall, aber gleichzeitig war ihm klar, daß sie ohne diese Störungen niemals eine Chance gehabt hätten, unentdeckt so dicht an die feindliche LZ heranzukommen.

Jetzt fungierte Murphys *Steppenwolf* als vorgeschobener Beobachter. Er hatte sich hinter einem Felshaufen versteckt und konnte die Sheol-Hafenbrücke direkt beobachten, während der Rest der Gruppe etwas weiter hinten wartete und die Situation anhand der von den *Steppenwolf*-Kameras überspielten Bildern studierte.

Sie hatten rund um den Hafen nur acht BattleMechs identifiziert. Lagen die übrigen in einem Hinterhalt und warteten auf den Grauen Tod? Oder waren sie noch an Bord ihres Schiffes und aus irgendeinem Grund noch nicht ausgeladen? Oder ...

»Murphy«, fragte Alex mit plötzlicher Schärfe. »Können Sie aus Ihrer Position ein Bild von den Landungsschiffen bekommen?«

Der Scout antwortete nicht sofort, aber das Videobild verschwamm, als er die Kameras auf das Hafengelände zu richten versuchte. Alex fluchte leise, als er erkennen mußte, daß es keine akzeptable Sichtlinie gab ...

Dann spielte das Bild plötzlich verrückt. Alex brauchte einige Sekunden, bis er erkannte, daß Murphy die Sprungdüsen aktiviert hatte und nach oben aus der Schlucht sprang. »Verdammt, Mann, was soll das?« rief er.

»Ich besorg Ihnen bloß, was Sie wollten, Mate«, kam die gelassene Antwort.

Der *Steppenwolf* hatte auf dem Landefeld aufgesetzt, nur wenige Meter neben einem leichten *Galleon*-Panzer und einer Gruppe entgeisterter Infanteristen. Murphys Waffen spuckten Feuer, aber noch während seine Autokanone eine Granate nach der anderen in den *Galleon* donnerte, holten seine Kameras schon die gewaltigen Landungsschiffe auf der weiten Asphaltfläche des Raumhafenfelds heran.

»Bodnar, Caitlin, geht rauf und gebt ihm Unterstützung«, schnappte Alex, wütend darüber, wie Murphy ihm dieses Gefecht aufgezwungen hatte. Gleichzeitig bewunderte er, wenn auch widerwilig, dessen unbekümmerte Initiative. Kein Wunder, daß Dumont so wenig von seinem ScoutLanzenführer hielt.

Er richtete die Raketenlafetten aus, um Murphy Deckungsfeuer zu geben, aber während seine Finger über die Tastatur huschten, hingen seine Augen an der Videoeinspielung. Seine Funkanlage war programmiert, die Bilder des *Steppenwolf* aufzuzeichnen, und nach ein paar Sekunden schaltete er auf Wiedergabe um. Als eines der *Union*-Schiffe den Schirm ausfüllte, fror er das Bild ein und vergrößerte es.

Alex erinnerte sich an das Schiff. Dessen Name, *Anastasia*, war durch die Brandspuren eines Raketentreffers teilweise unleserlich, aber der Computer verifizierte die Registriernummer unter dem Namenszug als die eines der Schiffe, die Dunkeld angegriffen hatten.

Es war theoretisch möglich, in der Umlaufbahn Mechs von einem Landungsschiff auf ein anderes zu verlegen, aber das war ein langwieriger, komplizierter Vorgang, den man sich zweimal überlegte, bevor man ihn in Angriff nahm. Aller Wahrscheinlichkeit nach war dieses Schiff leer heruntergekommen, da kein Mech seines Kontingents den Kampf um Dunkeld überlebt hatte.

Hastig überprüfte er auch den *Leopard* und wurde von einem Gefühl der Leere gepackt. Es war der andere Flüchtling von Dunkeld. Zwei leere Landungsschiffe …

Das ganze Landeunternehmen hier bei Loch Sheol war nur ein Ablenkungsmanöver. Eine Kompanie BattleMechs, unterstützt von Bodentruppen, gerade genug, um eine größere Operation zu simulieren und eine unangemessen große Zahl Legionäre nach Norden zu locken.

Die echte Landung stand noch bevor.

»Die Explosionen kommen aus der Hafengegend!« Hauptmann Ison-Price stoppte ihren *Kreuzritter* und drehte in Richtung der Schlacht um, die plötzlich im Rücken der kleinen Gruppe Mechs in Loch Sheol ausgebrochen war. »Zum Teufel mit ihnen! Das ist, als würde man gegen ein Heer von Gespenstern kämpfen!«

In der Funkverbindung krachte es. »Dreizack Eins, Dreizack Eins, hier ist die *Asgard*.« General von Bülows Stimme war knapp und abrupt. »Wir haben Berichte über Kampfaktionen in der Landezone. Bestätigen Sie.«

Sie schaltete auf die Frequenz der Orbitalleitung. »Bestätigt, Asgard«, meldete sie. »Sie müssen am Fluß entlang vorgerückt sein und angegriffen haben, nachdem sie uns ausrücken sahen. Ich habe keine näheren Einzelheiten, aber ich kann die Kämpfe um Sheolport bestätigen. Näheres folgt …«

»Ich befehle *Anastasia* und *Raven* den Start, Dreizack Eins. Die beiden anderen Landungsschiffe werden sich an den vereinbarten Notfallaufnahmepunkt zurückziehen, da Sie den Hafen selbst nicht decken können. Ihre Aufgabe ist es, den Feind so lange wie möglich zu binden, sich zum Aufnahmepunkt zurückzuziehen und mit allen Truppen abzufliegen, die Sie an Bord bringen können. Haben Sie Ihre Befehle verstanden?«

»Jawohl, Herr General«, preßte Ison-Price heraus. Fast ein Viertel ihrer Truppe war bereits verloren, und der Graue Tod hatte mehr als eine Kompanie im Feld. Die Chancen, sich aus einem Gefecht lösen und an Bord der Landungsschiffe gehen zu können, waren minimal. »Erbitte Unterstützung durch Jägereskorte, Sir.«

»Abgelehnt, Dreizack Eins.« Die knappen Worte klangen in ihren Ohren wie ein Todesurteil. »Dreizack Zwo beginnt Operation und benötigt die Jäger.«

»Aber ...« Ison-Price verschluckte ihren Protest. Ihre Kompanie war abgeschrieben. Solange sie das Kontingent des Grauen Todes hier binden konnte, sah von Bülow keinen Grund, sie zu unterstützen. »Befehl verstanden, Herr General«, sagte sie mechanisch.

Die Leitung brach zusammen.

Hauptmann Ann Ison-Price wog ihre Möglichkeiten ab. Sie konnte sich ergeben oder weiterkämpfen, ohne große Hoffnung, mehr als eine Handvoll ihrer Leute lebendig zurückzubringen.

Sie war immer stolz darauf gewesen, die Ehre des Regiments hochgehalten, ihre Befehle befolgt und ihre Pflicht getan zu haben, was auch geschah. Und die anderen in ihrem Regiment verließen sich darauf, daß sie ihre Rolle bei Loch Sheol spielte und den Feind hier band, während der Rest der Operation Dreizack ablief.

Aber die Truppen, die der Graue Tod nach Norden geschickt hatte, waren bereits gebunden, oder nicht? Eine zum Scheitern verurteilte Kampfaktion hier konnte nicht mehr als ein paar Stunden Zeit und einige wenige zusätzliche Verluste der Legion bringen. War das auf lange Sicht genug, um den Rest des Feldzugs entscheidend zu beeinflussen?

Sie streckte die Hand zum Funkgerät aus und

schaltete auf einen der für diplomatische Kontakte reservierten Kanäle um. Ison-Price hatte ihr Regiment noch nie im Stich gelassen. Sie wußte nicht, ob das, was sie jetzt plante, dem widersprach, aber es war die einzige Möglichkeit, die für sie einen Sinn ergab.

»Kommandeur des Grauen Todes, Kommandeur des Grauen Todes. Hier spricht Hauptmann Ann Ison-Price von den Zehnten Skye Rangers. Ich möchte über Bedingungen für einen Abschluß dieser ... Situation verhandeln.«

Alex hörte die Botschaft, aber er traute seinen Ohren nicht. Einen furchtbaren Augenblick glaubte er, einen tödlichen Fehler begangen zu haben. Hatten sie doch zusätzliche Feindmechs übersehen? Vielleicht war der Erkundungstrupp bereits eingekesselt.

Aber die vier Landungsschiffe auf dem Raumhafengelände hoben ab, und abgesehen von einem eher mißmutigen Widerstand der Panzer rund um Sheolport, gab es kein Zeichen für einen feindlichen Gegenangriff. Seine Ortung zeigte nichts, ebensowenig wie ein schneller Rundblick mit Augen und Videokameras, der einzigen zuverlässigen Sensorausrüstung, die ihm geblieben war.

»Kommandant des Grauen Todes, bitte antworten Sie«, ertönte die Stimme nach kurzer Pause erneut. »Ich möchte ... ich möchte kapitulieren, um weiteres unnützes Blutvergießen zu vermeiden.«

Sie wollte kapitulieren ...

Dann waren die anderen Schiffe tatsächlich nur Attrappe gewesen, und die Mechlandung bei Loch Sheol ein Ablenkungsmanöver.

Oder aber, sein Gegenüber versuchte ihn hereinzulegen.

Er schaltete auf den diplomatischen Kanal um. »Kommandeurin der Freien Skye-Truppen, hier spricht

Oberst Carlyle, Kommandeur der Gray Death Legion.« Vielleicht würden die Invasoren weniger Neigung zu Einwänden haben, wenn sie glaubten, Grayson Carlyle sei doch auf Glengarry. Sicher würde ihre Haltung schnell kämpferischer werden, falls sie entdeckten, daß sie es mit einem Kadetten zu tun hatten, der nur vorgab, der berühmte Oberst Grayson Carlyle zu sein. »Wenn Ihr Kapitulationsangebot ernst gemeint ist, pfeifen Sie auf der Stelle Ihre Infanterie und Panzer zurück und holen Sie die Landungsschiffe wieder auf den Boden. Und bringen Sie Ihre BattleMechs und Jäger zurück nach Sheolport, wo ich sie sehen kann.« Er zögerte, war sich nicht sicher, wie weit er gehen konnte. »Jedes weitere Anzeichen feindlicher Aktionen wird die Vernichtung Ihrer Einheit zur Folge haben.«

Er wechselte schnell den Kanal. »Geisterführer an Chevalier Eins. Dumont, bringen Sie Ihre Kräfte so schnell wie möglich nach Loch Sheol. Geist Zwo wird Ihnen einen Lagebericht zukommen lassen. Caitlin, hast du mitgehört?«

»Ja ... Glaubst du, Sie meinen es ernst, Alex?«

»Ich weiß nicht. Wir werden es bald wissen.« Er kehrte zum diplomatischen Kanal zurück, gerade rechtzeitig, um die Antwort auf seinen Funkspruch mitzubekommen.

»Oberst Carlyle, ich habe die Truppen in Sheolport angewiesen, alle Feindseligkeiten einzustellen, soweit Ihre Truppen dies ebenfalls tun. Aber ich habe keine Autorität über die Luft/Raumkräfte und kann deren Aktionen nicht kontrollieren. Meine Mechkompanie bereitet sich darauf vor, die Sheolportbrücke zu überqueren. Habe ich Ihre Garantie eines Waffenstillstands bis zum Abschluß der Verhandlungen?«

Alex gab nicht sofort Antwort. Wenn es sich um eine Finte handelte, führte er seine ungeschützte Truppe in den Untergang. Aber eine solche Chance, die Konfrontation ohne weitere Verluste zu beenden, konnte er sich nicht entgehen lassen.

»Die haben Sie«, antwortete er schließlich. »Sie haben mein Ehrenwort, daß wir den Kampf nur als Reaktion auf einen Angriff wiederaufnehmen werden. Genügt Ihnen das?«

»Grayson Death Carlyles Wort hat Wert.« Alex zuckte zusammen. War es Betrug, wenn er das Mißverständnis bestehen ließ? Aber er hatte keine andere Wahl. Noch nicht.

»Gut«, erwiderte er. »Ich werde wieder Kontakt aufnehmen, wenn Sie unsere Bedingungen erfüllt haben. Carlyle Ende.«

Er gab Murphy den Befehl, sich vom Hafengelände zurückzuziehen. Der Scout kehrte auf seine frühere Position zurück. MechKrieger Brodnars *Jenner* stellte sich ganz in der Nähe auf. Dann erteilte Carlyle Dumont detaillierte neue Befehle und lauschte ernst Vargas' Bericht, demzufolge die feindlichen Jäger abrupt das Gefecht abgebrochen und sich in südlicher und westlicher Richtung davongemacht hatten.

»Wie lauten ihre Befehle, Herr Oberst?« fragte der Pilot, als er fertig war.

»Vorerst möchte ich, daß Sie uns Luftdeckung geben. Wenn Sie irgendein Anzeichen von Ärger bemerken, melden Sie sich. Geisterführer Ende.«

»Drachentöter ist unterwegs.«

Dann erst gab Alex den Funkspruch durch, der für sein Gefühl bereits seit endlosen Stunden überfällig war. »Geisterführer an Zentrale Glengarry. Geben Sie mir Kommandanthauptmann McCall.«

»Hierr McCall«, meldete sich der Kommandanthauptmann auf der Stelle. Er klang gehetzt. »Tut verrdammt gut, deine Stimme zu hörren, Laddie… Oberrst. Wirr haben Ärrgerr … mächtigen Ärrgerr.«

»Noch eine Landung?«

»Aye. Noch vier Schiffe haen gerrade ihrren Delta-

Vau geänderrt. Diesmal sagt derr Computerr Coltbrridge.«

»Die Ladung hier hat sich als Ablenkungsmanöver herausgestellt, Mac«, sagte Alex leise. »Zwei leere Landungsschiffe und eine verstärkte Kompanie als Köder. Von Bülow scheint sie jetzt, wo er den echten Angriff gestartet hat, mehr oder weniger abgeschrieben zu haben. Wir haben in ein paar Scharmützeln vier Mechs und ein paar Fußtruppen ausgeschaltet, und jetzt will sich ihre Kommandeurin ergeben.«

»Hörrt sich an, als ob du und deine Lads un' Lassies genug zu tun hattet«, stellte McCall beeindruckt fest. »Aber indem err euch gen Norrden nach Loch Sheol lockte, hat der Feind erreicht, was err wollte, ob sein Köderr sich errgibt oderr nae. Je mehrr Zeit Ihrr da oben verrschwendet, desto schlimmer ist es fürr uns duhn hierr.«

»Ich nehme an, Sie schicken Hannibals Cannibals nach Coltbridge?«

»Aye ... und die rrestlichen Gefährrten. Aber es gefällt mirr garr nae. Wenn das jetzt derr rrichtige Angrriff ist, haen sie alle Vorrteile. Und sie haben noch immerr nae alls eingesetzt, either. Da sind aye noch Trruppen im Orrbit, Lad, die uns das Leben noch schwerrerr machen können.«

»Dann muß ich sehen, daß ich hier so schnell wie möglich verschwinde und die Destructeurs wieder nach Süden bringe. Dann können wir euch verstärken oder eine dritte Landung abdecken, wenn es nötig werden sollte.«

»Aye, das wärre das beste. Laß sie die Verhandlungen nae zu lang hinziehen.« McCall lachte. »Einst vorr langerr Zeit in Scotland, hat Rroberrt the Brruce eine Arrmee zehnmal so groß wie seine aen überr einen Monat gebunden, indem err eine Überrgabe ausverrhandelt hae. Laß das nae mit dirr machen ... wir dinna hae 'en Monat zu verrschenken.«

»Geht klar, Mac. Wir werden runterkommen, um euch zu unterstützen, so schnell ich es schaffen kann. Und einen Monat wird es nicht dauern, das kann ich versprechen.«

»Wirr rrücken in einer halben Stunde aus, Lad. Viel Glück. Dein alter Vaterr kann stolz auf dich sein... Dein alter Lehrrerr ist es aye schon.«

39

In planetarer Umlaufbahn um Glengarry
Mark Skye, Vereinigtes Commonwealth

11. April 3056

»Kapitulation!« Generalkommandant von Bülow schlug mit der Faust auf den Tisch. Die Erschütterung riß sein Handterminal los, so daß es durch die Brücke des Freien Skye-Landungsschiffs *Asgard* schwebte, aber weder er noch sein Adjutant beachteten das Gerät.

»Jawohl, Herr General«, bestätigte Albrecht zurückhaltend. »Anscheinend hat Hauptmann Ison-Price vor etwa einer halben Stunde die Verhandlungen aufgenommen. Wir haben es nicht sofort bemerkt, weil wir die diplomatischen Kanäle nur stichprobenartig überwachen.«

»Inkompetenz und Feigheit! Die ganzen verdammten Zehnten Rangers fallen auseinander, weil das Offizierskorps aus unfähigen Trotteln und Feiglingen besteht!« Von Bülow bemühte sich, seine Wut unter Kontrolle zu bringen. »Aber vielleicht ist es gar nicht so schlimm, wie es aussieht. Ison-Price könnte durch ein Hinauszögern der Verhandlungen mehr Zeit herausschinden, als sie uns auf dem Schlachtfeld verschafft hätte.«

»Das ist möglich, Herr General«, bestätigte Albrecht. »Aber die Sensoroptiken haben bei dieser Umkreisung festgestellt, daß auf dem Brenmorpaß ein Teil der Ausrüstung wieder auf die Züge verladen wird, die bei unserem letzten Überflug noch abgeladen wurde. Ich würde das so deuten, daß sie einen Teil ihrer Kräfte bald wieder nach Süden in Marsch setzen.«

»Können wir die Magnetbahnlinie angreifen und sie abschneiden?« fragte von Bülow.

»Dazu müßten wir entweder den Jägerschutz über der Coltbridge-LZ schwächen oder ein Landungsschiff hinunterschicken. Aber wir haben weder alle ihre Jäger lokalisiert noch das Landungsschiff, das uns entkommen ist. Möglicherweise erfordert es eine Großaktion, um Erfolg zu haben, und es würde mit Sicherheit die gesamte Planung für Operation Dreizack umstoßen.«

Von Bülow starrte seinen Adjutanten wütend an, dann nickte er plötzlich. »Sie haben natürlich recht, Johann. Wenn wir jetzt anfangen zu improvisieren, enden wir in einem hoffnungslosen Tohuwabohu. Ich hatte gehofft, ein größerer Teil ihrer Truppen würde nach Norden aufbrechen und dort länger festgehalten werden. Aber selbst wenn sie Glensheol am frühen Nachmittag verlassen, benötigen sie ein Wunder, wenn sie ihren Kameraden noch etwas nützen wollen.« Er grinste kalt. »Und wenn wir wirklich losschlagen, werden sie keine Chance haben.«

»Jawohl, Herr General«, erwiderte Albrecht pflichtbewußt.

Von Bülow pflückte sein Terminal aus der Luft, wie er in wenigen Stunden den Planeten Glengarry aus den Händen seiner Gegner pflücken würde.

Alexander Carlyle hob den Neurohelm vom Kopf und schnallte sich los. Er griff hinter die Pilotenliege seines *Schütze* und zog den Seesack hervor, bevor er aufstand und auf das Sensorfeld neben der Lucke schlug. Das Schloß öffnete sich, und er stieg hinaus auf die Schulter des reglosen Mechs. Den Seesack über der Schulter, kletterte Alex die Hängeleiter hinab, die beim Öffnen der Lucke ausgerollt worden war.

Am Boden erwartete ihn AsTech Newkirk und hob den Daumen. »Gute Arbeit, Sir«, stellte er grinsend fest. »Aber Sie haben den Lack zerkratzt, als Sie die Raketen gestoppt haben.«

»Ja«, erwiderte Alex abwesend. »Hören Sie, wenn er auf dem Wagen liegt – Sehen Sie zu, ob Sie die Panzerung irgendwie flicken können. Er muß wieder einsatzbereit sein, wenn wir in Coltbridge ankommen.«

»Ich kann nichts versprechen, Sir«, meinte Newkirk. »Aber wir werden tun, was in unserer Macht steht.« Damit machte er sich auf den Weg die Leiter hoch. Der AsTech würde die Stillegung durchführen, nachdem er den *Schütze* vorsichtig in den improvisierten Transportkokon auf dem Plattformwagen bugsiert hatte. Das gab Alex Gelegenheit, sich um andere Dinge zu kümmern ... Zum Beispiel darum, wie es weitergehen sollte.

Als Dumont und der Rest der Truppen am Südrand des Loch Sheol eingetroffen waren, hatte sich Ison-Price ohne langwierige Verhandlungen ergeben. Wahrscheinlich war es der Anblick der Destructeurs-KampfLanze gewesen, angeführt von Oberleutnant Obotes gewaltigem vierbeinigen *Goliath,* der sie schließlich überzeugt hatte. Die acht feindlichen MechKrieger hatten ihre Kampfmaschinen verlassen und sich ergeben, zusammen mit der Infanterie und den drei verbliebenen Kettenpanzern in Sheolport. Vor der Übergabe hatten die feindlichen Mechpiloten allerdings ihre Neurohelme ausgekoppelt, um die Legion an der sofortigen Übernahme ihrer Maschinen zu hindern. Aber das war nur eine kleinere Unbeqemlichkeit. Jeder kompetente ElektronikTech konnte sie innerhalb von Stunden wieder in Betrieb setzen.

Trotzdem, das mußte warten. Alex hatte die Verhandlungen ausschließlich über Sprechfunk geführt und die formellen Aspekte der Kapitulation Dumont mit seiner Neigung zur Förmlichkeit überlassen. Die Freien Skye-Gefangenen, einschließlich des Überlebenden des Gefechts an der Benmorbrücke, waren von Legions-Infanterie entwaffnet und in Loch Sheol inhaftiert worden. Hauptmann Montclair und seine Leute würden dort bleiben, um die Gefangenen zu bewachen und das Gebiet weiter zu beobachten, aber der Rest von Alex' Einheit hatte nicht auf den Abschluß der Übergabe gewartet, sondern sich sofort auf den Rückweg zum Benmorpaß gemacht. Ein Großteil der Vorräte, Munition und Wartungsapparaturen waren schon wieder verladen gewesen, als die Mechs eingetroffen waren, und die hastige Vorbereitung auf das erneute Ausrücken der Einheit war in vollem Gange.

Wieder sah sich Alex der Agonie des Wartens ausgeliefert. Die letzte Nachricht McCalls hatte von einem Mechabwurf in unbekannter Stärke rund um Coltbridge berichtet und von den Anstrengungen des alten Caledoniers, seine Truppen rechtzeitig dorthin zu schaffen, um den Gegner zu stoppen. Vargas und seine Jäger patrouillierten zwischen Loch Sheol und Coltbridge, für den Fall, daß der Feind einen Luftangriff auf die Magnetbahnverbindung versuchte. Das hatte McCall angeordnet. Alex hatte überhaupt nicht an diese Möglichkeit gedacht. Und es gab neue Berichte aus dem östlichen Teil des Kontinents, daß Gouverneur DeVries wieder unterwegs war, auch wenn noch niemand wußte, was er diesmal plante. Und angesichts all dieser Bedrohungen, Gerüchte und möglichen Katastrophen konnte Alex nichts tun, bis die Techs das Aufladen der Mechs abgeschlossen hatten und die Abfahrt nach Dunkeld freigaben.

Er fragte sich, ob irgend etwas von alledem auf lange Sicht einen Unterschied machen würde.

Für so etwas bin ich nicht geschaffen, dachte Davis McCall bitter und starrte auf den Schirm. Das ist eine Arbeit für den Oberst… oder für Cris de Villar. Aber nicht für mich…

Die zweite Einsatzgruppe der Legion war eine knappe Stunde, nachdem der erste MSB-Wagen Dunkeld verlassen hatte, an der Magnetbahn-Kreuzung in der Nähe von Coltbridge angekommen, und das Entladen und Vorbereiten der Mechs war erstaunlich glatt verlaufen. Die gesamte Truppe, Hauptmann Simms' Kompanie und die stark zusammengeschmolzenen Gefährten des Grauen Todes, hatte sich mit der außerhalb der Stadt positionierten Infanterie und Panzereinheit getroffen. Diese standen unter dem Befehl eines früheren Offiziers der Planetaren Garde, der sich dem Grauen Tod angeschlossen hatte, einem Hauptmann mit dem kaum faßbaren Namen Lochinvar Fraser.

Fraser hatte einen Mechabwurf aus niedriger Umlaufbahn beobachtet. Statt die BattleMechs an Bord von Landungsschiffen zu transportieren und erst am Boden auszuschleusen, war diese Angriffswelle mit Schmelzkapseln, Fallschirmen und besonderen Pralldämpfern ausgerüstet nach unten gekommen. Wie gigantische Fallschirmjäger waren die Mechs einzeln vom Himmel geschwebt und hatten sich über ein weites Gebiet verteilt. Dies bot der Legion den Vorteil, während der ersten Phase des Bodengefechts nicht gegen geschlossene gegnerische Einheiten antreten zu müssen, aber andererseits erschwerte es das Aufspüren des Gegners und die Vorhersage seiner nächsten Aktionen erheblich. Und da Coltbridge keinen Raumhafen besaß, der als Zielpunkt der Landung fungieren konnte, hatte es McCall besonders schwierig, die Vorgehensweise seines Gegners zu erraten. Um Hilfstruppen und Nachschub zu landen, brauchte der Feind nur ein ausreichend großes Freigelände. Und davon gab es um Coltbridge mehr als genug.

Damit blieb nur die MSB-Station außerhalb der Stadt als logischer Sammelpunkt für die Verteidiger. Wenn die Invasoren die Magnetschwebebahn für ihren Nachschub einsetzen wollten, mußten sie die Station erobern, bevor sie sich auf den Weg in die Hauptstadt machten. Ohne sie konnten sie die computergesteuerten Weichen- und Stromführungssysteme für diesen Teil des Bahnnetzes nicht kontrollieren.

Das erleichterte McCall in gewisser Hinsicht die Arbeit. Er hatte einen Ort, den es zu verteidigen galt, und eine Menge Menschen und Maschinen, um dies zu tun. Aber nach der Landung hatten sie den Gegner aus der Ortung verloren, und es ließ sich nicht vorhersagen, von wo er zuschlagen würde – wenn überhaupt. McCall hatte Angst, daß sich diese Landung wie die bei Loch Sheol als Finte erweisen konnte. In Dunkeld waren nur noch eine Handvoll Legionäre zurückgeblieben. Möglicherweise plante General von Bülow doch, seine Hauptstreitmacht dort zu landen.

McCall murmelte einen alten gälischen Fluch. Er hatte nie von sich behauptet, ein großer Taktiker zu sein, und eine defensiv abwartende Rolle hatte ihm noch nie zugesagt. Sie machte ihn nervös. Die Gray Death Legion war schon immer eine Einsatztruppe gewesen, die den Krieg ins Gebiet des Gegners trug. Herumzusitzen und auf den großen Schlag zu warten, entsprach nicht seiner Vorstellung von Kriegführung. Wenn Grayson Carlyle auf Glengarry wäre, dachte McCall düster, bräuchten wir nicht hier rumzusitzen und zu warten.

»Herr Kommandanthauptmann, ich verzeichne MAD-Anzeigen im Nordosten«, meldete Freida Bergstrom. Ihr Mech war zwei Kilometer außerhalb der Station als Vorposten aufgestellt. »Und unsere Leute sind es nicht …«

»Gibt es noch andere Anzeichen für Schwierigkeiten?« fragte er.

Keiner der übrigen ScoutMechs hatte etwas Ähnliches zu berichten. Also kam der Gegner entweder nur aus dieser einen Richtung, oder die anderen blieben außer Sensorreichweite, bis die Schlacht begonnen hatte.

Er traf eine Entscheidung. »Alle ScoutMechs um Oberleutnant Bergstrom formieren«, befahl er. »Panzer und Infanterie graben sich um den Bahnhof ein und halten Ausschau nach anderen Feindeinheiten. Hauptmann Simms, halten Sie sich zum Ausrücken bereit.«

Die Legion war auf mobile Gefechte spezialisiert. McCall würde versuchen, die feindlichen Truppen schnell anzugreifen, bevor sich die Situation in ein Stellungsgefecht verwandeln konnte.

Er würde alles tun, was in seiner Macht stand, um einen Sieg zu erringen, aber trotz allem wünschte sich Kommandanthauptmann Davis McCall, Grayson Carlyle wäre an seiner Stelle.

40

Bei Coltbridge, Glengarry
Mark Skye, Vereinigtes Commonwealth

11. April 3056

»Da sind sie«, stellte McCall fest. Auf seinem Sichtschirmstand erschien das vergrößerte Abbild des nächsten feindlichen Mechs – in Wirklichkeit immer noch Kilometer entfernt – so groß, als wäre er nahe genug, um *Bannockburn* zu berühren.

»Jesus, Mohammed und Blake!« murmelte jemand über die Funkverbindung. »Ein *Zeus*... ein *Kampftitan*... ein *Zyklop*...«

»Ich zähle drei *Schützen* da draußen«, fügte eine andere Stimme hinzu. Das klang nach Hauptmann Hannibal Simms, McCalls Stellvertreter. In seiner Stimme schwangen Überraschung und Angst mit.

»Diesmal werfen sie wirklich dicke Brocken ins Gefecht«, kommentierte Freida Bergstrom kühl. »Ich trau mich kaum rauszugehen, aus Angst, daß sie mich zertreten.«

»Rruhe im Ätherr«, schnarrte McCall. Aber er verstand die Gefühle seiner Leute. Die meisten BattleMechs der Angreifer waren schwere oder überschwere Kampfkolosse mit einem Gewicht von siebzig bis neunzig Tonnen, schwer gepanzert und vollgestopft mit Waffen. Der Graue Tod hatte dagegen nur eine Handvoll Mechs von mehr als fünfzig Tonnen aufzubieten, und nur McCalls neunzig Tonnen schwerer *Highlander* konnte einem *Zeus* oder *Kampftitan* das Wasser reichen, was die Feuerkraft betraf. Hätte der Befehl bei Grayson Carlyle gelegen, hätte McCall wahrscheinlich ebensolche Kommentare abgegeben.

Aber jetzt lag der Befehl bei ihm, und nichts, was irgend jemand sagte, konnte die Verhältnisse ändern, denen sie ausgesetzt waren. Der Graue Tod hatte mehr Mechs, aber sie waren leichter als ihre Gegner und den meisten von ihnen in einem offenen Zweikampf deutlich unterlegen. Das würde eine Begegnung werden, bei der Beweglichkeit entscheidend war. Wenn es ihnen gelang, ihr Feuer nacheinander auf jeweils einzelne ihrer Gegner zu konzentrieren, hatten sie vielleicht eine Chance. Aber sie würden schwere Verluste hinnehmen müssen.

Und eine solche hochmobile Gefechtsführung eignete sich nur sehr schlecht für ihr Primärziel, den Schutz des Coltbridge-Magnetbahnhofs. Wenn der Gegner nur ungerührt weiter vorrückte, würde McCall irgendwann in die Zwickmühle geraten, entweder den Bahnhof aufzugeben oder sich eine Verteidigungsschlacht aufzwingen zu lassen, die sie unmöglich gewinnen konnten.

Was würde Grayson Carlyle jetzt machen? fragte sich McCall und starrte auf den Monitor.

Er fand keine Antwort auf seine Frage, aber mit jedem Augenblick, den er verstreichen ließ, kamen die gegnerischen Kriegsmaschinen näher.

Generalleutnant Leonidas Brannock, der Kommandeur der vorrückenden Freien Skye-Truppen, lachte, als er seine Gegner sah. Wie erwartet hatte der Graue Tod sich nicht mit der bloßen Verteidigung zufriedengegeben. Die Söldner hatten ihre Stellungen verlassen, um die Skye Rangers außerhalb von Coltbridge zu stellen. Er konnte sich vorstellen, wie sie auf den Anblick seiner Mechs reagieren mußten. Soweit er es erkennen konnte, war nur eine einzige ihrer Maschinen schwerer als ein Siebzig-Tonnen-*Kriegshammer*, ein seltsam aussehender Neunzigtonner, den der Bordcomputer seines Mechs als *Highlander* identifizierte, auch wenn Brannock noch nie zuvor etwas von einem Mechtyp dieses Namens gehört hatte. Und er konnte zwischen der Handvoll Gegner von einigermaßen akzeptabler Größe eine Menge kleinerer Kampfmaschinen sehen – *Valkyries, Greifen* und dergleichen.

Brannock hatte skeptisch reagiert, als von Bülow ihm diesen Teil der Operation Dreizack übertragen hatte. Im Grunde handelte es sich nur um ein Geplänkel vor der Entscheidungsschlacht, und als Kommandeur der Zehnten Skye Rangers beanspruchte Brannock eigentlich den Ehrenplatz an der Spitze der Hauptlandeeinheit.

Aber jetzt sah er ein, wie klug sein Vorgesetzter entschieden hatte. Seine vier Lanzen waren starke, schlagkräftige Einheiten, und selbst in der Unterzahl würden sie mit ihren Gegnern hier kurzen Prozeß machen. Und wenn die Legion noch über Reserven verfügte, die sie in die Schlacht werfen konnte, waren Brannocks Mechs in der Lage, eine Menge einzustecken und dabei noch weit mehr an Tod und Vernichtung auszuteilen. Selbst wenn er nicht die größte Landeeinheit befehligte, konnte Brannock sich doch darauf freuen, als erster Skye Ranger in Dunkeld einzumarschieren, wenn die Kämpfe hier abgehandelt waren.

Der kommandierende Offizier der Zehnten Skye Rangers lächelte kalt durch das Visier des Neurohelms. Diese Söldner hatten noch nicht einmal alles gesehen, was ihnen bevorstand. Mit den zur Unterstützung seiner Landung eingeteilten Jägern würde er diesen Pöbel zerschlagen, ohne seine Mechs mehr als minimaler Beschädigung auszusetzen.

Brannock streckte die Hand nach der Funkkonsole aus.

»An alle Jäger, alle Jäger, vorbereiten auf Coltbridge-Bodenkampfmission Beta Drei.«

Raumleutnant Sean Ferguson biß sich nervös auf die Unterlippe und befolgte die Anweisung seines

Vorgesetzten. Er legte den *Luzifer* nach links, überprüfte die Position von Hendersons Jäger schräg rechts hinter seiner Maschine und stieß die Schubheber durch bis in die rot markierte Nachbrennerzone.

Ferguson hatte das Gefühl, seit Tagen nicht mehr aus dem Cockpit gekommen zu sein, obwohl er nur eine doppelte Patrouillenschicht hinter sich hatte. Man hatte keinen Zweifel daran gelassen, daß er für seinen nicht autorisierten Rückzug aus den Kämpfen über Glengarrys Hauptstadt nur haarscharf an einer Festnahme und möglichen Exekution vorbeigeschrammt war. Anscheinend bestand seine Strafe darin, eine Mission nach der anderen fliegen zu müssen, bis er schließlich so erschöpft war, daß er einen tödlichen Fehler beging und seinen Jäger irgendwo zu Schrott flog, ohne Hoffnung auf Hilfe oder Rettung.

Trotz dieser Strafe wußte Ferguson, daß er die Angst, die er in jenem letzten Gefecht kennengelernt hatte, nie wieder loswerden würde. Er wußte nicht, ob er die Befehle seiner Vorgesetzten noch würde ausführen, ein Luftgefecht oder einen Anflug durch feindliches Flakfeuer durchstehen konnte. Die Angst nagte unablässig an seinen Gedanken, während er im Cockpit saß oder zwischen den Missionen schwerelos über seiner Koje an Bord der *Merkur* hing.

Aber wenn er noch einmal einen Befehl verweigerte, war ihm das Kriegsgericht sicher. Falls er nicht einfach aus der nächsten Schleuse gestoßen wurde, um dem Politischen Offizier Zeit und Papierkram zu ersparen.

»Ziele! Ziele im Anflug bei null-sechs-acht!« Hendersons Meldung war knapp und präzise, absolut vorschriftsmäßig. Über ihm hing derselbe dunkle Schatten wie über Ferguson, aber bei ihm war er weniger ausgeprägt.

Ferguson blickte auf den Radarschirm. Vier Punkte, die auf die zehn Jäger über der Freien Skye-Landezone zuschossen. Noch bevor der Computer an Hand von Geschwindigkeit, Größe und Konfiguration die Jägertypen identifizierte, wußte Ferguson, daß es die vier Gray-Death-Maschinen aus dem Luftkampf über Dunkeld waren. Diesmal besaß die Freie Skye-Einheit die zahlenmäßige Überlegenheit, und sie waren auf den Kampf vorbereitet, aber Fergusons Kehle war staubtrocken, als er an den Luftkampf über der Stadt zurückdachte. Ein einziger Pilot des Grauen Todes hatte an dem Tag die Hälfte der Abschüsse von Skye-Piloten auf seinem Konto verbuchen können. Und jetzt war er im Anflug, um eine Zugabe zu liefern...

»Strikeschwarm, Strikeschwarm, hier Strikeführer. Wir werden die feindlichen Jäger abfangen.« Es folgte eine Pause. »Rot Eins und Zwo bleiben auf Bodenkampfprofil.« Ferguson begriff die Überlegung, die hinter diesem Befehl stand. Die Pilotenprofis wollten keine Amateure oder Feiglinge dabeihaben, wenn sie in die Schlacht flogen.

»Rot Eins, verstanden«, antwortete er und war nicht sicher, ob er sich über die Befehle freuen oder ärgern sollte. »Bodenkampfprofil.«

Seine Hand verkrampfte sich unwillkürlich um den Steuerknüppel, als er den Bug des *Luzifer* senkte und seinen Flügelmann zur letzten bekannten Position der feindlichen Mechs führte.

Ich habe keine Angst, redete er sich ein. Ich habe keine Angst...

»Jäger! Jäger! Jäger!«

Davis Carlyle Clay hörte Oberleutnant Dennikens warnenden Singsang und fühlte, wie sich seine Kehle zuzog. Als ob der Gegner nicht schon durch die riesigen BattleMechs genug Feuerkraft besessen hätte, setzte er jetzt auch noch Jäger ein. Im Geiste sah er die Maschine, die auf Cristiano de Villars Mech stürzte. Es war fast wie eine Vision des Omnijägerangriffs, der seinen Vater das Leben gekostet hatte.

Vargas und der Rest seiner Staffel waren unterwegs, um die Verteidiger von Coltbridge zu unterstützen, aber die Invasoren hatten genug Maschinen in der Luft, um sie zu neutralisieren und gleichzeitig mit Luftangriffen die Gray-Death-Mechs in Stücke zu hauen, lange bevor ihre schweren Mechs am Boden das Feuer eröffneten.

McCall hatte seine BattleMechs in einer lockeren Kampflinie über das Gelände verteilt. Die leichtesten Maschinen waren weit außen an den Flanken aufgestellt, wo sie ihre überlegene Manövrierfähigkeit ausnutzen konnten, um kurz vorzupreschen und sich wieder zurückzuziehen, während die beiden Mechtruppen aufeinander zurückten. Clays Position war ziemlich in der Mitte, dicht neben McCalls *Highlander*. Er konnte sehen, wie die Geschütze der anderen Mechs die Jäger verfolgten und das Feuer eröffneten, noch bevor sie in Sichtweite waren. Sie versuchten, ein Netz aus Geschossen und Strahlbahnen zu legen, in dem sich der Gegner möglicherweise verfing.

Plötzlich stürzten zwei große Luft/Raumjäger wie fliegende BattleMechs zu einem flachen Angriffsflug aus den Wolken. Explosionen flammten auf, als sie ihre Geschütze entluden. Dennikens *Cataphract* steckte einen Treffer ein, und ein Raketenschwarm flog nur Meter über Clays *Greif* hinweg. Während er stolpernd um sein Gleichgewicht rang, sah er den *Highlander* mit maximaler Feuergeschwindigkeit auf die beiden Jäger schießen.

Die hintere der beiden Maschinen schien plötzlich zu bocken, als der *Highlander* ins Schwarze traf. Rauch stieg aus einem der Triebwerke auf, und einen

Augenblick später trudelte der Jäger außer Kontrolle auf das entfernte Ufer des Earn hinab. Ein sich öffnender Fallschirm zeigte, daß der Pilot ausgestiegen war.

Clay atmete auf. »Guter Schuß, Herr Kommandanthauptmann!« juchzte er.

In dem Bewußtsein, daß McCall ihn beschützte, fühlte er sich sicherer.

»Rot Eins. Rot Zwei ist ausgestiegen und sicher gelandet.«

Generalleutnant Brannock hörte den Funkspruch, aber momentan kümmerte es ihn keinen Deut, wie es dem Piloten der abgeschossenen Maschine ging. Ob er nun tot war, gefangen oder am Boden in Deckung hastete, es lief alles auf dasselbe hinaus. Die meisten Jäger hatten sich auf ihre Kontrahenten vom Grauen Tod gestürzt, und ihm blieb noch ein einziger Jäger für das Bombardement, das er von zehn Maschinen erwartet hatte.

Und dieser *Highlander* war eine beinahe ebensogute Flakplattform wie ein *Kampfschütze.* Wenn sie dieses Schwergewicht nicht schnell ausschalteten, riskierten sie, auch noch den zweiten Jäger zu verlieren.

»SpartaLanze folgt mir«, rief er und warf den wuchtigen *Zeus* in einen schwerfälligen Laufschritt. Die meisten Piloten sahen den Zeus als Fernwaffenplattform, aber Brannock hatte die Erfahrung gemacht, daß die psychologischen Vorteile eines Nahkampfes mit einem Kampfkoloß dieser Größe gewichtiger waren als die Argumente für ein Distanzgefecht, um die LSR-Lafetten und den schweren Laser auszunutzen. Die beste Art, einen Gegner zu neutralisieren, bestand darin, ihn zu überwältigen. Die Kommandolanze des Regiments würde die feindliche Kampflinie genau in der Mitte in zwei Teile brechen, und anschließend konnte der Jäger einen weiteren Angriffsflug ausführen, ohne sich diesen tödlich treffsicheren Geschützen stellen zu müssen. Und währenddessen würde der Rest seiner Einheit die ersten Lücken ausnutzen, soweit es überhaupt nur möglich war.

»Da kommen sie!«

McCall blickte von der Ortung hoch und sah die vier größten der feindlichen Mechs wie eine außer Kontrolle geratene Saurierherde geradewegs auf das Zentrum der Gray-Death-Linie zustürmen. Neben ihm trat Dennikens *Cataphract* ein paar schnelle Schritte vor. Alle vier Laser seiner Maschine feuerten, und die Autokanone in seinem Torso spie den Inhalt mehrerer Magazine auf den *Zyklop* am linken Flügel der Angreifer. Einen Augenblick später schlossen sich Hansens *Derwisch* und Nolans *Katapult* ihrem Lanzenführer an und konzentrierten ihr Feuer auf die riesige Maschine, so wie McCall es nach dem Studium der gegnerischen Aufstellung als Kampftaktik ausgegeben hatte. Wenn möglich, sollten alle Mechs einer Lanze ein einzelnes Ziel unter konzentrierten Beschuß nehmen …

Das funktionierte, aber nur, bis die Schlacht sich zu einem allgemeinen Gemetzel entwickelte oder der Graue Tod so viele Verluste hinnehmen mußte, daß ein konzentrierter Angriff unmöglich wurde.

Der gigantische feindliche *Kampftitan* war im Kreuzfeuer der KampfLanze von Hannibals Cannibals gefangen, darunter ein *Kriegshammer* und ein *Kreuzritter.* McCall sah, wie die PPKs des *Kriegshammer* Treffer am linken Bein des *Kampftitan* erzielten. Das mußte dieses Bein beträchtlich schwächen, eine Tatsache, die er sich merken mußte, für den Fall, daß er später eine Chance bekam, die übeschwere Maschine anzugehen.

Und dann hatte McCall keine Zeit mehr, die Kämpfe zu beobachten, die ringsum losbrachen. Der

Freie Skye-*Schütze* war in optimaler Raketendistanz stehengeblieben und eröffnete das Feuer. Seine erste Salve ging daneben, aber McCall mußte reagieren, um sich zu schützen. Und der *Zeus* kam noch immer näher. Er stürmte unter dem Schutz der Raketen des *Schütze* auf den *Highlander* zu, als wolle er McCalls BattleMechs zu einem archaischen Faustkampf herausfordern.

McCall senkte das Gaussgeschütz und eröffnete das Feuer, aber der Schuß verfehlte sein Ziel. Als der *Zeus* aufschloß, benutzte McCall die unheimliche Beweglichkeit seiner wuchtigen Maschine und hüpfte mit Hilfe der Sprungdüsen seitwärts aus dem Weg des wahnwitzigen Sturmangriffs. Bei Maschinen von der Größe eines *Highlander* waren Sprungdüsen äußerst selten, und die Sprungfähigkeit dieses Mechs kam für seine Gegner in der Regel völlig überraschend.

Clay bewegte seinen *Greif* vorwärts und gab einen PPK-Schuß aufs Cockpit des *Zeus* ab, aber er überhastete den Schuß, und die Entfernung war für das Feuerleitsystem der PPK zu kurz. Fast beiläufig feuerte der gegnerische Pilot mit dem schweren Laser zurück, und Clay wich eilig aus, bevor ein zweiter Schuß seinen Mech zerlegte.

McCall knirschte mit den Zähnen und richtete das Gaussgeschütz für einen zweiten Schuß aus. Das sah nach einem langen, harten Kampf aus ...

»Rot Eins von Sparta Eins.« Die Stimme drang krachend aus Sean Fergusons Helmlautsprechern. »Wiederholen Sie den Angriffsflug.«

Ferguson schauderte. Er wollte nicht noch einmal dort hinunter, nicht nach dem, was mit Henderson passiert war ...

»Hören Sie mich, Rot Eins? Hier ist Sparta Eins.« Die Stimme des Generals klang außer Atem und ungeduldig. »Wir haben Ihren FlakMech gestellt. Wiederholen Sie Ihren Angriffsflug, solange wir das Abwehrfeuer neutralisiert haben.«

Lange Sekunden konnte Ferguson sich nicht überwinden, den Steuerknüppel zu bewegen. Auch die Zusicherung des Generals machte keinen Unterschied. Er hatte seine Grenze erreicht, und der Gedanke, noch einmal unter Beschuß zu kommen, ließ ihn vor Schreck erstarren.

Ich habe keine Angst! Diese Worte wiederholte er wie ein stummes Mantra. Das ist meine letzte Chance. Ich *habe* keine Angst!

Und irgendwie fand er den Mut, den Steuerknüppel zur Seite zu drücken und in eine enge Linkskehre zu gehen, seinen Jäger zu wenden und einen weiteren Angriffsflug zu starten.

»Oberleutnant Bergstrom! Hauptmann Simms! Der Kommandanthauptmann braucht Hilfe!« Clays Kehle war so zugeschnürt, daß er Mühe hatte, die Worte herauszubekommen. Der *Highlander* war ein guter Gegner für den feindlichen *Zeus*, und McCall führte ihn brillant, aber niemand kümmerte sich um den *Schütze*, der noch immer eine Raketensalve nach der anderen auf den Mech des Kommandanthauptmanns abfeuerte.

Er löste die Sprungdüsen des *Greif* aus und war froh, daß King die Zeit gefunden hatte, das beschädigte Fußgelenk zu reparieren. Sein Mech flog vor, und er senkte das Fadenkreuz der PPK über den *Schütze*. Wenn niemand anders sich darum kümmerte, mußte er selbst aktiv werden.

Rings um ihn herum zuckten Explosionen auf, und Clays wilder Blick zur Ortung zeigte einen Freien Skye-Jäger, der im Tiefflug über die Kampflinie geradewegs auf ihn zugeschossen kam.

Einen Augenblick erstarrte er wieder, die eingefahrene automatische Reaktion. Dann zerbrach etwas in

Davis Clay, und er hob den PPK-Lauf zum Himmel. Er verfügte nicht über die moderne Feuerleittechnik des *Highlander*, aber ein PPK-Treffer würde dem Piloten mit Sicherheit Probleme bereiten.

Clay feuerte, lud die Waffe wieder auf, feuerte noch einmal. Die Wärmeskala stieg rapide an, und er hörte die zusätzliche Klimaanlage des Cockpits anspringen, um den plötzlichen Hitzestau abzubauen. Aber er ignorierte alles, alles außer dem feindlichen Jäger, den er vom Himmel holen mußte.

Ferguson fiel die Kinnlade herunter, als der winzige Greif am äußersten Rand seines Gesichtsfelds auf den Schirmen des Jägercockpits schnell größer wurde. Der Mech stand stocksteif da, die Beine gespreizt, den Arm erhoben und brachte die Luft vor der Mündung seiner PPK mit einer ganzen Serie von Blitzschlägen aus purer Energie zum Kochen.

Einen Augenblick war Ferguson wie erstarrt, und im Leben eines Jagdpiloten war ein Augenblick eine Ewigkeit. Er flog schnurgerade weiter, dachte nicht einmal daran zu feuern. Als Ferguson endlich klar wurde, was er tat, war es zu spät.

Der *Luzifer* bockte und schüttelte sich, als er geradewegs in die PPK-Salven hineinflog. Die Schadensanzeige leuchtete rot auf, und ein Alarm schrillte seine Warnung in einer harten Kadenz zum Kreischen der zerschmelzenden und sich verformenden Panzerplatten hinaus, während die Blitzschläge über die Unterseite des Jägers tanzten.

Der Lärm riß Ferguson endlich aus seiner Trance. Er überflog die Schadensanzeige, aber die Trägheit des Steuerknüppels erzählte ihm mehr über die Schäden an den Kontrollklappen, als jedes Muster aus roten und gelben Warnlichtern es konnte. Der *Luzifer* stürzte ab, und es gab nichts, was er dagegen tun konnte.

Infanteriesoldaten, die sich um das Bahnhofsgebäude drängten, stierten dem waidwunden Jäger hinterher, als er über die Magnetbahnstation und den Fluß trudelte. Unbeholfen fummelte Ferguson nach dem Auslöser für den Schleudersitz, riß den Hebel ruckartig zurück und kniff die Augen zusammen.

Wind peitschte sein Gesicht, als das Kanzeldach abgesprengt wurde. Dann rammte der Sitz ihn nach oben.

Einen Augenblick später trieb er sanft unter einem weiten Fallschirm zu Boden und geradewegs in die Arme einer Infanteriestreife mit den Totenkopfinsignien der Gray Death Legion.

Für Sean Ferguson war der Krieg endlich vorbei.

McCall grunzte zufrieden, als die beiden mittelschweren Laser im linken Torso des *Highlander* ihr Ziel trafen. Damit konnte er die schwere Panzerung des *Zeus* zwar nur leicht beschädigen, aber wenigstens hatte er ihn getroffen.

Eine neuerliche Raketensalve flog auf ihn zu, und er hatte kaum noch Zeit, die Sprungdüsen auszulösen und sich davonzumachen, bevor der Boden unter der Wucht vierzig gleichzeitig explodierender Sprengköpfe aufbrach. Dieser *Schütze* war im Augenblick gefährlicher als der *Zeus*, zumindest solange der *Zeus*-Pilot darauf bestand, einen Nahkampf auszufechten. In einem seltsam losgelösten Teil seiner Gedanken erinnerte sich McCall mit sardonischem Vergnügen an die Standpauke, die er dem jungen Carlyle nach der Übung mit dem simulierten *Kampftitan* gehalten hatte. Anscheinend war Alex Carlyle nicht der einzige MechKrieger, der in eine hohe Position katapultiert worden war, ohne zu lernen, alle Waffensysteme bestmöglich auszunutzen, statt einer Vorliebe für einen bestimmten, in seinem Nutzen arg begrenzten Kampfstil nachzugeben.

»Ein vollgefressener Bastard weniger!« jauchzte Andrej Denniken. McCall gestattete sich einen kurzen Blick die Kampfreihen entlang. Der riesige Freie Skye-*Zyklop* stand reglos wie eine Statue. Ein Arm war an der Schulter abgetrennt und lag nicht weit entfernt im Gras. Aus den Trümmern des Cockpits stieg eine Rauchsäule gen Himmel. Dennikens Treffsicherheit hatte ein weiteres Opfer gefordert.

»He, Rrusski«, rief McCall. »Wenn du ferrtig bist, dirr selbst auf den Rrücken zu klopfen, könnte ich aye jemand brrauchen, derr mir den *Schütze* vom Hals schafft.«

»Die Kosacken müssen es mal wieder richten«, erwiderte Denniken. »Falls irgendeiner von euch in der KampfLanze ihn nicht verstanden hat, unser furchtloser Anführer möchte, daß wir dem *Schütze* eine oder auch mehrere Lektionen erteilen. Der Pilot, der den Bastard erledigt, kann sich bei mir eine Flasche Wodka abholen!«

»Herr Kommandanthauptmann«, warnte Oberleutnant Bergstrom. »Der Rest ihrer Linie setzt sich in Bewegung.«

McCall stieß einen gälischen Fluch aus. Seine Rolle als Kommandeur verlangte von ihm, daß er den Überblick behielt und die Schlacht dirigierte, statt sich im Kampfgetümmel zu verlieren. Hatte er nicht genau das vor einer Ewigkeit dem jungen Carlyle einzubläuen versucht? Ohne Bergstroms Aufmerksamkeit hätte er die zweite Angriffswelle möglicherweise nicht mehr rechtzeitig bemerkt.

Er feuerte eine Breitseite auf den *Zeus* ab und flog mit zwei weiten Sprüngen in Richtung Earn davon. »Aus dem Kampf lösen, Geist Drei!« Der *Zeus* war zu unbeweglich, um McCalls *Highlander* oder Clays *Greif* einzuholen, wenn diese sich ernsthaft bemühten, ihm auszuweichen. Die Hauptbedrohung lag in der Möglichkeit, daß der frustrierte Feindpilot sich irgendwann auf sein enormes Langstreckenarsenal besinnen konnte.

McCall wechselte hastig die Kommandofrequenzen. »Hauptmann Fraser, schicken Sie die *Harasser* los!«

Es handelte sich um denselben, inzwischen unterbemannten, Panzerzug, der bei der Verteidigung von Dunkeld ausgeholfen hatte, drei *Harasser*-Selbstfahrlafetten. Sie konnten dem gegnerischen *Schützen*-Kontingent zwar nicht ganz das Wasser reichen, aber trotzdem stellten sie einen guten Ausgleichsfaktor dar. Wenn McCall und seine Leute die Linie nur halten konnten, bis die *Harasser* eintrafen und ihr Bombardement begannen, konnte er anschließend Gelände gegen Zeit eintauschen.

Aber im Hinterkopf war sich McCall klar, daß ihm früher oder später beides ausgehen mußte.

Ein *Steppenwolf* sprang auf Clays *Greif* zu, und seine Autokanone feuerte, noch während er knapp fünfzig Meter entfernt aufsetzte. Zwei Granaten schlugen in die Schulter des *Greif* ein, aber Clay biß die Zähne zusammen und antwortete mit einem PPK-Blitz. Die rohe Energie des Partikelstrahls fraß sich tief in die Panzerung am rechten Arm des feindlichen Kampfkolosses. Clay hüpfte in einem schnellen Sprung an der anderen Maschine vorbei, wirbelte herum und feuerte erneut.

Das Manöver hatte seinen Gegner überrascht, und er drehte sich zu langsam um. Clays nächster PPK-Schuß traf die relativ dünne Rückenpanzerung des *Steppenwolf* und riß ein Loch auf, durch das die Skelettkonturen des Mechgerüsts und funkensprühende Kabel zu sehen waren, die sich krümmten und wanden, als wären sie lebendig. Der *Steppenwolf*-Pilot verzichtete auf eine Diskussion über ehrbare Gefechtstaktiken und ergriff mit dem nächsten Sprung die Flucht. Trotzdem kam er nicht weit genug, um zu verhindern, daß ein dritter Treffer den rechten Arm seines Mechs völlig absprengte.

Clay hoffte, daß ihm sein Vater zusehen konnte – in welchem Walhalla die Veteranen der Legion auch wohnen mochten. Zum erstenmal fühlte er sich wirklich als MechKrieger, und vielleicht würde es Delmar Clay über sich bringen, ein paar Worte der Anerkennung über seinen Sohn zu verlieren, der endlich dem Familiennamen Ehre machte.

Plötzlich flogen zwei feindliche *Greifen* auf ihn zu, und er hatte keine Zeit mehr für Spekulationen. Clay hatte ebensowenig Lust, ins Gras zu beißen, wie der Pilot des *Steppenwolf,* und löste eilig die Sprungdüsen aus, um sich vor diesem plötzlichen Angriff aus dem Staub zu machen.

»Bergstrom, Yuhas, schafft die leichten Mechs aus dem Weg!« befahl McCall. Wenn die schwereren feindlichen Kampfmaschinen aufschlossen, waren die ScoutLanzen in der größten Gefahr. Ein Teil der Mechs im Arsenal der Invasoren konnte eines der Gray-Death-Leichtgewichte mit einem Schuß erledigen.

Noch immer gingen Raketen um seinen *Highlander* zu Boden, aber wenigstens hatte der erste *Schütze* vor dem Beschuß von Dennikens Lanze zurückweichen müssen. Unglücklicherweise war sie ihrerseits von einem *Marodeur,* einem *Caesar* und dem ziemlich zerbeulten *Kampftitan* aus dem Feld geschlagen worden, der sich schließlich doch von Leutnant Zetterlings *Kriegshammer* hatte lösen können.

Nachdem beide Feindjäger abgeschossen waren und die *Harasser* ihre Präsenz fühlbar machten, wogte das Gefecht hin und her. Eine Lanze des Grauen Todes arbeitete zusammen, um einen ihrer Freien Skye-Gegner zu zerstören oder zurückzutreiben, nur um sich anschließend einer Gruppe von Gegnern ge-

genüberzusehen, der sie nicht gewachsen war. Daraufhin wichen dann die Legionäre ihrererseits zurück.

»Wir ziehen uns staffettenartig zum Bahnhof zurück«, ordnete McCall an. Jetzt, in der heißen Phase des Gefechts, hatte er vor allem Angst davor, hier draußen festgehalten und auf kürzeste Distanz zu einer Feldschlacht gezwungen zu werden. Indem sie zurückwichen, konnten sie den Gegner möglicherweise dazu bewegen, sich wieder zu verteilen. Das würde der Legion eine neue Chance bieten, ein paar der waghalsigeren Mechpiloten abzuschießen ...

Wenn sie nur weiter zusammenarbeiteten, würde es schon gutgehen ...

Plötzlich schoß die Temperatur des Cockpits in die Höhe. Der plötzliche Hitzeschwall löste Alarmglocken und Warnlichter aus. Mehr aus Instinkt als Überlegung riß McCall den BattleMech zur Seite, weg von dem Laserstrahl, der seine Cockpitpanzerung gestreift hatte. Während er sich auf die Gesamtlage konzentrierte, hatte ihn ein Einzelaspekt – dieser verfluchte *Zeus* – völlig überrascht. Nicht einmal ein Meter weiter rechts, und der Schuß hätte das Cockpit glatt durchschlagen.

Aber auch so gefiel ihm die Schadensanzeige ganz und gar nicht. Es war zu Kurzschlüssen in der Lebenserhaltung und der Rettungsautomatik gekommen.

Ohne Vorwarnung stieg Qualm aus dem Kontrollbrett der Lebenserhaltung auf, dann flogen die ersten Funken, und schließlich explodierte das überlastete System und schleuderte McCall nach rechts. Die Gurte hielten, aber sein Kopf im Neurohelm knallte nach hinten. McCall verlor das Bewußtsein.

41

Bei Coltbridge, Glengarry
Mark Skye, Vereinigtes Commonwealth

11. April 3056

»Kommandanthauptmann McCall! Herr Kommandanthauptmann!« Davis Clay rief den Namen immer wieder, aber der Waffenmeister antwortete nicht.

»Er ist getroffen«, stellte Hauptmann Simms fest. »Alle Einheiten zurück. *Harasser,* konstantes Raketenbombardement! Bewegung! Bewegung!«

Clay ignorierte den Rückzugsbefehl. Er löste die Sprungdüsen aus und sprang geradewegs zu dem reglosen *Highlander.* Er würde den Freund seines Vaters retten oder dabei umkommen...

Leonidas Brannock überprüfte die Schadensanzeige seines *Zeus* und runzelte die Stirn. Selbst nach dem bestmöglichen Schätzungsergebnis seines Bordcomputers konnte sein Lasertreffer bei dem *Highlander* keinen ernsthaften Schaden angerichtet haben. Aber trotzdem stand der reglos in der Gegend herum, während sich der Graue Tod ringsum zurückzog.

Ein Trick? Er traute es dem Piloten zu, der nicht nur einen persönlichen Schutzengel an Bord zu haben schien, sondern auch über ein bemerkenswertes Gefühl für die Gezeiten der Schlacht an den Tag legte. Aber wenn es sich bei dieser Maschine um den Mech des Kommandeurs handelte, und darauf deutete alles hin, schien seine plötzliche Reglosigkeit beim Rest der Legionäre Unruhe ausgelöst zu haben. Würde der Mechpilot wirklich Zuflucht in so einem Trick suchen, wenn die Gefahr bestand, daß er ein Eigentor schoß und Panik auslöste?

Oder war auch dieser Rückzug einer der berühmten taktischen Tricks der Legion? An der MANA hatte Brannock Militärgeschichte von den Tagen des klassischen Griechenland bis zum Ende des Vierten Nachfolgekrieges studiert, und er konnte zahllose Schlachten aufzählen, in denen ein vorgetäuschter Rückzug den Feind in einen Hinterhalt gelockt hatte. Hannibal hatte es bei Cannae so gemacht, und die offiziellen Berichte über den Triumph Wilhelms des Eroberers bei Hastings behaupteten, daß er die gleiche Taktik angeordnet hatte, auch wenn damals die vorgetäuschte Panik schnell in eine ausgesprochen reale umgeschlagen haben dürfte.

Grayson Death Carlyle war berüchtigt dafür, das Unerwartete zu tun, und seine Untergebenen hatten bei ihm gelernt. Vorsicht war angesagt. Trotzdem, Brannock wußte, daß er den Sieg hier und jetzt erringen konnte, indem er seine BattleMechs auf den Feind losließ, während er ungeordnet floh.

Er verlor keine Zeit mehr mit Nachdenken. Die einzige sichere Methode, den Gegner endgültig in die Flucht zu schlagen, bestand darin, nachzusetzen und sicherzugehen, daß ihr Kommandeur wirklich tot war.

»An alle Einheiten, alle Einheiten«, gab er über die Funkleitung. »Jagd frei. Holt sie euch und sammelt Trophäen, Jungs!«

Als er seinen *Zeus* in Bewegung setzte, war Leonidas Brannock bereit, ein für allemal mit dem *Highlander* abzurechnen.

Clays letzter Sprung brachte den *Greif* dicht neben den reglosen *Highlander.* Er sah sich den Mech hastig an und bemerkte die verrußte und angeschmolzene Panzerung an einer Seite der Pilotenkanzel. Es gab keinen sichtbaren Durchbruch, also auch keinen Grund zu der Annahme, daß McCall getroffen worden war.

Rick Harris
093

Abgesehen natürlich von der Tatsache, daß der alte Krieger seinen Mech weder bewegte noch auf einen Funkanruf reagierte. Er versuchte nicht einmal auszusteigen, wie er es sicher getan hätte, wäre der *Highlander* kampfunfähig.

Davis Carlyle Clay fragte sich, was er tun konnte. Er durfte McCall auf keinen Fall hier einfach zurücklassen.

Direkt hinter seiner Maschine schlugen Raketen ein, und Clay sah hoch. Der feindliche *Zeus* rannte im Sturmangriff auf die beiden Legionsmechs zu. Der *Zeus* war fast doppelt so schwer wie Clays Maschine, und ein kleiner *Greif* brauchte mehr Glück, um ihn auch nur anzukratzen, als Clay sich noch zugestand. Aber er weigerte sich, McCall aufzugeben, solange er nicht sicher war, wie es um ihn stand.

Langsam und entschlossen bewegte er den *Greif* nach vorne, wie ein kleines Wildtier, das einen größeren, aber verletzten Partner beschützte. Es war ein Gefecht David gegen Goliath. Mit der Steinschleuder gegen einen Riesen.

Stirnrunzelnd betrachtete Alexander Carlyle den Taktikschirm seines *Schütze.* Noch vor ein paar Minuten hatte der Graue Tod einen sorgfältigen, geordneten Rückzug in Richtung Coltbridge vorgeführt. Jetzt verwandelte sich diese Absetzbewegung in eine panische Flucht.

Und McCall gab keine Antwort auf seinen Anruf über ihren privaten Sprechkanal. Alex hatte geplant, so unbemerkt wie möglich anzurücken, um sich erst einen schnellen Lagebericht von dem Waffenmeister zu holen, bevor er plötzlich auf eine offene Frequenz wechselte und eine ohnehin schon chaotische Lage durch sein abruptes Auftauchen weiter verkomplizierte. Jetzt wußte Alex nicht, was er machen sollte. Nach dem, was er bis jetzt sah, würde er es schwer haben, die Kontrolle zu erlangen, und schon der Versuch konnte unerwünschte Folgen zeitigen.

Es war ein ironisches Ende für eine vorbildhafte Transferoperation. Die Magnetbahn hatte seine Einsatzgruppe vom Benmorpaß bis zu einem Punkt wenige Kilometer vor Coltbridge gebracht, wo sie die Mechs in Rekordzeit reaktiviert und abgeladen hatten. Dann hatte sie ein kurzer Marsch quer über Land hierher in den Nordosten von Coltbridge geführt, wo Carlyle und seine Leute im Rücken der Invasoren standen, bereit, überraschend zuzuschlagen.

Aber auf dem Schlachtfeld schien alles zusammenzubrechen, und Alex' Intervention lief Gefahr, mehr zu schaden als zu nutzen.

»Alex, die beiden am nächsten stehenden Icons ... das sind Davis und der Kommandanthauptmann!« Caitlin DeVries riß ihn aus seinen Überlegungen. »Und sieh dir an, womit sie es zu tun haben ...«

Er überprüfte die Daten auf der Karte und fühlte, wie sein Blut in den Adern gefror. Jetzt fiel ihm die Entscheidung leicht.

»Vorwärts!« rief er. Hastig feuerte er zwei schnelle LSR-Salven in die generelle Richtung des langsam auf seine beiden Lanzenkameraden zumarschierenden *Zeus*. Ein Treffer war bei dieser Eile nicht zu erwarten, aber wenigstens würden sie den Invasoren so ein Zeichen geben, daß sie mit einem neuen Gegner zu rechnen hatten.

Die auf Brannocks *Zeus* zujagenden Raketen schienen aus dem Nichts zu kommen, und einen Augenblick glaubte er, einer der raketenbestückten Schwebepanzer hätte es geschafft, die Kampflinie der Rangers zu umfahren. Aber dann sah er die MAD-Ortung und erkannte die Wahrheit. Noch mehr Gray-Death-BattleMechs. Nach der ersten schnellen Rechnung mindestens zehn. Er hatte also doch recht gehabt. Es war eine Falle – und er war prompt hineinmarschiert.

»Verfolgung abbrechen und neu formieren«, befahl er wütend. »Alle Einheiten, Verfolgung abbrechen und um meine Position neu formieren! Wir werden von mehreren sich nähernden Feindeinheiten bei null-drei-neun Grad angegriffen! Verfolgung abbrechen und um meine Position neu formieren!«

Der trotzige kleine *Greif*, der mitgeholfen hatte, die Falle aufzubauen, stand noch immer ohne Deckung vor ihm und forderte Brannock praktisch heraus. Aber Leonidas Brannock hatte jetzt andere Sorgen. Vielleicht würde sich später noch eine Gelegenheit ergeben, mit dem wagemutigen Mechpiloten abzurechnen. Im Augenblick konnte er Brannocks Interesse nicht mehr wecken ...

Das erste, dessen sich McCall bewußt wurde, waren seine Kopfschmerzen. Stöhnend versuchte er das Gewicht zu verlagern, aber sein Arm – sein bionischer Arm – bewegte sich nicht. Von der Schulter abwärts hatte er kein Gefühl mehr. Er erinnerte sich an die Tage, nachdem sein beim Clanangriff auf Sudeten zerquetschter natürlicher Arm amputiert worden war. Noch Wochen danach hatte er jenes seltsame Gefühl gehabt, die dumpfe, ferne Ahnung eines Armes, der in Wahrheit nicht mehr vorhanden war.

Benommen hebelte er sich mit dem anderen Arm in eine aufrechte Position. Von der Bewegung wurde ihm schwindlig. McCall betastete vorsichtig seinen Kopf und fühlte warmes, klebriges Blut in den Haaren. Der Neurohelm war gepolstert, um Verletzungen dieser Art zu verhindern, aber auch sein Schutz war nicht vollkommen. Einer der eingebauten Lautsprecher war zersprungen und hatte ihm eine tiefe, blutende Schnittwunde zugefügt, aber allzu ernst war sie seiner Einschätzung nach nicht. Jedenfalls nicht so schlimm wie der Verlust des Arms. Er konnte den Mech zur Not auch mit einer Hand steuern, aber in der Hitze des Gefechts würde das ernsthafte Schwierigkeiten mit sich bringen.

Falls die Explosion seine Kontrollen nicht völlig demoliert hatte. Vorsichtig korrigierte er den Sitz des Neurohelms und überprüfte die Statusanzeige. Er sah einige rote und gelbe Lichter, aber sie gehörten zu kleineren Systemen. Ein Wärmetauscher war ausgefallen, ebenso die Klimaanlage der Kanzel. Er konnte mit einem verdammt heißen Rest des Gefechts rechnen, und das war wörtlich zu verstehen.

Langsam, fast zögernd hob McCall den rechten Arm des Mechs. Als die Maschine reagierte, atmete er erleichtert auf. Vielleicht hatte das alte Streitroß ja doch noch nicht ausgedient…

»Herr Kommandanthauptmann? Hören Sie mich, Herr Kommandanthauptmann?« Davis Clays Stimme auf dem Funkkanal war panisch. »Ich habe Sie einen Arm bewegen sehen. Sind Sie in Ordnung? Können Sie mich hören?«

»Ganz rruhig, Laddie«, erwiderte McCall. »Ich hörr' dich sehrr gut.«

»Als Sie nicht reagiert haben… Mein Gott, Herr Kommandanthauptmann, es ging alles so schnell…«

McCall rief die Taktikanzeige auf und pfiff überrascht durch die Zähne. Clay hatte nicht übertrieben. Seine Truppen waren zerstreut und ungeordnet, während die Freien Skye-Truppen sich keinen Kilometer südwestlich seines *Highlander* zu einem Kreis formierten. Aber, Wunder über Wunder, an das er nicht mehr zu glauben gewagt hatte, die Mechs von Alex' Einheit strömten über dieselbe weite Ebene heran, die der Gegner vor nicht einmal einer Stunde überquert hatte.

Ohne diese unvorhergesehene Entwicklung wäre die Schlacht mit Sicherheit schon vorbei. Selbst jetzt ließ sich nicht sagen, ob sie die Mechs unten bei Coltbridge schnell genug wieder organisieren konnten, um noch etwas zu bewirken.

»Zweite Schlacht… dieselbe verrdammte Lage«, murmelte er. Er tastete nach dem Frequenzschalter. »Geist Zwo an Geisterrführrerr. Hörrst du mich, Alex?«

»Ich höre, Mac«, antwortete Carlyle. »Aber eine Zeitlang habe ich befürchtet, Sie würden nie wieder fragen.«

»Ich bin der letzte einer langen Rreihe von Highlanders, Laddie. Wirr kämpfen ge'neinander, wenn wirr nae anderre zum kämpfen finden, wirr trragen Kilts bei Eis und Schnee und essen Schafsmagen wie eine Delikatesse, und wirr werrfen zum Sporrt mi' Baumstämmen.« Er machte eine Pause. »Ein Schlag auf den Kopf hält keinen von uns lange unten, Alex. Das ist derr am wenigsten verrwundbarre Teil unserres Körrpers.«

»Na schön, Mac. Wie wäre es dann, wenn Sie Ihren harten Schädel zum Angriff senken, und wir finden heraus, wieviel die anderen vertragen. Sind Sie dabei?«

Generalleutnant Leonidas Brannock sah sich die Neuankömmlinge an, während sie aus dem Nordwesten anrückten. Diese Truppe war nur wenig kleiner als die andere, und sie umfaßte einige schwere Mechs. Der Kampf würde also doch kein Picknick werden.

Wenn sich nur die Jäger nicht auf ein Luftduell mit den Maschinen der Legion eingelassen hätten. Brannock schüttelte den Kopf. Wenn er sich schon das Unmögliche wünschte, warum nicht lieber gleich, daß dieser aufgeblasene Idiot von Bülow ein einziges Landeunternehmen mit überwältigender Schlagkraft befohlen hätte? In einem offenen Gefecht mit der gesamten Gray Death Legion hätten sie schwere Verluste hinnehmen müssen, aber Brannock kannte auch die Verlustlisten dieses Unternehmens bis jetzt. Zumindest wären bei einer einzigen Entscheidungsschlacht keine guten Soldaten auf unwichtigen Nebenschauplätzen verheizt worden.

Aber es hatte keinen Sinn, sich über ungelegte Eier den Kopf zu zerbrechen. Jetzt hieß es handeln.

»Alle Einheiten, eine Kampflinie bilden, Intervall im Standard für offenes Gelände«, befahl er über den offenen Kanal. »Die Black Watch rückt vor!«

Und zwölf BattleMechs marschierten im Gleichschritt los, verteilten sich und rückten langsam auf den Gegner zu. Das war der Augenblick der Entscheidung... Sieg oder Niederlage, dazwischen gab es nichts.

42

Bei Coltbridge, Glengarry
Mark Skye, Vereinigtes Commonwealth

11. April 3056

»Obote, Dumont, nach vorne!« befahl Alex. »Zeigen wir ihnen, daß sie nicht die einzigen hier sind, die Feuerkraft anzubieten haben.«

Dumonts *Marodeur* trat ein paar Schritte vor und schaffte es irgendwie, bei dieser Bewegung die exakte und ökonomische Gehweise seines Piloten zum Ausdruck zu bringen. Weiter unten entlang Alex' unregelmäßiger Schlachtreihe rückte Oberleutnant Bhekampi Obotes Maschine ebenfalls vor. Der *Goliath* war eine ungewöhnliche Mechkonstruktion. Er bewegte sich nicht auf zwei, sondern auf vier Beinen und erinnerte den Betrachter unwillkürlich an die längst ausgestorbenen Elefanten Terras. Abgesehen von McCalls *Highlander* waren diese beiden die schwersten Mechs, die der feindlichen Streitmacht trotzen konnten, und ihre Kampfkraft war der ihrer Gegner ebenbürtig.

Ebenso wie die des *Schütze.* »Die anderen ziehen sich zurück, verteilen sich und greifen den Gegner an, wie sich die Gelegenheit ergibt. Bleibt den Schwergewichten vom Leib, wenn ihr nicht dafür gebaut seid.« Unter der ruhigen Gelassenheit seiner Stimme raste Alex' Puls. Wenn die Schlacht erst einmal begonnen hatte, konnten sie nicht mehr auf ihr Glück hoffen. Den leichteren Mechs würde es ergehen wie Royales *Kommando* am Ben Mor: von einer einzelnen, sauber plazierten Salve zertrümmert.

McCall hatte behauptet, der Graue Tod werde auch gegen alle Wahrscheinlichkeit siegen. Aber der Preis, den sie heute möglicherweise dafür zahlen mußten, war hoch. Ein weiterer Pyrrhus-Sieg. Noch mehr Leben im Kampf gegen von Bülows scheinbar endlosen Vorrat an Truppen verloren. In einer Materialschlacht gehörte der Sieg der Seite, die mehr Truppen zu opfern bereit war. Und Alex Carlyle fiel es immer schwerer, diesen hohen Preis zu zahlen.

»Feuer frei.« Er senkte Daumen und Finger auf die Feuerknöpfe seines Steuerknüppels.

Und zum zweiten Mal an diesem Tag wurde die Ebene im Nordosten von Coltbridge zum Schauplatz von Tod und Vernichtung.

Ein Blitzstrahl aus der PPK eines Freien Skye-Marodeurs ionisierte die Luft keine fünf Meter neben dem Cockpit ihres *Centurion,* aber Caitlin DeVries konzentrierte sich auf ihr eigenes Ziel. Sie nahm den Beinahetreffer kaum wahr.

Entgegen Alex' Befehl an die leichteren Mechs, den Kontakt mit den schweren Kampfmaschinen zu vermeiden, hatte sie sich absichtlich dicht neben seinem *Schütze* gehalten. Im Kampf am Benmorpaß hatte Caitlin seinen Rücken nicht gedeckt, und sie war entschlossen, diesen Fehler hier nicht noch einmal zu begehen.

Fehler ... Bei jeder Gelegenheit hatte Caitlin es irgendwie geschafft, die falsche Entscheidung zu treffen. Zumindest schien es ihr jetzt so. Schon bei den Kämpfen am Hafen war ihr ein erstklassiger *Marodeur* zu Schrott geschossen worden. Ein Fehler nach dem anderen ...

Angefangen mit ihrem Vater. Sie hatte alles aufgegeben, um MechKriegerin zu werden, sogar die Liebe ihres Vaters. Und jetzt erwies sie sich in dieser von ihr gewählten Laufbahn als Versagerin. Vielleicht hatte ihr erster Fehler darin bestanden, sich auf die Seite der Legion zu schlagen, als sie von dem Coup ihres Vaters erfahren hatte.

Oder vielleicht schon ihre Entscheidung, überhaupt der Gray Death Legion beizutreten.

Aber die Vergangenheit... lag hinter ihr. Die Vergangenheit war tot. Ihre einzige Familie war jetzt die Legion, und Caitlin DeVries würde diese Familie nie mehr enttäuschen.

Sie hielt ihr Feuer zurück und beobachtete, wie der langsame *Kampftitan* mit der fehlenden Beinpanzerung unaufhaltsam vorwärts marschierte. Zufällig stand er Alex genau gegenüber, und die beiden Mechs tauschten schneller Schüsse aus, als ihre Wärmetauscher die dabei entstehende Hitze ableiten konnten.

Caitlin verfolgte den schwereren Mech und hielt das Fadenkreuz genau über dessen Kanzeldach. Sie hielt ihr Feuer zurück, bis sie sich eines entscheidenden Treffers sicher sein konnte.

Und dann schlug etwas von der Seite in ihren Mech ein und stieß sie aus dem Gleichgewicht. Der *Centurion* wankte, stürzte zu Boden. Caitlin konnte die Schadensanzeige aufleuchten sehen. Noch ein PPK-Schuß, ein Treffer. Er hatte die Panzerung noch nicht durchschlagen, aber beim nächsten Schuß, der diese Seite traf, würde das anders sein.

Der *Kampftitan* marschierte unaufhaltsam näher, und Alex hatte ein unangenehmes Gefühl von déjà vu, als er den Stahlkoloß sich langsam nähern sah. Seit Beginn der Kämpfe hatte er Panzerungsdurchbrüche an drei Stellen erlitten und einen Laser sowie zwei Wärmetauscher verloren. Aber auch die Freien Skye-Kräfte blieben nicht ungeschoren, dafür sorgten vor allem Obotes *Goliath* und McCalls *Highlander.* Letzterer nutzte seine Sprungdüsen, um den Feind immer wieder an einer anderen Stelle anzugreifen. Er wagte sich in die Nähe des Gegners, um einen Angriff auszuführen, dann sprang er außer Gefahrenreichweite.

Zwei der feindlichen Mechs waren ausgeschaltet, aber er wußte nicht, welche Verluste die Legion im Gegenzug hatte hinnehmen müssen.

Er zielte auf die PPK des *Kampftitan* und feuerte alles ab, was er hatte. Raketen und Strahlbahnen zuckten in Richtung des metallenen Giganten, und einen Augenblick verdeckten die Explosionen Alex die Sicht.

Als der Qualm sich verzogen hatte, sah er, daß der gegnerische Pilot die Waffe abgeworfen hatte. Er bewegte langsam die Finger der riesigen Mechhand, wie um sich an die Kontrollen zu gewöhnen.

Und er kam näher.

»Ich bin getroffen! Ich bin getroffen!« Das war Kadett Farquhars Stimme, die über Funk kam. Sein *Feuerfalke* war bei der Reorganisation nach Kommandanthauptmann de Villars Tod in die BefehlsLanze des Bataillons integriert worden. Jetzt waren seine Schreie kaum noch menschlich zu nennen. »O Gott … Ich …«

Schweigen.

»Der Kleine hat's hinter sich«, meldete MechKrieger O'Dell, einer seiner Lanzenkameraden, grimmig. »Der *Zeus* ist einfach heranmarschiert und hat mit einem Schlag sein Cockpit zertrümmert.«

»Ashburn ist auch nicht mehr«, sagte ein anderer.

Sie klangen wie die Stimmen seines Gewissens, die Alex an jeden Gefallenen erinnerten. Ihn anklagten …

Blinde Wut kam über ihn, und er vergaß die Raketen und die Laser. Plötzlich wollte er einem der Gegner antun, was sie Farquhar angetan hatten. Er setzte sich in Bewegung und ging dem *Kampftitan* entgegen.

Caitlin wollte den *Centurion* aufrichten. Selbst unter günstigsten Umständen war das ein schwieriges

Manöver. Jetzt, mit einem beschädigten Mech und mitten in einer Schlacht, war es nahezu unmöglich, aber schließlich schaffte sie es doch irgendwie. Sie wälzte die schwere Maschine herum und kam auf alle Viere.

Dann sah sie den *Kampftitan* im Nahkampf mit Alex' kleinerem *Schütze*. Diese riesigen Fäuste konnten den Mech ihres Freundes in Stücke schlagen.

Der feindliche Mech hatte sich halb von ihr abgewandt. Sie konnte sein beschädigtes Bein sehen. Durch die Löcher in der Panzerung glänzte das Gitterwerk der Internen Struktur. Und das gab ihr eine Chance.

Caitlin hob die Autokanone im Arm des *Centurion* und eröffnete das Feuer. Ein Magazin nach dem anderen wurde in die Kammer gespeist, eine Granate nach der anderen donnerte in das beschädigte Bein.

Der *Kampftitan* verlor das Gleichgewicht und stolperte davon. Sie feuerte weiter, und plötzlich flog die ganze untere Hälfte des Beines davon. Der *Kampftitan* stürzte.

Sie atmete erleichtert auf, als der Autokanone die Munition ausging. Es hätte auch anders ausgehen können, aber diesmal hatte sie ihre Familie nicht enttäuscht.

Der Sturz des riesigen *Kampftitan* brachte Alex wieder zur Vernunft. Was hatte er sich dabei gedacht? Innerhalb von Sekunden hatte er alles, was ihm McCall jemals über das Führen einer Einheit beigebracht hatte, über Bord geworfen…

Er nahm sich einen Augenblick Zeit, auf den Taktischirm zu blicken. Die Schlachtreihe des Grauen Todes bröckelte an mehreren Stellen. Die leichteren Mechs wurden überwältigt und zerstört oder zurückgedrängt. Mindestens drei waren außer Gefecht, und er hatte arge Zweifel, ob nach diesem fürchterlichen

Schußwechsel noch irgendeiner der Mechs voll betriebsbereit war.

Und während die Legion zusammenbrach, wollte er mit einem einzelnen Gegner einen überdimensionalen Faustkampf austragen!

Am Südwestrand seines Taktischirms erschienen jetzt neue Icons... Mechs aus McCalls Truppe, die wieder zurückkamen, weil sie erkannt hatten, daß die Schlacht doch noch nicht vorbei war. Denniken hatte sie irgendwie wieder motiviert. Hauptmann Simms hatte den Daten zufolge nach zahlreichen Treffern durch einen *Schütze* aus seinem *Dunkelfalke* aussteigen müssen, bevor Alex' Einheit erschienen war.

Alex schluckte. Seine Reihen wankten, aber möglicherweise waren wieder Verstärkungen unterwegs. Vielleicht waren sie nicht taufrisch, aber doch nicht so erschöpft wie die Männer und Frauen um ihn herum.

Und nicht so erschöpft, wie der Gegner es inzwischen sein mußte...

Noch eine letzte Anstrengung. Das war alles, was sie brauchten. Eine letzte Anstrengung, um ein für allemal das Schlachtenglück zu wenden. Wenn es ihm nur gelang, ihnen das deutlich zu machen.

Alex nahm seine ganze Kraft zusammen. »Noch ein Angriff, Legionäre!« rief er über den allgemeinen Funkkanal. »Noch ein Angriff! Für die Gray Death Legion!«

Und er wendete den *Schütze* langsam und bewußt, eröffnete das Feuer, während er losmarschierte, stampfte mit donnernden Waffen durch die Reihen der Rebellen. Noch ein Angriff...

Andere Stimmen nahmen seinen Schlachtruf auf. »Für die Gray Death Legion!« brüllte jemand. »Macht den Hurensöhnen die Hölle heiß!«

»Carlyle! Carlyle! Carlyle!« sangen andere. »Carlyle und die Gray Death Legion!«

In diesem Augenblick lernte Alex Carlyle endlich, was es hieß, Menschen zu führen.

Stunden später. Die Schlacht um Coltbridge war vorbei.

Der Höhepunkt des Feuergefechts hatte nur Minuten gedauert, aber die Kämpfe hatten noch lange nachgeflackert. Der feindliche General hatte nicht locker gelassen, seine Mechs jedesmal neu formiert und wieder angegriffen, wenn es schon den Anschein gehabt hatte, daß er unmöglich weiterkämpfen konnte. Auch Panzer und Infanterie waren aufgetaucht, aber die restlichen Mechs des Grauen Todes hatten kurzen Prozeß mit ihnen gemacht.

Spät am Abend hatten die Invasoren sich endlich hinter einen Schirm aus mittelschweren BattleMechs und Panzern zurückgezogen, und Alex hatte es ihnen gestattet. Keiner der Gray-Death-Mechs war in einer Verfassung, die sich zur Verfolgung eignete, auch wenn Freida Bergstrom und Dingo Jack Murphy, deren dezimierte Lanzen zeitweilig zu einer provisorischen Einheit zusammengelegt worden waren, dem Gegner in gebührendem Abstand gefolgt waren, um ihn zu beobachten und von weiteren Angriffen abzuhalten. Laut letzten Berichten waren ihre Feinde allerdings zu einem freien Feld fünfzehn Kilometer vor Coltbridge abmarschiert, wo sie an Bord von zwei Landungsschiffen gingen.

Julio Vargas hatte sich wieder gemeldet. Zwei der vier Gray-Death-Jäger hatten ihren letzten Einsatz geflogen, aber sechs Gegner flogen Eskorte ins Jenseits, und der lange Luftkampf hatte sie daran gehindert, in das Geschehen am Boden einzugreifen.

Der Angriff war zurückgeschlagen, aber als Alex seinen *Schütze* in die Verteidigungsstellungen um den

Magnetschwebebahnhof brachte, erwarteten ihn erste Meldungen über noch eine Freie Skye-Landung, diesmal bei Halidon in den südlichen Bergen.

Er war erschöpft, zu erschöpft, um auch nur über diese neue Bedrohung nachzudenken. Als er auf die Zeitanzeige schaute, stellte er fest, daß es schon kurz vor Sonnenaufgang war.

Nachdem er den Reaktor des *Schütze* stillgelegt hatte, damit Newkirk und seine Crew mit den Reparaturen beginnen konnten, kletterte Alex matt und entmutigt aus der Kanzel. Mit Ausnahme der gespenstischen Beleuchtung durch die rund um die Station aufgestellten Werkleuchten war es stockfinster. Er wußte nicht genau, wo die übrigen hohen Offiziere steckten, und es war ihm auch ziemlich gleichgültig. Jetzt wollte er nur noch einen Platz, um sich auszustrecken und eine Chance, nach dem langen Tag im Cockpit endlich zu schlafen.

»Herr Oberst?« Er drehte sich um. Hauptmann Fraser, der Infanteriekommandeur des Lagers, trat ins Licht und salutierte steif. »Sir, über die Ostlinie kommt ein MSB-Zug.«

»MSB?« wiederholte Alex unsicher. Er wankte vor Müdigkeit. »Aus Dunkeld?«

»Nein, Sir. Er … hat vor zehn Minuten eine Nachricht geschickt, Sir. Gouverneur DeVries ist an Bord. Er bittet um freies Geleit durch unsere Linien. Sagt, er muß in einer Angelegenheit von extremer Wichtigkeit mit Ihnen reden.«

»Der Gouverneur … hier?« Alex blinzelte aufgeschreckt. »Der war doch in Eastport …«

»Jetzt ist er hierher unterwegs, Herr Oberst. Geben wir ihm freies Geleit? Oder sollen wir den Wagen angreifen? Einer unserer Schwebepanzer könnte ihn ohne Probleme erledigen, wenn Sie es wollen.« Alex wunderte sich. Fraser war früher Offizier der Planetaren Garde gewesen, aber er schien nicht viel für den

Mann übrig zu haben, den er einmal zu schützen geschworen hatte.

»Nein … nein, teilen Sie ihm mit, er hat mein Wort, daß er sicher kommen und gehen kann. Aber überprüfen Sie den Zug, mit dem er kommt. Es würde zu von Bülow passen, DeVries als Trojanisches Pferd zu benutzen, gerade wenn es so aussieht, als hätten wir diese Runde gewonnen.«

»Ja, Sir.«

»Und versuchen Sie, Kommandanthauptmann McCall und alle anderen Stabsoffiziere zu verständigen, die Sie auftreiben können. Ich möchte, daß sie dabei sind und hören, was DeVries zu sagen hat …«

»Ja, Herr Oberst. Äh … Hauptmann de Villar ist vor einer halben Stunde aus Dunkeld eingetroffen, Sir. Zusammen mit OD1 King und den übrigen Techs. Sie sagt, sie hat Informationen über die Landung bei Halidon für Sie.«

Alex winkte ab. »Nicht jetzt … Nein. Warten Sie. Drehen Sie mich in Richtung einer Kanne Schwarzwurztee und geben Sie mir Gelegenheit aufzuwachen. Und dann schicken Sie sie zu mir.«

»Geht klar, Herr Oberst.« Fraser rief einen seiner Feldwebel herüber und gab Alex an ihn weiter. Dann salutierte er wieder und verschwand in der Dunkelheit.

Alex versuchte, seinen Verstand wieder in Gang zu bekommen, während er hinter dem Unteroffizier auf das chaotische Zeltlager auf der anderen Seite des Bahnhofsgebäudes zustolperte. Mehr Nachrichten aus Halidon, und jetzt auch noch DeVries mit einer mysteriösen Botschaft. Es schien, daß ein Kommandeur nie eine freie Minute hatte.

Dieser Teil der Führungsaufgaben war weit entfernt von dem erregenden Wissen, daß einem seine Leute in die Schlacht folgten. Das war wie eine Droge gewesen, ein gewaltiges High. Aber abseits des Gefechtsfeld, wenn es darum ging, die Toten und Verwundeten zu zählen oder die nächste Operation vorzubereiten... dieser Teil des Kommandeurslebens war bedrückend.

Auch wenn er den Namen Carlyle trug, Alexander Durant Carlyle war sich nicht sicher, wie lange er die Last noch tragen konnte.

43

Coltbridge, Glengarry
Mark Skye, Vereinigtes Commonwealth

12. April 3056

Alex empfing Gouverneur DeVries in einem der Büros, die den Schaden am Magnetschwebebahnhof von Coltbridge heil überstanden hatten. DeVries kam allein. Er schien bereit, sich auf das versprochene freie Geleit zu verlassen, oder vielleicht war es ihm auch gleichgültig, was mit ihm geschah. Er wirkte verhärmt und gehetzt, und sein eleganter Anzug war schmutzig und zerknittert. Aber seine Haltung war noch immer steif und stolz.

»Sie haben sich gemacht seit Ihren Kadettentagen, Herr Oberst«, stellte DeVries fest, nachdem Oberleutnant Obote ihn in den Raum eskortiert und Alex ihm einen Stuhl angeboten hatte. »Ich hätte nie gedacht, daß sich die Legion so gut hält.«

»Offensichtlich«, schnarrte McCall. Der bionische Arm des Jakobiters war nach dem Treffer, der beinahe sein Cockpit aufgerissen hätte, durch einen Kurzschluß ausgefallen, und bis ein MedTech sich darum kümmern konnte, trug er ihn in der Schlinge. McCall, Vargas und Freya de Villar standen hinter Alex. Der hätte es vorgezogen, Freya nicht dabeizuhaben, aber seit Beginn der Kämpfe hatte sie den Hauptteil der nachrichtendienstlichen Arbeit für die Legion erledigt, und sie konnte von seinen Offizieren am besten bewerten, was DeVries zu sagen hatte. Er konnte sich vorstellen, was in ihr vorgehen mußte, wenn sie den Mann sah, dessen bezahlte Schläger ihren Gatten ermordet hatten.

»Wenn Sie uns bei diesem Kampf unterstützt hätten, wäre es noch besser gelaufen«, meinte Alex zu

DeVries. »Durch Sie hätten wir beinahe alles verloren. Was wollen Sie jetzt hier? Haben Ihre Freunde Sie hergeschickt, um über ein weiteres Neutralitätsangebot zu verhandeln?«

DeVries senkte den Blick. »Was ich getan habe, Herr Carlyle, habe ich nur getan, weil mir das Wohl Glengarrys am Herzen lag. Vielleicht hatte ich unrecht. Aber wenn Ihre Söldner vernünftig gewesen wären und der Vereinbarung eine Chance gegeben hätten, wären viele, die jetzt gefallen sind, noch am Leben. Welcher Weg hat unsere Leute mehr gekostet?«

Alex ignorierte das scharfe Zischen, mit dem Freya de Villar hinter seinem Rücken einatmete. »Für diese Debatte ist es etwas zu spät, Herr Gouverneur. Sie haben meinen Männern erklärt, Sie hätten etwas Wichtiges mit mir zu besprechen. Lassen sie uns darüber reden und die Schuldzuweisungen den Geschichtsbüchern überlassen.«

Der Gouverneur zuckte die Achseln. »Wie Sie wünschen. Zunächst einmal möchte ich offiziell klarstellen, daß ich aus eigener Initiative gekommen bin. Seit Dunkeld betrachtet General von Bülow mich nicht mehr als einen seiner Freunde, fürchte ich. Er scheint zu glauben, daß ich eine Rolle in dem von Ihnen vorbereiteten Hinterhalt gespielt habe. Oder möglicherweise hat er Angst, ich könnte jetzt an einer neuen Falle mitwirken.«

»Mirr kommen gleich die Trränen«, murmelte McCall.

DeVries verzichtete auf eine Reaktion. »Nein, ich bin gekommen, weil wir noch immer etwas füreinander tun können, Herr Carlyle, trotz allem, was geschehen ist.«

»Kommen Sie zur Sache«, forderte Alex grob. Er war der Wortgefechte müde geworden. Nach den harten Kämpfen bei Coltbridge wollte er ein, zwei Monate nur noch schlafen.

»Sie haben natürlich inzwischen von Halidon gehört.«

Alex nickte matt. Freya de Villar hatte den Bericht selbst aus Dunkeld gebracht. Während vor Coltbridge noch gekämpft wurde, hatten die Freien Skye-Rebellen eine dritte, weit größere Streitmacht in der Bergwerksstadt Halidon gelandet. Die Infanterie und Panzer des Grauen Todes zogen sich bereits hastig vor den überlegenen Feindeinheiten zurück und hatten die Kontrolle über den entscheidenden Gebirgspaß verloren, der von den Monaghan Highlands hinab auf die Athollebenen führte. Die Kontrolle dieses Passes machte die feindliche Landezone so gut wie uneinnehmbar. Von Bülows Truppen waren schließlich doch gelandet, und nur ein Wunder würde sie wieder vertreiben.

»Nach allem, was ich gehört habe«, sprach DeVries weiter, »würde ich sagen, Ihr Kampf ist so gut wie verloren. Jetzt wo von Bülow eine sichere Operationsbasis auf der Oberfläche hat, ist es nur eine Frage der Zeit, bis er die Hauptstadt angreift. Sie können natürlich noch Gegenwehr leisten. Aber glauben Sie wirklich, daß Sie auf lange Sicht gewinnen können? Sie sind in der Unterzahl, und von Bülow kann Verstärkungen von Skye anfordern. Wo sind Ihre Entsatzeinheiten? Auf Borghese? Das ist weit weg – wenn sie je kommen.«

»Immer dasselbe Lied, nicht wahr?« spottete Vargas. »Gebt auf und laßt seine Exzellenz den Gouverneur den Quisling spielen und den Planeten für Herzog Richard regieren.«

DeVries breitete die Arme aus. »Ich sagte bereits, daß ich nicht mehr in der Position bin, mit von Bülow Geschäfte zu machen. Hören Sie, ich gebe es zu. Ich dachte, Richard Steiner könnte mich als Gouverneur im Amt lassen, wenn ich kooperiere. Aber in Wahrheit war mein Hauptanliegen, Glengarry diesen Krieg zu ersparen, und ich hielt mich für einen besseren Mittelsmann zwischen Glengarry und Skye als irgendeinen Fremden, der diese Welt nur als Kriegsbeute betrachtet hätte.« Er beugte sich mit starrem Blick vor. »Ich kann den Planeten nicht retten, und irgendwelche Ambitionen, die ich einmal hatte, sind Makulatur. Ich werde mit ziemlicher Sicherheit dieselbe Behandlung erfahren wie Sie, wenn von Bülow erst gewonnen hat.«

»Was wollen Sie dann von uns?« fragte Alex.

»Die Kämpfe zu verlängern, würde nur zu noch mehr Tod und Vernichtung führen. Aber es gibt eine Alternative. *Nicht* Kapitulation, sondern eine Alternative, die es Ihnen gestatten würde, den harten Kern Ihrer Einheit intakt von hier zu retten. Sie und Ihre Topleute mit ihren besten Mechs könnten entkommen, Carlyle, und später wiederkommen. Fliegen Sie zum Rest Ihrer Truppen ... suchen Sie Ihren Vater und formieren Sie sich neu.«

»Wie?« fragte McCall knapp und hart.

»Meine Leute in der Hauptstadt erzählen mir, daß Sie bei der ersten Schlacht ein Landungsschiff retten konnten. Das Schiff ist in keiner Stadt aufgetaucht, in der meine Leute Kontakte haben, und ich weiß ganz genau, daß nirgendwo Sprungschiffe warteten, die es hätten aufnehmen können. Deshalb vermute ich, daß sie es irgendwo in den Bergen versteckt haben. Die Metallvorkommen würden es vor einer Ortung schützen, wenn es gut getarnt ist.«

»Und was, wenn dem so wäre?« fragte Alex mißtrauisch. Sie hatten die *Europa* genauso versteckt, wie DeVries es gerade beschrieben hatte, um noch ein As im Ärmel zu haben. Wenn sie zu sonst nichts gut war, konnten ihre Mechhangars immer noch als Wartungshallen für ihre BattleMechs dienen, wenn der Castle Hill und die anderen Legionsstützpunkte auf Glengarry verloren waren. Er zögerte, DeVries zuviel zu verraten. Gott allein wußte, welches doppelte Spiel der Mann trieb, oder was er tun würde, wenn er den Aufenthaltsort des Sprungschiffs kannte.

»Sie haben irgendwo in der Wildnis ein Landungsschiff versteckt und keine Möglichkeit, es zu benutzen.« DeVries lächelte. »Ich dagegen habe Kontakt zu einem Handelssprungschiff, das vorgestern in diesem System angekommen ist. Der Besitzer ist ein alter Freund, der mir noch einen Gefallen schuldet. Aber er ist nicht der Typ, der seine Fracht-Landungsschiffe riskiert, indem er mit ihnen von Bülows Blockade zu durchbrechen versucht. Mit Ihren Jägern, Ihrem eigenen Landungsschiff und etwas Glück, sollten Sie dahingegen durch diese Freien Skyeler brechen und sich mit ihm treffen können, wenn Sie das wollen.«

»Inzwischen wird jedes Sprungschiff, das da draußen geortet wird, von Bülows Feuer auf sich ziehen wie ein Mech Raketen«, meinte Alex. »Selbst wenn sie Ihren Freund nicht zerblasen, werden sie ihn beobachten. Und wir würden Tage brauchen, um den Sprungpunkt zu erreichen.« Er schüttelte den Kopf. »Das funktioniert nicht, selbst wenn wir es versuchen. Und ich sehe sowieso nicht ein, warum wir das sollten.«

»Ich bin kein unbeschriebenes Blatt, wenn es um Raumfahrt geht, Herr Carlyle. Kapitän Hill verläßt morgen unser System, um... Verwicklungen zu vermeiden. Aber wenn ich ihm das richtige Signal schicke, kann ich ein Treffen arrangieren. Er könnte aus dem System springen, seinen Antrieb aufladen und an einem Piratenpunkt wieder materialisieren, der nahe genug an Glengarry liegt, um ihre Flugzeit erheblich zu reduzieren. Und dank unseres Wissens, wann er zurückkommt, könnten wir durch die Blockade der Freien Skye-Schiffe brechen, bevor die überhaupt wissen, daß ein Schiff kommt, um uns abzuholen.«

»Könnte funktionieren«, meinte Vargas. »Vorausgesetzt, man kann sich darauf verlassen, daß der Typ pünktlich auftaucht.«

»Er ist zuverlässig«, erklärte DeVries.

Alex rieb sich die Stirn. »Ihr Wort ist nicht gerade eine Garantie, auf die irgendeiner von uns bauen würde, Herr Gouverneur. Aber Sie haben die wirklich wichtige Frage noch nicht beantwortet. Warum sollten Sie uns auf diese Weise helfen?«

»Ich habe es Ihnen bereits gesagt. Früher oder später werden Sie verlieren, und bis dahin werden noch eine Menge Menschen sterben. Aber wenn Sie Ihren Führungskader und Ihre beste Ausrüstung evakuieren, können Sie wenigstens den Nukleus ihrer Einheit intakt halten. Und der Rest – sie könnten sich verteilen. Eine Weile versteckt halten. Vielleicht sogar aus ihren Verstecken kommen und eine neue Offensive starten, wenn Sie den Rest der Legion zusammengetrommelt haben und zurückkehren... Falls Sie sich dazu entschließen. Der Punkt ist folgender: So lange Sie eine Gefahr für die Rebellion darstellen, wird von Bülow sie mit allen Mitteln angreifen, die er zur Verfügung hat. Wenn nötig, wird er Sie Mann für Mann zermalmen, und nebenbei wird er eine Menge Unschuldiger umbringen, die wirklich Besseres verdient haben. Es machte Sinn zu kämpfen, solange es keinen anderen Ausweg gab, aber wenn Sie Leben retten können, indem Sie sich aus einem hoffnungslosen Feldzug zurückziehen, macht das dann nicht mehr Sinn?«

»Sie scheinen plötzlich eine bemerkenswerte Sorge um unser Wohlergehen entwickelt zu haben«, bemerkte Vargas. »Oder haben Sie persönlich etwas davon?«

»Ich will, daß Sie mich mitnehmen«, sagte DeVries. »Hier auf Glengarry hält mich nichts mehr.«

»Aha!« rief Vargas. »Soviel zu Ihrem Altruismus.«

Der Gouverneur wurde rot und starrte den frechen Piloten wütend an. »Ja, ich will einen Platz an Bord, und Sie sind mein einziger Ausweg. Aber das ist nicht mein einziger Grund. Bei weitem nicht.«

»Nennen Sie mir noch einen«, forderte Vargas ihn auf.

»Meine Tochter«, sagte DeVries tonlos. Er sah wieder zu Alex, und zum erstenmal wurden seine Züge weicher. »Ist es falsch von mir, mich um ihre Sicherheit zu sorgen, Herr Carlyle? Sie hat sich für die Legion entschieden und wird diese Entscheidung bis zum Ende durchhalten. Ich will nicht, daß es ein blutiges Ende wird, wie Ihr verdammter Heroismus es ihr einbringen würde.« Er stockte und blickte zu McCall und Vargas. »Wenn Sie unbedingt Horatio an der Brücke spielen und bis zum bitteren Ende kämpfen wollen, dann lassen Sie wenigstens Ihren Leuten, einschließlich Caitlin, eine Wahl. Gestatten Sie denen, die Ihre unbeugsamen Überzeugungen nicht teilen, abzureisen … und lassen Sie mich um Gottes willen Caitlin hier wegbringen. Sie ist das einzige, das mir noch etwas bedeutet.«

Alex konnte dem Mann nicht in die Augen sehen. »Ich verstehe Ihre Gefühle, Herr Gouverneur«, stellte er leise fest. Etwas in dem, was DeVries gesagt hatte, hatte eine Saite in ihm zum Klingen gebracht, und plötzlich waren all seine Zweifel wieder zurückgekehrt. »Bitte warten Sie in Ihrem MSB-Wagen. Ich … wir werden Ihnen unsere Entscheidung mitteilen.« Er starrte auf den Schreibtisch und hörte kaum, wie sich die Tür hinter dem Gouverneur schloß. Die Stille in dem schäbigen Büro ließ sich schneiden.

»Sie werden seinen Vorschlag doch nicht ernsthaft in Erwägung ziehen?« fragte Vargas und brach das Schweigen. »Woher sollen wir wissen, ob sein ›Freund‹ nicht ein Freies Skye-Schiff befehligt und nur darauf wartet, uns draußen im Raum aufzugreifen, wo wir völlig hilflos sind.«

»Err klang ehrrlich genug, taemindest was seine Dochterr angeht«, stellte McCall nüchtern fest. »Ich dinna fürrchte eine Falle, sonderrn mehrr, was sein Plan fürr die Legion bedeuten würrde.«

Alex drehte sich zu dem alten Caledonier um. »Was könnte an seinem Plan schlimmer sein als das, was von Bülow mit uns anstellen wird? In einem Punkt zumindest hatte DeVries recht. Solange wir uns hier weiter widersetzen, wird das Töten kein Ende finden. Und eines Tages werden uns Blut und Knochen und BattleMechs ausgegangen sein, und was werden wir erreicht haben? Was werden wir paar Menschlein auf lange Sicht für einen Unterschied machen? Wir sind keine Armee, die das Schicksal des gesamten Vereinigten Commonwealth entscheidet. Entweder Richard gewinnt und Skye wird unabhängig, oder Victor wird die Rebellion zerschlagen und alles noch ein paar Jahre länger zusammenhalten. Aber was auch geschieht, es wird geschehen, ganz egal, was wir hier tun. Und inzwischen werden wir auch weiter sterben, wenn wir weiter kämpfen.«

»Wir sind Soldaten«, meinte Vargas und rutschte auf seinem Stuhl herum. »Kämpfen ... sterben ... das gehört zu unserem Job.«

»Hat dieser Kampf nicht schon zu viele Leben gekostet?« gab Alex zurück. »Die gesamte Besatzung der *Antilope* ... Lowdowski und Royale und Farquhar ...« Er begegnete Freya de Villars kaltem Blick. »Ihren Gatten und Ihren Sohn. Jedesmal, wenn wir in den Kampf ziehen, werden wir noch mehr verlieren. *Ich* werde sie verlieren. Eines Tages wird es Davis Clay sein oder Caitlin oder Sie, Mac, und es wird mein Fehler sein, weil ich nicht aufhören konnte. Weil ich versucht habe, den Platz meines Vaters einzunehmen, und weil diese Menschen da draußen so loyal ihm gegenüber sind, daß sie mir einfach von einem gottverdammten Blutbad ins nächste folgen werden.« Er stand langsam auf. »Entschuldigt, aber ich muß ein paar Minuten allein sein. Ich bin draußen…«

Alex verließ den Raum ohne einen Blick zurück. Die Sonne stieg gerade über den Horizont. Wenn er in die Ferne sah, war es möglich, die Verwüstungen der Kämpfe rundum auszublenden und wieder die rauhe Schönheit Glengarrys zu sehen, so wie an jenem Morgen, als er den Sonnenaufgang vom Balkon der Residenz gesehen hatte, damals, am Heldentag.

Ich bin nicht Grayson Death Carlyle, dachte er, während er in die Ferne starrte. Ich habe versucht, seine Stelle einzunehmen, aber ich bin nicht er. Ich kann einen Mech in die Schlacht steuern. Ich kann sogar ein oder zwei Schlachten planen und dabei ein paar gute Tricks ausspielen. Aber ich kann diese Menschen nicht weiter zur Schlachtbank führen. Ich hätte mich nie von McCall dazu überreden lassen dürfen, den Befehl zu übernehmen.

Er dachte an den Tag zurück, bevor die Krise ausgebrochen war, an die Übung in Brander und die Fehler, die er gemacht hatte, als er versuchte, Kadett Gates zu decken, und sich weigerte, jemand anders in die Gefahr zu schicken. McCall hatte Alex hinterher gesagt, daß er nur Kommandeur sein konnte, wenn er bereit war, Entscheidungen über Leben oder Tod seiner Untergebenen zu treffen.

Na schön, er hatte es versucht. Er hatte seine Leute dreimal in die Schlacht geführt, und nichts hatte sich verändert. In Dunkeld war sein Schlachtplan knapp am Debakel vorbeigeschrammt, und ein Viertel seiner Truppen war gefallen. Bei Loch Sheol hatte er die Scouts begleitet, und es war ein Wunder, daß die Invasoren sie nicht zerfetzt hatten, bevor Dumonts

Mechs eintrafen. Und hier bei Coltbridge... Wenn Alex nur Minuten später eingetroffen wäre, hätten McCall und alle seine Leute sterben können. Es waren allesamt hohle Siege, und jetzt, nachdem von Bülow seine Truppen sicher am Boden hatte, würden hohle Siege nichts mehr bedeuten. Was für eine Sorte Anführer machte das aus Alexander Carlyle?

»Vielleicht einen Menschen, Laddie«, ertönte McCall unverwechselbare Stimme hinter ihm. Alex zuckte zusammen. Er war sich nicht bewußt gewesen, daß er laut gedacht hatte.

»Wenn wir keine Mechs mitnähmen, hätte ein großer Teil der Einheit an Bord der *Europa* Platz«, meinte er, die Augen noch immer auf die langsam höher steigende Sonne gerichtet. »Ein paar von uns könnten hier den Kampf weiterführen. Wie viele würden gehen, wenn wir Ihnen die Chance gäben?«

»Ein paarr«, antwortete McCall. »Nae viele. Ich hab es dirr aince gesagt, Lad, diese Leute errwarrten, daß sie ein Carlyle führrt. Selbst wenn du ihnen befehlen würrdest zu gehen, würrden die meisten sich frreiwillig melden, um bei dirr zu bleiben.«

»Ja, genau das ist das Problem. Solange ich die Galionsfigur bin, zu der sie aufsehen können, werden sie bei mir bleiben, weil sie es für ihre Pflicht halten. Ich dachte, meine Pflicht wäre es, hierzubleiben und für die Legion und meinen Vater zu kämpfen. Jetzt bin ich mir da nicht mehr so sicher. Wenn wir so weitermachen, werde ich die Legion eher zerstören als retten. Und wenn wir auf Glengarry keinen Unterschied machen können, wo liegt dann der Sinn? Von Bülow wird gewinnen, morgen oder nächste Woche oder in einem Monat. Die Skye-Rebellion wird Erfolg haben oder fehlschlagen, ob wir alle hier in unseren Kühlwesten sterben oder ob wir uns rechtzeitig davonmachen.«

»Das würrde stimmen, Lad, wenn du rrecht hättest,

daß wirr nae einen echten Unterrschied machen können. Aberr das können wirr. Besserr als du glaubst.«

»Das haben Sie schon einmal gesagt, nach der ersten Schlacht. Damals habe ich es sogar geglaubt. Jetzt weiß ich es einfach nicht mehr. Ich kann nicht sehen, *wie* wir irgendeine Auswirkung auf die Lage hier haben können, ganz zu schweigen von der auf Skye oder Tharkad.«

»Das kannst du nach heute sagen?«

»Was war denn heute? Wovon reden Sie überhaupt?«

»Laddie, du bist in letzterr Sekunde aufgetaucht. Eine Stunde späterr, und wirr wärren alle duhn un' ausgezählt gewesen.«

Alex nickte. »Genau daran habe ich eben gedacht. Versuchen Sie mich nicht zu überzeugen, daß ich irgend etwas mit unserem Sieg heute zu tun hatte. Es war Glück, nichts anderes.«

»Aye, es warr Glück. Glück, und die Tatsache, daß die Frree Skye-Trruppen sich entschieden haben, sich bei Loch Sheol zu errgeben, statt es auszukämpfen. Laddie, wenn die Frrau da oben nur noch eine Stunde durrchgehalten hätte, wären Dave Clay und ich hier tot, zusammen mit allen anderren. Und du wärrst gerradewegs in die feindlichen Mechs gelaufen. Stimmt's, oderr hab ich rrecht?«

Alex nickte langsam. »Ich schätze, ja. Ja, es war wohl nicht nur Glück.«

»So, und wenn wirr hierr aufgeben, bei welcherr Schlacht wird von Bülow im letzten Moment errscheinen und das Errgebnis gegen Victorr Davion kehrren? Welche Frree-Skye-Festung wirrd dadurrch widerrstehen? Sich einem Feind zu widerrsetzen, ist niemals sinnlos, Laddie. Von Bülow hat vielleicht mehrr Trruppen als wirr, aber die Davions haben aye noch mehrr. Das bedeutet, Frree Skye wirrd bald einen Krrieg führren müssen, wie wirr es hierr schon tun, und knappe Rressourcen dahin verschiffen müssen, wo sie am meisten nützen. Aber wenn sie ihrre Trruppen hierr nae abrrufen können – wenn sie soviel Angst vorr uns bekommen, daß sie noch mehrr rrufen –, überrleg dirr, was das fürr den Rrest des Krrieges bedeutet.«

Freya de Villar stand hinter McCall in der Tür. »Er hat recht«, sagte sie traurig. »Das, was du vorhin gesagt hast, über den Preis, den wir bezahlt haben. Vielleicht weiß das niemand besser als ich – ich würde alles geben, um sie wiederzubekommen. Aber sie sind für etwas Wichtiges gestorben... für ihre *Heimat.* Glengarry ist jetzt unsere Heimat, und Cris und Cristobal sind bei dem Versuch gestorben, sie vor den Barbaren zu schützen. So wie ich die Sache sehe, wird der Krieg auf Glengarry weitergehen, solange einer von uns, auch nur ein einziger von uns, noch bereit ist, der Übermacht zu trotzen. Und wenn das hilft, Ryan und Richard Steiners verdammte Rebellion scheitern zu lassen, ist das die Sache wert. Selbst wenn wir dafür den Preis zahlen müssen, den wir bezahlt haben... den ich bezahlt habe.«

Sie wandte sich ab, und weder Alex noch McCall erwiderten etwas.

Schließlich ergriff Alex wieder das Wort; leise, mehr zu sich selbst sagte er: »Barbaren...« Grayson Carlyle hatte oft davon gesprochen, daß die Barbaren vor den Toren standen. Es war ein aussichtsloser Kampf, hatte er seinem Sohn einmal erklärt, aber ein Kampf, den sie trotzdem nicht aufgeben durften. »Wenn wir sie gewinnen lassen, wird das Vereinigte Commonwealth zerbrechen. Bürgerkrieg. Eine Anarchie, schlimmer noch als vor dem Auftauchen der Clans. Und Barbaren wie von Bülow, die mit dem Leben ihrer Truppen spielen, als wären es nur Figuren auf dem Schachbrett, werden den größten Sieg erringen. Es werden keine Lichter mehr bleiben, die uns aus dem Dunklen

Zeitalter herausführen könnten, in das sie uns stürzen werden.«

»Aye«, stimmte McCall leise zu. »Es ist derr Gegnerr, gegen den uns dein alterr Vaterr immerr ins Feld geführrt hat.« Er lachte, aber es lag keine Freude darin. »Wenn du wie von Bülow wärrst, Laddie, würrden dich die Gefallenen nae störren. Aberr wenn du wie err wärrst, wärren sie dirr garr nae erst gefolgt.«

»Mac, ich weiß nicht, ob ich die Art Anführer sein kann, die der Graue Tod braucht. Ich habe schon verflucht viele Fehler begangen, und ich werde noch mehr begehen... und diese Fehler kosten Menschenleben. Welches Recht habe ich, Menschen in den Tod zu schicken?«

Der Caledonier hob die Schultern. »Welches Rrecht hat Victorr Davion? Oderr Rricharrd Steinerr? Du bist Anführrerr, weil dein Vaterr einerr warr. Und, was immerr du selbst darrüberr denken magst, weil Menschen berreitwillig fürr dich in den Tod gehen. Es ist eine schwerre Verrantworrtung, die du trrägst, und manchmal kann sie zu 'dammt schwerr werrden. Aber laß mich die Frrage anders stellen. Welches Recht hast du, deinerr Verrantworrtung den Rrücken zu kehrren? Du hast eine Sache, fürr die es sich zu kämpfen lohnt, und die Chance, einen echten Unterrschied zu machen... und das Talent, Leute dazu zu bewegen, dirr zu folgen. Spätestens Coltbrridge hat das bewiesen. Du kannst auf derr Seitenlinie sitzen, obwohl du weißt, daß es Arrbeit für dich gibt. Oderr du machst die Arrbeit und trrägst die Konsequenzen, die guten und die schlechten, taegither. Das mußt du mit deinem Gewissen ausmachen.«

Alex blickte in die aufgehende Sonne. McCall hatte recht. Er hatte sich seine Entscheidungen schon viel zu lange von anderen aufdrängen lassen. McCall hatte ihn überredet, nach de Villars Tod den Befehl zu übernehmen, und nach Dunkeld noch einmal. Aber auch die Zweifel waren von außen gekommen. Er hatte die Verantwortung für die Gefallenen nicht übernehmen wollen. Das gehörte nicht zum ›Ruhm‹ des Kriegshandwerks – die Gedanken an die Freunde und Kameraden, die das Schlachtfeld nie mehr verlassen würden.

Aber diese Verantwortung hatte zwei Seiten. Wenn der Graue Tod in diesem Krieg keine Alternative darstellen konnte, dann war es unverantwortlich, den Kampf nur für Ruhm oder Ehre fortzusetzen, oder weil andere mit dem Rückzug oder der Kapitulation nicht einverstanden waren. Doch wenn sie durch fortgesetzten Kampf tatsächlich etwas *bewirken* konnten, war die Gleichung nicht mehr so einfach. Mehr als nur die Legion konnte verlorengehen, wenn er nicht weiterkämpfte. Manche Ziele verlangten, daß Krieger ihr Blut für sie vergossen… wie das Eindämmen der Anarchie, und wenn auch nur für ein paar weitere Jahre.

Es war *seine* Entscheidung, allein seine, wie sie auch ausfiel.

»Gut«, erklärte er. »Wir werden kämpfen… wir werden jeden Schritt von Bülows bekämpfen, mit allem, was uns zur Verfügung steht, und solange wir dazu in der Lage sind.« Er zögerte. »Aber wir sollten alle gehen lassen, die das wollen, Mac.«

»Du gibst DeVrries das Schiff?«

Alex schüttelte den Kopf. »Nein… wer nicht mehr mitmachen will, kann sich in die Berge zurückziehen, wie DeVries es vorgeschlagen hat, nachdem wir abgeflogen wären. Aber die *Europa* brauchen wir noch, Mac. Ich habe eine Idee, wie wir Halidon doch noch angreifen können, aber das funktioniert nur mit der *Europa* …«

Ein Posten im Kilt der Planetaren Garde öffnete die Tür im Heck des MSB-Wagens. Caitlin DeVries schluckte und trat hindurch. Ihr Vater blickte von seinem Schreibtisch auf, der die üblichen Sitzplätze ersetzte.

»Caitlin…« Seine Stimme erstarb, und er sah sie gerührt an. »Ich… ich bin froh, daß du gekommen bist.«

»Ich hätte es beinahe nicht getan, Papa«, sagte sie langsam. »Nach allem, was geschehen ist… Ich wollte dich eigentlich nicht mehr sehen.«

Er sah beiseite. »Ich weiß. Ich weiß, Kit. Ich habe alles versaut, und unsere Beziehung ganz besonders.«

»Alex hat mir von dem Sprungschiff erzählt. Er kann seine Zustimmung nicht geben.«

Er nickte. »Er hat mich vor einer Weile zu sich bestellt. Nichts als dummer Stolz… Warum will keiner von Ihnen der Wirklichkeit ins Auge blicken?«

»Und warum kannst du niemandem außer dir selbst zugestehen, daß er Prinzipien hat, Papa? Ich habe es geglaubt, als du sagtest, du wolltest Glengarry den Krieg ersparen. Du hältst den Frieden für wichtiger als alles andere, und vielleicht würden wir Menschen nicht soviel Zeit und Mühe auf den Versuch verwenden, uns gegenseitig zu zerfleischen, wenn mehr Leute so denken würden. Deshalb hast du deine Friedensliebe über die Legion gestellt, über die Treue, die du der Familie Carlyle schuldest… sogar über mich. Warum kannst du nicht einsehen, daß andere Menschen ihre eigenen Prinzipien, wie immer sie aussehen, ebenso hoch einschätzen?«

»Das ist etwas anderes…«

»Nein, Papa, das ist es nicht. Die Legion steht für Ordnung angesichts des Chaos, und das ist auch ein verdammt gutes Prinzip. Du redest davon, der Wirklichkeit ins Auge zu blicken? Der Krieg ist Wirklichkeit. Aggression. Kleinlicher Ehrgeiz. Alex und die anderen wissen, daß die wenigsten Menschen deine Hingabe an den Frieden teilen, deshalb kämpfen sie darum, eine gewisse Ordnung zu erhalten. Das ist auch eine Art, der Wirklichkeit ins Auge zu blicken.«

Er seufzte. »Dich haben sie zumindest überzeugt.«

Sie nickte. »Ja, Papa, das haben sie. Es hat mich fast zerrissen, mich zwischen dir und der Legion entscheiden zu müssen. Seit ich denken kann, wollte ich nie etwas anderes sein als eine MechKriegerin. Und ich habe Freunde in der Legion, gute Freunde wie Alex und Davis. Aber du bist mein Vater, mein Fleisch und Blut.« Caitlin stockte, sah ihrem Vater ins Gesicht, konnte aber durch die Tränen in ihren Augen kaum etwas erkennen. »Aber ich glaube auch an das, wofür die Legion steht, Papa. Und du warst es, der mich gelehrt hat, meine Prinzipien über alles andere zu stellen.«

Roger DeVries nahm seine Tochter bei der Hand. »Ich habe Carlyle angebettelt, dich wegzuschicken, Cay«, sagte er langsam. »Aber er hat gesagt, diese Entscheidung läge bei dir, nicht bei ihm ... und auch, daß du sie schon getroffen hast.«

Sie nickte und wischte sich die Augen.

»Zu wissen, daß du da draußen bist und kämpfst, daß du als nächste sterben kannst ... das zerreißt *mich.* Ich möchte die Arme ausstrecken und dich beschützen, und ich kann es nicht.« DeVries stand langsam auf und trat zögernd auf seine Tochter zu. »Aber was ich auch von deiner Wahl halten mag, so sehr ich mir auch wünsche, du würdest die Legion aufgeben ... Cay, du tust, woran du glaubst, und deshalb bin ich stolz auf dich.«

Vater und Tochter umarmten sich, und für ein paar Sekunden gab es keinen Krieg. Es gab nur einen Frieden, der längst überfällig gewesen war.

EPILOG

Gray-Death-Landungsschiff Europa
Flug- und Raumhafen Dunkeld, Glengarry
Mark Skye, Vereinigtes Commonwealth

13. April 3056

»Der letzte Mech ist an Bord, Herr Oberst.«

Alexander Carlyle sah in Oberleutnant Fowlers verhärmte Züge hoch und nickte. »Das war schnelle Arbeit, Kapitän«, stellte er mit einem dünnen Lächeln fest. »Wann können wir abheben?«

»In zehn Minuten, Herr Oberst.«

Er sah sich in der Zentrale des Landungsschiffes um. Die Besatzung war mit den letzten Startvorbereitungen beschäftigt. Keiner von ihnen schien von der Aussicht auf eine weitere Schlacht mit den Invasoren beeindruckt. Wenn überhaupt, so lag über der Brücke eine Aura der Bereitschaft, fast konnte man es Vorfreude nennen. Wenn die Legion verlor, würden sie gemeinsam verlieren und kämpfend untergehen. Das war alles, was zählte.

Die *Europa* war nach Dunkeld zurückgekehrt. Sie war von ihrem Versteck aus tief über die Berge gekommen und so schnell wie möglich in die Hauptstadt geflogen, während der größte Teil der feindlichen Flotte auf der anderen Seite des Planeten war. Sie würde auf demselben Weg wieder abfliegen, beladen mit den Gefährten und Oberleutnant Obotes KampfLanze von Dumonts Destructeurs. Der Rest der Legion war unter dem Befehl von Davis McCall per Magnetschwebebahn unterwegs zur Free Skye-Basis in Halidon. Sie alle hofften, daß ihnen das Landungsschiff in der bevorstehenden Schlacht einen

Vorteil verschaffen würde, indem es die Legionstruppen in der Flanke des Feindes absetzte und ihnen die Gelegenheit zu einem patentierten Gray-Death-Hinterhalt verschaffte, wie schon in Dunkeld, bei Loch Sheol und bei Coltbridge.

Sie konnten nicht sicher sein, ob sie gewannen. Diesmal standen Gelände und Zahlen gegen sie. Aber für Alexander Durant Carlyle waren die Tage der Zweifel und der Unsicherheit Vergangenheit. Freya de Villar hatte von Anfang an recht gehabt. Solange einer von ihnen noch bereit zum Kampf war, würde der Krieg auf Glengarry weitergehen. Der Graue Tod würde von Bülows Leute in Halidon angreifen, und danach immer wieder, bis sie die Invasoren endgültig von ihrer Heimatwelt vertrieben hatten… oder der letzte Legionär bei dem Versuch gefallen war. Und Alex würde sie anführen, in Sieg oder Niederlage, denn sein Platz war bei den Leuten seines Vaters… bei seinen Leuten.

Und wenn dieser Krieg vorbei war, wenn der Rest der Legion nach Glengarry zurückkehrte, um die Überlebenden zu entsetzen oder die Toten zu begraben, hoffte Alex, daß sein Vater stolz auf das sein würde, was sie versucht hatten.

Er erkannte, daß Fowler noch immer da war und wartete.

»Tja, Kapitän, sieht aus, als würde es Zeit, daß wir abheben. Die Legion wartet auf uns… und ich habe nicht vor, sie zu enttäuschen.«

»Ja, Sir!« erwiderte Fowler mit einem breiten Grinsen. Er drehte sich um. »Alle Mann auf Startposition! Bereitmachen zum Abheben!«

Wenige Minuten später stieg das Gray-Death-Landungsschiff Europa auf einer Feuersäule vom Raumhafen Dunkelds in die Nacht. Der Kurs der Legion lag an: in die Schlacht – und ins Unbekannte.

ANHANG

Glossar

Schiffs- und BattleMech-Typen

GLOSSAR

Autokanone: Eine automatische Schnellfeuerkanone. Leichte Fahrzeugkanonen haben Kaliber zwischen 30 und 90 mm, während eine schwere Mechautokanone ein Kaliber von 80 bis 120 mm oder mehr besitzen kann. Die Waffe feuert in schneller Folge panzerbrechende Hochexplosivgranaten ab.

Bataillon: Ein Bataillon ist eine militärische Organisationseinheit der Inneren Sphäre, die in der Regel aus drei Kompanien besteht.

BattleMech: BattleMechs sind die gewaltigsten Kriegsmaschinen, die je von Menschen erbaut wurden. Diese riesigen humanoiden Panzerfahrzeuge wurden ursprünglich vor über 500 Jahren von terranischen Wissenschaftlern und Technikern entwickelt. Sie sind schneller und manövrierfähiger in jedem Gelände, besser gepanzert und schwerer bewaffnet als jeder Panzer des 20. Jahrhunderts. Sie ragen zehn bis zwölf Meter hoch auf und sind bestückt mit Partikelprojektorkanonen, Lasergeschützen, Schnellfeuer-Autokanonen und Raketenlafetten. Ihre Feuerkraft reicht aus, jeden Gegner mit Ausnahme eines anderen BattleMechs niederzumachen. Ein kleiner Fusionsreaktor liefert ihnen nahezu unbegrenzt Energie. BattleMechs können auf Umweltbedingungen so verschieden wie glühende Wüstenei und arktische Eiswüsten eingestellt werden.

Comstar: Das interstellare Kommunikationsnetz ComStar wurde von Jerome Blake entwickelt, der in den letzten Jahren des Sternenbunds das Amt des Kommunikationsministers innehatte. Nach dem Zusammenbruch des Bundes eroberte Blake Terra und organisierte die Überreste des Sternenbund-

Kommunikationsnetzes in eine Privatorganisation um, die ihre Dienste mit Profit an die fünf Häuser weiterverkaufte. Seitdem hat sich ComStar zu einem mächtigen Geheimbund entwickelt, der sich jahrhundertelang in Mystizismus und Rituale gehüllt hat, bis es nach der Entscheidungsschlacht gegen die Clans auf Tukayyid unter Prima Sharilar Mori und Präzentor Martialum Anastasius Focht zur Reformation des Ordens und Abspaltung der erzkonservativen Organisation Blakes Wort kam.

Innere Sphäre: Mit dem Begriff ›Innere Sphäre‹ wurden ursprünglich die Sternenreiche bezeichnet, die sich im 26. Jahrhundert zum Sternenbund zusammenschlossen. Derzeit bezeichnet er den von Menschen besiedelten Weltraum innerhalb der Peripherie.

Kompanie: Eine Kompanie ist eine militärische Organisationseinheit der Inneren Sphäre, die aus drei BattleMech-Lanzen oder bei Infanteriekompanien aus drei Zügen mit insgesamt 50 bis 100 Mann besteht.

KSR: Abkürzung für ›Kurzstreckenrakete‹. Es handelt sich um ungelenkte Raketen mit hochexplosiven oder panzerbrechenden Sprengköpfen.

Landungsschiffe: Da Sprungschiffe die inneren Bereiche eines Sonnensystems generell meiden müssen und sich dadurch in erheblicher Entfernung von den bewohnten Planeten einer Sonne aufhalten, werden für interplanetare Flüge Landungsschiffe eingesetzt. Diese werden während des Sprungs an die Antriebsspindel des Sprungschiffes angekoppelt. Landungsschiffe besitzen selbst keinen Überlichtantrieb, sind jedoch sehr beweglich, gut bewaffnet und aerodynamisch genug, um auf Planeten mit einer Atmosphäre aufzusetzen bzw. von dort aus zu starten. Die Reise vom Sprungpunkt zu den bewohnten Planeten eines Systems erfordert je nach Spektralklasse der Sonne eine Reise von mehreren Tagen oder Wochen.

Lanze: Eine Lanze ist eine militärische Organisationseinheit der Inneren Sphäre, die in der Regel aus vier BattleMechs besteht.

Laser: Ein Akronym für ›Light Amplification through Stimulated Emission of Radiation‹ oder Lichtverstärkung durch stimulierte Strahlungsemission. Als Waffe funktioniert ein Laser, indem er extreme Hitze auf einen minimalen Bereich konzentriert. BattleMechlaser gibt es in drei Größenklassen: leicht, mittelschwer und schwer. Laser sind auch als tragbare Infanteriewaffen verfügbar, die über einen als Tornister getragenen Energiespeicher betrieben werden. Manche Entfernungsmeßgeräte und Zielerfassungssensoren bedienen sich ebenfalls schwacher Laserstrahlen.

LSR: Abkürzung für ›Langstreckenrakete‹, zum indirekten Beschuß entwickelte Raketen mit hochexplosiven Gefechtsköpfen.

Nachfolgerfürsten: Die fünf Nachfolgerstaaten werden von Familien regiert, die ihre Herkunft von einem der ursprünglichen Lordräte des Sternenbunds ableiten. Alle fünf Hausfürsten erheben Anspruch auf den Titel des Ersten Lords. Sie kämpfen seit Ausbruch der Nachfolgekriege im Jahre 2786 gegeneinander. Ihr Schlachtfeld ist die riesige Innere Sphäre, bestehend aus sämtlichen, einstmals von den Mitgliedsstaaten des Sternenbunds besetzten Sonnensystemen.

Nachfolgerstaaten: Nach dem Zerfall des Sternenbunds wurden die Reiche der Mitglieder des Hohen Rats, die sämtlich Anspruch auf die Nachfolge des Ersten Lords erhoben, unter dem Namen Nachfolgerstaaten bekannt. Die Nachfolgerstaaten bestehen aus ursprünglich fünf und derzeit noch vier Herrscherhäusern: Haus Kurita (Draconis-Kombinat), Haus Liao (Konföderation Capella), Haus Steiner-Davion (Vereinigtes Commonwealth) und Haus Marik (Liga Freier Welten). Die Clan-Invasion hat die Jahrhunderte des Krieges seit 2786 – die Nachfolgekriege – einstweilen unterbrochen. Schauplatz dieser Kriege ist die riesige Innere Sphäre, bestehend aus allen einst von den Mitgliedsstaaten des Sternenbundes beherrschten Systemen. Die Nachfolgerfürsten haben ihre Streitigkeiten ausgesetzt, um der Bedrohung durch den gemeinsamen Feind, die Clans, zu begegnen.

Peripherie: Jenseits der Grenzen der Inneren Sphäre liegt die Peripherie, das weite Reich bekannter und unbekannter Systeme, das sich bis in die interstellare Nacht erstreckt. Die einstigen terranischen Kolonien in der Peripherie wurden durch den Zerfall des Sternenbundes technologisch, wirtschaftlich und politisch verwüstet. Derzeit ist die Peripherie größtenteils Zufluchtsort für Banditenkönige, Raumpiraten und Ausgestoßene.

PPK: Abkürzung für ›Partikelprojektorkanone‹, einen magnetischen Teilchenbeschleuniger in Waffenform, der hochenergiegeladene Protonen- oder Ionenblitze verschießt, die durch Aufschlagskraft und hohe Temperatur Schaden anrichten. PPKs gehören zu den effektivsten Waffen eines BattleMechs.

Regiment: Ein Regiment ist eine militärische Organisationseinheit der Inneren Sphäre und besteht aus zwei bis vier Bataillonen von jeweils drei oder vier Kompanien.

Sprungschiffe: Interstellare Reisen erfolgen mittels sogenannter Sprungschiffe, deren Antrieb im 22. Jahrhundert entwickelt wurde. Der Name dieser Schiffe rührt von ihrer Fähigkeit her, ohne Zeitverlust in ein weit entferntes Sonnensystem zu ›springen‹. Es handelt sich um ziemlich unbewegliche

Raumfahrzeuge aus einer langen, schlanken Antriebsspindel und einem enormen Solarsegel, das an einen gigantischen Sonnenschirm erinnert. Das gewaltige Segel besteht aus einem Spezialmaterial, das gewaltige Mengen elektromagnetischer Energie aus dem Sonnenwind des jeweiligen Zentralgestirns zieht und langsam an den Antriebskern abgibt, der daraus ein Kraftfeld aufbaut, durch das ein Riß im Raum-Zeit-Gefüge entsteht. Nach einem Sprung kann das Schiff erst weiterreisen, wenn es durch Aufnahme von Sonnenenergie seinen Antrieb wieder aufgeladen hat.

Sprungschiffe reisen mit Hilfe ihres Kearny-Fuchida-Antriebs in Nullzeit über riesige interstellare Entfernungen. Das K-F-Triebwerk baut ein Raum-Zeit-Feld um das Sprungschiff auf und öffnet ein Loch in den Hyperraum. Einen Sekundenbruchteil später materialisiert das Schiff am Zielsprungpunkt, der bis zu 30 Lichtjahre weit entfernt sein kann.

Sprungschiffe landen niemals auf einem Planeten und reisen nur sehr selten in die inneren Bereiche eines Systems. Interplanetare Flüge werden von Landungsschiffen ausgeführt, Raumschiffen, die bis zum Erreichen des Zielpunktes an das Sprungschiff gekoppelt bleiben.

Sternenbund: Im Jahre 2571 wurde der Sternenbund gegründet, um die wichtigsten nach dem Aufbruch ins All von Menschen besiedelten Systeme zu vereinen. Der Sternenbund existierte annähernd 200 Jahre, bis 2751 ein Bürgerkrieg ausbrach. Als das Regierungsgremium des Sternenbunds, der Hohe Rat, sich in einem Machtkampf auflöste, bedeutete dies das Ende des Bundes. Jeder der Hausfürsten rief sich zum neuen Ersten Lord des Sternenbunds aus, und innerhalb weniger Monate war die gesamte Innere Sphäre im Kriegszustand. Dieser Konflikt hält bis zum heutigen Tage, knapp drei Jahrhunderte später, an. Die Jahrhunderte nahtlos ineinander übergehender Kriege werden in toto als die ›Nachfolgekriege‹ bezeichnet.

Zug: Ein Zug ist eine militärische Organisationseinheit der Inneren Sphäre, die aus etwa achtundzwanzig Mann besteht. Ein Zug kann in zwei Abteilungen aufgeteilt werden.

KREUZRITTER

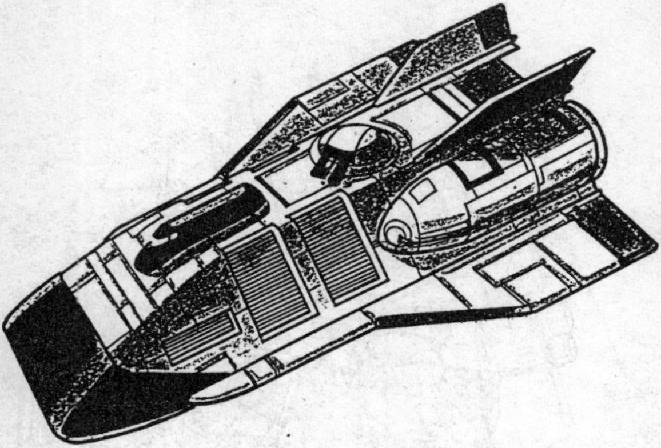

LANDUNGSSCHIFF DER LEOPARD-KLASSE

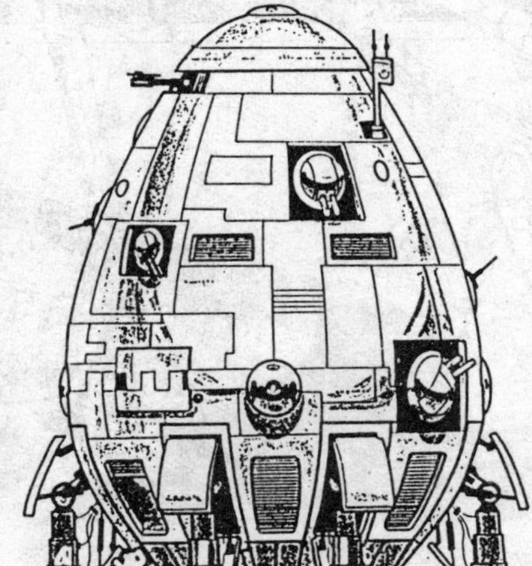

LANDUNGSSCHIFF DER UNION-KLASSE

HEUSCHRECK

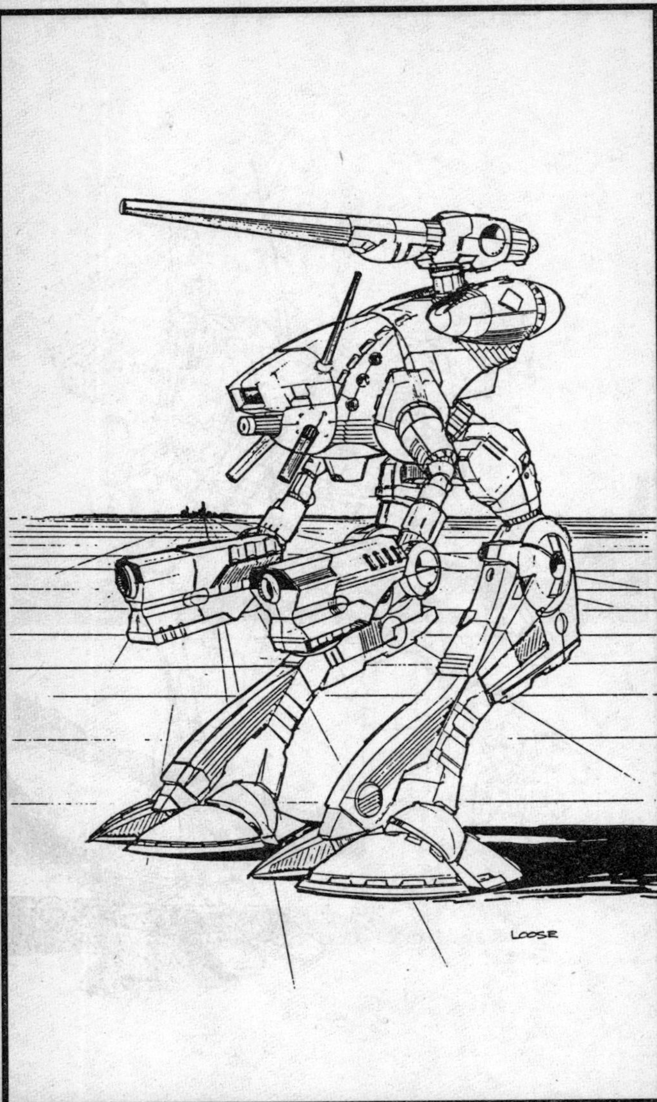

MARODEUR

FEUERFALKE

KAMPFSCHÜTZE

DUNKELFALKE

HORNISSE

WESPE

STEPPENWOLF